三峡工程情怀

中国农林水利气象工会长江委员会

中国水利作家协会 编

文学篇

长江出版社

CHANGJIANG PRESS

序

　　长江是中华民族的母亲河，哺育了世世代代的中华儿女，孕育了悠久灿烂的华夏文明，但她频发的洪灾又给两岸人民带来深重的灾难。

　　几千年来，长江洪灾一直是中华民族的心腹之患。据文献记载，自汉朝至清末的2000多年间，长江流域共发生较大洪灾214次，平均约10年一次。

　　水患频仍，百姓难安，两岸人民祈盼治理长江。新中国成立后，在党中央、国务院的领导下，长江防洪关键控制性工程——三峡工程建设被提上了重要议事日程。长江水利委员会（简称"长江委"）从20世纪50年代初开始，对三峡工程进行了大量的勘测、论证、规划、设计和研究工作。

　　从古老峡江畔的第一个钻孔到坝址的最终确定，从举世罕见的反复论证到工程开工兴建，三峡工程在几代长江委勘测设计工作者的不懈努力下，从梦想变为现实。1992年4月3日，代表着12亿中国人民意志的全国人民代表大会，在首都北京作出了一个关于长江的重大决策：兴建三峡工程，从根本上改变长江流域的防洪形势，并最大限家对我们最大的信任。我作为长江委总工程师，全面负责三峡工程设计工作，深感肩负的责任重大。在三峡工程建设的日日夜夜里，我始终铭记周总理"在长江上建坝，要战战兢兢，如履薄冰，如临深渊"的叮嘱，组织设计人员科学攻关、精心设计。

我们一起深入研究解决了泥沙、水库诱发地震、库岸稳定、大江截流和二期深水围堰、永久船闸高陡边坡稳定和变形、大坝混凝土快速施工、特大型金属结构、垂直升船机、特大容量水轮发电机组、环境影响与评价、水库淹没和移民安置等多项重大关键性技术问题，为国家决策和三峡建设提供了强有力的技术后盾，为中国水利水电设计行业打造出了辉煌的民族品牌。

在三峡工程实施过程中，通过多方案研究与试验，取得了多项技术创新和突破：

提出了应对泄洪、防洪、导流流量大、排沙任务重、上游水位变幅大等多重世界性挑战的完美枢纽布置格局；

创造性提出"预平抛垫底、上游单戗立堵、双向进占、下游尾随进占"的截流方案，使我国河道截流技术跃居世界领先水平；

运用混凝土骨料二次风冷技术，开创了夏季浇筑大坝混凝土3米升层技术先例，实现了三期大坝无缝的世界奇迹；

攻克单机容量大、水头变幅大、过机水流含有泥沙和启停频繁的世界性难题，成功实现了巨型混流式水轮机组稳定运行；

设计了世界首座"全衬砌式"新型船闸——三峡双线五级船闸，并研究解决了船闸总体设计、特高水头大型船闸输水、与岩体共同工作的大型衬砌式船闸结构、人字闸门及其启闭机、多级船闸监控系统、船闸施工等关键技术难题。

三峡工程建设实现了一个又一个世界零的突破，创造了一项又程投资节省了数亿元人民币。

大江奔腾，浩荡向东。今天，巍巍大坝截断巫山云雨，三峡工程已成为长江上最醒目的新地标，中华民族伟大复兴的重要标志。千百年来，峡江的水从未这般宁静，从青藏高原奔腾而来的滚滚江水在雄伟的三峡大坝前化为一片平湖。

大音希声，丰碑无言。三峡工程不仅是世界上最大的水利枢纽，更是一座科学求实、创新进取、团结协作、无私奉献的精神丰碑。在工程竣工之际，有关部门组织编撰《三峡工程情怀》，这是一项壮举和善举，必将再现长江委人与三峡工程那段艰难而又辉煌的历史，铭记长江委人在三峡工程建设中的贡献，传承和发扬"团结、奉献、科学、创新"的长江委精神，让世人真正了解长江委，了解治江事业，了解中国水利曲折而辉煌的发展历程，唱响主旋律，传播正能量。

是为序。

中国工程院院士

郑守仁

2019年8月26日

开工典礼

大江截流

施工现场

电站

升船机

五级船闸

大坝泄洪

三峡工程 情怀

⌃ 工程全貌

前言

　　在长江委党组的关怀下，历时8年的努力，《三峡工程情怀》一书终于在三峡工程正式开工30年后正式出版了。

　　《三峡工程情怀》是长江委历史上耗时最长、规格最高、规模最大、参与人员最多的文学丛书。在长江委各部门、各单位，以及全委职工尤其是广大老领导、老专家的支持与帮助下，最终高质量完成了本丛书的编纂工作。

　　一、缘起

　　长江是中国第一大河，长江委是全国水利系统中最重要的流域机构，以三峡工程为代表的治江工作，是新中国水利事业的重要组成部分。长江委成立70多年来，始终致力于兴水利、除水害的治江事业，兴建了一系列重要的水利工程，其中以三峡工程历时最长、规模最大、影响最深，其综合效益也最为显著。以文学的形式全面反映长江委在三峡工程建设中涌现出的典型事件和典型人物，一直是长江委人的夙愿，也是治江事业和长江委高质量发展的必然要求。

　　早在2008年，长江委老领导季昌化就组织老同志撰文，出版了《三峡工程往事漫忆》一书，在社会上引起了强烈反响。此后，长江委又先后出版了《丹江口工程往事漫忆》《葛洲坝工程往事漫忆》，并启动清江治理开发丛书、《"长治"工程往事漫忆》的编纂工作。

2016年9月，随着升船机建成并试航成功，三峡工程全面建成。为弥补《三峡工程往事漫忆》出版较早、内容不全的缺憾，长江委党组批准了大型纪实文学丛书《三峡工程情怀》的出版计划，并成立编委会和编辑部，邀请委老领导季昌化、傅秀堂担任顾问。

2016年12月28日，长江委组织召开《三峡工程情怀》丛书编纂工作会议，至此，本丛书的编纂工作拉开序幕。

二、编撰过程与稿件组成

本丛书编纂工作始于2017年初，2019年提交初稿，此后经数次修改，于2020年按《三峡工程情怀·历程篇》《三峡工程情怀·漫忆篇》《三峡工程情怀·人物篇》《三峡工程情怀·文学篇》四卷定稿。整个编纂过程分为征稿、约稿、组稿三个阶段。

1.征稿与自由来稿阶段

丛书征稿工作始于2017年1月，2017年7月截稿。此后因部分老同志写稿或投稿不便，以自由来稿的方式，向编辑部投寄了稿件，其实际收稿时间持续到了2018年初。在此期间，编辑部收到各部门、各单位的稿件100多篇，总字数超过70万。这些作品大多收录于《三峡工程情怀·漫忆篇》和《三峡工程情怀·文学篇》中。

2.约稿阶段

2017年7月征稿结束后，为全面反映长江委各专业部门为三峡工程所做的各项工作，弥补征稿和自由来稿出现各门类畸轻畸重的不足，编委会约请对三峡工程有突出贡献的老领导、老专家撰写回忆稿。对部分年事已高、写作不便的老同志，编委会请其所在单位年轻人，或组织人员以口述笔录的形式，采写文稿，并于2018年初基本完成。

3.组稿阶段

2018年初，主要稿件收集完成后，编辑部在编稿过程中发现来稿的个人回忆主要反映自身的所见所闻，无法对长江委所涉及的各个专业进行宏观描述。为此，编委会又组织作家与记者就三峡工程的规划、设计、科研、水土保持、水资源保护等重大课题，集中采写篇幅较长的报告文学。截至2019年，累计收到相关报告文学11篇，约20万字。

在征稿、组稿的同时，编辑部还广泛收集整理以往发表于各报刊中的相关文学作品。在两年多的时间里，共查阅《大江文艺》《人民长江报》《人民长江》《中国水利》等报刊数十年的资料，同时在中国知网上初选文章近千篇，最后从中选取近200篇优秀文章。

就字数而言，征稿与自由来稿约占50%的篇幅，组稿约占15%的篇幅，现存历史稿件约占35%的篇幅。

三、篇章设置

《三峡工程情怀·历程篇》共有61篇文章，搜集了上起1919年孙中山的《建国方略》，下到1992年全国人大会议表决通过的《关于兴建长江三峡工程的决议》，共70余年有关三峡工程讨论与决策的重要历史文献，分为新中国成立前和新中国成立后两部分，全面反映三峡工程的来龙去脉及其在国民经济中的重大作用。

《三峡工程情怀·漫忆篇》共有96篇文章，主要为长江委老领导、老专家对参加三峡工程勘测、规划、设计、科研，以及水文、水资源保护、水土保持等前期工作的回顾，全面反映了三峡工程的技术含量和长江委的技术实力，以及长江委人对三峡工程作出的贡献。

《三峡工程情怀·人物篇》共有62篇文章，重点搜集发表在国内外重要刊物上，有关对三峡工程作出突出贡献的老领导、老专家的通讯或报告文学，全面反映三峡工程建设者的风采，体现团结、奉献、科学、创新的长江委精神。

《三峡工程情怀·文学篇》共有81篇文章，分报告文学、散文、诗歌三个体裁。选取长江委人以三峡工程建设为主要内容创作的文学作品，既反映了长江委人对三峡工程的情怀，也体现了长江委的职工文化成果与创作实力。

四、几点体会

1.长江委党组的关心是本丛书编纂完成的根本保证

本丛书的编纂工作，得到长江委党组的关怀。长江委原主任魏山忠、马建华高度重视，刘冬顺主任亲自关心本丛书的出版工作。

长江委原副书记、副主任熊铁主持了2016年12月召开的《三峡工程情怀》编纂工作会议，指出："三峡工程是长江委历时最长、专业最广、参与人数最多，也最能锻炼长江委队伍、体现长江委实力的水电工程。在三峡工程全面竣工并通过验收之际，出版一部全面反映长江委工作的大型文学专辑十分必要。"

长江委党组的关怀，为我们增添了信心，指明了方向，也时刻鼓励着我们在工作顺利时戒骄戒躁，遇到挫折时愈战愈勇，为本丛书的编纂工作提供了最根本的保证。

2.长江委属各部门、各单位的支持是编纂完成的必要条件

在本丛书的编纂过程中，长江委属各单位、各部门精心组织，各司其职，确定由本单位工会或离退休部门负责同志作为第一联络人，建立联络渠道，及时听取老同志的意见和建议，帮助解决实际困难，推动编纂工作。针对行动不便的老同志，编委会还专门安排工作人员随时上门为他们做好记录。长江设计集团有限公司（简称"长江设计集团"；前身为长江勘测规划设计研究院，简称"长江设计院"）、长江科学院、水文局、水电集团专门召开项目启动会，邀请

老领导、老专家与编委会同志座谈，共商编写事宜。委属各部门、各单位的支持，为本丛书编纂工作提供了必要的条件。

3.广大老领导、老同志的积极参与，为编纂工作提供最鲜活的素材

本丛书的编纂工作在长江委内外，尤其是参加过三峡工程一线工作的老领导、老专家中，引起了强烈反响。项目启动后，他们向编辑部踊跃投稿，稿件数量和质量远超出我们的预期。

95岁高龄的长江设计院原总工程师魏璇，不顾年老体弱，在大约已有30年历史的窄小便笺纸上一笔一画地写出3000字的文章，令我们无比敬仰和动容。魏老在交稿不久之后就离开了人世。

傅秀堂、陈德基、陈济生、季学武、包承纲等德高望重的老专家，虽年事已高，但积极响应号召，提笔创作，为丛书奠定了坚实的基础。

长江委水电集团号召广大年轻同志撰稿，积极展现"后三峡"时期长江委人的工作，也展现了长江委年轻一代三峡工程建设者的风采。

在不到半年的时间里，来稿数量就突破100篇，加之此后陆陆续续的自由来稿，数量近200篇，总字数近百万，这为我们提供了丰富的素材，为丛书编纂完成打下了坚实的基础。

4.各位编辑同仁的努力，为图书编纂完成增添了色彩和保证

本丛书编辑工作主要由《大江文艺》编辑部承担，总顾问季昌化是长江委老领导，也是长江委文协的创始人。2008年编辑出版《三峡工程往事漫忆》时他就是主编，此次又担重任。他不顾年事已高，多次往返于武昌家中与长江委，先后主持召开长江设计院、长江科学院、水文局的启动会，还顶着高温前往陆水和宜昌召开约稿会议。在丛书编辑的过程中，他认真修改了全部稿件，并提出修改意

见，可谓全书编写的定海神针。

　　长江工会、离退局、宣传出版中心等单位多位同志参与了本丛书的大纲审定及部分编辑工作，正是在各方的不懈努力下，才确保了《三峡工程情怀》各项工作的稳步开展，为其成功出版持续发力，最终结出丰硕的果实。

　　在本丛书编纂过程中，《大江文艺》编辑部成员以及参与工作的每一位同事，一方面感受到极大的压力，另一方面又感受到长江委党组、委属各单位和各部门支持与帮助的温暖。与此同时，我们也强烈地感受到"时不我待，只争朝夕"，这种抢救式的挖掘，是我们义不容辞的责任，因为这一笔历史是我们长江委几代人亲历和书写的。为此，我们为能参加这部"集体回忆录"的创作，并为之作出一点贡献，深感荣幸。

　　如切如磋，如琢如磨，艰难困苦，玉汝于成。感谢为本丛书的编纂出版作出贡献的人们！希望得到广大读者的喜爱和认可！

编　者

2025年5月

目　录

报告文学

三峡壮歌　　　　　　　　　　　　　　　　　　　　　　　季昌化（2）

三峡工程，设计的丰碑　　　　　　　　　　　　　　　　　李　真（19）

三峡院，三峡工程地质勘察的传奇　　　　　　　　　　　　王月娥（24）

守护峡江　　　　　　　　　　　　　　李建华　张伟革　李卫星（63）

大决战　大检阅　大展示

　　——记长江三峡明渠截流水文监测　　戴水平　李云中　张伟革（86）

工程推动科研发展　科研保证工程建设

　　——回顾长江水利委员会 60 年来科研发展创新之路　　陈济生（101）

为理想插上双翅

　　——三峡科研工作专访概述　　　　　　　　　　　　　孙军胜（112）

从三峡走出的"国家队"　　　　　　　　　　　周洪宙　钟作武（124）

航向三峡

　　——记自航船模的研制与应用　　　　　　　陈志宏　陈永奎（130）

路漫漫兮齐协力

　　——记三峡左岸机组合同执行二三事　　　　　　　　　黄源芳（140）

为三峡升船机而活

　　——记老一辈专家设计研究三峡升船机的光辉岁月　秦建彬　郑雁林（152）

赴加拿大参与长江三峡工程可行性研究国际合作　　　　　杨国炜（156）

三峡工程环评记忆　　　　　　　　　　　　　　张蔓舒　杨亚非（164）

文
学
篇

众志成城，树 156 丰碑

　　——回眸三峡库区二次蓄水前本底测量　　　　张　强　杨秀川（173）

三峡库区本底测量故事　　　赵俊林　柳长征　张建红　张伟革（190）

无缝交响曲

　　——写在三峡蓄水 156 米之际　　　　　　　　　孙军胜（200）

一个三峡移民的求索路　　　　　　　　　　　　　　李坤武（204）

在三峡库区的日子里

　　——忆三峡工程建设移民监理站工作　　　　　　孙录勤（211）

在陆水上做一个三峡梦

　　——一个和三峡工程有关的故事　　　　　　　　姜　洪（223）

水生态所，让长江心脏健康跳动　　　傅　菁　张志杰　刘　原（239）

散　文

三峡大坝基岩上的思绪　　　　　　　　　　　　　　季昌化（252）

在改革大潮中扬帆远航

　　——回顾我所参加的历次海外水利交流活动　　　傅秀堂（254）

想一块儿看到三峡之梦成真　　　　　　　　　　　　陈济生（269）

从几张照片引起的回忆　　　　　　　　　　　　　　成绥台（275）

江山美情无限

　　——陪外宾游三峡记事　　　　　　　　　　　　郭　予（278）

三峡大坝"孔"的学问　　　　　　　　　　孙军胜　王小毛（282）

三峡情思　　　　　　　　　　　　　　　　　　　　胡早萍（284）

北京来的专家　　　　　　　　　　　　　　　　　　张　红（286）

荆江人的贡献　　　　　　　　　　　　　　　　　　曾宪冯（289）

情怀三峡　　　　　　　　　　　　　　　　　　　　李复华（291）

三峡水文局测船的变迁　　　　　　　　　　　　　　刘胜豪（296）

回忆几件工作往事　　　　　　　　　　　　　　　　杨云云（301）

三峡建设者的沉默   刘凯南（305）

三峡，我对你偏偏只有思念   陈以满（312）

梦萦雄关   孙尔雨（314）

三峡水利枢纽，千古大江今日最风流   李　真（321）

青春之歌，因三峡工程而嘹亮   刘祖强（327）

决战龙口   张伟革（332）

心仪三峡，痴情不改   胡早萍　纪良志（334）

三峡水文测报日记   张伟革（337）

两坝间流态测验速记   张建红　张伟革（346）

三峡库区测量采访记   张建红（349）

三峡库区支流测量风采   张建红　孟　娟　李　平　谭　良（352）

雾中看截流   吴世泽（359）

登神女峰记   赵时华（361）

难忘的三峡首次航空摄影   陈仲原（365）

三峡大坝，人间美好的神话   张勇林（371）

从懵懂、憧憬到亲密接触

  ——我所经历的三峡那些事儿   潘晓洁（374）

在大师训斥下觉悟　在工程建设中成长   赵克全（377）

生态调度为"四大家鱼"自然繁殖保驾护航   徐　薇（379）

数不尽的三峡豪情

  ——写在三峡工程"11·8"大江截流之际 钟维昭（381）

我身边的三峡人家   张　兴（385）

循先辈足迹，忆水利情怀   刘　亚（387）

又见三峡   陈　琴（389）

三峡游，永不言"告别"   杨亚非（392）

坛子岭抒怀   陈松平（395）

三峡情   单学忠（397）

文
学
篇

三峡，永远的魅力 　　　　　　　　　　　　　　陈仲原（399）

写在三峡电站发电突破一万亿千瓦时 　　　　　　秦建彬（404）

后三峡情怀 　　　　　　　　　　　　　　　　　邢领航（406）

三峡石情思 　　　　　　　　　　　　　　　　　郭　予（408）

乘船过三峡船闸 　　　　　　　　　陈忠儒　陈义武（411）

万里长江断想 　　　　　　　　　　　　　　　　孙尔雨（413）

诗　歌

三峡大坝——一生的歌 　　　　　　　　　　　　季昌化（424）

一群人与一条长江 　　　　　　　　　　　　　　谢克强（427）

三峡情结（五首） 　　　　　　　　　　　　　　白煤国（443）

三峡盛典

　　——贺三峡工程大江截流成功 　　　　　　　刘凯南（452）

三峡工程，一个实现了的预言 　　　　　　　　　南　晴（456）

我为移民唱大风（三峡移民组诗） 　　　　　　　肖　敏（460）

三峡梦，一名水电工作者的心声 　　　　　　　　阎世全（469）

高峡平湖颂 　　　　　　　　　　　　　　　　　傅秀堂（476）

纪念几位为三峡工程鞠躬尽瘁的领导和同事 　　　赵时华（477）

三峡的雨，三峡的云 　　　　　　　　　　　　　赵俊林（481）

我爱三峡，我爱三峡院 　　　　　　　　　　　　段建肖（484）

诗二首 　　　　　　　　　　　　　　　　　　　李国郴（487）

梦游三峡 　　　　　　　　　　　　　　　　　　岳云飞（488）

千年守望

　　——三峡工程竣工有感 　　　张文胜　张　灏　谢　琼（490）

三峡颂 　　　　　　　　　　　　　　　　　　　冯　锦（491）

观三峡大坝泄洪有感 　　　　　　　　　　　　　王华为（492）

颂三峡工程 　　　　　　　　　　　　　　　　　舟隆德（493）

三峡前奏曲 　　　　　　　　　　　　　　　　　周洪宙（494）

报告文学

BAOGAOWENXUE

三峡壮歌

季昌化

一

长江三峡水利枢纽建成已十年了，无数的参观者慕名而来。他们眺望那巍峨的大坝、宏伟的电站、天梯般的船闸，他们遨游那千里平湖，无不赞不绝口。他们仍可从影视中一睹过去轰轰烈烈的施工场面，感受到工程建设者的不易。可是很少有人知道这一宏伟工程的背后，还有数以万计的科技工作者历经半个世纪的求索、研究、设计、论证。这是集体智慧的结晶，是中国人民的精神财富。

长江是中华民族的母亲河之一，千百年来她哺育了两岸人民。可是她那肆虐的洪水又不时给两岸人民带来巨大灾难。根据历史资料记载，自汉初至清末约两千年间长江平均每十年发生一次较大洪水。从 1921 年至 1949 年就先后发生过 7 次大洪水。人们甚至说，长江的洪水是中华民族的心腹之患。1949 年夏，长江以一场大洪水迎接新中国的诞生。1954 年，长江又发生了百年未遇的大洪水。她仿佛在告诫人们，治国必先治水。伟人毛泽东敏锐地看到了这一严峻问题，他在为庆贺武汉人民战胜1954 年大洪水的题词中写道："庆贺武汉人民战胜了 1954 年的洪水，还要准备战胜今后可能发生的同样严重的洪水。"解决长江防洪问题是治江的首要任务，这是长江沿岸人民的期盼，也是全国人民的期盼。

1949 年 11 月，中央人民政府政务院指示："中央人民政府水利部，就全国各重要水道，设直属流域机关，办理各项流域之水利事业。"1949 年 12 月，政务院"批准任命林一山为长江水利委员会主任"，筹建长江水利委员会。1950 年 2 月，长江水利委员会（以下简称"长江委"）正式成立，担负长江流域的治理和开发任务。

经过两年的治江实践后，1951 年 12 月，林一山提出了《治江计划简要报告》。该报告指出："这就使我们有了比较具体的五年计划与十年远景，并将这一计划作为以防洪排水为主要任务的第一阶段计划，而将以发电、航运、灌溉为主要任务的第二阶段计划。至于世界第一富源三峡大坝的准备工作则应是第三阶段的治江计划。"这个治江计划后来被人称为"治江三阶段"。1953 年 6 月，他又向中央提出了《关于治理长江计划基本方案的报告》，对上述报告做了完善补充。后一个报告中写道："第一步以加强堤线防御能力的办法，挡住 1949 年或 1931 年的实有水位。第二步以中游为重点的以蓄洪垦殖为主的办法蓄纳 1949 年或 1931 年的决口水量，达到一个可能防护的紧张水位的目的。第三步则以山谷拦洪的办法从根治个别支流开始，达到最后降低长江洪水为安全水位的目的。"这个以根治长江洪水为目标的"三步走"的计划或构想实质上就是后来整个长江防洪工程体系的雏形。三方面任务的启动时间有先后，但实施和完成这三方面的任务是不分阶段的。

林一山认为，治理大江大河应从制定全面的规划着手。他起初称之为"流域轮廓规划"。1953 年 10 月，经水利部批准成立了"长江、汉江流域轮廓规划委员会"。长江委拟定了《长江汉江流域轮廓规划工作纲要草案》和《长江汉江流域轮廓规划工作计划草案》。周恩来总理肯定了这一做法，他在 1954 年《政府工作报告》中指出"在水利方面，今后必须从流域规划入手，采取治标与治本结合、防洪与排涝并重"的方针。

作为治江战略的组成部分，在长江上游干、支流建设"山谷水库"的准备工作从 1952 年就启动了。这一年的下半年，长江委开展了在长江上游金沙江以及重要支流岷江、嘉陵江、乌江等河流上兴建控制性水库方案的研究，并于 1952 年中提出了四条江控制性水库的研究报告。紧接着，1954 年 4 月，长江委组织查勘了三峡工程的葛洲坝、南津关、南沱、黄陵庙、三斗坪、茅坪等坝址，之后编写了《关于长江三峡水库情况的简要说明》。该说明中提出了两个有意义的建议：一是认为三斗坪等火成岩坝址值得研究，这是后来三峡初步设计中关于坝址的"坝区坝段比较"的发端；二是建议在葛洲坝修建三峡工程的航运梯级以彻底改善三峡工程下游峡谷段的航运条件。不久，长江委和地质部就派出地质勘探队进入两个坝区开展地质钻探。

要治理长江，首先要认识长江，认识长江的自然特性，特别是其水文特性。为此，林一山组织长江委的水文人开创性地做了几件大事。第一，大力建设水文站网；第二，开展了历史洪水调查，从汉朝以来，史书、宫廷文档，尤其是各地方志上有大量的关于洪水和洪灾情况的记载；第三，从 1950 年 11 月开始对 1865 年以来的海关水位资料和民国时期散存的水文观测资料进行多方考证，系统分析，全面整编，使之成为有效的观测成果。这些工作为编制长江流域规划和工程设计提供了有用的资料。

1954 年 12 月，周恩来总理以中国政府的名义商请苏联政府派专家来华帮助长江流域规划工作。1955 年 3 月，两国政府签订了技术援助合同及合同补充书。当年 6—9 月，第一批 10 位苏联专家到达长江委。苏联专家听取了长江委的汇报后，认为长江委的准备工作充分，已基本具备进行流域规划的条件。双方一致认为，长江治理的首要问题是防洪问题。后来为了进行三峡工程设计又陆续增聘了多位苏联专家，先后共聘请了55人。

流域规划开展初期，中、苏双方专家在治江战略工程的选择上出现了分歧。苏联专家主要从更充分利用长江上游水能资源出发，主张以猫儿峡水库（坝址在重庆以上40千米，正常蓄水位275米）和嘉陵江温塘峡水库作为治江的战略工程。长江委则认为这个方案的淹没损失太大，且不能很好地解决长江防洪问题，主张以三峡工程作为治江的战略工程。在当时的环境下，反对苏联专家的意见是有一定风险的。林一山敢于据理力争。争论意见一直上报到周恩来总理那里。1955年12月，周恩来总理听取了双方不同意见，明确指出："三峡水利枢纽有着对上可以调节，对下可以补偿"的独特作用，要以三峡枢纽作为主体工程进行流域规划。这一决断不仅明确了三峡枢纽在治江中的主体地位，更有意义的是周总理指出了流域规划应当遵循的指导原则，即不能单纯从水能开发角度研究"梯级开发"方案，而是要全面考虑，选择一项比较优越的工程为主体，来研究全流域的治理规划。他的这一思想在后来长江的许多支流流域规划中广为遵循运用。1958年4月，中共中央成都会议决议《中共中央关于三峡水利枢纽和长江流域规划的意见》也采纳了他的这一思想。

为加强长江流域规划工作，1956年3月，国务院拟成立以周恩来总理为首的长江流域规划委员会。1956年7月，国务院第七办公室（56）国七字第15号文，"水利部：（56）水人计李字第1172号请示悉。在长江流域规划委员会未成立之前，为有利流域规划工作的进行，同意你部设立长江流域规划办公室的临时机构。"10月，水利部通知长江水利委员会更名为长江流域规划办公室（以下简称"长办"，1988年改名为长江水利委员会）。

1957年，长办提出了《长江流域综合利用规划要点报告》的初稿，10月下旬长办召开了"要点报告讨论会"，听取国务院有关部委、流域各省和有关方面专家教授的意见。后又经过两年的补充修改，于1959年7月完成《长江流域综合利用规划要点报告》，上报中央。

二

要解决好长江防洪问题，就要诊断清楚长江的洪水规律与洪灾的成因，对症下药。经过调查研究，大家认识到，长江的洪水主要来自上游，而大范围的洪灾主要发生在中、下游。长江上游及其支流岷江、嘉陵江的上游都是大暴雨区。每年夏季，这些地方都会发生强度很大的暴雨，造成"峰高量大"的洪水。"众水会涪万，瞿塘争一门"（杜甫诗），这些洪水汇集后经三峡下泄。一旦几条江的洪水相遭遇，就会造成特大洪水。根据历史洪水调查和近代水文观测资料统计，自 1153 年以来，宜昌站发生的超过 50000 立方米每秒的洪峰有 24 次，其中超过 80000 立方米每秒的有 8 次，最大的 1870 年洪水洪峰流量为 l05000 立方米每秒。现代水文分析计算的成果表明，三峡二十年一遇、百年一遇、千年一遇和万年一遇的洪峰流量分别为 72300 立方米每秒、83700 立方米每秒、98800 立方米每秒和 113000 立方米每秒，显然中下游河道不可能宣泄这样大的洪水。不要说自然情况下，就是按 1980 年防洪会议制定的目标加高加固堤防后，中下游各河段的泄洪能力也不可能达到，只能达到枝城 60000 ~ 68000 立方米每秒、城陵矶附近 60000 立方米每秒、汉口河段 70000 立方米每秒、湖口附近750C0 ~ 80000 立方米每秒。长江中下游两岸是广大的地势低平的平原和湖区，面积达 12.6 万平方千米，耕地面积达 600 万公顷。其中江汉平原就是历史上著名的云梦泽，现在沿江分布着众多城市和工厂。汛期河道中的水位比两岸堤内地面高几米至十几米。因此洪水威胁巨大，防洪形势严峻。

长江防洪规划对中下游防洪采取"蓄泄兼筹，以泄为主"的方针。在中下游以加高加固堤防为根本措施，辅以河道整治等措施，尽可能增加河道的泄洪能力。因为堤线很长，加高的工程量大、造价高、占地多，而且堤愈高意味着风险愈大，所以堤的高度应有安全合理的标准，不可能单单依靠堤防来解决中下游的防洪问题。在上游则以建设山谷水库拦蓄和调控洪水为主要措施。但是在上游水库全部建成之前，甚至上游水库全部建成之后，遇到特大洪水时，中下游仍会存在相当大的"超额洪水"，即超过了河道安全泄量的洪水。为此，在中下游两岸建设分洪工程和临时分蓄洪区。这虽然也会造成一定的财产损失，但"两害相权取其轻"，用较小的损失换取重点地区的绝对安全。上述三方面结合，构成长江防洪体系。

三峡工程在长江防洪体系中居于坐镇中枢、调控上下的不可取代的地位。如前所述，金沙江和岷江、嘉陵江上游暴雨在时空分布上是不均衡的，各河上的水库库容不足以完全拦蓄该河的洪水，它们之间又不可能互相调剂，因此在它们的下游需要一个水库再调蓄。此外，在这些河道尾闾到三峡之间约 30 万平方千米的区域也是个暴雨区，也会产生很大的洪水，以上两个原因决定了要修三峡工程。

1955 年 12 月，周恩来指出："三峡水利枢纽有着对上可以调节，对下可以补偿"的独特作用，是长江流域规划的战略重点。1956 年毛泽东在《水调歌头·游泳》中写道："更立西江石壁，截断巫山云雨，高峡出平湖。神女应无恙，当惊世界殊。"用诗的语言高度形象又十分科学地阐明了三峡工程的意义，他的诗句今天已成为历史的事实。1958 年 4 月，中共中央成都会议通过了《中共中央关于三峡水利枢纽和长江流域规划的意见》（以下简称《意见》）。一个政党专门为一项水利工程郑重地做出一个决议，这在世界上从未有过。《意见》明确指出，"三峡水利枢纽是需要修建而且可能修建的"。还指出，"三峡大坝正常蓄水位的高程应当控制在二百公尺（吴淞基点以上），不能再高于这个高程；同时，在规划设计中还应当研究一百九十公尺和一百九十五公尺两高程，提出有关的资料和论证"。对水库正常蓄水位规定了上限。《意见》对三峡工程的建设和流域规划工作提出了重要方针："积极准备，充分可靠"；"在防洪问题上，要防止等待三峡工程和有了三峡工程就万事大吉的思想"；"三峡工程是长江规划的主体，但是要防止在规划中集中一点，不及其他和以主体代替一切的思想"。几十年来，这些思想一直指引和贯彻于三峡工程设计和流域规划的全过程之中，今天读来仍熠熠生辉。

<h2 style="text-align:center">三</h2>

1958 年 11 月，长办完成了《三峡水利枢纽初步设计要点报告》（以下简称《要点报告》），1959 年 3 月上报水利部。比"成都会议决议"的要求约推迟了半年。

在《要点报告》阶段，着重研究了两个大问题。一是选定三峡工程的正常蓄水位（后来称为设计水位），二是选定坝址。

《意见》之前，关于正常蓄水位研究过 260 米、235 米、220 米和 200 米四个方案。当时部分苏联专家主张 260 米方案，长江委倾向于 235 米方案。"成都会议决议"后，长江委补充研究了 200 米、195 米、190 米和 180 米方案。《要点报告》推荐 200 米方案。这个问题在随后 30 年里进行了反复研究，直到 1989 年才最终确定为 175 米方案。

坝址选择工作正式开始于 1955 年。像体育比赛中采取初赛、复赛、决赛那样，设计上对坝址采取了坝区、坝段、坝线逐步深入的比选方式。在三峡出口以上 50 千米河段内，选出了两个坝区。上坝区从美人沱至南沱（长 10 多千米），称美人沱坝区，后来根据周恩来的意见改称三斗坪坝区。坝区内分 10 个坝段，每个坝段有 1～3 条坝线为代表。现在的三峡坝址就是当年三斗坪坝段上坝线。三斗坪坝区的主要特点是坝基为火成岩，河谷宽阔，可以容纳下溢流坝、坝后厂房和船闸，可采用分期导流施工。从石牌至三峡出口南津关，长不到 10 千米，称南津关坝区，分 4 个坝段 6 条坝线。这个坝区的主要特点是基岩为石灰岩，河谷窄陡，只能采用地下厂房和隧洞导流。比选程序是先在两个坝区中分别选出最优的坝段。这个阶段在各个坝段的地质勘测、水工设计和施工设计工作都要做到相等的可比的深度。第二步对两坝区中选出的最优坝段做进一步比较，最终选定坝址。这样细致地研究选择坝址的方法是世界大坝史上从未有过的。

党中央成都会议之后，鉴于建设三峡工程的许多技术问题在国内甚至在国外都具有挑战性，为促进这些问题的解决，中央决定组织全国协作研究三峡工程重大技术问题，这是我国为一项水利工程组织全国科技力量攻关。为此在国家科委成立了三峡水利枢纽组，由中国科学院、国家科委和水利电力部的主要负责人任正、副组长。1958年6月，国家科委三峡水利枢纽组在武汉召开了第一次科研会议。有关的科研、产业部门、高等院校、设计施工单位以及中央和地方的主管部门共82个单位、268人参加，商讨制订了科研计划和分工。从1958年至1960年共召开过三次三峡科研大型会议。先后有360多个单位和近万名科技人员参加了这一工作，共提出研究报告、论文1376份。这些成果不仅解决了当时三峡工程设计的一些重大科技问题，而且还对我国水利水电科学技术的发展和机电设备等制造业的发展起到了促进作用。

1956年，林一山在《中国水利》第5、6期（合刊）上发表了《关于长江流域规划若干问题的商讨》。文章阐述了流域规划取得的初步成果和当时的认识，详细论述了三峡工程在长江综合开发中的意义，以及关于开展三峡工程研究的意见。9月，李锐在《水力发电》发表文章，认为不必要建三峡工程也不可能建三峡工程，由此引发了激烈的争论。对这个问题的争论延续了几十年，直到三峡工程建成后，仍然有人认为不该建三峡工程。这一争论甚至蔓延到国外。对这个问题，中国共产党的领袖们采取了十分谨慎的民主的科学的态度。正如"成都会议决议"中写道："对一切主要的技术问题和经济问题的探讨，都应当采用展开争论、全面比较论证的方法，以求得出充分可靠的结论。"周恩来在一次讨论坝址的会上说："没有争论怎么会拿出这么多材料。"

《三峡水利枢纽初步设计要点报告》上报后，1959年5月召开了《初设要点报告》讨论会。1959年底，长办完成了《三峡工程初步设计报告（初稿）》，后因形势改变，没有正式刊印。1960年初，长办按中央的要求报送了《三峡水利枢纽施工准备计划》。4月，水电部组织水电系统的苏联专家和国内有关单位的专家赴三峡查勘和研究坝址问题，绝大多数专家同意选用三斗坪坝址（现在采用的坝址）。

三峡工程设计研究工作第一个历史阶段宣告结束。

四

20世纪50年代末，国际国内形势发生重大变化，毛泽东提出"备战、备荒、为人民"。1960年中期，中共中央做出缓建三峡工程的决定。毛泽东在"积极准备，充分可靠"方针基础上加上"有利无弊"的要求。周恩来指示"雄心不变""加强科研、加强人防"。中央北戴河会议后，三峡工程转入以工程防护研究为主的时期。

文
学
篇

（一）防护工程研究

1959年底，成立了三峡工程防空科研领导小组。1960年4月召开了领导小组会，确定了三峡工程防空工作的指导思想和主要研究内容。

因为不可能直接用核爆进行研究，所以用化学爆破进行模拟试验。进行了水中爆炸、空中爆炸和直接命中大坝等情况的试验。探索化爆冲击波特性与核爆炸动力特性的异同，以及不同爆炸情况下混凝土坝、堆石坝、土石坝等不同介质的破坏特征。同时进行了大坝动应力计算和相似规律的研究。得出的主要结论是，常规剖面的大坝满足不了抗核爆的要求，需要采取加大剖面等措施。

1964年10月，我国进行了首次原子弹爆炸试验。有关工程技术人员利用这个难得机会，在核试爆现场做了大坝核爆效应的试验研究。在1966年和1972年核试爆时继续进行现场试验。研究了核爆炸空气冲击波作用下重力坝的荷载特性和坝体动力反应、破坏形式、薄弱部位，进而研究了防护措施。总体看来，重力坝对空中核爆炸是有一定抗破坏能力的，也有加强的办法。

溃坝的后果是人们关注的又一个问题。早在1958—1959年，中国水利水电科学研究所就做过一个溃坝模型试验。因为该模型比例尺较小，只能得出一些定性的认识。长办于1972年至1980年用1∶500正态模型试验研究了太平溪坝址溃坝水力学特性和溃坝洪水对荆江大堤的影响。1983年至1988年又进行了三斗坪坝址溃坝模型试验。模型的水平比例尺为1∶500，垂直比例尺为1∶250，用1∶10000地形图制作，范围包括水库至沙市（现荆州市）下游5千米处。试验的条件考虑了核袭击发生在汛期或非汛期、不同的大坝溃口宽度、溃坝前后不同的入库流量和溃前下游河道不同流量、大坝瞬间全溃（基础以上瞬时"灰飞烟灭"）或半溃（高程110米以下坝体尚存）几种状况。对这些条件进行不同组合。与一般人想象的不一样，即使大坝瞬间消失了，库水也不会瞬时一起下泄，它仍是"后浪催前浪"，以洪水波的形式前进。加之三峡水库是长几百千米的狭长形，奉节以下处于三峡峡谷中，水库库面平均宽度仅500米。大坝下游自莲沱至南津关20千米长为西陵峡，河谷宽度仅250米左右，且有三个急弯。南津关以下约60千米长为丘陵河谷。这些峡谷河段起着阻滞洪水、削减洪峰的作用。试验结果表明，最不利情况下溃坝洪水到沙市的最高水位为45.7米，荆江大堤是安全的。三峡大坝的泄洪能力很大，只需5～6天就可将库水位降至最低运行水位135米，可进一步减免溃坝洪水灾害。

（二）坝址重新研究

1961年，从工程防护角度对石牌坝址重新进行勘测设计研究。因为该坝址位于狭谷河段，且其上游几千米河谷为近90度的转弯，这可大大削弱核爆炸时冲击波对大坝的危害。坝址处两岸壁陡，河谷宽仅 250 米，山体高大，有条件采用大爆破方法一次形成大体积堆石坝。同时将大坝之外的建筑物都置于地下，以防核袭击。经过两年多的研究，发现需要大量的泄洪隧洞，地下建筑物太多，技术复杂，工期很长，石灰岩地区地质条件复杂，最后放弃了这个坝址，转而研究太平溪坝址。

太平溪坝址在三斗坪坝址上游约 7 千米处，更接近上游狭谷河段美人沱。坝址处河谷宽度比三斗坪小，如果采用加大剖面的重力坝可以少很多混凝土量。两岸山体雄厚，适于布置地下厂房。同时，河谷宽度仍可以布置溢流坝、船闸和少量坝后厂房，以及采用明渠导流分期施工。因此对该坝址进行补充勘测设计研究工作，与三斗坪坝址再进行比较。因为这两个坝址各有长短，争议颇大，久拖难决。随着葛洲坝工程的进展，要求及时确定三峡坝址，以便在葛洲坝工程蓄水前做好三峡工程必要的预建工程。为此，1976 年长办提交了《三峡水利枢纽初步设计要点补充研究报告（坝址补充研究）》。1979 年 5 月和 9 月，水利部先后两次召开了"选坝会议"。1979 年 11 月，水利部向国务院提交了《关于长江三峡水利枢纽工程坝址选择和做好前期工作的报告》。报告中写道："防护条件太平溪较优，但是对三峡大坝是否应当为防护加大断面，多数同志引证国内外经验，不同意这样做……根据以上讨论情况，考虑到有关部门的意见，我们建议以三斗坪坝址做初步设计。"1983 年 5 月，国家计委在审查《三峡水利枢纽工程可行性研究报告（150 米方案）》时，同意选用三斗坪坝址。次年 4 月，国务院原则批准。直至 1986 年开始的"重新论证"中，复核和研究了防护研究成果，同意选择三斗坪坝址。经过三十多年的研究、争论、论证，终于做出最终决定。

（三）分期开发方案研究

考虑到"备战"要求，三峡工程暂时不能按最终规模正常蓄水位 200 米方案建设，但今后条件许可时仍可能加高扩建至最终规模。因此提出了分期开发的设想，即初期坝高和电站规模建得低一些小一些，同时又保证后期能方便地加高扩建。这种方案还可减少初期投资，缩短工期，早日发挥效益，一举两得。因此从 1961 年开始研究分期开发方案。关于分期的水位考虑了两种可能：一是按最终规模的水轮发电机组可适应的最低水位（148 米）选定为 150 米。这种方案后期加高扩建时电站的改建工程量很小。二是初期利用后期水轮机，但用一个容量较小的发电机（后期的机坑尺寸不变），改建时只需要换发电机。这种方案适应的最低水位为 115 米。同时研究了分期建设的大坝、泄洪建筑物和船闸等的结构和改扩建措施。1966 年 3 月，提出了《长办关于三峡水利枢纽分期开发的研究报告》。后来，这种开发方案成功运用于丹江口水利枢纽。

（四）水库长期使用问题研究

长期以来许多人都关心这样一个问题——三峡水库会不会像三门峡水库那样被"淤死"，即三峡水库能不能长期使用。为了回答这个问题，长江委等单位进行了长达50多年的研究试验，也争论了50多年。1964年，林一山率长办科技人员考察了西北、华北、东北多泥沙河流上的一些水库。初步认识到，许多河流一年中70%～80%的泥沙产生于汛期，因此只要汛期降低库水位，大流量泄洪排沙，水库就可长久保持大部分有效库容。还提出了"蓄清排浑"的水库调度方式。长江的水量远大于黄河，而它的泥沙总量和含沙率却远小于黄河，河流的输沙能力远大于黄河；三峡水库的形状是狭长形的河道型水库，库面最宽处也只有天然状态时河宽的3倍左右，过沙的能力大于"大肚"形水库。因此，三峡水库不会"淤死"，可以长久保持一定的有效库容。

1959年10月召开的三峡枢纽第二次科研协作会上，将"三峡水库调度和泥沙淤积问题"列为三峡工程重大科学技术问题之一。1960年国家科委三峡组安排的1963—1972年十年科研规划中，三峡水库泥沙淤积问题是主要的研究课题之一。1966年，三峡工程建设委员会办公室仍将泥沙问题列入"九五""十五""十一五"科研计划。

泥沙研究采用原型观测与调查、数学模型计算和物理模型试验等相结合的方法。凡有这方面专业或研究能力的科研单位、高等院校、设计单位和运行管理部门都参与了这项研究工作。对于重大问题，组织两个或更多单位平行研究。几乎全国从事泥沙研究的专家和科技人员均参与其事。泥沙研究的规模、方法、成果、水平使世界同行惊叹。1986年开始三峡工程重新论证，设有泥沙专家组，对30年研究成果进行复核和论证，对不同意见展开讨论，进行必要的补充研究工作。1988年初泥沙专家组提出了论证报告，主要结论是："工程可行性研究阶段的泥沙问题，经过研究，已基本清楚，是可以解决的。"但建议大坝建成开始蓄水最初6年的最高水位限制在156米，以便进一步检验研究成果，如发现问题好及时处理。三峡工程坝顶于2006年5月全面浇筑到185米高程，这年10月只蓄水至156米运行。经过3年，泥沙专家组认为不需要再限制蓄水位了，可试验性蓄水至175米，2009年11月首次蓄水至水位172.8米（因入库水量不够）。从2010年以来连年蓄水位达到或接近正常蓄水位175米。迄今，三峡水库按设计水位运行已快6年。从2003年"围堰挡水发电"（库水位113.5米）算起，已经整整12年。虽然12年对于一个"千年大计"的工程来说仅仅是短暂的一瞬，但是已经可以初步看到泥沙运行的规律。

五

1970 年 12 月 30 日，葛洲坝工程开工了。在那个特殊年代，这是一件颇有戏剧性的大事。

葛洲坝水利枢纽在三峡坝址下游 40 千米处。三峡工程设计之初就提出同时设计该工程。它是三峡工程的组成部分，其主要任务是调节三峡电站运行时引起的下游河道中水位和流速变化过快过大的问题，因此称之为"航运梯级"或"反调节水库"。当时研究的结论是，它最好在三峡工程建成之后建设，或者两者同时建设。

20 世纪 60 年代末，湖北省缺电，省革命委员会负责人向毛泽东主席建议三峡工程采用分期开发方案先按正常蓄水位 150 米方案建设。毛泽东出于"备战"的考虑，否定了这个意见。1970 年 10 月，武汉军区和湖北省革命委员会向党中央和国务院写了《关于兴建长江葛洲坝水利枢纽工程的请示报告》。林一山闻讯后给周恩来总理写了一封信，说明不宜提前兴建葛洲坝工程。周恩来将中央批复的送审稿及武汉军区、湖北省的报告连同林一山的信一并呈送给毛泽东。也许是巧合，毛泽东在他生日那天（1970 年 12 月 26 日）对兴建葛洲坝工程做出了一个意义深远的批示："赞成兴建此坝。现在文件设想是一回事。兴建过程中将要遇到一些现在想不到的困难问题，那又是一回事。那时，要准备修改设计。"当时，人们只记住了"赞成兴建此坝"这六个字，没有把他那两句警策和预言的话放在心上。后来不幸果被言中。葛洲坝工程开工后不到两年，就遇到致命的"困难"问题。1972 年 11 月，周恩来不得不毅然决定主体工程暂停施工，修改设计。

1958 年三峡枢纽组初步设计要点报告阶段，虽然也进行过葛洲坝工程设计，但是深度不够，重点放在研究利用葛洲坝工程解决三峡坝址下游的通航水流条件问题，对于枢纽布置和建筑物设计未做深入研究。1970 年提出先建葛洲坝工程建议之后没有进行深入的勘测、设计和试验研究，而是采取当时流行的"边勘测、边设计、边施工"的所谓"三边"方式，还采取"千人设计、万人审查"的革命群众运动的方式来进行工程建设。因此，开工后出现种种技术问题自是不可避免的。

1972 年 11 月 8 日和 9 日，周恩来抱病听取了葛洲坝工程建设情况的汇报。他说："长江上出了乱子不是一个人的事，是整个国家、整个党的问题。""新中国成立 20 多年了，在长江上修一个坝，不成功，垮了，是要载入党史的。""我对葛洲坝工程这些问题总是战战兢兢、如履薄冰。"他于是决定主体工程停工，修改设计，并指示成立葛洲坝工程技术委员会负责组织领导修改设计工作。委员会由有关部门的领导和知名水利专家 9 人组成，指定林一山为召集人。他说："葛洲坝设计出问题，找林一山。"修

文
学
篇

改设计不再采取所谓的"三结合"形式，而是交长办负责。他说："长办不要改组，不要撤销。"技术委员会将存在的问题分成泥沙淤积、消能防冲、大江截流、大型机电设备、基础黏土岩泥化夹层、混凝土质量控制等专题，逐一研究解决。技术委员会还请回了有关专业的顶级专家教授指导修改设计。许多高校和科研院所、相关工厂参加试验研究和试制工作。重要技术方案和决定必须由技术委员会一致通过。

在修改设计中，确保枢纽通航成为最重要的课题，也是最困难的问题。

为了解决这个问题，林一山在一般水利枢纽布置设计原理基础上提出了"河势规划"的概念。既不局限于研究沿坝轴线的建筑物布置，还要安排好上、下游"河势"的角度研究建筑物的布置。

林一山还提出"实船试验"的研究方法。关于南津关一带水流的复杂流态对航行的影响，修改设计之前所采取的方法是请几位航行川江的老船长来看，他们说这儿在两万流量时船只可以通过，那儿在三万立方米每秒流量时船只可以通过，以此为据确定通航流量。林一山认为这种方法不科学。因为并没有弄清那些泡漩和剪刀水等的成因，各种流态的水力学参数是什么，船只通过它们时受到何种力的作用，操控的难易程度。而且在水库蓄水后水流的边界条件改变了，同样流量下的流态与建库前是不一样的。所以修改设计时林一山提出要做"实船试验"。简言之，就是由船长驾驶船舶驶过泡漩和剪刀水等特殊流态，同时科研人员实时观测当时的流量、各方向的流速、泡漩向上的流速和"泡"的高度，船舶上有仪器记录下驾驶参数、摇摆度、拖轮及驳船间钢缆的拉力等参数。与此同时，还制作这一段河道（水库）的水工模型。在模型上观测天然情况下和水库蓄水后同样流量下流态的变化情况，综合判断确定建库后的可通航流量和安全的航线，还用船模在水库模型上进行验证试验。进一步利用此模型研究通过整治工程和修建防淤堤后流态的改善情况和航行条件，此外还利用水槽模型研究泡漩的成因等。1973年7月又选择水域和流态比较相近的湖口进行了万吨级船队的实船航行试验，验证船队减速停靠所需的距离。他的这些做法在当时不仅振聋发聩，还冒着一定风险。事实证明，正是通过科学严谨的试验研究，成功地解决了葛洲坝通航问题。

1974年2月，长办提交了葛洲坝工程修改初步设计送审稿。4月，葛洲坝工程技术委员会召开了第五次全体会议，审议了长办提出的报告，并向周恩来总理和李先念副总理呈交了报告，认为"修改设计必须解决的重大技术问题已基本落实，方案可以定下来"。同年9月2—15日，谷牧主持召开了葛洲坝工程座谈会，一致认为复工条件已经具备，决定正式复工。复工后，虽然仍遇到一些困难问题，但总体来说比较顺利。工程于1988年全部建成，电站船闸全部投入运行。

事实证明，葛洲坝工程的这次成功修改设计是确保工程成功的基础。葛洲坝的成功，不仅让三峡工程有了实战准备，而且为三峡工程的兴建打开了道路，奠定了基础。试想一下，如果葛洲坝工程失败了，还会有三峡工程吗？

历史应该记下这一笔。

六

20 世纪 80 年代初，国家形势发生了很大的变化。邓小平提出了"以经济建设为中心""要加快经济建设"，以及"本世纪末，工农业生产总值翻两番"的战略目标。为此，中央考虑要建设一批大型项目，三峡工程也由此再次提上国家建设的议事日程。1979 年 11 月，水利部向国务院报送了《关于三峡水利枢纽的建议》，建议"将三峡工程作为我国四个现代化建设中的一项重大战略工程，争取在 90 年代建成"。

1980 年 7 月，邓小平要求国务院召开一次专门会议研究三峡工程问题。由于有人反对建设三峡工程，国务院遂决定："关于三峡建设问题，由科委建委负责，继续组织水利、电力及其他方面的专家进行论证，提出意见。" 1981 年初，长办提出初期蓄水位 128 米，坝顶高程 145 米，最终蓄水位 190 ～ 200 米的分期建设方案。中央领导人认为采用分期建设方案，后期抬高水位将严重影响库区的建设和发展，主张采用一次建成的低水位方案。1982 年 11 月，水利部指示长办研究 150 米方案的可行性。1983 年，长办提交了《三峡水利枢纽可行性报告（150 米方案）》。该方案的坝顶高程为 165 米，后来被称为"低坝方案"。

150 米方案具有一定的综合效益。防洪方面，当发生二十年一遇洪水时，库水位达 150 米，最大下泄流量可控制在 56000 立方米每秒（荆江安全泄量）；百年一遇洪水时，库水位达 160.7 米，最大下泄流量仍可控制在 56000 立方米每秒；百年一遇以上至千年一遇洪水时，需要动用荆江分洪工程和中游的分蓄洪区分洪，才能保证荆江大堤的安全。发电方面，水电站保证出力 300 万千瓦，装机容量可达 1100 万千瓦，年发电量 650 亿千瓦时，比当时正在规划设计的其他大型水电站的指标优越。航运方面，库水位 150 米时，回水可达涪陵以上，库区可形成 400 ～ 500 千米的深水航道。枯水期，荆江通航条件可得到一定程度的改善。综合看来，这种方案仍有较大的综合效益，经济上仍然是合理的，技术问题和资金问题均可解决。

1983 年 5 月，国家计委召开了《三峡水利枢纽可行性报告》审查会。参加会议的有政府有关部门的负责人和专家教授 350 余人，是新中国成立 30 多年来规模最大的一次水利工程审查会。审查的主要结论是，在当时条件下，150 米方案虽不尽如人意，但比较现实，报请国务院批准。1984 年 4 月，国务院原则批准这种方案，但坝顶提高至 175 米高程，以提高工程的防洪作用。并决定 1984 年、1985 年进行施工前期准备工作，争取 1986 年正式开工。国务院成立了三峡工程筹备领导小组，李鹏副总理任组长。前期准备工作随即积极展开。

国务院的这个决定做出后引起了很大反响。1984 年 10 月和 11 月，重庆市委两次给中央写报告，申述 150 米水位低了，建议采用 180 米水位方案。1985 年 5 月，全国政协经济建设组组织调查组到湖北、四川两省进行了 38 天调查后，编印了《关于三峡工程问题的调查报告》，反对修建三峡工程。主要理由是：①投资太大，可行性报告所列投资大大偏低；②不仅解决不了长江下游的防洪问题，反而会加剧上游的洪水灾害；③泥沙淤积问题没有解决，将形成一个"驼背"的长江；④航运弊多利少；⑤发电投资多，工期长，产出慢，效益差；⑥移民需要重建十余座城市；⑦安全上要冒灾难性风险。一时社会上议论纷纷。

关于建设三峡工程的一场大争论在所难免。它已经不仅仅是一项技术经济决策，同时也成为一项政治决策。

<h2 style="text-align:center">七</h2>

1986 年 6 月，中共中央和国务院共同发出了《关于长江三峡工程论证工作有关问题的通知》（以下简称《通知》）。因为对三峡工程已经论证过，所以人们将这次论证称为"重新论证"。《通知》对论证工作的目的和要求，组织领导和程序做了具体规定。特别值得注意的是，《通知》对论证结果的审查和决策程序："第一步由水电部负责组织论证，经过论证重新编写可行性报告。第二步由国务院三峡工程审查委员会审查重新编制的报告，并提请中央和国务院批准。最后提请全国人民代表大会审议。"《通知》的重要意义在于，从 1958 年 4 月"成都会议决议"以来，经过 28 年 2 个月，中国共产党又一次以党中央的名义对三峡工程的设计研究工作做出决定，并把最后审批权交给国家最高权力和立法机构，交给人民。

要组织好这一规模庞大内容复杂的论证工作，本身就是个难题。水利部组成了一个论证领导小组，下设了一个办公室。将待论证的问题分成为 14 个专题（专业）：地质地震、枢纽建筑物、水文、防洪、泥沙、航运、电力系统、机电设备、移民、生态与环境、施工、投资估算、综合规划与水位、综合经济评价。共成立了 14 个专家组，聘请专家 412 人，其中 370 人具有高级技术以上的职称。特别注意聘请持不同意见的专家。为了使论证工作得到有关方面的指导，商请全国人大财经委员会、全国政协经济建设委员会、国务院有关部委、四川湖北两省、中国科学院、中国社会科学院推荐特邀顾问共 21 人。

为了保证论证工作的全面，由论证领导小组办公室搜集了国内外反对三峡工程的各种意见和提出的问题，编印成《对建设三峡工程的不同意见文章选编》，约30万字，供论证专家们参考。论证过程中，根据论证专家的需要，委托有关高等院校、科研院所、勘测设计单位、机电设备制造厂等单位进行补充调查、勘探、试验、研究工作。为保证论证工作的民主性，同意本组论证报告结论的，在报告上签字负责，不同意的专家可不签字，并可提出书面意见，同时上报。不搞表决，不受行政干预。

论证之初发现，水库正常蓄水位既受多方面因素影响，又反过来影响许多专题的论证成果。因此决定整个论证分两步（两阶段）进行。第一步先初步选出一个有代表性的正常蓄水位方案，作为共同论证的对象，但不是结论。1987年2月，召开专家组组长联席会议，进行了讨论，最后由综合规划与水位专家组确定了初选方案，报论证领导小组。领导小组于1987年4月召开了第四次（扩大）会议讨论通过了这个初选方案：正常蓄水位175米，坝顶高程185米，工程建成后10年内按156米水位运行。第二步，各组根据上述初选水位方案分头进行深入论证。论证的内容大致可分为三类：一是就各专业角度论证三峡工程技术上是否现实可行；二是论证三峡工程在长江流域规划中的地位和作用，修建三峡工程是否必要；三是三峡工程的综合经济评价，核心问题是"上与不上三峡的评价，早上三峡与晚上三峡的评价"。

1987年12月以后，各专家组先后完成了论证并提出了报告。1988年1—11月，共召开了4次领导小组扩大会议，逐一通过了14个专家组的论证报告。

重新论证过程中，专家组对一些重大技术问题，包括基本资料、建筑物设计和施工、主要机电设备的制造与安装，以及水库诱发地震、库岸稳定、泥沙淤积等，进行了全面复核，并补充了必要的科研调查工作。认为已有的基本资料是翔实可靠的，各项设计研究成果正确可信。防洪、电力系统专家组认为，兴建三峡工程是必要的。泥沙专家组的结论是，"三峡工程可行性研究阶段的泥沙问题经过研究，已基本清楚，是可以解决的"。移民专家组认为，"移民安置问题是可以妥善解决的。在一定投入的保障下，把移民安置、库区建设、资源开发、环境保护、水库保持结合起来，可以达到繁荣库区经济，改善环境质量，移民长治久安的目的"。工程对环境的影响比较复杂，有利有弊，有的影响目前尚难预测或难以定量。生态与环境专家组在分析了各种影响后认为，"不存在制约三峡工程可行性的因素"。个别专家对这个问题比较担心，因此没有在论证报告上签字。总的经济评价是："三峡工程经济效益高，经济评价指标好……建比不建好，早建比晚建有利。"

1989年2月，长办根据重新论证的结果重新编制和提交了《长江三峡水利枢纽可行性研究报告（审议稿）》。1989年2月27日至3月7日，论证领导小组召开第十次会议，审议并原则同意该报告，并要求长办根据这次会议提出的意见进行修改。长办按照要求修改后于4月初上报国务院三峡工程审查委员会，同时还编写专题报告12册一并上报。至此，三峡工程重新论证任务全部完成。《长江三峡水利枢纽可行性研究报告》推荐的方案是，大坝坝顶高程185米，水库正常蓄水位175米，防洪限制水位145米，校核洪水水位180.4米，防洪库容221.5亿立方米，水电站装机容量1768万千瓦，年发电量800亿千瓦时。按1986年末物价水平估算，项目静态总投资（包括枢纽工程、输变电工程、移民）361.1亿元。施工准备工期3年，主体工程工期15年，主体工程开工后的第九年第一批机组发电。采取"一级开发，一次建成，分期蓄水，连续移民"的建设方针。"一级开发"即重庆至三峡间不再分级。"一次建成"指大坝等主要建筑物均一次建成，不分期。"分期蓄水"指第三期施工时利用围堰挡水发电，蓄水位至135米，大坝建成后起初6年蓄水位至156米，然后按最终规模175米水位运行。"连续移民"指随着水库蓄水位的分期升高，移民按高程分批进行，先移低处后移高处，但所有移民均一次到位。

八

1990年7月6—14日，国务院召开了三峡工程论证汇报会议。听取和讨论了关于三峡工程论证情况的汇报和关于重编的可行性报告的汇报。出席会议的有中央政治局、中顾委、全国人大、全国政协的部分领导，国务院常务会议成员和有关部委的负责人，三峡工程论证协调小组和领导小组成员，8个民主党派的负责人，各方面专家175人。会议决定将《长江三峡水利枢纽可行性研究报告》（以下简称《可行性报告》）提请国务院三峡工程审查委员会审查。李鹏总理宣布了审查委员会组成人员，共25人，由邹家华副总理任主任，国务委员王丙乾、宋健、陈俊生任副主任。

审查委员会明确，审查工作的主要内容是审查三峡工程在技术上是否可行，经济上是否合理，并对资金筹措、兴建时机及实施步骤提出意见。审查工作采取"分专题、分阶段"的方式进行。按《可行性报告》的内容分为10个专题，组成10个专家组，先由专家组分专题预审，再由审查委员会集中审查。共聘请专家163人，其中62%是没有参加过重新论证的专家，也聘请了重新论证阶段有不同意见的专家。

各专家组先后到库区、坝区和防洪保护区进行了调查研究，广泛听取各方面的意见，召开了30多次专家组预审会议，还组织进行了必要的补充计算、分析工作。至1991年5月底，各专家组先后完成了预审工作。1991年7月，审查委员会召开第二次会议，听取10个专家组预审结果的汇报。

1991年8月3日，审查委员会召开第三次会议，讨论通过了审查意见。意见的主要内容为：①"三峡工程是一项一举数得、效益巨大的工程……从宏观上、战略上看，我们应当早下决心兴建三峡工程。"②对可行性报告关于技术可行性的结论，审委会认为，"上述结论是经过充分的科学论证得出的"。③关于经济合理性，审委会认为，"总体来看，三峡工程按 1990 年价格估算的静态投资 570 亿元是可以包得住的"，同意可行性报告的结论，即"国民经济评价表明，三峡工程具有良好的经济效益……建比不建好，早建比晚建好"。④关于三峡工程的建设方案，审委会同意三斗坪坝址和重力坝坝型；同意枢纽布置方案，但应为将来扩大装机规模留有余地；同意主体工程总工期 15 年的安排，施工中要力争缩短工期和提前发电。⑤关于水库移民，审委会认为，"移民工作是可以做好的，库区经济一定会得到显著发展"。⑥关于生态环境影响，审委会认为，"建设三峡工程总的来说有利于生态环境的改善；对可能产生的一些不利影响，只要高度重视，认真对待，可以减少到最低程度"。⑦关于防空炸问题，根据对多种情况进行模型试验，"即使水库大坝遭受突然袭击破坏，从最不利的情况分析，也只是坝址至沙市以上地区局部灾害严重，不至于给荆江两岸地区造成大的灾害"。⑧关于资金筹措和国力能否承担问题，审委会认为，"九种筹资渠道是可行的。同时，三峡工程的总投资占建设期间国民收入的比例仅为 23% 左右……每年所需的水泥、钢材、木材占这些原材料全国产量的比重不大，分别占 1991 年计划年产量的 3.5‰、2.5‰、1.8‰。因此，从财力、物力上看我国国力是可以承担的"。审查意见最后写道："经过近 40 年的工作，三峡工程已到了可以决策和应该决策的时候，再推迟下去，不仅兴建时将付出更大的代价，效益也将相应推迟发挥。三峡工程的兴建，不仅不会影响 20 世纪内第二步战略目标的完成，而且有助于为 21 世纪初国民经济发展打下坚实的基础。因此，审查委员会全体委员一致同意报告，建议党中央、国务院予以批准并提请全国人大审议。审委会也同意报告提出的尽早开工兴建的意见，认为如果资金落实，三峡工程从 1993 年开始进行施工准备工作，1996 年正式开工的建议是适当的。"审查意见由全体委员签字后上报国务院。写至此，笔者不禁要说，审查意见不仅是对三峡重新论证的完善总结，也是对 40 年来三峡设计研究工作的肯定。它已经经受住了历史的初步检验，它必将经受得住更长的历史检验。

　　1992 年 1 月 17 日，李鹏总理召开国务院常务会议，讨论了三峡工程可行性报告审查意见，原则同意兴建三峡工程。会议决定将审查委员会的审查意见和这次常务会议讨论的意见报请党中央和全国人民代表大会审议。1992 年 2 月 20 日和 21 日，中共中央政治局扩大会议讨论了三峡工程问题，同意李鹏总理向全国人民代表大会提交议案。3 月 16 日，李鹏向第七届全国人民代表大会第五次会议提交了《国务院关于提请审议兴建长江三峡工程的议案》。1992 年 3 月 20 日，第七届全国人民代表大会

第五次会议开幕。3月21日，邹家华副总理受国务院委托作了《关于提请审议兴建长江三峡工程议案的说明》。1992年4月3日下午，全国人民代表大会2633名代表对《关于兴建长江三峡工程的决议》进行表决。表决结果：1767票赞成，177票反对，664票弃权，25人未按表决器。议案高票通过。通过的《关于兴建长江三峡工程的决议》全文如下："第七届全国人民代表大会第五次会议，审议了国务院关于提请审议兴建长江三峡工程议案，并根据全国人民代表大会财政经济委员会的审查报告，决定批准将兴建长江三峡工程列入国民经济和社会发展十年规划，由国务院根据国民经济发展的实际情况和国家财力、物力的可能，选择适当时机组织实施。对已发现的问题要继续研究，妥善解决。"

从1958年4月提出《中共中央关于三峡水利枢纽和长江流域规划的意见》，到1992年4月全国人大通过《关于兴建长江三峡工程的决议》，世上还有哪一项工程获得如此的殊荣。

三峡工程，千万中国人心力的创造；三峡工程，中华民族振兴的号角；三峡工程，中国人民的骄傲。

（本文原为《三峡工程史料选编·勘测设计卷》的"概述"，刊用时作者略作删改）

三峡工程，设计的丰碑

李 真

2006 年 5 月 20 日 14 时，一个跨越时代的水利奇迹展现在世人面前：随着最后一方混凝土的浇筑完毕，举世无双、横锁长江的三峡大坝全线到顶。

一座巍巍大坝，一个旷世传奇。映着峡江的青山绿水，全线达到 185 米设计高程的三峡大坝，以气吞山河的气势矗立于西陵峡口。它见证着中华民族的能力，也见证着三峡工程设计总成单位——长江勘测规划设计研究院（以下简称"长江设计院"）挑战世界水电设计技术之巅的智慧，成为设计的巍巍丰碑。

历史的丰碑：中华民族百年梦圆

华夏文明靠水繁衍了几千年，也被水困扰了几千年。长江，更是中华民族福祸无常的一条巨龙。治水驯水，兴利除害，富民强国也就构成了中华民族前赴后继的追求与梦想。

三峡工程是长江防洪体系中重要的一环。工程完工后，将形成库容为 393 亿立方米的"高峡平湖"，可拦洪 221.5 亿立方米，确保长江中下游 8000 万人民的生命财产安全。

三峡水利枢纽将是世界上最大的水电站，装机容量 1820 万千瓦，年均发电量846.8 亿千瓦时，为我国的经济建设提供大量廉价、清洁的能源。

自古以来，川江浪潮急，三峡多险滩。三峡工程让桀骜不驯的长江在这一段舒缓了、温柔了，成为名副其实的"黄金水道"。届时，万吨级船队可直达重庆港，航道单向年通过能力可由现在的 1000 万吨提高到 5000 万吨，运输成本可降低35% ~ 37%。

从大江截流到成功蓄水、通航、发电，再到全线到顶，三峡工程建设每一个目标的实现都凝聚着三峡工程建设者的汗水，都牵动着全国人民的心，都是中国共产党始终坚持"三个代表"的真实体现。三峡工程建设不仅为我国水电开发积累了很好的建设经验，同时也为长江的滚动开发创造了好的条件。宏伟壮丽的三峡工程在发挥出自

文学篇

身巨大效益的同时，必定也会为人与自然和谐共处、为环境秀美的长江治理开发、为可持续发展和实现全面建成小康社会的奋斗目标做出巨大贡献。

创新的丰碑：问鼎世界之最

登上三峡大坝坝顶，触摸钢筋水泥构筑的伟岸躯体，满眼都是"世界之最"。

大坝上的一组世界级数字，足以让世界科技"震撼"：大坝坝轴线全长2309.47米，混凝土浇筑总量为1600万立方米，是世界上最大的混凝土重力坝，其施工规模及工期是当之无愧的世界第一。国际大坝委员会主席维奥蒂在参观三峡工程时说，中国已代表国际筑坝技术先进水平。

设计是工程的灵魂，设计质量是工程建设质量的基础。在三峡设计这一充满艰辛、曲折和辉煌的进程中，长江设计院人始终坚持开放式设计原则，以创新的思维，充分运用最新科学试验研究成果、最新工程技术，借鉴国内外工程实践经验，在国内众多专家特别是一批知名专家的指导和帮助下，在中国长江三峡工程开发总公司的组织下，与国内多家科研单位、高等院校共同协作，推陈出新，与时俱进，引领世界水电设计潮流，创造了一个个奇迹，跨越了一道道世界水电天堑。

世界水利建设史上，有着"逢坝必裂"的说法。而三峡工程的三期工程却打破了这个魔咒。在已经勘测过的右岸大坝上，没有发现一条裂缝，堪称世界水利建设史上的奇迹。

三峡大坝混凝土浇筑初期的裂缝问题，是大坝混凝土施工的最大顽症。设计人员对混凝土温控防裂开展专题研究，创造了混凝土骨料二次风冷技术、综合温度控制技术等综合措施，为三峡大坝提前10个月到顶奠定了基础。

国务院三峡工程建设委员会三峡枢纽质量检查专家组组长、潘家铮院士2006年5月在检查验收完后感慨地说："三期工程400多万方混凝土的大坝没有查出一条裂缝，这一实践使我们知道，大坝确实可以做到不裂，温控和防裂的理论是正确的。"

三峡机组具有单机容量大、水头变幅大、过机水流含有泥沙和启停频繁等特点，设计人员进行了十几项重大科技攻关，根据水头和负荷分区稳定性提出了考核指标，解决了巨型混流式水轮发电机组运行稳定性的世界难题。

"大江截流和导流明渠截流，其综合技术难度均为世界截流史上所罕见。"设计人员创造性地提出了"预平抛垫底、上游单戗立堵、双向进占、下游尾随进占"的大江截流方案，一举夺得国家科技进步奖一等奖。在两次截流中，进行了大量水力学模型试验以及数值计算和机理分析研究，取得了一系列技术创新成果，使我国河道截流技术跃居世界领先水平。

12.888 秒、961 响起爆，爆破拆除规模、难度均为世界第一的三期上游碾压混凝土围堰爆破拆除成功。

13 年来，围绕三峡工程的技术难题，长江设计院人认真计算分析，在三峡大坝不同高程布置了底孔、深孔、表孔，攻克了泄洪建筑物多、布置困难的难题；对世界水电领域首屈一指的通航建筑物的布置、船闸高边坡的稳定等做了大量的计算研究，保证了船闸的安全稳定运行……

一个个世界级难题被攻克，三峡工程成为水利科技创新的丰碑，设计创新也成为具有自主知识产权的"三峡品牌"技术的重要组成部分。

设计人员还创下十几项优化设计成果，推广应用一系列新技术、新工艺和新材料，为工程节省投资数亿元。他们只是三峡工程的设计者，但他们拨的却是国家、民族利益的大算盘。

奉献的丰碑：铭刻三峡大坝

大音希声，丰碑无言。当三峡大坝巍然耸立于大江之上时，长江设计院人和其他三峡建设者们以智慧和汗水铸就的不仅是世界上最大的大坝，更是一座科学求实、创新进取、团结协作、无私奉献的精神丰碑。

三峡工程从最初的设想、勘察、规划、设计，到正式批准开工，经历了近 80 年，长江设计院几代人为之奋斗、奉献了数十年。

几十年前从事野外勘测饱含了长江设计院人多少的辛酸自不必说，单是工程开工的 13 年里，他们舍小家、顾大家，克服各种困难，长年坚守工地一线的感人事迹就随处可见。

在三峡工地，不管是平时，还是节假日，加班是家常事。每天晚上，设代办公室都是灯火通明，设计人员夜以继日地工作着。长时间紧张、超负荷的工作，不少人落下了职业病，有的甚至长眠于三峡工地，与巍巍大坝做伴。

郑守仁，长江委总工程师，被誉为"三峡的脊梁"，在工地一住就是 10 多年。他主持的设计优化，为国家节省大量资金。国家奖励的数十万元奖金，他全部捐给了水电建设者和水电职工。有人说："郑总具有神话般的人格力量。"

历史的接力棒在三峡传递。一大批老领导、老专家在三峡工地继续燃烧着激情的设计岁月，弥久而不减。在他们的人格魅力感召下，长江设计院一大批青年骨干迅速成长，成为三峡工程设计的中流砥柱，有数十人被授予"三峡工程优秀建设者"称号。

据统计，为做好三峡工程的现场技术服务，长江设计院常驻施工现场的技术人员近 200 人，高峰时达 400 人，对现场施工中遇到的各类技术问题及时组织攻关。

截至 2009 年，长江设计院为三峡工程提交各类设计报告近 1000 份，报告附图 1 万余张，共完成各种专题研究报告 210 多份，完成各种施工详图近 4 万张。三峡工程开工建设 10 多年来，共召开三峡工程技术问题讨论会 300 多次，现场设计讨论会 1600 多次，形成会议纪要 4400 多万字，共完成各种设计通知、技术要求、工作联系单等近万份。

枯燥的数字完整地记录了设计人员科学求索的坚实步伐……

长江设计院数以千计的老中青勘察设计人员不计名利、乐于奉献、矢志不渝的追求精神，对技术精益求精的精神，团队与集体精神，共同融入了三峡大坝，极大地丰富了中华民族的精神财富。

形象的丰碑：巍然屹立长江

在历史长河中，三峡工程是中华文明发展史的特有标志之一。作为三峡工程的设计总成单位，长江设计院技术人员在参与铸造"三峡精神"的过程中，也将长江设计院良好的形象活生生地树立在三峡工程建设者的心中，刻在了三峡大坝上，写在了三峡工程建设史上。

在三峡工程的建设中，长江委始终以周恩来总理"战战兢兢、如临深渊、如履薄冰"的教诲鞭策自己，以"不留隐患，既是三峡工程的最高原则，也是最低标准"为准绳，发扬"传、帮、带"技术接力、民主决策的优良传统，提供全方位、一流的技术服务，为三峡工程提供强有力的技术支撑，保证了三峡工程各阶段目标的顺利实现。

"作为三峡工程的设计总成单位，长江水利委员会以'团结、奉献、科学、创新'的精神，呕心沥血，精益求精，博采众长，密切合作，很快地解决了三峡工程设计中众多技术难题，填补了多项国内空白，创造了一个又一个世界先进业绩。"2003 年 10 月，水利部部长汪恕诚在为《三峡工程设计论文集》写的题词中如是说。

长江设计院作为设计总成直接承担者，为三峡工程建设做出了巨大贡献，三峡工程也锤炼了长江设计院人。在三峡工程建设中，一批技术人员成了技术精湛的专家，一大批懂技术会管理的人才队伍脱颖而出，涌现出一批获国家、省部级奖励的先进个人，获得数以百计的国家、省部级技术成果，创多项国家专利。如今，拥有工程勘察、设计、咨询甲级资质等 15 项资质证书的长江设计院，凭借强劲的实力，跻身于全国勘察设计综合实力百强单位前列。2003 年，又光荣获得"全国五一劳动奖状"。

三峡工程、葛洲坝水利枢纽、南水北调中线工程等一大批具有国际影响力的特大型工程的勘察设计的实践，一次又一次雄辩地证明：长江设计院有能力承接任何一项水利水电工程。

"建一项工程，树一座丰碑"！如今，"三峡精神"已流淌在每个长江设计院人的血液里，构成了长江设计院企业文化的有机组成部分，正闪烁着耀眼的光芒，催发长江设计院人不断向新的目标奋进，开拓创新，切实做好长江保护与开发的技术支撑。

万里长江奔腾不息，三峡大坝巍然屹立。矗立于青山绿水之中的三峡大坝，就是一座丰碑，一座物质和精神的双重丰碑，成为长江设计院人为三峡工程而奋斗的历史见证！

三峡院，三峡工程地质勘察的传奇

王月娥

辽阔的中华大地，少不了贯穿960万平方千米的大江大河，少不了长江委勘测人在大江大河和崇山峻岭之中跋山涉水、开拓奋进的身影。为了"三峡梦"，长江三峡勘测研究院有限公司（武汉）（以下简称"三峡院"）几代勘测人探索与奋斗，付出极大的努力，提供了全程全面、精准可靠、科学翔实、具有国际领先水平的地质勘测资料，为这座全球最大的混凝土重力坝选出了坚实、稳定、刚性的基础，成就中国打造走向世界的闪亮名片"三峡工程"，为我国现代化建设提供了强大推动力，实现了中华民族的百年梦想。军功章的背后，凝聚着三峡院人的心血。

引　子

"路漫漫其修远兮，吾将上下而求索。"

遵照中央1958年3月成都会议精神，为加速三峡水利水电枢纽工程勘测和科研工作，长江委以林一山为代表的领导根据国家发展水利水电事业的需要，做出了以集中勘测力量加快三峡工程兴建而成立长办三峡区工作指挥部的英明战略决策。1958年11月27日，三峡院前身长办三峡区工作指挥部正式宣告成立，从此，中国水利水电工程地质勘测史，翻开了崭新的一页。

长办三峡区工作指挥部的初始规格一度很高，直属长办领导，在三峡区工作的有各地质勘探队、山地工作队、测量队及各种试验研究单位。王麟、郭志伟等先后任指挥长。1966年因三峡建设保密的需要，更名为"长办五〇五工地"，仍属长办领导。1978年12月改名为"长办三峡区勘测大队"（以下简称"三峡大队"），属长办勘测总队领导。1994年10月更名为"长江水利委员会三峡勘测研究院"（以下简称"长江委三峡院"）。2002年3月，由事业单位改为科技型企业，隶属长江设计院，2005年12月，注册为"长江三峡勘测研究院有限公司（武汉）"，2013年，被认定为国家高新企业。

长期以来，三峡院一直坚守三峡，因承担三峡工程地质勘察而名扬四海，一度拥有员工 1400 余人，占据长江委综合勘测队伍的"半壁江山"，被誉为地质勘察"国家队"，也是新中国水利水电系统最早最大的一支勘测劲旅。

在建设新中国，那个热火朝天的 20 世纪 50—60 年代，为实现"高峡出平湖"的宏伟理想，一批批来自五湖四海的热血青年来到宜昌，他们在长江上下、三峡坝区的山山水水中摆下战场，吹响了进军三峡的号角。从采用简单的勘测手段发展到拥有最先进的勘测技术和设备，从一个勘测专业队伍发展到行业前沿领军、具有"金字招牌"的国家勘测甲级单位。60 年来，三峡院奋斗的足迹，遍布于祖国 20 多个省、自治区、直辖市。独立承担了长江三峡、葛洲坝，清江水布垭，金沙江乌东德等 4 个世界级水电站，清江流域隔河岩、高坝洲等 65 个大中型水电站，以及 2600 多个工程的综合勘测与科研项目，为工程设计和施工提供了大量完整、准确的地质勘测基础资料，所主持和承担的多个国家"六五""七五""八五""九五"科技攻关项目，均荣获全国和省部级优秀工程勘察金质奖及多项科技进步奖，为中国水电建设和勘测科技进步做出了贡献，也为自己打造了响当当的"金字招牌"，成了行业品牌的翘楚。

勘测工作是艰苦的，勘测人员是辛苦的，是"高峡出平湖"的伟大理想，把三峡院勘测人聚拢起来，激发他们在一穷二白、艰难困苦的年代，打造核心竞争力，攻克一道又一道的世界性地质难题，创造一项又一项工程奇迹，是理想与奉献、自主与创新的精神，让他们在三峡工地开拓进取、闪闪发光，镌刻了工程地质勘察艰辛而辉煌的传奇！

"长风破浪会有时，直挂云帆济沧海。"

三峡工程犹如中华民族大合唱的一部气势磅礴、雄伟壮观的交响乐，勘测的乐章博大精深、悠久嘹亮。在浩瀚无垠的天空，每一次论证，犹如雨过天晴的星空中划过的美丽彩虹，在长江上下、三峡工程的热土上，掀起一轮轮酣畅淋漓的勘测浪潮，留下一茬茬勘测人拦河筑坝贡献血汗的痕迹，论证不休、勘探不息、报告不止的音符铿锵有力，地质勘察合奏的进行曲，流畅奔放、慷慨激昂……

在三峡区域，在激情燃烧的年代，为了"三峡梦"，几代三峡勘测人栉风沐雨、情系三峡，在长达半个多世纪里，围绕三峡工程早期规划、坝址比选、方案比较、初步设计、重新论证初设、技术设计和施工详图设计、主要建筑物等全过程的地质勘察、专题研究和国家"六五""七五""八五""九五"部分科研攻关项目，创造性地完成了大量地质勘探和国家重点科研任务。并紧密结合三峡区域、水库、坝址、地下电站、船闸、升船机、泄洪坝、天然建筑材料等勘察项目，在全面掌握地质条件的基础上，对重点问题、重点地段和建筑物的重点部位，集中力量进行多学科的深入研究和超常规的特殊勘察，全面掌控，精准论证，成功解决了一系列具有世界级挑战性的技

文
学
篇

术难题，获得一系列具有时代特征的先进性科技成果，为三峡大坝的安全建设提供了技术支撑，向国家和人民交出了满意的答卷。

通过三峡勘测三峡院创建了"金字招牌"，彰显了长江委精神，走出了一条独具中国勘测特色的自主创新之路：首创编制的三峡工程坝基岩体质量评价，即"三峡 YZP 法"的行业标准，写入了国家标准《工程岩体分级标准》（GB/T 50218—2014），该项编制标准，近期荣获 2019 年国家科学技术进步奖特等奖提名公示；编制了 135 项，排名首位（7. 成果查新：编制了 135 项《三峡工程质量标准》提名）；开历史之先河的弱风化层岩体利用、坝区及外围主要断裂活动性、河床深槽深厚透水岩体渗水、高悬坝基缓倾角结构面深层抗滑稳定、大型洞室关键技术、高边坡稳定与变形研究、库区滑坡治理等世界级关键技术研究创新成果的重大突破，均达到国际领先水平。三峡院在地质勘察过程中的一系列集成创新，不仅解决了三峡工程自身众多的技术难题，满足了工程规划设计的要求，还对同类工程具有重要的推广和借鉴意义，为推动中国水坝工程地质学的科技进步发挥了引领作用。

三峡院取得勘测技术的重大突破，经国家科技查新报告结论指出："国内外未见相同公开文献报道。"

一、历史脚步——三峡地质工作早期发展轨迹

在地质专家的眼里，三峡坝区地域广、水域宽、全覆盖，岩石古老、构造复杂。工程规模宏大，涉及面广，覆盖层及风化层的分布占基础总面积的 95% 以上，地质出露条件极差，面临着一系列世界级地质难题，当时无成熟技术可借鉴，必须进行自主创新、克难攻坚，这给勘察工作提出了极高的要求，勘察技术与研究成果必须做到"全面、翔实、准确"，满足工程规划、设计、施工的需要，才能成功建设这一宏伟的工程。三峡院围绕各阶段坝址选择低坝、中坝、高坝三种方案比较与主要建筑物的地质勘察和科研工作，风雨勘察 50 年积累了浩瀚的第一手地质资料和科研成果，为成就三峡工程这个国之重器奠定了坚实的基础。

成功来之不易，让我们一起穿越时空，去看看他们跋涉的脚印——艰辛历程与辉煌成果，去探索他们一步步让理想变成现实的勘察之旅吧！

1. 三峡工程规划与坝址选点阶段

1955—1958 年，三峡指挥部以王麟、张真、曾昭民为代表的勘测人，按照三峡工程的规划和初步设计要点，在庙河至南津关长 51 千米的河段内的长江两岸，对地形、地质条件迥异的南津关石灰岩坝区和美人沱结晶岩坝区选出的 15 个坝段，开展了基础地质研究和坝区、坝段、坝址比选的地质勘察研究。1955 年，张同发带领 107 机，

采用苏联铁砂钻头，用自己组装的手把式钻机，在黄陵庙打响了"三峡第一钻"。此后，三峡院一代代钻工们，在荒无人烟的深山老林、沟壑阡陌里通宵达旦、响彻云霄地进行着最初的勘测工作。

长江深水河床勘探难度系数极高，三峡院为此成立了国内内河第一支大型水利水电工程水上钻探队，开发了水上勘探新技术。从1957年起，在三峡工程选择的南津关、三斗坪、石牌、太平溪、美人沱、五相庙、古老背与葛洲坝等8个候选坝址中，逢长江枯水期，每年在航道狭窄、滩多水急、泡漩翻滚、汹涌激荡、惊险万状的江水中心，驾驭自主创新研制的3～4台水上钻船，在各个坝址间进行水上钻探，收集工程地质、水文地质的原始资料，解决了一系列国内大江大河水上钻探最为困难艰险的难题，并形成了一整套工作程序与流程。他们为探明深水河床深槽分布，自主创新研发的"覆盖层取样钻具"，为之后进一步深入研发先进的"深厚松散层可视化探测方法"打下了扎实的基础，经多年改进与完善分别获国家实用新型专利和国家发明专利。特别是1984—1985年与瑞典国家电力局合作，引进了瑞典深孔水下先进设备和技术，使其成为国内具备领先水平和丰富经验的技术队伍，长江、汉江十几座特大型大桥的水上勘探都成为三峡院勘测与研究的用武之地。老一辈的钻工们热情高、干劲足，大有倒海翻江之势，不惜耗尽心血与体力，把勘探工作干得风生水起，使三峡院的水上钻探技术、深厚覆盖层及松散层钻探工艺以及工作程序与流程，居国内内河段地质勘察领先水平，在国内外勘测领域是声名鹊起、威名远扬。

在初设选址阶段的勘测路上，三峡院人在三峡两岸陡峭连绵的山峰中风餐露宿，不畏千辛万苦，开展各种比例尺的地质测绘和相应的勘探、试验、观测与研究，围绕两个坝区、15个坝段对工程区域地质条件及稳定性、水库工程地质、坝址工程地质条件，都进行了不同程度的勘测和比选研究。1959年，三峡初设要点报告通过后，三峡院人撸起袖子，甩开膀子，集中勘探力量大干快上，围绕正常蓄水位200米方案，在选定的三斗坪坝区搭建钻塔，上起瓦厂沟，下迄东岳庙全长4千米河段拟定的上、中、下三条坝线上，布下的钻孔，点缀着峡谷两岸的绝壁奇峰，显得郁郁葱葱，生气勃勃。铿锵有力的"嘿啦啦，嘿啦啦，天空出彩霞，地上开红花"的歌声与钻机撞击岩石清脆的声响，在峡谷中荡漾。他们不畏严寒酷暑，挥洒汗水，1956—1959年进行坝址比选的各线勘探稳扎稳打，完成小口径进尺30215米，钻孔468个。在早期初步设计阶段地质勘察的路上，热情似火的三峡院人绽放了绚丽的青春之花。

1960年，长办召集国内地质专家会同苏联地质专家，对三斗坪坝址进行了现场查勘，对3条比选坝线的地质条件进行了比较评价，建议选用上坝线。

三峡坝址的比较，随着国家的演进方向和需求潮起潮落，三峡院人的心也随之起伏跌宕。

2. 坝址重新比选阶段

1960—1979年，三峡坝址进入重新比选阶段。

1960年，国家经济遭遇暂时困难，许多工程或暂停，或缓建。出于工程安全及分期建设需要，林一山主任提议在石牌河段修建大体积堆石坝，三峡院人在南津关的石牌坝址开展勘测研究。

1963年国家放弃石牌坝址后，改为重点研究防护方案。三峡院又对工程防护较为有利的美人沱、偏岩子和太平溪3个坝址进行比较研究，确定将太平溪作为研究重点。1964年以韩村良为代表的勘测人聚集在结晶岩河段中河谷较窄的太平溪坝址，进行7条坝线的重点勘察研究，以便与三斗坪坝址的地质条件进行比选。

在此期间，三峡院重点围绕三峡区域、地壳稳定性和地震活动性的研究，提交了水库诱发地震研究主要成果《九畹溪断层调查及其激发水库地震问题的讨论》，认定库岸稳定的问题，不是三峡工程决策的障碍。

1966—1967年，在对三峡库区进行工程地质调查后，首次指出：链子崖及新滩一带为危险地段，敲响了新滩滑坡的警钟！并针对链子崖开展专门性地质测绘，翔实的地质资料引起了国家的重视。1968年后，三峡院又与长办科研所、中国科学院湖北岩土所、湖北西陵峡岩崩调查处、长办物探队等10多个单位对库岸崩塌滑坡联合"会诊"，三峡院在新滩打下钻探进尺14000米，挖竖井30多个，打平斜硐7个，对链子崖危岩体、新滩滑坡体及黄蜡石滑坡体，先后建立了变形监测系统，进行长期监测诊断。1985年6月12日，链子崖发生大滑坡，整个新滩古镇顷刻间化为乌有，幸亏三峡院对其提前做出准确预报，当地政府及时疏散百姓，使新滩镇457户1371人全部撤出，安然无恙。

1970年，葛洲坝工程上马，三峡院人舍小家，为国家，风里来，雨里去，在搞好葛洲坝工程地质勘察的同时，在三斗坪和太平溪两个坝址间来回穿梭。1977年提交《三峡工程地质勘察报告》，1978年提交《三峡坝址选择地质勘察报告》，基本结论是：两个坝址的地质条件都好，都是建高坝的好坝址。

在三峡工程规划与前期勘察阶段的征途中，三峡院人对工程倾注了全部的热情和智慧，围绕坝区以坝址选择为中心、库区四大问题为重点，在坝区布下的钻孔就像天上的星星那样密密麻麻，经过地质、测量、勘探等综合手段，细致缜密的反复勘察，三峡院率先查明三峡坝区和库区的基本工程地质条件，向国家报告了三峡工程能否兴建，在何处兴建的问题。

3. 重新论证和专题研究阶段

1979 年，国家选定三斗坪坝址。1980 年邓小平同志视察三峡，坚定了修建三峡工程的决心。工程的地质勘察，由此进入了一个新的阶段。

以刘振江、肖德俊、曾昭明、梅应堂、薛果夫、冯定猷、马代馨为代表的勘测人激情燃烧，雄姿英发，围绕三斗坪坝址低蓄水位分期开发方案，进行长期的设计优化和方案比较。在神奇的中堡岛，新一轮大规模的地质勘察、地震调查和勘探重新开始。主要包括三斗坪坝段河漫滩 1 ：1000 地质测绘，坝址 1 ：5000 地质测绘，以及在长江河床中进行的水上钻探。尤其是长办三工区集结 300 多人、10 多台钻机开展的大会战，引来两岸四邻八乡的村民，像赶庙会似的围观，热闹非凡。

在此期间，三峡院人精神抖擞，激情似火，高歌猛进，成果迭现。1982 年，三峡院提交《三峡水利枢纽可行性研究报告附件——工程地质》。1983 年提交了《长江三峡可行性研究报告（第三篇工程地质）》并完成了正常蓄水位 150 米方案的可行性研究。1984 年 4 月，国务院原则批准 150 米的低坝方案。1985 年，三峡院完成了该方案的初步设计报告，先后提交初步设计阶段工程勘察报告和天然建筑材料勘察研究报告、区域稳定性研究报告，1986 年提交了《三斗坪坝址导流明渠工程地质勘察报告》……

据 1986 年统计，三峡院所提交三峡工程的地质报告和第一手的基础勘测成果，在国内独占鳌头，一摞摞详细的基础资料、一沓沓精工细作的测绘图纸、一份份科学翔实的地质报告呈送国家有关部门；一个个大小口径的钻孔、一节节一段段新鲜"出炉"的大小岩芯，成为举世瞩目的焦点，三峡院辛勤劳作的勘察成果，接受了中外工程行业、各界专家精英的检验，接受了国家的检阅！

1986—1989 年，在三峡工程进入重新论证期间，1986 年 6 月，中共中央、国务院发布三峡工程论证有关问题的通知，在全国范围内组织 14 个专题组，对三峡工程所有重大技术、经济问题进行全面论证。来自地矿部、中国科学院、国家地震局、水电部及高等院校的 24 位专家组成地质地震专题专家组，以区域地壳稳定性、水库诱发地震危险性及库岸稳定性 3 个专题为焦点，再次开展了科研大协作。与此同时，三峡工程的重大地震地质问题，被纳入国家"七五"重点科技攻关项目，研究的广度和深度不断升华。三峡院完成了构造稳定、坝址地段岩体稳定性及坝址主要工程地质问题的研究。1987 年 11 月，提交地质地震专家组主报告和 3 个附件，并于同年 12 月，经三峡工程论证领导小组第五次（扩大）会议审议通过。

1989 年 2 月，重新论证基本结束，按照整体计划，三峡院重新编制了三峡工程可行性研究专题报告的《工程地质》分册，推荐正常蓄水位为 175 米方案，全面阐述了三峡工程勘察过程和几个重大地质问题。研究认为：三峡坝址基岩完整，力学强度高，透水性弱，无论从广度和深度，均可满足可行性宏观决策的要求。报告的综合结论是："从总体上综合评价，三峡工程的地质地震条件是好的，适宜兴建巨型水利水电工程。"1989 年 3 月，长江委编制的《三峡工程 175 米方案可行性报告》经论证领导小组研究通过。1992 年 4 月，工程通过全国人大上马；当年 12 月，三峡院在初步设计补充勘察的基础上，正式完成了《长江三峡水利枢纽初步设计（枢纽工程）·第三篇·工程地质》分册报告，详细阐述了区域稳定性及地震危险性、水库稳定性、坝址地形地貌特征、地质条件、天然建筑材料的储量及利用情况。1993 年 7 月，国务院三峡工程建设委员会审查批准了初步设计报告。

二、攻坚克难——三峡工程重要地质研究

三峡风光旖旎、景色秀丽，吸引了无数游人纷至沓来，百看不厌。而三峡勘测者为了工程建设，徒步攀悬崖爬峭壁，踏遍层林尽染的峰峦，追溯水波荡漾的小溪，却无暇观赏身边的美景，倾听九龙奔江与粗犷雄浑的船工号子。在他们眼中，只有那浩渺江水中宛如一叶扁舟的中堡岛，才是最神圣、最奇妙、最美丽的风景。他们要揭开中堡岛的迷人面纱，探究地球母亲深处的秘密。

从 1959 年开始，三峡院就根据勘测的地质条件，选定三斗坪坝段。几十年来几代勘测人与岩石亲密接触，对主要工程地质的风化壳、地壳稳定性与地震活动性、断裂构造河床基岩深槽、深层抗滑稳定、大坝与电厂建筑物、大型洞室围岩稳定、岩质高边坡稳定、水库地质与滑坡治理、天然建筑建材等重点核心问题进行专题研究。尤其是在 1987—1990 年开展科技攻关，啃下一个个地质勘测的"硬骨头"，完成了国家"七五"重点攻关多项科研课题，突破了一系列世界级地质难题，提升了三峡工程关键性技术科技水平，得出一系列适合建坝的科学结论，取得一系列世界领先的关键性技术研究创新成果的重大突破，为三峡工程兴建提供雄厚的技术支撑，作出了重大贡献。

1. 风化壳研究重大贡献创新亮点
   ——开弱风化岩体利用之先河，首创"三峡 YZP 法"

风化壳是联系地球岩石圈的重要界面，研究风化壳，目的就是为三峡大坝寻找最理想的地基，确定大坝建基面。

长期以来，以微风化带顶面作为大坝建基面，是国内外长期比较流行的高坝大坝建基面选择的普遍标准，也是三峡工程勘察前期建基岩体的选用标准，三峡院在与美国垦务局等多国的国际合作中发现，他们也主张用这一标准。由于微风化带顶板划分

的标准甚严，结合三峡工程地质勘测实际情况，三峡院对大坝建基面的选择另辟蹊径，根据各勘察阶段研究的内容，采取不同的技术路线、手段和方法，对坝基弱风化岩体可利用问题进行研究，为确定坝基利用岩面多可直接作为大坝设计建基面的选择，持续研究长达30多年，独树一帜。在国内外文献检索系统中，未见以弱风化带下带作为大坝建基面的记载。

1960—1978年，三峡院为充分开发岩体自身的潜力，科学地、有条件地提高建基岩面的获取率，以减少开挖和混凝土浇筑量。通过与各方合作，对太平溪和三斗坪坝址的风化壳，除采取传统手段外，还采用大量力学试验、声波测试对比等研究方法。取得关键技术研究成果的创新亮点在于，1968年三峡院首次提出：将弱风化带分为上、下部两个亚带的概念并建立了相应的分带标准，将全坝区划分为全、强、弱、微4个风化带，并对以弱风化顶面作为大坝建基面，和弱风化下部岩体利用的可能性，进行了初步探讨。1976年，三峡院提交了《长江三峡水利枢纽太平溪和三斗坪坝址风化壳工程地质条件研究》的成果，把对太平溪坝址和三斗坪坝址结晶岩风化壳的研究从定性阶段上升为定量阶段。

1978—1985年，三峡院采用平硐勘探、小口径金刚石钻孔取芯、大口径钻孔、地质描述、声波测试、回弹指数测定等多种手段取得资料，开展弱风化岩体上、下两带工程特性及其可利用性的研究，将弱风化带划分为工程地质和力学性质有较大区别的两个亚带，系统深化建基面选择研究工作，着重对弱风化下亚带岩体利用问题及坝址地段岩体稳定性开展研究。

1986—1990年，三峡院运用新技术、新方法，重点开展对弱风化下亚带岩体利用问题的研究。特别是通过国家"七五"重点科技攻关——"长江三峡工程坝基岩体工程问题研究"，对弱风化岩体的利用问题进行了多学科、多手段的系统研究与论证，并提出建基面优化选择的意见，开"将弱风化下亚带岩体作为坝基可利用岩面"之先河，突破了原有按单一风化界面选择大坝建基面的传统观念（即原有弱风化带不能作为高坝坝基的传统观念），从岩体质量分级标准出发，结合大坝对地基的要求，来确定坝基弱风化下亚带利用，选择大坝建基面高程和相应的岩体部位，实现了国际大坝建基面选择创新研究的一大跨越。

1992年，长江委提交了《长江三峡水利枢纽初步设计报告（枢纽工程）》，确定了弱风化岩体可利用建基面取值标准。1993年5月，国务院聘请专家组在初步设计审查意见中"同意《报告》建议的确定坝基可利用岩体的质量标准及部分利用弱风化下部岩体、部分利用微风化顶板作为大坝建基面的意见，建议下阶段配合设计、施工进一步优化"……

在水利枢纽工程建设中，坝基地质条件和岩体性状是勘察工作首要考虑的重大技术问题。确定三峡坝基岩体质量评价标准，就是根据大坝与各建筑物对地基的要求，通过地质的物理力学特性两方面多因素的分析，来评定各种岩体质量的优劣，为建基岩体的选择提供基本依据。

在20世纪80年代后期，三峡院承担国家"七五"攻关课题"长江三峡工程坝基岩体工程问题研究"，通过对岩体完整性、岩石强度特性、结构面状态及强度、岩体渗透性、岩体变形特性等5项基本因子按加权平均法综合评判，首创编制了一套三峡坝基岩体质量评价完整系统——"三峡YZP法"，它代表了三峡工程关键技术研究创新成果先进性的深度及特色。三峡院对三峡坝基进行岩体质量评价与分级的研究项目，在国内外无先例，它跨越了《工程岩体分级标准》（GB 50218—94）的强制性国家标准，写入了国标（GB/T 50218—2014），该项编制标准，近期荣获2019年国家科学技术进步奖特等奖提名书公示，编制了135项，排名首位，这是三峡院丰富国库工程标准的一大贡献。

"三峡YZP法"与国内外通行的质量评价体系相比，具有较强的对应性和可比性。在三峡大坝三峡院采用大口径钻孔、金刚石钻进、钻孔压水、物探测试，取得诸多可靠的评价参数，既有定性标准，又有定量标准。因而"三峡YZP法"客观可靠，具有可操作性和针对性。

据悉，三峡院建立的弱风化亚带概念及岩体质量评价标准"三峡YZP法"，迄今，已成为国内岩石工程所普遍推广应用的准则，它开创了岩体结构研究从评价隧洞围岩岩体性质到评价大坝坝基岩体质量的先河，即从"线"的研究发展到"面"的研究，将弱风化下亚带岩体作为坝基可利用建基面，为三峡工程节省岩石开挖方量约50万立方米，混凝土量约43万立方米，为国家节省了大量投资，并缩短了工期，具有重大的社会效益和经济效益。这正是三峡院对三峡工程大坝建基面选择创新研究的重大贡献。

2. 地壳稳定性和地震活动性研究技术先进

——确保三峡大坝坐落在安全岛上

区域地壳稳定与地震活动一直是三峡工程前期勘测与研究工作的重点之一，在工程规划、选址阶段具有战略意义，既让工程建在稳定地区，又为保护地质环境和防治地质灾害提供科学依据。因而三峡区域地壳稳定性和地震活动性研究，成为社会各界普遍关注的问题，也成为困扰工程地质研究的重点难题，它涉及多门学科。

三峡院围绕区域构造环境和构造变形及演化、地壳结构及深部构造、新构造活动和现今构造活动、断裂活动与地震活动等问题，抓住重点开展了大量工作，研究成果的创新性体现在应用技术广，研究程度深，如大面积区域地质及基础地质调查研究。1966—1980 年，三峡院对三峡区域及坝区断裂构造，特别是环绕坝区外围几条主要的大断裂构造的展布、规模、性质及活动性开展了专题研究，并提交《九畹溪断层调查及其激发水库地震问题的讨论》等研究成果 45 篇，确认三峡工程区域属弱震环境，区域稳定条件好，适宜兴建混凝土高坝。1980 年以后，三峡院借鉴全国深部地球物理场（全库区彩红外航摄及侧视雷达扫描；重力、航磁测量和人工地震测深等技术方法）研究的"本区地壳结构清晰，壳内介质成层性好，主要界面基本连续"的成果，分析了三峡地区的深部构造，调整和完善设立专门地震监测台网，设立断层位移测量监测站和地壳形变监测观测网点，探索断裂和微震活动关系的分析研究方法，综合分析判定主要断裂的活动性及危险性等，取得了丰富的基础资料和成果，提交了《关于黄陵背斜周缘形变观测与地震活动关系的探讨》等研究成果 27 篇，为工程区地壳稳定性分析和地震基本烈度评价及地震危险性分析提供了翔实、科学、安全的依据。

三峡工程地震监测工作始于 1958 年。1960 年 9 月，长办正式接收了中国科学院地球物理研究所移交的三峡地震台网，成立专门的管理机构——长办三峡区工作指挥部（三峡院）地震台。从此，承担起监测三峡水利枢纽及周缘地区的地震监测工作，以及有关地震活动特征与规律的研究、地震危险性分析和地震动参数研究的工作。为三峡工程选址、论证区域地壳稳定性研究、地震活动性和水库诱发地震研究、建设及蓄水后库区水库地震预测，提供了科学、严谨、翔实、可靠的第一手基础资料，具有超常规的前瞻性，国内外无工程可比。

三峡院首次进行地壳稳定性及断层定量化综合评判。研究成果的主要创新点在打破常规单一的研究方法，采用微观、宏观、测年和地壳形变监测等技术，综合分析主要断裂的活动性及危险性。利用构造法和地震危险性概率分析方法，对场地未来若干年内遭遇各种强度的地震动参数作概率意义的估算，进行地震安全性评价、地震抗震设计、防震抗震专题研究论证。通过大量深入研究，从区域地质背景及新构造运动特征分析，坝址所在的黄陵结晶基底区，无活动性断裂及孕育中强震的发展构造，是一个稳定程度高的刚性地块。综合分析判定，坝区及外围主要断裂活动及危险性质，属弱活动或基本不活动类型，不具备孕育强震的条件。

从 1959 年以来，中国科学院地球物理研究所、国家地震局相关部门对三峡院研究的结论和三峡工程地震基本烈度，做过多次鉴定和复核，结果均与三峡院结论吻合。按 2006 年《水电水利工程区域构造稳定性勘察技术规程》区域构造稳定性分级标准，确认本区域稳定性好。

三峡院在有关三峡库坝区的构造稳定性、地震活动性以及地震危险性等方面所得出的结论，真实可靠，不仅论证了三峡工程地质构造环境的安全性，也消除了各界人士的疑虑，重要的是确保了三峡大坝坐落在安全岛上。通过大坝十几年的运行，充分证明三峡院各阶段勘察与监测的结论是正确的。

2011年7月，陈德基、汪雍熙、曾新平在《中国工程科学》杂志上发表的《三峡工程水库诱发地震问题研究》论文认为："三峡工程大坝位于一个地质构造稳定、地震活动极其微弱的古老结晶岩地块内，大坝及主要水工建筑物，具有超高的抗震设防标准，可以肯定的是，即使发生超乎预测范围的水库诱发地震，也不会对大坝及主要水工建筑物的安全造成危害。"

直到今天，三峡的地震监测已连续长达60年，这在世界水电工程建设史上绝无仅有，也开国内水电工程之先河。

3. 断裂构造研究重大贡献创新亮点
——成功地解决了深厚透水岩体渗水问题

三峡坝区前震旦纪岩体在漫长的地质年代中，经受了多期构造运动，留下了以断裂构造为主体的多种构造形迹，这是工程地质最重要的控制因素之一。三峡坝区的主要地质问题均与断裂构造有关，对断裂构造的分布、出露位置、规模、性状及其对工程建筑物的影响，深水河槽及深厚透水岩体渗水问题成为坝区工程地质研究工作的重点之一。

巍峨的三峡枢纽，控制着流域面积100万平方千米，占长江流域面积的56%。坝区水域面积占48%，河床存在深水河槽，最深处达80余米，且航运频繁、基岩露头少。如何对深厚透水岩体进行防渗与排水处理，这对三峡院地质勘察与研究技术的要求极高，难度系数也极大。在施工前期，对断裂构造的研究，三峡院除使用常规的勘察手段外，还采用多种专业手段。例如：1959—1960年，国内外专家特别是苏联专家，怀疑"深风化槽"与顺江断裂相关，提出"三峡枯水深切河床可能存在顺河向大断裂"，一片哗然，引起广泛的怀疑和争论。如果存在，将直接影响坝基设计、施工方案、围堰设计与施工，还将对大坝质量安全造成严重威胁，同时也会否定三峡院的多年成果。苏联专家提出开挖过江平硐，以查清有无顺河断层。中国专家虽持不同意见，但苏联专家仍坚持。为探究竟，三峡院在三斗坪坝址，实施了国内最早的两个深水穿江斜孔（415孔、416孔从两岸相向施钻，重叠10余米），采取大口径勘探，在中堡岛两岸开挖深达100米的4002竖井，开挖过江平硐长近2000米，后因苏联专家撤走而终止，并结合有针对性的水上深孔勘探合理方案的布置、地表测绘与调查佐证，展开三峡工程大江河床断裂构造专题研究，查明了深水河槽的形成主要受构造所控制，是断裂与水流条件结合作用的结果，最终否定了大江河床深槽顺河向长大断裂的存在，取消了规模巨大的穿江勘察工程，消除了国内外权威人士对顺河大断裂的疑问和忧虑。三峡工程大江基坑开挖后，证实三峡院勘测判断的结论是完全正确的。

1976—1985年，三峡院开展的三峡专题项目为全国科学技术发展规划重点项目，坝址地段构造稳定及岩体稳定的研究被列为专项之一。1984年，针对杨麻柳树湾是否存在活断层开展的深探槽，否定了工程区存在活断层的说法。在此期间，三峡院配合工程勘测研发的《大口径全面钻进技术》获1978年全国科学技术重大贡献奖，为大口径基岩钻探取芯装置2007年获国家发明专利奠定了良好的研发基础。

1987—1990年，三峡院承担国家"七五"重点攻关课题"长江三峡工程坝区及外围主要断裂活动性研究"，对工程区地质构造及主要断裂F7、F23、F54活动性进行深入研究，1990年提交成果，在研究内容和思路上取得了突破性的进展。

1993年根据初步设计审查专家组建议，断裂构造研究被列为施工期专题研究之一。如何对深厚透水岩体进行防渗与排水处理，又成为地质勘察与研究工作的难点。三峡院通过对岩体水文地质结构、坝址区基岩透水性分布特征、较严重透水带成因、坝基裂隙岩体渗透系数的研究，均得出明确结论，取得了创新性的研究成果。例如：展开坝基岩（土）体水文地质特性研究，在"七五"攻关升船机北坡3008号平硐所做的三段压水试验、交叉孔等试验，为大坝工程深水河槽段深厚透水岩体渗流计算、防渗与排水设计提供了基本依据，参数试验研究居国内先进水平。三峡工程开工后，根据施工揭露的工程地质和水文地质情况，建立了渗控计算的三维双重介质数值模型，这一水文地质模型的建立，居同期国际先进水平。采用动态优化设计，节省帷幕灌浆工程量，展开"三峡工程泄洪坝段帷幕工程及钻孔涌水分析"专题研究，独特的坝基涌水处理方法，在三峡工程后期施工处理中得到广泛运用。经多年运行与监测成果表明，泄洪坝段深水河床段泄流量及防渗帷幕灌浆各项技术指标均满足设计要求。

1994—2000年，三峡院重点展开"三峡工程大江河床断裂构造研究""长江三峡工程坝区主要断层及大岩脉工程地质特性和处理措施研究"等专题研究，充分利用工程区100余万平方米大面积基础开挖面揭露的地质资料，运用摩擦流变学理论重新研究和认识坝址断裂构造的形成条件、生成序次及其组合形式。尤其对工程区规模最大F7、F23断层及性状最差的F215组（F215、F548、F603）进行了专门研究，对工程特性的现场快速测定及应采取的工程措施，根据现场结构面实测资料，建立结构面的概率模型和网络模型（二维或三维），求得在不同方向条件下岩体内的结构面密度、长度、连通率等指标，为结构面的定量评价、岩体质量研究、岩体稳定性分析等提供依据。研究成果分别应用于枢纽工程招标设计及后期工程处理。

三峡院对三峡工程岩体中断裂构造的位置、规模、产状和性质都把握得比较清楚、

文
学
篇

准确，从而对断裂构造工程地质条件预测和评价也就做得比较到位。前期勘察表明：坝基岩体的完整性、均一性良好，力学强度和变形模量高，不存在大范围的不均匀变形问题，因此，没有给设计和施工带来不利影响。施工验证表明，三峡工程区内规模较大和性状差的主要断层、中堡岛大花岗岩脉，分布部位、规模、性状及特征，与前期勘察基本吻合。

三峡院在断裂构造研究方面取得的一系列研究成果，成功解决了深厚透水岩体渗水问题，高质量地满足了工程安全兴建的需要，这便是三峡院对三峡工程坝区断裂构造研究的重大贡献。

4. 坝基抗滑稳定性研究重大贡献创新亮点
——首创研发特殊勘察技术、建立抗滑稳定确定性模式，居世界领先水平

重力坝主要依靠自重来维持稳定。抗滑稳定安全性一直是重力坝设计最为关键和最为关注的问题，其目的是检验坝体沿建基面及沿地基中软弱结构面抗滑稳定的安全度。历史上由于坝基缺陷引起重力坝失事或者修改方案的事例不胜枚举。因此，大坝安全极为重要。

三峡升船机上闸首坝段、左厂1—5号坝段、右厂24—26号坝段，坝基裂隙岩体中缓倾角结构面较为发育，而且优势方向倾向下游，构成了对大坝抗滑稳定不利的地质条件，其中左厂1—5号机坝段是坝址区缓倾角结构面发育程度最高的地段。由于采用坝后式厂房布置方案，三峡工程左岸厂房1—5号机坝段坝基岩体中存在倾向下游的长大缓倾角结构面，使得沿此类缓倾角结构面向下游临空面的深层抗滑稳定成为大坝设计的关键技术问题。如何确定抗滑稳定模式，是长期困扰国内外工程地质师与大坝专家的一道未解难题。

攻克这道世界性的地质难题，三峡院煞费苦心。自1979以来，三峡院针对坝基深层抗滑稳定问题，自主研发特殊勘察技术，对三斗坪坝区缓倾角裂隙问题进行了专项研究，到三峡工程上马时，有关缓倾角结构面的大多数问题均已查清或基本查清，并得出了明确的结论。其历时之长、资料之丰，为国内外所罕见。

三峡工程上马后，三峡院针对坝基深层抗滑稳定问题，在1995—1997年分两期对其进行3次"特殊勘察"，提出了左岸1—5号厂房机组坝段，升船机上闸首坝段岩体深层抗滑稳定的综合措施。通过改进金刚石钻进，采用双管单动金刚石钻具、双管双动内管超前钻具等加密勘探和取芯新技术，使岩芯获得率达到100%；利用彩色孔内电视在直孔进行摄像岩芯定向方法，使岩芯完整地保留结构的位置、倾角及形状等特殊勘察成果，准确测定了缓倾角结构面的连通率，查明了坝基岩体内长大缓倾角结构面的确切位置、产状、性状、展布范围与组合关系，成功破解了这道关键性的、

世界性的技术难题，建立了以长大缓倾角结构面的准确空间位置和性状为基础的确定性地质概化模型。这一成果在世界享有盛誉，使三峡工程抗滑稳定研究取得了由假定统计→概化模式→确定模式的突破性进展，成为解决重大岩体工程问题的有效方法。基于研究成果，三峡院明确提出了2—5号机组坝段坝基单独抗滑稳定及3号机组坝段厂坝联合作用下，抗滑稳定分析和计算的确定性概化地质模型，并根据特殊勘察成果及当时建基面地质编录资料，提供了作为三维计算的基本几何与力学概化条件，进行坝基深层抗滑稳定性分析计算，为设计提供了可靠的地质依据。

2011年，地质专家薛果夫、陈又华在《中国工程科学》杂志上发表《三峡工程坝址区主要工程地质问题研究》论文，详细论述了坝基深层抗滑稳定的研究结果。该文章认为：三峡工程左厂1—5号机组坝段抗滑稳定问题的工程地质专项研究工作，不仅成功地解决了自身抗滑稳定问题，同时也为研究岩体中结晶岩区长大缓倾结构面的空间位置、产状、分布范围和组合方式这一关键性的、世界性的技术难题的解决，提供了一套崭新的、完整的技术思路、手段和方法。

三峡院针对三峡工程坝基深层抗滑稳定问题，采用"特殊勘察"的方法，曾得到了潘家铮、张光斗等多位院士好评，"认为是勘探工作的突破，建议进行报道、表扬和推广"。在两次地质审查会上，专家们均给予了充分肯定，"特殊勘察勘探密度大，原始资料齐全，质量高，工作程序严谨……为抗滑稳定分析和计算奠定了较坚实的基础"。专家评价：研究成果总体为世界先进水平，其"特殊勘察"手段，居世界领先水平。

三峡院首创研发特殊勘察技术，建立复杂地质条件下高坝深层抗滑稳定的理论和方法，采取多种综合工程措施，攻克坝基高连通率结构面的抗滑稳定难题的科研效果显著，获1项国家发明专利和4项国家实用新型专利；抗滑稳定确定性模式突破了世界难题，对大坝断面设计定型、基础处理与加固设计等工程意义重大；确保了三峡工程坝基高程90米建基面上部大平台的保留，节省岩石开挖方量数十万立方米，避免了三峡大坝抗滑稳定按100%裂隙连通设计而带来巨大的处理工程量及相应工期，其经济效益非常显著。

目前，三峡院首创研发的"特殊勘察"技术，在国内清江水布垭、金沙江乌东德等诸多水电站中得以广泛推广与运用。

朋友！隔行如隔山呀，阅读这些枯燥的文字，也许你会问：什么是"特殊勘察"？"特殊勘察"就是查明潜在滑移面的确定性方法，是用以确切查明隐蔽于地下的结构面位置、产状、规模与性质的一套勘察思路、手段与程序的总称。三峡院"特殊勘察"技术，就是采用经多年研究与改进的金刚石小口径钻进设备与工艺，保证岩芯获得率达到100%，并防止裂隙断面磨损。通过岩芯鉴定，可以一条不漏地确定相应钻孔中结构面的位置、倾角及特性。确定结构面产状，特别是其倾向，是特殊勘察的核心技术。

5. 大坝与电厂地质研究重大贡献创新亮点

——社会效益和经济效益居国际领先水平

三峡工程是迄今唯一经过中国最高权力机关全国人民代表大会审议和投票表决的水利工程。长达 18 年建设期的验证，以及工程运行后的监测成果分析表明：对所有工程地质问题的分析评价，全面、深入、精准，解决问题的措施有效，保证了工程建设的顺利进行和工程运行的长期安全，也为工程建设创造了巨大直接的社会效益和经济效益。三峡工程已成为全世界最大的水力发电站和清洁能源生产基地，发挥了防洪、发电、航运、水资源利用等巨大的综合效益。

"若无当初自主研发，怎有今日三峡大坝？" 2018 年 4 月，习近平主席登上三峡大坝，充分肯定了三峡工程的历史意义和现实意义。作为承担三峡工程地质勘测的单位，三峡院人感到无比欣慰和骄傲。这座伟大的三峡工程被共和国最高领袖誉为 "国之重器"，就建筑在三峡院勘察的坚如磐石的坝基上，彰显了长江委长江设计院三峡院雄厚的勘测、设计力量。

三峡院人围绕三峡工程坝址选择和方案比较、工程勘察，经历了半个多世纪的风风雨雨，以一颗献身工程勘察的赤子之心，怀着满腔热血和爱国情怀，艰苦奋斗、自主创新、排除万难，破解了一系列的世界地质难题，改变了中国水利水电建设发展的速度与高度。几代勘测人以毕生的智慧和精力，成就了中国水利工程建设史上一项最伟大的事业，当今世界最大的水利枢纽——三峡工程，有多少鲜为人知的勘测故事，是用心血铸就的工程勘察的经典传奇，他们默默奉献，为承担大坝与电厂地质勘察研究项目的宏大社会效益和巨大经济效益，做出了不朽的贡献。

巨大的社会效益——

第一，地质勘测工作保障了三峡水利工程的顺利建设。

三峡工程是世界上规模最大的水利工程，大坝及电厂是三峡水利枢纽的关键主体建筑物，涵盖挡水、发电、通航、泄洪、冲沙、渗控工程等建筑物，类型多，不同建筑物对地质勘察研究技术的要求各有特点；水工及施工总体布置影响区面积大，工程涉及面广；主要工程地质问题突出，不确定因素多，勘察技术要求极为复杂。这对地质勘察与研究工作，提出了比其他大型工程更严格的要求，需针对各建筑物的特点，采取各种有效的常规或超常规的手段和先进的技术路线，科技创新、推动各项工作，解决工程的实际问题。

以薛果夫、满作武、陈又华等为代表的几代勘察人，结合各阶段的中心任务，参与国际国内技术合作，在大坝与电厂地质勘察研究与科研攻关中取得丰硕的科技成果，为工程兴建提供地质科技支撑。前期勘测工作充分，抓住关键问题，提供的成果准确；在施工期施工地质工作严谨，及时解决了各种地质问题；建设期所提供的施工地质成果准确可靠，预测预报及时，没有出现一起因地质工作失误而发生的人身伤亡或工程事故。勘察成果优质保量，促进工程进展顺利，为大坝安全建设奠定了雄厚的技术基础。这些"地质匠"是群能工巧匠，他们采用遥感遥测、物探测试、地质勘探、岩（土）体力学试验与原位测试、水文地质及渗透试验、安全检测、计算机应用、施工地质等综合手段，使出地质勘察的十八般武艺，齐头并进地对涉及大坝与电厂的所有项目的地质问题和技术难题都进行全过程、全方位的勘察研究，科研人员发挥强有力的智慧，集中优势的精良装备，逐个击破收复各建筑物勘察的要塞，逐项逐个成功地解决了大坝与电厂一系列具有世界级挑战性的地质难题，成功的标签插满了三峡大坝这座巨大的"地质迷宫"所有的山头，让大坝与电厂工程临时通航、竣工蓄水与发电的渠道畅通，保障了世界建筑规模最大水利工程的顺利建设，完美收官，取得了宏大的社会效益。

第二，地质科研工作推动了水利水电行业科技进步。

这群对外提交地质报告连标点符号都要抠的勘察人，以工程为己任，勘察中所采用的各项技术先进合理、安全可靠。特别是经过"七五"国家重点科技攻关、施工期关键技术攻关与研究，破解地质难题的先进技术和做法，对同类工程具有重要的推广借鉴意义。完成了《长江三峡水利枢纽单项工程技术设计报告工程地质勘察报告·第一册·大坝及电厂》《长江三峡工程高边坡岩体工程问题研究》《三峡工程大江河床断裂构造研究》等主要技术报告及科研成果46个，出版了《三峡工程技术丛书·三峡工程地质研究》等专著6本，主编或参编规程规范7份，《水利水电工程地质勘察规范》等工程勘察部分成果纳入了国家标准、行业规范及设计手册中，起到了广泛的指导作用，提升了中国水电工程勘察、设计、施工及科研水平。坝基岩体质量评价标准，系统断裂构造研究，河槽深厚透水问题研究、坝基抗滑稳定专项研究与"特殊勘察"，施工期形成的一整套施工地质工作方法、一整套快速编录技术，取得了一系列重大勘察科技成果，形成了大型水利水电工程勘察的核心技术，在三峡工程中整体应用，并推广到国内其他工程，科技创新效益十分显著，推动了中国水利水电行业科技进步。

第三，工程勘察实践为国家培养了一批高素质的水电工程勘察技术人才。

三峡工程是特大型的综合性系统工程，在实施"勘察研究、科技攻关、科学试验、工程应用"的过程中，培养了一大批科技及工程勘察技术人员，为水电行业输送了一批高素质的科研和建设人才，这些人不仅在三峡工程中发挥了关键性的作用，还在以金沙江乌东德为代表的西南等勘察市场发挥着重要的作用，并通过他们"传、帮、带"

文
学
篇

培养了层出不穷的高素质的年轻水电工程勘察技术人才。

巨大的经济效益——

第一，将弱风化下亚带岩体作为坝基可利用岩面，突破原有弱风化岩体不能作为高坝坝基的传统观念，提出"岩体质量标准分析法"，确定坝基弱风化下亚带利用建基面的高程和相应的岩体部位，节省了工程投资。

第二，取得的坝基抗滑稳定性科研效果显著。

第三，提出帷幕灌浆动态优化设计，节省帷幕灌浆工程量2.61万立方米。

第四，提出断层抽槽方案优化，根据断层性状特征、强度，结合现场检测成果，优化原F23、F215断层抽槽方案，减少抽槽开挖量近万立方米，相应节省投资近1000万元、缩短工期近1个多月。

第五，提出保留中隔墩岩体，减少了开挖量11万多立方米……通过"七五"攻关，充分利用了岩体的优良特性，将早期设计的电厂钢管槽、临时船闸直立混凝土挡墙改为混凝土薄衬砌墙，边坡整体坡角提高一度，即减少数十万立方米的岩石开挖。根据边坡岩体实际地质条件，改系统锚杆为锁口锚杆等，均为三峡工程节省了大量投资。

第六，勘测坚实的坝基，系列关键技术创新成果在工程中运用，为工程提前一年运行提供了雄厚的技术支撑，使三峡工程整体建设提前一年完成、枢纽工程提前一年发电并投入商业运行，向华东、华中、重庆、广东等地区提供强大的电力，经济效益极为巨大，地质工作发挥了举足轻重的作用，功不可没。

三峡工程经过了10年175米水位成功运行和多次特大洪峰考验，枢纽建筑物工作性态正常、工程质量达到国际一流水平，综合效益显著发挥。

2015年7月31日，三峡工程通过了国务院验收委员会长江三峡工程整体竣工验收枢纽工程技术预验收，项目符合基本建设程序，各项手续完备，具有项目法人、生产运行单位对勘测、运行情况的书面评价意见，无勘测、设计原因引发的重大质量安全责任事故。项目成果鉴定委员会一致认为："三峡工程大坝与电厂工程地质勘察"成果，达到国际领先水平。

2017年11月，该成果获中国水利水电勘测设计协会"全国优秀水利水电工程勘测设计金质奖"。

6. 围岩稳定研究重大贡献创新亮点

——三峡地下电站大型洞室关键技术居国际领先水平

三峡地下电站相当于1.5个葛洲坝水电站，隐藏于右岸大坝"白石尖"山体内，主要建筑物分为引水系统、主厂房系统、尾水系统三大部分。自全国人大通过兴建三峡工程后，右岸地下电站是三峡工程的重要组成部分。

地下电站大型洞室围岩稳定是三峡工程最为关键的三大技术问题之一。地下电站洞室群规模巨大，主厂房是同期国内外已建和拟建最大的地下厂房。围岩虽为花岗岩等坚硬岩体，但断裂构造较发育，属典型裂隙性岩体、块体发育，特别是主厂房规模达数万立方米级大型块体稳定是关键技术问题，三峡院承受了勘察研究技术难度极高的压力的挑战。

三峡院以薛果夫、陈又华为代表的科研团队，围绕三峡地下电站工程勘察过程中存在的难点和巨型地下洞室群建设突出的关键技术难题，参与可行性研究、初步设计、招标设计和施工详图等各阶段全过程的勘测及科研工作，在勘察理念、方法和技术等方面深入研究，不断探索，克难攻坚，取得多项研究成果，实现了突破与创新。其先进性体现在五个首次突破研究的创新看点上：

第一，首次提出硬质裂隙性岩体洞室稳定大型块体控制论，突破以围岩类别为研究重点的传统观念创新，以其空间分布及稳定性作为大型地下厂房总体布置主要控制因素，为类似裂隙性岩体大型地下洞室围岩稳定勘察研究，提供了创新思路和系统方法，形成了正式技术产品及专有技术，经受住了三峡地下电站成功建成并运行多年的考验，技术国际领先。

第二，首次提出二次应力法洞室块体稳定性分析评价方法。进行了二次应力场作用下大型洞室块体稳定性及边界应力场特征三维数值模拟研究，基于此研究，提出主厂房 18 号、19 号顶拱边墙联合大型块体不需再对顶拱范围进行专门加固的建议，得到设计采纳，这是国内外首次考虑块体二次应力场作用的生产实践，节约了大量支护工程投资。

第三，首次研发应用大型洞室仪测成像可视化地质编录方法。实现了真正意义上的、可大规模应用于生产并符合规程规范的可视化地质编录，解决了大型洞室"皮尺＋花杆"传统施工地质编录，精度难以满足精确地质建模要求，且不具可视化的问题。

第四，首次研发三维岩石块体自动搜索与稳定性分析系统应用程序（General Block）。成功解决了三峡地下电站及类似工程圆拱直墙型、圆形及洞室交叉口等多类型复杂洞型条件及多级边坡条件下，围岩块体的三维搜索和稳定性分析的技术难题。

第五，首次建立新的地下洞室标准化施工地质工作流程。动态追踪和修正大型块体边界条件、及时预报较大规模随机块体，提出顶拱系统锚索优化为针对重点块体的随机锚索加固建议并得到采用。

三峡院查明了三峡地下电站工程地质条件及工程地质问题，形成一系列的专利技术，为大型地下洞室关键工程地质技术的科技进步作出了突出贡献，为三峡工程地下电站顺利建成，提供了重要的技术支撑，为国家节约了工程投资。同时，也为水利水

文
学
篇

电行业输送了一批高素质的科研和建设人才。

围绕三峡地下电站工程地质勘察研究的多项科技成果，获得 10 多项自主创新的国家奖励，相关的"三峡地下电站大型洞室关键技术"于 2012 年获水力发电科学技术特等奖；并获得国家发明专利 3 项、水利先进实用技术推广证书 1 项；相关技术编入规程规范 2 本，工程地质手册引用 1 本；研发应用物探检测专利技术 3 项。该项勘察所创新的地下洞室围岩稳定勘察研究思路、研发的大型洞室工程地质关键技术可操作性及实用性极强，具有广阔的应用前景和应用价值。

迄今相关的技术，成功地在国内金沙江乌东德、旭龙水电站、滇中引水等特大型重点工程中推广，为有关技术标准提供了依据，对国内外地下洞室特别是大型地下洞室工程的勘察研究具有重要意义，对推动和提升水利水电工程行业技术的发展具有重要影响，取得了显著的社会效益和经济效益。

三峡院勘察的三峡地下电站，已通过竣工验收并安全运行多年。三峡院承担项目的勘察技术成果及关键技术，已分批通过水利部科技推广中心和湖北省科技厅组织的技术评价与科技鉴定，评价咨询专家组、鉴定委员会认为："三峡工程地下电站工程地质勘察"科研项目的研究成果，达到了国际先进至国际领先的水平。

科技查新报告指出："委托单位进行的关于三峡工程地下电站工程地质勘察研究，在所检国内外文献范围，未见有相同的报道。"

据悉，近期长江设计院将"三峡工程地下电站工程地质勘察"项目，推荐申报为"全国优秀水利水电工程勘测金质奖"。

7. 高边坡稳定性研究重大贡献创新亮点

——双线五级船闸地质勘察技术，举世无双

三峡河段东起中水门，西至庙河，全长 59 千米，是连通长江中上游的咽喉要道。长江航运，贯通东西，辐射南北，作为世界上内河运量最大的黄金水道，支撑着长江经济带的发展，大坝筑成后三峡船闸成为长江经济带发展的助推器。2003 年 6 月 18 日，长江设计院勘测设计的世界首座全衬砌式船闸——三峡双线五级船闸正式通航，开启了三峡航运的历史新篇章。据悉，三峡船闸 16 年过闸货运量超 13 亿吨。

双线五级船闸，又称永久船闸，是三峡水利枢纽工程的重要组成部分。葛洲坝水利枢纽建设，是三峡院为三峡船闸勘测、设计和施工提供服务的实战准备，其船闸为一级船闸，三峡船闸是全球级数最多最大的双线五级船闸。一个是三峡院曾经托举的"世界之最"，一个是三峡院当今托举的"世界之最"。

据地质专家介绍，双线五级船闸规模大，边坡高，结构复杂，技术难度大，有一系列前所未有的工程地质、岩石力学及施工技术方面的难题，曾引起国内外工程地质

及岩石力学专家的广泛关注。船闸高边坡的显著特点，是集高、陡、长特点于一身。船闸由南北高边坡及中隔墩南北坡四面坡组成，每面长 1607 米，最大坡高 170 多米，其下部闸室墙为高 40 ~ 68 米的直立坡，又是船闸结构的一部分，坡高一般在 120 米以上，与闸墙、闸首具有复杂的相互作用和依存关系，边坡闸首部位多处是直角拐弯，空间形态复杂。这些特点，给勘测工作带来极大的难度和极高的技术要求，三峡院面临对高边坡稳定性和变形特性研究与评价难题的严峻挑战，在国内外尚无先例可循。

勘测设计创新的亮点：船闸边坡要在相当短的时间内劈岭开挖形成 W 形双向四面，既保证施工单位在花岗岩山体中像"切干鲣鱼片"一样，垂直深切出一道最大开挖深度为 176 米的直立高陡边坡，又要保证开挖边坡的稳定及应力变形问题；还要保持周围岩石的稳定，防止断裂、崩塌、潜流、渗水、风化等地质活动的发生，使船闸立于不滑之地，这可不是一件容易的事。牵一发而动全身，船闸边坡在开挖后，形成巨大的临空面，使亿万年来岩体中所形成的原有应力平衡体系被急剧打破，产生一系列的岩体卸荷与变形问题，最令人关注的是时效变形与变形总量，能否控制在设计允许的范围内。因而，船闸高边坡变形及稳定研究问题，成为三峡院几代勘测人接力挑战的世界性地质难题。

当今这座巧夺天工的巨型船闸，就建立在三峡院精准勘探无比坚硬的花岗岩上。获得多项世界之最的双线五级船闸的创新勘察设计，在世界水利建设中都堪称一个伟大的创举。

三峡院以薛果夫、石安池为代表的勘测人，是如何保持船闸高边坡岩体内的稳定和控制边坡的变形？创造出"大船爬楼梯，小船坐电梯"，让船舶穿越这座举世无双的"楼梯"（"楼梯"指双线五级船闸，"电梯"则是升船机），实现这个伟大的创举呢？

创新，创新成就奇迹，勘测成功可谓不易！攻克这道世界级地质难题，三峡院颇费心血，在 20 世纪 50 年代中期勘察前辈就指出：由风化岩体引起的边坡稳定是船闸的主要工程地质问题。

1984 年以来，三峡院先后与瑞典、美国、加拿大、奥地利等国专家，包括国际知名的工程地质与岩石力学专家缪勒博士和工程地质学家康拜尔博士，对船闸边坡稳定与设计都进行了技术咨询、合作与交流。围绕船闸地质勘察与研究，在 1985 年初设前，三峡院主要是跟随船闸不同方案布置、选线而展开；1986—1990 年，重点研究双线连续五级船闸（以三线为主）与分散三级船闸方案比选。1990 年 12 月，提交了《长江三峡水利枢纽船闸方案比较工程地质勘察报告》，通过对连续船闸（三线）、分散船闸（新一线）主要工程地质问题的研究和评价，认为两方案地质条件均可满足设计要求。在施工前期，对双线连续五级船闸四线方案各建筑物紧锣密鼓地展开全面

文
学
篇

地质勘察与研究。1992年10月，《长江三峡水利枢纽初步设计报告（枢纽工程）·第五篇·枢纽布置和建筑物设计》决定：连续五级船闸方案较分散三级船闸方案明显优越，选用连续五级船闸方案。1993年1月，船闸初步设计审查后，同意将可行性研究阶段的船闸线路由三线改为四线。1993年5月，最终确定四线方案，要求永久船闸作为单项技术设计项目。1994年底，三峡院在技设阶段对永久船闸深挖边坡稳定性进行了专项专题研究，提交了《长江三峡水利枢纽单项工程技术设计工程地质勘察报告·第二册·永久船闸》，根据国家"七五"重点科技攻关研究和技设阶段的补充研究，现设计的边坡整体稳定状态较好，永久船闸具备形成高陡边坡的岩性、构造、岩体结构和力学等方面的基本条件。因此，宏观分析船闸边坡整体稳定性较好。三峡院提交的永久船闸单项技设报告于1995年1月通过三峡工程永久船闸技术设计专家组审查。

在争分夺秒的施工期，三峡院人与时间赛跑，就船闸高边坡稳定进行深入研究，按技设审查组意见，对高边坡块体进行了超前预测预报、现场动态设计与处理。利用分期开挖所广泛揭露的地质现象，分期开展高边坡稳定性地质专题研究、边坡变形与稳定反馈分析及预报研究、直墙段块体分布与稳定性系统研究等，突破了一系列影响工程进展和工程评价的技术难题。

1995年1月17日至22日，专家组在三峡工地对《永久船闸设计》《永久船闸工程地质勘察报告（送审稿）》和《永久船闸高边坡设计基本方案专题报告》进行了审查，对"长江委在短时间内做出如此大量的勘察测绘和分析研究工作表示赞赏"。肯定了高边坡技术设计：认为三峡院采用各种手段做了大量勘测和试验工作，查明了船闸区岩性、构造分布及结构面特征、岩体风化分带及厚度。岩体水文地质结构及渗透性，进行岩体结构分类，提供了岩体物理力学建议指标，对高边坡稳定性进行了分析，提出了有关边界条件及参数的建议，基本满足了设计要求。同意船闸区工程地质宏观评价意见和设计提供的高边坡轮廓布置、应力应变趋势和加固措施。通过地质勘测成果反映，船闸部位整体稳定、局部稳定。按照专家组要求：1996年12月，三峡院提交了《三峡工程永久船闸高边坡稳定性地质专题研究》，直接指导工程施工。

2003年4月8日，长江设计院提交了《长江三峡水利枢纽二期工程蓄水（高程135m）安全鉴定工程地质自检总报告·附件三·双线五级船闸高边坡稳定工程地质专题报告》，肯定了三峡院的勘察成果：经过初步设计、技术设计及施工地质三个阶段大量的勘察、试验及研究工作，较好地解决了高边坡稳定问题这一特殊技术难题，使双线五级船闸高边坡处于稳定状态。

2004年，提交的《三峡船闸高边坡工程关键技术研究》论述了三峡院在20世纪

80 年代中期，引进了瑞典深钻孔水下三维应力设备和技术，在我国首次于 300 米深度以下（300 号孔、303.3 米）实现套芯应力解除法测得三维应力值。同期引进瑞典岩芯定向器，以确定结构面产状，解决了船闸高边坡工程关键技术难题。

2011 年，地质专家薛果夫、陈又华在《中国工程科学》杂志上发表《三峡工程坝址区主要工程地质问题研究》论文，对船闸高边坡稳定与变形、边坡稳定问题研究、变形稳定问题研究、边坡岩体卸荷松弛特征、边坡岩体变形特征等勘察技术进行了详细论述。

双线五级船闸勘察科研创新的特色及先进性体现在：三峡院对承担的国家"七五"科技攻关项目"长江三峡工程高边坡岩体工程问题研究"和"长江三峡工程高边坡岩体开挖加固技术研究"进行深化研究。"长江三峡工程高边坡岩体工程问题研究"专家评审组认为报告的主要特色和贡献为："以工程地质力学理论和优势面控坡观点为依据，采用多种方法对船闸边坡进行了系统与综合的研究，是国内岩坡的一份比较完整的研究报告，反映国外同类成果亦不多见。""尤其是在以岩体结构分析为中心采用多种方法，特别是地质的和结构面网络模拟的方法，以及二维、三维有限元分析论证了边坡的破坏模式，得出了有利工程兴建的结论；船闸区水文地质结构模型的提出，为边坡评价和工程排水设计提供了有价值的资料；特别是裂隙介质各向异性水文地质参数的测定做了大量有创造性的工作，分析方法方面有所突破；对边坡评价分宏观评价、整体稳定性和局部稳定性评价，符合系统论的思维模式，大大增加了研究结论的可靠性；进行的结构面抗剪流变、大型疏干排水试验和地应力模拟反演等方面具有先进性的特色及亮点。"该项研究实际应用价值巨大：对边坡优化坡角的建议取值，闸室轴线方案走向的限制，多层排水廊道为基础的地下水排水方案的提出，其成果为工程设计新方案提供了明确的地质依据。该研究的理论和方案具有突出的先进性，它不仅可用于三峡船闸设计，也为同类重要高边坡研究，提供了系统的经验与研究评价方法。

经过多年对船闸高边坡稳定性的潜心研究，三峡院提出船闸高边坡设计方案，成功解决了高边坡稳定和变形控制问题，这一特殊的世界级地质技术难题。围绕船闸研究的《长江三峡工程永久船闸垂直位移简网监测》《三峡工程临时船闸和升船机之间隔墩岩体力学性状研究》《三峡水利枢纽临时船闸工程地质勘察》《长江三峡永久船闸工程地质勘察》等 8 项科研成果，分别获得省部级科技进步一、二等奖，优秀勘察一等奖。这些科技成果，奠定了双线五级船闸这个世界之最的坚实基础。

8. 升船机抗滑稳定与变形研究重大贡献创新亮点
　　——成就世界最大的"电梯"国内外无先例

升船机被称为三峡工程"最后的谜底"。它是世界上提升高度最高、提升重量最大、技术难度和规模首屈一指的齿轮齿条爬升式全平衡垂直升船机，是三峡工程用于快速过坝的永久通航建筑物，也是三峡工程的收官之作。

据悉：三峡船闸 2011 年货运量首次达到 1 亿吨，提前 19 年达到设计能力。2015年，货运量已增长至近 1.2 亿吨，升船机的使用为疏解航道发挥了加速器的重要作用。

据地质专家说：升船机坝段坝基建基岩体主要为微新岩体，其中优良质岩体占 93.7%、中等及中等质量以下岩体仅占 6.3%，建基岩体质量较好。但三峡院勘察的升船机坝段（上闸首）结构与地质情况复杂，它作为大坝主体建筑物的一部分，肩负着既承担坝基挡水又承担升船机通航的双重功能的使命。升船机坝基受枢纽布置及选线方案的限制，基础难以避开坝区规模最大的 F23 断层及性状最差的 F215 断层组，尤其是坝基高程 95 米平台下游临空，基础存在着抗滑稳定、变形、基础渗漏的问题。其结构、受力条件和基础地质条件等较复杂，整体稳定分析与研究成为勘察工作重点，关系到坝基 95 米平台的存留。

那么，如何在工程地质如此复杂的基础上，修建世界上技术难度和规模最大的垂直升船机，在国内外也毫无先例可循。三峡院地质勘察工作不断地接受严峻的考验和挑战。

针对坝基抗滑稳定问题研究成果创新亮点：三峡院在 1996 年 5 月开展的"特殊勘察"，确定了坝基下主要断裂构造及长大缓倾角裂隙的分布及延伸，建立了闸基岩体内外结合的三维系统及闸基体极限平衡抗滑稳定模式，使抗滑稳定研究取得了由假定统计、概化模式至确定模式的突破性进展，高程 95 米得以保留，节省了三峡工程升船机的岩石开挖方量约 6.3 万立方米，相应缩短了工期。

针对坝基变形问题研究成果创新亮点：在现场和室内对构造岩和结构面进行了分类试验和测试，以确定其物理力学指标及其工程地质特性，根据其工程地质特征，采取不同的工程地质处理，被设计采纳。研究成果提出的断层和软弱夹层，采用高压水泥灌浆和化学灌浆相结合的复合灌浆方法、标准，在三峡工程后期得到推广与应用。

三峡院精心策划、特殊勘察，攻克了升船机抗滑稳定与变形研究难题，奠定了升船机坚实的基础，成就了这个全世界最大的"电梯"，为三峡工程和长江经济带的发展奉献了智慧和汗水。

9. 水库地质研究与滑坡治理创新亮点

——国际无先例、国内首例"立体、精细"勘察的滑坡治理工程样板

第一，三峡院库区地质研究超前独到。

三峡院对三峡工程水库库区的研究始于 20 世纪 50 年代，与时俱进地采用最先进的手段和方法，就对涉及三峡水库的一系列工程地质问题与库区迁建城镇新址地质论

证、移民选址地质论证、库岸稳定、库区地质灾害勘察与防治等重点内容，都进行了详细研究与专题论证，至今 60 年从未间断过。围绕库区地质灾害研究工作的广度和深度、持续时间之长、采用的手段之全及其先进性，都已远超过国内外同类工程的水平。例如：采用航空遥感、信息化智能化监测预警、多期次地质灾害防治规划与科学研究、涌浪模型试验和计（演）算、稳定性灵敏度分析等手段对水库型滑坡进行预测评价与防治研究，对有争议的重大滑坡进行防治决策，对涉水崩塌、滑坡与塌岸进行了包括监测预警、避险搬迁、工程治理等措施的综合防治，对移民城集镇高切坡进行工程治理，评估减灾效益，形成了地质灾害防治工程信息化、科学化系统与决策支持系统变形体形变监测等方法，完成了大量勘探察、试验与科学研究工作。所提交的有关成果报告，全面、深入地论述了库区地质环境与工程地质灾害发育规律、重大崩滑体和库岸变形破坏演化机制与规律、滑坡失稳的危害预测和防治对策、库岸类型划分和变形破坏特征、大型典型崩滑体和库岸变形破坏演化机制与规律、库岸稳定性评价预测、库岸失稳的危害预测和防治对策等方面内容，这在世界水电建设史上都是没有先例的。三峡院所完成的"七五""八五"国家重点科技攻关的成果，对库区的结论明确，为认识和评价整个库区的库岸稳定性和地质灾害治理，提供了极为有益的借鉴资料和防治措施。

2011 年 12 月，全国工程勘察设计大师陈德基、地质专家满作武在《中国工程科学》杂志上发表的《三峡工程几个重大地质问题的研究与论证》一文，详细论证了水库库岸稳定性研究的特点、水库库岸稳定性问题、水库蓄水以来库岸变形情况及稳定性评价、对库区地质灾害的基本认识等内容。认为：三峡水库主要由基岩库岸岸坡构成，稳定性好和较好的库段占库岸总长的 93%，稳定性差的库岸仅占库岸总长的 1.4%，因此，岸坡失稳只会在少数地段发生。三峡水库蓄水后的岸坡变形失稳程度没有超出此前的预测，没有影响工程正常运行，没有给库区移民生命财产、工农业生产和长江航运带来重大影响。水库蓄水后库岸变形的事实证明，前期水库勘测总的结论是正确的。三峡水库库岸，经过多期地质灾害防治规划的专项勘察实施，确定针对不同的情况，分别采用工程治理、搬迁避让和监测预警 3 种对策加以应对，采取综合措施极大地减轻了水库蓄水后大型地质灾害的发生和危害，保证了迁建城镇及大型居民点人民群众的安全和长江航运的安全……

三峡水库系典型的峡谷型水库。三峡院系列研究成果表明认为：三峡水库地质条件的复杂性特点，在全世界范围内是独一无二的。这一结论，引起党中央、国务院的高度重视和各部委的大力支持，库区被列为地质灾害防治重点地区。

三峡院对库区地质灾害的判断，在 20 世纪 60 年代有过辉煌的业绩。1968 年，首次提出长江新滩为滑坡风险地带。1985 年新滩滑坡事件的成功预报，验证了三峡院的判断，之后又参与了对链子崖危岩和黄蜡石滑坡应急治理，成功地消除了严重威胁长江航道和巴东县城安全的巨大灾害安全隐患。三峡工程上马后，三峡院在参与库区地质灾害的防治工作中又发挥了重要的作用。

第二，三峡院库区地灾防治工作"功不可没"。

1999 年起，三峡院这支勘测王牌队伍之师再展雄风，将库区地质灾害防治理工作当作政治任务去完成，一举承担了猴子石滑坡、老房子滑坡、植物油厂滑坡、丝绸厂滑坡、磷肥厂滑坡、永乐滑坡、黄土坡滑坡、大水田滑坡、陈家沟滑坡、藕塘滑坡、白衣庵滑坡等 10 余处滑坡治理的勘测研究与防治论证工作，主持三峡后续规划三大重点之一的三峡库区地质灾害防治规划工作。在库区连续打了几个漂亮仗：

（1）全面梳理解决了奉节县三江六岸的地质灾害发育本底，分多期进行地质灾害防治规划并按"轻重缓急"原则实施系统整治，先后完成了 10 余个滑坡的防治勘察研究，实施了 20 余千米的库岸综合治理，基本解决了奉节新县城库岸的安全稳定问题。

（2）巴东县黄土坡滑坡避险搬迁论证，业界谁都不敢接着的这个活，长江设计院钮新强院长冒着风险拍了板，接了这个烫手"山芋"的活后，"谁吃"？当然是敢于捅"马蜂窝"的三峡院来"吃"下！三峡院通过对滑坡区的历史勘察、监测资料的系统分析，在补充勘察论证的基础上，提出了减灾避险搬迁整治方案，彻底解决了巴东县黄土坡滑坡"安全与不安全"这个长期议而不决的"老大难"问题，保障了滑坡体上机关事业单位、工矿企业和城镇居民近 21.6 万人的生命财产安全，也让历届省部委领导心中的"一块石头落了地"，时任省委书记俞正声终于睡了一个安稳觉。

（3）受重庆市三峡库区地质灾害防治工作领导小组办公室委托，三峡院于 2009 年底承担了三峡库区奉节县麻柳坡即藕塘滑坡的勘察及综合防治方案设计论证工作。然而，在 2009 年三峡水库 175 米试验性蓄水期间，监测发现，藕塘滑坡前缘东、西部发生显著变形，未见收敛迹象。滑坡整体变形迹象未见收敛。被重庆市三峡地防办委托补充勘察，三峡院在实施勘察论证期间，布设在集镇及其后缘的深部位移监测钻孔于 2011 年雨季开始多孔次被剪断，对应的地表水平位移量也达 66.7 ~ 445.2 毫米，位于高程 569 米的 TN03 基准点也发生了 110 毫米的变形，种种迹象表明，滑坡变形情况已由前缘向中后部拓展至整个滑坡区。年底，三峡院提出将滑坡预警级别提升为"Ⅱ级黄色预警"的建议并得到采纳；2012 年 9 月 18 日，长江设计院《关于奉节县麻柳坡滑坡（藕塘滑坡）及后缘斜坡变形现状与处置建议的函》（长设函〔2012〕92 号文）提出了"并调整综合防治方案设计、展开加密监测，认为滑坡规模巨大，地质条件复杂，存在多种失稳模式，难以准确预测和判断，建议安坪集镇以整体避险搬迁为宜"的处置建议，编制完成的《三峡库区奉节县藕塘滑坡综合防治方案论证报告》《重庆市奉节县安坪镇藕塘滑坡综合防治与避险搬迁实施方案》得到了国家部委的批复并付诸实施，挽救了滑坡体上 5000 多人的生命财产。2013 年 1 月 30 日、2013 年 9 月 2 日、2015 年 5 月 21 日，三峡办副主任雷鸣山，重庆市副市长张鸣、刘强等领导分别在长江设计院副院长石伯勋的陪同下实地考察和调研了藕塘滑坡后，均充分肯定了三峡院所做的工作。

（4）在 2009 年三峡后续工作总体规划三峡库区地质灾害防治分项治理规划报告编制过程中，长江设计院院长钮新强钦点由三峡院副院长周云牵头主持库区地质灾害防治规划。三峡院全面参与到三峡后续地质灾害防治规划治理工作中，先后帮助奉节、巴东两县的县城库岸综合整治工程，搞定巴东库岸综合整治工程等涉及库区城镇安全的治理项目落地，从奉节的三马山到白帝城，巴东的黄土坡至神农片区，一系列打包综合整治，改变了库区城镇面貌，为三峡库区青山绿水生态发展做出了贡献。

三峡院这支精锐之师，骁勇善战，在市场经济激烈竞争中用实力说话，以优秀的工程勘测实绩和良好的服务信誉获得了用武之地，占领库区主导地位，成为在三峡库区科研的责任单位。

从国务院三峡办到国土资源部，从省市领导到地方政府部门，对三峡院的评价都极高，重庆市三峡地防办领导多次评价："三峡院在库区如果说自己是第二，没有哪家单位敢称自己是第一。"无愧"金字招牌"的口碑，在库区更是响当当。

第三，猴子石滑坡治理工程"立丰碑"。

猴子石滑坡是三峡库区重庆市境内最著名和最重要的滑坡之一，位于重庆市奉节县新县城核心地段三马山小片区的前缘，所处位置为奉节县行政、经济和商贸中心，保护对象包括 20 余个迁建单位、大量居民统建房及道路、桥梁，涉及 5000 多人，房屋建筑面积 20 余万平方米。因猴子石滑坡地理位置特殊、地质条件复杂、治理工程保护对象庞大、治理措施制约因素多、与三峡水库蓄水进程关联度高、实施方案特殊、施工难度大、项目的实施对地质工作依存度极高等特点，备受国务院、国家发改委、三建委三峡办、国土资源部、重庆市政府与长江三峡开发总公司等单位的高度关注。

三峡院以高度的责任感和使命感，挑起了三峡库区奉节县及前述诸多滑坡治理工程的地质勘察与防治研究工作的重担。作为项目责任单位的三峡院，在长江设计院副院吴永锋、三峡院总工程师李会中的指导下，项目总负责人、三峡院副院长周云带领以三峡院总工李会中、向家波、任智勇、吴和平、宋华波、柳景华、徐明辉、谭朝爽、郝文忠、徐磊、詹莉、赵长军、刘冲平等人为代表的团队，面对猴子石滑坡复杂的地质条件，迎难而上。他们克服"滑坡区地质、环境条件复杂，查清滑坡边界条件难度大；滑带土参数对滑坡稳定性高度敏感、准确给定参数难度大；滑坡处于城区中心地带，实施常规治理措施极为艰难"的勘察难点，从 1999 年在县城库岸防护工程勘察阶段发现滑坡的存在开始，先后在 2001—2002 年进行了滑坡防治专项勘察、2003 年一期治理工程（前缘压脚至 150 米，滑坡前缘剪出口的开挖与块石置换）的施工地质跟踪服务、2005 年后续治理工程方案研究期的补充地质勘察研究，以及 2006—2008 年后续治理工程实施阶段的深入勘察研究相关地质工作。特别是围绕关键工程措施——沿滑带设置阶梯形钢筋混凝土置换阻滑键，必须遵循"动态设计、信息化施工"原则，对地质工作提出了"立体、精细、实时"的严苛要求，洞室开挖的地质信息必须实时反馈并应用到下道工序的施工图中，近 30 个掌子面同时作业，给地质研究工作带来的压力可想而知。两年多的施工期完成了大量的勘察与研究工作，采用"小口径勘探 + 平硐、竖井验证，采用美国 ADINA 软件模拟边坡地下水渗流场和渗透力的分布，率先使用 GOCAD 软件对滑坡建立实时三维地质模型"等有效的勘察方法，同步展开了一系列具有国际先进水平的勘测与科研工作。

在工程实施中，三峡院以周云为代表的团队，克服了猴子石"滑坡的地质条件极为复杂，后续治理、置换阻滑键工程措施庞杂而又很独特，地质工作量大，精度要求高，工期紧，施工强度极高，安全风险突出，施工质量要求高"等难点，尤其是猴子石滑坡又是三峡库区制约水库按期蓄水的控制性地质灾害治理工程，引起国务院、三峡办、国土资源部、重庆市以及长江三峡集团等的高度重视，长江设计院对承担项目的三峡院更是严格要求。三峡院果然通过艰苦卓绝的努力，不辱使命，提出了高质量、翔实丰硕的地质勘察及系列研究成果，在滑坡的专项勘察、续建工程方案研究、补充勘察研究、施工期各阶段所提出的一系列合理化工程建设方面的建议，均被设计单位和施工单位采纳，大大缩短了工期，保证了三峡水库 2006 年 10 月下旬 156 米正常蓄水与滑坡区的社会、经济稳定与民生安全，并节约工程投资数千万元，取得了显著的综合效益。

猴子石滑坡是国内滑坡勘察首个达到"立体、精细"程度的大型滑坡，先后经历了初勘、补充勘察研究、专题研究、施工期涉水工程堵水专项地质勘察和施工实时地质工作。地质勘察研究工作在工程论证、工程决策、工程建设过程中发挥了重要作用，与国内同类项目勘察研究技术水平相比，猴子石滑坡治理工程中地质勘察研究成果的独特新颖性和技术先进性体现在以下七个首创的看点上：

（1）首创国内滑坡"立体、精细"的勘察技术。"阶梯形置换阻滑键"的实施对猴子石滑坡全方位、多角度的认识提供了绝佳的机会，滑坡的边界条件从宏观到微观均得到充分展示；为该滑坡的工程、水文地质研究提供了最大尺度的便利，丰富的地质素材与各方面研究成果，为类似滑坡的勘察与治理研究提供了"解剖麻雀"似的机会，处于国内同期领先水平。

（2）钻孔彩电为滑带定位起到关键作用。为查明滑坡滑带的空间分布，了解滑体物质组成、滑带土及滑床基岩的性状，利用钻孔在滑坡不同部位进行了全断面数值化彩色录像，取得了较好效果，从钻孔彩色录像可以直观地分辨出滑体层序、滑带及滑床基岩，为治理工程设计提供了科学依据。

（3）首次在大型滑坡治理工程中运用三维地质模型建模。针对猴子石滑坡地质背景复杂、滑坡自身边界条件多变、滑体结构层序多及地面建筑密集等特点，在治理续建工程勘察研究过程中，首次采用 GOCAD 软件进行三维地质建模，实现了平切图、剖面图的精确自动切割，实现了模型三维旋转、对象分层显示、对象编辑、模型缩放和渲染等动态显示功能，实现了重要部位多种信息的图形化显示。该成果的应用，成为分析地质问题、地质解译、快速提交地质图件的有效工具，对于治理工程方案设计、指导施工等具有很强的现实意义。做到了治理工程信息化、可视化达到同期国内领先水平。

（4）针对滑坡特点，首次提出"地下连续置换阻滑梯键"滑坡治理新方法。针对滑坡特点，经综合分析研究论证，采取"地质先导、动态设计与信息化施工"原则，在滑坡下滑力较大部位实施"地下连续置换阻滑梯键"，改变滑坡可能的滑动路径，进而达到治理滑坡整体稳定性之目的；台阶状置换阻滑键首次在猴子石滑坡治理工程中得到成功运用，证明"地下连续阻滑梯键"在特定滑坡治理工程中运用是现实可行的。滑坡治理措施新构想的成功运用，取得优秀的地质勘察成果为治理方案的比选和全方位的滑坡治理，提供了强有力的支撑。

（5）首次在滑坡区地下水研究方面创新。通过钻孔注水、竖井（包括勘探竖井与抗滑桩井）抽水等多项水文地质现场试验，在查清了明滑体各岩土层的渗透性参数的基础上，通过水文地质边界条件的研究，建立了边坡地下水运动数学模型。并在滑坡体上首次采用美国 ADINA 软件模拟计算边坡地下水渗流场和渗透力在各种工况下的分布，定量评价了侧向补给地下水对边（滑）坡稳定性产生的不利影响，提出滑床截排向斜盆地侧向补给地下水，176 米高程布设排水洞及排水孔幕的建议，得到设计采纳，其研究思路与工作方法为滑坡在库水消落时的动水压力研究提供了可供借鉴的宝贵经验。

（6）首次在滑带物理力学参数研究方法上的创新，对国内外滑坡滑带参数确定具有很高的借鉴意义。提出了以现场试验成果为基础，以滑带的物质组成、综合性状和地质宏观分析为判断依据，以类比分析、敏感性分析及室内试验值为重要参考依据，以地质宏观分析判断为决定依据，并分别给予适当权重的综合分析判断方法。

（7）首次在密集建筑物下滑坡区实施阶梯状洞室群围岩稳定性研究的创新，得到应用单位的充分肯定。三峡院通过分析研究既有建筑物基础形式、基础埋深和相应基础的地质特性、洞室围岩稳定性分析和全面的地质跟踪、超前预报等，提出了"短进尺、高频度、低药量、强支护"及严格执行跳槽开挖、间隔放炮的施工六原则,并通过勘探导洞、先导孔、三维信息系统、爆破监测等措施顺利解决了洞室稳定、扰民、施工干扰、竖井定位等问题,这些在密集建筑物下滑坡区阶梯状洞室群稳定性研究的创新,创造了驻地居民安居乐业、滑坡治理工程顺利进展、零事故、高质量的奇迹,为同类地区地质灾害治理积累了宝贵的经验财富,不愧为国内地质灾害滑坡治理树立了"立体、精细"勘测的样板工程。

2011年8月,重庆市奉节县地质灾害整治中心在应用效益证明上是这样评价的:"施工过程中系统、全面地开展了施工期地质勘察与研究工作,大量有经验、高水准的技术人员投入,保证了精确的滑带定位,准确的地质超前预报,'地质先导、动态设计、信息化施工'的理念得到了很好的执行,为阶梯状置换阻滑键顺利实施提供了有力保障,并通过一系列精细化技术研究,有效解决了城市密集建筑群下滑坡区地下复杂洞室群开挖存在的诸多工程地质问题,为滑坡区城市安全与工程施工安全提供了有力保障,为三峡水库正常按期蓄水作出了极大的贡献,争取了最大的社会效益。"

三峡院组织雄厚的科学技术力量,对库区重大地质灾害难题进行联合攻关,攻克猴子石滑坡治理工程的勘测难点,展示了一系列科技创新的先进勘察技术,有力地支撑了库区地质安全,对类似工程勘察研究及相关技术的完善与发展提供了重要的参考价值和指导意义,推动了地质灾害防治行业的科技进步,成效显著。

据专业监测单位提交的《重庆市奉节县猴子石滑坡治理续建工程2011年效果监测总结报告》显示,滑坡地表位移监测点在监测期间未发现有变形情况。效果监测成果反映,监测设施在监测过程中未发现明显变形迹象,猴子石滑坡无变形,滑坡处于稳定状态,工程治理效果好。治理工程完工后,2008年8月至2009年12月、2012年6月至2014年12月、2015年5月至2017年4月这三个时段,通过对地表位移监测、深部位移监测、梯键应力监测、位错计和伸缩仪监测、裂缝监测和宏观巡查等综合监测手段,获取的监测资料均表明滑坡未发现明显变形迹象,目前整体处于稳定状态,工程治理效果良好。

三峡院承担的《三峡库区奉节县新城猴子石滑坡治理工程地质勘察研究》成果荣获2012年度湖北省优秀工程勘察一等奖。

据科技查新表明:猴子石滑坡治理工程是国内首次成功采用"地下连续置换阻滑梯键"模式进行滑坡治理的工程,目前在国内绝无仅有,国际上也无典型案例。

10.天然建筑材料研究重大贡献创新亮点

——坝址基坑弃石料利用,为国家节约数亿元资金

兵马未动、粮草先行。三峡工程所需天然建筑材料种类多、数量大,仅混凝土粗

细骨料的需求量，就高达 4171.3 万立方米，这些混凝土除需满足强度要求外，还要同时满足抗渗、抗冻、抗裂、抗冲磨、抗碳化、抗侵蚀性及防止碱骨料反应等耐久性方面的要求。如何经济合理地选择混凝土骨料的料源、料种和料场，不仅直接影响工程造价，还涉及施工布置和大坝安全，对外交通方案的选择等具有巨大的经济效益。

1956—1958 年，三峡院配合三峡工程的规划和初步设计要点，配合 2 个坝区（南津关坝区和美人沱坝区）、15 个坝段的比较，在上起香溪下到蕲春的 500 千米长江岸边普查了五大建筑材料产区。

1959—1970 年，在香溪到沙市的 230 千米江段干支流的 76 个主要料场，进行了全面普查和初步查勘。

1971—1985 年，先后重点查勘了 9 个天然骨料场、7 个人工骨料场，以及 15 个土料场、石料场，并对这 31 个料场进行了普查和详查。于 1985 年 6 月提交《长江三峡水利枢纽工程天然建筑材料勘察研究报告》。

1986—1994 年，三峡天然建筑材料研究进入料源方案比较阶段，三峡院在坝址下游 60 千米范围内，对 3 个天然骨料场和 3 个人工骨料场、3 个填筑料场和 1 个块石料场进行了深化勘察和试验研究，并提供相应报告。

1956—1994 年，三峡院围绕三峡工程天然建筑材料的研究涉及多个坝址、多种坝型以及多种施工组织方案的变更，经历普查、初查、详查各勘察阶段，采用测绘、勘探、物探、试验等多种手段，对工程所需混凝土骨料产地的基本地质条件、质量与储量进行了详细评价并得出结论。其勘察周期之长、范围之广、勘察建筑材料种类之多在国内外水利水电工程史上堪称绝无仅有。

勘察亮点：三峡工程的混凝土骨料料源方案选择和组合，经反复论证、综合比较，最终采纳了三峡院勘察推荐的天然骨料和人工骨料综合使用方案。即初步设计报告中确定，一期工程混凝土采用南村坪天然砂砾石料，二、三期工程采用基坑微新闪云斜长花岗岩开挖料作粗骨料，下岸溪斑状花岗岩做人工细骨料的综合方案。

创新亮点：提出坝址基坑、永久性船闸（三线）和电站等建筑物基础开挖的弃石料利用方案，为三峡工程节约数以亿计的工程建筑材料的投资，是三峡院对三峡工程天然建筑材料研究的重大贡献。

三峡院吕庆福、姜树国、周武、高智德、周寿云等几代地质建材勘察人不惧艰辛，为三峡大坝选择了最合适、最经济、质量最好的砂料、砾石和块石料、土料、水泥掺合料等工程建筑材料，夯实了大坝基础，满足了工程兴建的需要。工程开工后，三峡院人对天然建筑材料的勘察仍在继续。

文
学
篇

三、保驾护航——工程建设期的地质工作

1992 年 4 月 3 日，全国人大审议通过的《关于兴建长江三峡工程的决议》犹如一轮红日喷薄而出，拉开了兴建三峡工程的序幕。

从 1993 年施工准备到 1997 年大江截流，三峡工程建设如火如荼，为工程建设提供地质服务，成为三峡院压倒一切的政治任务。三峡院责无旁贷、义不容辞，集中全部力量投入到紧张而复杂的施工地质工作中。

按照长江委综勘局下达的任务，三峡院根据单项工程和技术专题的重要性和复杂性，先后展开可研、总体布置专题研究及技设阶段的勘测研究工作。

1993 年 5 月至 1994 年 4 月，在不到一年的时间里，三峡院先后开展了大坝及电厂、永久船闸、垂直升船机和二期上游围堰、茅坪溪防护大坝等 8 个单项技术设计阶段的工程地质勘察工作，围绕单项技术设计与施工期的补充勘察与专题研究，所进行的钻探进尺约 4.67 万米，其中地下厂房和茅坪溪大坝钻探进尺为 1.8 万米。对大江河床断裂构造、坝区河床演变与深槽成因、主要断裂及大岩脉工程地质特性与处理措施、建基面岩体质量快速检测；永久船闸高边坡地质概化模型及变形趋势分析、高边坡变形影响因素分析、高边坡超前地质预报；三峡工程地质信息系统；左厂 1—5 号机组坝段缓倾角结构面和坝基深层抗滑稳定；升船机上闸首抗滑稳定问题等诸多地质问题，进一步开展了施工期专题研究，取得一系列的研究成果。

1994 年 11 月至 1995 年 3 月，三峡院提交了大坝及电厂等 8 个《长江三峡水利枢纽单项工程技术设计报告》，对 50 多年来的坝址区各建筑物的工程地质条件和主要工程地质问题的研究成果，进行了详细的叙述与评价，并提出了相应的工程地质处理措施与优化建议。这些报告，陆续通过了长江三峡开发总公司组织的技术审查。

在井然有序的施工现场，三峡院以薛果夫、叶渊明、冯彦勋、石安池、饶旦、陈又华等为代表的勘察人，把地质勘测的重点放在三斗坪坝区，着重查明区域及坝址地壳稳定性、水库封闭条件及库岸稳定性、地震及水库诱发地震环境；特别是查明了大坝坝基和各建筑物工程地质问题；确定坝基岩体质量评价标准，研究坝基可利用岩面；利用特殊勘察查明了坝基岩体内长大缓倾结构面的空间分布与组合方式这一关键的技术难题，解决了高悬坝基深层抗滑稳定问题这一世界未解的难题；查明了船闸、升船机上闸首坝段及其高陡边坡稳定与变形问题；查明了坝基深厚风化与深厚透水问题，解决了高水头作用下深厚透水岩体的防渗问题以及复杂地质环境下的泄洪坝抗冲刷问题，解决了工程坝区大跨度地下厂房围岩变形及块体稳定性等重大技术问题，提交的专题报告经单项工程技术设计专家组审查，确定作为科研与设计稳定计算的地质依据。

三峡院用优异的地质勘察成果，回答了三峡水利枢纽各建筑物基础地质条件及如何处理的问题。

三峡院扎扎实实开展工程地质勘测的多项专题研究，不仅验证和解决了勘测与施工期重大技术问题，攻克了复杂地层技术难题，还形成了一套完整的施工地质方法（修编了《水利水电工程施工地质勘察规程》（SL 313—2004）），获得了工程设计、建设、运行所需要的重要基础性资料，使三峡工程地质勘测、方法与认识的深度处于国内前沿。

"质量是三峡工程的生命，质量责任重于泰山"。在大坝地基开挖过程中，三峡院三峡地质处对前期地质勘察的结论进行验证，详细记录过程，并对实际开挖的地质现象如实测绘、记录，对实际出露的重大地质问题，进行针对性的有效处理。对勘察重点研究和解决初步设计阶段尚未确定的或亟待优化的重要方案和技术经济问题，发挥了地质专家"把脉"诊断的特长。更加精确地查明了地下电站厂房、茅坪溪防护工程等各建筑物的工程地质条件和问题，为技术设计、招标设计提供了地质依据。

在施工期和运行初期，三峡院运用 1.2 米直径的大口径钻机，确保三峡工程右岸非溢流坝段混凝土浇筑坝块的质量，进行混凝土桩施工处理，配合施工进展，采用各种勘测手段实时跟踪勘察。为保证施工中的地质安全，针对所有主要建筑物施工中出现的地质问题，共发出施工地质简报 887 期。自 1994 年起，三峡院为配合一些分部工程和分项工程的验收，适时提交了分部工程、分项工程的竣工地质报告、单项建筑物的竣工地质报告，如《长江三峡水利枢纽单项工程技术设计工程地质报告》的《第一册·大坝及电厂》《第二册·永久船闸》《第三册·垂直升船机》《第四册·二期上游围堰》，1998 年提交了《长江三峡水利枢纽茅坪溪防护大坝技施设计工程地质报告》等共计 142 份，达数百万字，完成了十余个重大专题地质研究报告。

三峡院提交的这些专项勘测成果，在三峡工程建设进入二期施工期间，陆续通过长江三峡开发总公司组织的专家审查。

2003 年，随着蓄水、通航、发电三大任务的初步开展，三峡工程的建设进入三期工程，三峡院承担的主要工作集中在库区地质灾害防治和水库诱发地震的监测研究上。蓄水后的实际状况表明，三峡库区地质灾害防治规划科学，成效显著；在庙河至白帝城的水库中段，坝址至坝前 16 千米的结晶岩库首段及奉节以上库段的监测表明，水库地震活动不明显。这充分证明三峡院在工程前期对这两个问题性质的认识和可能产生的危害程度，总体判断是正确的。

2015 年，长江设计院提交的《长江三峡水利枢纽工程竣工验收设计报告·第三篇·工程地质》对大坝工程地质做了如下的评价："通过前期大量而深入的勘察、试验与科研工作，查明了坝址区基本地质条件、主要工程地质问题及各主体建筑物的工程地质条件，经过施工期的施工检验，大坝工程地质条件与前期勘测成果和预测基本吻合，所有重大的工程地质问题无遗漏，为工程的顺利进行打下了坚实的基础。大坝建基岩体以优良质岩体为主，占建基面积的 90% 以上，对中等质量及以下岩体进行了局部浅挖、掏槽及加强固灌处理，建基岩体质量满足要求。"这是对三峡院承担三峡工程地质勘测现场"把脉"诊断准确率，进行临床检验的满意评价……

四、成就斐然——三峡院的队伍建设

"建一项工程，创一块牌子，育一批人才，拓一片市场，竖一座丰碑，留一代美名"，是三峡院始终不变的发展目标。在 60 年的发展历程中，三峡院筚路蓝缕、披荆斩棘，不断取得事业上的新突破，在自身建设上也不断进取，从一支小小的勘测队成长为国内首屈一指的水电勘察集团。

请看这边，三峡院在一代代勘测人的奋斗中，步履坚实，战果辉煌——

勘测既是水电工程的基础，也是水电工程的核心。三峡工程投入的勘探工作量之大，从事地质勘察范围之广，采用研究手段之全，参与各专业的行家里手之多，对重大地质问题研究程度之深，实属举世罕见。据不完全统计：三峡院打下钻孔 32276 个，完成小口径钻探进尺 1503416.1 万米，在三峡坝区打下 5260 多个钻孔，完成进尺 37 万多米，另打直径 1 米以上的大口径钻孔 30 多个，开凿 2 米 × 2 米 ～ 3 米 × 3 米等不同断面平硐 13 个，进尺 13202.4 米；所钻进尺足以穿透 200 多座喜马拉雅山。为三峡工程完成的各种比例尺地质测绘达 2.3 万平方千米，相当于 10 个海口市，其中大于 1 ∶ 10000 的大比例尺测绘 356 平方千米；编制提交的成果报告 2200 多份，图件数百万张。三峡院主编《水利水电工程施工地质勘察规范》等规程规范 10 多部，拥有国家授权的专利 29 项；拥有 GOCAD 三维地质模型切剖面程序软件计算机等软件著作权 23 项。获各类奖励 32 项，其中省部级以上奖励 24 项，有 4 项专利成果被列为水利先进技术重点推广目录。

这支优秀团队形成"人无我有、人有我精"的独特技术核心，在三峡工程"马拉松"式的勘测赛道上，在国内外工程勘测领域里，实现由跟跑向并跑、领跑的跨越式发展，不断刷新水利水电工程地质勘察的世界纪录。世界最大水坝——三峡工程，喜获素有国际工程咨询领域"诺贝尔奖"之称的"FIDIC（国际咨询工程师联合会）2013 年百年重大土木工程项目卓越成就奖"。这是三峡院在水利水电工程建设领域获得的世界级认可，给勘测后辈留下一块中国勘测行业的"金字招牌"，这对单位抑或这段勘测历程来说，都是可以彪炳史册、无愧于子孙后代的丰功伟绩和伟大创举。

再看那边，三峡院在一代代勘测人的奋斗中，枝繁叶茂，硕果累累——

以科技创新引领发展，三峡院始终走在中国水利工程地质勘测的前沿，努力打造世界精品名牌工程，收获累累硕果，所承担以 4 个世界级和清江流域、西南区域等 65 个大中型水电站为代表的数千个综合勘测与科研项目所获得的重大技术成就，不断获得社会和业主的高度赞扬，荣膺国家金质奖励。其中省部级以上奖励 89 项，有 30 个项目获省部级以上科技进步奖；35 个项目获省部级以上勘察奖；10 项获得 QC 成果奖。据不完全统计，由三峡院承担的 150 多个重点项目中，仅三峡工程项目就占了 70 多个："长江三峡库区新滩滑坡监测预报"获国家金质奖；"三峡链子崖危岩体与黄蜡石滑坡体地质灾害防治工程研究"获国家科委优秀成果金杯奖；"长江三峡工程大江截流工程设计"荣获第八届全国优秀工程设计金奖；"长江三峡工程一期土石围堰工程地质勘察"荣获第八届全国优秀工程设计银奖；"长江三峡工程大江截流设计及施工技术研究与工程实践"获国家科技进步奖一等奖；"三峡垂直升船机岩体力学性状研究"获湖北省科技进步奖一等奖；"长江三峡工程二期围堰工程地质勘察"获湖北省优秀工程勘察一等奖；"长江三峡工程高边坡变形监测"获国家第八届优秀勘察金奖；"长江三峡水利枢纽双线五级船闸"获湖北省勘察设计一等奖；"长江三峡水利枢纽二期工程蓄水、通航、发电技术研究与实践"获湖北省科技进步奖特等奖；"三峡库区首段野猫面滑坡变形监测"获国家优秀测绘铜奖；"三峡库区奉节县新城猴子石滑坡治理工程地质勘察研究"获湖北省优秀勘察一等奖；"三峡地下电站大型洞室关键技术"获中国水力发电科学技术奖特等奖，同年还获得湖北优秀工程勘察设计一等奖；"大型水电工程水库诱发地震研究与监测"获大禹水利科学技术奖二等奖、长江委科学技术奖一等奖；"三峡工程大坝与电厂工程地质勘察"获湖北省优秀勘察一等奖和全国优秀水利水电工程勘测设计金质奖；"复杂水工岩体地应力测试关键技术与实践"获中国岩石力学与工程学会科学技术奖一等奖；"工程地质可视化快速勘察"获首届中国大坝协会发明奖中的唯一的一等奖；"三峡工程厂坝工程地质勘察"获全国水利电力优秀勘察金质奖……

2019 年国家科学技术进步奖提名书公示，将三峡院参加的 2004 年湖北省科技进步特等奖的"长江三峡水利枢纽二期工程蓄水、通航、发电技术研究与实践"科研成果，排在公示项目的首位。

这一个个奖杯和一块块"金字招牌"的荣耀，代表三峡院的技术实力，展示了三峡院工程勘察的核心竞争力。

再瞧这里，三峡院群英荟萃、人才济济——

这支思想过硬、技术过硬、作风过硬的勘测队伍，曾获得熠熠夺目的荣誉：1985

年三峡院被湖北省委和人民政府授予"新滩滑坡勘测先锋"光荣称号，同时，荣获国家防总授予的"全国抗洪先进集体"光荣称号；1996年被长江三峡开发总公司授予"长江三峡工程劳动竞赛先进集体"荣誉称号；2001年再次被长江三峡开发总公司授予"三峡工程建设先进单位（集体）"荣誉称号；2013年三峡院获"湖北省五一劳动奖状"殊荣。

党和国家领导人毛泽东、邓小平、周恩来、江泽民、李鹏视察过三峡院倾情奉献、日夜奋战的三峡工程这片热土。1958年，周恩来总理将三峡院钻取的一节岩芯标本送给了伟大领袖毛主席；1989年7月24日，江泽民总书记视察了三斗坪坝址，在中堡岛上察看了由长江委三峡院大口径钻探队钻取的2米直径的岩芯；1997年10月30日，胡锦涛总书记视察三峡工程时，亲临三峡院三峡勘测代表处，看望一线工程地质科技人员，听取地质专家姜树国、冯彦勋夫妇关于三峡工程坝基勘测地质情况的汇报，并观看三峡院钻取5米多长的岩芯标本。

三峡院不仅得到国家历代领袖的关怀，还得到水利部、长江委老一辈领导专家林一山、李庭序、魏廷铮、黎安田、张修真、季昌化、陈德基等各级领导亲临三峡工地的指导。受到长江委主任蔡其华，长江委副主任、中国工程院院士、长江设计院院长钮新强等领导的关爱。长江设计院党委书记石伯勋、副院长赵成生等领导经常深入三峡院，关心在三峡工程一线奋战的勘测人。党和政府、长江委各级组织的深切关怀，给三峡院人莫大的鼓舞和鞭策，是激励三峡院人半个世纪以来艰苦创业、科技创新的精神动力。60多年来，不论勘测条件多么艰苦，不论工作环境多么艰难，他们都能积极面对机遇与挑战，面对责任与使命勇于担当，闯过一个个工程地质勘测的难关，跨越一道道世界级的地质难题，取得一系列国际领先的科技成果。一座座世界级样板工程精心、精细、精准的特殊勘察，浓缩着三峡院人的智慧，更蕴含着深厚的长江委、长江设计院三峡院"团队、奉献、创新"的企业精神。

据不完全统计，三峡院先后为长江委培养和输送了陈德基、徐瑞春2名全国工程勘察设计大师和刘振江、石伯勋、滕建仁、赵成生、蔡耀军、黄纪辛、朱兴礼、张树恒等十多名局级领导干部和工程技术人才。涌现出部委院级各类先进集体、先进党支部、优秀党员、优秀党务工作者、优秀干部、先进工作者、三峡工程优秀建设者、省市级优秀团干等。薛果夫荣获"全国五一劳动奖章"；陈树堂、马代馨、叶渊明、赵肇柱、冯彦勋等人先后被评为省部级劳动模范和优秀女标兵；冯定猷、吴玉华等人获得长办先进科技工作者称号；1996年石伯勋、饶旦荣获全江第二届"百优十杰"青年工程师和全国第二届"百优"青年工程师称号；2002年周云荣获"长江委三峡工程劳动竞赛岗位能手"称号；2003年陈又华荣获宜昌市和长江设计院劳动模范称号，李汉桥、李会中、罗玉华、杨火平、黄华、满作武、周云、黄孝泉、王正波、杨红、柳景华、刘彦杰、曹伟轩等人获长江设计院劳动模范称号；2004年长江设计院授予石安池、饶旦、曾新平、李汉桥、冯彦勋、赵克全、施云江等七名同志三峡工程突出贡献者称号……这个团队技术精湛，质量一流，企业的知名度不断提升，被称赞为："不愧为王牌之师，是可信赖的合作伙伴。"

当三峡工程巍然屹立在中国的大地上，向世界证明中国人有志气、有能力建设好当今号称"全球一号水电工程"时，可以自豪地说：长江委、长江设计院三峡院勘察人有能力在任何一条河流上勘测出世界一流的工程坝址，建设世界一流的水电站！

三峡筑坝、百年梦圆。我要把这副对联献给为三峡工程奉献的勘测人，以表敬意。

上联：科学严谨精心勘察共同绘制三峡大坝蓝图
下联：创新求实优质服务团结创建世界一流工程
横批：为国争光

走笔至此，激动的心情难以平复，三峡勘测人的故事，就像我心灵深处的一股清泉，流不尽，吐不完。

忽然远处传来快板声：

诶，即兴编个顺口溜，让我心情爽一爽，浪里格朗，浪里格朗，多余的话不用讲，先表表俺院的勘测郎，高峡平湖创奇迹，励精图治保安澜。浪里格朗，浪里格朗，话当初：

探郎邂逅三斗坪，筚路蓝缕启山林。

前赴后继绘蓝图，终身眷恋献激情。

装备精良敢亮剑，质量一流作风硬。

群星争辉赛雄鹰，自主创新大口径。

特殊勘察科技新，水陆钻进传喜讯。

三维地质显身手，地震测量成果精。

长江上下数千里，大坝左右六十年。

三峡勘测留传奇，地质科研你最行。

高新技术闯三江，世界第一和第七。

勘测史册挂勋章，托举大坝扬威名。

哎呀，话儿唠得有点长，俺慢讲你耐心听，长江后浪推前浪，中外大地捷报频，水电勘测高尖精，科技创新才会赢……

浪里格朗，浪里格朗，浪里格朗，浪里格朗，浪里格朗，浪里格朗……

朋友，请记住这个为三峡工程地质勘察立下汗马功劳的单位——三峡院！

五、展望未来，三峡院明天更美好

"江山代有才人出，各领风骚数百年。"

"俱往矣，数风流人物，还看今朝。"

三峡院新任掌门人、教授级高级工程师陈又华，英俊儒雅，文质彬彬。这位创新型颇具学者风范的院长戴副眼镜，常常面带笑容，给人亲和力很强的感觉。1990年7月，陈又华从中国地质大学毕业，就幸运地赶上好时代，赶上三峡这个举世瞩目的跨世纪工程。他满怀激情地投入到火热的三峡工地野外地质勘察的第一线，以实干托举梦想，以智慧成就业绩，历任三峡地质处水库室、左岸室主任，三峡地质处副主任、主任，三峡院副院长，先后荣获宜昌市、长江委长江设计院劳动模范、优秀干部、先进工作者等多项荣誉称号。

三峡工程，见证了陈又华砥砺攀登破解世界级地质难题的科学高峰、默默奉献智慧的心痕。作为三峡院科技创新的带头人，获得的奖项名列前茅，他参与承担的"长江三峡工程大江截流设计及施工技术研究与工程实践"获国家科技进步奖一等奖、"大型洞室仪测成像可视化地质编录方法推广证书"成为水利先进实用技术重点推广指导目录、"水利水电工程地质勘察可视化关键技术研究及其工程应用"获中国大坝工程学会技术发明奖一等奖、"三峡地下电站大型洞室关键技术"获水力发电科学技术特等奖；所承担的"西气东送忠县—武汉输气管道大型河流穿越勘察技术"获大禹水利科学技术奖三等奖、"长江三峡工程二期围堰工程地质勘察""长江三峡水利枢纽茅坪溪防护工程勘察""国电黑龙江佳木斯郊区（猴石）风电场地质勘察""荆岳长江公路大桥地质勘察"等多个项目获湖北省优秀工程勘察设计一、二等奖；他参与编撰的《水利水电施工地质规范》早已列入国家行业标准、参与编撰的《长江三峡水利枢纽工程地质勘察与研究》（上下册）的著作，2008年由中国地质大学出版社发行，2013年荣膺第二届湖北出版政府奖。尤其是在1994—2015年，陈又华担任三峡工程左岸大坝及电厂技施阶段及施工期科研负责人，主持了左厂1—5号坝抗滑稳定专项研究，参与研发特殊勘察技术与建立抗滑稳定确定性模式，居世界领先水平；所承担的"三峡工程大坝与电厂工程地质勘察"2017年获全国优秀水利水电工程勘测设计金质奖……陈又华不忘初心和使命，团结带领三峡院人与祖国水利水电工程建设的发展同向而行，在激烈的勘测市场竞争中合力攻坚，为守护三峡大坝和长江经济带发展提供服务和技术支撑，以优秀的工程业绩，走在中国勘测科技创新的前沿。

2018年陈又华在《启航新时代谋划新征程》的工作报告上说："作为长江设计

院最重要的勘测子公司，三峡院的战略定位是以高端勘察专业技术和人才为核心竞争力的高新技术企业，走'突出综合勘察实力、兼顾多元的专业化发展道路'，成为长江设计院为工程提供全生命周期服务的国际一流工程咨询集团公司中的重要一环。今后的一段时间内，三峡院的业务发展总体布局是继续巩固和拓展大型水利、水电勘测主业；尽快形成新的核心勘察业务；积极开展岩土设计业务；审慎发展工程总承包业务。"一个崭新的战略定位与规划，是一个个实施创新驱动发展科技强院的战略和高端高新的经济发展方向的蓝图；一项项举措，一条条措施，吹响了三峡院去占领勘测新市场、谋求新发展的冲锋号角。

2018 年 11 月 25 日，三峡院举行建院 60 周年座谈会和学术交流会。

三峡院院长、党委书记陈又华在会上发表了热情洋溢的讲话，回顾总结三峡院 60 年发展的光辉历程，描绘未来发展的美好图景，号召全院围绕"打造以高端勘察专业技术和人才为核心竞争力的高新技术企业的战略目标"，开拓创新，实现三峡院持续健康发展，再创辉煌。昔日为三峡工程奉献的老领导、工程技术人员、职工代表在武汉总部欢聚一堂，畅谈三峡勘测的辉煌历程，展望未来发展的美好前景。全国工程勘察设计大师陈德基高兴地说："今天我算是回家了。"话音刚落便获得热烈的掌声。他说："三峡院的发展就是长江委地质勘测工作发展的缩影，长江委承担国之重器三峡工程的地质勘察，是依赖三峡院勘测成果的支撑。我的成长也要感谢三峡院，我多次说三峡院有一套严格控制质量管理的体系和工作流程，只要把任务交给三峡院你就非常放心（掌声热烈）。我们老同志终将退出历史舞台，寄希望于长江设计院和三峡院的年轻一代，把长江委的勘测事业发展下去……"

长江设计院党委书记石伯勋，曾任三峡院院长。他首先祝贺三峡院建院 60 周年，为三峡院 60 年取得的辉煌成就感到自豪。他说："三峡院拿到哪里去说，都是值得骄傲的！因为三峡院承担了一个世界第一和一个世界第七的地质勘察工程，这么一个小小的单位承担了世界上这么重要的三峡工程和乌东德工程，而且把这些难事、大事都做成了、做好了，得到社会的公认，值得骄傲。"

长江委政策法规局局长滕建仁，曾任三峡院院长，见到三峡的老同事喜笑颜开。他希望年轻同志能够多出几位大师，最好能出院士！祝愿三峡院越办越好！

长江设计院副总工程师吴永峰即兴作诗：

贺三峡院六十周年

万里长江第一坝，举世闻名大三峡，

千万装机乌东德，世界高度水布垭，

勘测健儿不言苦，五湖四海皆是家，

风雨兼程六十载，硕果累累遍中华。

诗作立即引来阵阵掌声。

前任三峡院院长满作武说："三峡院参与成就了国家多个国之重器。改革开放以来，国家兴建了三峡、南水北调、西气东输、港珠澳大桥、青藏铁路五大工程，除青藏铁路之外，三峡院参与成就了其中的四项工程，成为勘测行业的标杆单位。希望三峡院成为又强、又壮的单位，成为伟大的企业！"他即兴作副对联，献给三峡院建院60年，引来阵阵喝彩。

上联：六十载崎岖路栉风沐雨创伟业

下联：新时代遥远途登峰越洋谱华章

横批：继往开来

砥砺勘测，辉煌60年。匆匆一甲子，弹指一挥间。

以承担三峡工程地质勘测而组建的三峡院，承载了中国水电工程地质勘测60年的发展历程，以勘察坚实的坝基托举世界第一——三峡工程的"金字招牌"，积累成就了多个国之重器的"勘测经验"，与时俱进的科技创新丰收的硕果，今非昔比，都代表了中国工程建设勘察研究的最高水平。

结　语

"雄关漫道真如铁，而今迈步从头越。"

三峡院新一届领导班子按照长江设计院的总体部署，正带领高素质的人才队伍，为建设和谐稳定基业长青的三峡院，为支持长江设计院打造研究型设计院，建设国际一流工程咨询公司的战略目标添砖加瓦，责任重大、使命光荣。向着企业的共同愿景：成为一个具有为工程全过程提供智能化服务，以国际一流高端勘测专业技术为核心竞争力的科技研究型、创新型的高新技术企业华丽转身。

笔者衷心祝愿这支托举世界第一和世界第七大工程地质勘测的王牌之师，走向中外大地更广阔的勘测市场，为提升中国水电核心能力，精准勘察、厚德流光，铸造出更多经得起时间和历史检验的世界一流的精品工程，更具壮阔丰碑的世界样板工程，继续发挥行业的标杆性引领作用，镌刻工程地质勘察功勋伟绩的旷世传奇。

（此文于2018年为庆祝三峡院建院六十年而作）

守护峡江

李建华　张伟革　李卫星

引　子

水文学是一门古老而严谨的自然学科，它研究的是地球上各种水的发生、循环、分布，水的化学和物理性质，以及水对环境的作用，水与生命体的关系。水文学与人类的生产和生活息息相关。

水利是国民经济的基础，水文是水利的基础。对于中国这样水资源丰富而又灾害频发的国度，水文工作尤为重要，那些平时看似不起眼的水文资料，在关键时刻所起的作用并不逊色于军事情报。

当万里长江在三峡江段摆脱群山的束缚，最终洪水肆虐于长江中下游平原时，只要稍微有一点儿节点意识的人都会明白在这里设水文站点的意义。险要的防洪形势和极其丰富的水利资源，使这里的水文人肩负着重大的历史使命。

本文的主人公，就是这群为长江水资源开发利用，为维护健康长江，促进人水和谐，为三峡工程而奋斗了 100 多年的三峡水文工作者。

谨以此文献给所有忠于职守的水文工作者。

上篇：艰难的创业

与几年前简陋的办公条件相比，长江委水文三峡局已经鸟枪换炮，搬进了现代化的七层大楼，装配了先进的水文监测仪器设备，实现了水文测验的信息化、数据采集的自动化、信息发布的网络化和河道测量数字化、办公自动化，具有全天候高精度实施水文、河道、水环境现场实时监测的实力和开展科研的能力；具备国家甲级测绘、甲级水文水资源调查评价、甲级建设项目水资源论证和国家级水环境质量认证资质证书，以及国家二级档案管理和 ISO 9001—2000 质量管理体系认证证书，成为鄂西南的一支水利勘测劲旅，在 100 多年里三峡水文时而处于风口浪尖，时而跌入被人遗忘的角落，但水文人一直在坚守，坚守于深山深谷，坚守于大江大河。奉献的年华与智慧，抵制名利和诱惑，彰显人格和品德，远不是水文档案中那一串串阿拉伯数字能涵盖的。

与 1877 年竖立在海关码头的英制水尺、1946 年国民政府在南津关兴建的三峡工程专用水文站一样，三峡水文最早的历史已经淹没于滔滔江水中了，但要完整地了解三峡水文，这段历史却不能忘记。

一

自 1877 年 4 月 1 日起，在英国人设立的海关水尺边就出现了摇船测工的身影，此后每天他都会定时沿江边走一走，看看水尺，然后在笔记本上记下什么，这个行动，因为与现实生活关系太远，没有引起世人的任何关注，以致到后来，水文人提起宜昌水位观测的历史，一般都认为起于 1890 年，直到 1972 年长江委水文局在上海查到了宜昌海关 1877 年以来的逐日水位记录，这段历史才展现在人们面前。

这段历史，正是三峡水文的发端史，海关水尺就是水文水尺，租借的小船就是水文测船，船工就是最早的水文人。宜昌水文的历史，是帝国主义侵略中国的产物，同样也是宜昌摆脱封闭、走向现代化的产物。

按照国人喜欢实用的逻辑，宜昌水文让世人关注的是它对三峡水能宝库开发的耳目和参谋作用。因此，早期三峡水文几乎所有引人注目的历史都是与三峡工程联系在一起的，它在民国时期伴随三峡工程的三起三落，也是我们对早期三峡水文最深刻的记忆。

第一次三峡热起源于 1918 年孙中山先生在《建国方略》中提出的"改良此上游河段，当以水闸蓄其水，使舟得溯流以行，而又可资其水力"。这就是三峡工程的最初构想。

1919 年，英国工程师波韦尔在实地考察后，提出历史上第一种三峡工程的方案——《扬子江水电开发意见》，为这一构想作了更为具体的诠释。

1931 年全流域性的大洪水，给长江中下游带来深重的灾害，却使三峡工程迎来了第二次热潮。1932 年 10 月，恽震、曹瑞芝、宋希尚等 5 人进行了中国历史上的第一次三峡水利勘测，选出了葛洲坝、黄陵庙两个坝址，扬子江水利委员会由此做出了在宜昌建设水电厂的计划，使三峡工程第一次被提上了实施的议事日程。

在以上的两次三峡热中，宜昌站提供了几乎所有的水文资料，三峡热也使宜昌站受益匪浅，在 1924 年增加了气温的观测，1926 年有了第一个精密的引据点，1931 年开始了首次流量观测。

1940 年日军攻占宜昌，从未中断的宜昌站水位观测出现了中断。不过，也是在战争后期，在美国政府的援助下三峡工程再度升温。美国工程师潘绥提出用美国贷款建三峡高坝，著名坝工专家萨凡奇先后提出了著名的"萨凡奇计划"。1945 年，新成立的全国水力发电总处，将三峡工程列为第一优先项目。1946 年中美签订合作三峡工程计划，通过了全国考试的 50 多名学生远赴重洋，到位于科罗拉多州丹佛市的美国垦务局参加合作。三峡地区第一个地质查勘机构三峡勘测处成立，宜昌城开办了工人培训班，计划开工的平善坝兴建了工区住房，美国马力森公司和洛杉矶费其文公司也承揽了钻探和航空摄影任务。全城掀起了为工程捐款的活动，宜昌撤地建市工作也在紧锣密鼓地进行。不过，好景不长，这次表面轰轰烈烈的三峡热从一开始基础资料不足而困难重重，又因财政紧张而举步维艰，到 1947 年 5 月不得不正式中辍。

三峡水文人在此次三峡热中可谓出尽风头，1946 年 4 月和 5 月，三峡专用水文站和杨子江水利委员会下属的宜昌水文站先后成立，三峡水文第一次有了正式编制，从三峡库区到宜昌沿江一带水尺被修葺一新，单位也从英制转为了公制。拓展了水温、降水、流量、蒸发量和含沙量等观测项目，当许多专业组在丹佛垦务局因坐等资料而错失良机时，来自宜昌和南京（扬委会）的水文资料却源源不断，使水文组成为五大专业组中唯一能够及时得到完整资料，从而不依赖美国人也能独立开展工作的专业组，当中美合作中止后，水文工作却仍在坚持。三峡专用水文站直到 1948 年 10 月才被迫解散，是三峡计划专门机构中关门最晚的一个，而宜昌水文站工作仍在进行，直到宜昌解放也没有停止一天。如果说 1947 年 5 月三峡水文人的工作是屡立奇功的话，那么，此后的两年他们用自己的坚守赢得了尊严。

纵观最初的 72 年，三峡水文从无到有，从小到大，从单一的水位观测到多项目观测，可谓进展不断，但碍于时势和认识不足，三峡水文始终没有引起上层的足够重视，在最兴盛的 1946 年，正式职工也只有 4~5 人，没有固定站房和测船，观测和试验手段仍然几近原始，与其在长江水利开发中的重要性不相匹配。

二

1949 年 7 月 16 日，宜昌解放，宜昌水文站投入到人民的怀抱，成为新成立的长江委水文系统中的一员。1951 年为二等水文站，1952 年 3 月升格为一等站。职工人数从中华人民共和国成立前的 5 人增至 1949 年的 17 人，在 60 年代始终维持在20 ~ 30 人。在固定资产上，购置了木船、站房，并在 1956 年兴建了专用码头。在测量项目上增加了气温、湿度、气压、风向等大气项目，在测量手段上，回声仪取代测深锤，流速仪取代浮标，煤油烘箱改变了以前测含沙量必须焙烧或晒干的历史。事事求人的三峡水文人过上了有房有船的好日子，无论是硬件还是软件，三峡水文都有了较大提高。

三峡水文在新中国成立后变化更大，它不再单兵作战，而是作为不可或缺的一员加入长江水文的大家庭，三峡水文几乎所有重大的举措，都是在长江委水文局的总体布置和策划下完成的，服从于整个长江流域规划大局。新中国成立初期的水文整编和水文调查，便突出体现了这个特点。

水文整编是指将原始的水文资料按科学方法和统一格式进行统计、整编，水文调查指通过现场采录和档案调查获取所需的水文资料，弥补实测之不足。两者都是最基本的水文工作。从 1950 年起，宜昌站便参加了全委的水文整编工作，对中华人民共和国成立前散佚在各地的零乱水文资料进行整理、鉴别、分析和考证，去伪存真，去粗取精，于 1956 年实现了逐年整编，走上了规范的道路。

在 20 多年的历史调查中，他们先后查得大量的洪水点据，通过查阅故宫档案馆、各地图书馆典籍和地方志记录，按大小序位确定了 8 个特大洪水年份。计算出 1870 年最大洪峰流量为 10.5 万立方米每秒，8 万立方米每秒和 10.5 万立方米每秒两个数字被确定为三峡和葛洲坝工程的设计洪水和校核洪水，依据的就是调查结果。如今洪水调查重要洪水年洪峰水位已经被刻成黑色铭牌，悬挂在宜昌水文站的西墙上，这些远远高出 1954 年、1981 年和 1998 年，远远高出当地地面的洪峰水位标志牌，如警钟长鸣，警醒世人。

在水文资料整编和洪水调查的同时，洪水预报开始成为长江水文面临的重大历史课题。长江的洪灾多在中下游，但成灾原因在上游，宜昌地处上中游之间，控制沙市洪水组成的 95%，武汉洪水的 66%，在全江防洪布局中起着举足轻重的作用。宜昌站从零开始，遵照长江委水文局的指示，于 1952—1953 年进行了降雨与径流关系研究，短短几年就形成了比较成熟的短期洪水预防方案。这套方案在 1954 年全流域性的大洪水中崭露头角，准确预报了洪峰流量和水位，刚刚修建的荆江分洪工程开闸泄洪，保住了荆江大堤和武汉市的安全。1954 年洪水的流量和水位远远超过了 1931 年和 1935 年，但损失却小得多，准确、及时的洪水预报起到了关键的作用。

<h2 style="text-align:center">三</h2>

1954 年的大洪水，党和国家组织了沿江军民进行了强有力的防洪抢险，新中国成立以来的各项水利工程均已充分发挥作用，使洪水带来的损失降到了最低限度，但仍有数千万人受灾，3 万余人死亡，长江中下游被淹成一片泽国，京广铁路有 100 多天不能正常运行，在一定程度上打乱了中央在国民经济上的部署。具有巨大防洪效益的三峡工程又一次被提上了议事日程。

1954 年底，毛泽东、周恩来、刘少奇在京广线列车上召见了林一山。1955 年，中国政府邀请苏联专家来华，长江委将工作重点由平原建闸转入以三峡工程为主体的长江流域规划。1956年，毛主席在武汉写下了"更立西江石壁，截断巫山云雨，高峡出平湖"的著名诗篇。

1958年，中央政治局在南宁、成都和北戴河会议上均讨论了三峡工程，审议通过了初步设计报告，将三峡工程推向高潮，更提出了希望在1961年开工的计划。全国性的科研大会战也同时展开，丹江口和陆水这两座对三峡工程具有试验意义的大坝先后开工，三峡工程已是呼之欲出。在这一轮的三峡热中，三峡水文人顺应时势，于1959年兴建了为工程服务的专用水文站。

然而，天有不测风云，在20世纪60年代初中国经济遭遇危机，苏联撤回了所有的援华专家，退居台湾的国民党政府在美国的支持下叫嚣反攻大陆，空前严峻的国际形势使中国不得不更多考虑自身的安全。一旦战争发生，那横亘在美丽峡谷中的大坝，就不再是千帆竞渡、百舸争流，而是实实在在的一大盆水，如果原子弹将这盆水掀翻，它将化为一只放出牢笼的猛虎。此时，毛泽东主席犹豫了。

这一个犹豫，改变了三峡工程的时间表，让毛主席始终还是没有看到三峡工程兴建的曙光。

也是顺应时势，1963年三峡水文人撤销了这个专用水文站。但他们为三峡工程提供水文资料的工作一天也没有停止，为工程防洪、泥沙等重大课题展开研究的脚步也没有停止。值得一提的是，他们利用当时在国内尚属先进的水文气象法先后推算出坝址上游60天、30天和15天的可能最大洪水量，以及系统分析水位流量关系，水沙关系以及对单沙输沙测量方法的研究均取得突破，为以后的三峡和葛洲坝工程的长期使用和梯级调度立下功劳。可以毫不夸张地说，由长江委水文局组织，宜昌站参加的三峡工程水文分析工作的深度和广度，在全国乃至全世界都少见。

三峡水文人在致力于本地区水文工作的同时，还在清江流域默默耕耘了数十年，从1950年宜昌水文站接管原恩施水文站起，数十年来清江流域开发经历了类似三峡的一波三折，只是由于影响不大，其间的艰辛往往不为人知，直到1986年他们将清江水文资料转交给荆江局时，清江流域也没有一项大型工程开工。1987年后，清江水利资源得到了充分开发，隔河岩、高坝洲、水布垭三大工程一项接一项上马、成功，创造了叫响全国的"清江模式"。

四

20世纪五六十年代，伴随着水文事业的发展，三峡水文的科技创新也有了较大发展。

在通信手段上，引进有线式对话机，逐步取代以往靠吹哨、摇红白信号旗的简单方式。

在流速仪信号接收上，研制出低频水下发射器，使绞关与船体绝缘，大大提高了接收效果。

在轮船测流方面，从 1955 年开始进行了轮船拖木船的尝试，仅仅四年后便摆脱了这种相对落后的方式，实现测轮自航。1969 年，又实现了推进技术的改进，到 1972 年，宜昌站在新建测船上全面推行主副机形式，致使困扰水文人多年的测船自航问题得到解决。

宜昌站对水文科技最大的贡献，是重型船用三绞。该仪器成功地将原本独立工作的绞锚、测速和取沙三个绞关合并于一处，使水文人从繁重、简单的体力劳动中解放出来，是水文科技的一次革命。该仪器研制历时十多年，分为绞锚设备改进，测速、取沙两个绞关合一，绞锚的绞关与二合一绞关实现之合一，以及合并指针式水深计数器四个阶段，在最重要的铰锚设备中先后经历了采用水轮机、柴油机和电动机三个阶段，可谓艰苦异常，至此，"船用重型三绞"的研制成功，标志着三峡水文的技术力量达到了相当的高度。从 80 年代起推广到全江，至今仍在广泛使用。

储荣民就是三峡水文人中的一员。他 1933 年出生于江苏溧阳，1951 年 3 月从南京高级工业专科学校机械系毕业到长江委，1952 年来到宜昌水文站，1956 年成为技术负责人，后任副站长，在船工重型三绞研制中，他先后发明了多种仪器设备，解决了种种问题，是主要发明人，即使在极"左"时期被下放到清江搬鱼嘴水位站当炊事员时也没有放弃自己的理想。1969 年清江出现超历史的洪水，他主动请缨测到了洪峰流量。1970 年，因葛洲坝工程建设需要，他返回宜昌，继续着自己的事业，曾任河道队队长。在葛洲坝工程建设期间，他所领导的水文车间制造了大量仪器设备，在抗击"81·7"洪水的过程中，出生入死，测得洪峰，荣获了水利部嘉奖，被评为全国水文系统先进个人和全江劳动模范。在 80 年代三峡工程论证期间，他又投身于三峡水文基地建设和水文科研，直到 1992 年因脑出血突发倒在工作岗位时，人们才从他的抽屉里发现了一沓沓医院开的病休单和厚厚的病历。

作为三峡水文人典范，储荣民的精神感染了家人，他的大儿子储平于 1977 年在南津关测量回流时，因抢救不慎落水的同事跳入江中，献出年仅 21 岁的生命。二儿子储莉接替哥哥的未竟事业，投身到三峡水文事业，至今已有 28 个年头。

中篇：困境中的坚守

一

20 世纪 60 年代后期，在"文化大革命"浪潮中的宜昌水文站受到了较大的冲击，一批知识分子因出身问题受牵连而离开了工作岗位，使水文工作受到了重大影响。而正是在这个时候，由于经济发展和"三线建设"用电需要，三峡工程的反调节水库——葛洲坝工程上马了。

1973 年，宜昌水文实验站（简称"宜实站"）奉命成立。与早年的水文站相比，宜实站的规模更大，项目更齐，人员一下从原先的 30 人增加到 60 多人，测验手段和仪器设备都有了较大的提高。可以说，宜实站的成立，使三峡水文摆脱了单纯的水文站的范畴，开始了崭新的发展历程。

宜实站成立时，葛洲坝工程因困难重重而暂停施工，林一山被周恩来指定为葛洲坝工程技术委员会负责人，长江委被确定为修改设计的主要单位，宜实站这个科级单位也就站在了"万里长江第一坝"重新设计时的最前沿。

此时"文化大革命"没有结束，"左倾"影响依然存在。宜实站的人和事情多了，但经费增加幅度不大；人多了，吃喝拉撒睡、家属户口、子女上学就业的问题也多了。一面是上级不断催促的各项任务，一面是必须解决的职工的切身问题，宜实站支部书记秦嗣田肩上的担子可谓重矣。

职工工作，支部负责安排；家属户口，支部找到公安局；孩子上学，支部联系学校；子女就业，支部去跑政府相关部门。面对在计划经济条件下权力部门的门难进、脸难看、话难听、事难办的局面，秦嗣田等一班人硬是迎难而上，不解决问题不罢休。

通过几年努力，宜实站在争取上级援助的基础上，自己垫支部分资金，自己设计，自己施工，在不到 10 年的时间里，陆续建成了四栋总面积超过 5000 平方米的办公楼和住宅楼，依靠自己的力量在江南创办农副业基地，种植粮食和经济作物，改善职工的生产和生活条件。1982 年后，又在虾子沟及黄柏河左岸桥头征地 60 余亩，筹建了新的试验基地，三峡的水文事业得到了再次发展。

二

1980 年 3 月，中共长办宜实站委员会成立，秦嗣田任党委书记，他有个原则，就是有所为又有所不为。该他出力的地方他不惜力，但不该干预的地方他给下属充分发挥能力的空间。

三峡水文是技术部门，技术上的事交由储荣民、龙应华、刘道荣、谭济林等人负责，而主要的技术负责人储荣民因出身不好尚未入党，秦嗣田做出这个决定需要相当的勇气。

　　储荣民已经步入中年，长达近3年的下放生活没有磨灭他的意志和决心，1970年奉命回到宜昌水文站后，他不计前嫌，很快就完成了船用重型三绞的收尾工作。1972年，以他为主的团队设计出了长达1000余米的南津关过江缆道架设方案。1973年，又完成了长达1200余米、重达6吨的宜昌水文缆道的主索设计及架设工作，给新生的宜实站献上了一份厚礼。这两条过江缆道，使困扰三峡水文的测船定位问题得到根本解决，大大减轻了测量的劳动强度。而在设计过程中，储荣民的工作强度却大大增加，以致几次累昏在缆道吊索的钢塔下，但醒过来后又继续工作。在他的感召下，宜实站培养出了一批年轻技术干部，技术创新和科研工作走上了正轨。

　　根据长江委水文局的部署，葛洲坝工程的泥沙问题是三峡水文人的研究重点，他们从1970年开始在坝址以上2千米至坝下6千米的范围内布设了十几个断面和20多组水尺，在宜昌水文断面及坝上南津关17#断面两处进行各种水文泥沙和水质监测，储荣民率领水文车间的一帮年轻人展开技术攻关，成果累累。船用重型三绞在测船上安装普及，水文401号率先实现了机架合一；1974年，为解决深水河床采样难题，杨维林、谢新荣设计研制的120型挖斗式采样器投入使用，取代了锥式采样器，成为长江上采集河床质的主要设备；黄光华也研制出长江112型砂推移质采样器；1975年，陈德坤等人同清华大学共同研制的"同位素低含沙量仪"，在国际发明评选委员会第16次会议上被评为"发明三等奖"；杨维林还先后发明了指针式、计时式水深计数仪和接触式水位自计仪，使测算水深从"结绳记事"和原始的人工水位观测一下跨进无人遥测的前沿，为后来的葛洲坝水库遥测系统立下汗马功劳。

　　在通信方式方面，20世纪70年代的三峡水文人也实现了由国产调幅对话机、调频对话机向进口高频对话机转变的"三级跳"。

　　宜实站在70年代拿出的最重大作品，是他们自筹资金、自己设计、自己建造的木质钢底船——"宜实一号"和全钢质的"水文801号"，其中，"宜实一号"集中了全站的技术力量，从设计到试测历时一年，成为三峡水文第一个拥有独立产权的测船，也使宜实站成为全江第一个拥有自己生产钢质船的测站。在建设过程中，它的每一个进展都牵动着每一个人的心，在测船下水和试航时，全站职工守候在江边，欢呼雀跃、振臂高呼，汗水、泪水交织在一起，雷鸣般的掌声经久不息。

　　葛洲坝工程的水文泥沙观测锻炼了水文人，使他们的技术力量大大增强；他们架着自己设计的测船，利用自己摸索研制出来的仪器，经过多年实践，拿出了优质的成果。摸清了坝区泥沙数量、粒径、悬浮高度、输沙率沿垂线分布情况，掌握了卵石在蓄水后过坝的规律。在部分专家普遍认为三江航道施工弃沙会导致宜昌港的淤积，必须予以防范时，他们拿出的试验成果却表明：宜昌段河床非但不会淤积，相反会在将来受到冲刷，使有关部门驳回了兴建港口排淤工程的请求，事后的观测证明，他们的预测完全正确，仅此一项就为国家节省开支至少数百万元。

与泥沙问题相比，葛洲坝的通航水流问题更加关键，也更为棘手。

众所周知，长江是贯通中国南方的东西大动脉，占全国内河航运总量的 70% 以上，在陆路交通尚不发达的时代，这条黄金水道的地位就更加明显。与之相比，葛洲坝数百万千瓦的装机容量只能居于次要地位。对此，所有的人都达成共识。周总理有"工程减少通航效益就必须停止"的指示，林一山主任有"一条长江等于 40 条铁路"的著名公式。然而，葛洲坝的通航条件却极不理想。在不到 3 千米的范围内，江面由 300 米骤然展宽到 2000 多米，江底由 −40 米抬升到 +30 米，而且还转了一个 90 度的急弯，致使几乎所有可能出现的复杂的水力学问题，在这短短 3 千米范围内都有集中体现，这在世界水利工程史上绝无仅有。

也许有人会问，长江这么长，肩负通航重任的葛洲坝工程为什么不选一个条件好些的河段，非要在南津关这棵树上吊死。这种说法看似有道理，可是在葛洲坝工程中却不成立，因为它是三峡工程的反调节电站，上不能与主体工程距离太远，下不能淹没宜昌市，它别无选择。于是，围绕航运，葛洲坝设计问题一道接着一道。几乎所有重大争论，都是由航运部门提出的，而承担解决问题重任的，往往首先是三峡水文人。他们在 20 世纪 70 年代除完成常规的水文泥沙监测外，针对特殊的通航水流，开始了一系列几乎是前所未有的水文测验，破解了一道道世界性的难题，也得到了别人难以得到的锻炼机会，这些项目中比较重要的有：

剪刀水、泡水、漩水等特殊水流观测。此项观测 1973—1975 年共完成 10 多次，他们根据不同流量下的观测资料查明了水流的原因、性状，摸清了它们与流量之间的关系，该项目在全世界尚无先例。

航迹线观测。针对交通部门提出的南津关的河道必须在直线段、拐弯段和曲率三个方面同时满足 1200 米的要求，三峡水文人奉命于南津关弯曲段测出了天然条件下各类船只的实际航迹线，长江委结合长江科学院完成的实船模型，最终确定整治方案的曲率半径为 1000 米，比航运部门坚持的方案至少节省开挖 100 多万立方米，节省投资数千万元，还缩短了工期。实船航迹线的观测和模型试验在全国尚属首次。

环流观测。针对 70 年代初期人们对南津关有没有环流，是否支配泥沙运行认识不一的情况，宜实站租借仪器对坝上 17# 和 15# 断面进行多次观测，证实了环流不仅存在，而且在弯曲段还起主导作用。这个发现不仅统一了专家们的意见，更重要的是认识了天然水流的特性，为改善水库运行条件起了极其重要的作用。

三江异重流。观测针对三江航道坝产生异重流。为研究其规律，三峡水文人开展了各项因子测验，得出了流速、流向、含沙量和汛后口门等数据，为三江航道的"静水动航、动水冲沙"设计思想提供了实测数据。

通航水流是困扰葛洲坝工程的最重大的技术难题，林一山主任在他的论著中，多次强调：改造像南津关这样复杂的河段，在一定程度上比修建高坝还要困难。三峡水文人提供的第一手情报，为最终形成"一体两翼"的结构布局和"静水通航、动水冲沙"的思维模式奠定了基础，终使葛洲坝不再阻碍航运，相反大大提高了航运能力。为了获取这些资料，水文人驾驶着简陋的小船穿梭于连大船都唯恐避之不及的凶险水流，其间发生的险情几乎数不胜数。两名优秀职工——21岁的储平和51岁的陈天一在测量环流时不幸牺牲。因此在南津关水文站施测时便有了船员不穿救生衣直接将自己与船绑在一起的规定。鲜血警醒了水文人，却没有吓退水文人，陈天一的女儿陈互相、储平的弟弟储莉分别顶替父兄之职，成为葛实站新成员，以自己的行动捍卫了水文人"献了终身献子孙"的光荣。

除通航水流问题外，三峡水文人拿出的历史洪水调查、水文气象预报及洪水预报等诸多成果，使此前坚决反对挖除葛洲坝小岛方案的同志认识到该方案是解决二江泄水闸安全问题的唯一选择，终于放弃了原有观点。他们提供的历史资料，使长江委确定了水库的最佳调度方案，低矮水头的大坝、巨大的流量和脆弱的石灰岩地层，使葛洲坝工程在泄洪时的消能防冲问题一度揪起了包括周总理在内的众人的心，是三峡水文人签下了随时发现问题随时上报的军令状，才使得决策者大胆采用了技术复杂的底流消能方式。

随着工程的进展和各项难题的解决，大江截流第一次摆上了人们的日程，这是整项工程中的最后一个重大难题。

长江委水文局组成领导小组，三峡水文人集中优势兵力，与从全江抽调的精兵强将组成了前方的水文、河道、水质、资料分析4个专业组和1个综合组，在依靠常规仪器和方法的条件下，利用研制、改装的大马力水文工作船、全密封钢质无人双舟、能稳定接收信号的高大功率回声仪以及使用金属桨叶的高速流速仪等当时国际领先的技术，共完成水位观测28站年、降水量观测1站年、流量观测26次、流速观测68次、水下地形17次、流态观测10次，绘制了大量的技术图纸。

在龙口进占的1981年1月3日，现场曾一度出现水流过于湍急、投放的抛投物无法扎根、龙口进展缓慢的情况，水文人通过自己几乎是土法上马的观测手段，实时掌握了水位、流速和水下地形三个关键数据，立刻查出了最大流速的位置，建议截流进占时集中在此区域抛投大粒径骨料，随着为工程专门准备的四面体的大量投放，渗流止住了，整个截流的秩序也恢复正常。

由于参建各方的努力，大江截流的进程比预计顺利得多，时间从原计划的 10 天缩短到 36 小时 23 分。他们实测的落差为 3.23 米，最大流速为 7 米每秒，均居世界水利工程的第一位；流量为 4400~4800 立方米每秒，在当时仅次于著名的伊泰普水电站，居世界第二位，事后截流总指挥长对水文人的工作表达了深深的敬意。

三

1981 年 10 月的一天，水利部副部长陈赓仪到宜实站视察工作时，对陪同他的长办主任的魏廷琤说：你们的主要任务是为葛洲坝工程服务，为葛洲坝工程的科研、设计、施工提供实验研究水文成果，为什么不叫葛洲坝工程水文实验站呢？长办接受了陈副部长的建议，于 1981 年 12 月 8 日正式将宜昌水文实验站更名为葛洲坝水利枢纽水文实验站（简称"葛实站"），拟定升格为县团级，长江水文局局长邹兆卓兼任葛实站第一任主任，不过由于上下级以及兄弟单位的关系，实际上维持着副县级，秦嗣田任党委书记兼副主任。

更名的葛实站承担了悬移质、推移质泥沙测验分析研究，变动回水区泥沙冲淤变化观测，卵石推移质运行规律研究，粗沙过机观测，库区、坝区、坝下的冲淤地形及固定断面观测及水质监测等常规性的任务，此外，还承担了一些针对性较强的水文测验和河道观测任务，如三江航道冲淤观测及冲沙效果试验、三江不稳定流观测实验、大江航道冲沙流态试验、二江泄洪闸下局部地形测量以及葛洲坝工程的水情预报，也取得了一定的成果。如他们在三江不稳定流的观测结果使有关部门制定了船只在航道内限速的规定，保证了航行安全。在发现泥沙达到冲淤平衡后，及时建议有关部门修改了三江航道的调度方案，提高了枯季运行效率。在二江泄水闸发现的局部冲刷，使有关部门采取及时措施，防止了事件的恶性发展。他们的观测研究成果资料，为葛洲坝水库汛期水位提高到 66 米运行提供了可靠的依据，仅此一项葛洲坝每年多发电 14 亿~16 亿千瓦时，相当于增加了一座 30 万千瓦的电站。

1985 年完成的葛洲坝遥测系统，是三峡水文人在截流蓄水位对葛洲坝工程做出的最重大贡献之一。该系统起源于 1977—1981 年宜实站与江苏省无线电研究所的合作，在 1981 年初被水电部正式批准立项，长江委水文局组成了以谭济林为组长的实施小组，宜实站的孟万林、杨维林、张宏汉负责具体仪器的研制安装和基建工作。通过与上海自动化仪表厂、上海 1050 研究所合作，于 1982 年 11 月通过试运行。1984

年通过水电部和长江委验收，1985年1月1日正式投入使用，成为全国水利系统第二个研制成功（仅次于新安江水电站）、第一个投入使用的水位遥测系统。它标志着三峡水文已经迈入电子技术领域，对传统水文测报方式实现了重大飞跃。

三峡水文人对葛洲坝工程的服务，贯穿于整个工程运行的始终，直到今天也没有完全终止，不过是从台前转入幕后。

四

长江委的主要工作：一是兴修水利，二是防治水害。也不知是不是巧合，长江委从成立以来在干流上兴建了葛洲坝和三峡两座大型水利工程，完成与截流的时间分别是1981年和1997年，长江发生的二次大规模的洪水，分别是1981年、1998年，一项工程刚刚落成，马上出现一次大的洪水，以致有人想是不是老天爷对长江委不放心，一定要亲自验收才放心。

这些当然是戏言，但工程刚刚完成就实实在在地遇上洪水，却是没有多少人愿意看到的。因此，当1981年7月，长江上游同降暴雨，重庆寸滩站水位陡涨到令人难以置信的8.5万立方米每秒时，没有多少长江水文人的心里会感到轻松。

但暴雨实实在在地来了，虽然在重庆至宜昌的江面没有雨水支持，洪水在气势上比在上游时逊色不少，但仍很快就将宜昌站的站房淹没。

沧海横流，方显水文人的英雄本色，在长江封航，人们避之不及的时候，水文人却是迎洪而上，水文站的同志驾驶着测船往来于空荡荡的江面，河道队则固守在二江泄水闸上进行着各类测验，水情室紧张地分析来自各方的数据，提前几天便报出了准确的洪峰流量和水位，使正在紧张施工的葛洲坝工程突击加强围堰，安全宣泄了高达7.08万立方米每秒的洪水。

"81·7"洪水，是一次突发性、高强度的孤立洪水，它在长江上游的流量和水位均远远高于1954年，一旦出现事故，后果不堪设想。水文人得出的数据，确保了工程的安全，确保了荆江分洪区的安全，对国民经济的贡献无法计算。

洪水过后，水利部颁嘉奖令，宜实站集体和储荣民、苏家林、陈道才、阮大政、刘润德和伍复馨等6人获嘉奖，这是三峡水文人有史以来第一次获得部级嘉奖。这份来之不易的荣誉至今仍鼓舞和激励着后来人，为事业拼搏、奉献、奋斗。

五

葛洲坝工程，既是对三峡水文人的挑战，也是给三峡水文人的机遇，经过工程的洗礼，三峡水文有了根本的变化，其中计算机技术的应用和专业的逐步成熟是最突出的表现形式。

计算机如今早已普及，它对于人们工作、生活的影响也无须多说，但在 30 年前计算机还是一件相当稀罕的高档奢侈品，需要的不仅是金钱更是技术。在 1979 年以前，三峡水文还没有电子计算机，一部老掉牙的手摇计算机器是当时最为先进的计算工具，但就是从那年开始，三峡水文人依照长江委水文局研制的程序，采用打孔、校孔和低级语言纸带上机的做法整编水文资料，算是迈入了计算机应用的大门。1982 年，他们购进美国产的 Cromemco CS Ⅲ 型微机，取代算盘、计算尺进行复杂计算。1983 年，通过上级调拨得到了一台 PC1500 计算机，运用于河道测量，使繁杂的计算工作大为简化。此后又应用于测流，使原本需要 1 个多小时的手算变成了随测随报。1986 年，他们又购进了大型的长城 0520 计算机，应用其编译全国通用的水文整编程序，使大量年度水文、河道资料和地形冲淤计算能够在瞬间完成。

在专业发展方面，三峡水文最突出的表现是各专业的独立运作。

在宜实站成立前，除水文测验外，三峡水文已经开展了多种项目的观测工作，但均未独立于水文主业。1975 年 3 月，河道观测队正式成立，使河道观测成为第一个独立专业。他们在实践中锻炼、成长，很快就形成了一支劲旅，先后承担完成了葛洲坝工程库区、坝区本底地形及大江截流水文观测的任务。点多面广、复杂多变的环境，使河道队形成了能吃苦善拼搏、能下水也能上岸的传统，有效地补充了传统水文站固守一处的不足，三峡水文大多急难新险的重任务都由河道队担当主力，如今三峡局的主要领导，多出自河道队或有河道队的经历。

从 1957 年开始，宜昌水文站开始对水质进行分析，1978 年正式成立的长江流域水资源保护局（简称水保局）宜昌监测站，标志着水质监测职能的大大增强。他们除参加了水保局组织的历次全江性的水质监测、水保规划和大型工程的环境影响评价外，还对突发性的水污染事件采取及时应对措施，体现了水文人在这一新兴行业的优势地位。

1981 年的洪水使水情预报被提到重要的位置，经过半年的筹备，1982 年 4 月，刘道荣、钟友良带领一班人在一无方案、二无设备、三无经验的情况下，组建了宜实站水情预测科，从 5 月起发布宜昌短期水情预报和葛洲坝工程的水情预报。当年便提前两天准确预报出了"81·7"洪水的水位，与实测最高水位仅相差 2 厘米，市内 20 多家单位给葛实站写来了感谢信。1989 年，他们预报出宜昌站水位将在 24 小时内陡涨 5 米的惊人预测，远远超出了任何人的想象，许多人表示怀疑。第二天，洪水如期而至，结果与他们预报的仅差 0.1 米，三峡水情预报的品牌一炮打响。

1983 年，随着大型水库蒸发站在南津关的建成及试运行，三峡水文人拥有了一个在当时国内还十分少见的独立专业——水库蒸发观测。20多年来，三峡水文人在蒸发站布设了包括20平方米的大型蒸发池和多种蒸发皿、雨量自计仪、自动气象监测系统在内的大量仪器设备，使蒸发站在20多年的运行实践中取得了大量的数据，为葛洲坝、三峡建库后的水环境变化和环境评价分析提供第一手资料，也填补了国内在水库蒸发领域的诸多空白，对我国水库蒸发这门新兴的边缘学科的发展意义深远。

此外，三峡水文在此段时间还建立了南津关专用水文站，成立了船舶队；在虾子沟创建了除宜昌本部外的第二个大本营——综合性水文基地。

计算机的应用，从根本上改变了水文人的工作方式和思维方式，提高了水文专业的技术含量；各专业的成熟、独立，使三峡水文彻底告别了以往过于依赖水文测验的局面，如果说此前的三峡水文还只是水文测验一根独苗的话，那么，经过十年的风雨它已经茁壮成长，伸出了枝叶，成了多学科、多专业齐头并进的综合性水文实体。

六

历史仿佛向三峡水文人开了一个玩笑，20世纪80年代当三峡水文借助葛洲坝工程实现跨越式发展的时候，由于工程的竣工，他们的纵向任务急剧减少；被迫走上创收渠道，又力不从心，整个团队陷入了长期的困境，以至于苦不堪言。

其实，20世纪80年代初期，三峡水文人对未来是充满信心的，因为除去葛洲坝工程的后期服务外，三峡工程和清江隔河岩都可能在短期内上马；1981—1983年连续发生的多场大水，让他们担心事情怎么能够做完。

可是，事与愿违。葛洲坝工程截流后，对水文资料的需求量大减，1986年工程完成后，连葛洲坝工程局自己都陷入"吃不饱"的困境，依赖其生存的工程水文蛋糕自然越做越小。而他们翘首以待的三峡工程，却因为中央采取了积极而又慎重的态度，陷入了僵局，葛实站不仅没有收益，而且还必须配合论证提供各方面的服务，只能投入，无法产出。

更具戏剧性的是，清江隔河岩工程经历了一个反复修改、反复上报的历程后，在1986年底正式开工，可根据上级安排，为工程提供水文服务的长阳水文站连同清江水文资料全部转交给了荆江河床实验站，随之同时转交的还有清江流域滚动开发给水文带来的潜在收益。

同时，在施工截流期间频频赶来凑热闹的洪水多年未见，长江流域普遍风调雨顺，这是国人之福，但也让水文工作在国人心中渐趋淡漠。

改革的深层次矛盾也开始显现，三峡水文人在主业发展极不乐观的情况下寻求突围之路。如对外散发宣传单，在报纸杂志上刊登广告，积极参加各类水利和水文的工作会，但受环境影响，各家都不宽裕，市场机会很少，即使有机会，他们的工作也因设备老化、方式陈旧而难以令业主满意，干着干着这条路也渐渐变窄变短了。

主业走不通，三峡水文人只能另谋出路，如在虾子沟基地发动职工搞第三产业。但因工作性质的局限，水文人对市场经营能力也较薄弱，无论是养猪、养鸡还是种柑橘、种咖啡豆，别人赚了钱，他们却总是赔本。

由此，三峡水文的经济从80年代中期开始持续滑坡，物价和各种费用上涨，他们的收入却没有变化，日子过得一天紧似一天。

生活费无法保证，长期只能维持部分工资，奖金无从谈起，找个如意对象成了年轻人的心病，人才引进更是困难，致使人心思走，辛辛苦苦培养出来的技术骨干或退休，或调走，技术队伍结构形成了明显的断层。

他们研制的仪器设备年久失修，在市场上难以找到用武之地。

职工的生活尤其是住房困难已经到了难以想象的地步。

医疗费无法及时报销，致使职工不敢得病，不敢看病，而水文的工作性质又使职工们容易患病，因此，许多人小病拖大，大病拖重，以致部分职工在50岁上下时英年早逝。

三峡水文在此时的困境，其实是当时水文全行业亏损的缩影，水文的特殊性决定了他们只能是一个公益性的服务行业，让这群不具商业竞争优势的人闯市场，败局从一开始就已经注定了。不过，这段艰难的记忆对三峡水文是有意义的，对于这段经历，我们无须厚非，因为他们仍然在求新求变，而且证明了哪些路没有走通，可为他们后来的发展提供借鉴。

可喜的是，绝大多数的三峡水文人在困境中留了下来，葛洲坝工程运行需要的资料，三峡工程重新论证需要的资料，他们都按时保质保量地完成了，没有一次缓交，更没有一次产品不合格。在历次的暴雨洪水、滑坡和突发水污染事件面前，他们及时到位，甚至连生死也置之度外，这对于陷入困境的三峡水文来说，实在难能可贵。

水文人做出的牺牲更加可歌可泣。

河道队的陈政才、水位观测员李德灿、工程师徐靖华，以及老领导、劳动模范储荣民，都因在工作中劳累过度，突发脑出血先后辞世。

老工人苏家林作为中华人民共和国成立前成长起来的第一代船工，在70年代驾船实测到了泡漩资料，又参与建造了"宜实一号"测船，葛洲坝大江截流，他带着严重的冠心病在非龙口段测流18次，在抗击"81·7"洪水中受到部级嘉奖。因公致残退休后，因肺癌不幸去世。

水位观测员刘润德在大江截流期间离开新婚妻子，在水位站的水尺旁站了三天三

文
学
篇

夜。到后来干脆将妻子也拉帮入伙当了他的临时工，他们在偏远的水位站一直工作了数十年。

工程师佘绪平因在抢测泡漩的水文测验中业绩突出，被人称为"泡头"，在"81·7"洪水测报过程中，他坚守水情室三天三夜，向全国50多个地方及时报告水情。1990年他不幸身患膀胱癌。

据1990年不完全统计，患血吸虫病、严重胃病、风湿性关节炎等职业病的职工达100多人，其中有40多名水文工作者因公感染了血吸虫病，有的已被夺去了生命。

烈火见真金，患难见真情，三峡水文人在不为人所理解，不为市场接受的情况下，忠于职守，可歌可泣的例子实在太多。

我们常说，苦难是一所学校，其实，这是有条件的，我们见过了太多因为苦难而走向衰落甚至灭亡的例子。对于一个人，我们会说他时运不济；对于一个企业，我们会说扭亏无望。英国前首相温斯顿·丘吉尔的名言更加准确："苦难是财富还是屈辱，这完全取决于你的态度，如果你战胜，并从此远离了苦难，那么苦难就是财富，如果苦难战胜了你，那么它对你就是屈辱。"三峡水文人经历了十年工程的考验，又经历了十年经济环境的考验，队伍不散，精神不倒，这段时间的苦难，与水文数据一样，也是他们宝贵的财富。

我们也常说，机遇只青睐那些已经做好准备的人。对于三峡工程，三峡水文人已经做了数十年的努力，已经经历了太多磨难，当然也做足了准备。但1992年三峡工程通过人大上马时，三峡水文在短期内的经济情况却陷入了更深的低谷。这就给他们提出了一个历史性考题，习惯于计划经济体制的三峡水文人如何发扬自己在技术与经验上的优势，弥补自己在市场上的劣势，在即将展开的三峡水文业务竞争中争得更大的空间。这个问题回答正确，三峡水文一旺百旺，如果回答错误，输给了强劲的对手，那么三峡水文可能永无出头之日。

1993年，三峡水文人在新的带头人戴水平的带领下，以改革做出了自己的回答。

下篇：历经风雨见彩虹

一

1993年，三峡水文关键的一年。

这一年，三峡工程建设委员会和中国长江三峡工程开发总公司（简称"三峡总公司"）先后成立，三峡工程正式开工进入倒计时。

这一年，三峡水文的经济落入最低谷，出现了以前从未有过的连续两个月发不出工资的情况，账上可流动的资金只有几千元。

三峡工程已经快敲门了，水文人却按部就班地等待。再坐等下去，三峡的水文市场就可能被别人占领，三峡水文人面临的将是永久的贫困。

戴水平临危受命，担任葛实站主任。发动了三峡水文史上的一次被逼无奈的改革，一次求生存求发展的革命。通过在局内试行经济承包责任制，打破了"铁饭碗"。职工们主动将闲置多年的测船改造成了旅游船，利用空闲的码头、仓库和门面搞起了多种经营。

1993年6月，他们通过努力硬是磨到了一个并非专业对口的项目——兴山县库区移民迁建地形测量。首次进行陆地测量作业的水文人组织了几十人的队伍，带着并不先进的仪器，抢时间，拼进度，一边工作一边摸索，按时完成任务。优质的成果质量让业主大吃一惊。这次测量任务的圆满完成，给三峡水文人增添的不仅是经费，更重要的是闯市场的信心和勇气。

此后，他们趁热打铁，从三峡总公司并不信任的目光中接下了第一项任务——中堡岛水下地形测量。所有精英几乎倾巢而出，吃住于简陋的农村旅社，拿着低额的补助，干着辛苦的工作。凭着拼命三郎的精神，拿出了高质量的成果。总公司一下子划拨了60万元，三峡水文的经济形势顿时扭转。

1994年，三峡正式开工，国家加大了对水利的投入，正式改名为三峡水文水资源局（简称"三峡局"）抓住机遇，一口气签下了16项横向外协合同，毛收入超过150万元，多年的旧债清理完毕，职工的收入明显提高。

也就是在这一年，三峡局通过不懈努力，终于向上级争取到了职工们望眼欲穿的建房款，一座高18层的住宅楼连带着解决了上百名职工的住房问题。

凭借着分配改革的进一步加大，科技优先的理念的提高，以及诚心引人、精心育人、放心用人、真心留人政策的出台，三峡局的人才队伍得到了优化，并形成了水文测验、河道观测、水环境监测、水情预报、水库蒸发研究和水文科研等六大基本专业，其中前四个是优势项目，而河道观测被确定为重中之重。

不知不觉间，三峡局面貌变了——市场竞争力加强，单位实力壮大。职工的收入也持续多年增长。三峡局人员外流情况止住了，还吸引了人们尊敬、羡慕的眼光。如今，每年都有大学生、研究生上门求职，年轻职工找对象再也不用发愁了。曾经被人低看的水文人赢得了社会的普遍尊重。

文
学
篇

在水文事业从劳动密集型向技术和资金密集型行业转变的过程中，科技起到了第一生产力的作用。

早在他们拼体力、拼时间，拿下三峡总公司交办的第一项任务时，三峡总公司的领导也善意地提出，论人员素质和吃苦精神，三峡局是不错的，但设备实在落后，如果不改变，将来能不能夺得市场还很难说。

说者无意，听者有心。三峡局很快用这一笔60万元创收款的大部分购买了第一台宾得全站仪，这也是他们手中第一台先进仪器。没有得到资金的同志们有些抱怨，但这台仪器在以后的业务中大显身手，购买仪器的钱很快通过项目收回。

尝到甜头的三峡局开始了大规模的技术引进，在1995年引进了GPS全球定位系统，1996年引进ADCP测流系统，2003年引进多波束声呐测深系统。这三大引进项目都是当时全国乃至世界领先技术，以此为核心，在10多年的时间里，三峡局利用向上级争取，向业主争取和自己筹资，先后投入近千万元，对全局的设备进行全面更新改造，使三峡局的技术力量迅速增强，三峡局利用科技赢得了大量市场，同样又利用在市场中获取的资金强化科技，形成了良性循环。

也就是在1994年，三峡局迎来了决定命运的一场大考——投标兴建黄陵庙水文站。它是三峡工程的出库站，葛洲坝工程的进库站，说得形象点，它就是整个三峡地区水文市场的制高点，谁得到这个项目，就理所当然地拿下了与三峡工程相关的一系列项目。而三峡总公司对此进行了国内水文站建设的第一次招投标，参加竞标的除了三峡局还有中南设计院。在长江委和长江委水文局的领导下，三峡局提出了以高新设备武装水文站的方案，赢得了评委的一致赞同。中标后，他们精心设计，精心施工，高质量建成了这个三峡工程中第一个永久建筑物。并且自己垫钱，调动测船和仪器设备开始试测，解决了业主的燃眉之急。如今，黄陵庙水文站已成为全国规模最大、测验项目最齐全、仪器设备最为先进的现代化水文站之一。

1997年大江截流和2002年的导流明渠截流是对长江委水文局和三峡局综合技术实力的两次重大考验。

大江截流水文监测，从1996年开始进占和平抛垫底，到1997年11月8日龙口合龙，历时长达1年，长江委水文局成立了以季学武局长为主的领导小组，三峡局成立了以戴局长为主的前方工作组，利用自己开发的截流水文泥沙监测系统，达到了信息采集、传输、处理、发布的自动化，成为截流过程中的千里眼、顺风耳。在关键技术上，利用了先进的无人立尺技术、锚定船牵引无人双舟直入龙口测验技术、ADCP

流量测验系统、GPS 地形测绘系统及计算机网络技术，在主要截流期，水文职工连续奋战 60 多个昼夜，成功地实现了龙口流速的连续监测，在截流河段，开拓性地实现了多项目、多断面、多要素的全天候、连续水文巡测，对截流全过程提供全方位服务，为指挥部确定最佳的截流时机和截流方案，科学地组织抛投，确保截流期长江大动脉的畅通立下了功劳。1996 年 10 月，截流戗堤在进行强进占时出现坍塌事故，进度一度受阻，三峡局立即在现场测到流速超过 4 米每秒的重要数据，建议在关键部位快速抛投粗石料，保证了截流的顺利进行。三峡总公司总经理陆佑楣在水文监测船上接受记者采访时深情地说道，我对水文人工作非常满意，在三峡工程截流中水文所起的作用，到不了一半，起码也有三分之一。

在大江截流现场，江泽民、李鹏等中央领导人观看了龙口截流的全过程，各大媒体竞相报道，中央电视台进行了全程现场直播，那写着"长江水文"四个大字、稳稳屹立于江中的工作船和固守龙口的无人双舟，已成为人们记忆中永不褪色的风景，长江水文以自己的精湛技艺感染了全国、全世界。季学武、郭一兵、戴水平代表长江水文受到了江泽民、李鹏等中央领导人的亲切接见。

在 2002 年的三峡工程导流明渠截流中，长江水文当仁不让地成了截流水文泥沙监测这一整个工程中唯一不对外招标项目的承担者。导流明渠截流比大江截流截面更宽、水深更大、水流更急，因此技术难度和风险度更高。三峡局在时任长江委水文局局长岳中明的领导下，与奉调来援的兄弟单位精诚团结，努力协作，充分运用高新科技，在历时一个多月的惊心动魄的世界级工程截流大决战中，笑到了最后。2002 年 11 月 6 日 9 时 50 分，吴邦国副总理宣布：三峡工程明渠截流成功！在截流成功的欢呼声中，刚刚合龙的戗堤上出现了一幅"长江水利委员会龙口水文监测站"的巨型红色横幅，这一历史镜头，让长江水文再次亮相世界，三峡水文人以自己的精湛技艺感染了世人。水利部副部长陈雷、部水文局局长刘雅鸣和长江委主任蔡其华、总工程师郑守仁等领导专家亲临截流现场，视察指导水文监测工作，亲切慰问水文人，并给予了高度评价。

新华社记者称：从截流水文监测的技术实力和监测成果看，长江水文监测综合实力达到了国际领先水平。

2003 年，三峡工程先后完成导流明渠通航、首台机组发电和水库蓄水至 139 米三大目标，三峡河段出现了亘古未有的巨大变化，也给三峡局提出了全新的挑战。三峡局提前准备，提前动手，在船闸通航前后完成了坝址上下 27 千米河段的流态观测及下引航道的冲淤变化监测，主动向业主提出建议，为引航道首次清淤决策和施工提供技术支持。在蓄水前完成大宁河、香溪等 5 条支流的标志测设，并对蓄水前库区水文泥沙、水质变化的全过程进行实时监测，监测人员在连续两个月的时间内几乎天天加班加点，监测成果得到了总公司的高度评价。

三

命运坎坷的三峡水文人，对于三峡工程的感情，往往容易被外人忽略，许多人只看到他们在看水位、测流量，没有想到他们为破解三峡工程的世界性难题所付出的艰辛。三峡局依托长江委水文局，展开了长期、大量的科研工作，开发出大量先进的软件，其间的技术含量往往不为人知。为了取得成功，三峡局重点扶持优势项目，投入了大量世界先进的水文仪器设备，占用的资金及为配合仪器使用进行的连续不断的技术开发，其间的代价人们也难以想象。为提交最好的成果，三峡局制定了近乎苛刻的验收标准，在被总公司称为"免检产品"后仍然自己提高要求，终使测绘成果达到了被业主们惊叹"像工艺品一样精美"的地步。他们业精于勤的精神，外人也很难知晓。在荒无人烟的山谷，在只有一人的偏远水位站，在极其危险的风口浪尖，水文人所付出的牺牲，外人同样也很难知晓。而三峡工程两次截流，多次蓄水，使航运及工程安全对水情的要求极为复杂，如果预报不准或不及时，将造成严重的损失和政治影响，水文人为此承担的巨大压力，外人同样难以想象。

除三峡工程的水文测验和河道观测外，三峡局的其他业务也得到了充分的发展。

水情预报是三峡局的一项重要职能。1995 年、1996 年、1999 年、2002 年，长江都发生了大洪水，三峡局做到了顶得住、测得到、报得出、报得准。尤其是在抗击 1998 年全流域性大洪水中，他们在长达两个多月的时间里，昼夜奋战，测流超过 300 次，收发水情近 4 万份，成功地测报出全部 8 次洪峰，不仅保住了本地堤防安全，而且为隔河岩水库超蓄洪水提供了及时可靠的情报，最终使中央决策不运用荆江分洪区。

江泽民总书记在全国抗洪抢险总结表彰会上动情地表示："水利、气象、水文等方面的科技工作者，夜以继日地工作，发挥了很重要的技术指导作用。""没有水利、气象、水文等方面取得的技术进步，要取得这样的胜利是难以想象的。"

值得一提的是，在水情自动测报方面，他们在葛洲坝水情遥测系统基础之上，时任副局长的孙伯先和科研室主任孟万林带领技术人员与国家海洋局三所合作，在 1996 年研制开发出"三峡工程水情自动测报系统"。2005 年 7 月 1 日，三峡局所属 7 个中央报汛站成功并入长江水情信息自动化报汛系统，达到了 20 分钟内所有测站水情数据入网上报的要求，测站实现了无人值守，有人看管。系统运行以来，到报率和准确率达到 99% 以上。

20 年前，在葛洲坝水位遥测系统验收会上，水利部专家得出了"为今后建立无人值守水位站创造了条件和经验"的结论，20 年后，长江水文、三峡水文人实现了夙愿。

在水环境监测方面，三峡局同样素质过硬，在处理 1989 年黄柏河黄磷污染、1993 年秭归县剧毒农药污染等突发性灾害中，找到了污染源，为有关方面采取果断措施提供依据。尤其是在 1986 年至 1993 年，他们历时数年，查清了茅坪溪边的民办厂矿的污染情况，引起中央重视，最终促使宜昌市拔掉了这个三峡腹地最大的污染源。在长期与有毒化学元素接触的过程中，不少人都得了职业病。因为断了污染企业的财路，他们经常受到谩骂和威胁，但他们并没有被吓倒。

三峡局河道队技术先进，一直是创收的主体，但面对三峡库区出现的突发性的滑坡和泥石流，他们从来都是抢测在前。1985 年 6 月，秭归新滩发生大面积山体滑坡，测员们坚定地跳下测船，爬上岸边坍塌下来的山体，在坡体尚不稳定、时有岩石和泥土滚落而下的情况下抢测资料。2000 年 4 月，西藏易贡发生巨型山体滑坡，威胁着 4000 多名藏族群众的生命财产安全，他们放弃了一个在长江口利润丰厚的项目，将最先进的设备和人员从上海调回，赶往西藏抢测滑坡形成的堰塞湖流量。在责任和利益面前，三峡局选择的从来都是前者。

水库蒸发研究是三峡局的特色项目，从 1983 年设立蒸发站起，三峡局就开始对库区的气象因子和蒸发情况进行不间断的观测和研究，收集、整理出的大量资料成果深度达到了国内先进水平。专业面的狭窄以及与市场关系的疏远，使得三峡局在这个行业始终是投入大于产出，但三峡局始终致力于扶持这一新兴边缘学科，投入力度不仅没有减少，还在 2005 年引进开发了全江第一套自动气象站。

水文科研是三峡局着力扶持的另一行业，他们坚持科技创新，每年拨出 10 万元专款用于科研论文及科研成果的奖励，使全局在近几年的科研成果质量较往年有了很大提高，大江截流水文泥沙监测系统、三峡工程水文自动测报系统、葛洲坝水情遥测系统已经成了水文泥沙测报的典范，"十五"期间，三峡水文局围绕长江防洪、三峡工程、长江堤防、长江重要堤防隐蔽工程建设，以及三峡—葛洲坝梯级调度等全方位开展了水资源设计和开发、水文测验、水环境监测、河道测绘、水情预报等技术业务。先后承担了国家自然科学基金、三峡工程泥沙问题研究、地方水利工程防洪影响评价等科研项目或课题近十项，水文局和三峡局科研专项十余项。GPS、ADCP 在线监测，多波束声呐测深系统等高新技术设备得到广泛应用，一批以副局长李云中、总工程师樊云为带头人的科研人才队伍迅速成长，他们撰写的 50 余篇科学研究论文、报告和专著公开发表或出版。这些论文、报告展示了三峡局水文科技工作者取得的成绩，反映了当前三峡局水文科学技术的重要发展。这些论文覆盖了水文基础理论研究和水文测验、预报、信息、测绘以及水资源利用与环境保护等方面。在 2005 年 12 月召开的三峡局首次科技交流会上，总工程师樊云宣读的《三峡局"十一五"科技发展规划》，描绘了三峡水文的科技蓝图。

近十几年来，三峡局以改革促发展，依托科技和市场，实现了事业的全面突破，使三峡局很快从劳动密集型的传统产业转变为技术、资金密集型的现代产业。

四

在三峡局的跨越式发展中，独具特色的市场经营道路功不可没。

很长一段时间，三峡水文人在闯市场方面很不成功，直接导致了经济的滑坡。三峡局新的领导层在锐意改革的同时，始终没有放弃市场经营。经过几年努力，甚至出现了应接不暇的趋势。

不过，就像挫折没有打垮三峡水文人一样，暂时的成功也没有蒙住他们的双眼。在取得三峡总公司的信任后，他们制定了有利于总公司的经营政策，如有时间要求的项目可以垫钱做，难度不大的事可以无偿做，如果在合同中发现对业主不利的条款，或者稍加改正就可取得明显有利结果时，决不允许倚仗自己的技术优势占业主便宜。他们靠实力赢得市场，既不搞低价竞争也不漫天要价，放弃利益最大化而追求利益长远化，这是一种相当可贵而又相当高明的经营理念，三峡局由此建立了与三峡总公司牢固的联系，并占据了三峡水文的大部分市场。

1997年，随着大江截流水文监测任务的顺利完成，三峡水文的品牌在全国打响，鲜花、赞誉不绝于耳，三峡局的横向任务和创收也达到新高，但三峡局的领导班子居安思危，想起了十几年前葛实站的经历，并提前谋划。

三峡水文业务量下滑，是不可避免的，但三峡局效益的下滑，却是可以避免的，关键是要找到避免业务过于依赖三峡工程的新路子。

从1997年起，三峡局领导班子提出了强化危机意识、竞争意识、协作意识、效益意识和科研意识等"十种意识"。1998年，又进一步提出了包括突破怕担风险怕负责的好人思想和加深对三产横向创收认识的"五个加深五个突破"，使危机意识灌输到全局每个职工，一条全新的"依托业主，开拓市场；一业为主，综合服务；立足水文，走出水文；立足三峡，走出三峡"的改革思路逐步形成。

于是，三峡局上起局长下到普通职工，都自觉地发挥自己的能量，找门路，挖信息，北京、武汉、长三角、珠三角、长江上游、环渤海到处都留下了局领导和业务员的身影，连西部经济欠发达地区也没有放过；他们一家家上门，一家家恳谈，从不气馁，不达目的不罢休。1998年，成立了禹王水文科技有限公司，三峡局正式迈出"两条腿走路"的步子。

三峡水文人曾经以技术实力和近乎执着的精神敲开了三峡市场，如今，他们又用这两个法宝敲开了外面的市场。1998年8月，他们接到了广东省飞来峡管理局的第一份订单——请他们负责工程截流的水文测验。当时的副总工程师李云中、站长叶德旭等人携带先进的哨兵型ADCP赶到现场，展示出了高人一筹的实力，轻松完成任务，打响了三峡局走出三峡的第一炮。

同年，长江水文局下属的长江口水文局也发来邀请函，请他们参加了技术含量较高的长江口南槽北槽、南支北支的分流比及流场分布测验。这一项目历时近3年，大海、潮汐、台风，虽然让生在内地的三峡人吃了不少苦头，但最终拿出了令人满意的成果。

近几年来，三峡局先后争取到了长江口潮汐观测、长江重要堤防隐蔽工程测量、东湖淤积测量、葛洲坝下游护底试验观测、宜万铁路宜昌及万州长江大桥防洪评价等大型创收项目数十个，三峡局的业务范围已经远远走出长江，在北到天津、南到广东、东到上海、西至西藏的范围内承担了大量的外协任务，业务范围辐射全国10多个省（自治区、直辖市），提交的成果产品合格率达到100%，优良率85%，合同履行率100%。

市场竞争的艰难，使三峡水文人开始下大力气盘活存量资产，让死钱变活钱，在三峡局班子的带领下，三峡局几乎所有可以被利用的资产均得到了有效的利用。

由于三峡局审时度势，提前思考并及时摆脱了业务过于依赖三峡工程的局面，当三峡水文市场开始萎缩时，他们的经济效益却持续增长。他们创办的经营主体——禹王水文科技有限公司的营业收入和职工收入每年增长率都在10%以上。一大批优秀干部、优秀党员、优秀集体受到表彰，要求入党的积极分子逐年增多，经济的发展为建设和谐单位打下了基础。

结语

三峡局超常规的持续发展，得益于国家对水利的优惠政策，得益于三峡工程，得益于长江委、水文局治江思路的成功，也得益于全体三峡水文人一步一个脚印的风雨路程，从一个侧面反映了我国水利科技和水利事业的发展。也许在将来，这个超常规的发展会缓慢下来，实现软着陆，但他们所取得的成就却一定会留给人们深刻的印象，他们以改革促发展、以发展促改革的基本思路，以及破釜沉舟、冲决罗网闯市场的经历，也将会作为一个基本原则坚持下来。从这个角度上说，无论在什么时候，三峡局选择的道路都值得人们关注、尊敬。

让我们为三峡局祝福，祝愿它能够在新的时期，创造新的奇迹。

（原载于《大江文艺》）

文学篇

大决战　大检阅　大展示

——记长江三峡明渠截流水文监测

戴水平　李云中　张伟革

2002年11月6日9时50分，吴邦国副总理宣布：三峡工程明渠截流成功！7分钟后，下游戗堤成功合龙。人类再次腰斩长江的壮举在中国人手中成为现实，中国人"截断巫山云雨"的畅想在我们手中变为了现实。这是中国乃至世界水利水电史上永远值得铭记的日子。

在截流成功的欢呼声中，刚刚合龙的戗堤上出现了一幅"长江水利委员会龙口水文监测站"的巨型红色横幅，宛如一条长缨紧锁龙口。这一历史镜头，让长江水文亮相世界，同时也标志着由长江委水文局承担的三峡明渠截流水文监测任务的圆满完成。

明渠截流具有落差大、流速大等特点，无论是施工强度，还是技术难度、风险度，都大于1997年三峡大江截流，其总能量超过了原世界纪录保持者巴西伊泰普工程截流，明渠截流的总体难度堪称世界之最。水文监测也因此承担着巨大的风险，面临着诸多高难技术的挑战。然而，在历时一个多月的惊心动魄的世界级工程截流大决战中，长江水文人经受住了意志的考验，长江水文队伍接受了党和人民的检阅，长江水文的综合实力得到了充分展示，截流水文监测赢得了业主和有关部、委以及社会舆论的充分肯定。

举世瞩目的明渠截流是一项宏大而复杂的系统工程，水文监测是其中一项十分重要的保障服务系统，为截流提供了不可缺少的技术支持，发挥着重要的耳目和参谋作用。在优选截流时机、优化截流设计、进行模型试验、科学研究和指导施工、监理及管理决策等方面，及时提供了大量准确可靠的水文信息，体现了一流的工程，一流的水文服务。从截流水文监测的技术实力和监测成果看，长江水文监测综合实力达到了国际领先水平。

明渠截流的成功是多兵种协同作战的胜利，水文功不可没；截流水文监测的成功，是建立在周密的计划、充分的组织准备、科学的管理决策和高素质队伍基础上成功运用高新技术的范例，是长江水文实践"三个代表"重要思想和"五个服务"方针的生动体现，是在长江委和水文局新班子的领导下，在新世纪为中国水文续写的又一辉煌。

一

50多年来，长江委3000多名水文职工收集、整理、提供的数以吨计的长系列水文实测资料和分析研究成果，在长江的治理开发和三峡工程建设中起了重要作用，发挥了巨大的效益。

为了满足长江流域及三峡工程的综合规划、设计、科研、施工以及三峡工程大江截流和导流明渠截流对水文资料的要求，长江委水文局在长江干流和主要支流共布设了84个水文站、165个水位站、22个雨量站和10个河道勘测队，在水文泥沙测验、河道勘测、水环境监测、蒸发观测和水文气象预报、水资源调查评价、水文计算以及水文科研等方面进行了全面、深入的研究，开展了大量卓有成效的工作，为葛洲坝、三峡等水利工程提供了可靠的科研、设计和施工依据，其作用在三峡工程建设中得到了充分体现。特别是在1997年三峡大江截流中，由长江委水文局承担的水文泥沙监测工作，得到了三峡开发总公司的"水文监测尤为出色"的高度评价。

为了三峡明渠截流的成功，再次担当截流水文监测重任的长江委水文局投入了以长江三峡水文局为主体的200余名水文监测科技工作者，其中有来自水文局机关的领导和水文专家，有来自三峡水文局、长江下游水文局、长江口水文局、黄河水利委员会水文局的水文专家和中青年技术骨干，还有来自曾参加过葛洲坝、三峡大江截流水文监测工作的老领导、老专家和老水文工作者。具有中级工程师、技师职称以上人员占49.5%，教授级高级工程师9人；投入专用测船10余艘、先进仪器设备100多台套；在业主的统一调度和长江委的领导与支持下，精心部署，精心组织，精心准备，精心测报，完成水文测验、河道测量、水质监测以及资料整理等项目64.38标准平方千米、9.74站年，实测截流流量8600～10300立方米每秒；实测上龙口最大落差1.73米，最大流速6.0米每秒；下龙口实测最大落差1.12米，最大流速5.13米每秒。

二

为了确保截流水文监测工作的顺利进行，2001年5月水文局成立了明渠截流领导小组，主要承担测报任务的三峡水文局也成立了截流水文监测工作组和水文测验、河道观测、水质监测、综合服务类4大项目组及10多个专业小组，技术设备调研、截流方案编制、监测合同洽谈等工作相继展开。

2002年4月，水文局调整了截流监测领导小组，进一步加强、充实了领导力量，明确了责任。实行统一领导、分工合作的运行机制，上下密切配合，部门积极协调，责任到人，任务到组，措施到位，在人、财、物和技术上进行了认真、扎实的精心准备。其间，水文局截流水文监测领导小组组长岳中明在水文局机构改革任务繁重的情况下，多次深入一线调研、检查、指导工作；多次召开专题会议，精心部署工作。7月底，岳局长在前方进行了思想动员，测报人员精神振奋，从思想上做好了充分准备。科学的管理和可靠的组织措施，保证了截流水文监测各项准备工作的顺利进行。

明渠截流水文监测方案的研制，是根据明渠截流的特点和长江水文的实际，在广泛调研、充分论证、仔细查勘、反复试验和充分吸收葛洲坝、三峡大江截流水文监测的成功经验基础上进行的。方案经过了一年多时间的反复论证和多次修改，不断完善，形成了完整、科学、合理的明渠截流水文监测系统。该系统包括水文数据采集、传输、处理、信息发布与反馈等四个子系统，系统运行实行网络化、自动化和计算机化。2002年5月15日，方案通过了由三峡开发总公司主持的专家评审。专家组认为，长江委编制的明渠截流水文监测方案任务明确，内容全面，采用的监测方法和技术手段先进、可靠，能满足明渠截流施工的需要。

完整、科学、合理的截流水文监测方案，是截流水文监测获得成功的基础。随着截流水文监测方案和实施方案的确定，水文、河道、水质、数据处理和后勤、保卫、宣传等专业组的项目实施方案相继制定完成，使人员、设备和技术配置进一步优化；水文监测方案和实施方案的确定，标志着截流水文监测进入实施阶段，各项工作紧张、有序地全面展开。

为了满足高难度截流的需要，长江水文从最难处着想，向最好处争取，一年前水文局就组织全江水文专家在全国范围内调研水文测验、河道测绘和网络技术以及与之配套的新仪器设备，查阅、研究了大量国内外有关截流水文监测的技术资料，进行了艰苦细致的资料准备和分析计算，建立了现代化的截流水文监测系统。

积极引进、开发、应用高新技术，特别是对监测数据的网络实时传输、龙口测验等关键技术，组织专班攻关，破解了一道道技术难题，调集了水文的精兵强将，集中了全江的先进仪器设备，改造了龙口测验双舟和监测指挥船，购置了 ADCP、GPS、全站仪、数传电台等仪器设备 190 多台（套），进行了 ADCP、电波流速仪、多波束测深系统等大量仪器设备的比测试验和新技术、新方法的论证。同时还完善了坝区的控制系统，优化了站网布设。充分的技术准备，为有效实施现代化的截流水文监测系统提供了保障。高新技术的开发应用，使长江水文更加耳聪目明。

有针对性地开展了技术练兵、专业培训和实战演练，普遍提高了截流测报人员的专业技能；同时制定了一系列技术、质量管理措施，有效地保证了实施监测的高效、优质。在实施监测中准备，在准备中实施监测，至 2002 年 9 月中旬，长江水文已从人员、组织、思想、物质和技术、设备上充分做好了迎战截流的各项准备。

三

在抓紧进行坝区、库区水位雨量站等水文基本设施和数据传输网络工程建设的同时，水文局后方技术人员先后完成了截流期间的施工设计洪水复核等专项课题研究；同时，严密监视三峡水情，采用先进的预报系统全方位多途径地展开水情气象预报，指导前方水文监测和截流前期施工。前方测报人员，按照业主的要求，对二期围堰破堰进水水位流量、大坝导流底孔过流分流比、围堰清淤和加糙河段水下地形以及非龙口进展所需的水文要素等项目及时开展监测，逐步增加了坝区水文测验和水情预报的强度，大量的水文数据通过无线、网络等途径及时传送到截流决策部门和施工单位，高效、优质的水文服务，为截流前期施工和顺利进入非龙口进占创造了条件，打下了基础。

2002 年 10 月 10 日，明渠截流工程正式进入截流期，明渠上下戗堤开始进占。在此之前，以三峡水文局为主体的测报人员已陆续进驻截流现场，水文监测与截流施工同步进行。至 10 月中旬，参加现场监测的人员已达 150 多名；18 日，装饰一新的水文监测指挥船顺利泊锚坝上预定地点，整装待发。

随着截流工程进度的加快，水文监测任务不断增加，强度越来越高，难度越来越大。河道测量、水文测验、数据处理、水情预报和水质监测等项目工作的重点逐渐由围堰施工阶段转入戗堤进占、龙口合龙阶段的水文监测。

河道测量组，是一支特别能战斗的队伍，20 多名测量人员承担了截流区水下地形、断面、流态和口门宽四项重要观测任务，项目多、测次更多，且大多数任务都是同时进行。在别人避之不及的激流中、在车轮滚滚的戗堤上抢测资料，工作十分危险。但对于早已习惯了在急、难、新、险、重的任务中冲锋陷阵的河道勘测队员，危难、重担、挑战只能激发出更大的工作热情和干劲，他们想方设法，克服困难，加班加点，忘我工作，充分发挥先进设备的作用，保质保量地完成了 80 个固断、56 千米 153 线流态、5.6 平方千米水下地形和 457 次上下口门度、110 次上下龙口水面流速的观测，提供各类图纸 140 多张，及时满足了截流施工和决策的需要。

特别是在不断加密至每十分钟一次的口门宽测量中，他们成功运用无人立尺新技术，随测随报，不到 5 分钟，一连串的口门宽测量数据便会出现在数据处理中心的计算机屏幕上；在戗堤进占的关键时刻，他们从接到任务到提交成果，5 个小时内就按时完成了明渠水面流态测验任务。在每天两次的龙口固断测量中，他们运用先进的

文
学
篇

GPS 定位系统、DF3200 型双频回声仪和数字化测绘系统,成功地收集到了龙口固定断面资料,做到了两小时之内提交成果,一个"快"字令其他许多同行为之瞠目。在明渠水下地形测量中,采用了长江水文的"王牌"仪器——多波束测深前视声呐系统,其测绘的上下龙口围堰形象图及制作的 GLS 三维动画彩图,得到了业主和有关部、委领导的称赞。

垫底加糙、垒筑水下拦石坎是否达到了要求?龙口截流的抛投效果如何?口门还有多宽……是及时的观测、可靠的资料,使施工得心应手,使设计、监理有据可依,让业主踏实放心。截流期间,河道勘测队员们同其他监测人员一样没有固定的作息时间,没有节假日,甚至"不敢生病",为了截流的成功,再苦再累也无怨无悔。

水文测验是截流水文监测的又一重头戏。30 多名水文测验人员毅然挑起了截流期间三峡坝区水位、流量数据采集、传输和龙口等水文断面的流速、流量、分流比测验的重任。任务繁重、工作范围广、危险性大、技术性强是水文测验组的工作特点。自开展截流水文测验以来,水文测验组 5 个小组密切配合,在大坝上下,在上下龙口与水共舞,按预定的观测实施方案和业主要求,采用先进的仪器设备和技术手段,及时准确地采集、处理着各项水文信息,并及时传输到数据处理中心。

9 月 15 日,大坝导流底孔开始过流,监测人员在坝前选择不同的断面采用 WHADCP 分别进行分流比测验,多次高精度的分流比测验,准确反映了分流比的变化情况。在上下围堰强进占中,在流态极为混乱、回流严重的上下龙口之间河段,每天要完成两次以上分流比和堤头流速分布测验,ADCP、GPS 起到重要作用,水文人发挥了重要作用。

10 月 27 日,截流开始高强度连续进占,水文监测进入高潮,下龙口监测方案正式实施。如果说在水流紊乱的明渠下游围堰加糙区施测分流比十分困难,如果说在落差大、泡漩多、水急浪高的戗堤头进行的 270 多次流速分布测验既难又险,那么在流速达 5 米多的下龙口测验就更无异于"龙口拔牙"。常规的横渡法测验在如此特殊的河段难以发挥作用,"逼"得监测人员将 ADCP 改装至船头,采用动船顶测法冒着生命危险一次一次地"龙口夺宝"成功,也因此"逼"出了我国首例前置式 ADCP 动船测验法。

31 日 17 时,开通运行了五年的导流明渠正式封航。18 时,水文监测指挥船成功定位抛锚于上龙口上游 190 米处,装载有 ADCP 的无人测艇于 18 时成功定位于上龙口,比 1997 年大江截流指挥船定位缩短了两个小时,功效提高了 5 倍。这两艘监测船顺利、准确地一次定位成功,GPS 起到了关键作用,同时也标志着截流水文监测决战的开始。

从这天 21 时开始,无人测艇承担起了上龙口每小时一次的流速分布和 3 小时一次的最大流速监测的使命；从这天 18 时开始，"风云二号"每小时施测一次下龙口流速流量，连续 24 次，测量船员 38 小时未曾合眼，直到 11 月 1 日 17 时被称为功勋号的"风云二号"测轮，才顶着 1 米多的落差和 5 米多的流速，通过只有 42 米宽的下龙口顺利返航。"风云二号"测轮是真正的最后一艘通过明渠的船只。就在这艘最后见证导流明渠通航历史的测轮上，还有专门为勇士们壮胆助威而来的领导，还有请缨增援的测员。

11 月 1 日，当高强度的进占把上围堰龙口缩至 50 米时，流速已高达 5 米每秒，戗头出现了塌方，并有不断加剧之势，进占施工受阻。截流指挥部根据水文监测资料，迅速调整施工方案，改抛重达 10 吨的合金钢网兜，进行裹头防护加固，有效控制了塌方。关键时刻，又是水文监测资料发挥了关键作用。"没有水文资料照样截流"的大话，不攻自破。

由黄河水利委员会水文局提供的电波流速仪成功地实施了龙口流速监测，为截流立下了汗马功劳。三位来自黄河水利委员会水文局的工程技术人员同长江水文监测人员一起住集装箱、吃方便面，同甘共苦，携手合作，不仅出色地完成了监测任务，而且结下了深厚的友谊。

由长江委水文局设计、承建、管理的三峡工程专用水文站——黄陵庙水文站，是三峡枢纽工程第一个竣工的永久性建筑，这个武装到牙齿的现代化水文站在明渠截流中发挥了重要作用。每天 3 次的本断面坝址流量测验、泥沙测验以及多段次的水位雨量观测，次次准确可靠，及时为截流水文预报、水力学计算、模型试验和截流施工等提供了依据；宜昌水文站同样出色地完成了截流期水文泥沙测验任务。由河勘队、黄陵庙水文站、宜昌水文站和泥沙分析室共同完成的截流期河床质、悬移质、推移质等项目的测验分析，摸清了泥沙组成及沿程运动变化的规律。

戗堤在不断地推进，龙口越缩越小，合龙的时刻就要到来。在万众瞩目、落差超过 1.7 米、流速达 6 米每秒的上龙口，有一艘仅 60 匹马力的小小测船，"长江水文"四个大字格外醒目。026 测船上有 4 位被誉为"硬汉子"的船员连续 4 天从早到晚坚守在封闭的船舱里，坚守在自己的岗位上，他们冒着生命危险忠实地执行着龙口定位监测的特殊任务，凭着水文人的高度责任感和顽强毅力，在生死线上出色地完成了光荣而艰巨的特殊任务。

截流水文监测中的每一项工作都十分重要，水位观测虽然平凡，但仍然是截流的重要组成部分，水位数据不可缺少。

在明渠截流中，共布设了 7 个水位自动测报站、1 个自动测报中心、2 个水位信息接收站和 4 个人工观测站。其中有 7 个自行设计、施工、安装的自记站，完全实现

文
学
篇

· 91 ·

了无人值守、自记远传、固态存储。由三峡水情中心和多个水位自动测报站组成的三峡水位自动测报系统，主要选用了能定时自动测量、自动定时发报、固态存储、显示的压阻式压力水位自记仪和可长时间连续发射的数据传输无线电台以及9900多路径遥测终端传输系统等仪器设备。该系统的原型观测数据采样、数据处理、数据传输通信模式、测站及中心的设备等都是通过精心设计和选择的，所有设备都具有兼容性、可扩充性。在软件的设计与编制上突破了传统模式，更适合网络化的信息发布和计算机化数字化的资料成果的整理、整编及馆藏。由长江委水文局研制的9900多路径遥测终端水位无线传输系统，在工程应用中效果良好。该终端是在国家"八五"科技重点攻关课题"长江防洪系统实时调度研究"的研究成果基础上优化设计形成的产品。它采用了网络访问、包交换、前问纠错、反馈重发、携带传输路径等多项技术，将超短波水文遥测技术推向新的应用水平，大幅度地提高系统的有效度和系统组网的灵活性。作为明渠截流水位测报的主导力量，水位自动测报系统从技术上满足了截流对水位需求的时效、精度要求。

在截流现场的一些特殊部位布设的4个人工观测站，10月24日开始观测水位。10名工作人员担起了坝区截流水文观测的全部任务，从8段制到逐时观测，从半小时一次到每10分钟一次，水位观测段次逐渐加密，观测员们像哨兵一样时刻守候在戗堤上水尺旁，无论刮风下雨，不管白天黑夜，风雨无阻，昼夜轮班，不敢有丝毫的怠慢。他们采取两人一组同时观测的办法，提高观测精度；采取及时校测水尺、进行同步比测的办法，保证了易松动沉降的特殊部位水尺观测的质量；采取多站验证等方法，成功地解决了倒比降问题。水位观测员们在平凡的岗位上默默奉献着光和热。

截流无小事。截流中的每一项工作都与截流的成败息息相关，水文监测成果质量更是如此。因此，把好成果质量关，是水文监测的重要环节。顶得住、测得到、关键还要报得准。为了保证及时可靠地采集、提供优质的水文信息，建立了质量保证体系，实行项目负责制与技术质量负责制，严格按照"事先指导、中间检查、产品校审"三个环节进行质量管理。各项目有实施方案、各专业有质检员，各岗位实行培训上岗，各生产环节实行目标管理，各工序实行流程控制，各方面反馈的质量信息得到及时分析处理，无论内业外业的每一名监测人员都在严格地执行规范和"三清四随""一算二校三审核"制度、"三级检查两级验收"制度，级级都是难关，水文工作者们力求把错误消灭在现场，把误差降到最低，把监测成果质量和长江水文的诚信放在首位。科学的管理，严格的要求，使截流水文监测成果优良率达85%以上，无不合格产品，用户十分满意。

科学来不得半点虚假。在明渠截流水文监测成果上，源于科学、出于科学的高质量的水文监测成果在成功的截流中得到了最好检验。长江水文人可以自豪地说：我们的监测成果经得起历史的检验。

水文测验是长江水文的重要专业，也是体现长江水文实力的重要项目。在这里集中了 ADCP、GPS、多波束测深系统和测速雷达枪、电波流速仪等多种当今最为先进的水文测验技术设备，成功地解决了龙口测验及数据自记远传等关键技术难题；在这里，云集了一批长江水文的精英，老专家出谋划策，决策者运筹帷幄，战斗员骁勇善战，他们把心血和智慧无私地奉献给了三峡建设，奉献给了长江水文事业。

当欢庆截流成功的人们刚刚离去，长江委三峡水文局的监测人员又开始了围堰渗流量的测验。

明渠截流水文水力学要素计算成果主要是为戗堤进占决策提供服务，施工方根据可能出现的来水流量以及预估的上、下口门宽查算相应的流速、落差、单宽流量、分流比等参数，采取相应的工程措施。特别是在实际水流条件、截流方案在实施过程中的变化及人为因素的影响下，原设计和物模试验的龙口参数对截流指导作用被大大削弱，因此，明渠截流龙口实时水文水力学预报的作用显得尤为重要。

早在 2002 年 4 月，受三峡开发总公司建设部委托，长江委水文局就建立了合理实用的明渠截流龙口水文水力学计算模型，并结合三峡工程大江截流预报的经验，开展了对截流将产生和可能产生的各种工程形态进行水文水力学计算，先后完成了截流期施工设计洪水复核、提前截流水文及施工风险分析、截流水文水力学计算等研究课题，开展了设计条件下明渠截流水文水力学计算预报服务。

由于长江水情复杂多变，在截流期内发生设计流量的概率非常小，水文水力学计算科研人员又在进行了大量研究的基础上，提出了各种不同水文条件下龙口水力学参数值。10 月 16 日开始了水文水力学计算现场服务，开展了明渠截流戗堤口门（龙口）不同流量级、不同口门宽情况下口门（龙口）水文水力学指标参数的预测预报工作，并根据水情、工情及施工期可能出现的不同水文条件和预报坝址来水流量及龙口进占计划，分析计算现状情况下的各项水力学指标，及时地为次日的施工计划提供了技术指导。特别是在龙口进占、合龙阶段，长江委水文局根据截流施工进占情况，与三峡开发总公司水文气象中心配合，通过实时修正，准确及时地预测了各种水文条件下龙口水力学参数指标，有效地指导了截流施工。

水文水力学计算是件难事，要做到预测的准确及时更是难上加难。难就难在由于截流方案的变化及实际进占情况与设计相差较大，原有的物理模型实验成果及部分相关设计成果难以发挥作用，针对截流方案的改变，水文水力学模型必须及时调整各种参数，根据业主的要求，及时准确地提出各种可能出现的流量情况下不同戗堤口门的

文
学
篇

水力学指标成果。长江水文做到了。

难就难在要根据实际情况的变化，把在通常情况下只能根据趋势预测次日的各种非龙口、龙口段水力学要素的成果的方法，改变为根据实测成果调整参数，并在较短的时间内按要求提交出相应的预测成果。长江水文做到了。

从实时预报的结果来看，水文水力学计算成果质量是令行家满意，令业主满意的。设计条件下的成果与经实时校正后的成果对比分析表明，水文水力学模型是合理的、可靠的，并在截流实践中得到了充分证明。

高质量的成果来源于高度的责任感和科学的技术手段。在明渠截流中，首次成功地应用了水文水力学计算和预测截流戗堤口门参数的手段和方法，不仅为明渠截流施工决策和施工进度安排提供了依据，也开辟了水文为工程施工服务的新途径。采用了传统水力学理论与现代计算技术相结合的方法以及最新的网络传输技术，为高质量、高效率完成服务提供了有力的保障。

水文水力学计算是截流施工的指导，水情气象是截流的先决条件。承担明渠截流水文气象预报的长江委水文局，为截流的正确决策和施工的顺利进行提供了大量科学可靠的水文气象预报信息，起到了耳目、参谋和指导的重要作用。

明渠截流落差大、流速快，施工难度高，而诸多不确定影响因素使截流难度、风险度大大提升。水文气象因素就是其中最为重要的一条。截流期间长江上游、三峡区间的降雨情况如何？当截流戗堤进占到 100 米、200 米或 300 米时会出现什么样的水情？分流比有多大？龙口流速、流量、落差有多大？提前截流的施工风险有多大？施工不敢贸然行事，业主不能心中无数。为此长江水文局组织力量对影响三峡坝址流量长期变化的气候前景、大气环流特征、海洋及天文因子进行了深入细致的分析，并结合三峡工程大江截流预报的经验，对截流将产生和可能产生的各种工程形态进行科学的分析研究，提出了三峡坝址以上流域 10—12 月降水趋势预测意见和三峡坝址 10—12 月逐月、逐旬平均流量、最大流量、最小流量预报意见，得到了业主的高度重视。

为了截流的万无一失，截流期间，短期气象预报实行实时滚动预报，中期预报每日 12 时前完成，做到了长、中、短期预报紧密结合，前方后方密切配合，提前做出的"长江上游 11 月上旬基本无雨"的准确预报，坚定了业主提前截流的决心。

水情预报在大量扎实的前期工作的基础上，依托专家及前后方会商体制信息网络，采用自行研制的专家交互式水情预报系统和海事卫星等先进技术设备，凭借丰富的实践经验，精心组织，全面开展坝区短、中、长期水情预报，为了满足提前截流水情预报的要求，预报人员认真研究了 125 年来的三峡水文史，在原有计算成果和现有水文监测成果的基础上，利用现代科学技术，根据实测水文要素不断进行跟踪预报，及时提供了科学的预报和"11月上旬的水情有利于实施截流"的建议，使业主在提前截流的决策上底气更足。

在三峡工地有一个由新老预报专家组成的"特殊参谋部"——长江委水文局前方水文预报组。那里没有急流惊涛，只有紧张忙碌的工作场面。每天一次的截流坝址流量和龙口流量的滚动预报，难度大、精度要求高，预报员们必须在一个多小时内完成水文要素资料的收集、计算分析、会商发布，他们不仅做到了及时发布，而且预报准确率甚高。据统计，10月1日至11月6日，12小时三峡坝址流量预报相对误差不超过5%，24小时、48小时坝址流量预报相对误差不超过10%；坝区水位预报考核标准为：12小时、24小时、48小时坝区水位预报绝对误差不超过0.35米。高效率的工作和准确的水文气象预报，为截流施工、最佳截流时机选定和提前截流提供了科学的决策依据。

在三峡开发总公司建设部大厅悬挂的那块大型电子屏幕上不断滚动的水情气象预报信息，每一串数字都体现了长江水文预报员们慎之又慎、精益求精的敬业精神。

及时可靠的水文气象预报回报了业主的正确选择和信任。明渠截流总指挥彭启友称"水文气象监测预报信息为截流提供了必要的支持"。三峡开发总公司水文气象中心主任刘尧成称赞"长江水文气象监测、预报工作准备早，措施得力，做到了全天候随时满足截流需要"。

水文数据信息处理发布计算机网络系统的建立，是整个截流水文监测中的一大杰作，也是截流水文监测中最大的技术进步。由于截流水文监测的范围广、站点多、项目多、测次多，不仅数据和图像信息量大，而且时效要求特别高。根据这些特点和业主的要求，利用现代信息处理技术和计算机网络技术建立起来的截流水文数据处理中心，实现了从信息采集到接收、处理、存贮、检查和基于Web的实时发布的网络化与自动化。

截流期间，制作开通了对公司用户的"三峡水文气象"网站，对长江委用户的"长江水文"网站和对互联网上广大用户的"长江水文"网站以及龙口指挥船上的镜像网站，通过网络把数以万计的截流水文监测数据、信息源源不断地传向四面八方。实时更新、内容全面、实用可靠、功能齐全、传输快捷的三峡水文气象信息网，成了三峡开发总公司的老总们每天必看的网站，因为有了水文信息网，无论是决策者还是设计、管理、施工人员，对截流水文监测信息都是了如指掌，连主持明渠截流方案设计的长江委总工程师郑守仁也因此"不必天天守在龙口"。水文气象信息网在半个月的时间里点击率高达8000多次，是截流期间最受欢迎的网站之一，得到了业主和设计、施工、监理等部门的高度评价和社会的广泛关注。

水文信息网络的建设是一次高难度的攻关；水文信息网络的管理维护、通信设备的维护维修，同样艰巨。24 小时值班，全天候服务，随时接收处理监测信息，迅速进行合理性检查及反馈意见，及时更新发布信息，数据处理中心的技术人员忠实、严格地把住了水文监测的最后一关。与 1997 年大江截流水文数据处理相比，明渠截流网络系统更为完美、技术更为先进、手段更为可靠。

20 多套小小的数传电台成功地解决了龙口等地监测数据现场传送的大难题；建立在数据中心计算机局域网和截流水文 GIS 数据库的基础上的水文信息传输与处理，实现了数据、图表自动处理与资源共享。水位、流量、流态、泥沙、固定断面、水下地形等资料和相关成果，均由数据处理中心通过以网络为主、以电子邮件、手机短信、电传、电话、电台等为辅的多种手段和形式，统一对三峡开发总公司水文气象中心以及相关部门人员发布，既保证了信息的时效性，又强化了信息的统一管理。截流期间，编制《水文监测信息》76 期，对外发布水文信息达 11000 次，发送水文信息电子邮件 168 封，由于水文气象信息实行了网上发布，当年大江截流时为接待信息查阅咨询人员忙得不可开交的三峡水文气象中心，如今是门可罗雀。

水利部水文局刘雅鸣局长在数据处理中心视察、指导工作时，充分肯定了长江水文在开发应用网络技术，努力建设水文现代化方面取得的进步；三峡开发总公司陆佑楣总经理在水文测报现场检查工作时，表示对长江水文提供的水文信息服务十分满意。

截流水环境监测相对于水文测验、河道测量，工作量不算大，但监测资料却非常重要。截流水质变化的过程和水环境状况的分析评价，都需要通过现场取样和科学分析，水质监测人员采用水量水质同步监测的方法，在坝区三斗坪、坝河口等 5 个断面实施监测，及时对 pH 值、悬浮物、高锰酸盐指数、氨氮、铜、铅、镉、可溶性二氧化硅等 10 多个项目指标进行了分析，收集了 3000 多组宝贵的监测资料，提供了可靠的分析成果。为了确保截流期间三峡坝区及下游生产、生活用水安全，水环境监测人员还通过多种途径，严密监视三峡河段及上游的水质状况，并做好了跟踪监测突发性污染事故的各种准备。

四

在周密计划、充分准备、精心组织的基础上建立的后勤保障服务体系，有效地保障了截流水文监测工作的顺利进行。在坝区建立了 4 个生活、工作基地，合理安排生活，统筹调度车船，保证物资供应，热情接待宾朋，较好地满足了高峰时 200 多人的吃、住、行和监测工作的需要，做到了后勤工作不滞后，服务工作高效率。

制定了截流安全保卫方案，建立了安全生产责任制，配备了专职安全监督员，明确了责任，各项目组签订了责任书，并设立了安全生产监督员，配置了足够的安全帽、救生衣以及灭火器、安全绳等安全器材，经常性地开展了安全生产宣传教育，坚持每天一次的安全保卫现场巡视检查，及时消除不安全因素，严肃处理违章，督促落实整改，特别是加强了对车、船和水上、危险区作业人员的安全管理，杜绝了安全责任事故的发生。

在委、局有关领导的亲自指导下，经过精心策划的截流水文宣传，立足水文的内部力量，借助新闻媒体，积极、广泛地开展对内、对外宣传，达到了树长江委形象、展水文人风采的目的，收到了良好的宣传效果，得到有关部、委领导和社会的好评。在全江抽调宣传骨干，组成了截流宣传专班，以文字、图片、图像等形式如实地记录、宣传了截流水文监测的功绩，高质量地完成了水文指挥船的形象宣传工程，一本图文并茂的水文宣传小册子，让社会对长江水文有了更多的了解；发往有关部、委和全国水文部门等100多家有关单位的25期彩色《长江水文·截流快讯》，让全国的水文同行和截流监测人员欢欣鼓舞；新华网《焦点网谈》的专题水文宣传，中央台的专题水文报道和新浪网、中国水文信息网、长江水利网以及《中国水利报》《中国测绘报》和各地的电视台发表、播发的100多篇水文监测新闻，让长江水文走向世界，使水文行业赢得了社会的认同和尊敬。

五

明渠截流水文监测是截流系统工程中技术最复杂、现代化程度最高、工作面最宽、时效性最强、组织协调难度最大、风险度最高、成果质量要求最严和责任最大的系统之一。水文监测是直接关系截流成败的重要因素，直接影响着长江委的形象。因此，水文监测的每一个环节都出不得差错。明渠截流是对长江水文决策者的一次高要求指挥决策能力的检验，科学的管理、科学的指挥决策是保证监测系统高效运行的关键。

明渠截流水文监测是三峡工程建设所有项目中，唯一不是通过公开招标的项目。长江委水文局历史性地承担了这一光荣而艰巨的任务，一是基于长江水文的雄厚实力，二是基于业主的信任，而最多的是长江水文的决策者们科学运筹的结果。

明渠截流只能成功，不能失败。截流水文监测的责任重于泰山，决策者们承受的压力重于泰山。水文局新的领导班子一手抓机构改革，一手抓截流监测，以改革促监测。制定了科学的监测方案，为截流监测的成功打下了坚实的基础；引进开发高新技术设备，组织调研，开展技术攻关，调集全江的精兵强将和先进设备，满足了高难度监测技术和截流施工的要求；及时调整监测方案，为实现提前截流提供了优质水文资料；连夜改装龙口监测船，保证了龙口资料的收集；及时调整、加强现场监测领导力

文
学
篇

量，协调各方关系，精心部署、组织监测，关键时刻身先士卒等，无不蕴含着各级决策指挥者们的心血、责任和睿智；有力的措施，果断的决策，有序的指挥，科学的管理，保证了截流水文监测任务的圆满完成。长江水文在一流的工程中实现了一流的水文服务，同时也体现了一流的管理、决策水平和组织、协调、应变能力及其指挥艺术。

六

三峡工程，世界一流；明渠截流，举世瞩目。在历史性的、高难度的三峡明渠截流中，长江水文这支屡经沙场的光荣之旅，高效、优质地完成了截流水文监测任务，为明渠截流的成功做出了应有的贡献，实现了为水利工程的建设管理提供可靠服务的承诺。同时，也取得了十项丰硕的监测成果。

一是创建了完整、科学、合理的明渠截流水文监测系统，实现了水文数据采集、传输、处理、发布与反馈和自动化、计算机化、网络化，增强了长江水文的实力，加快了实现水文现代化的步伐。

二是明渠截流水文监测实践，进一步丰富和发展了截流水力学和水文学理论；多学科理论的综合应用，多年水文研究成果的广泛应用，多种高新技术和设备的开发应用，将有力地推动和促进水文泥沙监测技术的发展。

三是为工程收集提供了大量可靠的水文泥沙资料，并在工程应用中收到了良好的效益，其社会效益、经济效益明显。同时，也为水文科研积累了丰富的资料，为长江水文积累了宝贵的财富。

四是大量高质量的原始观测资料和在特殊情况下获得的好办法、新思路，为今后同类型水利工程建设及科研积累了极为珍贵的参考资料和实践经验。

五是引进、开发和自行研制的一批先进技术及设备，在工程应用中得到了充分检验，不仅提高了水文监测成果质量和工作效益，而且优化了水文专业技术结构和手段，促进了水文自身的发展。

六是一批中青年技术骨干在截流水文监测中得到了锻炼，丰富了实践经验，提高了专业技术能力，增强了综合素质，为水文的发展奠定了人才基础。

七是新技术的应用、新问题的解决，为水文科研带来了许多有价值的研究课题和研究机会，应运而生的科研成果，将进一步推动水文乃至水利的科技进步。

八是显示了集中力量办大事的优越性，展示了长江水文的综合实力，树立了良好的形象，扩大了行业的影响力，提高了社会地位，创建了名牌产品，为赢得市场份额创造了条件。

九是激发了职工的爱国热情，增强了事业心，培养了拼搏奉献和创新精神，为长江水文的不断发展凝聚了力量。

十是增进了行业技术交流、信息交流，开拓了与市场的广泛联系，为长江水文的可持续发展创造了良好的内外环境。

七

在明渠截流期间，水利部副部长陈雷、部水文局局长刘雅鸣和长江委主任蔡其华、党组书记周保志、总工程师郑守仁等领导亲临截流现场，视察指导水文监测工作。

陈副部长代表部党组、汪部长慰问了全体水文职工。在ADCP测流现场，陈副部长检查了大坝导流底孔过流测验成果，连声称赞水文监测的质量高、效率高，并对长江委水文局在截流工作中充分利用现代高科技服务三峡工程建设所做的努力给予充分肯定，希望今后为长江流域的水利事业乃至全国的水利事业提供更好的服务。

蔡其华主任高度评价了在长江委水文局新班子的领导下，长江水文工作在以往的基础上取得的长足发展和为实现"五个服务"所做的努力。她为长江水文在明渠截流水文监测中在技术、服务、队伍素质、成果质量和管理决策方面体现出的一流水平，感到自豪和骄傲。蔡主任还高兴地同职工们一起合影。周保志书记在水文监测船上十分高兴地说："我今天确实看到了我们水文工作的新气象、新面貌，从水文取得的成果中看到了水文的发展，水文事业大有可为。"他勉励参战的全体水文将士发扬长江委精神，全面夺取截流水文监测的胜利。郑守仁总工程师多次亲临监测现场协调指导工作，解决技术难题。

三峡开发总公司总经理陆佑楣在截流的关键时刻，来到水文监测现场视察指导工作、慰问水文职工。陆总饶有兴趣地观看了ADCP测验和多波束测绘仪器设备，肯定了长江水文的科技实力，对长江委水文局提供的水文气象监测信息表示十分满意，并同部、委水文局领导和老水文专家一起共商截流后三峡水库水文泥沙监测的大计。总公司副总经理曹广晶、总工程师张超然、截流现场总指挥彭启友、总监理工程师孙志禹、技术部主任张曙光等分别到水文监测现场检查工作、指导监测，他们对长江水文为截流所做的贡献给予了充分肯定。

三峡水文气象中心负责人刘尧成在接受新华社记者采访时对水文监测工作做了如下评价：长江水文经验丰富，人员素质高，设备先进，监测资料精度高，满足了施工要求，对截流施工起到了很好的作用，做到了有求必应，充当了很好的耳目，是三峡明渠截流施工决策不可缺少的技术支持。

面对荣誉，水文职工在深受鼓舞的同时，清醒地看到了与世界先进水平的差距；面对挑战，长江水文人信心百倍。长江委水文局岳中明局长代表全体长江水文职工表

文
学
篇

心感谢部、委领导及兄弟单位和三峡开发总公司的关怀、支持，决心以明渠截流和水文机构改革为契机，抓住机遇，与时俱进，坚持不懈地推进长江水文的现代化进程，更好地实现水文的"五个服务"，为三峡工程，为社会经济的发展，为我国的水利事业做出更大的贡献。

三峡工程功在当代，利在千秋。明渠截流水文监测的成功，凝聚和展示了数十年为之不懈奋斗的几代长江水文人的心血、智慧和成果，实现了水文人的又一宏愿。长江水文人不辱使命，在三峡明渠截流的战场上，克难奋进，决战决胜；在长江水利建设的阅兵场上，跃马扬鞭，捷报频传；在中国水利事业的舞台上，开拓创新，用行动为中国水文唱响了一曲惊心动魄的赞歌。

面对未来，身肩重任的长江水文人将在党的十六大精神的指引下，坚持治水新思路，推出兴水新举措，全面履行好职能，为长江流域的防洪减灾提供优质服务，为长江流域的水资源管理提供全面服务，为长江流域的生态环境保护提供基础服务，为长江流域的水利发展规划和水工程建管提供可靠服务，为整个长江流域的经济发展、社会进步提供周到服务。

长江水文的明天将更加灿烂辉煌。

（原载于 2002 年《人民长江》）

工程推动科研发展　科研保证工程建设

——回顾长江水利委员会 60 年来科研发展创新之路

陈济生

长江委科研事业的发展壮大，始终与治江工程的设计施工紧密结合。从 20 世纪 50 年代修建的荆江和杜家台分洪工程开始，其科研成果和设计施工实践丰富和发展了我国平原水闸建设的科学技术。而后通过丹江口、陆水、葛洲坝以及三峡水利枢纽的科研实践，长江委的科研事业取得了长足的进步，实验方法和科研手段不断发展，在材料研究、坝工设计、模型试验、岩石力学理论、河道泥沙研究、高速水流模型试验技术等方面均取得了丰硕成果。特别是在三峡工程的科研活动中，更是集水利水电技术研究之大成，取得了一大批在研究理论、试验技术均达到或超过世界先进水平的科研成果。这些科研成果不仅有力推动了长江委治江事业的发展，也促进了治江科研队伍的成长壮大。

长江委建委 60 年来，治江工程建设推动着治江科研的发展创新，促进了治江科研队伍的成长壮大。科研与设计施工的紧密结合是治江科研事业持续前进的原因和特点，也是它的重大优势。现从这个角度，回顾长江委 60 年来科研发展创新之路。

一、依靠科技进步——治江的序幕

1949 年，长江以一场大洪水迎接新中国的成立。解决长江防洪问题立即成为国家领导人十分关注的紧迫要务。长江委于 1950 年 2 月成立不久，在规划复堤防汛的同时，迅即提出了荆江分洪工程方案。荆江分洪工程的主体建筑物是分洪闸和节制闸。在冲积层软基上建造分洪流量达到 8000 立方米每秒的 54 孔大型泄洪闸等建筑物，这是中外没有先例的壮举。时任长江委主任林一山深知，必须通过专门的科学试验才有可能做出完善的工程设计。在缺乏场地设备的情况下派出 10 名技术人员组成土工水工试验组，借武汉大学的试验室立即开展土工、材料和水工模型试验，依靠科学试验优化设计，较好地解决了闸线位置选择、闸基技术处理、过闸水流消能防冲、混凝土配合比、闸门及启闭金属结构质量等问题，提出了可靠方案。1952 年 3 月 31 日，中央做出了荆江分洪工程开工决定，4 月 5 日正式开工，6 月 20 日主体工程全部完工。

1954 年汛期长江流域连降暴雨，中游发生百年一遇的特大洪水。经中央批准，荆江分洪工程先后 3 次开闸运用，共分洪 122.6 亿立方米，使沙市最大洪峰水位下降近 1 米，保住了荆江大堤，也减缓了长江干流武汉段洪水的上涨速度。长江委的设计科研经受住了实践的检验，拉开了依靠科技进步治江的序幕。

长江委不断扩充发展科学试验队伍与条件，继 1954 年建成各专业设备齐全的试验楼与超过 1 立方米每秒循环供水系统和全国最大的 25 米×75 米水工试验大厅之后，1955 年成立了委直接领导的实验研究所，除了为设计分洪流量 4000 立方米每秒的汉江杜家台 30 孔分洪闸开展室内土工、材料和多种水工消能模型试验之外，还对闸址软基进行了大规模预压加固现场试验。这些试验研究不但实现了杜家台工程 1956—1984 年安全分洪 19 次，为保障汉江下游和武汉市防洪安全发挥重要作用，还发展了平原建多孔水闸的科学技术。

二、奋勇攀登——丹江口和陆水工程科研攻关

林一山常说，三峡工程是水利科学技术的高峰，要先做梯子才能一步一步地爬上去。这个梯子就是从荆江分洪为首阶做起，经过了陆水试验坝、丹江口工程直到葛洲坝工程。经过中央批准，丹江口和"三峡试验坝"——陆水工程分别于 1958 年 9 月和 10 月开工。丹江口工程是我国自行设计和建造的混凝土工程量超过 320 万立方米的综合性水利枢纽。陆水工程作为试验坝规模虽小却"五脏俱全"，任务复杂。长江委人和长江委科研工作开始了新的攀登。长江委原先的实验研究所也于 1956 年增聘苏联结构与水工河工专家，扩充了科研专业，新添了科研试验场地设备，建成为长江水利科学研究院（1959 年更名为长江水利水电科学研究院，1986 年更名为长江科学院，简称"长科院"）。

开工修筑丹江口土石围堰，先行开挖右部河床辉绿岩坝基时，在 9—11 号坝段遇有斜穿坝线的断层破碎带，交会区宽度达 40 米，经过中苏专家讨论，长科院随即进行处理方案的试验研究。1959 年 3 月，长科院根据结构模型试验成果，确定采用坝基 10 米厚混凝土楔形梁塞处理方案，并在防渗帷幕处增设 10 米深的混凝土防渗齿墙，其下再灌注水泥浆帷幕。由于重视质量监督，基础处理质量基本良好。对于围堰、导流、截流、砂石料开采、混凝土浇筑和温度控制、泄洪与消能、安全度汛等也都进行了模型试验或专门试验。长科院还派技术人员支援工地试验室加强质量检验监督。

1959 年底，丹江口工程截流完成转入大规模坝体混凝土浇筑后，由于缺乏经验，

机械化施工准备不足，加上受当时环境急于求成的干扰，出现了裂缝等混凝土质量问题，特别是上游的严重裂缝，惊动了中央。1962 年 2 月 8 日，周总理召开会议，要求主体工程停下来全面检查，做好试验研究和补强处理设计，并做出安排使施工机械化，按设计施工。在主体工程停工期间，水利部正式下文，由长办和丹江口工程局联合组成丹江口大坝处理科研组：长科院杨贤溢任组长，长办枢纽处副处长和工程局技术处副处长任副组长，长办（枢纽处、施工处、长科院岩土及爆破专业）和工程局（技术处、总工程师室、试验室）集中技术人员共同在现场工作。

1962 年 3 月至 1964 年 4 月的两年时间里，在杨贤溢的主持下，双方技术人员密切合作，在现场检验坝体混凝土施工质量，检测基岩破碎带补强前后的变形特性变化，对预埋仪器监测数据进行处理分析，还专门在现场浇筑 18 米 ×7 米 ×5 米的大试件研究预留宽槽回填混凝土等补强处理工艺，积累了充分科学数据，完成了这一专项科研任务。长办设计科研队伍也从丹江口大坝事故处理科研中得到了锻炼，提高了科技水平。当年在试验研究现场参加调研试验的许多骨干后来成为设计科研的优秀专家和学科带头人。大坝处理措施除了包括对 1962 年以前浇筑的近 90 万立方米混凝土发生的架空、冷缝等质量事故和各类裂缝补强灌浆加固之外，还在 19—33 号坝段上游面增设防渗板。防渗板底部设基础灌浆廊道，高程 102 米处设坝面排水廊道，横缝止水为两道紫铜片加沥青井。为确保防渗板新老混凝土的结合，沿老坝面预留宽槽，待防渗板及老坝体冷却至稳定温度后回填二期混凝土，使板、坝结合成整体。对 17 条基础贯穿裂缝中危害最严重的 7 条裂缝分别进行了专门处理。对表面贯穿坝块裂缝（或称通仓裂缝），采取铺设骑缝钢筋，并提高上层混凝土标号。在新的机械化施工条件下，长办提出的补强处理设计得到认真实施。丹江口水利枢纽第一期工程顺利建成运行。

丹江口工程的实践使水利枢纽涉及的众多专业科学技术有了扎实的进步与提高。诸如与大体积混凝土有关的水泥、骨料、浇筑养护、防止裂缝的温度控制措施、质量问题检查处理、岩基及混凝土坝体灌浆材料与工艺、新老混凝土接合的施工技术等。长期深入工地现场的材料、土工、岩基等专业科研试验成果，在工程中发挥了重要作用，有不少还总结提炼成规程规范。正是这些经过曲折奋斗总结得出的科技经验，使长江委设计科研部门对混凝土温度控制和灌浆材料工艺等有了更深的认识，相关的科研成果在当时处于全国领先地位。长科院仪器室研制的钻孔摄像仪，成为坝体混凝土质量钻孔检查的重要直观手段。水工室通过对官厅水库深孔门槽气蚀的试验研究，为丹江口泄洪深孔设计提供了创新依据，即采用完全不用门槽的短管出口弧形闸门和迎流面反钩平板检修门，独具特色。在开展引丹陶岔渠道边坡工程土工试验时，遇到膨胀性硬裂隙黏土问题，为此土工与土质专业对膨胀土进行了国内开创性的系统研究，也为今天南水北调中线工程处理此类问题做出了重要技术储备。值得一提的是，预计到研究抗冲耐磨材料的科研试验需要，丹江口坝上与最右边深孔紧邻的坝段还专门预留了一个引水孔管可从水库直接引水。20世纪80年代已建成能提供不同含沙率高速水流的抗冲耐磨材料试验基地，在国内是仅有的，并于90年代接待英国同行开展技术交流。

1958年10月开工的三峡试验坝——陆水蒲圻水利枢纽，从一开始就与长科院有密不可分的关系，开工时的长科院陆水施工试验大队主要技术力量大多由院内各专业抽调充任。1959年1月，在大队的基础上扩充成立陆水施工试验总队，直属长办领导。长科院土工、材料、岩基专业调去骨干力量，担负坝址沙基固结灌浆技术与混凝土预制块预制安装筑坝工艺的现场试验。由长科院院长何之泰、枢纽处处长洪庆余等专家组成领导小组，具体主持。林一山一再指示：在研究预制安装时，还要注意丰富发展混凝土理论；胶结试验遇到困难，要提高到理论上去分析，掌握好化学、晶体结构等方面的规律性。预制安装筑坝技术本身是成功的。陆水大坝已运行了50多年，只是受到施工手段的限制而未能推广应用。但正是这一通过试验进行水工技术创新的指导思想，使各专业试验研究在与工程紧密结合进程中不断进步，有所发明，有所创造。这里仅举4例。

1. 新品种水泥的发明

陆水大坝施工期间水泥物资紧缺，靠国家调配。工地除硅酸盐水泥——矿渣大坝水泥之外，还得到当年刚从德国引进的新品种硫酸盐水泥——石膏矿渣水泥，按德国标准规定绝对禁止混合使用或接触使用硅酸盐水泥，否则可能造成坝体膨胀开裂。李镇南要求长科院材料室组织力量进行科学研究，刘崇熙承担任务后，认真开展试验，而且探索胶结材料物理化学反应的内在机理，发现若恰当混合使用，不仅无害，还有水化热低、施工质量易于保证等好处。经过后来与权威院校和水泥厂合作，再经浙闽多座水坝工程应用证实，"低热微膨胀水泥"荣获国家发明二等奖。

2. 高速水流模型试验的进展

1966年汛期陆水主溢流坝开闸泄洪后，消力池首每个趾墩后的混凝土底板都发生了空蚀破坏坑，连底板内的钢筋也出现裂断。经过长科院水工室在高速水流减压箱内做模型试验，查明是越过趾墩的高速水流在趾墩下游形成竖立的马蹄状（倒"U"形）涡束空化和剧烈脉动造成的蚀损破坏。经过减压箱模型试验进一步比较，推荐在趾墩间填混凝土至特定高度成为与趾墩共有同一背水面的低坎，既使空化涡束的底端离开消力池底板避免了空蚀，又保留了过趾墩高速水流形成涡束的消能功效。类似问题也发生于黄河盐锅峡、修水柘溪、湖南凤滩等溢流坝消力池，陆水消力池改建采用的超空化方式（保留水流空化以利于消能但不触及建筑物界面）改建成功经验也得到推广。

20世纪末全国一些科研单位和高校建造的高速水流试验减压箱已近10座。

3. 葛洲坝工程的大型水轮机组的中间试验

究竟采用4叶片型还是5叶片型，究竟用新的15锰钼钒铜合金钢材料还是用不锈钢，这是20世纪70年代初各方争持不下的问题。经林主任决定，1975年一机部与水电部联合在陆水电站进行"中间试验"，由东方电机厂按葛洲坝水电站17万千瓦水轮机的形式缩小到陆水机组转轮的尺寸制造了中间试验的4叶片转轮，其中新合金钢叶片和不锈钢叶片各两片。经历5200多个小时不同水头条件下的实际运行后，1978年11月26日全国19个单位代表参加总结鉴定认为：新合金钢叶片气蚀面积达40%，不锈钢叶片气蚀情况轻得多。至于陆水电站采用的5叶片水轮机是引进的捷克机型，虽然国内未定型生产，却已在陆水成功运行多年，而且4叶片型转轮的每个叶片重40吨，制作运输都很不便，最终选定了不锈钢5叶片机型。

4. 三峡工程防护方面的后期溃坝模型试验

1958年三峡工程第一次科学技术研究会议后，军事部门、水电部和长江委对战争时期三峡工程受非常规武器袭击的防护问题开展研究。20世纪50年代末曾进行过化学爆破命中的模拟试验，70年代初又做过对混凝土坝及电站输变电设备的化学爆破和核爆模拟效应试验。溃坝的模型试验则于50年代后期在长科院九万方模型和80年代的陆水模型上先后做过西起重庆东到黄石和更大比例尺西起奉节东过沙市的多组试验。陆水模型长700多米，面积14000平方米。最极端两种设想情况满库瞬间1000米全线溃坝或400米全线溃坝。由于坝上游有奉节以下的瞿塘峡、巫峡和西陵峡西半大段细长狭窄河谷的约束，下游又有莲沱至南津关峡谷几次弯拐曲折的窄槽滞阻遏制，以至不同大小决口，狂澜通过南津关出峡时两者流量竟基本相同，只是削减推迟提早有些差别，表明长距离弯拐峡谷约束作用十分显著。出峡后溃坝洪水翻越葛洲坝顶，对宜昌造成大水灾。往下游则因河谷展开，洪峰坦化，枝城以下的洪水流量已降至小于历史洪水流量，而且溃坝洪水水量和对两岸的灾害也都远小于天然洪水。这些研究还说明，在有战争征兆时运用三峡工程现有的泄洪设备，可在不到一周的时间将水位从175米降到145米，甚至更低，则溃坝灾害可显著减小。长科院等单位还进行了强化建筑物结构减小战争毁坏程度等试验研究。

三、葛洲坝工程——三峡工程的实战准备

20世纪50年代葛洲坝工程是作为三峡水电站下游的一个航运梯级和壅水反调节水库提出来的。1960年编写三峡水利枢纽初步设计各专项报告的同时，对葛洲坝水利枢纽并未进行更深入的勘测设计科研工作，当时对这项梯级工程基本上只是规划性

认识，考虑的是先建三峡工程后建葛洲坝工程，或者两者同时兴建，没有对先建葛洲坝工程做过研究。1970年因为三峡工程何时兴建难以确定，而湖北省当时电力严重不足，极力主张先建葛洲坝工程。中央批准了这一要求，葛洲坝工程遂于1970年底破土动工。由于工程仓促上马，"边勘测，边设计，边施工"，而且工程指挥部又采用"军事体制"的组织领导和"兵团大会战"的调度办法，重要的技术问题不断暴露，得不到妥善解决。虽曾在几个月前就紧急调集长科院人员在宜昌赶做水工、泥沙、土工、岩基等试验，但终究因为体制限制，科技人员又来自多个单位，大批图纸没有技术人员签字。工程规模，设计标准，特别是长江通航所涉及的河势、泥沙与枢纽整体布置，泄洪消能，导流截流，软弱地基处理及大型金属结构和机电设备等一系列重大问题并未解决，使工程无法正常施工。1972年11月，中央对工程建设进行通盘研究，决定工程先停下来，集中力量多做试验研究，抓紧修改设计。中央指出长江航运是大事，不能出问题；要"战战兢兢、如临深渊、如履薄冰"，明确指出把修改设计的任务交给长江委。

葛洲坝工程修改设计遇到的第一个问题就是与航运有关的坝线与枢纽整体布置问题。原来葛洲坝和西坝是两个小岛由西向东把流出南津关峡谷的长江分成主泓（大江）及其左侧的两个汊道（二江和三江）。峡谷内水面狭窄、河道单槽水深，岸边水下岩石参差，造成泡、漩、峡口剪刀水等流态，在天然情况下船舶顺应这些特殊流态航行往来走大江。修建工程后从来不走船的三江要成为新的人工航道，船舶能适应航线上的泡、漩、峡口剪刀水等流态吗？关心航行安全的部门不但要求整治航道改善那些特殊流态，还要求坝线下移400米以缓和驾引操控的紧张与困难。长科院除了在宜昌工棚内进行水工整体模型和泥沙模型试验之外，又在九万方赶建了用滑石粉做模拟材料的泥沙模型（与工地不同材料的模型沙、不同比例尺、不同模拟阻力的技艺）和新的枢纽布置整体模型，为了准确充分地反映南津关到宜昌的地形复杂变化，上游段特意加长并且按等高线法制作模型地形。

1973年7月，交通部组织20多条驳船，在鄱阳湖湖口模拟南津关连通三江航道有泡漩的水域进行了万吨级舰队航行模拟试验，揭示出修改设计需要面对的泡漩不利于航行的问题。为此，宜宾、宜昌、汉口、南京四地在6座水工泥沙模型上对泡漩水流与南津关岸线整治协同开展试验，寻求解决办法，找出最优的岸线整治方案。长科院在工地模型上的同志在汛期也和宜昌水文站的同志们一道登上测轮在大洪峰时冒着危险抢测泡漩的特征数据供模型模拟。汉口模型上的同志还专门另作水槽试验，研究泡漩生成消失变化的规律和估测比例尺影响。

长科院仪器室克服材料比重、遥控技术、舵叶制造等方面的困难，在1973年底研制出了几何与重力都相似的、适合水工模型使用的无线电遥控自航舰队模型，用来在消除泡漩的不同整治方案模型试验中判断航行条件。模型演示后，交通部船舶科研专家担心舵效不相似，杨贤溢要求水工模型试验和操作遥控船模的同志开动脑筋，设法找出个可以不用舵，或只小角度用舵就能使船队从南津关穿过泡漩进入人工航道的整治方案。大家反复修改试探，得出了满足这种要求的整治方案。制作船模的同志们也制造出了一套面积减小了 20% 的舵叶，可供船模更换进行不同舵效的对比分析。结合泥沙模型上得出的在三江航道上游修建 1800 米长的防淤堤，可以使出峡水流携带的泥沙少进三江，三江的大、小船闸平时保持"静水通航"，适当又必要时可以开启三江 6 孔冲沙闸利用"动水冲沙"。有了长防淤堤，船舶出峡即进入静水航道。各地模型试验得出能减弱泡漩的岸线整治方案后，长科院又在模型上制作了积木式可装拆的岸边地形模块，在船长们来模型考察时，能按天然地形或整治后地形放水，请船长自己操作遥控船队模型进行对比并提出改进意见。正是由于有设计、运用、科研等部门的密切协作，葛洲坝水利枢纽通航问题未移动坝线就得到解决。

河势方面的关键是如何安排好长江洪水，开工时考虑的是在二江建造 19 孔泄水闸。修改设计时考虑到泄洪消能单宽流量过大，从安全导流与顺利截流出发，挖掉纵向围堰以外的葛洲坝多建泄水闸并尽量开挖好上下游导渠，是多项模型试验都证明有利的举措。只是"挖掉了葛洲坝的葛洲坝工程"似乎听起来太别扭，待摆出有说服力的试验成果后，各方取得一致认识，决定在二江建造 27 孔泄水闸。

葛洲坝坝基地质情况在开工前并未查清楚，开工后即发现坝基的黏土岩有软岩和软弱夹层两种形式，且有泥化现象。在三峡岩基组陈宗基院士的指导下，1972 年 11 月对二江主要软弱夹层进行大、中型野外抗剪蠕变试验，试件尺寸 50 厘米 ×60 厘米，持续时间长达 3 个月；1973 年又在基坑进行了长、宽、高为 11.65 米 ×1.70 米 ×2.35 米（1 号）和 9.54 米 ×1.70 米 ×2.30 米（2 号）的岩体大抗力体试验。试体下游端保留与母岩的连接，底面为 202 夹层主泥化面。"抗力"试验后截断下游连接，又做了泥化面的抗剪试验，试验规模之大，国内外罕见。

长科院土质专业还在这些试验研究的基础上对夹层泥化的物理化学机理进行了深入研究。勘测科研设计密切结合提出了妥善的坝基处理方案：①有针对性地在设计中对有些闸段闸上游设置防渗板并将防渗帷幕与排水孔前移，利用板上水重增加阻滑力的同时减小闸室下的渗透压力。②闸室首部均设齿槽，部分闸段还采用深齿槽，切断可能发生滑动的泥化夹层；对部分地基抗力全部位除固结灌浆外还做锚桩加固。③挖除埋得浅的软弱、泥化夹层，这对所有建筑物普遍适用；增大尾部岩石抗力体刚度和重量——将机组尾水管底坡由 1/13 倒坡改为 1/7.5 倒坡；二江泄水闸护坦斜坡由原来的 1/6 改组为 1/12。④整个泄水闸及护坦设置封闭式抽排渗系统。二江泄水闸下游水深达 33 米，最大变幅有 24 米，加上基岩软弱，都对护坦的抗浮稳定和检修不利。经研究比较，把 9 万平方米的护坦分成 6 个封闭抽排区，另外泄水闸闸室也成 1 个抽排区。沿区界四周的基础廊道设置帷幕和排水孔；所有渗水均汇入廊道集水井，用 3 套电源和水泵确保及时排走。

经过系统的野外调查、现场观测、科研试验和第一手资料的分析，对重大技术问题找到了解决途径，使葛洲坝工程修改设计有了科学依据，工程规模和枢纽布置得以确定。第一期的二、三江主体工程在 1974 年第四季度恢复施工。

由于泄水闸设计单宽流量超过 l20 立方米每秒，采用了上平（平板门）下弧（弧形门）组合式闸门。水工模型试验发现，当闸门局部开启时过闸水流形成水跃，在某些上下游水位与过闸流量组合条件下，水跃首部浪漩会冲击弧形门支座。因此必须把 27 孔闸分隔成特定的 3 个区（左 6 孔，中 12 孔，右 9 孔），不同泄流量与上下游水位需按严格的规程调度运用，使同一区内所有闸孔按一定开度均匀开启，使水跃发生在门后的斜坡段，不冲击弧形闸门支座。30 年的实践证明，科学试验制定的规程保证了闸门的安全运用。

为进一步确认在有软弱夹层地基上建坝的稳定安全性，结构试验在应用特殊材质制作地质力学模型（无须为体积力专门另加荷载）技术上创造了新水平。20 世纪 80 年代建成的 6 米直径离心机，不仅开启了工程建筑物三向光弹试验的新阶段，还为三峡工程深水抛填风化砂料预测密度的土工试验创造了条件，使这项国内外首创的科研试验成功地用于三峡围堰工程。

林主任对葛洲坝工程大江截流的研究一直很关心。1979 年水利电力部组织代表团访问巴西伊泰普工程，原因之一就是 1978 年那里刚进行了世界上最壮观的帕拉纳河截流。访问库利提巴大学的水工试验中心时，看到他们模型比例尺只用 1：100，了解到他们的注意力更侧重于机械化抛投强度上。长科院在工地用比例尺为 1：60 的截流模型长期研究了各种抛投方案与应急阻减流失措施之外，汉口水工室还通过试验对龙口预先平抛垫底加糙、增做拦石坎等方案做了研究。这些试验研究成果和后来的高度机械化抛填保证了大江截流的成功。与截流相应的大江围堰工程必须在汛前 5 个多月建造完成并抵挡长江洪水，是长科院在 20 世纪 70 年代经多方面土工与防渗试验研究并在施工现场跟踪监测才得出的结论，保证了围堰工程的如期胜利建成，并经受住 1981 年 7 月超过 71000 立方米每秒的洪峰考验，安全运行。大江围堰于 1986 年 1 月 18 日完成了历史使命，其混凝土防渗心墙必须拆除。科研设计紧密结合，采用孔间微差爆破技术，将总药量分 322 梯段起爆，使地震冲击波远小于允许值，保证了大江建筑物的安全。

"水库调度与泥沙淤积研究"作为 1959 年三峡第二次科研会议列出的重大技术问题，在 20 世纪 60 年代初长科院曾结合原型观测、野外调查、模型试验、分析计算开展了研究工作。60 年代初在张瑞瑾的指导下还做过三峡水库变动回水区合江至涪陵推移质泥沙淤积对航道影响的长模型试验。1964 年 8 月和 9 月，林一山率技术人员考察了一些北方河流上的水库，总结出利用泥沙输移集中在汛期的特点，通过汛期调度可使水库泥沙淤积达到相对平衡后保留绝大部分有效库容供长期使用。而大规模系统地研究水库、坝区、航道的泥沙与水流边界的关系，探查淤积对航运和电站的影响等，则是从葛洲坝工程组织全国优势力量开展科研大协作开始的。原型观测调查分析，数值模拟计算，各种模拟材料及多种比例尺的泥沙实体模型试验，都是为了妥善处理泥沙问题，顺利安全地保证通航发电。葛洲坝工程运行 30 年的实践，证明泥沙科研无论在理论上、技术上都达到了国际领先水平，其中长江委水文局和长科院发挥了难以替代的重要作用。

1985 年国家首次设立科学技术奖进步奖，"葛洲坝二、三江工程及其大型水轮发电机组"获国家科学技术进步奖特等奖，长江委总工程师杨贤溢荣列五名得奖人榜首。1985—1999 年，据长科院统计，包括三峡工程大江截流项目，共获得国家级科技进步奖一等奖 2 项、二等奖 2 项，省、部级科技进步奖一等奖 12 项。这是对整个长江委人发挥科学技术综合优势的肯定和鞭策。

四、三峡宏图实现——见证 50 年科研发展之路

1956 年中央确认三峡水利枢纽应是长江流域规划的主体工程，长江委抓紧进行设计研究。这一年实验研究所扩建成为长江水利科学研究院，增加了专业，聘请了 8 位苏联科研专家，购置和自制了大型专业科研试验设备。例如，水工试验室参考美国图纸制成的高压箱和小减压箱，成为当时国内高速水流试验的重要设备。又如，结构试验用的光弹仪要进口需要等 1 年后才到货，在苏联结构试验专家指导下，利用他带来的偏振片设法配置镜头自行加工零部件，装配出了有足够大光场的光弹仪，及早为工程做试验应急。长科院的同志边向苏联专家学习，边扩展视野，深入探索创建自己的科研专业，在高坝消能与高速水流研究理论和方法、减压箱真空技术改进、结构模型试验与土工试验以及运用大直径离心机等技术领域都有创新和发展。长科院不仅负责承担丹江口和陆水工程的科研试验，还积极参与国内一些重要科研任务。如 1956 年 9 月，官厅水库输水道闸门槽发生空蚀，而当时水利部科学研究院条件尚不具备，长科院就做了 1 ∶ 10 和 1 ∶ 20 比例尺的高速水流模型试验，提出了修复方案和闸门

防空蚀的运行建议措施。

1958年，中央决定开展三峡工程全国科学技术研究大协作。5月召开的第一次科研会议，有全国30个科学研究单位、6个设计院和13所高等院校的科学家工程师和教授等268人，还有苏联电力、机械等专家10余人参加。会后，国家科委三峡水利大组于10月29日发出关于建立三峡水利组各专业分组的通知。由长科院专家兼任水工水力学分组组长、泥沙及河道整治分组组长、建筑材料分组组长。鉴于三峡岩基涉及许多重要方面，是重大技术问题，又是新兴学科，决定集中全国各单位优势技术力量近百人成立常设的三峡岩基科研组，由长科院代管，杨贤溢副院长兼任组长，中国科学院陈宗基院士为副组长负责全面技术工作。岩基组的首要任务是研究解决三斗坪结晶岩坝基、边坡和地下结构的稳定和处理问题；其次是通过改进试验研究方法和创造新的仪器设备与新的岩石力学理论，为国家培养出本学科的重要科研队伍。除岩基专业外，在长科院还新建立了振动爆破与抗震专业组，在大坝基础与边坡开挖爆破与围堰拆除爆破领域多有创新。1958—1960年共有360多个单位近万名科技人员参加这一全国性科研大协作，为编制《三峡水利枢纽初步设计要点报告》和初步设计报告稿提供了科学依据。

丹江口水利枢纽和三峡试验坝——陆水工程的建设见证了长江委科技队伍的成长和发展壮大。从平原建闸到岩基混凝土坝、混凝土温度控制与裂缝及事故处理、高速水流消能防空蚀技术、大坝水泥与掺和材料、灌浆材料与工艺、围堰与大江截流技术等大型、复杂的水电工程相关专业领域，长江委人在科技进程中留下了扎实的脚印。

作为三峡工程的实战准备，葛洲坝工程各专业科研成果，应用到三峡工程建设中也取得新的发展。"坝体混凝土工程"可作为总代表，三峡水利枢纽一期、二期、三期工程秩序顺利进展。工程质量的总评价从基本良好、良好，到优良。这正反映出包括设计科研施工在内的总体科技进步。而在学科上的进步可举"岩石力学"为例，葛洲坝工程坝基开挖发现近80条泥化夹层后，是多方面深入勘探和大规模试验研究取得的成果，才使工程设计做到科学完善，工程建设优质安全。三峡坝址岩石性状虽有不同，有左岸高边坡、船闸直立岩壁等稳定安全涉及的地应力与岩体变形等问题。由于多年持续观测试验研究，特别是科研紧密结合工程，努力发挥长江委勘测、水文、规划、设计、科研的综合技术优势，科研成果能够融入设计施工，能够通过光面预裂爆破施工工艺和预应力锚栓加固等措施，提高施工效率和工程安全度。川江峡谷河床坡降大航道水流湍急，近代即使机动船舶航行，不但能耗大、吃水深度受限制，而且事故频发。葛洲坝一期三江船闸自1981年投产后，三峡区段航道水流条件得到改善，安全有了保障，航行加快，以宜昌巴东航段为例，上水缩减7小时下水缩减3小时。

年货运量由以往进出南津关峡口合计不足 300 万吨，至 1989 年和 1999 年过船闸的年货运量分别增大到 880 万吨和 1057 万吨。葛洲坝工程两线三闸的建成，改善了长江航运条件，发挥了重要效益。三峡水库目前虽尚未蓄水到设计水位，却已使重庆以东的川江航行条件全面改善。三峡双线船闸投入运行 7 年来，过闸年货运量年年增长超过预期，已从 2003 年以前不足 1800 万吨，到 2009 年已超过 6000 万吨。三峡工程右岸双线船闸既是世界多级船闸的亮点，也已成为包括岩石力学在内的科学技术进步的亮点。随着重庆港区等配套工程的逐步完备，三峡水利枢纽对中国西部纵深广大地区的经济发展还将作出更大贡献。

三峡宏图的实现见证了长江委科研事业开创成长 60 年的路程，将激励我们科技人员继续紧密结合新的建设任务，在科研试验工作中不断进步和发展创新。

为理想插上双翅

——三峡科研工作专访概述

孙军胜

2018 年 4 月 24 日下午，习近平总书记来到三峡大坝，登上坝顶，极目远眺长江上下游，详细了解了三峡工程建设、发电、水利、通航、生态保护等方面的情况。他对工程技术人员说，今天到三峡大坝来看一看，感到很高兴、很激动。国家要强大、民族要复兴，必须靠我们自己砥砺奋进、不懈奋斗。我们要靠自己的努力，大国重器必须掌握在自己手里。要通过自力更生，倒逼自主创新能力的提升。试想当年建设三峡工程，如果都是靠引进，靠别人给予，我们哪会有今天的引领能力呢。我们自己迎难克坚，不仅取得了三峡工程这样的成就，而且培养出一批人才，我为你们感到骄傲，为我们国家有这样的能力感到自豪。

"大国重器必须掌握在自己手里"成为 2018 年热门词，响彻四方。时隔一年，我们仍然记忆犹新，重温这番鼓舞人心的话，催人奋进。

回眸三峡工程规划论证、设计科研的艰苦历程，这正是锻造大国重器的征程。历经半个多世纪的科研工作，闯关无数，破解难题，支撑了三峡工程设计总成的重责，自始至终伴随全过程，业绩显赫！

对重大问题的研究在挑战中进行

三峡工程是治理开发长江的战略性骨干工程，又是特大型世界级工程，效益显著的同时难题巨多。长江科学院（以下简称"长科院"）作为该工程的主要科研单位，研究范围涉及水力学、河流泥沙、水工材料、水工结构、土工、岩基、爆破与震动、安全监测等专业领域。1986 年三峡工程分为 14 个专题重新论证后，科研工作进入高峰期，包括水位、开发方式、泥沙、水工布置、建筑物设计、船闸、升船机、施工通航等。当时国内的高等院校和科研院所，包括南京水利科学研究院、中国水利水电科学研究院、长江科学院、河海大学、清华大学、武汉水利电力大学、四川大学、西北农林科技大学等,形成科研大协作的局面,参与人员达3000余人,国内知名专家412人,为最终决策提供了依据,1989年完成科研项目,重新提交报告。前任院领导包承纲曾统计过提交全国人大的三峡工程初步设计报告,其中40%的内容是由长科院提供的,真正体现了科研为设计服务。1992年开展初设,科研的主力仍是长科院。

据长江设计院副总工程师王小毛介绍,1993年8月初步设计通过后,紧接着开展8个关键技术单项设计。

一是对枢纽工程重大技术问题开展研究。主要有泄洪坝段三层大孔口、结构材料,水力学等。主要攻关主厂房1—5号坝段深层抗稳定问题。由长江设计院牵头,配合单位主要有长科院材料所进行地质力学模型试验,结构计算有限元分析,中国水利水电科学研究院也参加了研究。

二是船闸水力学问题。参加单位有南京水利科学研究院、长科院,研究进出水流速等。

三是船闸高边坡问题。长江设计院院长钮新强首次提出的直立式薄衬砌结构,这是新技术首创,需要研究锚索的分布,使用的材料很复杂,在现场进行了大量的试验,最后研究成果应用到设计和施工当中,效果非常理想。

四是电站厂房问题。三峡电站是巨型发电机组,输水的压力管道必须是大直径,水量大又是高水头,需要优化HD值,即水头×管直径的最佳值,要研究结构形式。当时武汉大学也参与了研究工作,长科院组织了攻关。

五是电站取水口取得突破性的成果。三峡电站装机多,水头变幅大,结构要求高。为控制进水口尺寸。通过模型试验,采用单进口、小进口效果好,结构安全,水头损失小,模型试验发挥了很大的作用。当时,清华大学、中国水利水电科学研究院也做了试验,最终选择的长科院的研究成果,只有8~12厘米水头损失,很小,同时坝体结构安全,布置上也节省大量的工程开挖量。

六是蜗壳埋设方式的研究。主要是保温保压研究,直埋有组合式和混合式两种方式,最终推荐采用混合式。这项研究成果,为今后大机组埋设提供了优选方案,得以推广使用,后来用到了溪洛渡、向家坝、乌东德、白鹤滩等工程中。地下电站土建验证了科研创新。

七是坝区泥沙的研究长科院河流所发挥了关键作用。上下游航道,电站门前清,库区淤积平衡,实际运行验证下来,和长科院预计的更为接近。

八是机电研究取得很大突破。单机以前最大是32万千瓦,现在一次直跨70万千瓦,实际功率出力是75.6万千瓦。机组过去都是用水冷,长江设计院和厂家联合自主研发,三峡机组采用了空冷(蒸发冷),并成功推广应用,对推动行业发展起到重

文
学
篇

大作用。

他坦言，三峡科研极大地提升了行业的进步，由过去的跟随者变成领跑者，在国际上地位提高。三峡科研都是在挑战中进行，必须通过科研突破，这是集体的力量，是科技转为生产力的标志。设计是灵魂、主导，设计提出问题和思路，科研要具体验证、推导，提供依据，最后被采用。

工程师与科学家的区别是，科学家试验可以99次失败，1次成功就是成功。工程师是99次成功，一次失败就是失败，不能冒失败的风险。科研助力设计，三峡工程就是完美的结合。

岩石力学研究，从新生走向成熟

20世纪50年代前我国的岩石力学研究还是一片空白。为适应三峡工程建设的需要，应对不断出现的各种岩石力学问题，科技人员通过学习、引进和不断创新，在短短几年里就掌握了岩石力学基本理论和试验技术，并在现场建立了当时国内规模最大的岩石试验研究基地。在以后几十年的工程实践中，经过广大岩石力学工作者的不懈努力，使岩石力学的科研水平和解决工程岩石力学问题的能力得到很大提升，为解决三峡工程大坝坝基、船闸高边坡以及大跨度地下厂房岩体稳定等工程中的关键问题做出了重大贡献，与此同时，工程实践也极大地推动了岩石力学学科的发展。在岩石力学及相应的试验研究设备方面取得了许多新的进展，造就了一大批具有坚实理论基础和专业知识的岩石力学科研队伍。

三峡工程岩石力学问题的研究至今已有50余年，长科院岩基研究所作为三峡工程岩石力学研究的主要承担单位，对三峡工程各个阶段所涉及的岩石力学问题进行了深入系统的研究，取得了大量成果。岩基专业在长科院从零开始，白手起家。当时无资料，无先例，学习的书本都是苏联、美国的原版，起步阶段研究人员要恶补半年外语才能入行。此后，经过几代人的不懈努力，终于取得了如今的成就。他们在专业上的主要贡献体现在四个大的方面：大坝基础，双线五级船闸开挖和建设，地下厂房，大坝安全监测。在双线五级船闸的建设中岩石力学的作用更是十分突出。初设阶段论证了深切山体建造高陡边坡薄衬砌垂直墙船闸的可行性，技术设计中岩石力学试验研究为具体设计方案提供了依据和验证，施工期为优化开挖方法，及时加固边坡不稳定岩体，为保障施工顺利进行提供了技术支持。左厂房坝段含缓倾角节理坝基稳定性的论证也经历了三个阶段。通过大量细致的地质勘探、岩石力学试验分析和设计计算，最终解决了这个没有先例的工程难题。右岸地下电站厂房的建设也同样是在大量岩石力学试验测试和计算分析的基础上完成的。

董学晟回忆大坝基础方面的研究

"三峡大坝的基础是花岗岩，但是花岗岩不同带有全风化、强风化、弱风化、微风化好几个等级的风化现象，再就是新鲜岩石。开挖到什么岩石，涉及大坝的安全和投资，是关键技术环节。根据岩石的硬度，原来设想挖到微风化带就可以，但通过现场试验发现，弱风化带的上部需要挖掉，但是下部还是很坚硬，和微风化带没有多少差别，科研人员通过现场压力钢枕，超声波试验，来划分开挖的界线，建议到弱风化带下部的顶板部分，节约了开挖量。

"关于坝体部分，20 世纪 80 年代初，美国垦务局介入三峡设计，我方派出 6 名人员去考察学习，我是其中之一，还有王家柱、罗承管、季昌化、陆模方等。我们专业当时提供了大坝基础岩石黏着力参数，数据使美国怀疑试验有误，认为有问题，不能作为设计依据，或者要增加大坝基础面，坝体'变胖'，这样会增加很大的工程量。我认为数据没有问题，试验是可靠的。专程与美国专家面谈，详细介绍我们在现场平硐的试验方法，实际上我们当时的试验手段已经超过了美国，数据令他们信服。实际开挖还是我们提供的参数。

"开工建设后，还是出现了一些意外。原设想大坝开挖不会有问题，坝基下缓倾角裂缝问题开工前认为没有或者很少，但实际开挖后却出现了，在左岸，船闸的左边公路边都可以看到。当时都紧张，坝轴线不可能再改变，必须解决这个问题。当时全委几个方面协力，长科院做了地质力学整体模型试验，又用了三维非线性有限元计算，提供设计参数，采取了锚杆加固等工程措施，终于化险为夷。"

汇集在实践中获得的成果，由长科院副总工程师、原岩基所所长邬爱清主编，董学晟等众多技术人员参与的专著《三峡工程中的岩石力学理论与实践》，于 2009 年 8 月出版发行。

船闸关键技术的研究在探索中破解

董学晟介绍了攻关历程——

"80 年代初三峡工程准备上马，科研工作就已经展开，1984 年到 1985 年，在船闸原貌部位打平硐做试验，打到船闸的肚子里，几百米到上千米深，测初始应力。不断革新改进测试方法，地应力的测试都要打钻孔到 100 米，甚至 300 米深，自己研制测试设备。那时还是定的低坝 150 米方案。1986 年当论证重新开始时，已经完成了现场试验工作。科研进入方案的讨论工作。最初是明挖，全部挖掉回填成混凝土。我当时和龚昭雄都感到挖掉可惜了，原始的岩石还是比混凝土坚硬，更何况要挖掉

文
学
篇

6000万立方米啊，还要回填这么多！当时国内没有超薄衬砌混凝土施工，垂直高度还那么高，都认为风险太大。后来到美国考察，还是很关注这个问题。发现美国有这样的闸室工程，之后又到美国和瑞士考察，瑞士的花岗岩石多，那里建设船闸的确都保留了原始的岩石，但是没有三峡船闸闸室这么高。我给陈济生院长写信，建议派人到美国学习最新的'块体理论'计算机程序，当时安排了王德厚、任放，这个理论针对三峡船闸方案问题，回来还办了培训班，编教材，提供国外带回的资料，毫无保留。委内包括勘测总队都派人学习。我们的理念对船闸方案的确定起到了主导作用，最终是保留薄壁加混凝土衬砌辅之锚杆加固。我们派专人计算出需要加固的100多块不稳定的块体，分别用锚杆打进去加固。三峡船闸用了4000多个预应力锚索。我们也是开展现场试验。当开挖时有缓坡转为闸室垂直立墙的拐角出现垮塌现象，王家柱急匆匆从工地赶回来主持会商，也有人又提出干脆全挖了的方案，争论到了白热化程度。但是我们坚信科学依据，认为是施工出了问题，并坚持在现场仔细观察岩石裂缝，发现是由于爆破震动过强造成的，及时提出改进措施，采用精细爆破，果然解决了这个问题。可以说建设过程科研也起到了破解难题的作用。"

三峡船闸无论规模、设计水头，还是水位变幅条件和水利指标要求都达到或超过了国内外已建船闸的最高水平。它又是世界上闸室及闸、阀门数最多、线路最长、运行情况最复杂的船闸。其独特的水位条件和极高的水力指标，对船闸输水系统和输水阀门工作条件都带来极大的挑战。船闸要满足每年客运量5000万吨的要求，必须保证各级闸室充泄水时间及闸室内船舶纵、横向系缆力满足设计要求，需研究闸室内廊道出水段的布置和出水孔的流量分配规律等，以保证闸室内船舶安全停泊。闸室水体大，输水廊道长，输水时间短，输水过程中水流惯性极大，需研究采取何种切实可行的措施来减少输水末期闸室水体的超灌和超泄。船闸进水口体型及布置方案不仅影响引航道的通航水流条件，也影响自身的防淤性能和闸室的输水时间，需要认真研究解决进水口的布置问题。为满足下游引航道通航水流条件，船闸采用特长泄水涵管将闸室大部分水体直接泄入长江主河道，将小部分水体泄入引航道内，以平衡闸室内外水差，两者如何配合运行以及如何减低主泄水涵管输水（特别是事故紧急动水关闸）过程中水击压力对阀门及涵管的不利影响是三峡船闸中独有的技术难题。

针对上述问题，根据通航建筑物设计标准及不同阶段的设计要求，建立了系列比例尺水工模型，配以相应比例尺的自航船模，采用水力学试验与遥控自航船模及数学模型相结合的方法，结合国内外已建工程的成功经验及工程原型观测等完整、先进的技术路线，开展全方位的技术研究和科技攻关。为了验证模型研究成果，三峡总公司组织多家单位开展历时4年多的水力学原型监测和实船试验，表明模型研究成果和原型观测成果基本一致，均达到国家现行规范标准，船闸建筑物和设备工作正常，能满足船舶（队）安全过坝要求，过坝运量较历史的最高水平成倍增加，2018 年实际货运量达 1.01 亿吨，保证了长江黄金水道的通畅，取得了重大的社会效益及经济效益。

水力学所副总工程师江耀祖的讲述

"我是 1984 年从武汉水院毕业到长江委的，我真的和三峡工程有缘，在校实习时在葛洲坝工地，就期待能参加三峡工程建设。我爱好无线电，学的水工专业，所以很希望能研究船闸，因为有控制系统。后来还真的实现了自己的愿望，从开始接触三峡船闸研究一直到今天，一直在这个专业领域。开始跟着老同志学，他们的敬业精神难能可贵。比如很细小的部位，闸室底下有 96 个消能盖板，下面有孔，有 4 个脚，长方形条群梁，高度 7 米长、1 米宽，都要做好多种尺寸的研究，包括孔缝的宽度，研究得非常细微。三峡船闸至今仍被称为最大、最复杂、最成功的船闸。我对三峡船闸有感情，直到今天，每次排干水进行检修，我都要下到闸室认真查看。在建设过程中，不同阶段我都在现场。为了研究，我们先后做了十几座实体模型，包括 1 ：100、1 ：150 整体宏观模型，还有输水系统 1 ：30，局部模型甚至到了 1 ：10、1 ：20。即使进入不同蓄水阶段的调试都在做试验研究。

"三峡船闸不仅体积庞大，堪称巨型，高水头多级，闸级之间水头 45.2 米（葛洲坝 27 米），总水头 113 米，是超高水头。输水廊道控制出入水，阀门控制开启速度、方式，阀门空蚀产生破坏。每个闸墙 6 个阀门，五级共 24 个，输水廊道的尺寸，设计方案的验证、优化，研究得非常深，工作量非常大。船闸水力学方面的问题比较突出有两点：①输水阀门工作条件，要承受大、高流速；②船只停泊的条件要求高，必须安全。仅仅是阀门开启的速度就做了很多研究，还借鉴了国外的经验，国内其他科研单位也同步做这个研究，列入了'七五''八五''九五'攻关项目。"

陈进接受采访时的感言

"我们做科研工作的可以说是三峡工程建设的见证者。从 20 世纪 50 年代就开始为建设做准备。我是 1986 年第一次到三斗坪中堡岛，当时是跟着董学晟副院长和材料研究室韩世浩主任，坐的是敞篷机动木船进峡。当时现场搞科研的条件十分艰苦，就在中堡岛做岩石力学试验。从三峡开工我一直都在工地配合做科研工作，每个月要去一段时间，当时进坝公路没修好，住在宜昌市，进坝乘车绕山路 2 小时才能到现场。

"1994 年，参加了筹建三峡工程试验室（三峡总公司委托），院承包了工地粉煤灰实验室，在现场坚持了十多年。配合监理部还建立了监测实验室，对施工现场的钢筋、栈桥进行检测试验，还有地质力学、高边坡试验。结构、材料、混凝土裂缝、地基开挖、左右岸围堰、茅坪副坝等科研都广泛参与了，当时有个说法，'无坝无缝'，可是三峡工程打破了这个传统的定论。13 个重大单项技术问题的评审我经常现场参加旁听，包括水工、水力学、地质力学等，主要的技术问题都清楚。科研试验的手段主要还是实体模型唱主角。

"大坝参数都是科研提供的，当时的计算机首用的 108 机，安排了科研人员 24 小时不间断上机，年轻人安排在下半夜。在国内率先自编有限元计算程序。

"1992 年全面开工建设后，配合进行了船闸中隔墩、左岸 1—5 号坝段抗滑稳定重大课题、蜗壳、深孔等攻关难题做试验。记忆深刻的是地质力学模型的试验，当时潘家铮院士直奔实验室观察了三天，他当时兼职 20 多个，十分繁忙，但是关注这次试验，不惊动长江委领导，直接到模型现场，可谓重视程度之罕见。地质力学模型最初使用在葛洲坝工程上，是前辈龚昭雄从意大利引进的。当时的确发挥了重要的作用，也为日后的三峡工程研究打下了基础。我这次试验后撰写的结构力学模型试验博士论文被评为清华大学博士毕业优秀论文，后来的引用率极高。1999 年 8 月，《重力坝深（底）孔断面钢筋混凝土模型试验研究》论文被刊登在《水利学报》首篇并获奖，后 2005 年又刊登在国外英文版《计算与结构》杂志。这些年个人专著 10 本，论文发表 200 余篇。

"三峡工程建设顺利，作为科研人员深感欣慰，也很骄傲，虽然报奖排不上队（人数有限，最多 15 人），当幕后英雄，但是能解决建设难题，提高自身科研能力，很值！成果高于荣誉。科研成果增强了设计者的信心，科研者提供了底气，同时也培养了一支强大的科研生力军。外单位科研人员很羡慕我们，有这么好的机会从事高深课题研究。"

不畏艰难，在创新中攻关

长科院副总工程师邬爱清谈及三峡地下电站的科研，颇为动情。他说："1993 年至 1994 年开始提出这个项目。电站埋深 52 米，跨度 32.6 米，高 87.24 米，是世界上最大的地下电站。科研配合做地应力试验，包括室内室外试验，解决整个稳定性问题，前后 4 次做地应力分布，开展了系统的国家标准岩石力学评价。1994 年至 1995 年在现场基坑做试验，记得有一次非常惊险，在白岩尖选点时，上面倒渣土，差一点儿就砸到我们了。三峡成就了一批成果，一支队伍。岩基专业领域我们做出了一批研究成果，专著主要有《水利水电岩石试验规程》（2001 年出版，填补了行业内空白）、《工程岩体分级标准》（由国家技术监督局、建设部于 2014 年出版，出了两个版本，

2017年第二次印刷）、《水工设计手册》（2011年8月出版）、《地应力测量方法和工程应用》（2014年12月出版）。

　　"三峡是个工程的节点，是个大的战役。现在西部工程复杂，但是有了三峡的历练，才能有今天的成就。两河口（锦屏一级）水电站用了15000个锚索，我们心里有底，有把握做好。

　　"三峡地下电站科研工作是继船闸之后又一次按国家标准做岩石力学评价，地应力理论系统应用，当时长江委建设地下厂房的经验不多，我们的思考要比设计更深，在现场先后做了4次地应力分布基本评价，形成'地下厂房块体岩石稳定性'理论。1998年开始研究，1999年完成报告，其成果于2015年获国家科技进步奖二等奖（岩基专业），2018年3月由日方出资应邀我讲学。这说明三峡研究成果引起关注。

　　"三峡有很好的地质条件，属花岗岩，要做岩石地应力试验，设备要从长江左岸拉过去，在右岸打孔做试验，那个年代，工作条件相当艰苦，设备都是人拉肩扛，做试验就住在洞口边。我们的前辈，龚昭雄、刘允芳、柳斌铮、李云林等老同志都是亲手抬设备，钻山洞，他们许多人都没看到三峡工程建成，我到今天都忘不了他们。"

　　长科院副院长董学晟认为大坝安全监测是在三峡工程科研成果中值得称道的。他说："三峡工程之前没有这个说法，只是叫原型观测，目的是验证设计是否有问题。主要测大坝的变形、位移，顶多埋个温度计查裂缝。20世纪80年代初，国际大坝会议在意大利举行，曹乐安总工程师率队参加会议，带回了一个新观念'大坝安全监测'。我在美国学习一年参观了几十个大坝，的确感到安全监测的重要性，他们建成后的管理非常细，有法规，也给了我新的理念，建成后的管理运行必须要有安全监测。后来曹总建议派人去意大利学习这方面的知识，当时选派了王德厚（负责分析计算）等几个人，有负责埋仪器，内观的，还有勘测的负责外观，都有侧重点。因语言沟通需要人，我毛遂自荐担当起负责人，同时也参加了培训，熟悉了整个系统，包括自动记录、自动分析、自动报警，有制定的标准，很科学，影响整体安全的数据都可以体现出来。这次培训很有效。

　　"我们开工前完成三峡工程大坝原则性安全监测方案，之后又正式提出一种设计方案，在全国开先河。这种方案的审定经历了两年多，我担任审查专家组副组长，边设计边审查边修改，是当时14个重大技术问题审查时间较长的，仅次于泥沙问题。之后我主持编写了第一部国家级的岩石分类标准规范。"

　　水力学研究所党支部书记黄国兵说："三峡科研主要有两个阶段，施工和完建运行。水力学涉及的部位主要是水工建筑物，包括通航、泄水、电站、排沙排漂等。从20世纪50年代到现在都没停止过。"

开辟宜昌三峡科研基地的饶冠生说："三峡工程建设的确值得回忆，我有幸自始至终参与。70年代初在九万方开辟试验基地，这里还是一片荒地。最初的试验主要是配合葛洲坝施工建设，三峡工程是为了选坝轴线（太平溪和三斗坪）。1979年长科院成立三峡试验小组，我是组长。筹备前方试验基地，从征地开始，征得350亩。钱正英部长对我说：'这可是一块宝地，好好开发，到时候我带中央领导来。'果然，建成后不少领导人来过。1984年又开始重新论证，1986年是接待高潮，1990年、1992年李鹏总理两次到基地。"

"我们在基地开展的重点试验是施工、通航方面。通航主要是和交通部的关系，解决万吨船队过坝。施工方面是配合三峡工程大江截流。龙口水深58～60米，流量达14000立方米每秒，罕见的难度。前方模型基地做了1：100、1：80、1：40、1：20不同比例的模型，研究不同的龙口现象，包括龙口块石漂移，全景、局部放大。后发现按照传统的立堵，龙口水深，流量大、流速加快，会出现坍塌现象，研究了对应的方案，把平堵和立堵结合起来，先在龙口预平抛垫底，减少深度，再立堵前进合龙。当时模型全部在露天的试验棚内，严寒酷暑下，全室总动员，到前方日夜三班倒做试验，吃饭都在现场，工作条件十分艰苦。正式截流时，模型试验按照实际施工量、流量同步进行，气氛十分紧张。截流一次成功，震惊中外，实践证明，科学试验提出的方案是正确有效的，为施工建设顺利进行提供了技术支撑。"

老专家朱光淬回忆起一次不平凡的试验，他说："我印象深刻的要数施工导流明渠通航的研究。这是由于三峡工程的特殊性所决定的，要求施工期间不断航。当时争论的焦点是导流方式是二期还是三期，部分外单位的专家赞成两期导流，我们认为水深数据来源不对，有很大的安全隐患。长江委提出的是三期导流，有79000立方米每秒的流量分三次难以接受。二期深水围堰的高度要增加，争论了很久。这是前所未有的难题。人工开挖航道的地方是个弯道，航行的船只很容易被水流冲到深槽中。要保证平稳航行，必须对导流明渠底部开挖做特殊处理。问题迫在眉睫，王家柱从工地打电话回来点将，'施工围堰的高度问题罗承管负责，朱光淬负责导流试验。'要求我亲自做，前后两个模型试验，日夜兼程，老领导杨贤溢、洪庆余、陈济生都非常重视这个试验，三天两头往试验大厅跑。这关系到长江委的设计方案能否成立，是对我们设计总负责的考验。我们着重研究在300米宽的区域水流结构，流态的特点，航线的布置，水的流速、坡斜。研究出一个'复式阶梯'式的航道，靠右侧岸边为高区，靠中间低，我们借鉴国外'自航船模'的试验手段，反复验证。在去北京开会之前，我专门请丁均仪副所长亲自做了一个模型。我带着全部研究资料，用科学论证的结论说服了对我们设计方案质疑的人。后来运行的实践证明，我们的研究是成功的。"

对泥沙问题的研究在深入持久中取得全胜

三峡泥沙问题一直为人们所关注。工程泥沙涉及水库寿命，库区淹没，变动回水区原航道、港区的演变，坝区永久船闸、升船机、电站的正常运行，以及下游防洪航运、城市建设等一系列重要而复杂的技术问题，是三峡工程建设中的重大关键性技术问题之一。为确切了解三峡坝址上游究竟有多少泥沙下来，其颗粒大小的组成如何，在泥沙专家唐日长等老一辈水利专家的指导下，广大科技工作者耗时 25 年，选用、研制、改进天然河道的泥沙采样器；开展近河底导悬移质泥沙的精密测量；对长江干流众多水文控制测站的沙样进行分析研究；对长江上游的产沙特性及来沙量多年的变化以及利用卵石岩性大调查分析、计算，获得较为准确的数据，为研究三峡工程泥沙问题打下了基础。

据河流研究所老所长潘庆燊提供的资料表明，三峡泥沙研究 60 年可分为 5 个阶段：

1958—1970 年，主要研究长江上游悬移质和卵石推移质泥沙的来量和三峡水库泥沙淤积问题。20 世纪 60 年代初，鉴于黄河三门峡水库泥沙淤积问题，毛泽东主席和周恩来总理关心长江三峡工程兴建以后的泥沙淤积，曾指示长办对这个问题进行研究。1964 年，林一山主任带领唐日长等有关技术人员到华北、东北、西北等各地考察水库，收集了水库淤积资料和运行经验，还收集了国外一些水库使用与淤积资料。这个时期，长科院开始探索水库长期使用的机理，曾结合丹江口水库和汉江梯级开发等实例进行研究。到 70 年代后期，三门峡、丹江口水库均取得了不同库水位运用时的泥沙淤积数量和淤积部位的实测资料。同时开发了数学模型，通过数学模型解算水库冲淤变化中的全部过程，为水库长期使用问题的研究提供了科学手段。1966 年，林一山将水库长期使用问题的研究成果报告向毛泽东主席做了全面的书面报告，该报告后来改名为《水库长期使用问题》正式发表。

1971—1983 年，通过兴建葛洲坝水利枢纽为三峡工程兴建做实战准备，通过葛洲坝坝区河势规划、枢纽布置、通航建筑物与电站防淤、冲淤研究，以及水库泥沙淤积研究；通过丹江口水库泥沙淤积系统观测，研究水库泥沙冲淤规律及冲淤过程的计算方法。1983 年，泥沙专家唐日长从长江科学院副总工程师的位置上退下来，但作为三峡工程论证专家组成员，仍然抱病参加泥沙专题研究工作。

1984—1992 年，1984 年 10 月以后，为比较三峡水库不同正常蓄水位方案，开展正常蓄水位 160 ~ 180 米方案的泥沙问题研究。1986 年 6 月三峡工程重新论证开始，7 月即成立三峡工程论证泥沙专家组，组织全国有关科研单位和高等学校重点研究长

文
学
篇

江上游悬移质和卵石推移质泥沙的来量及变化趋势，水库长期使用的调度运行方式以及水库变动回水区泥沙冲淤积对航运影响等问题。

1993—2002年，全国人大批准修建三峡工程后，进入全面施工建设阶段。其他专家组都撤销了，唯一留下了泥沙专家组，直接所属三建委办公室。"九五""十五"期间组织科研单位和高校，重点研究三峡坝区泥沙问题、坝下河道冲刷问题，以及上游河道来沙和水库变动回水区泥沙问题。为此，1993年开始进行三峡工程系统的水文泥沙原型观测工作。

2003年6月以后，三峡工程进入初期运行和继续施工阶段。其间研究的重点是水库上游近期来水来沙变化，在其条件下水库泥沙淤积预测，重庆主城区河段整治方案试验研究，坝下游宜昌至杨家垴河段河道演变和对策研究，三峡工程初期运行后原型观测资料分析，以及2007年蓄水方案研究。

从20世纪60年代起，通过已建水库作实际排沙试验，研究了一条"蓄清排浑"水库能长期使用的运行方式。70年代又研制出水库水平输沙的计算方法，并运用电子计算机来研究水库的冲淤过程。80—90年代，又针对三峡工程不同蓄水位方案研究长期保留有效库容问题，研究出：当水库使用100年左右，水库泥沙淤积可基本平衡，三峡水库的防洪库容和水利有效调节库容可保留86%和92%，并能长期保留下去。

三峡水库初期蓄水运用以来的泥沙实测资料与预测对比分析表明：三峡水库上游来沙减少的趋势与初步设计阶段预测基本一致，但减少的进程有所提前；三峡水库泥沙淤积量远小于预测值；坝下游河床冲刷量与预测值基本一致，河床冲刷范围则大于预测；坝下游河床冲刷对防洪与航运的影响与预测基本一致；三峡工程泥沙问题总体上未超出论证与初步设计阶段的预测。在此基础上提出三峡工程正常运行期泥沙问题研究的建议，其中关于排沙调度方面，应按控制水库防洪库容年损失率小于1000万立方米每年，以及变动回水区上、中段无累积性泥沙淤积的要求制定排沙调度方案，以长期发挥三峡工程的综合效益。

老专家梁忠贤于1962年从武汉水利电力学院毕业就到长科院河流所工作，一直干到1998年退休。他说："三峡科研泥沙研究历时数十年，印象最深的是一次下达紧急任务。那是1983年6月，魏主任从北京开会回来，7月到长科院下达泥沙问题研究任务，时间紧迫，强调一定要按时完成。当时全委动员大协作，这项试验我是试验组组长，现场具体由我负责，他提出为保证工作进度和科研成果质量，每周要出一期工作简报，通报进度，提出困难和需要解决的问题。简报每期直送委领导，同时抄送相关部门，简报一直出到试验结束。我们每天从早上8点工作到晚上10点，两班倒，很紧张。这是一次很难得的大协作，所以我印象很深刻。试验工作得到全委的支持。"

他说："当时的河流所所长潘庆焱对工作特别负责，经常到试验现场查看模型试验情况，有时还亲自测试，如果数据不对，他亲自动手用锉刀锉模型，调整准确，全程关注。最后提交报告，逐字逐句修改，连一个错别字都不放过，确保报告不出差错。南科院的一位同行来我们所，看到这些羡慕地说，'你很走运，领导这样检查你们工作实际是在帮你们忙！'"

梁忠贤还情不自禁地说："还有一件事很值得骄傲。重新论证期间，泥沙专家们对我们进行突击检查，我们叫'飞行检查'，当时，南科院、清华大学、长科院三家同时做同样的试验，共同汇报结果，很紧张。院士带了一批人到武汉，临时通知我到现场，他们打开报告指定一个数字说：'你现在就把原始数据资料拿来。'我当场拿出用铅笔记录的原始数据，当场重算，和报告的结论数据分毫不差，说明我们的工作很过硬，经得住任何检查，感到很自豪！"

1991 年到 1992 年初全国人大会议之前，梁忠贤接待过很多代表团前来参观考察，他们看了模型后说，长江委的试验室设施很现代化，但办公室很简陋，对比反差大，感动了参观者。

三峡工程科研从未停止，现在还在进行深孔调度优化、船闸运行方式优化、大坝对环境生态的影响等科研工作。

每当人们乘船穿越庞大的三峡五级船闸，都会被船闸巨门轻盈的开关，闸室内水位的快速、平稳升降所折服。这水下的迷宫给人以神秘感，个中的玄机令人叹为观止！新三峡的旅游升温，让人们感受到大国重器打造出巍然巨坝的威力！

科研人员的默默奉献，圆了几代水利人的三峡梦，为实现建设三峡大坝的理想，插上双翅，翱翔神州大地！

三峡工程情怀

从三峡走出的"国家队"

周洪宙　　钟作武

2016 年 1 月 8 日，2015 年度国家科学技术奖励大会在北京人民大会堂隆重举行。长江科学院岩基所所长邬爱清代表"水工岩体特性评价与工程利用关键技术"攻关团队领取了国家科技进步奖二等奖，这位年过五旬的学者百感交集。他知道：此番获奖离不开长江科学院两代科研人员 50 多年的理论创新和工程实践；离不开国内五家著名院校的强强联合；离不开前辈的技术支撑和文化传承。此番获奖，是对以往成就尤其是三峡岩基科研成就的褒奖，更是对未来岩石力学研究可持续发展的鞭策和鼓励。

一、学科发轫　强基固本

1958 年，国家科委从全国抽调百余位相关专业的科研人员，组成了以长江科学院为核心的"三峡岩基组"，技术组组长（对外称"专家组组长"）是著名岩石力学专家、荷兰归国华侨、中国科学院院士陈宗基，从此揭开了我国岩石力学研究工作。1962 年遵照国家科委精神，长科院成立岩基室，以三峡等重大工程需求为导向，围绕岩体特性的试验与测试技术、工程岩体安全性能分析理论与方法、岩体质量评价方法与工程利用技术等三大方面的关键技术，进行了持续不断的创新和实践。

在《中国大百科全书》中，长江科学院岩基研究所被确定为中国岩石力学界的发源地。鼎盛时期，岩基所不仅集结着各路精英，还分成院部五个专业研究室、宜昌岩基队和重庆岩基站，职工达到 150 余名。其工程实践经验一直为国内同行所推崇。

在岩基专业发展的前 40 年里，以 20 世纪 50、60 年代毕业的大学生为主的老一辈科研人员在工程一线实践中做出了重大贡献，如今他们全部退休。近日，我们为此登门拜访了本次奖项目团队获奖者之一、著名岩石力学专家董学晟教授。

84 岁的董学晟教授发如银针，目光敏锐，在回顾岩基专业初创时期的历史时，他感慨万千。以下是我们对他的采访笔录。

"我是在 1962 年调入长江科学院岩基室的。刚来不久，岩基室的创始人杜时敏主任当时指定室里一些外语知识比较全面的同志翻译苏联、法国有关岩石力学与工程的理论分析和实验技术专著，以供大家学习借鉴。比如指定林天健和我翻译法国人写的《岩石力学》，其实也是苏联人用俄文转译的。这本书加上其他几本外国著作，就是当时我们岩基室也可以说是我国岩石力学研究不可多得的启蒙书。那时，为了扼杀或者说限制新中国社会主义的发展，西方对我们严加封锁，一书一刊都得之不易。尽管杜主任甚至院里领导从有限的经费里划拨出一块，专门为我们千方百计地添置一些国外有关杂志，但可资参考和利用的资料极其有限。就是在这样的大环境、大背景下，我们岩基室人在工程实践中坚持探索，不断创新，反复验证、改进。那时，大家都有昂扬向上、奋发有为的政治热情，勤于实践、勇于创新的科学气概，甘于奉献、乐于助人的人文精神。那时，除了梅剑云、吕忠铨、周思孟等资格老的工程师外，不管是留学生，还是大中专生，或者是工人，大家的工资待遇相差不大，彼此尊重。而且，杜主任还根据每个人的禀赋、特点、学力，制定了详备又切合实际的专业和个人发展规划，历史也验证了杜主任高瞻远瞩，知人善任。由于我们岩基专业的特殊性，或者说，大家没工夫计较个人得失，一旦组织需要，无论是谁，打起背包就出发，在山沟里搭棚架屋，在荒滩上埋锅造饭，在岩洞里掌钎抡锤琢造岩体试样……一切从零开始，一切从岩体性质开始，模仿、解读外国资料上的一点信息，然后发展、创造、探索实践，在大家心里都有一个宏愿，眼前所做的一切都是为将来三峡工程上马储备力量。那时，为了试验工作，大家经常在一起开会，集思广益，寻找突破口，解决疑难问题。即使在"文化大革命"时期，一些坚持生产科研的兄弟单位同志闻讯跑来，对我们此时还在山旮旯里坚持试验羡慕不已，主动向我们问法取经，我们则毫不保留地为大家讲课、刻印资料。

"'罗马不是一天能够建起来的'，说到长江科学院岩基专业的名气，来自历史渊源，也来自这个团队在实践中逐渐建立起来的威信。没有威信，岩石力学试验规程规范，就不会由我们主持编写；没有威信，国家岩石分级标准，就不会由我们主持制定。要知道，在国际上，岩石分级也只不过是建议或方法，只具有参考，而不是恒定的必须执行的标准。总而言之，打个不太恰当的比方，如果说中国岩石力学研究和新中国60多年历史有那么一点相同之处的话，前30年，岩基人是在异常艰难的环境下全面打下了坚实的基础，建立了相当完全的岩体力学性质试验方法和理论基础；后30年，随着国门打开，我们引进了世界上大量的先进设备和技术，尤其是计算机技术、互联网技术，岩石力学研究得以继承与发展。我们不能低估和忽视前30年的首创之功，也不能小觑和漠视后30年的持续发展。没有基础，就是无源之水。没有发展，就是自毁长城。"

人事有代谢，往来成古今。进入21世纪，老一辈岩基研究者也已悉数退休。为

文
学
篇

了专业上的无缝对接，长江科学院岩基所继续聘请资深老专家林伟平、田野、刘允芳、任放、柳赋铮、李迪、陈旭荣、聂运钧、鲁先元等前辈为顾问，采取灵活的坐班或其他工作方式，一方面回溯历史，总结经验，汇集出书；另一方面，在工程中遇到重大科研问题，请他们现场指导，把脉问诊。部分老同志为岩基专业的发展多做了20多年的贡献。而恰恰是这20年，为岩基研究的文化传承赢取了平稳过渡、弯道超越的黄金时间。其间，20世纪50、60年代初出身的科研人员也做出了不可或缺的贡献。

二、文化传承　无缝对接

由于长年累月献身于深山老林，在岩基人的生活中常常出现这一镜头，有的同志出差回来稍事休整一两天，又打起背包，甚至背着锅碗瓢盆又踏上新的征程。幼小的孩子刚刚对陌生的父母产生好感，就又不得不忍受分离之苦。大家都忙于工地奔走，很少静得下心来，总结经验，写一篇像样的论文；在那个轻个人名利、重无私奉献的年代，大家在撰写试验报告时，一般都以团体署名。个别专家一提起长江科学院岩基研究所，就是"哦，老资格了！资料多多的！"

岩基人真的那么不堪吗？他们只能在一线埋头苦干，或只能完成一些层次不高的试验报告？岩基人坚定地说："不！"所有的有识之士也会说："不！"因为他们多是名牌学校毕业，他们胸藏万壑，心有底气，腹中更有厚重的积淀，他们不飞则已，一飞必定冲天！他们不鸣则已，一鸣势必惊人！其中，以董学晟教授为主要代表，站在国际岩石力学研究的前沿，系统总结中西方工程实践经验和理论成果，在岩石力学本质的把握上进行顶层设计，他既是项目策划者，又是有近60年工程实践与理论经验的实施者，厥功至伟。

"我们岩基专业紧接地气，实行无缝对接，文化传承是最重要的基础。"这是长江科学院岩基所全体干部职工的共识。50多年来，长江科学院岩基人始终秉承做好探路先锋，为水利水电工程提供可靠科研依据和技术支撑的理念坚持坚守，在困难中拼搏奋进，双手攀岩、一苇渡江、耐暑抗寒、风餐露宿，即使是"文化大革命"时期，仍然坚持不懈，为日后的国家科研走向正轨，积累和提供了宝贵的连续性的科研资料和工程实践经验。

岩基研究所数十年坚持"水工岩体特性评价与工程利用关键技术"的研究与开发，历时50余年，横跨两个世纪，科技成果在三峡、葛洲坝等大型水利水电工程中得到成功应用，解决了相关岩石力学关键技术问题，为这些重大工程成功建设提供了重要技术支撑，且项目技术推广应用至其他水利水电、铁路、公路、核电等多个领域的国内外200余项工程中，极大地推动了水利水电行业及岩石力学领域的科技进步，社会与经济效益显著。

三、平稳过渡　弯道超越

2000 年，长江科学院党委的一纸任命书，把 37 岁的邬爱清推到了岩基研究所代理所长的位子，主持岩基研究所全盘工作。

当时邬爱清只有 37 岁，参加岩基研究工作不到 15 年，尽管早已崭露头角，但觉得还可以按部就班地跟着前任所长龚壁新先生干上几年。不料龚壁新因病提前处于半退休状态，而老同志悉数退休，人才出现断层，他因此"提前接班"。

通篇百余字的任命，让邬爱清读出了历史的厚重、历史的重托。岩石是水利工程的基础，岩体介质是自然界最复杂的天然介质之一，具有不连续性、不均匀性、各向异性以及力学性质随时间变化的本质特征。其任何形式的失稳与破坏，都将对建于其上的工程造成重大甚至是灾难性的影响。采用科学的手段认识岩体性能，最大限度地利用岩体的承载能力，是水利水电工程对岩石力学学科发展提出的重大需求。

他虽然在此前是副所长，也是组织重点培养的接班人，但以往的主要精力还是集中在课题研究和开发上。当上第一负责人后，他要构想全所大局，要为近百号人的生存与发展着想，更要继承和发展岩基专业。尤其是随着科技竞争的日益激烈，许多原来视为囊中之物的纵向任务被推向全面竞争，科研人员不仅要完成各项研究任务，还必须放下身段设计投标方案、创新业务、开拓市场。邬爱清带领岩基所先后承担了江西鄱阳湖干堤施工、威海拦污坝施工等，将岩石力学研究的触角延伸到堤防、铁路、公路、桥梁、核电站、地下储油库、引水供水工程等领域，岩基人在竞争激烈的市场中使出浑身解数去角逐、竞争、博弈、抗衡。

四、强强联合　共铸辉煌

岩基所是科研单位，无论何时，科学研究必须居于各项事业的首位。在各方领导的关注下，邬爱清把研究的重点放在了"水工岩体特性评价与工程利用关键技术"上。不过，在组建团队时，他没有把目光仅限于长江科学院，而是登高远眺，驰目八方，最后终于锁定在长江设计院、武汉大学、中国科学院岩基所和三峡总公司上。这些单位既是他们市场竞争的强劲对手，也是合作共赢的良好伙伴。他的设想得到了长江科学院领导尤其是院长郭熙灵教授的认可。郭熙灵教授本身是岩土力学专家，知道搞大项目、大攻关，必须有大气魄、要大协作。唯其如此，才能夯实基础，实力倍增。他的设想同样得到了四家合作单位的支持，这四家单位都出了精干力量。

我们可以看看"水工岩体特性评价与工程利用关键技术"主要完成人的名单：邬

爱清、杨启贵、陈胜宏、盛谦、吴海斌、董学晟、周火明、丁秀丽、尹健民、陈尚法等，他们分别来自长江科学院、长江设计院、武汉大学、中国科学院武汉岩土所、三峡总公司等五家单位。他们曾经是某一项目的最具竞争力的"终极对手"，更是多个项目紧密合作的"长期战略伙伴"。如果我们细分的话，邬爱清、董学晟、周火明、丁秀丽、尹健民等5位教授，来自长江科学院。

周火明于1983年毕业于武汉地质学院工程地质专业，从那时起，有20余年时间长期在长江科学院岩基研究所宜昌岩基队工作，是三峡工程初建和完工这一重要历史时段的见证人，也是三峡岩基研究现场的主要参与者。作为武汉人，他在相当长一段时间内却是这个都市的"闪客"。作为子题负责人或主要研究人员，他完成了3项国家自然科学基金项目，先后主持和承担了长江三峡、清江水布垭等大型水利枢纽工程岩石力学性质试验研究工作30余项。代表性的项目有"三峡永久船闸高边坡岩体蠕变性质试验研究""三峡船闸高边坡岩体卸荷带岩体力学特性试验与分析研究"。在数部著作中，也可看到他的重要贡献。

丁秀丽是2009年入选"新世纪百千万人才工程"国家级人选，先后被授予"全国水利系统先进工作者""全国五一劳动奖章"，她承担并完成了国家科技攻关课题、国家自然科学基金重大、重点及面上项目、水利部科技创新和"948"项目10余项，曾获国家科技进步奖二等奖和省、部级科技进步奖励多项，是长江委内赫赫有名的巾帼精英，她的硕士生导师也是德高望重的董学晟教授。

杨启贵所在的长江设计院和长江科学院一样，都是长江委麾下的标杆单位，他的另一身份则是"全国工程勘察设计大师"，在水利界属于凤毛麟角。杨启贵教授直接承担过葛洲坝、隔河岩、三峡、水布垭等40余项大中型工程的设计，参与的工程项目百余项，在水工结构、岩土工程、病险工程治理设计等领域积累了丰富的经验，在水利水电工程设计方面成果之丰硕，无庸赘述。

中国科学院武汉岩土力学研究所二级研究员盛谦，此前也是长江科学院岩基研究所的总工程师，当年，邬爱清和他同时成为首届"中国岩石力学与工程青年科技奖"金、银牌得主，至今仍然是中国岩石力学界的一段佳话，长江科学院的一桩美谈……

陈胜宏、吴海斌、陈尚法等，个个也都是本专业的领军人物。

五、文化传承　生机无限

1998年，三峡岩基组成立40年之际，已故的岩基所原所长夏熙伦教授主编，任放、鲁先元、李云林教授任副主编的《工程岩石力学》出版，该书第一次系统总结了长江科学院的岩基成果，张光斗、潘家铮、孙钧、葛修润、文伏波等五位院士为其欣然题词，并对长江科学院岩基专业予以高度评价。

2009年，邬爱清主编，任放、柳赋铮为副主编的《三峡工程的岩石力学理论与实践》，由长江出版社出版发行。在其新书发布会上，与会专家指出：该书不仅是岩石力学应用于三峡工程的理论与实践经验的总结，更是历史的总结。该书与董学晟教授主编的《水工岩石力学》一书一脉相承，是长江科学院岩基专业科研成果及学科发展的系统总结与提炼，集中展示了岩基专业的继承与发展，是中国水电建设岩石力学领域科技发展进程的重要体现。

两部著作之间，是长江科学院岩基所不绝如缕的文化传承，这在邬爱清的身上体现得淋漓尽致。

只要走进邬爱清的办公室，就能看到靠墙的书柜里整齐摆放着20世纪50年代以来国内外岩石力学的经典著作，看到长江科学院岩基研究专业历年出版的著作或编著，看到作为"中国岩石力学与工程学会测试专业委员会"和"湖北省岩石力学与工程学会"挂靠单位长江科学院主持的学术活动历史照片，看到金光夺目的奖杯奖牌，为之一振。试想邬爱清教授，整日与其面对而坐，仿佛时时与之科学对话、人文晤谈，时空穿越，魅力无限。邬爱清一提到柜中精品，兴之所至，特意打开了他的稀世秘藏：这是董学晟等老先生在20世纪60年代视为珍宝、深入学习的法国塔罗布编著的《岩石力学》的俄文版，内中有董学晟的笔记、眉批；这是石根华先生于20世纪70年代在川中某工程亲自绘制的"调压井边墙岩体裂隙展布图"和"作为关键块体理论重要基础的早期岩体结构面全空间赤平投影图"（已精心装裱）；那是小浪底水利枢纽管理局原总工程师、锚喷支护专家孙国纬教授盛情相授珍藏数十年的石根华先生全套绘图工具……这些前辈真诚地、无私地把这些历史宝物赠送给邬爱清，不仅是出于忘年之谊，更是历史的托付。

邬爱清感慨地说：我们岩基研究就是接地气，一以贯之。至于今天的某些突破，离不开前辈的首创之功。我们不囿于本单位本专业的文化传承，还要广泛吸取外来文化的营养。我们岩基专业是因三峡工程应运而生的，现在，通过几代人的不懈努力，三峡工程已经胜利完工，但是我们岩基专业的道路还要继续延伸。目前，国家实施西部大开发战略，水利水电工程规模宏大，而在西部高地应力、高地震、裂度、复杂地质环境下，岩石力学仍然是有待破解的一个核心课题。庆幸的是，在改革开放后，伴随国家水利水电事业的蓬勃发展，我们岩基人继续保持和发扬老一辈岩基人的光荣传统，在实践中锤炼出了一支朝气蓬勃、奋发向上、勇于进取、长于钻研、敢于攻坚克难、善于攻关夺隘的团队。站在新的起点和新的高度，我们有信心有能力带好这个团队继续不断地向更高峰攀登，在继承中发展，在传承中创新。

航向三峡

——记自航船模的研制与应用

陈志宏　　陈永奎

长江是我国最大的通航河流，周恩来总理生前说过："长江和黄河不同，重点要保证通航。"因此，在万里长江的综合治理与开发中，通航就成为科研、设计、施工中的重要课题。从葛洲坝的兴建到三峡水利枢纽设计，通航问题一直受到水电、交通部门各级领导、专家、船长和工程技术人员的高度重视。

作为长江水电建设"先行官"的长江科学院，自1973年起围绕解决葛洲坝工程通航问题，进行了十余年的艰苦探索研究，终于研制成相似性能较好的无线电自航船模，并首次运用自航船模在河工模型上直观地研究通航水流条件，在航道水力学这一科研领域取得了一些重要突破。自航船模的研制成功，不仅使葛洲坝通航问题得到了圆满的解决，使我国通航水力学的发展达到一个新的高度，并为三峡工程的论证、决策及初步设计提供了重要的科学依据。

回想十余年来的艰苦探索，总忘不了那一艘艘满载着我们的辛劳、希望和欢乐的小小无线电自航船模探索前行的艰难航程。

南津关发难　　航道口阻拦

葛洲坝修建在长江三峡的西陵峡出口南津关下游河段上，长江在此处被葛洲坝和黄草坝分隔成大江、二江和三江。枯水期二、三江不过水，天然大江是主流河道，也是航行河道。建坝后，除保留大江航线外，还开辟了三江人工新航道，修建了三座船闸。因此，修建大坝以后，船舶出峡必须经南津关河段，沿大江或三江航线出入引航道上、下游口门。南津关河段处于三峡西陵峡的下峡口，是长江中游和上游的分界处，也是川江的进口咽喉要道。这里两岸山嘴交错突出，河床深槽凸梁并存，其中大的陡坡由峡口内到峡外上升70余米，河面宽度则由峡内的300余米骤然扩展到2000多米，并以近90度向右岸转弯，形成出峡口的弯道水流，素以"难进关"著称。

据《川江船舶驾驶技术汇编》中记载的川江水流流态，有名称的就有一百多种。由于地质地理条件的特殊，使一些有名的碍航流态都集中发生在这里，诸如在水中作转圈运动的"回流"、似开水翻滚的"涌泡"、形如漏斗的"漩涡"和呈剪刀状的"剪刀水"等。涌泡和漩涡所组成的楠木坑、巷子口、向家嘴三大泡漩区，正好位于建坝后大江和三江航线上，成为船舶航行的禁区。南津关泡漩水流的轰鸣声如虎啸山崩，使人望而生畏，是长江水流的一大奇景。为了掌握第一手泡漩资料，1970—1974年，宜昌水文站的同志曾多次冒险驾船到泡漩的禁区，观测泡漩的强度和范围。测得6万立方米每秒的流量时最大的涌泡，直径竟达一百多米，可涌升一米多高。

驾驶着百余米长的船队，在如此复杂的江水中航行谁又不为铤而走险拓船闯关而担心呢？如果建坝以后，在航向三江、大江口门的航线上仍存在这样凶狠的拦路虎，即使闯过了这"一关"，船舶如果不能正位到达引航道口门和克服口门区斜向水流，水流就会把船舶推向二江主流，直至碰撞大坝，将发生不堪设想的海损事故，整个枢纽的安全将受到威胁。而口门区的回流将导致泥沙的淤积，很难保持必要的航深，这又是一大难题。

南津关"难进关"在向科研设计人员发起挑战。船长们说，南津关泡漩不解决，葛洲坝工程就不好说了。怎么办？人们有两种意见：一种是避开泡漩这个拦路虎，走"S"形航线进出口门；另一种是设法消灭或减弱泡漩，使其不影响船舶的安全航行。为了从两种意见中做出抉择，决定用实船在江西鄱阳湖湖口进行葛洲坝水利枢纽通航条件实船模拟试验，以期从中找到正确的答案。

试航鄱阳湖　漂流川江行

1973年6—7月，由交通部、长航、长办等单位参加，进行了葛洲坝工程通航设计船队的第一次鄱阳湖实船试验。在静静的鄱阳湖鞋山脚下，数百人组成的试验大军，进行了19天的试验，试验结果表明三驳一顶四驳一顶船队难以过江进入口门。南津关必须整治。

整治南津关意味着必须改善它的流速流态、减弱泡漩回流，保证船舶顺利通过，安全进出口门。但流态到底要改善到什么程度，流速、泡漩又要减弱到什么程度才能安全通航呢？虽然国内外的有关通航规范也提出了一些标准，但这些标准如何掌握、如何达到，也还存在许多问题和分歧意见。长办的总工程师、老专家、老工程师们都在为这些问题朝思夜虑。他们借助英国、美国有关方面的资料，更立足于自己在鄱阳湖实船试验的启示。他们想到了葛洲坝水工模型试验，那被缩小的"长江"。既然长江可以搬到试验大厅里来，那么鄱阳湖中的船队也可以做成船模，在室内的"长江"

文
学
篇

上进行航行。于是决心在我国开辟新的科学试验途径——用自航船模结合水工模型进行通航试验研究。这个任务就交给了长江科学院。

其实在实船试验以前，第二次技术委员会就曾提出做船模试验，并将此任务交交通部某单位研制，因相似性和操纵性不好模拟未被接受。后来长江科学院院长将此信息带到仪器室，仪器室技术人员勇敢地承担了这个重任。

船模和其他物理模型一样，是根据一定的几何、运动和动力相似准则，按一定的比例尺把实船缩小成模型船。小小船模要求做到与实船相似，还要进行试验观测，这对研制人员来讲还是一个十分陌生的课题，更是一项十分艰巨的任务。

在研制船模过程中，技术人员夜以继日地努力工作。经很短的时间，首先研制出按"江渝 57 号"轮缩尺的单船自航船模。此船模的下水试验为研制 1 ∶ 100 比例尺船模提供了技术资料。由于交通部门认为单船自航船模和船队在操纵性方面，推轮和驳轮的连接方式有差异，并提出在葛洲坝工程中应按鄱阳湖实船试验船队制作。长江科学院又开始研制四驳一顶的 1 ∶ 100 比例尺的自航船模，并与中原机械厂联合研制接收、发射部分，自己研制执行机构及船体设计加工。其中小螺旋桨是老师傅一锉刀一锉刀地锉出来的。而在制作船壳中又碰到一难题，用铁皮制作，超重，相似性也达不到要求，后在阳模上涂玻璃钢，船体外壳又不能满足相似性要求，尔后改成首先制阳模，再翻为阴模，在阴模内涂玻璃钢。这样制作的船壳相似性强，重量轻，经测试，船体外壳几何尺寸精度仅几丝的误差，当一切准备完成后，仪器室技术人员进行总体调试，编队，船体连接，使"长科 1 号"正式下水。做静、动水试航，开始有了在河工模型上首次正式试验用的自航船队模型。

我们的船模在葛洲坝模型的长江航道上试航了，船上挂着彩旗，船体闪闪发亮，第一任新船模船长的脸放着光彩，操纵着航船由南津关向三江和大江航道飞快地航行着。船模的设计者、制造者也都激动地高喊起来"开船啰！开船啰！"

"长科 1 号"船模的下水试航，把长江上的实船船长也吸引来了，他们用惊奇的目光，看着这快速飞驰的小船，都说这船模开得太快太灵活了。是啊，船模按比例尺缩小，时间也按比例尺缩短了，难怪船长们有如此感觉呢。船舶操纵理论的专家们提出小比例尺船模要考虑比例尺效应，即船模缩尺的几何、运动可做到相似，但要达到完全的动力相似却非易事。表现在船模的转动运动与实船不相似。船长们还提出驾驶也要相似，还有人说船模像小孩的玩具。如果以后在试验中我们不能科学地回答专家和船长们的问题，船模就会真的变成了玩具。对这小小的船模来说，的确像刚起步的孩子，重要的是以后的学习、实践、成长。

为了增长船舶驾驶理论与航行经验，自 1973 年至 1988 年的十多年时间里，长江科学院的工程师们——造船者、驾船者、试验者都多次参加了鄱阳湖的实船操纵性试验，探索研究船模操纵性相似理论，为船模的相似性率定，缩尺效应的修正寻找理论和实践的依据。在那些日子里，我们和实船的船长们、船舶操纵的专家们，把美丽的鄱阳湖装进了试验水池，我们则成了"水上人家"。

为了学习驾驶技术、熟悉长江水情，要做到像真船长那样"看水行船"，船模的"船长"们曾数度参加川江的实船航行。他们乘坐着推轮货船队，从重庆下水到海口，从武汉上水到重庆。他们白天站在驾驶室看舵工操舵，看船长指挥，晚上就用草席铺在甲板上，数满天的星斗，听着潺潺的水声，进入甜蜜的梦乡。川江行船要求有很高的驾驶技术，一般情况下都是大副驾船，在滩险河段或夜晚航行时，船长就要亲自驾驶。我们总是乘船长空闲的时候，请他们介绍川江水情和驾驶经验……了解实船川江之行，为大厅里的模型试验提供了实践经验。

自航船模的启航 　试验厅里的灯光

是受到鄱阳湖的鼓励，或是川江水的激励，我们的船模在试验大厅里夜以继日地开动着。大厅里的灯光照亮了大坝，照亮了航道，也照亮了每个试验人员的心。为了让船模成为真正的科研工具，我们的老总、院长也经常来到灯光笼罩下的"长江畔"与我们共同摆弄船模。我们的第一组资料是如何测出来的，现在看来是有些好笑。第一次船模的轨迹，竟是 20 位试验人员趴在大厅顶部的观测架上，每人分区记录船行坐标，连室主任、党支部书记都上了观测架，每人充当一架经纬仪来记录坐标。俗话说万事开头难，受这次人工记录仪器的启发，我们开动脑筋开始运用在河工整体模型上拍摄流速、流态夜间照片的经验。为了扩大摄影范围，从航测队借来了两架美国空军飞机上的广角照相机，经改造，在船上再装上节拍灯光，利用两次曝光来拍摄船行轨迹和一些参数。这个方法简便易行，但要在黑暗中摄影，整理资料也特别麻烦，但却获得了可靠的测试资料。尽管麻烦，我们还是就这样沿用了十多年，而且国内有些单位还学用了此法。

用两次曝光广角摄影法虽解决了船模测试问题，但由于试验一定要在夜晚进行，我们的试验一年约有 1/3 的时间要上夜班，这也辛苦了船模长和试验人员。到 1988 年改用激光仪为止，十多年中我们已记不清有多少个夜晚航行在试验大厅中。特别是我们的船模驾驶人员，夜晚在黑暗中要按一定的航线航行，这种驾驶技术也不亚于川江的船长了。

葛洲坝 1：100 比例尺整体河工模型，建在一座两百多米长的试验大厅内，把长江自西陵峡的米罗子至宜昌河段以及葛洲坝枢纽建筑物全缩现于此。南津关河段的回流、剪刀水、泡漩水流在这里重现了，形态和位置是那样相似。大江、二江电站，二江泄水闸，三江和大江船闸连在一起，横锁了长江，这就是未来的葛洲坝枢纽工程。有了这样科学严谨的模型试验工具，就更增加试验人员研究解决问题的信心。葛洲坝工程的河势、枢纽优化布置、消能防冲、二江泄水闸的调度、南津关整治以及三江大江航道口门的通航问题等，许多问题都是在此作了决定性的试验研究，通过科学的手段，找出了解决问题的途径。

为了深入揭示南津关河段水流的规律，以便找出有效的整治方案，我们除观测原型三大泡漩区的范围和强度外，还用断面和整体模型专门研究了泡漩水成因的机理以及南津关的水流结构。在此基础上制定了南津关河段的整治方案和"一关四口"的船模及水力学试验计划。南津关整治试验在经过多种设想和许多种试验方案比较后，找出Ⅰ、Ⅱ、Ⅲ整治线作为较优的可行方案，并做成了活动模型，即每个整治线的差别部分都用预制水泥分块做好，可以随时搬动拼接，改变成三种方案中的任一种方案。这样就大大节约了更改方案临时拆模、制模等待的时间，也便于领导、专家们来审查比较各方案的优劣，这也是一种创举。

南津关整治的标准，是要求建坝后6万立方米每秒流量的泡高，降低到相当天然条件下2万立方米每秒流量的泡高。同时要求船舶要能通过南津关，并能安全进出引航道口门，即南津关与口门相连接的航道。船模结合水力学模型试验，按选定的试验航线泡高最小、船舶横漂距离最小、整治开挖工程最小的原则，比较推荐了最优的南津关整治方案。

上下游口门最头痛的是解决流速和泥沙淤积的矛盾。船舶航行希望平顺的水流和较小的流速，且要保持一定的航深，而流速愈小的地方，泥沙就愈容易淤积。这样不但减少了航深，而且有可能改变流态，增大局部流速。泥沙专家们在船闸之间设立了冲沙闸，用"静水通航，动水冲沙"的办法，从根本上解决了这一矛盾。在此基础上，我们对口门区斜流效应进行了船模和水力学的专题研究。包括防淤堤长度、口门宽度、堤头形式以及斜流对船模航行作用等，并通过理论分析，终于认清了斜流分解成纵流和横流及其对船舶进出口门影响的实质和规律，以及减少横流的措施。斜流作为引航道口门的必然流态，是客观存在的，但可以采取有效的工程措施，把其降低到符合通航标准的要求。船模的专题试验还表明了横流对船舶的横推和扭转作用是与横流的平均强度及其分布范围及作用时间有关，局部小范围内的横流速度，虽然超过标准，但由于作用时间很短，对船舶的航行影响很小，因此230米的三江上游口门宽度亦能满足通航要求。有了这样的试验结果，虽然对三江航道的口门宽度、口门横流标准还存在争论和不同看法，但试验的结论已给决策的领导提供了可信的、科学的依据。因此在葛洲坝技术委员会第九次会议给李先念、谷牧二位副总理和国务院的报告中，作了肯定的结论："因此，从各方面考虑，三江航道目前都没有必要定得太宽，否则，将造成浪费。""同时，每年除极短时间外，上游口门外流速已可达到交通部门的要求。船模试验表明，上述极短时间内的水流情况，模型船也能安全进入航道口门，因此防淤堤可不设导流孔。"

大江下游口门区由于受二江闸泄洪主流的影响，又正好位于笔架山凸咀的上部，因而使口门斜流强度剧增。船模开始试验的结果令人吃惊，即上口门通航流量可以达到 4.5 万立方米每秒，而下游航道 3 万立方米每秒流量时船模都不能上行。经过水力学模型试验得知，在二期导流期内，二江闸成为主泄洪道，水流出闸后，向大江倾泻不断增加斜流，而且纵向流速也相当大，上行船模的对岸航速仅有 0.3～0.5 米每秒，经过进一步的动床试验后，由于二江闸下游河槽冲刷，主流稍偏左岸，使其河势发生了变化，从而引起下游航道水流速度减小，斜流强度降低了，通航流量增加 3 万立方米每秒以上，船模也能顺利通过。如不经过水力学和船模试验验证，任何天才的科学家，也想象不出这样奇妙的结果。葛洲坝船模及通航水力学试验内容丰富多彩。我们还编导拍摄了一部 16 毫米的电影，记录了试验的主要过程。这部不到 1 小时的纪录片，曾送到葛洲坝工程技术委员会第九次会议上放映，起到了良好的作用。

艰苦的长期探索　难解的微分方程

在解决船模研制及其测试技术方法的同时，我们还用了很大的力量，长时间地研究探索了船模的相似问题。

小比例尺自航船模的相似性及其缩尺效应，在理论和试验上都是一个复杂的问题，且有些问题目前国内外尚未完全解决。我们的船模一出世，首先碰到的就是这个难题。特别是我国河工模型首次应用自航船模，这个问题解决得如何，将直接关系到船模应用的成败。因此，我们的老总和院长都十分关心这个问题，除了出谋划策之外，还亲自为研究人员制定研究计划和大纲，参加研究成果的讨论，并为我们创造到国内外学习研究的条件。经过十多年的艰苦努力，我们从一无所知到基本掌握了在河工模型上船模的相似理论和试验技术方法，并在求解船舶运动方程和相似衡准参数的理论分析和应用方面，揭示和认识了一些重要规律，得到了有理论价值和实用意义的成果。

按重力相似准则设计的河工模型上应用的船模，一般比例尺较小，由于黏性力的不相似而存在缩尺效应，表现在若使船模的直航速度相似，则船模在转动方面的操纵性则不相似，这就是所谓的缩尺效应。问题是用什么参数来衡量船模与实船的相似程度，如何分析求得这些参数？目前国内外通用船舶运动一阶微分方程来求解衡量船

文学篇

舶操纵性能的 K、T 两个参数。K 代表船舶回转性能，K 大则船舶具有较大的回转角速度，表示其回转性能好，K 小则反之；T 是船舶到达稳定回转的时间，代表船舶的惯性和舵响应的性能，T 小船舶操纵性能则好。K、T 值可以用国际水池会议肯定的回转、脱开或"Z"形试验方法从一阶微分方程中求解，也可用分析计算方法求得。问题是如何用船模的 K、T 与实船进行衡量比较。开始我们只能听别人所云，一些船舶操纵专家从船舶设计观点出发，认为用 K 和 T 分别来衡量船模与实船的相似程度为宜，而船舶驾驶人员则有些偏重 T 相似而忽视 K。那时，我们虽然觉得不合理，但还没有道理说清这些问题。为此，我们下功夫进行深入研究工作：一是深入分析 K、T 的意义和关系，在一定边界条件下积分求解运动微分方程。从这些探索研究中，我们找到了用 K、T 综合分析衡量船模操纵性的方法，而我们这个观点又恰好和国外专家野本和诺尔滨所建议的参数含义一致。同时我们还总结出改进操纵性试验的方法程序。二是把葛洲坝原型和 4 个比例尺（1：1、1：25、1：40、1：100 和 1：150）的模型船的相似参数 K、T、P 进行了比较分析，从而揭示了这些参数与雷诺数及阻力系数的关系，论证了 K、T、P 与比例尺并非线性关系，这样就进一步证明了采取 K、T 综合衡准参数是正确的。

K、T 的争论尚未停止，科学在向前发展，我们的工作也在继续努力前进。

船过葛洲坝　险段成通途

1981 年春天，葛洲坝大江截流成功。坝上游水面升起来了，很快就形成了碧波荡漾的湖面，南津关河段改变了模样，水流流态发生了巨大变化，楠木坑也变成了碧水绿湖底，成为三游洞的游船停泊港。出峡水流受到大坝阻挡，变得温顺多了。那汹涌的泡漩水、剪刀水已减弱到很小，6 万立方米每秒的泡高仅有 0.16 米，完全满足了通航要求。这时传来了人们期待的三江航道、船闸即将试航的喜讯。长江科学院组织了数十人的队伍，参加了试航的观测工作，还准备了拍摄实船航行试验的电影。

1981 年 6 月 15 日，葛洲坝工程的大坝上彩旗飞扬，歌声阵阵。船闸和引航道两岸挤满了成千上万的观众。"东方红 50 号"指挥船胜利地通过船闸。16 日开始正式试航。我们测试人员大多上了与船模相似的船队。一定要亲眼看看船队是怎样进出船闸及引航道口门，在南津关航行的情况又是如何。今天是川江总船长亲自驾船，是我们在川江漂流认识的老朋友。这时岸上千万双眼睛都在注视着，这是长江航运史上第一次通过人工航道、船闸的船队啊。船队顺利地通过引航道口门，当 170 米长的船队进入比船体宽裕不到 1 米的船闸时，我们都为船长捏了一把汗。直至船队安全进入闸室，大家才松了一口气。真了不起，不愧为川江上的英雄船长。当船队出了口门，乘风破浪直向南津关飞驰时，我们都瞪大了眼睛，看着船舶航行的轨迹，竟与我们船模试验的航迹如此相似，我们真是太激动太兴奋了！南津关的风把我们的眼睛都吹湿润了，此时老船长竖起大拇指说："三江航道的通航水流条件很好！很好！"得到英雄船长的称赞，这是最好的奖赏。此时，那些过去辛苦奋战的日日夜夜都成了幸福的回忆。

航船过了万里长江第一坝，征服了口门南津关，人们怀着无比激动的心情，为祖国儿女的智慧而自豪。人民感谢葛洲坝的设计者描绘了这样一幅壮丽的画卷，感谢葛洲坝的建设者为祖国的长江上镶上一颗灿烂的明珠,感谢英勇的船长勇过长江第一坝。

试航委员会的纪要中是这样评价这次试航的结果："通过试航的实践，证明三江航道和南津关航道有关整治工程是成功的。进出川江常规船舶在5万立方米每秒流量以下能够顺利通过。为此，建议技术委员会考虑在二期工程施工期间，把封航流量从4.5万立方米每秒提高到5万立方米每秒。"

葛洲坝启示　平湖的诱惑

葛洲坝工程三江船闸航道实船试验的成功以及正式通航的实践，给了我们许多有益的启示，也给了我们很大鼓舞，并促进了船模试验技术向新水平发展。我们的船模不但得到了船长的承认，也得到国内交通航运部门、许多专家的赞扬。国内一些研究航道的单位从此也掀起一股船模热，开始发展船模试验技术。具有我国特点的船模结合水力学的试验方法得到进一步发展应用。1982年由水电部委托长江委召开葛洲坝船模应用成果评审会，与会专家的评审意见是："为研究葛洲坝工程的通航条件问题，长科院从1973年开始研制无线电遥控自航船模，在国内首次应用了1：100比例尺的四驱一顶船队模型，促进了其他单位对小比例尺船模的试验研究，结合水工模型试验，在应用于葛洲坝新辟的三江航道水流条件的试验研究中，取得了明显效果，有较大的经济价值和实用意义。"尔后，葛洲坝二、三江工程及水电机组项目荣获首届国家级科学技术进步特等奖，其中也有船模通航水力学试验的一份功绩。可是成功、功绩都只能说明过去，而我们应该放眼未来。葛洲坝工程有许多重大科技成果为三峡工程奠定了基础，锻炼培养了一大批有经验的技术人才，这是最宝贵的财富。半个多世纪以来，三峡迷们的梦想随着葛洲坝工程的成功出现了曙光。他们所"迷"的是千百年长江流失的黄金、石油和煤，"平湖"如此多娇，难怪无数先辈为她竞折腰。

现在三峡的科研试验已大规模开展起来，三峡的通航水流问题亦和葛洲坝相似，主要是"水"和"砂"。涉及船模通航水力学的问题，比葛洲坝工程又多了新的内容、新的课题。三峡水利枢纽永久通航建筑物布置在左岸，有连续五级船闸和船闸设中间渠道方案，升船机与连续船闸共下游引航道，右岸布置施工导流兼通航明渠。因此，

文
学
篇

要研究的通航水力学问题十分丰富，也相当复杂。例如，施工导流明渠既要满足施工期导流的需要，又要为通航服务，同时受到高程、断面尺度及施工期等条件限制，试验要选择最优断面，满足导流和通航流量。船闸引航道及其口门，有两种布置方案，故有 4 个口门，加上升船机上口门共有 5 个口门需研究。由于升船机与船闸下游共用引航道，还引起船闸泄水对升船机口门的影响，以及泄水不稳定流对引航道船舶航行及停泊的影响问题。电站负荷日调节不稳定流对航行的影响，以及船闸泄水对中间渠道船舶航行和停泊影响等，都是不稳定流新问题。为了研究这些问题，试验分别在宜昌前坪 1 ∶ 150 比例尺两坝区间模型、汉口 1 ∶ 150 比例尺水工和泥沙模型进行了大量工作。

在导流明渠的通航试验中，船模发挥了特效作用。在优化选择明渠断面、布置方案以及航线方面，大大节约了时间，提高了功效。由于把葛洲坝活动模型的经验结合船模航行作方案初步选择，避免了每种方案都要进行流场全面测试的大量工作。一种方案出来后先用船模航行一下，很快就可否定或基本肯定，这样就可以在一周内进行数种方案的试验比较。

船闸引航道口门除作了船模及通航水力学试验外，还在泥沙模型上进行了淤库条件对水流航行影响的试验。船闸设中间渠道方案，分别做了 1 ∶ 100 比例尺和 1 ∶ 40 比例尺两种模型的船闸泄水对船舶航行影响试验。这些可以说船模试验上的创新，比葛洲坝工程的试验技术又前进了一步。我们的试验研究成果还被国家"七五"攻关的专家评审为国内领先和国际先进水平。

我们的工作是艰辛的。葛洲坝大厅的灯光又延续到三峡大厅。在为三峡可行性论证报告进行试验的紧张日子里，正值春节前夕，天寒地冻，模型上的几位姑娘也日夜加班，一直工作到深夜两三点钟。有趣的是，有两位姑娘正准备春节结婚，为了赶三峡任务，她们推迟了婚期，而且她们的未婚夫也每天晚上来陪伴，同志们开玩笑说，还是要女同志工作好，一个顶俩。我们的一位女"船长"怀着四五个月的身孕，仍在驾驶船模，和大家一起去参加宜昌前坪的试验。不论气温是零下的严寒，还是 40℃ 的酷暑，不论是白天还是夜晚，这些年轻的试验者，在老一辈对三峡激情的感染下，也已经成为新一代三峡迷了。

整装待发 航向三峡

在进行三峡试验任务的过程中，驾驶船模的已是第三任新"船长"了。船模也从葛洲坝船队换成三峡万吨船队。试验人员都爱称它为我们的"航空母舰"。的确，实际船长 270 米、宽 32 米，即使缩尺 1 ∶ 40，也有 6 米多长，那白色的船体，在碧波中闪着银光。新的船模新的"船长"，带来新的要求和新的希望。当世界进入 20 世纪 80 年代，科学技术的发展一日千里突飞猛进时，电脑、计算机技术普遍应用，船模的测试技术、仪器设备也开始迈进了一个新阶段。1987—1989 年，经过两年多的努力，应用了船模激光定位测试仪和计算机数据处理系统。过去用广角镜的摄影法，不但需夜间作业，而且要人工处理资料。我们曾做过比较，用摄影法所测的一组资料，一个人要整理计算一周时间，用激光仪和计算机只需 1 个小时即可完成。精度提高了，效率提高了，自由度也大了，而我们的新"船长"又开始向更新、更高的水平迈进了。不久，我们的计算机模拟和船舶模拟器又将取代现在的激光，时代前进的步伐将会更加快速。

伟大的孙中山先生于 1919 年在他著的《建国方略》中已提出兴建三峡大坝的伟大理想。1944 年美国垦务局设计师萨凡奇博士在他 65 岁高龄之际，竟乘了一条小木船驶向三峡。半个多世纪以来，中国老一辈的水利工作者们都盼望着"高峡出平湖"这一天到来。

现在直达重庆的"航空母舰"已从葛洲坝起航，先辈的理想将在我们这一代实现。万吨巨轮也已摆正了航向，加足了燃料，开足了马力，航向三峡已是指日可待。

路漫漫兮齐协力

——记三峡左岸机组合同执行二三事

黄源芳

　　2003 年 7 月 18 日，国务院长江三峡二期工程验收委员会枢纽工程验收组一致通过了左岸电站首批机组启动验收报告。与此同时，两台 70 万千瓦水轮发电机组正在左岸厂房内平稳运转，每天以 2500 多万千瓦时强大的电力，为酷热难熬、翘首以待的华中、华东地区缓解了燃眉之急。从 1993 年 11 月第一次对 70 万千瓦机组进行广泛技术交流而启动三峡机组采购的系统工程以来，整整过去了 10 年。10 年啊，三千六百多个日日夜夜，从神州大地到欧洲、北美洲、南美洲，多少人为之夜不能寐、呕心沥血，多少人忍辱负重、担惊受怕，就为了看到这一天，就为了从广播、电视等媒体中听到这个好消息。

第零次设计联络会

　　1997 年 8 月 15 日，中国长江三峡工程开发总公司（以下简称"三峡总公司"）正式给由国务院领导决标选定的制造厂家发出中标通知书。同年 9 月 2 日，在北京人民大会堂，国家领导人出席了三峡左岸电站 14 台水轮发电机组的合同签字仪式，从此，三峡机组展开了合同执行新的一幕。

　　三峡左岸机组合同，共有 14 台 70 万千瓦机组，总容量达 980 万千瓦，是我国历史上最大的电站机组招标项目。通过国际招标，合同总金额达 7.4 亿美元。资金来自卖方信贷，牵涉到 31 家银行。中标厂商还需分包部件给中国厂商制造，全部设计、制造技术必须转让给国内哈尔滨电机厂和东方电机厂两家制造商。

　　中标的是两个集团：一个是由德国伏依特、加拿大通用电气和德国西门子组成的 VGS 集团，它们具有为美国大古力、巴西伊泰普提供 70 万千瓦水轮发电机组的技术和经验；另一个是法国阿尔斯通和瑞士 ABB 组成的集团，它们亦具有设计、制造伊泰普 70 万千瓦机组的技术和经验。我们还指定阿尔斯通必须分包水轮机水力设计和

3台转轮的制造给挪威克瓦纳公司，它们为我国云南鲁布革水电站提供的高水头混流式机组得到普遍好评。在伊泰普水电站，18台机组也是分成两种不同的参数和结构类型，分别由两个制造集团供货。

一个电站设计、安装和运行管理两种不同的机型，将会带来多大的麻烦和不便啊！就说备品备件，每种机型都得备上1～2套。伊泰普采用两种机型和参数，那是因为伊泰普是在巴西和巴拉圭两个国家的界河巴拉那河上由两国共同开发和建设的水电站，要兼顾到两国的电网状况和管理要求。三峡左岸电站是在中国内陆的大江上，在左岸电站中采用相同的性能参数和同一套结构图纸，制造出可以相互替换零部件的机组，这样装设14台机组的电站厂房的设计施工以及机组安装、运行维护就方便多了。

我们曾在清江隔河岩水电站遇到过这种情况：那里装设4台30万千瓦的机组，其中2台机组通过议标由加拿大GE公司制造，另外2台也是通过议标由哈尔滨电机厂供货。我们通过技术转让、等比换货，做到了4台机组参数基本相同、结构相同，4台水轮机转轮都由加拿大GE公司供货。这样4台机组完全相同，给设计、安装、运行带来了许多方便。

三峡左岸电站14台机组能做到吗？

在发出中标通知后，我们做了极大努力。我们把投标时不遗余力想压垮对方的竞争对手召集在一起研究，把我们的设想和要求告诉他们，力图做到一套图纸、一套产品。我们倾向于采用某公司较好的水力设计，要求另一集团考虑接受并按此进行设计；我们倾向于采用某公司具有特长的结构设计，要求其他公司接受他们的设计图纸。在会上，业主这种"优化组合""方便安装、运行"的设想，给本已水火不容的竞争对手火上浇油，会场上顿时像炸开了锅一样，争吵四起，秩序大乱。这些好不容易经过20多年苦心经营，最终赢得一席之地的世界劲旅，立足未稳，就要接受竞争对手的方案，颜面何在？技术专利、合同责任如何处理？一系列复杂的商务、技术关系，成为一团理不顺的乱麻。中标各方，坚守阵地，寸土不让。这样，"优化组合"就胎死腹中了。

合之不行，分之若何？

求同不行，存异就要各有特点，就要拿出自己最拿手的最有经验的招数来，力争做得最好。但是14台机组就是装设在同一个电站厂房内，总不能各自为政，各顾各的设计，这样电站厂房不就成了高低不平、一个机组一个台阶了吗？这当然是不允许的。

合同规定在合同执行过程中可以开5次设计联络会，第一次设计联络会是在合同生效卖方完成初步设计和轮廓图后30天举行，布置在三峡电站左岸山坡上的机组，这时正等待开挖，正等待拿到施工图。为了使两个供货集团在与土建有关的要求上取得一致，14台机组发电机层在同一高程上，在合同生效后两个半月的时间里我们就组织召开了两个供货单位以及国内分包厂家和工程设计单位参加的设计协调会。因为合同书上只有5次设计联络会，并且规定了各次联络会召开的时间、研究内容，所以这次协调会就不列入而被称为第零次设计联络会，也正因为如此，有些资料上才忽略了这次重要的设计联络会。

1997年11月19日，在法国格勒诺布尔，在东道主阿尔斯通的安排下，三峡机组具体执行合同的班底整体大亮相。两个集团的三峡项目经理上任了，他们都是各自公司的"中国通"，在他们公司的中国工程项目中担任过项目经理，并且取得过骄人的业绩。主要技术班底也登场了，他们都是在伊泰普、大古力、图库鲁依、欣沟大型机组制造安装实战的参与者和负责人。通过介绍和讨论，他们充分理解我们对14台机组的设计尽可能一致的愿望，也理解我们要求各自公司仍保持各自特色、外形尽可能一致、内部结构可以不同的要求。电站内主要设备、高程如尾水管底板、安装高程、水轮机层、水轮机／发电机轴法兰面、发电机层高程等必须一致。这样，两家集团都必须在自己原投标方案的基础上进行修改，以便相互适应。这种修改增加了设计工作量，细算费用有增有减。这个新组建的三峡机组大家庭在谦让、合作的气氛中统一了认识，并承诺这种调整不会增加合同费用。最急迫的土建开挖图、第一件埋入件尾水管鼻端钢衬落实了；水轮机模型试验、第一次设计联络会的时间、地点也统一了；分包合同、技术转让工作也从此加速了；通信联络方式明确了；合同执行的组织机构也相互明确了，第零次设计协调（联络会）达到了预期的目的。

作为第零次设计联络会的压轴戏，法国阿尔斯通水电总部所在地的格勒诺布尔市的市长接见了各国各公司代表团，大家很高兴在有戴高乐签字的留言纪念簿上抒发感怀，市长还郑重其事地在众多媒体面前向我这个领队赠送了市徽。

从此，三峡机组合同执行翻开了新的一章。5年过去了，5年，在半个世纪的三峡梦中不算很长。但在本文落笔的时候，两个供货集团的3个项目经理已经离开了曾经辉煌的岗位，或年老退休后中风靠轮椅代步，或因合同执行中的重大失误遭问责而不情愿地离开，或感受三峡项目的艰辛、复杂，因责任与压力过大而谦让他人。我们不会忘记这些为开创三峡机组合同执行良好开端并为之努力而共同创造友好协调氛围的外国朋友。

备受关注的模型试验

在水电科学领域，有许多研究工作离不开通过模型试验取得成果来指导设计。如泥沙模型试验、水力学模型试验、结构应力模型试验等。三峡工程的泥沙模型试验，其规模之大、水平之高、持续时间之长、研究范围之广，堪称世界之最。但即使如此，迄今对水库泥沙淤积、水库长期运行的看法还未完全取得一致。

三峡水轮机重 3300 多吨，其核心部件是水轮机转轮。这个原动机的心脏重达 400 多吨，直径有 10 米，高约 6 米。这个转轮的设计，在总体上必须与水轮机其他部件，如蜗壳、导水机构等协调一致，才能造就综合性能良好的水轮机。水轮机的研究，就是根据流体力学的原理和实际电站的运行经验，设计制作出一个好的转轮，通过水力试验台的模型试验，了解其能在多大程度上将水的能量转换成机械能量，也就是常称的效率特性；了解其在不同的运行条件下会不会产生空化现象，形成蜂窝状的空蚀破坏；了解其在电站规定的运行范围内（水位、落差、负荷）是否会产生结构不允许的叶片动应力和振动，形成不稳定运行带。目前的研究水平，效率已可精确到 0.25%。只是除能量和空化外，其他的异常现象，如叶道涡带和卡门涡、尾水管内的脉动压力，还不能通过模型试验准确预测真实水轮机的运行状况。道理很简单，因为这些都与水轮机其他结构因素有密不可分的联系。这就是工程界常常争论不休的原因。

像三峡水电站这样分期蓄水、汛期降低水位、汛后蓄高水位的运行方式，在世界大型电站大型机组中还是第一个。我们通过技术交流、合同谈判，好不容易才使这些世界上赫赫有名的水轮机公司，对第一次遇到的最不利的运行条件有足够的认识。他们利用原有的经验和技术储备，设计和制作出最好的水轮机模型，并通过初步试验。中标的 VGS 和阿尔斯通／克瓦纳联合体满怀信心地根据合同邀请我们参加模型验收。

他们的自信是有根据的。他们在国际水轮机界是老牌劲旅，历史悠久，近年来的业绩是可圈可点的。他们派出了国际上知名的教授、专家和博士参与试验，他们遇到过国际知名专家组成的验收组，遇到过如美国大古力、巴西伊泰普工程业主以及美国垦务局和美国国际咨询公司这样最发达国家的工程咨询设计单位。过去的验收哪一次不是一次试验合格？即使合同规定必须进行的中立台试验，哪一次不是全部合格通过？

我们也希望这次验收能一次成功，这样大家皆大欢喜。要是这样，铸锻件就可以启动订货了，我们就可以获得综合性能很不错的水轮机了。

中国派出的验收组也不简单，其中有在水力设计和模型试验台上摸爬滚打出来的专家，有历经我国所有进口水轮机模型验收试验的专家，有留苏的也有留美的。可谓老中青搭配，只是水轮机专业的院士还没有出现。

验收的标准是国际上通用的标准，验收的依据就是合同保证值。试验双方的工作是认真的、严格的，验收试验目击的工况点也是根据我方的要求双方共同选定的。

试验进展顺利，模型的能量特性达到较高水平，全部指标合格并还留有裕度，意味着水轮机有足够的发电能力通过发电机发出预期的电力电量，这就为三峡水电站每年发电 874 亿千瓦时奠定了基础。模型的空化特性是好的，实现了在绝大部分运行区域没有空化，这已经超过国内外以往大机组达到的水平，但合同要求是在整个三峡机组的运行范围内都无空化产生。表征稳定性指标之一的尾水管内的压力脉动，是以其脉动压力与当时工作水头之比的百分比来表示的，试验结果也达到了较高水平，基本达到了三峡机组招标文件的要求。但由于评标过程中投标者为了中标，压倒竞争对手，声称可以大大降低其脉动压力，合同签订时的合同保证值就是以投标方的书面承诺为依据的。验收试验结果，大部分工况点达到了合同要求，但有部分工况点超出了保证值。这该怎么办？按照惯例，验收试验完成，就必须对成果下结论。当时我们用了缓兵之计，我们只同意签订一个纪要，只说明进行了验收试验，明确还有哪些内容没有达到合同的要求，对整个验收试验不予置评。

发电是三峡工程三大目标之一，是还清债务和滚动开发的源泉。三峡总公司在两个验收试验结束后，马上召开了国内专家评审会。在内部讨论时，专家们高度评价已经取得的成果。但从严格执行合同出发，不能到此为止，我们要求两个集团改进设计，提高模型的稳定性能。不管是否情愿，两个集团都接受了重新（补充）设计和试验，阿尔斯通／克瓦纳联合体改进了尾水管泄水锥设计，VGS 重新设计新的模型。又是一轮新的验收，稳定性能的确又有所改善。VGS 的新模型综合性能包括稳定性能有所提高，但仍有一些工况点的指标还未达到要求。又是进行更大范围的国内专家评审，这次争论可大了：一种意见认为不能就这样让步接受，而应该要求两个集团继续改进设计，直到全面满足合同要求为止；另一种意见认为目前已经达到国际上较高水平，在目前技术发展阶段和三峡工程限定的运行条件下，"全面满足合同要求"的可能性不大。实际上以前进口的水轮机的验收试验，稳定性指标也从未达到"全面满足合同要求"。通俗一点说，模型验收是有严格规定的，比如规定试验是在不允许自然补充空气的条件下进行的，但真正的水轮机是设有补气装置而连通大气的。为了试验的可比性，必须这样严格地规定。实际上模型试验时没有达到稳定性指标的某些工况点，在试验中发现，只要模拟真正的水轮机运行连通大气后，脉动压力就明显下降了。为慎重起见，三峡总公司专门召开总经理办公会，听取了专家的汇报，理论上的争论可以无休止继续下去，但工程建设不允许不做出决策。于是我方做出了有条件接受验收试验的决定，允许两个集团立即开始水轮机结构设计和铸件以及锻件等毛坯件的订货，保证机组供货进度，体现了尊重现实的求实态度。

在有条件接受验收试验的情况下，VGS 和三峡总公司在湖南江垭水电站合作进行了中间电站试验。江垭水电站水轮机的运行水头范围几乎就是三峡的翻版，其水力设计又是 VGS 的一个成员公司进行的。中外合作进行的这项试验，试验数据表明稳定性能较好，运行稳定。

这一波交锋似乎已经平静了，但又出现了新的纠葛。克瓦纳公司是业主指定的由阿尔斯通公司供货的 8 台水轮机的水力设计负责公司，而结构设计却又是主合同方阿尔斯通负责，这可是一件新鲜事。水轮机模型是按克瓦纳公司的设计制作的，阿尔斯通必须全面按模型比例尺放大进行设计。阿尔斯通也是老牌名家，有其传统的成熟的结构设计。双方为了转轮下止漏环的位置是按克瓦纳的还是按阿尔斯通的传统进行布置发生了激烈争论。我们要求他们自己进行协调，但没有结果。结构设计不能这样停下来！最后我们表态谁对合同负全责就由谁说了算。由于修改了克瓦纳的布置，相应引起了转轮和密封部件相关尺寸的变化。我们当然要求这一改变必须进行模型试验，因为已经取得的模型试验的成果不能作为真机性能保证的基础。于是，我们又提出一个再补充模拟试验的问题。

合同各方都不会忘记 1999 年 9 月 3 日在加拿大蒙特利尔发生的一场关于全模拟试验的讨论。全模拟试验由谁做、做什么、谁出钱来做？对前两轮试验的成果如何评价？谁应该对模型和真机的性能负责？在历经半年连续多次由阿尔斯通和克瓦纳内部协调没有结果后，又只能由业主出面协调了。那天会上气氛十分紧张、严肃，各方都派出强有力的阵容，寸土必争。这时，业主不能有所偏向，只能依据公正、科学、求实的原则，以业主的威严，对两个冒出水面的皮球，认为哪一个没有道理，就将哪一个压下去。最后终于达成了协议，推动了最后一次模拟试验得以于 2000 年 9 月在挪威完成。

这次对三峡水轮机的模型试验，合同双方都不敢怠慢。两个集团共进行 5 次验收试验和一次中间电站试验，创造了一个电站水轮机验收试验的世界纪录。业主一丝不苟的态度和严格履行合同的做法，赢得了外方的尊重，科学的实事求是的决策，推动合同双方为保证供货进度和产品质量创造了有利条件。

备受关注的模型试验一直是人们谈论的话题，不过，实践是检验真理的唯一标准，一旦三峡水电站有更多的机组投入运行，通过检测其性能就一清二楚了。争论当然不会到此为止，就如泥沙试验那样，争论争鸣或许是科学发展不可缺少的动力！

拒收、报废，还是可以接受？

水电站的机电设备多达数百项，如果以其设计、制造的特点来划分，可分为专用设备和通用设备两大类。顾名思义，专用设备就是根据这个水电站的特点和特殊要求，而专门为这个电站设计和制造的，通常又称为非标准产品。通用设备是指那些按照国

文
学
篇

际标准、国家标准系列设计制造，用户只需从其系列中选择适用于本电站的产品。三峡水电站的水轮发电机组、主变压器、高压全封闭组合电器、调速和励磁系统、主厂房 1200 吨的起吊设备，都是专门为三峡水电站量身定做的。空压机、水泵、配电柜等就是通用设备，可以从市场采购，有时也增加一些改进要求，但总体结构不会改变。

通用设备的性能是经过国家权威部门审定的，存在质量问题主要是产品制造质量，一般不存在设计不合理问题。专用设备是第一次设计、制造，各种部件第一次组装在一起，产品质量直接影响性能和运行寿命，必须予以特别关注。

专用设备生产周期长。就拿水轮机转轮来说，从设计、试验、制造到出厂，历经 4 年时间，其中生产各个环节的质量控制十分复杂。

转轮主要由上冠、下环、叶片组成。上冠就像皇冠一样位于顶部，这是一个倒斜圆锥状的大部件，是用不锈钢铸造加工而成的。另一个重要部件是下环，顾名思义，它是位于下部的环状部件。叶片是转轮的核心部分，是能量转换的关键，它上接上冠，下连下环，形状怪异，最能做功，劳苦功高，也最容易损坏。三峡转轮的一个上冠铸件，就重达 180 多吨，铸造出合格的产品真不容易，一般都会产生一些裂纹，如果发生在表面，机械加工时就切削掉了，不会对质量造成影响。如果有夹渣、砂眼等较大缺陷，就需要消除缺陷部位后补焊，直到探伤合格才进入下一道工序。2000 年 3 月，我们收到一份由供货集团项目经理发来的传真，描述了在韩国生产的上冠铸件的缺陷，表示可以通过补焊修复，不影响组焊成转轮后的安全运行。同时还附上全部详尽的材料试验报告，包括缺陷产生原因分析、修复程序等，请求我们允许他们开始修复。并声称：如果我们拒收报废，重新铸造就会推迟供货时间。

缺陷只有一条裂缝，可它长达 1100 毫米，裂缝最大深度已达 260 毫米，已完全贯穿。通俗地说，裂缝已经透光了。我接到这个报告后，就用电话向国内的第一重型机械厂和第二重型机械厂的高级锻冶师咨询，向钢铁研究院的教授级高级工程师咨询，向哈尔滨电机厂、东方电机厂的结构设计工程师和焊接专家咨询。他们普遍认为，这个缺陷确实很严重，但根据以往经验，仍可修复。而且裂缝部位不是主要受力部位，修复后不致影响安全运行。当时我认可了这个意见，并书面向三峡总公司领导郑重报告了我的看法，认为可以同意修复。三峡总公司领导和有关部门经过慎重研究，反复权衡利弊得失，为警诫后人，减少潜在风险，决定对这第一个上冠铸件拒收、报废，立即通知对方，并立即组团赴韩国考察落实。也许正因为这样的严格要求，以后转轮的上冠铸件再也没有发生过如此严重的缺陷。

要在国际合同执行中报废一个重达 180 多吨的不锈钢铸件，那可是时间和金钱堆砌起来的啊！这需要管理层的决策魄力，也需要供货方从大局出发，从保证三峡机组的质量出发予以全力支持。

还有一个转轮方案被否决的例子。那是法国阿尔斯通公司制造的 3 台转轮的制造方案。在投标时，阿尔斯通承诺这 3 台转轮是由其水电总部格勒诺布尔市的工厂组焊加工成整体转轮，经由公路运到地中海边的马赛港，再由海路直达上海港的。在中标后，他们详细研究这条运输路线，发现原来拟定的转轮所经之处，不但公路桥梁要改建、路灯及通信要拆迁，就连里昂市区内的街道、花坛都要改造，这些都需要市政管理部门层层听证，十多个棘手问题难以解决。于是他们研究提出了改变转轮制造的方案，新方案是在格勒诺布尔将上冠、叶片、下环组焊成整体后，沿 6 米高的转轮的腰部切割成上、下两半，装运到专用拖车上，运输到海边临时车间后，再将上、下两半焊接起来，并且不再进行消除焊接应力的工序。这种方案已做到很周全、很细致，并用动画向我们演示了每个工序及制造全过程。这对我们国内专家来说又是新鲜事，经过研究和请教焊接专家，认为这种方案风险太大。这种拦腰切断的分割方式在大机组制造上尚无先例可循，这种方式难以控制焊接变形和消除焊接应力。我们最后十分坚定地表示不接受这种方案，只能接受经过工程实践检验的，在美国大古力、我国小浪底和即将在我国葫芦岛组焊加工成整体转轮的方案，也就是在广西龙滩将上冠、叶片、下环组焊成整体转轮的方案。阿尔斯通的专家听取了我们的分析，接受了我们的意见，并在法国地中海海滨的小城拉西约塔的大船厂内租用大车间解决组焊加工问题。双方的理解和支持，保证了转轮的制造质量。

说说第一个座环的故事。座环就是水轮机的承重基础，又是导水的一个重要部件。那年，我们对第一个运到三峡工地的水轮机座环进行了严格的检验，发现分成 6 瓣组合面及两侧焊接坡口未按合同要求进行机械加工，在组合面上还发现长 50 毫米的焊接裂纹。那是出厂时未经处理的缺陷，供货集团在工地认真处理后，我们又专门聘请国内权威检验师进行全面检查，直到合格后才予以接受。当时为了举一反三，由一位副总经理带队直接去制造厂，与车间、工厂和公司管理层座谈，言明利害，要求保证不合格产品不出厂。我们还在当地召集两个供货集团的所有项目经理、质量经理开会，研究如何控制质量。要求他们以此为戒，绝不能靠他们的老牌子吃饭。并告诫他们，"你们在其他大工程的经验，套用在三峡工程上是远远不够的，大家都必须清醒地认识到这一点"。第一个座环经过厂家修复合格，最后没有被拒收。

我们在审查发电机转子圆盘支架的结构时，供货方介绍说，合同规定支架的刚度要求是在转子起吊时发生的下沉量不能超过 1 毫米。现在的设计结构，下沉量将达到 2.8 毫米。如果要满足 1 毫米的要求，支架的高度要由目前的 2.5 米增加到 4 米才能满足这个要求。我们理解造成这种不满足合同要求的情况：在投标时，厂家的结构设计的深度还不够，全靠经验估算承诺达到这一下沉量；再者，由于三峡合同竞争激烈，即使是业主和设计单位有一些有点过分的要求也答应了，实际上他们也明白很难达到。经过国内专家慎重研究，依据国内的大型发电机设计运行的经验和标准，我们接受了2.8毫米下沉量这种合理的结构。我们这样做同样也是为了保证机组的结构合理和运行可靠。

两套还是一套？

合同执行过程实际上是合同双方将合同规定的产品的性能、结构、进度、质量和数量要求全面落实的过程。合同执行时比合同谈判时有更多的专业人员参加，有设计、检验、运输、安装和运行方方面面的人员，他们要从各自今后的责任出发参与研究，所以合同执行过程又是统一协调各方面要求的过程。VGS的座环结构规定，必须在工地现场用供货方提供的专用加工工具加工座环与顶盖的接合面，以达到水轮机本体安装的基础准确平整。按照原来的施工和安装进度，只需采购一套即可满足安装进度要求，合同也是这样规定的。在有安装专家和安装管理部门负责人参加的设计联络会上，他们考虑到加工刀具易损，需要增加采购，缺什么补什么，这样就增加了刀具的采购数量。另外，由于阿尔斯通座环顶盖到货滞后，为加快安装进度，也要增加采购两套加工工具。这种针对适应各自结构特点和现场到货状况而做出增加采购部分安装工具和备品的做法，实际上是不可避免的。用户这些要求卖方都给予大力支持，想方设法落到实处。

由于两个供货集团供货设备结构不尽相同，又属不同的合同管辖，安装工具和吊具都自成系统。我们曾经做出极大努力，协调两个供货集团，使14台机组的自动化元件和保护装置都采用相同厂家的产品，组成相同的系统，以方便安装和运行维护。但是并没有成功，因为大合同是分属两个供货集团，小合同是供货集团内部分包，各自分工不同；再者这些大牌公司各自有自己传统的元件和设备供应商，做到协调统一哪怕只是一件小事也不容易。

两个集团发电机定子结构不完全相同，按照现场安装场地要求，定子叠片需要在另一台机的机坑内叠片完成后，用专门的八爪鱼样的起吊工具将叠片完成的定子吊入机坑下线。合同规定各自提供各自的一套定子起吊工具。一般说来，在全部机组安装完成后，这套吊具就只能"马放南山"无用武之地了。两套吊具的合同价各自不同，一家是60万美元，一家是30万美元。我们有心让合同价30万美元的这一家做两套，这样可以节省30万美元。但这"张冠李戴"是否配得合适呢？就在各自的专用起吊工具还没有开始设计时，我们抓紧时间进行了协调。第一次协调结果，各自原地踏步，不肯谦让。既然合同已规定各自提供一套，又协商不行，只好认可现状了。但这样今后两套直径达 20 多米的 20 根支撑臂的环形吊具，堆在哪里呀？再做一番努力吧！我们分别与两个集团的技术负责人、设计工程师交谈，与项目经理交谈，他们觉得我们言之有理。在取得共识后我们召集两个供货集团的几位工程师开会，具体研究适合于起吊两种定子结构的吊具。经过一番图上作业，具体分析，他们一致同意由 VGS 供货一套定子吊具，同时用于阿尔斯通发电机定子的起吊。当我对他们的努力表示感谢时，阿尔斯通发电机的技术负责人对我说："你当然感到高兴，你也应该感谢我们，可这样我们就失去了一项已经到手了的 60 万美元的合同了。"

外国公司监造行吗？

机组监造与机组供货分属两个不同合同，但监造合同是对机组合同执行的一个支持与监督。

三峡总公司聘请外国公司对在国内外制造的 14 台机组进行监造，曾成为媒体争相报道的热门话题。

监造并不是新鲜事。过去计划经济时也派人到工厂进行监造，主要是体制上的原因，也有选人是否得当的因素，监造只起到沟通信息、催货的作用。在"皇帝的女儿不愁嫁"的卖方市场条件下，撕不破人情面子，得罪了厂家，供货就更没有保证了。在这种情况下，监造对制造质量基本不起作用或作用甚微。

三峡左岸电站 14 台 70 万千瓦机组，分散在 10 多个国家制造，怎样组织好国内外众多公司的驻厂监造，保证出厂质量，是三峡总公司必须决策的大事。

请外国公司监造，花大价钱买好质量，三峡总公司管理层明确表态。我们当即向国外有大型机组监造经验的多家公司发出邀请，请他们到宜昌来听取我们的监造设想、监造内容，同时也进一步了解他们的业绩。与此同时，国内的监造公司已纷至沓来，登门陈述他们的经验，列举请外国公司监造得不偿失的理由。当时要通过议标选择监造公司，必须有一份监造任务书或监造招标文件，但在我们这个行业内还没有一份现成的资料可资借鉴。我们就依据三峡机组的特点，依据我们对国内外厂商质量控制的了解，明确了监造的内容，包括对制造厂质量保证体系的评估，制造过程各类设计、工艺文件的审查，14 台机组重要部件的首件检验。对重要部件的主要工序要在工厂进行目击检验，对从原材料（毛坯件）进厂开始到产品出厂监造都负有质量保证的责任。由于这是一项没有先例的工作，只能对投标者的业绩、经验和他们投入的工日多少以及管理费用的多少来评估其实力。事实上，有的公司很有实力，投标文件做得特别好，很有针对性，又十分具体可行，可惜报价太高，甚至比最低价高出一倍多。经过综合权衡，三峡总公司最终以合同监理费 580 万美元聘请法国 BV/EDF 联合体，即法国国家技术检验局和法国国家电力公司组成的监造公司承担监造任务。

中外的机组制造厂，并不都是欢迎接受监造的。监造人员在开始时感到被冷落。工厂有时不给监造人员发进厂证，不给监造办公室装电话，有时本应白天检验的项目故意安排在半夜要监造人员现场目击。更有甚者，有的根本不通知监造人员到现场，不给监造人员提供材料。在这种情况下，我们在召开有两个供货集团参加的各类设计联络会上，在到工厂考察时，都力挺我们聘请的监造公司和他们的人员。我们要求制造厂按合同规定支持他们的监造工作，希望监造人员大胆工作。BV/EDF 在国内聘请的驻厂监造人员，都是行业内的知名人士，富有实践经验，只是对这些同行老朋友拉不开面子，不太习惯向业主"打小报告"。随着时间的推移，各方逐步磨合，逐渐适应了"三峡特色"，监造的效果就显露出来了。监造人员首先报告，某厂采购并已投产的主要钢板不符合合同要求，经过多次谈判，终于终止了该部件的制作并将已投产的半成品报废。监造人员报告某厂发电机定子电气试验结果分布不合理，经过厂家全面检验，剔除了其中的 16 根线棒。监造人员配合我们派出的转轮出厂验收小组，对制造过程的每次检验记录进行审查，签字认可，并且不放过任何浅表缺陷和尺寸偏差，包括叶片过渡圆角的大小，非要修复合格才签字放行，等等。

他们所做的工作，对我们掌握质量状况起到耳目的作用，对制造工厂起到监督和见证的作用。我们大力向供货方介绍我们的监造人员，说他们是我们给你们请来的质量检验师，是免费给你们把关的。从此对立的双方化解了矛盾，共同对业主负责，他们合作的故事传为美谈。

BV/EDF 驻加拿大蒙特利尔的一位监造工程师，是加拿大机械工程师出身，又有顶级无损探伤检验证书，对机械加工、焊接质量都十分熟悉。第一台座环在车间制造，他见证了部分分瓣组圆的预装，提出了三个质量不符合项。当厂家为满足交货期，按其他工程的质量标准和习惯做法，先将座环运到工地再修复时，这位监造工程师未能执行业主关于"零缺陷"出厂的要求，没有紧急通知业主并阻止其发运，结果造成不良影响，增加了工地修复的难度。2000 年 6 月，当三峡总公司副总经理率团到工厂检查时，对这位憨厚的大个子监理工程师进行了严厉的批评，他顿时脸色通红，深感内疚。因为作为监造工程师，他在被聘任为 BV 的监造工程师时，还兼其他项目的监造，作为独立身份的工程师，只有一份短期的监造工作是不能养家的，在监理行业的声誉对他来说太重要了。他对三峡机组这样严格的监造要求不太习惯，以为只要开出不符合项就算尽责了。所以当受到三峡总公司的批评时，他只能表示认错，表示一定按三峡总公司的监造要求办。时隔两年多后，当三峡第一台转轮在加拿大即将出厂时，三峡总公司派出的检验验收小组到达蒙特利尔检查了全部制造过程的检验记录，厚厚的 5 大本，发现每项记录都有这位监造工程师的签字。他已和车间的质量检验主任形影相随，经常看到他在车间里复核检测，他手里拿着放大镜观看浅表裂纹和染色探伤的结果，他口袋里装着千分尺随时可用，他身着蓝布工作外套，不怕在地上、在油渍的工件上摸靠探测。在验收小组现场目击验收的日子里，他是我们得力的助手。当第一台转轮于 2001 年 12 月 23 日离开车间装船驶向大海时，他毫不掩饰内心的兴奋，还向我提起两年多前那次因座环质量问题被批评的感受。他说，没有你们这样严格的批评和要求，我们只会按自己在其他工程上的经验去做，沿着我们熟悉的路去走。他说，没有那次座环事件，工厂也不会这样重视，也不会和我们有这样好的合作氛围。他开玩笑说，你们那次的批评，使我这个独立监造工程师的饭碗再也不会被打破了。

在国内驻厂监造的工程师们，同样兢兢业业，起到了把关的作用。国内的工厂，无论是龙头老大，还是合资企业，也都积极支持监造工作。在我看来，请外国公司监造效果颇佳！

在三峡首批机组正式投入商业运行之际，书写此文以感谢在合同执行过程中各方朋友的支持。三峡总公司管理层的正确决策使合同执行迈过了一道道沟坎，迎来了提前发电的美好前景。漫漫长途靠大家大力协同解决了许多难题。作为一名已退休的在水电领域工作了 40 年的工程师，我为我们国家水电事业取得如此重大的进步感到骄傲，我想这也可慰藉那些半个世纪以来曾经参与和关心三峡大机组事业的同行们。

为三峡升船机而活

——记老一辈专家设计研究三峡升船机的光辉岁月

秦建彬　郑雁林

2016年5月13日，世界上规模最大、技术难度最高的三峡升船机迎来试通航前的验收。

这是个令无数长江设计人激动难忘的时刻。"老一辈专家们，把一生的心血、智慧都献给了三峡升船机，为三峡升船机论证、设计、研究做出了不可磨灭的重要贡献，我们永远不能忘记。他们身上所展现的艰苦奋斗、团结协作、科学创新、开放包容的精神值得我们永远传承与颂扬！"钮新强院长深情感言道。

他们是一群20世纪五六十年代的大学生，来自祖国的四面八方，怀着三峡梦汇聚在武汉，加入长江流域规划办公室（现为长江水利委员会），投身到三峡升船机研究的宏伟事业中。

他们有王暨民、董士墉、方鼎世、杜振九、黄壮北、杨登云、田泳源、杨逢尧、董博文、彭定中、张勋铭、宋维邦、李仲廉等。

他们参与或主持了三峡升船机的调研与论证，承担了三峡升船机的设计与研究，见证了三峡升船机从无到有的传奇历程。

如今，我们有幸采访到几位专家，聆听他们讲述在那跨越半个世纪的岁月长河里发生的点点滴滴。在此，谨以文字的形式记录下那段激情燃烧的岁月。亦为敬畏在他们身上所体现的，对科学之信念，强盛之决心。

四方英才汇聚长办

长江水利委员会于1949年底开始组建初期，方鼎世、王暨民、董士墉等多位青年才俊就加入到三峡工程的规划和研究工作中。

1958年6月，第一次三峡科研会议在武汉召开，决定研究利用升船机作为三峡枢纽工程的永久通航设施，由长江委牵头对升船机型式开展研究。自此，三峡升船机研究大幕正式开启。

长江委抽调枢纽设计处、水力机械设计处的相关人员组成了三峡升船机研究团队。王暨民任金结组组长并主持升船机研究。

王暨民，1949 年毕业于河南大学，是我国著名的水利工程金属结构专家，也是我国水利枢纽升船机设计的先驱，对于升船机的总体设计有独到的看法。王总非常注重升船机金属结构设计队伍创新意识的培养，要求设计人员开阔视野，在升船机设计缺乏规范引导的情况下，创造有技术含量的设计。

成立后的技术团队与北京起重机械研究所、天津大学等国内多个科研院所紧密合作，致力于三峡升船机前期研究。1960 年，水力机械处副处长董士塘作为中国升船机考察团成员之一赴苏联考察升船机，接触并了解了当时世界升船机现状与先进的设计技术。针对三峡升船机升降高度大、上下游水位变幅大等特点，比较研究了均衡重式、浮筒式、水压式、液压式与半水力式等 5 种垂直升船机及纵向斜面升船机型式。通过反复比较，认为均衡重式垂直升船机具有施工制造难度小、运营成本低的特点。

1960 年 6 月技术团队提出了《长江三峡水利枢纽均衡式垂直升船机研究性初步设计》，从设计、制造、安装等方面对其可行性进行了论证。8 月，中央放缓了三峡工程的设计研究工作，但升船机研究工作仍继续推进。

1962 年前后，田泳源、杨逢尧、董博文等一批莘莘学子加入了升船机研究团队。他们从踏入长江委的那一天起，就把一辈子奉献给了三峡，奉献给了三峡升船机。后来，他们成为我国升船机设计研究的领军人物。

心怀梦想永不言弃

1962 年乃至整个"文化大革命"期间，三峡工程大规模的科研协作基本处于停滞状态。长江委三峡升船机团队却从没有停止过研究与探索。"那时我们对于升船机的了解很少"，田泳源回忆说，"我进了长江委之后，就一直在研究 1960 年从苏联考察带回来的有关国外升船机的资料。"电气工程师董博文，则先后被派到北京自动化研究所、华中工学院（现华中科技大学）等参加电力拖动的联合研究。他们如饥似渴地学习、吸收知识，为今后升船机设计奠定了扎实的基础。

1968 年，升船机研究团队开始三峡升船机试验机——丹江口升船机的实战演练，为兴建三峡升船机积累经验。根据丹江口工程坝址实际情况，采用了上游移动垂直式＋下游斜面式的 150 吨级升船机，是当时国内最大的干湿两用升船机，并因其创新而获得 1978 年全国科技进步奖。

董博文深情地谈道，"丹江口升船机设计开启了我国升船机电气传动研究的先

文学篇

河"。当年在丹江口升船机调试时，船厢提升了 1 米之后就开始下滑，这一番经历至今让他记忆犹新，也让他们更加关注升船机的安全性能。

1970 年 12 月，中央批准兴建葛洲坝水利枢纽。金结组、通航组、电气组等大部分技术力量投入到葛洲坝船闸的设计中，但仍有一部分专家坚持三峡升船机的研究工作。

此时，研究升船机的外部环境已发生了很大变化。国外先后建成了苏联克拉斯诺雅尔斯克、西德吕内堡等多座大型升船机，取得了大量研究与实践新成果；国内经过丹江口升船机等工程设计实践，对升船机设计有了更直观的认识与掌握，对做好三峡升船机设计充满信心。

只争朝夕创新研究

1979 年，三峡工程建设被提上了议事日程。三峡升船机也随之进入实质性研究的黄金时代。

为加快进度和提供组织保障，长江委成立三峡升船机项目组，田泳源和杨逢尧担纲，承担了三峡升船机前期设计研究工作。他们经常加班加点工作，基本不分周六周日，也不分上下班。据廖乐康回忆，杨逢尧曾讲过，干事业需要有献身精神，上班 8 个小时是不够的，回家之后也需要不断思考。可以想象，当年专家们的工作热情是多么高涨，多么让人振奋。

距离上次联合大协作已过去了整整 20 年。这一年，长江委再次联合相关单位共同开展升船机研究。这次主要是就带中间渠道的平衡重式垂直升船机、平衡重式纵向斜面升船机、平衡重式横向斜面升船机、自行式斜面升船机等 4 种方案进行研究，研究方向、重点等更具有针对性。

1983 年，长江委派田泳源参加了国家升船机联合考察组，赴德国、比利时和法国实地考察，进一步开阔了眼界，坚定了信心。随后提出的升船机承船厢整体动态模型试验研究、升船机整体数学模型研究等极具前瞻性的科研课题，为升船机设计提供了科学基础。

1985 年对于三峡升船机具有划时代的意义。这一年，三峡工程全平衡钢丝绳卷扬式一级垂直升船机方案被纳入《长江三峡水利枢纽初步设计（150 米方案）》报告。三峡工程重新论证期间，王暨民是升船机及金属结构组论证组的专家之一，向其他专家们详细介绍了三峡升船机研究始末，为船闸设计做出了积极贡献。

"重新论证通过科研攻关、会议讨论和交流，使得专家们全面了解了三峡升船机的研究历程与取得的成果，打消了对升船机这一新生事物建设的疑虑！"田泳源说，

"从立足自力更生、便于施工安装的角度出发，专家们倾向于钢丝绳卷扬方案，认为更适合中国国情。"

　　最终，全平衡钢丝绳卷扬一级垂直升船机作为推荐方案被纳入到三峡工程可研报告中，并得到国家批准。此后，三峡升船机的初步设计研究全速加快，为三峡工程开工建设做最后的冲刺。

　　老一辈专家们提出的三峡升船机关键设备、塔柱结构等重大科研课题均被纳入国家"七五""八五"，乃至"九五"科技攻关，并取得诸多丰硕的成果。为之后全平衡齿轮齿条爬升式三峡升船机的中德联合设计，安全性复核审查，以及消化、吸收、落地奠定了基础。

笑慰平生　精神永传

　　王暨民、董士塳等一批老专家走了，没能见到三峡升船机试通航的伟大时刻，对他们来说，是一份深深的遗憾与不舍。

　　健在的董博文、宋维邦、张勋铭等部分退休老专家，仍难舍三峡升船机情缘。田泳源虽然于1992年调离长江委，但新的岗位仍与三峡升船机密切相关。他们参与三峡升船机重要会议、质量检查、工程重大节点验收，解决建设中的技术问题，进行技术总结报告编写与校核……他们还在尽其所能，为三峡升船机奉献着光和热。

　　今天，三峡升船机建设的成功，离不开一代代长江设计人的艰辛努力，更离不开老专家们所付出的所有心血。

　　"这辈子为升船机而活""热闹的时候我不去，工作需要的时候我一定去""敢于坚持、刀枪不入""技术审查时不满足要求，绝对不允许通过，谁说都没用"……采访中的这些经典话语，正是老一辈专家果敢独立的科学品格、严谨求实的科研态度、兢兢业业的工作作风的集中体现。

　　老一辈专家留下的宝贵精神财富，已浇筑在三峡升船机的钢筋混凝土里，傲立于人间万年，也融进在长江设计人的心里，激励着我们不忘传统，砥砺前行，创造更加辉煌的明天。

文
学
篇

赴加拿大参与长江三峡工程可行性研究国际合作

杨国炜

背 景

为了广泛论证长江三峡工程的技术可行性和经济、财务的合理性，中国政府希望由资深的国际咨询公司独立编制一份符合国际惯例，并能为国际金融机构接受的三峡工程可行性报告。中国的愿望得到了加拿大政府的支持，加拿大政府决定赠款聘请国际咨询公司编制这一报告。在1986年5月，中加两国政府正式签约。同年6月，经中加两国同意，聘用CYJV（在加拿大采用名称CIPM）即加拿大扬子江联营公司，历时两年半的研究工作就此启程。可行性报告的编制工作在加拿大蒙特利尔市进行。

因为加拿大长江三峡工程可行性研究工作是在中国已有研究工作成果的基础上进行的，根据加方要求，中国先后派出数十名不同专业的专家到加拿大配合工作，并参加加方的研究工作以及对其成果提出看法和意见。

始于不知不觉中

1986年的一天，我接到通知，要我陪同加拿大考察团查勘长江三峡河道并介绍有关三峡工程泥沙问题。当时，我对于考察团的背景一无所知。以前，要我参加接待外宾和介绍三峡泥沙问题是经常的事，所以对此次陪同和介绍没有特别的感觉。加拿大考察团乘船查勘，在船上听取介绍，并不时上岸考察现场。当我介绍长江泥沙和三峡工程泥沙问题时，大多数专家耐心地听讲，但有一位瘦削、肤黑、头发花白、烟斗不离嘴的专家，不但十分认真地听，而且不时插话提问。他提的问题涉及面广，且十分深入，给我留下了深刻的印象。询问后才知道他是美国河流泥沙专家卡尔·诺丁博士。

在考察结束前，王家柱总工程师找我谈话。他说，长江委领导拟派我到加拿大参加CYJV的三峡工程可行性研究工作，并十分简要地介绍了此项工作的背景。王总谈话最后留了一个尾巴："不知道长科院是否同意你去。"当时，我并不在意此事。因为我从美国回来才一年余，没有把出国看得很重。但是在我的内心恰有千钧重担在身的感觉，因为泥沙问题是三峡工程重大技术问题之一。

曲折有趣的旅途

通知终于来了，我被安排在第一批赴加中国专家组。专家组由长江委、华中电力设计院、华东电力设计院等单位的专家组成，共6人。长江委派出陆德源、谢礼仪和我3人。

动身前，我爱人对我说："我这次不再催你回国了，你安心工作吧！"她说的这句话勾起我的一丝感伤。因为我以访问学者的身份，在美国大学任兼职教授期间，两个孩子还小，正是需要父母照料的年龄。我爱人是内科主治医生，日夜交替上班。我在美期间，我们的小儿子从楼上摔下跌断了锁骨。因此，她多次找委领导希望我早日回国。因为我们毕竟已经失去了大儿子。

我们一行6人于1986年10月启程，专家组由陆德源领队。当时，从北京到加拿大没有直飞航班，我们的行程是从北京—东京—温哥华—多伦多—蒙特利尔，转机数次，第一站到东京，电力设计院几位同行的票在电脑中居然没有查到——拿不到登机牌。经复杂的交涉后，问题终于解决，6人可以一起赴温哥华了。接下来要换机场，于是我们从长长的隔离通道，又经多次安检才登上户外的大巴。好在我们都是中年人，还能忍受这种折腾。到了温哥华机场转机时，加方边检人员要华人单独排队办入关手续。我们亮明身份是加拿大国际开发署邀请的人员，要求快速办理入关手续，几经周折，后来在一位华裔边检人员的帮助下才得以顺利入关。不料，当我们的飞机到达多伦多时，原预定搭乘的航班已经起飞了，我们不得不改签别的航班赴蒙特利尔。经过30多个小时的航程我们终于到达了目的地机场，那时夜已深。可喜的是，CYJV的人员还在机场等候我们。可是我心中的喜悦又立即被另一件糟心事取代——我的行李丢失了一件，而且是最重要的一件，内存我在加工作所需的技术资料。在CYJV人员的协助下，我在机场申办报失手续。申报处的工作人员打趣我说，是不是你的行李内放了酒，给爱喝酒的人拿走了。当我回应说，我不喝酒时，那位胖大哥更加调笑我说，男子汉大丈夫，哪能不喝酒呢？！事后回想起来，哦，蒙特利尔是世界上第二大说法语的城市（巴黎第一），法国人喜欢喝葡萄酒，难怪那位胖大哥以酒来开玩笑呢。好在后来CYJV帮助我把行李找回来了。

从生疏到熟悉再到顺畅

虽然我已有一些在美国学校工作和生活的经历，但是我现在是在另一个国家，而且是在民营公司工作，确切地说是协助和配合工作。对于联营公司的负责人和合作伙伴是谁、他们是否容易交流、沟通和相处等一无所知，另外，如何与他们配合工作尚无头绪。但是加方从我们到 CYJV 总部的第一天起就热情地带我们熟悉总部的环境、与已到达蒙特利尔的各部门的负责人见面，确有一些宾至如归之感。

在中加双方的初次见面会上，不出所料，加方的河流泥沙专业负责人就是从美国聘请的专家卡尔·诺丁先生，他是美国地质调查局的资深专家，也就是在 CYJV 考察三峡途中在我介绍时提问很多的老头。

中国汇集了国内著名科研院所和高等院校，对三峡工程泥沙问题进行了联合攻关研究，采用物理实体模型和数学模型以及原型观测资料分析等方法进行了几十年的努力，获得了大量的、丰富的成果，得到相同或相似的结论。由于泥沙研究成果资料很多，我在开始工作前曾设想应让加方专家尽快了解我国三峡工程泥沙问题研究的内容、方法、成果和结论。

CYJV 各专业开展工作有先有后，随可行性研究工作的进展计划而定。另外，由于 CYJV 是由五个单位组成，各单位专家到蒙特利尔工作都是带家眷的，安顿生活亦需要一定时日，因此，CYJV 专家到岗位的时间亦有先后。

卡尔·诺丁先生是最先携夫人到蒙特利尔工作的专家之一。我记得与卡尔的首次单独见面是从相互介绍各自简历开始的，三言两语就结束了介绍。对他的初步印象是他是一个严肃认真、言语不多，且略有些自矜，但待人真诚的人。所以，在以后的交谈中我不急于把自己的设想和盘托出，想先听听他的意见，不是听他如何开展工作的意见，而是听他对我如何配合他的工作的要求。通过数周的接触和工作相处，我进一步了解到他真实的一面，感到他是一位和蔼可亲、易于相处的人，我对他有些自矜的感觉是错觉，他仅是不轻易表露自己对某事物的意见和感情而已。

在一次单独工作交流中他较为明确地表示，希望中方提供长江河道水、沙测验资料，他们拟验证我们在研究中所采用的水沙系列的可靠性；他要求提供各研究单位的研究成果；另外，他还要求我今后对中方成果和资料中他们存疑或不清之处予以释疑。最后还要求我协助他们对他们的工作和成果提供帮助和提出意见。当时，我认为他的具体要求，特别是后两方面，是恰当的，因为我们采用的相似理论和泥沙运动的表达公式是与苏联的体系一致，与欧美体系不同。另外，我们采用我国独创的一维不平衡输沙数学模型进行水库淤积和河道冲淤研究。但是我对卡尔的第一、二方面的要求不完全赞同。

随着时间的推移，我们泥沙专业组的工作经过万事开头难后较为顺利地进行着。但是 CYJV 在开展可行性研究工作初期却遇到很大困难。因为中方已提供的大量资料是中文，只有译成英文后加方才能阅读，所以应加方请求，长江委又派遣了翻译人员到加工作，加方也在当地聘请一些在加拿大大学学习的中国学生做翻译工作。他们也经常到我办公室请教有关河流泥沙方面词汇的翻译。

在工作初期，我与卡尔之间曾发生过矛盾，主要是在资料的提供上。确切地说并不是我与卡尔两人之间的矛盾，而是中方与加方之间的有关资料提供上的问题。说实在的，我并不知道中方已提供了什么资料。但是既然我参加了加方的工作，资料提供似乎与我相关了。有一次，在蒙特利尔召开了指导委员会会议，我与卡尔都参加了会议。说明一下，指导委员会是由中国水电部、世界银行和加拿大国际开发署组成的，对加拿大 CYJV 的可行性研究工作的方向、范围和深度等方面加以指导、检查和监督。中国水电部代表为主席、世界银行代表为副主席、加拿大国际开发署代表为成员。在那次会议上卡尔提出希望中方提供完整的长江水文泥沙观测资料和中方的研究成果。指导委员会主席水电部赵传绍先生指定我回答。我当时回答了两点。第一，按加方要求提供完整的水文泥沙观测资料是不可能的，因为宜昌及有关水文站的观测资料的系列长达数十年，甚至百年，这些资料垒起来用几个房间都不够堆放，不知加方要这些资料做什么用；第二，中方一定会及时提供加方进行可行性研究工作必要的资料和研究成果。在我回答后，卡尔没有再提问题。看来我直率的回答并没造成我与卡尔之间的隔阂。此后，他就到我办公室来主动与我商议有关工作所需的资料和成果问题，我亦提出了建议，意见一致后，由他交有关方再转交中国有关方面。我与卡尔这次在高层会议上的交锋，反而使我们之间的关系更为融洽了。他亦会主动与我商议一些问题，征求一些意见，有时会把国内送达的技术资料要我先查阅提出翻译的先后次序等。但是，他从来没有要求我一个一个地向他介绍。

在我们到达加拿大一个多月的时间里，我们泥沙组又增加了一位新成员——大卫·麦克伦。他来自卑诗省水电局，是个有博士学位的青年。但是他的专业不是河流动力学或泥沙工程。从此，我又多了一项工作，即回答大卫不懂的专业问题，几乎每周有数次。每一次他都极为认真又恭敬地前来问我，我亦乐意帮助这个勤奋好学的年轻人。另外，我想他在当卡尔的"信使"吧！他有得天独厚的优势——与我共享一个办公室。在工作期间，不时有加方翻译人员前来询问一些有关文字的翻译事项以及有关水利专业词汇的译法，我亦乐于贡献自己的知识。

在与加方其他专家日常的接触交流中，我总有一种感觉就是他们对三峡水库的特点及其调度运用，还有对水库泥沙问题研究的概貌不甚了解。为此，我征得卡尔同意后，编写了有关方面的英文介绍，使他们在工作之初即对三峡工程的一些方面有所了解。

随着加方的各专业专家到达蒙特利尔，中方与之配合工作的专家也一批批地到达。在 CYJV 我逐渐见到了在长江委大院熟识的一些同事们。这样，CYJV 的可行性研究工作就全面展开了。每天路过别人的办公室时都看到一片忙碌的景象，不是在埋头工作就是中加双方专家在讨论着什么。卡尔有一段时间对中方的泥沙数学模型和实体模型采用的水文系列的代表性产生了一些疑问，我做了多次说明还难以释疑。于是我应用灰色理论证实了中方采用的水沙水文系列的合理性和代表性后他才首肯。在忙碌的工作中，一些中方专家在周日也要到办公室工作，但在杜恰斯特大街上的 CYJV 总部在周日却空无一人，亦无人值班。总部大门的密码锁是一周换一次密码，中方专家在周日到办公室加班的要求难以得到加方的理解，这也许是两国文化的差异吧！

讲到文化差异，还有两件趣事。一件事是加方有意请美国公司进行独立研制数学模型计算三峡工程水库泥沙冲淤以论证三峡水库的使用寿命和对航运、防洪的影响。因此，中国水科院有一位专家到加配合工作。他是我的老同事，所以他请我在他与卡尔交谈时协助做翻译，但是卡尔和一些加方专家表示不同意。他们说，杨先生是资深专家不是翻译人员。我认为协助他是顺理成章的事啊，后来我的那位老同事还对我产生了误解。另一件事是加方在工作一段时间后提出了三峡工程正常蓄水位 160 米的方案，邀请中方领队和有关专家听取他们的介绍和征求中方专家意见。在轮到我发言时，我大胆地提出了不同意见，指出加方的方案中未考虑的几个因素。次日上班时，我见到在我的办公桌上放着一个大盒子（拼图块）。大卫告诉我这是大组长塞尔蒙先生送我的礼物。我感到不解，就到卡尔办公室告知此事。卡尔告诉我说，这是塞尔蒙先生对你昨天发言的感谢。卡尔还说，他自己亦不同意 160 米方案，你坦率和真诚地提出不同意见和理由，正是我们尊重的品格，所以加里送你礼物。卡尔的这番话给我留下深刻印象。

在工作中我还遇到这样一件事。上文已提到 CYJV 拟聘请一家美国公司对三峡水库泥沙淤积进行计算一事，CYJV 计划还是执行了。有一次我被邀请列席指导委员会专家组会议。会议的前一天下午，我收到了美国公司的计算成果和结论，连夜仔细阅读研究后发现该公司的计算成果存在严重错误。我发现问题后本想立刻告诉卡尔和专家组的林秉南先生，但苦于当时已是深夜难以联系他们。于是，在第二天上午开会前，在电梯口等待他们两人的到来。见到他们后我马上报告了情况，当时，卡尔的脸色大变，见他立即与林先生在商议什么。后来，当美国公司专家到达时，他立即找他们。最后，在指导委员会专家组会议上美国公司没有介绍他们的工作和成果。是啊，中方的泥沙数学模型是中国专家近 20 年研究的结晶，且经过天然河道和多个已建水库实测资料的验证，是可靠可信的。

三峡工程大坝下游河道由于水库"清水"下泄所造成的影响一直是大家关注的问题。当时，研究工作的深度欠缺，结论亦并不一致。我在美国期间，于1984年下半年应美国陆军工程师团密苏里大区和奥马哈小区的邀请，赴奥马哈与美方专家进行有关三峡工程水库泥沙问题的交流和考察。这项活动是由在中美水资源合作议定书框架下在美国考察进修的董学晟先生大力促成的。20世纪50年代美国著名的泥沙专家小爱因斯坦（爱因斯坦之子）和我国著名泥沙专家钱宁先生，在该地进行了大量的有关河流泥沙问题的研究。由于密苏里河上兴建了6座大型水利枢纽，它们的调度运行所造成的大坝上下游的河流泥沙问题及应对措施有很多实测资料和分析成果以及可借鉴之处。特别是对枢纽下游河道的冲刷、水位的下降、河床变形及应对措施已进行了大量现场观测，积累了丰富的经验和资料。在这次活动中，我的收获颇丰。但是由于"清水"冲刷出的泥沙是否在河道中形成"驼背"现象没有明确的答案。在加拿大工作期间，我多次与卡尔交流询问。卡尔是美国地质调查局的资深专家，有着丰富的实际经验，他给了我明确的答复，即在某种水文和地形条件下，可能形成"驼背"现象，即泥沙的输移不是一泻千里地被输走的，会暂时淤积在某处形成"驼背"——我称之为泥沙"转运站"，从而有可能对航运和防洪造成影响。这种观点和他的实践，是我在加拿大期间的重大收获。在回国后的一次会议上，武汉水电学院谢鉴衡院长专门向我询问了卡尔的看法。

由不便到适应再到充实

我们是在10月下旬到达蒙特利尔的，那儿的天气比北京冷多了。我们被安排住在拉蒙福特旅馆，它似乎是一个专供出差人使用的旅社，被褥和毛巾一周换一次。从旅社到CYJV的办公楼上班（非专用，与其他单位合用）是步行加乘地铁。我们每周步行或乘地铁到超市采购食品及必要的生活用品。一开始，我们是两人合住一标间，后来向CYJV交涉后才一人住一标间（单床）或两人合住两室一厅的套间，床在白天是沙发晚上展开成床，房间内有简易灶具。我们的房内没有电话，经再三向CYJV提出后才在领队的房间内装了一部电话，可以用于与国内联系工作和日常的必要通信。

为了让中国专家更快适应生活和工作环境以及日常与外国专家的沟通，CYJV专派了张芷美女士照料并与中国专家联系。张女士是一位华裔加拿大人，毕业于加拿大某大学，新闻专业。她对我们的生活和工作的通畅运行帮助很大。

在第一批中国专家到加后不久，CYJV专门聘请一位女性菲律宾裔加拿大人给中国专家补习英文，每周一次。我虽没有参加听课，但还是参加他们的英语老师安排的

文
学
篇

活动，如熟悉商店购物、邮局寄信等。这种安排使中国专家较快地熟悉了当地的环境、礼仪和风土人情等。CYJV颇具匠心！

CYJV还安排了一些技术考察活动。由于中国专家是根据可行性研究工作进展分批到达和轮换的，因此，加方安排的各批专家的业务考察活动内容亦不同。我在CYJV工作的历时相对较长，参加的活动亦略多一些。我记得参加了考察圣劳伦斯河上的水利工程，圣劳伦斯河流域有加拿大的"食物篮子"的美称；参加了乘小飞机向北飞到临近北极圈的詹姆斯湾的拉格朗日水电站的考察，该电站采用先进的自动化管理系统，使如此庞大的电站仅有几十位管理人员。由于电站地点荒芜，天气酷冷，工作人员是每3个月轮换一次，但工薪很高。我们还应Acers公司的邀请，经多伦多访问邻近尼亚拉加大瀑布的总部。它先进的自动化设计系统给我留下了深刻的印象。在冰天雪地之中，我们参观了给大瀑布供水的拦河坝及电厂。我们还参观访问了位于蒙特利尔的Lavalin总部。CYJV还安排我们跨越国境到美国纽约州、佛蒙特州考察水利设施。

在加拿大的假日里，我们被安排访问了加拿大首都渥太华，参观了宏伟的加拿大议会大厦及其内部的会议厅，"当了"一会儿"议员"。我们还参观了闻名世界的议会图书馆。加拿大国旗是枫叶标志，在枫树糖浆收获的冬季，CYJV还邀请我们在周末体验一下乡村生活、品尝乡村食物和枫树糖浆。更有意思的是在加期间，我还数次被邀"代人"赴宴和"代看"芭蕾舞演出。我们第一批专家还进行了几次"家访"。

值得一讲的一件事是CYJV庆祝圣诞节和迎新年的一次活动。这个假期是西方人最重视和最长的假日。他们将分别回到自己的家或者外地（国外）度假。CYJV在假日来临前的一个周末，租用高级旅馆的会议厅，请全体人员参加。这是我们第一批中国专家到加后不久举行的，特别新奇。要说明的是活动的开销均由参加人员分摊。在相当于招待会形式的聚会上，各方人士的讲话、举杯互贺和交谈是主要的活动形式。其间，在自由交谈的高潮中我大声提议由中方专家唱一支中国歌助兴，在鼓掌声停息后，我们"洪湖水，浪打浪"的歌声即起，我们人虽少，但声情并茂，立即赢得热烈掌声。出乎大家意料的是，随后我提议按组成CYJV联营公司的5个单位轮流唱歌庆祝节日的到来。这个提议轰动了全场，并立刻被欣然接受。于是一场中国式的拉拉唱开始了，全场的情绪达到了高潮。在散场后，一些加方专家前来与我握手，说是度过了一个难忘的夜晚。第三天上班，当我走进办公室后，发现办公桌上有一小盒巧克力。加拿大的朋友告诉我，这是公司办公室那位胖女秘书送的，对我对她工作的支持表示谢意。

返　国

时间过得真快，我在加拿大参加加方的三峡工程可行性研究工作已快 7 个月了。此时，加方对泥沙方面的中方成果已有了全面的了解，并进行了大量的详细复核，一些补充研究工作正在开展。我在加拿大的基本任务已完成，到我返回祖国的时候了。但是 CYJV 还是一再挽留，并在指导委员会会议上向中方提出延长我的逗留时间的要求。当时，中方主席回答说，这个问题会后再研究。我当然服从上级决定，但是我个人一再向加方表示希望返国。

近 7 个月来，我与加方人员都有较好的交流与合作。加方专家和工作人员的敬业精神和对工作一丝不苟、实事求是以及对中国专家热情友好、尽力服务的态度给我留下了深刻的印象。在 20 世纪末，我参加了水利部和长江委联合组成的南水北调考察团访加，商谈技术合作事宜。在途经温哥华时，我被原 CYJV 三峡工程可行性研究设计大组长加里·塞尔蒙先生接到他家里小坐。他对三峡工程上马建设和顺利进展极为高兴，并表示他为曾推动三峡工程建设而服务感到无比荣幸。他还对我说，当今，加拿大还有一些人反对兴建三峡工程，但作为工程技术人员，他和他的同事会在一定时候实事求是地起来反驳。我想这也许是加拿大人性格的一部分吧！

在离开加拿大前，一些加拿大专家到我办公室来告别。卡尔与他的太太在他的加拿大家中设便宴款待，并亲自到机场为我送行。他对我说，他很高兴有我作为他的工作伙伴协同工作。他还告诉我说，林秉南先生曾经问他对我在加工作的意见和看法。卡尔对林先生回答说，杨国炜先生对三峡工程泥沙问题十分熟悉，对他自己的工作有很大帮助。听到卡尔对我的评价，我感到这也许是对我近 7 个月在加工作的总结吧！

1987 年 5 月上旬，我应美国圣地亚哥州立大学工学院 Howard·Chang 教授之邀赴美国进行学术交流，随后由美国返回祖国。

三峡工程环评记忆

张蔓舒　杨亚非

　　长江三峡，源远流长；三峡工程，举世瞩目。早在 20 世纪初期，孙中山先生就将目光投向三峡，在心中、笔端绘制了一幅宏伟蓝图。许多年后，毛主席视察三峡，在西江石壁前，畅想着"截断巫山云雨，高峡出平湖"。今天，长江西陵峡三斗坪处，三峡工程横空出世，万顷平湖一望收。

　　随着三峡工程的建成完工，那声声的川江号子，只能留在人们的记忆中了，而三峡梦想化作现实的新生活，正在一点点地向中国人展现。三峡电站 2012 年全部机组投产发电，2014 年发电量达到 988 亿千瓦时。截至 2018 年底，三峡水电站累计发电量接近 1.2 万亿千瓦时。

　　作为治理开发长江的主体工程，三峡工程具有巨大的防洪、发电、航运、旅游等综合效益。三峡截流、围堰爆破、大坝蓄水等将世界的目光吸引过去，同时，三峡工程的生态环境问题也一直受到世人关注，尤其有一群"长江水保人"在默默关注着。

　　三峡工程建设的全过程，都离不开"长江水保人"的参与与奉献。为认识三峡工程对生态和环境的影响，长江流域规划办公室及长江流域水资源保护局（以下简称"水保局"）曾经开展了长期广泛的工作，并持续进行着研究与探索。三峡工程的环境影响研究与评价是迄今为止我国规模最大、历时最长、影响最广泛的水利工程环评项目。

　　许多朝圣者，会从自己的家乡出发，沿着曲曲折折或坎坷或泥泞的道路匍匐前行，最终达到他们内心的圣地。而关于对三峡工程生态与环境影响的论证工作，同样几经曲折，艰难向前并且有始无终。在这个漫长的旅途中，长江水保人坚实的步伐踏着脚下的土地，每一步的前行都充满了辛勤的汗水、沉甸甸的希望和满满的收获。

　　在此，我们回望三峡工程环评那漫长而艰辛的过程，探寻蹒跚起步的三峡环境影响研究。这里有二三故事，它们是岁月典藏，它们是历史记忆，它们是真实生活。

密林寻出处

　　说到举世瞩目的水利水电工程，无法不提及阿斯旺大坝。它曾经是埃及民众和政府的骄傲，可是这个大坝建成之后不久，对环境的不良影响日益显现，逐渐变成了一块烫手山芋。

埃及前总统穆巴拉克曾无奈地在一次科学大会上对参加会议的各国科学家们说："兄弟们，姐妹们，埃及面临着一些重大的挑战，你们一定要帮助我们取得胜利。这些挑战，也就是现在和将来我们所必须要面对的严重问题，需要从各个角度进行严肃的科学研究，其中最突出的就是阿斯旺大坝所造成的影响。"

很显然，他不是第一个无奈的领导人。阿斯旺大坝这块山芋，丢掉可惜，留下似乎又让人无法忍受。

那么，三峡工程，是否会与阿斯旺大坝一样，在建成以后也会对环境造成诸多影响？是时候按下环境影响研究与评价的启动键了。

当时，正值 20 世纪 70 年代，生态与环境影响并没有引起国人的充分重视，但长江委主任林一山同志却敏锐地感觉到，在葛洲坝工程解决了主要工程技术问题和埃及阿斯旺大坝的负面影响引起世人关注后，生态环境问题在今后必将成为决定三峡工程上马与否的关键因素，如不及早调查，发现问题并及时采取对策，将后患无穷。因此，他果断决定加快三峡工程环评前期工作。

对于当时的水保局来说，国内环境影响评价尚处于起步阶段，在对生态环境没有一个整体概念时，水保局针对三峡工程可能对生态环境产生的影响，如回水影响、人类活动对径流的影响、库岸稳定、淹没、水库泥沙、自然疫源地及传染病等，进行了一系列探索性的研究。

随着研究的不断深入，长江水保人日渐感觉到，三峡工程环评并非空中楼阁。1979 年，水保局选取丹江口作为类比水库开展环境影响研究，组织了 40 多个科研院所、大专院校、地方环保、监测、卫生、水利等部门协同作战，对丹江口水库运行 7 年来的环境影响进行回顾评价，先后提出了丹江口水库的环境影响报告、水质分析、下泄水温对农业的影响等三项成果，其中《丹江口水利枢纽环境影响初步调查》是长江流域第一项水利工程环境影响回顾评价。

1980 年，水保局又对正在兴建的葛洲坝工程环境影响进行调查研究、监测和原型观测，提出了枢纽对环境影响、土壤环境变化与影响、水质变化与影响等科研报告。

1980 年 12 月，水保局提出了三峡工程第一个全面的环评报告——《三峡建坝的环境生态问题》（正常蓄水位 200 米），该报告对三峡工程建成后小气候变化、水温变化、水质影响、中下游河道水量变化、鱼类资源影响、人群健康影响等重要因素进行了分析评价，这是第一个对三峡工程环境影响进行全面评价的报告，这一报告在1982 年水利部公布的《关于水利工程环境影响评价的若干规定（试行）》中以附件

文
学
篇

的形式予以颁布，成为全国水利工程环境影响评价的范本。

1984 年，国家决定三峡工程采取 150 米低坝方案，水保局对原有报告进行调整，在有关专家的协助下，于 1985 年 7 月完成 150 米方案的《环境影响报告书》，作为三峡工程论证报告的一部分，提交有关部门讨论。9 月，又在此基础上对三峡工程 180 米方案的环境影响进行补充评价。

在党中央、国务院委托水电部组织对三峡工程的可行性进行全面论证阶段，水保局及其所属科研所、监测中心和上海站，在全面系统梳理以往成果的同时，针对海内外同行关注的一些主要问题，如库区移民安置区环境容量、长江中游地区涝渍问题、对河口地区影响问题以及鄱阳湖湖区西伯利亚白鹤栖息地的影响等方面的调查和研究继续深化。同时与各论证专家组保持密切联系，以期用最新最权威的资料为基础来分析生态环境问题，1987 年提出了三峡工程环境影响专题论证报告。

巫山养螺人

有专家曾经提出，阿斯旺大坝建成后会导致血吸虫病患大量增加，主要的理由是寄生钉螺在缓慢的流水中会繁殖迅速。但是，大坝建成后的统计数字却表明，大坝建成前后血吸虫病流行指数的差别并不明显，而血吸虫病则在大坝建成后有增加，具体原因目前尚不明了，但似与大坝无关。

然而，流行病发病率不仅受环境因素的影响，还受到其他因素如社会进步、经济发展、人口结构、居住迁移以及医疗卫生水平变化的影响。如果考虑到这些因素，分析大坝建成前后血吸虫病流行指数的差别，就显得更复杂了。也许还需要在埃及找到一个经济、社会、医疗水平还停留在 20 世纪 30—50 年代状态的地区，这样才能观察到，在没有明显社会经济进步的情况下，建坝对血吸虫病流行指数有什么影响。

考虑这个问题对中国有直接意义，长江中下游地区曾是血吸虫病流行地区，后来该流行病基本上得到了控制。长江三峡大坝工程是否会产生新的钉螺滋生地，使血吸虫病发病率上升，是值得注意的。

三峡库区位于我国湖北江汉平原和四川成都平原两大血吸虫病流行区之间，建坝后，库水面增大，流速减缓，环境条件有所改变，外界钉螺能否移入库区以及在库区生存繁殖，是人们所关注的问题。

受长江流域规划办公室委托，江苏省血吸虫病防治研究所和长江水资源保护科学研究所于 1985 年 10 月共同组成科研协作组，在原江苏省血吸虫病防治研究所所长、长办三峡工程环境影响评价顾问肖荣炜教授的亲自指导和参与下，对上述人们关注的问题采取宏观分析和微观实验相结合的办法开展了研究工作。

1985 年 11 月起，在四川省巫山县和湖北省宜昌市进行了为期一年的现场实验，同时进行实验室观察及对库区的实地考察。为了解长江中下游钉螺吸附于船体迁移扩散的可能性，另于 1987 年 4 月在长江南京段主航道进行了船舶携带钉螺的模拟实验。经过近两年的努力，完成了整个预期的研究任务。

为解答三峡建坝后库区是否会出现钉螺滋生地的问题，自 1985 年冬至 1986 年底，采用现场放养钉螺的方法，开展室内外的实验观察。

养螺人的艰辛，是无法通过想象去复原的，山高谷深多险处，偶有钉螺惊煞人。考虑到上下游钉螺对三峡水库的潜在威胁，实验样品选取了库区上游和下游两组钉螺。

不要小看一枚枚小小的螺，它们或来自遥远的川西平原与丘陵山区的交界地带，或来自江汉平原的长江沿岸。江苏血防所针对钉螺做了很多实验，包括钉螺有没有可能从下游迁移到库区，认为以这些钉螺的吸附力，有可能被船带走，那么工作人员先用船做测试，一路顺流而下，看是否有钉螺吸附在船底，暗自打算想要跟着船只进行一次长途旅行。

程工是当时参与现场观察研究钉螺问题的技术人员之一，每日在巫山的云雾中醒来，第一件事便是看看房前屋后的泥土里，一颗颗小小的螺有什么变化。

螺的品种有很多，湖北螺、四川螺；螺的色泽也大相径庭，黄棕黑褐各有特色，究竟哪一种存活时间最久，最喜欢长途旅行。只能把不同种类的螺都养起来，用筛子一遍遍地筛、过滤，给饲养钉螺的土壤浇水，每隔数十天进行一次记录。

不光只有养螺，还要测水的流速，看螺附着在上面的情况，看库区是否存在隐患，看哪个螺会从上游被带到下游来。还有土壤的干湿度会不会影响螺的存活率。

程工常笑着说这完全像个农民一样，每天都在玩泥巴，活的死的，干的湿的，雄的雌的，况且观察钉螺不是一天两天的事，是一年几年的事。但正是因为他们所做的诸多努力，才有了大量的统计数据。

养螺、分析、比较，是非常辛苦的一件事。曾有人问程工，做出详细的钉螺研究报告的秘诀何在？程工笑着说，"没有秘诀，就是要多观察。"

几年如弹指一挥间，耐得住寂寞、守得住平淡的程工，和许多养螺的专家一样，潜心观察，认真研究，忘我之境。

梅花香自苦寒来。一切成果的获得，无不是有人默默研究、潜心钻研的结果。日复一日、年复一年地做着试验，在历经无数次失败后，才最终品尝到成功的果实，向国家有关部门报送了最科学的监测结果。1992 年对三峡大坝的生态环境论证报告结论中明确提出，三峡工程对中、下游血吸虫病防治有利。

2005 年，根据多年的调查和持续监测，长江委明确表示，三峡库区未发现钉螺，无血吸虫病流行。

险途砺精兵

清晨，三峡大坝氤氲着薄雾，宽阔的高峡平湖上水波不兴，坝区的静谧让人难以相信，这片安宁背后波涛汹涌。

环境影响研究与评价是一条险途，步履坚定的长江水保人常面临着千钧一发的时刻，比如水华的发生。

三峡工程开工以后，有院士认为蓄水的水质还达不到标准。那时候还在分期分批实施移民工程，库区居民正在与不断上涨的江水赛跑。2003 年就要蓄水了，水质标准应该怎么处理？

2003 年，水保局率先发现了三峡水华。从 4 月起，长江水库局在三峡库区万州、奉节、巴东等常规断面增加监测频率的同时，派出了当时我国内河最先进的监测船"长江水环监 2000"开赴库区，对三峡坝址至重庆寸滩间干支流的水质水量、沉积物、水生生物及放射性等，进行了蓄水前、蓄水期及蓄水后的全过程监测。共采集样品 1109 个，并分析了水温、浊度、总磷、总氮及有机物等 20 余项水质参数。

6 月初，当"长江水环监 2000"在香溪河、大宁河监测时，发现水体有富营养化的可能性。这是在之前研究汉江水华的经验基础上，工作人员看到藻类的颜色做出的第一反应。当时，以水保局的名义，及时上报有关部门。

随后，有关部门马上组织人员进行比对监测，负责单位是中国科学院水生所。监测发现藻类密度是 10^7。对这个国内没有统一的标准，但是一些文献的参考值是藻类密度为 $10^7\sim10^8$，汉江水华就是藻类密度 10^7。于是明确认定三峡发生了"水华"。

"水华"现象历时数天，蓄水至 135 米后，因水库下泄流量加大，水流加快，"水华"消失。

但针对三峡库区存在的污染问题，水保局的领导和专家共同认识到："如不采取得力措施，蓄水期间局部水域出现的'水华'现象极有可能再次发生！"并明确提出，应加强对三峡库区的水质监测和水域富营养化防治对策的研究，同时加大污染治理力度，严防"水华"大规模发生。

奇书十年成

1987 年，水保局开展了三峡工程 175 米方案的环评工作。有两件事值得一提：一是在三峡工程重新论证期间，水利部和加拿大国际开发署聘请在大型水电工程建设方面有丰富经验的几家机构组成扬子江联营公司（CYJV），他们也编制了正常蓄水位为 150~180 米各种方案的可行性研究报告，其第八卷《环境》的结论与长江水保局基本一致。

另一件是在整个重新论证和编制可行性报告的过程中，生态环境专家组的争论一直没有停止，各方人士围绕水库可能引发地震及库周滑坡、岩崩、珍稀动植物灭绝、疾病流行及淹没实物指标提出的问题一个接着一个，其中最具代表性的有三个：库区环境容量能否满足百万移民的要求、三峡建坝对中游平原区水质影响及河口盐碱化问题。

这些问题，如有一个解决不好，都将给三峡工程上马带来不良影响。争论双方直到 1991 年也没有达成一致意见，因三峡工程报送人大审议在即，环评报告不能一拖再拖。

负责牵头的中国科学院和长江委组成了以席承藩院士和王家柱总工程师为首席科学家的协调组，在求大同、存小异的原则下，编制完成了《三峡水利枢纽环境影响报告书》，它按 23 个环境系统和 68 个环境因子进行评价，在全面分析工程建成的有利影响和不利影响的基础上，得出了三峡工程对生态与环境的影响有利有弊，其总体效应是利大于弊；除少量不可逆转、难以恢复的因子外，其中许多不利影响是可以采取对策和措施减免和改善的基本结论，为最终保证三峡工程上马立下大功。

三峡工程的环评虽不像其他专题那样得到了全票通过，但水保局在其间所做的工作，其所付出的心血，却比那些全票通过的专题所付出的有过之而无不及。

《三峡水利枢纽工程环境影响报告书》完成后，水保局的三峡工程环境影响研究工作仍继续进行。1992 年底，他们开始编制三峡工程初步设计的环境保护篇，1994年完成施工区的环保实施规划和生态与环境监测系统实施规划，水保局在短短的十几年间便完成了整个工程各阶段的环评工作。

三峡工程是治理开发长江的关键性骨干工程，具有防洪、发电、航运等巨大的综合效益。三峡工程枢纽建筑物主要由拦河大坝、水电站厂房、通航建筑物等组成。鉴于三峡工程的重要性及其建设可能产生的重大影响，在确定了正常蓄水位 175 米方案后，尽管在三峡工程可行性研究阶段，长江委及国内众多机构对生态环境影响开展了大量工作，但考虑到三峡工程的生态与环境评价具有极大的国内、国际影响，1991年 8 月，国务院三峡工程建设委员会明确要求应按有关法律法规规定，补编 175 米方案的环境影响报告书并进行审查，修改补充工作由长江委和中国科学院联合组织有关单位进行，并共同署名。

1991 年 9 月，中国科学院环境科学委员会和长江水资源保护科学研究所共同提交了《长江三峡水利枢纽环境影响评价工作大纲》。10 月，根据国家环境保护局批复要求，中国科学院环境影响评价部和长江水资源保护科学研究所在前期研究工作的基础上，于 12 月共同编制完成《长江三峡水利枢纽环境影响报告书》，经水利部预审后于 1992 年 9 月获得国家环境保护局批复。

《长江三峡水利枢纽环境影响报告书》对三峡工程建设可能引起的生态与环境影响进行了系统全面的分析和评价。采取全流域、多层次的系统分析和综合评价方法，评价范围划分为三峡库区、中下游河段及附近地区和河口区。评价系统分为环境总体、环境子系统、环境组成、环境因子 4 个层次，全面评价了工程对局地气候、水质和水温、环境地质、水库冲淤和坝下冲刷、陆生动植物、水生生物、珍稀和特有物种、中游湖区生态环境、河口生态环境、水库淹没与移民、人群健康、自然景观和文物古迹、工程施工、防洪、航运等方面影响以及溃坝风险等问题。该报告书内容包括工程开发任务及方案选择、工程概况、环境背景、对自然环境的影响、对社会环境的影响、公众关心的一些环境问题、生态与环境监测和管理系统、环境保护经费、结论与对策建议等部分。《长江三峡水利枢纽环境影响报告书》在当年环境影响评价规范尚不完善的背景下，经过不断探索、广泛深入调查，对评价的环境要素、因子识别、评价方法等关键评价技术内容及方法进行了研究，对推进我国水利工程环境影响评价和进一步完善相关技术标准、导则发挥了重要作用。评价人员之多、评价范围之广、环境影响的复杂程度、生态的敏感性都是罕见的。环境调查研究深度、报告书的质量都达到一流水平。

峡江山水好

山至此而陵，水至此而夷，这是古人对宜昌的美好描述。如果从秭归人的视角来看三峡环境，又是如何呢？

王双建是一名基层移民工作者，从 1996 年起就生活在三峡库区首县——秭归。20 年来他生长于斯，经历并见证着三峡库区的点滴变化。他说："现在的三峡库区山清水秀，生活在这儿，舒服得很。"

防洪是三峡工程的首要功能，也是三峡工程最大的生态效益。兴建长江三峡工程，在上游形成了库容为 393 亿立方米的河道型水库，可调节防洪库容达 221.5 亿立方米，能有效地拦截宜昌以上来的洪水，大大削减洪峰流量，使荆江地区的防洪标准由十年一遇提高到百年一遇，确保了荆江河段的安全，增强了武汉市防洪调度的灵活性，使洪患及分洪措施引起的环境恶化、灾后疫情暴发等问题也得以化解。

三峡工程提高了长江下游的分洪能力，有效减少了下游湖泊的泥沙淤积，减缓了这些湖泊的萎缩，延长了洞庭湖的寿命，并能对湖区支流洪水进行补偿调节，减轻湖区洪水威胁。

三峡工程防洪补水功能的发挥，使长江经济带具有了坚强的生态屏障，广袤富庶的江汉平原和洞庭湖湖区150万公顷耕地和城镇得到保护，几千万居民得到安全的居住和发展环境。长江流域生态秩序走向良性循环，平原湖区生态达到新的相对稳定状态。

三峡工程亦为中国提供了最清洁的电能。2015年12月12日，联合国气候变化巴黎大会通过《巴黎协定》，成为全球气候治理进程中的里程碑。中国向国际社会宣布了低碳发展的系列目标，其中包括2030年左右使二氧化碳排放达到峰值并争取尽早实现，2030年单位国内生产总值二氧化碳排放比2005年下降60%~65%，等等。

这些承诺意味着什么？水利部原部长汪恕诚算了一笔账：《巴黎协议》指出，全球平均气温较工业化前水平升高控制在2摄氏度之内。这意味着温室气体排放减少一半才能达到这一目标。发达国家承诺了减一半指标，但留给发展中国家的指标一共只有88亿吨，而目前中国每年的二氧化碳排放量就达90亿吨，也就是说，全世界发展中国家温室气体排放的空间全给中国也不够。所以说，对中国而言，温室气体减排这个矛盾相当尖锐。

三峡工程在节能减排方面发挥的巨大作用，也有力地证明了这一点。2012年，三峡电站32台70万千瓦机组全部投产发电，电站总装机容量达2250万千瓦，其多年平均发电量为882亿千瓦时，约相当于1991年三峡工程开工建设前全国总发电量的1/8。2014年，三峡电站发电量更是达到988亿千瓦时，成为世界上年发电量最大的单座电站。

此外，三峡水库还成为深水航道，使长江航运成本与能耗大大降低，拖载能力大大提高，成为典型的节能减排"绿色航线"。

每年的4月底到7月是长江"四大家鱼"（青、草、鲢、鳙）的产卵期，长江干流是"四大家鱼"的主要天然原产地，其自然繁殖离不开特定的水文条件，如持续的涨水过程、一定的水流流速、18摄氏度以上的水温等。

为促进长江中游"四大家鱼"的自然繁殖，2011年6月，三峡工程实施了为期4天的三峡水库生态调度试验及同步监测。通过调度，每日日均出库流量增加2000立方米每秒左右。调度期间，出库流量从12000立方米每秒左右逐步增加到19000立方米每秒左右。监测结果表明，本次生态调度使中下游流量、水位持续上涨4至8天，与"四大家鱼"自然产卵时间相吻合，促进了"四大家鱼"的产卵行为。

多年的运行实践也证明了三峡工程是一项当之无愧的生态工程、环保工程和民生工程。在生态环境保护日益受到重视的今天，正确客观地看待三峡工程和水电开发，算清楚其中的生态账，对于我们改善生态环境、促进人水和谐，对于我们所追求的绿色发展、生态文明，有着重要的现实意义。

时至今日，水保局已经跋涉了许多年，已从当年创建的 13 人发展成为国内最为强大的水资源保护队伍之一。数十年的路并不长，但回首长江水质污染状况却让人感到长江水资源保护工作依然任重而道远。每一份平安数据的背后都有无数默默为之守护的人，而这个世界瞩目的超级工程，正是有这样一支"水保"队伍，才得以"安康"。

众志成城，树 156 丰碑

——回眸三峡库区二次蓄水前本底测量

张　强　杨秀川

一、开篇

2006 年的夏天，重庆市以及长江上游广大地区揭开了近代自然史上沉重的一页：百年大旱，持久高温，河流干涸，田地龟裂，庄稼歉收，树木枯死，饮水困难……旱魔肆虐之下，灾区人民遭遇了非常严重的生存危机和环境考验。

在大旱覆盖的三峡库区，连续 70 余天滴雨未下，入夏之后温度直线上升：35 摄氏度、37 摄氏度、40 摄氏度、43 摄氏度……及至 9 月上旬还骄阳似火，赤地千里，极度炎热。上苍把一个雨水丰沛的地区变成了水贵如油的干旱之地，把一个本该防汛的季节变成了抗旱季节，也就把人与自然搏斗的壮怀激烈的故事铭刻在人们心中。

罕见的大旱酷暑之后，长江上游水文人铭记着什么？铭记着三峡水库 156 米蓄水这件在中国水利史上具有里程碑意义的大事，铭记着为三峡 156 米蓄水而进行的长达两个多月的库区本底测量这出重头戏，铭记着旱魔逞凶下全局上下一心、众志成城、不负使命的一段经历。事虽往矣，情景犹在，难以忘怀。

曾记否，三峡 156 米蓄水期限既定，铁令如山，库区本底测量工程浩大，迫在眉睫。为确保任务如期完成，长江水利委员会水文局长江上游水文资源勘测局（以下简称"水文上游局"）多次召开动员大会和专题工作会议。局长罗以生、副局长官学文等领导亲自部署工作，决策库区行动。在"为三峡大业而战，为长江水文而战，为上游局发展而战"的庄严动员下，全局思想统一，步调一致，精神振奋，共赴大任。

曾记否，为着本底测量的攻坚战，水文上游局调集 5 艘测船、6 艘冲锋舟、2 部车辆和 14 台全站仪、10 套 GPS、15 台电脑、3 台回声仪、3 台发电机等大量仪器设备，载着近 60 人的两支测量队奔赴广袤的三峡库区，在 428 千米长江干流和 141 千米支流的战场上展开了艰苦卓绝的 80 天奋战。在酷暑逼人、山高路远的恶劣环境中，在停电缺水、露宿甲板的艰苦日子里，在日不能休、夜不能寐、十人九病、临工"逃跑"

文学篇

的无奈情况下，全体参战人员顽强地坚持到最后，用生命的激情谱写出上游水文人迎难而上、恪尽职守的事业华章。

曾记否，上级组织和全局上下始终把关注的目光和关怀的情感寄予一线。作业期间，长江委水文局领导刘东生、金兴平亲赴现场慰问测量队员，水文上游局党政工团领导先后7次到库区检查指导工作，党办、工会相关宣传人员也积极采写新闻报道。大战告捷时，水文上游局大门口张贴着热情洋溢的欢迎标语，党委领导班子成员为测量队员接风，同事相见也总是问候有加。真可谓只言道尽事业情感，杯酒凝聚群体合力。历经艰辛与考验的水文上游局干部职工用集体的智慧和力量诠释了"精品团队"与"和谐水文"的深刻内涵。

踏遍青山，水文上游局收获了可喜的劳动成果。测量队抢在9月20日三峡156米开始蓄水前全面完成了长江干流和9条支流的外业测量任务。内业资料正在积极地整理中，这些成果将成为三峡建设中不可缺少的科学依据，将为三峡156米丰碑的矗立垫上一块厚实的基石。

战罢酷暑，水文上游局增加了实力和信心，面对前所未有的大工程、百年罕见的大干旱、时间紧迫的大压力，勇敢地迎接挑战。在实战中培养年轻队伍，在应用中推广科学技术，在磨砺中锻炼钢铁意志，在拼搏中弘扬团队精神。对于水文上游局干部职工来说，三峡大地给予自己的不是经久漫长的煎熬，而是非常难得的机遇。因为曾经征战过乌东德、溪洛渡、日冕等西部山水的水文上游局测量队，又在2006年的库区本底测量中亮剑三峡，展露风采。

2006年的库区本底测量，是水文上游局写在三峡蓝图上浓墨重彩的一笔，是上游水文人对三峡156米蓄水的献礼！

二、亮剑磨刀溪

在大旱初露的6月下旬，水文上游局拉开了三峡本底测量的序幕。这是继春季大规模库区本底水下地形测量之后，全面开展陆上地形测量的大决战。

6月27日，第一支被派往库区的被誉为"野战军"的测量队在水文上游局河道队质检员辛国的带领下踏上停泊在重庆寸滩港区的水文309测船，26条汉子带着入伍般的豪情在一声长笛的鸣响中启程东行。炎炎烈日，大江奔流，此去云阳磨刀溪将是怎样一番情景大家不去多想，只是凭着对三峡156米蓄水的责任感和满腔自信坚定地走向了这山重水复的长江支流。

磨刀溪发源于云阳县南部山区，在著名的张飞庙下游2千米处汇入长江，是三峡库区的主要支流之一。从河口以上的24千米河段是2006年本底测量的作业区域，其间跨越新津、普安、龙角三个乡镇。作为水文上游局库区本底测量的首战场，磨刀溪给"野战军"的将士们留下了难以忘怀的记忆，那就是气候的酷热、环境的艰苦和同志们以执着的信念与坚定的意志在新时期"新战场"上亮剑深山的一段经历。

怎能忘记那刻骨铭心的火热日子！我们是如此不幸：在"野战军"刚走进磨刀溪的时候，百年一遇的酷热和干旱正袭击三峡库区。大山环抱的河道弯弯曲曲走向纵深，为我们设置了一个只见日头不见清风的"火炉"——沟谷气温接近50摄氏度，水面热浪扑面，山上草木渐枯。如火的朝霞、似焰的烈日、若碳的晚霞，让人觉得整个天地都在燃烧。清晨，我们未曾出发已经大汗淋漓；中午，我们被烈日炙烤，肌肤疼痛，头颅有爆裂之感；晚上，我们焦渴难耐，浑身疲劳。日出日落，出工收工，喝水流汗已经成为我们生活的主题。也就是这种非常的境遇，演绎出"野战军"里的种种奇观：上衣对于大家是多余的，干脆赤裸背膀打天下；头发对于我们是累赘，干脆全部刮去当"和尚"；水壶汗巾对每个人都是重要的，必须随身携带时刻不离；藿香正气水是不好喝的，但有病无病的人都要喝……正是靠了这种土而又土，简单得不能再简单的方法，我们在磨刀溪顽强地抗御着极其严酷的暑热，毫不松劲地坚持着野外测量。从天边的第一道曙光初露到月牙爬上山头，队员们没早没晚地涉行在山高沟深的磨刀溪里。太阳晒黑了体肤，烤瘦了身躯，但是烤不退大家的勇气和决心。当四个测量组一天一大步地向上游前进时，我们又感到自己是如此幸运，因为千秋伟业的三峡工程即将实现156米蓄水，上天让我们有机会在这里释放自己全部的执着、坚定、意志和热情。炎热的7月，使我们拥有了为之骄傲的磨刀溪本底测量成果和更为丰富的河道勘测经验。

怎能忘记那险阻重重的一个地方和艰苦卓绝的一段生活！磨刀溪山高水深，植被茂密，乱石遍地，石崖陡悬。我们身背全站仪，肩扛三脚架，手提笔记本电脑，带上沉重的电瓶，在荆棘丛中开出一块地，建立起数据采集平台。测水边，测沟谷，测悬崖，测密林。每一个数据都沁透着我们的汗水和心血。无数次的负重攀爬，无数次的战战兢兢，无数次的皮开肉绽，在有路或无路的河岸边，我们用双脚丈量着磨刀溪的本底。在每个本应该欣赏华灯初上的夜晚，全体测量将士才带着一身疲惫回到水文309号，在寂静漆黑的江边用江水一遍遍地冲澡，在炎热的船上通体流汗地吃饭，在苍蝇蚊虫的骚扰中度过没有任何文化娱乐生活的炎炎长夜。

岂能凭江水荡涤而模糊"野战军"们质朴的身影！质检员辛国严格把守质量关口，经常彻夜审检当日地形图，直熬得眼睛红肿；水质室兰峰，皮肤白净的他在烈日暴晒下成了"非洲卖炭翁"；朱沱水文站冯东，日夜辛劳，愈加黑瘦，大家戏称其为"黑竹竿"；涪陵勘测队彭斌，因难耐酷热剃成光头，额头的汗水在太阳的照射下闪闪发亮；涪勘队陆宗富，驾驶冲锋艇，搏于激流；嘉勘队严华，老同志方显水文本色，几度中暑仍然坚持在前线；寸滩水文站赵善群，新婚不久，参战入队；河道队包波，白天忙碌野外测量，唯有深夜才有时间致电热恋中的女友。这里的人和事都是平凡的，但正是这些只知道埋头苦干的人和实实在在的行动，才使"野战军"在亮剑磨刀溪中取得了首战告捷的胜利。

我们感动于领导的关怀与慰问。在磨刀溪测量的日子里，水文上游局党政工团领导陈永富、蔡渝进等人冒着烈日，到测区看望大家。丝丝问候，切切关心，让我们在大战伊始就实实在在地被领导们感动了一把！

"磨刀溪上水滔滔，磨刀老人专磨刀，岁岁年年把刀磨，替人磨刀磨到老……"这首注释着磨刀溪来历的歌谣，也注释了水文上游局"野战军"在磨刀溪的行动价值和效果。我们走进磨刀溪，就是要在这里把上游河道勘测的宝刀磨得更锋利。我们亮剑磨刀溪，就是要为三峡这个水利史上的"巨人"开疆拓土，建功立业。磨刀老人今何在？但看上游水文人！

三、练兵乌江口

举全局之力打三峡之仗，是水文上游局 2006 年三峡库区本底测量的决策方略和行动意志。

面对分散而广大的测区、繁重而艰巨的任务和大量熟手相继派往库区的现状，为了进一步扩大队伍，增强力量，加速本底测量，7 月中旬水文上游局又从局机关和外业各勘测队抽调人员组建了"青年突击队"。这支队伍由水文上游局河道队队长马耀昌挂帅，河道队工程师李自斌和宜勘队副队长张强协助。队员几乎都是 20 岁出头的青年大学生，其中不少人刚到单位几天便被调到库区参战。临行时，水文上游局党办向青年突击队赠送红旗一面，以此激励大家的事业热情和奋斗精神。

7 月 18 日，当青年突击队开赴乌江时，巨大的压力和考验迎面而来：峰峦列列、水岸炎炎、漫江蒸腾、炽热如火的乌江，把盛夏的严酷摆在眼前；库区本底测量对安全、质量、进度的严格要求和乌江口紧邻城区的复杂地形把任务的艰巨摆在眼前；一支不乏热情但缺乏经验的年轻队伍把力量的薄弱摆在眼前；以船为家、漂泊江河、条件简陋、随地驻扎把生活的艰苦摆在眼前……面对诸多困难，这支洋溢着青春活力和生命激情的队伍没有怯懦没有退缩，而是以高昂的斗志和冷静的态度迎接挑战。于是，乌江便成为青年突击队出征三峡的练兵场。

乌江练兵从实战开始。在如火如荼的库区本底测量中，青年突击队选择了在干中学、在学中干的练兵方法。为了让新手掌握全站仪、电子图板和 GPS 等新仪器新技术，了解河道勘测的内容、要点和方法，青年突击队分为两个地形测量组和一个控制测量组，每组由熟练人员主测，并带 1~2 名新手现场跟班。熟手一边作业一边施教，结合现场实际，讲解仪器使用方法、地形测绘要领和野外作业经验等，力求有的放矢。对测绘理论和技术规定，则在作业间隙或中午、夜间进行交流和讨论。一段时间后新手便亲自操作仪器和电脑，熟手临阵指导。此外，还尽量让年轻人参加查勘、设点、记录、执尺等多种锻炼，使其对本底测量各个技术环节有全面的认知和了解。乌江练兵可谓工学相长，青年突击队在 10 天时间里不仅如期完成了 10 千米河段 1：2000 地形测量、6 千米控制测量和 8 个断面测量等任务，还在传、帮、带中训练出一批测绘新人。

乌江练兵不止于技能训练，更多的是精神意志和思想品质的培养。从开工的第一天起，气温便一路上升，由 37 摄氏度直至 40 摄氏度。烈日暴晒、酷暑熏蒸、山高路陡、水深崖险、野地如火……非常恶劣的气候和环境把大家推上了体能、意志、勇气、精神大磨炼的平台。在黎明的困倦中起床，在午后的烈日下奔走，在刺蔓高草里攀行，在茫茫夜色中探路，在炎炎长夜里露宿甲板……每天十几个小时的高强度野外作业，使同志们整天汗流如柱，口干舌燥，浑身暴热，头昏脑涨，体能消耗达到极限。开工一两天，稚嫩白皙精力旺盛的一群年轻人全都肌肤黢黑，面带倦色。不到一周，多数人身体不适，饮食减退，开始生病。但就是这样一种境遇和这样一番磨砺，使青年突击队的战士们学会了吃苦，学会了忍耐，学会了坚韧顽强，学会了团结协作。对于不少年轻人来说，什么是河道勘测？什么是水文精神？什么是事业需要？什么是历练成长？过去知之不多。但在他们第一次参加测量和第一次走进乌江之后，就对这些曾经陌生的概念有了深刻的体验和完整的理解。

乌江是青年突击队成长的摇篮。在这里，一批刚出书斋的大学生锻炼成能文能武的劳动者；在这里，一群从小生活在优越环境下的小青年磨砺成坚强勇敢的"圣斗士"；在这里，青年突击队知道了钢铁是怎样炼成的！

四、绘百里小江

翻开记忆的书本——小江篇，思绪回到了小江。

随着盛夏气温的节节高攀，水文上游局的全体库区测量人员也气势如虹，频频传佳报：青年突击队在河道队长马耀昌的带领下，在乌江大显身手；而野战军在河道队质检员辛国的率领下，告别磨刀溪，挺进库区最大的支流之一——小江。

小江，位于重庆市东北部，地处大巴山南麓，流经中华人民共和国的开国元勋之一刘伯承元帅的故里——开县。按照长江委水文局下达的任务书，需测小江 50 千米 1：2000 的河道地形，这在库区支流任务中，算是一块硬骨头了。

小江蜿蜒曲折，两岸地势沟壑纵横，延绵起伏，有许多较为宽广的坝子，测至175米高程相比其他河段大大增加了工作量。热浪灼灼，任务重重，四块图板组在河道队质检员辛国的一声号令下，在双江口拉开了帷幕。

在小江整整30天艰苦卓绝的日子，是一段抹不去的励志记忆，它记录了在一段百年不遇的旱情下，一群水文勘测者的工作与生存状态；它存储了上游水文人在极其恶劣的野外环境下所创造的一笔宝贵物质和精神财富，比金子更发光比白银更闪耀；这段震撼心扉的记忆，在测量将士朴实的情怀中，随着岁月的远去，愈加鲜活、生动！

跑尺民工的抱怨犹在耳边回响："简直要热死人了，这种高温下谁还在工作啊，不干了，不干了！"在磨刀溪时雇的民工走得所剩无几，而在小江新雇的民工还没有干到两天就抱怨不断，请求辞走。他们围着质检员辛国，大诉其苦。辛国皱紧了眉头，百余里小江才刚刚开始啊。接下来的任务就是招募新跑尺员，为了稳住跑尺员阵容，辛国改变原来的策略，走上小镇街头村庄，贴上启事，摆开桌子，当起了主考官，应招者需满足吃得苦、领悟快、意志坚等条件后方可录用。此招特受用，新雇佣的跑尺员不仅勤快，而且坚持到底。一名55岁的中学物理教师知其详情后，利用暑假，激动地报名参加，大家感动无比。此番民工故事之述，足以见气候环境之恶劣，劳动强度之大，常人难以忍受，唯有水文人默默坚挺。

在深入挺进小江后，气温一路攀升，直逼43摄氏度，重庆市人民政府发布了高温红色预警。同志们与热魔做抗争的镜头清晰地映像出来，使人觉得此时身在寒秋亦感炎热，这与望梅止渴同效应，都是一种极限下的生理状态。43摄氏度，是气候环境对测量者忍耐度的考验，是对测量将士的挑衅。不会忘记那热得"衣不裹体"的场面，不会忘记那太阳暴晒下黝黑发亮泛着汗水光芒的背影，不会忘记一个个仰起的脑袋在高举的空杯下水已饮尽嘴唇依然干裂的场景，不会忘记仪器电脑都出现高温故障，人却要忍受30个正午里蒸笼似的船舱，同志们像热锅上的蚂蚁，焦躁难安；30个零点的午夜，将士们依然辗转反侧，不得入梦，睡得最晚，起得最早。酷夏高温与百年干旱改变了同志们的生物时钟，却无法改变心中的满腔激情斗志。

如此干旱炎热，导致小江沿岸土地龟裂，菜园枯萎，上游来水减少，库区回水本来就已到小江，水不流，加之生活污水排放，三者合之，则小江自净能力大为降低，水质极差，生活用水成了特大问题。领队辛国同大家商议后决定：饮用和炊煮之水开始阶段用船从长江取之净化。随着进程的深入，从当地泉井接水，或请人挑担；洗澡洗衣则就江取水净化而用。生活吃菜也成了问题，干旱导致蔬菜产量减少，买菜常是空篮而回。然而同志们在高温下也胃口不佳，食欲大减，加之疲惫，身体都愈加消瘦。这些至关生存的往事记忆，如今而思，都成了人生中的一笔历练财富。

前线的艰苦境况，局领导们揪心牵挂。党委副书记陈永富、纪委书记蔡渝进、副总工程师杨世林等人多次前来慰问，带来西瓜、常用药品等解暑。炎热下的甘露，伴随着领导们一次又一次的慰问，滋润着我们的心田，催生着我们的斗志长得更加苗壮挺拔。

测至半程25千米处的小江电站时，其大坝残墟阻断了水文309测船继续前进的步伐，且水位也降至极低点，船搁浅坝址处，进退皆不能。辛国果断决定：冲锋舟加步行，继续高歌挺进。如此又前进了8千米，行进到了渠马镇，水位实在太低，冲锋舟再也无法前进，4个图板无法展开最佳阵势，于是大家商议后一致同意：兵分两路，一路从渠马往上测，另一路从尾部19号断面养鹿乡往下测，各路吃在农家，就地择房而住，力争一周后胜利接头会师。分开作战，集中人数减少，大家更加相互体贴关照，保持战斗力，克服了交通极为不便靠步行的问题，克服了农家吃饭住宿不便的问题，克服了地域陌生的问题，一鼓作气，争分夺秒，在宽阔的杨家坝上实现了胜利会师。

从7月8日挺进小江到8月8日会师，历时一个月，测程50千米。在这段已经流逝的时空里，没有惊人之举，却饱含太多感动水文的点滴故事，连新闻媒体也惊喜地发现这是很有价值的新闻题材，摄像机、照相机跟踪拍摄。30天的日子里，有太多的"普通"或"平常"对于测量将士来说成了一种奢望，比如：休闲下来看一份报纸，欣赏一个电视节目，拉着心爱的人逛逛街，享受一个周末，参加一次体育活动，买一次福利彩票，喝一瓶冰冻饮料，吹一下空调，睡一张舒软的床，全身心地放松一天都是可望而不可及的。在小江百余里的战场上，虽然没有战国时的刀光剑影，也没有战乱年代的炮火纷飞，在和平年代下，水文勘测建设者们发扬革命精神在此搏击百年伏旱，绘千秋水利宏伟本底，他们的形象，将印刻在水文的史册中！

五、挥师大江上

"夸父追日"这个古老的神话，讲述了夸父为追赶太阳喝干黄河、渭河之水，最终焦渴而死的故事。夸父为何追日？谁也不知道。但夸父非凡的勇气、坚定的志向和感人的精神却永恒地留在了人间。

假如我们把夸父追日理解为与时间赛跑，与天地较量。那么，在2006年夏季的三峡库区就有着一批与时间争分秒、与高温比顽强的当代"夸父"。

7月底，青年突击队由乌江转战到涪陵区蔺市镇，开始蔺市至铜锣峡90余千米长江干流1：5000地形测量。这是水文上游局库区本底测量面积最大的一个测区，也是青年突击队库区测量的主战场。

气温在继续上升，重庆市各地相继发出高温预警，"红色警报"在各地迅速拉响，

文
学
篇

防大暑抗大旱成为灾区人民的一致行动。可是，置身于水枯山焦、满目如火的大江边的同志们却是这样度过每一天的：在晨光初露的5点钟起床，匆忙吃过早饭，准备停当后不到6点出工。在近50摄氏度高温的山头河谷、刺林野草中一刻不停地测量和跋涉，直至正午或午后1—2点。中午在似蒸笼一般的船上为仪器充电或整理资料，算是休息。下午4点又整装出发，挥汗如雨地工作到夜幕降临，冲锋舟摸黑把分散几千米远的各处人员接送回船常在9点以后。吃过晚饭，又抓紧整理资料、拷贝数据并做好次日工作准备，一直忙碌到夜里11—12点才在闷热难熬中勉强入睡。如是这般，日复一日。这样的作息时间不是谁规定的，而是同志们自觉的选择。因为在只有炎热没有凉爽，只有劳累没有清闲的情况下，大家共同的心愿就是争分夺秒，抓紧时间完成任务。

三峡库区干流测量主要为陆地地形测量，水文上游局规定岸上177米以下陆地和水域所有礁石、洲滩、河汊及其相关地物都要测绘入图。百年大旱下的川江河道，水位持续下落，洲坝延展，礁石出露，泥汪显现，急滩增多，地形变得非常复杂；川江黄金水道两岸人们活动频繁，城镇、工矿、码头、道路、桥梁等水路设施和地物众多，测图难度较大；库区移民后，肥沃的河滩高草蓬蓬，蔓藤芊芊，刺丛连片。高岸地带竹木茂密，通视不良。这些不利因素给该区测量带来重重考验。

岸部测量是艰巨的。烈日烘烤下的河岸灰白一片，热浪蒸腾，从几百上千米远的河对岸指挥临时工跑点，在枯草黄叶和密林枝叶间去捕捉那豆大的目标十分困难。司仪的人头不离镜，口不停声，汗迷双眼，一站下来，头晕目眩。绘图的人或蹲或坐在滚烫的地上，汗水淌背，五内冒烟，在全神贯注测点的过程中还要时时担心电脑发烫死机。至于临工，既要催促其快速行进，又要时时关注其安全，因为陡岩危险，泥潭陷人，草丛有蛇，城区有电。高温下非常艰辛的测量已经使不少临时工难忍其苦，陆续辞工。

水域测量是危险的。沿江有许多明礁群和暗礁群以及坑洼遍布的岩石大坝。测绘这些地形需要几部仪器交叉观测或岸上水下同步进行。在中坝、桃花岛、木洞一带的水下地形测量中马耀昌、樊小涛和陈大刚等同志，乘着冲锋舟穿行在狭窄的礁石沟槽中，一边操作仪器一边小心地避让暗礁，迂回前行，迎浪夺路。这个时候稍不注意就会打坏桨叶，发生事故，可谓险象环生。而岸上的谢泽民、龙洪、邓荣等同志则架设仪器于光秃秃的礁石上，伞无法支撑，只有让毒辣的太阳当头暴晒。礁石区地形多样，施测困难。坎上坎下，坝上水边，每一点都要测到，每一处都很费劲。一站大半天和一干就到午后是常见的事，人累得疲惫不堪，仪器也经常出故障。在干流测量中，青年突击队先后有3台电脑因温度过高出现黑屏，无法使用。

就是这样一种景况，检验着青年突击队的实力和斗志。从蔺市开始，四组人员分布两岸，你追我赶，紧张激烈。作业中大家紧密配合，互相支援，困难之下争着上前，危险当前不让他人。就是凭着一股子干劲和过硬的技术本领，青年突击队鏖战大江20天，过长寿，走扇沱，战木洞，闯峡口，每天前进4~5千米。在这期间，每个人都处在由火热生活引发的亢奋之中。脸更黑了，人更瘦了，喝盐水服人丹的更多了，但就是没有一个人退下阵去。如果说这也是一道风景，那么，库区本底测量的同志们在用生命的激情和坚韧的意志描绘这道风景时，笔力是如此遒劲，色彩是如此厚重！

六、直取关刀峡

记忆的闸门一旦打开，往事历历在目，如滔滔江水，心潮澎湃。就让我们一起重温那段高歌猛进、豪情满怀在长江战场上的盛夏岁月！

罗贯中在《三国演义》开篇著："滚滚长江东逝水，浪花淘尽英雄……"可见，岁月苍茫，沉淀下来的是灼灼精华。三峡库区本底测量将士，虽不是历史的英雄，却在千秋水利事业的舞台上，嘹亮地唱响过一曲朴实无华的歌，它的声音，一如江水击岸，荡气回肠！

那是2006年8月。

小江奏凯后，"野战军"们速返回至新云阳双江口镇（小江入长江处），作两天短暂的休息，养精蓄锐。

8月13号，指令到来，命河道队质检员辛国率"野战军""攻取"长江干流新云阳县城至奉节关刀峡85千米1：5000的河道地形。

任务一到，全体将士浑身来劲，整装待发。长江气势磅礴，没有了小江小河的狭窄弯曲，两岸地形大气长直，一眼望去，观之数千米，而且是测1：5000的比例，这相对前些日子的支流测绘，自然快了许多。同志们豪言以示：日取6千米以上，测旗10余天直挂关刀峡。

关刀峡是水文上游局与水文三峡局库区任务的交接段，此至三峡坝区处由水文三峡局承测，至重庆铜锣峡处由水文上游局承测。关刀峡位于夔门峡上游约20千米处，比邻三国故事"刘备托孤"的白帝城。当年西川蜀军与东吴士兵在此地带刀光剑影，而今，一支高举水文测旗的"野战军"，身受百年伏旱的侵袭，以超强的意志和力量在此与时间赛跑，渡长江、越山冈、穿峡谷，披荆斩棘。库区本底地形测量将士不是古代神笔马良，奇异超常；而是新时代的水文人，用高科技武装起来的具有吃苦奉献、热衷于水利行业的开拓建设者。

云阳至奉节的长江河道十分陡峭，绘图员、司仪、跑尺员在其石崖、陡坎上设站观测和行走，夸张点来说就是飞檐走壁。测区大部分被密不透风的植被覆盖，加之极度炎热的气候，人如在蒸笼中一般。即使困难如此重重，"野战军"全体将士仅用了 13 天的时间，就旗挂关刀峡了，谈不上阵势气贯山河，也可用所向披靡之修辞。

已亮剑磨刀溪、绘百里小江，再直取关刀峡的"野战军"全体将士们，已挥师出征 60 天有余，在如此的残酷气候和恶劣环境下超负荷工作运行 60 日，其身体机能和力量必损耗殆尽；然而不是奇迹，却足以说是漂亮的"闪电战"，同志们创造了一个速度。

如此，什么是此速度的发动机和力量之驱呢？真实的现场感悟和此时的时间与空间回忆都证明是四大"动力专家"所造，按时空顺序排列如下：

"动力专家"一：新技术、高科技在河道测绘领域显神通。纵观测绘发展史，其技术的革新突出表现于高科技仪器的开发和推广。全球定位系统 GPS、数字全站仪、数据处理软件清华山维等仪器、软件超越于传统测绘手段 10 倍有余。此次三峡库区本底测量，水文上游局高度重视，投入大量资金，新购 GPS 5 台，全站仪 6 台，IBM笔记本 10 台，清华山维软件（附加密狗）10 套，冲锋艇 4 艘，其他物品若干专用于此次本底测绘，总价值数百万元！

"动力专家"二：全体将士的激情斗志。兵书曰："夫战，勇气也！"同志们一如既往地忘我奋战，毫不松懈，纵使太多的艰辛，都暂时忘却在意志里。

"动力专家"三：领导的关怀。在 10 多天的时间里，水文上游局领导曾 6 次来电关切地询问或亲临一线慰问。还清晰地记得从领队质检员辛国手机里传来局领导的声音："同志们辛苦了，天气预报说今天 42 摄氏度，下午就不出工了吧，到云阳找个空调房间休息下，同志们一定要保重身体！"如此以人为本的领导，怎能不感动前方一线的全体测战将士，产生巨大的战斗力？

"动力专家"四：后方阵地。这是测战举足轻重的组成部分。我们的将士离开家园，将家庭的责任转给了妻子、父母；我们的将士离开科室、勘测队、水文站，将防汛测报任务转给了同事；我们的"军需"补给，后勤组星夜兼程送往；我们的境况，上游网和水文网真情呈现……后方这块阵地，站着太多我们最可爱的亲人和同事，为我们呐喊助威，他们是我们最亲爱的啦啦队！

在飞来滚石，将图板上的笔记本粉身碎骨、使其壮烈牺牲的惊险瞬间中；在将士们极度消耗身体，在山涧意外发现并捕捉到甲鱼，正可熬汤补身时，却将它放还长江的故事中；在此篇论述或未论述的场景中，"直取关刀峡"将成为我们骄傲的记忆！

七、龙河保卫战

遥望巍巍大夔门，惊叹长江第一峡。祖国的山河啊，三峡的画卷啊，你是如此的盛世多娇！

回首瞿塘峡，远望白帝城，挥手热情的奉节人民，水文309测船依依不舍地沿大江返回。在凝聚艰辛与血汗的激水与热土中，"野战军"们曾用生命的极限谱写和唱响一曲忠诚与超越的长江之歌。

水文"战舰309"航行到了长江上著名的鬼城丰都，在龙河口停泊了下来。

龙河是长江右岸的一级支流，位于石柱与丰都两县境内，流域面积2810平方千米，干流全长114千米，天然落差550米，河口多年平均流量58立方米每秒，水能资源丰富，地理位置适中，开发条件优越，长期引起数家水电和旅游公司的注意。

2003年，三峡关闸进行135米蓄水，于是有了高峡出平湖的美景。135米尾水恰至丰都，于是龙河前身4千米部分也就被划属于"三峡库区135米变动回水区"。

2006年8月31日，一个烈日炎炎的中午。

一群汉子的到来，引起了当地百姓的注意力和好奇心，老乡们曾是这样评议：他们一个个又黑又瘦，皮肤粗糙，袒胸露背，太阳毒辣得把他们的油都晒了出来，像是非洲人，也像是流浪野外甚久。虽倦意，眼神犹锐，说起话来颇幽默，谈笑间，平凡中透露着英姿飒爽。个个好像要上战场一样，背负着沉重的家伙！有的扛着个三脚架，提着电瓶，还有的背着电脑，差点以为有几个人长有三头六臂呢，浑身上下都挂着东西。

老乡们如此一番的素描，真情实感地再现了"野战军"打响"龙河保卫战"之前70多天以来的形象和风貌！

"同志们，历经两个多月的艰苦磨砺，我们挺进支流、转战大江上下，夺得累累战果，现在虽时已立秋，其酷热尚在，希望同志们继续鼓足士气，再接再厉。水文上游局三峡库区本底地形测量任务现在已经进入了冲刺阶段，大家要保持势如破竹的势态，精确描绘龙河原貌，打漂亮的龙河6千米河道本底地形'保卫战'！"河道队质检员辛国在"龙河保卫战"上进行了动员，极大鼓舞了将士的斗志。

"再接再厉，打响龙河本底地形'保卫战'，'保卫'龙河本底地形"，众人齐高呼。

在接下来的四天里，同志们开始拼命地战斗和工作。天刚蒙蒙亮，大家便跃床而起，发出的第一句话语响亮在晨曦的龙河畔，那一刻，其他人还在美梦中。同志们扛着仪器，背着水瓶，步行于乱石、杂草、陡坎、水滩中，架起全站仪，打开电脑，开始投入工作。跑尺员身上背着个"大哥大"，在烈日下艰难地行走在石崖壁上、公路上、房子角、桥渡口，穿梭于杂草丛、灌木带、荆棘群。为了准确地获取一个重要地

文
学
篇

形点，常常费九牛二虎之力爬上高崖，砍掉挡住视线的灌木，多么认真、执着的一群测量者啊。

感动龙河、感动老乡、感动我们自己。龙河本底测量的故事，深深地铭刻在全体同志的心中。述其两三，足以知晓其全。

那一天，太阳很毒辣，树叶小草都被烤枯了。一把伞，阴影投在仪器上，阳光洒在测量者的赤身上，仪器在极限温度下发热勉强运行，人在汗流浃背中依然坚强挺拔，多么让人心情沉重的场景。

另一日，同志们下午两点钟才收工，且在饥饿、干渴、疲惫的状态下还要在河边巨大的乱石中步行2千米才能到达就餐地。严华、冯东、谭广、赵善群，及数位民工严重中暑，经过药物治疗后，依然强撑着去测量。

再一次，龙河上游有个小水电站，每天不定时放水。那天，同志们需要到河对岸测量，可是恰逢上游放水发电，水位猛涨，形成了急流险滩，全体将士无法过河，急得团团转。后来，大家想到了游泳过河，于是水性较好的几个同志：严华、杨秀川、谭广和几个民工自告奋勇过河。从农家借来一个大脚盆，把仪器电脑放在里面，用手护着拖过河。途中，老同志严华的手机和衣服掉进水中，因捞得及时，幸免冲沉。

最后一天，阴沉沉的，小雨挡不住同志们出工的脚步。大约2小时后，大雨突然袭来，为了按照计划在上午完成龙河6千米的本底测绘任务，全体同志在雨中坚持测了1个小时，完成了剩下的任务。司仪龙洪，全程任凭雨淋，用伞严严地护住仪器，他自己竟说："痛快啊！"尔后，同志们雨中当歌："咱测量的人，就是不一样，只因为我们风雨无阻绘大河长江……"

感动的故事还有很多，以上所述足以延伸我们的想象至现场，让我们惊叹于有这样一群人具有这样一种精神：朴实无华，却散发着迷人的魅力，有着别样的风采。

奔流的长江在啧啧赞美，滔滔长河在扬歌！

八、二进汤溪河

汤溪河是云阳县境内长江北岸山区的一条支流，该河长约90千米，属山溪性河流。夏季的汤溪河原本水量丰沛，不乏奔腾之势。而今年汤溪河却是涓涓细流，断断续续。大旱、高温、缺水使润泽秀美的汤溪变成枯黄干涸的一条沟。

汤溪河的测量分控制测量和地形测量两个阶段。

7月上旬，李自斌等10名人员走进汤溪作控制测量和断面测量。为了抢时间，大家顶着40余摄氏度的野外气温中午到达汤溪进行测区查勘，下午即开展工作。其间经历了GPS夜测、抬船过滩、涉水过河以及烈日下作业到午后3点种种艰辛。测量队在不到 4 天时间里完成了 20 千米控制测量和 5 个断面的布设与测量任务，作业速度和工作节奏都很快。

8 月下旬，当李自斌带领 16 名青年突击队员再进汤溪测量地形时，这里依旧晴空万里，骄阳似火，气温超过 40 摄氏度。恶劣的自然环境和生活条件使身心疲惫的队员们再度体验了测量的艰难困苦。

汤溪地形测量难在岸上。从河口至南溪镇 20 千米的测区悬崖峭壁，河道曲折，比降很大，急滩众多，舟船无可利用；测区沿岸镇落、工厂、煤矿、工地较多，地形地物复杂，作业难度较大；尤其是煤矿地段，沿岸公路、树枝、草丛粉尘厚积，车过之处，尘暴飞扬，人行林中，满脸煤灰。开工时曾经雇请的当地临时工，刚劳动一天就不堪其苦而辞工，后来的测量中再无临时工。马耀昌、李自斌、陈大刚、樊小涛、付帅以及后来的石光、刘群等同志亲自执尺跑点。

汤溪地形测量险在水下。几近断流的汤溪，每 200~300 米就有一处急滩，冲锋舟和橡皮艇无法使用，水下测量靠人执尺打点。人在齐腰深的急流中趟行，每一步都很艰难也很危险。尤其是滩口地带，人站立不稳，每测一点都很费力。就是这样，同志们顽强地冒险作业，跨越了大自然设置的重重阻碍。

汤溪作业苦在食宿。测量队安营在仅有十几栋房屋的毛坝乡，吃饭馆住旅社。山高地薄偏远落后的毛坝，大旱之下蔬菜奇缺，一日三餐，饮食单调，而价格却很贵。停电停水更使大家备受其苦：极度疲劳地从野外回到旅馆，停电后的房间热得像蒸笼，睡在床上汗水直淌。夜间无水洗澡，清晨无水洗脸，条件非常艰难。8 月 29 日晚整夜停电，全体人员无法入睡，只有坐坐、走走、躺躺，通宵无眠。

拼一腔热情、忍万般辛苦是同志们在库区测量中一直保持的工作态度。在汤溪河作业的最后阶段，大家天亮出工，中午并不休息，仪器架在山上，午饭送到现场，吃过之后接着干，每日在野外工作 15 个小时。就是靠着不屈不挠的斗志、熟练的技能和丰富的经验，大家在 8 天的时间里完成了汤溪 20 千米岸上以及水下全部地形测量任务，这在长达两个多月的库区测量中是效率最高的一个阶段。

为了汤溪河的测量，水文上游局派出两部车随行作业。驾驶员王远志和顾伟新担当着运载设备、接送人员和生活后勤等任务。沿河的公路坑坑洼洼，曲折难行，许多地段乱石累累、大车挡道。就是在这样的状况下，他们一趟趟地往返于河岸上下，哪里需要就到哪里，每天行程 100 多千米。清晨他们很早检查车况、油料，提前做好出工准备，夜间则开亮车灯，在黑暗的河岸边一处处呼喊接人。他们总是尽可能地把车开到测量人员跟前以减轻大家的劳累，也总是不厌其烦地为大家送水送物。汤溪河的快速测量与驾驶员的全力以赴密不可分。

文学篇

汤溪河值得一写的还有女同志参战。8月31日，河道队队长马耀昌带领一帮年轻人到汤溪助战，刚参加工作不久的女大学生惠燕莉也在其中。这个陕西女孩子每天到野外送物送饭，与大家一道出工收工。在她身上看不到柔弱女子的畏难和娇气，而是一种青春焕发、热情洋溢的朝气与活力。在过去，河道野外勘测女同志一般不参加，但是在2006年大规模的库区本底测量中，水文上游局的女同志走出了城市，走向了自然，用自己的行动展现了巾帼不让须眉的时代精神。

九、捷报龙溪河

龙河"保卫战"传佳音，二进汤溪河奏凯，水文上游局569千米长的三峡库区本底地形测量任务已取得控制性的、决定性的、标志性的成功，只待"野战军"沿着长江，乘水文309测船挥师而上，扫尾龙溪河，向局领导传千里战线大结局的捷报，彻底取得此次水文上游局三峡库区本底测量"战役"的大胜利！

曾亮剑磨刀溪、绘百里小江、直取关刀峡、打响龙河"保卫战"的"野战军"，秉承80余天来残酷高温和恶劣环境下磨砺出来的坚韧意志，鼓足一口气，冲刺龙溪河16千米，实现终极目标任务。因为同志们看到了希望在眼前闪耀，几天后，就可以回到无比热爱的水文上游局，见到久违的同事，回到无比牵挂的家，拥抱最亲爱的人。

龙溪河在重庆长寿区汇入长江，是长江左岸的一级支流。龙溪河下游段污染极其严重，有一座特大型的化工厂向其排放工业废水，河面常年白沫成片，遇到长江涨水，龙溪河被长江之水堵住而倒流，以致上游段的鱼类惨遭其祸，成群翻肚而死。从河两岸行走时，皆能闻到化学气味的恶臭，使人头晕心闷，这对于在河道两岸作业的测量同志来说，真是环境不作美，有点像《西游记》里描写的，佛祖如来非得给唐玄奘师徒四人再添一难凑成九九八十一难，竟然在最后一战还遇到如此"一难"。

此时，在大结局胜利在望的形势下，所面临的困难，同志们都有一种"一览众山小"的感觉了。

冲刺龙溪河，经大家商议后，河道队质检员辛国采用绘百里小江时的"夹击阵势"，即为了展开最佳的图板战势，两块图板组从长江河口纵深挺进，其余两个从下硐电站往河口方向测，夹击龙溪河。此时已是9月中旬，天气比起前些日子，凉爽了许多，毕竟初秋的到来是无法抗拒的，它给了全体测量将士们一丝微风，不再那么的身如烙烤。两个小组每天从早到晚超长战斗12个小时以上，午餐吃的是"陆战坦克"皮卡车从309船基地送来的盒饭。有一个镜头现在还让人念念不忘，司仪手拿着筷子吃饭，眼睛还在全站仪的目镜里往远观测，而绘图员则是吃一口饭又停下来测一个点，可谓分秒必争。也许是老天感动，下起了立秋后的第一场小雨，炎热的天气温和了许多，然而难有两全之美，河岸变得湿滑，草丛树林里全是积水，一天工作下来，同志们满身泥泞，衣衫湿透，但看到辛苦得来的"战利品"，笑容甚是灿烂。

身受旱魔肆虐，心承寂苦离别，龙溪河成了"野战军"全体将士及长江水文上游局在2006年这场长江酷夏本底测绘战役中最后的战地记忆。在此系列回忆报道中，到写下"捷报龙溪河"的时候，不是江郎才尽，亦非黔驴技穷，因为撼动我们心灵的场景、触动我们心弦的画面还可洋洋洒洒数百行。有了暴旱，甘霖才如此甜美；有了离别，思念才如此缠绵；有了艰苦历程，结局的期待才如此幸福。龙溪河欲传捷报，长江水文上游局大江本底测绘战役即将落幕，久别终归聚，感动如洪水泛滥了出来，现摘录部分电话及语录如下：

1."爸爸，您知道吗？我想您就用彩笔画您，画您就更想您，妈妈说我画得不像，要我把您画得又黑又瘦才像，这是真的吗？"

"乖乖儿子啊，妈妈说的是对的。妈妈说你每天哭闹着要爸爸快回来呀！妈妈说你又长高了，那就要坚强，不准再哭了，知道了吗？……"

河道队质检员辛国看着笔记本屏保图片中的儿子，一段"欠债"父爱深表在久默的脸上。

2."老婆，辛苦你了，岳父大人的老病又犯了，很严重吧？非常对不起他老人家，没能呵护照顾他，现在出院了，回来后好好陪陪他。"

"让你在百忙辛苦中忧虑了，还记得吗？一周前是我们结婚25周年纪念日，亲人们等你回来举行姗姗来迟的礼庆呢！"

一个老水文同志和他的爱妻的一段电话情思、深情告白！

3."爸爸，女儿已踏上北上的列车，去开始我的大学生活，虽然你工作在身，未能送我，但是我从您身上学到的坚强、毅力、敬业、责任却护送着我一生的旅途！平凡的爸爸，女儿永远爱您！"

"佳佳，路上自己照顾好自己，想——想——爸——爸爸——就打——电话……"

可怜天下父母心，女儿远赴求学未送行。

4."你啥时候回来嘛，我等得花儿都谢了，季节都换了，去买衣服也没有人给我看了……"

"Dear，山高水长，情长意也长，测量时我集中思想，而你，我只有在梦中想。你说花儿谢了，春天还会再来；你说季节换了，而你容颜依然；你买衣服时没有人给你看，将来穿着洁白婚纱、带着矜持微笑的你，我会深情地注视你一辈子！"

热恋青年大学生电话诉相思苦，真情流露撒娇与浪漫。

每个库区本底测绘分战场，都有着同样的艰辛和感人事件，龙溪河5天的测量中，

文学篇

浓缩重演了 80 多天来三峡库区本底测量的一幕幕，记忆也就如此厚重。

捷报龙溪河，千里速传回，局领导发来了贺电，表彰全体测量将士发扬了优良艰苦的革命作风，其精神气概，在新时代中感动了上游水文人！

十、结语

踏遍青山人未老，战地黄花分外香。

当我们战罢旱魔，度过酷暑，在清秋的抚慰下回眸三峡时，脑海里浮现出火热生活的一幕幕情景：

在山阻水隔的小江，测量队员们携带着全站仪、电脑、电瓶，冒着危险蹚行在水深齐腰的急流中，几个人手挽手一步一颤地走向江心。在大家心里，此刻仪器设备的安全比个人安危更重要。因为那是自己战斗的武器，那里面储存着来之不易的劳动成果和大家的心血。

在满目焦土的山上，测量队员忍着焦渴把最后一点水倒在毛巾上，用以擦抹仪器为其降温。为了电脑免遭日晒，脱下衣衫为其遮阴，而自己却长时间暴晒在烈日中。

在如烤箱一般的"家"里，电扇是唯一的散热器。为解决高温下对讲机、全站仪、电脑、GPS 充电不良的问题，大家宁可自己受热也要保证仪器设备得到清凉，因为"工欲善其事，必先利其器"。

在长时间与大自然搏斗的日子里，不少同志身体相继出现腹痛、腹泻、头晕、茶饭不思、脸色蜡黄、神情憔悴等中暑现象。可是没有一个人发声，只是暗自大把服药，大量喝水。每到出工，大家又生龙活虎，坚守着自己的岗位永不言退。

……

当我们越过艰险，走出巴渝，在宁静的生活中搜寻记忆的片段时，眼前跳跃着一个个激扬的文字：

"钢铁战士，精品团队""三峡库区野战录""战斗的青春、火热的生活""用双脚丈量本底""测量仪器中暑""青年突击队的午餐"，这些曾经出现在长江水文网、长江上游水文网上的文字，准确而生动地描述了三峡库区本底测量的过程与情景，传递了长江水文上游局干部职工关注 156 米蓄水，心系库区一线的信息，表达着全局上下对库区之战的决心与信念。这些高扬团队精神和集体智慧的文字，不是来自书斋的遐想，更不是夸耀溢美之词，而是作者们深入现场采访和亲历大自然洗礼的真实感受与心灵之声，是从巴渝大地这棵荆棘满挂的参天大树上采摘下来的果实。

当我们攻坚结束，完成使命，心中的感慨油然而生：是什么力量支撑着长江水文上游局测量队在长达 80 多天的漫长盛暑中顽强地经受住炼狱般的考验？是什么精神鼓舞着大家如此坚韧地迎难而上如此忘我地勇往直前？答案只有一个，那就是为三峡千秋大业奉献力量，为水文发展壮大鞠躬尽瘁的奋斗意志和团队思想。

当我们回首行程，展望未来，深刻的启示历历在目：长江水文上游局之所以能在三峡库区本底测量中攻坚制胜，其根本原因和力量所在就是领导重视、全局支持、科学技术和团结奋斗。试想：如果没有从局长到部门领导的决策指挥和具体指导，如果没有全局内外在人力物资技术上的全力支持和参与，如果没有先进的仪器设备和科学技术，如果没有上下一心众志成城和参战队伍的团结协作与测量人员的英勇顽强，我们不可能有坚定的信心、强大的力量和可靠的保障去迎战百年罕见的漫长酷暑，不可能在千里三峡的广阔战场上快速、安全、顺利地描绘秀丽山河。

回眸百年大旱，回眸库区本底，回眸测量 80 日，在三峡库区勘测这个没有硝烟的战场上，长江水文上游局付出了前所未有的艰辛，也收获了勘测经验的大积累、人才队伍的大成长、技术实力的大提高和水文精神的大发扬。

三峡，战地，当长江水文人超常规地在这里实现了人与自然的艰难融合后，那满目秋色何等迷人，那点点黄花何其芬芳！

三峡库区本底测量故事

赵俊林　柳长征　张建红　张伟革

2006 年，三峡库区蓄水 156 米在即，水文三峡局夏季开展三峡库区本底测量工作。这一年，是水文三峡局河道勘测队队员最艰苦也是最难忘的日子。下面选取一些工作小片段以飨读者。

攻克滴翠峡

滴翠峡是小三峡中最长、最陡峭的峡谷，也是三峡库区本底测量中最难啃的硬骨头。这里两面环山，灌木丛生，地势十分险要。

承担大宁河测量任务的水文三峡局河道勘测队，要啃下滴翠峡这块硬骨头确非易事。从他们知道这里接收不到信号的那天起，他们就已十分清楚，一场艰巨的攻坚战即将打响。

河道勘测队副队长邱晓峰是这场攻坚战的主要带头人，由于测区内信号接收不畅，他担心会影响整个任务的测量进度，头发几天之内都急白了，他把这一情况及时上报有关领导，决定改用人工测量！这个决定，对于队员们来说无疑是一场考验，几乎与河床成直角的山峰巍然屹立在队员们的面前，大家爬得上去吗？滴翠峡不仅多荆棘、多灌木，而且还多弯道，通视条件极差。怎么办？邱队长说干就干，当即组织人员买来砍刀，连续奋战五天，每天早晨 5 点多钟起床，晚上 7 点多钟收工。队员们背负着笨重的测量工具，一路用砍刀辟路，整理地坪，有时好不容易架设好了仪器，但人却没处站立，测员只能单脚站立，另一只脚则悬在空中，大家都形象地说是测员们练起了猴子单腿站立功夫，山顶的泉水也趁机偷袭，"叮咚叮咚"地滴进测员们的头发上脖子里，大家只好又撑起测量伞，生怕泉水渗进了仪器，影响测量效果。

五天的连续奋战，终于成功地攻克了这个拦路虎。邱队笑了，队员们也笑了！

因公削发

在如火如荼的三峡库区本底地形测量中，水文三峡局干流下游组有好几个帅哥，把黑厚的头发削了个精光，说这叫"轻装上阵"，纯属"因公削发"。

进入在重庆境内的三峡河段测量，40多摄氏度的高温热得让人喘不过气来，只因三峡库区156米蓄水在即，他们必须在有限的时间里按期完成库区本底岸上地形测量。但测区条件十分艰苦，吃住都在船上，每天工作10多个小时，个个都是汗流浃背，头发多的队员更是难挡酷热，辛苦了一天的测员们回到住宿船上，大多筋疲力尽，洗头洗衣着实成了他们的"负担"，于是，他们干脆忍痛削发，既凉快又省了洗头的麻烦，有队员摸着头上晒得发亮的"电灯泡"戏侃：为找测量目标提供方便。

遭遇"蚊虫暴"

每年春季，北方会经历沙尘暴。我们无缘沙尘暴，却在三峡遭遇了蚊虫暴。

水文三峡局干流下游组进入巫峡后，不知是因为天气变化还是巫峡环境的缘故，一种小蚊虫突然多了起来。我们不知道这种蚊虫叫什么名字，它们比蚊子还小，外形像蝗虫，喜欢落在人身上，叮得皮肤怪痒的。晚上只要一开灯，就铺天盖地地飞来，船板上、桌椅上、人身上到处都是。打饭打菜的时候不能开灯，一开灯就飞进了锅里碗里，弄得队员们常常"瞎"吃一顿。早晨出工，蚊虫也不少，江边的水面上漂着密密麻麻的一片。电脑屏幕、仪器和脚架上也爬满了蚊虫。最受蚊虫欢迎的要数绘图员王治中，在他中午回船洗澡时，居然从肚脐眼中清理出7只蚊虫。

本来就已是酷暑难当，没想到又遭遇"蚊虫暴"，虽然小小蚊虫可恶，但本地测量的壮士们却照常我行我素，全力以赴向前挺进。

船长发脾气了

水文三峡局库区本底测量干流组"风云2号"测轮的船长曾祥平是个随和的人，平时嘻嘻哈哈，那天，却发起脾气来。

那天下午，我们转站后天气慢慢凉了下来，我盘算着正好测到前面的山嘴收工。天色渐渐暗了下来，"风云2号"已经停在仪器站旁边准备接我们上船。还差300米的水边没有测，如果今天不测完，明天还要架这站，那就窝工了。我催促小划子快点跑水边，只想赶快完工。突然，高音喇叭响了起来，"快收工啊，难道你要让我夜航吗？马上收工！"我想，完了，船长发脾气了。也是，这大船小船的，夜航出了安全事故谁负得了责啊？没办法，赶快收吧。

上了船，立刻赔着笑脸给船长打根烟，谁让咱理亏呢？

文
学
篇

测船上的生日

6日晚上，水文三峡局"风云2号"测船上欢声笑语，鲜花艳丽，生日蜡烛烛光点点，大家用欢笑和祝福庆祝测量员王治中的生日。

老王对自己的生日一直保密，但还是被知根知底的"密探"泄露了出来。同事们得知这一消息，决定为他过一个特殊的生日。恰逢测量队伍已逼近巫山，鲜花和生日蛋糕只需打个电话便唾手可得。老王看见鲜花和蛋糕，有几分惊喜。在风云2号狭小的船舱里，他高兴地抱着鲜花，吹熄了蜡烛，默默许下了一个愿望：安全顺利地完成此次本底地形测量任务。

没有庆典，没有红包，"嘉宾"都是一些蓬头垢面的同事，连祝福也只是一些平实而真诚的"笑话"。山野中的生日就像山崖上的野花，很简单却也很特别。

爱船如家

参加三峡库区本底地形测量的是水文三峡局"风云2号"的船员们，这是一个团结的集体，他们像爱护自己的家一样爱护测船。

船上总是收拾得井井有条，甲板擦得干干净净。船上虽然是人满为"患"，但是有了船员们作义务清洁工，船舱总是很整洁。船尾的两个装水的大铁桶，储存着大家的洗漱用水，船员们经常查看，及时补充，保证大家随时有水用。

4日中午，"风云2号"靠岸准备休息。水手们系好缆绳，船长曾祥平却钻到船底，好像要找什么东西。大家奇怪，忙问找什么，他说："船好像被树桩顶住了，拿锯子来。"水手拿来了锯子，锯了一会，曾祥平又说："还差一点，拿锤子来。"水手忙又递上锤子，锤了几下，曾祥平又说："使不上劲，拿钢钎来。"水手又递上钢钎，曾祥平用钢钎撬开旁边的石头，然后锤子、锯子轮流上，终于把树桩锯掉。经过半个小时的折腾，大家安心了。

有同事不解地问，一个树桩还能对这么大的船有什么影响吗？曾祥平说道：这里浪大，船底被顶住不安全，现在整好了就放心了。

"百灵鸟"落了单

在三峡大坝至奉节关刀峡河段陆上地形测量队伍中，杜林霞和阮文莉这两名女队员因为同众多男队员一道对抗高温、跋山涉水而成为三峡库区地形测量大军中一道亮丽的风景，并以"百灵鸟"的形象为长江水文众多网友所熟悉。但在8月底，这两只"百灵鸟"却因为三峡水文局生产任务总体布置、调整被迫分开，自此，这两只"百灵鸟"一下落了单。

18 日这天,她们一起从湖北宜昌飞进了巫山大宁河;8 月 22 日完成了大宁河测量任务后又一道飞往奉节新县城与同日抵达奉节的干流机动测量组会合;8 月 23 日,阮文莉随支流组开进了支流梅溪河,杜林霞则调整到机动组成为左岸地形测量组的一名绘图员。这个机动测量组也是按照该项目实施方案组织进入库区的,由五名男队员和一名女队员组成,吃、住均在一条临时租来的民用客轮上。因为没有电扇,小杜只能同男队员一样睡在临时搭起的凉板上。令人难以忍受的是,8 月下旬的中午凉板也热得发烫,每天早起晚睡的小杜睡眠时间因此大大减少;夜晚,男队员可以拎床草席在甲板上"享受"一下,可小杜却只能"坚守"在闷热的船舱中;还有,野外作业气温过高,大家只有多喝矿泉水解渴,可小杜却要尽可能少喝……

落了单的"百灵鸟"生活上有诸多不便,在工作上、体力上比男队员要付出更多,这名新党员没有半句怨言,一直以她自己独特的方式在三峡库区描山绘水,提前在 156 米蓄水前完成测量任务是她最大的心愿,她默默的奉献赢得了机动组全体男队员由衷的钦佩!

落了单的"百灵鸟"斗志不减,"百灵鸟"的歌声依然响亮。

因祸得福

干流组测至巫山峡口的彩虹桥下,眼看着巫峡测量即将完工,突然,大雨倾盆而下,我们只得匆匆收工,等待雨水收脚。

绵绵秋雨从上午下到天黑,又从天黑下到天明。8 日上午,雨还在下,大家开始不耐烦了。说起来人也是怪,连续多天的奋战,大家巴不得下点雨休息一下,真等到雨来了,又盼着雨早点停。中午,雨住了,急不可耐的测量组负责人王治中立即安排:马上吃饭,吃完饭马上出工。

测量刚开始不久,毛毛细雨又下了起来,大家撑开雨伞,继续测量。所幸雨下得不大,对测量没有造成影响。

雨中测量,很不方便。道路湿滑,裤子和鞋子上沾满了泥水,司尺员更是衣服鞋子全打湿了。不过今天的雨我也很喜欢,因为我们的测站正好离卸煤滑道不远,平时煤灰飞扬,如果是晴天,我们将惨遭煤灰之苦。今天下雨,我们却躲过了一劫。

"三峡茗酥"有点甜

提起"三峡茗酥",宜昌无人不晓,这是产自三峡的一种点心,凡来宜昌旅游的人总少不了带上一两袋回去让家人品尝。在三峡库区本底地形测量中,"三峡茗酥"

文
学
篇

和矿泉水、风油精也成了队员们必不可少的"小三件"。

三峡库区干流组的测员们，每天早上出发前，都会像幼儿园的小朋友一样领到几块"三峡苕酥"。组长王治中知道，每天上午近6个小时的野外测量，队员们的体力消耗特别大，挨不到中午，大伙儿早已是饥肠辘辘，大热的天，饿着肚子干活怎么行？身在三峡工地的王治中想出了这么个"小儿科"办法，嘿嘿，"三峡苕酥"治肚子饿还真行。

就是这个王治中，既是干流组组长，又是右岸图板员。他平时负责质检工作，这次也毫不含糊，严把质量关。九畹溪上口一段，由于山崖陡峭，灌木丛生，采用激光仪打点无信号，王治中果断安排两人一组跑点，一人拿砍刀开路，另一人在后打点，虽然队员们大多挥汗如雨，但他们硬是坚持点点测到位，段段有交代，在大家的共同努力下，那段难爬难测的山崖轮廓终于清晰地展现在电脑图板上。当他看到累得气喘吁吁的队员在下山途中，吃起了香甜的"三峡苕酥"，心里格外高兴。

八角丘的风暴

"快！赶紧拉住顶篷，这里又进水了，把仪器放进桌子底下！"人们手忙脚乱地一边收拾仪器，一边拼命用手死死地拉住头顶的遮阳篷，滂沱大雨从测船四周倾斜而下，小船在江面摇晃不停，情况十分危急！

这是8月17日发生在三峡库区大宁河测区的惊险一幕。

这天下午3时许，万里无云的峡江，忽然乌云密布，眼看一场暴风雨即将来临，正在三峡库区大宁河下段八角丘进行本底岸上地形测量的水文三峡局河道勘测队队员赶紧收拾仪器设备，十分钟后，当大家迅速返回到租借来的测船上时，狂风大作，电闪雷鸣，滂沱大雨夹带着冰雹"噼里啪啦"砸向船舱四周，顿时，天空黑压压的一片，顷刻间，大雨就挡住了人们的视线，队员们被这突如其来的风暴惊得有点不知所措。正在这时，测船的顶篷盖眼看就要被狂风吹走，几名测员顾不上躲雨，冲上前用手死死地拉住了顶篷，大雨愈来愈疯狂地扫荡着测船，船舱内大家抱来船老大的棉被小心地盖住测量的仪器设备。二十分钟过去了，小船在回水中不停地左右盘旋，船老大加足最大马力，但由于风浪太大，小船怎么也行驶不了，如果大雨继续这样肆虐，船上十几名测员随时都会有生命危险，怎么办？情形万分危急，大家决定立即不停火抛锚，行船经验十分丰富的船老大当即一个急转，在江中摇晃漂荡了半个多小时的测船终于平安地停泊在江边，此时，大雨仍在不停地下着，狂风也在呼啸，船舱内惊魂未定的测员久久没有回过神来！

事后，听船老大介绍这是十年难遇的大风暴，当天大昌镇几处房屋倒塌，多人受伤，测员们都为大家毫发无损和仪器设备的安全暗暗庆幸。

告别大宁河

8月21日，是长江支流大宁河本底岸上地形测量的最后一天。

也许是长江委水文三峡局的测量队员们连续一个月来战高温、斗酷暑的那份干劲强烈地感染了老天，这一天，一直高悬的太阳终于躲进了云层，天气格外凉爽，仿佛在为即将离开大宁河的这群队员们做一次极为珍贵的告别。

水口镇是大宁河本底岸上地形测量的最后一站，这里滩多，水流湍急，裸露的岩石布满了河床两侧，河水清澈见底，"哗啦啦"的流水声从身旁蜿蜒流过，听起来格外悦耳，队员们今天是怀着极其愉悦的心情赶赴这里的。此刻，丝毫看不出队员们连日来跋山涉水的困顿与疲惫，因为他们终于就要攻克本次测量中的堡垒。

整个上午，测量进行顺利。临近中午，正在左岸抓紧测量的测员突然发现卫星信号没有了，眼看时间一分一秒地流逝，准备今天完成全程测量任务的队员这时坐不住了，怎么回事？正在跑棱镜的组长车兵仔细询问了情况，乘船逆流而上来到GPS岸台旁，在他认真查看了仪器各个部件之后，确认是卫星信号条件不好，他告诉队员们耐心等待。半小时后，对讲机里传来"信号通了"的声音，刚吃过饭的队员们一下又来了劲，立马从船舱里钻出来，肩扛仪器测具，精神抖擞地开始了最后的冲刺。

下午4时30分，左右岸两个测量组在回水区终点会合，看仪器的司仪、跑棱镜的测员、操作图板的技术员同时从四面奔向停泊在江边的测船，小小的测船一下子热闹起来，辛苦了一月有余的测量队员们，终于就要告别大宁河。

美丽的大宁河，神奇的小三峡，当如痴如醉的游人还在流连忘返之时，这群把脉长江的水文人正在开赴新的测区。

转战梅溪河

还是那些熟悉的面庞，还是这么炎热的天气，8月23日，支流梅溪河本底岸上地形测量第一站在奉节梅溪河岸边顺利起架。刚刚从大宁河赶赴奉节的原班测量人员，满怀着胜利的喜悦，开始了他们三峡库区本底岸上地形测量的最后一战——梅溪河之战。

梅溪河位于四川奉节长江干流汇合处，是此次库区本底岸上地形测量5条支流中最短的一条河流，这次需完成23千米的岸上地形测量任务，支流左右两岸通公路，来往汽车较多，尘土极大。

一大早，十几名测员抵达测区。刚刚凉爽了两天的天气似乎又和队员们较上了劲，

文
学
篇

今天，尽管是处暑，但中午的气温一下子又蹿到了 38 摄氏度，还没正式开测，队员们豆大的汗珠已一个劲地往下滴了。午饭刚刚吃完，大家各就各位拉开了准备开测的架势，设岸台、放点、架仪器、开电脑，一切井然有序，此刻，梅溪河左右两岸高高扬起的测量伞在烈日艳阳下格外醒目耀眼，飘扬着红白水文测旗的测轮穿行在梅溪河上，场面十分壮观。

一次次的征战，一次次的凯旋，梅溪河之战，他们一定会成功归来！

小车跑得快

一身血防服，后背上两道清晰可见的破缝，袖口领口已露出了源源不断的线头，黝黑的皮肤，这是大宁河本岸上地形测量组小组长车兵留给我的最深印象。

车兵，一名普通的河道勘测职工，三十出头，外表文质彬彬，脸庞上戴着一副无框的树脂眼镜，这位有着典型江南书生气质的队员自水校毕业后从事河道勘测工作已有十几个年头。在这次大规模的三峡库区本底岸上地形测量中，他首次领令披挂上阵，带领十几名河道队员连续一个多月奋战在地势险要的大宁河测区，战酷暑、越险滩、爬高山、钻密林，用行动和汗水以及对河道勘测事业的拳拳之心诠释了一名新党员的不悔追求和无私奉献。

7 月下旬，三峡库区本底岸上地形测量的号角吹响，支流大宁河测量的重任一下子就落在了外业组组长小车的身上。对于这样的大型测量任务，他是第一次作为测量负责人，身上感到了一种前所未有的压力，从合理调配人员到队员的生活安排，从仪器设备的保护到测量数据的整理，从外业观测到内业计算，他样样都抢着干。放点，是测量过程中一项既艰苦又很重要的工作，有时要爬很高的山，大宁河内两侧，悬崖峭壁，密林丛生，他常常是和队员们比着爬山，赛着找点，野外 40 多摄氏度的高温天气，他汗流了一身又一身，血防服上的汗渍印每天都是一道又一道。前不久，天太热，他终于抵挡不住高温的煎熬，中暑病倒了，不吃不喝好几天，浑身无力，早晨出发前怎么也起不来床。第二天，他实在不放心测量的情况，又拖着虚弱的身子投入到了艰苦而紧张的工作中。

测量中，他既跑棱镜，又做仪器司仪，有时还是图板员，每天忙得不可开交。大宁河峡长路险，测量途中要遇上各种不同的情况，有陡峭的悬崖区，有宽广的平坝地，有凹凸不平的岩石路，每天马不停蹄地穿行在这些地方，身上的衣服破了几件，脚上的鞋子换了几双，40 多千米的测区山路、水路不知流下了他多少汗水，留下了他多少脚印。

忙碌了一天的车兵，每天回到旅馆已是傍晚，吃罢饭他做的第一件事总是打开电脑，仔细查看白天测量的成果资料，整理测量数据，和衣躺下通常已是深夜，凌晨5点不到，他又惦记着叫醒队员们出工。车兵的同事们是这样评价他的，"对于这又苦又累的测量活，他从不说半个不字，工作总是想在头里、干在实处、跑在前面。"的确，在他的带领下，测量组终于圆满完成了大宁河艰难的测量任务。

"石绣球"砸中了头

在三峡库区本底地形测量中，水文三峡局干流测量组的队员们，不仅要和炎热的酷暑作战，克服工作上的难题，而且还要预防各种突发性事件的发生。有些突发性事件，也是难以预料的，三峡局新当选的党委成员、工会办主任赵俊林就碰上了一件。

这次，他作为一名普通的测量人员，被安排到干流组和其他队员一样进行野外测量工作，他起早摸黑，跋山涉水，从不搞特殊，但特殊的事件还是找到了他。

8月7日下午4点多钟，天突然阴沉下来，眼看一场暴雨即将来临。他赶紧招呼大家收拾好仪器设备，准备返回基地。就在这时，天空突然刮起了大风，身后是陡峭的大山，身下是波浪连天的江水，他左手拿着遮阳伞，右手提着仪器箱，肩上还背着一副三脚架，正等船来接的时候，大风把鸡蛋大小的石块从山上吹落了下来，"嗖"地一下，挨着他的头皮落了下来。当他反应过来的时候，石块已滚落江底，他放下仪器，用手一摸，乖乖，头皮被擦掉了一块。好险啊！要是再往左偏一点，那后果真是不堪设想！不过，仙女们的"石绣球"也是有灵性的，它只是和我们的测量队员开了一个有惊无险的玩笑。

就这样，赵俊林被仙女的"石绣球"砸中头的故事，在队员中很快就传开了。

三夸火头军

常言道："兵马未动，粮草先行。"水文三峡局三峡库区本底地形测量干流测量组的后勤保障，是由一个有着三十多年工作经验的老水文掌管，他的名字叫杜五三。

提起杜五三，干流组的同志们没有一个不夸的。一夸老杜不怕苦。老杜今年五十有余，每天早上都是3点不到就起床。由于受条件限制，吃住都在船上的队员们，全靠老杜对伙食的安排。他早上给大家煮稀饭，蒸速冻馒头小包子，一蒸就是好几个小时，一般一个队员要吃上十几个，280多个馒头够老杜蒸的。大家5点多吃完早饭后，他还要准备中午的饭菜，有时还要下船买菜，这些都准备妥当后，他才能稍事休息。二夸老杜手艺高，老杜做的菜，大家爱吃。船上用的是小锅小灶，炒一盒菜，老杜总是分几次炒，一锅回锅肉，就有十六斤之多，别看有豆腐干那么大小，肥瘦大家从来就没有剩过。三夸老杜点子多，会调剂。为了保证大家吃好，老杜费了不少心思，炖

文学篇

排骨、粉蒸肉、红烧肉、酸菜鱼，他总是千方百计地调剂好伙食，做到营养搭配。有时为了让大家多吃饭，像什么豆腐乳、泡尖椒、老干妈等，他都准备得十分齐全。每餐最低限度也要一荤两素一汤，让大家在挑战自我、挑战体能极限的同时，能够很快补足营养。

由于老杜后勤保障到位，饭菜做得可口，队员们干劲更大了，干流组日推进速度都在 3 千米以上。大伙常笑着说，我们老杜做的菜不比五星级大厨做得差，这个"团长"真选对了！

测船"守长"

提起测量，大家首先想到的可能是观测员、绘图员、司尺员。其实正在实施库区本底测量水文三峡局的这支团队中，干流上游组"风云 2 号"测轮上，工作时间最长的要数轮机长陈德明和他的助手林强，他们日夜守在测船上，被大伙戏称为"守长"。

要说他们忙，可不是一般的忙了。船只航行的时候他们要监控轮机，停泊的时候他们要管发电。从早晨出发到天黑收工，白天的航行时间就很长，发电则是更琐碎的事情。每天早晨 3 点多，他们要开始发电做早餐，直到晚上 11 点多熄灯。现代化的测量到处离不开电，每天有一大堆充电器、电瓶等着补充"能量"，加上大家离不开的空调，"风云 2 号"的用电负荷相当大，跳闸频繁，时刻都需要人管理。

老陈和林强都是话不多的人，总是默默无闻地守在机舱门口，发现问题及时处理。机舱的温度酷热难挡，他们一守就是一整天。虽然他们很少和大家一起谈笑，但是大家最不容易忘记的就是他们，因为平均每半小时，总有一种声音响起，"机长，跳闸啦！"

"风云 2 号"全船人员能够正常工作生活，测量能够顺利进行，除了船长、轮机长的辛劳外，还要感谢测船上有这样忠实的"守长"同志！

38 摄氏度好凉快

刚赴三峡库区进行本底地形测量的水文三峡局增援测员，午餐后坐在拥挤的船舱内，挥汗如雨，一个劲地喊热，正在一旁准备测量的梅溪河测量小组队员听见后，说像今天这样 38 摄氏度的气温，已经是很凉快了，前些日子，40 多摄氏度那才叫热呢！

梅溪河测量小组在实施支流大宁河测量任务时，正逢 7 月酷热天气，峡谷内酷暑难当，每天测量人员背着沉重的仪器，爬高山，钻密林，热得气都喘不过来。到了中午，租来的测船甲板上不敢落脚，测船内更是像蒸笼一样了，十几名测员挤在一起，站也不是，坐也不行，汗水一个劲地往下滴。船舱外烈日当空，船舱内气温高达 40 摄氏度，测员当时连坐的地方都难找到,哪还能午休? 热得不行的测员索性钻进齐膝盖的水里,避暑去了!

女测员杜林霞,在岸边一块斜地上铺好凉席睡了起来。正午的太阳尽管有恃无恐,岸边岩石上尽管晒得滚烫滚烫,但太累了的她一会儿就进入了梦乡。不知什么时候,一阵浪花扑面而来,把睡梦中正热得不行的小杜冲了个透湿,从没下过水的她干脆也滑下河,躲在水里和大伙一起避起了暑。

感动记者

"感动上帝容易,感动新华社记者难"。不信上帝的水文三峡局库区本底地形测量人员冒雨抢测的经历,感动了专程到测量现场采访的新华社记者。

9月8日,雨中的巫峡,两岸群山云雾缭绕。坐在前往测区的小船上,新华社记者听着陪同人员介绍本底测量的人和事,总是以笑代言,从他的笑容中似乎看得出有眼见为实的潜台词。经过一个多小时的航行,终于在巫峡曲尺测区岸边看到了 GPS 测量岸台,测量人员躲在大雨伞下监视仪器;不远的江面开过来一艘水文测船,看到出来收仪器转站的测员个个黑不溜秋,很自然地联想到了前些日子巴渝大地的高温酷热,一声"师傅辛苦",记者与测员便打开了话匣子,工作、生活、苦与乐,短暂的交流却给记者留下了难忘的印象:水文人忠厚、实在、认真、不怕吃苦。

午餐的时候到了,被测员们感染了的记者乐呵呵地同大家一起吃了顿白水煮面条,测员生怕记者没吃饱,特意送上他们工作时充饥的干粮"三峡苕酥",没想到被测员指定为三峡本底测量专用干粮的小小苕酥又让记者同志感慨不已。本想休息会儿的记者没想到测量人员放下碗筷就开始干活,在岸边架起了测量仪器站,记者兴奋地举起相机开拍了。临别前,他对陪同人员说这趟来得很有价值, "我在三峡感受了水文,在 156 米蓄水前留下了珍贵的水文镜头"。

无缝交响曲

——写在三峡蓄水 156 米之际

孙军胜

由于水泥水化热的作用，水泥加水及其他骨料混合拌制成混凝土，必然先升温，待达到一定的温度后冷缩，致使混凝土可能因温度应力出现裂缝。主要有三种原因：一是混凝土浇筑初期，产生大量的水化热，由于混凝土是热的不良导体，水化热积聚在混凝土内部不易散发，常使混凝土内部温度上升，而混凝土表面温度为室外温度，这就形成了内外温差，这种内外温差在混凝土凝结初期产生的拉应力当超过混凝土抗压强度时，就会导致混凝土裂缝；二是在拆模以后，由气温骤降等引起混凝土表面温度降低过快，也会导致裂缝产生；三是当混凝土达到最高温度后，热量逐渐散发而达到使用温度或最低温度，与最高温度差值所形成的温差，在基础部位同样导致裂缝。

三峡工程混凝土浇筑需求量之巨大为世界之最，高强度施工贯穿始终。即使在夏季高温季节，混凝土施工也得照常进行。向裂缝挑战，成为三峡工程大坝浇筑主攻目标。防止大坝因温度应力出现危害性裂缝，是三峡工程施工尤其是夏季施工必须关注的关键技术，更何况要实现比原计划提前 8 个月浇筑到顶的目标，需要实现高强度快速浇筑，混凝土温度控制的第一道关口至关重要。

第一乐章：二次风冷骨料技术把住第一关

国内外常规的混凝土预冷技术为水冷骨料加上风冷保温，最后加片冰拌和混凝土，俗称"三冷法"。然而，不可避免带来的问题是：占地面积大，工艺环节多，运行操作复杂，冷量损耗大，材料出口温度不稳定，且工程投资大，运行费用高，还会产生危害环境的废水。三峡工程夏季高峰时低温混凝土生产强度每小时 1720 立方米，骨料平均温度高达 28 摄氏度，而温控要求生产 7 摄氏度的低温混凝土，这意味着四种骨料的冷却终温必须达到 0 摄氏度左右。如此之大的生产强度和温差幅度，若采用"三冷法"，需要很大的场地和很复杂的工艺。这在地处山区、施工场地狭窄的三峡工地不仅不经济，还几乎无法实施。

据长江设计院施工制冷专家龙慧文介绍，该院在三峡工程重点项目中研究了"混凝土二次风冷骨料技术"，打破了常规预冷方式，首创了"二次风冷骨料技术"。通过多次试验及实际运用表明，创新的工艺流程产生了极为可观的效益：一是利用地面二次筛分所设骨料仓兼作一次冷却仓，将传统的水冷骨料改为风冷骨料，同等生产能力下可减少占地面积的80%，又可节约投资，同时无影响环境的废水产生；二是通过上料胶带机将一次风冷后的骨料直接送入二次风冷仓，保证连续生产和连续冷却；三是最后加入片冰拌和混凝土，预冷混凝土温度可稳定地达到7摄氏度。

混凝土二次风冷骨料技术为国内外首创，与常规技术相比，除占地面积减少外，还降低能耗31%，减少投资32%，节省运行费用39%。因而，三峡二期工程中节约投资近1亿元，节省运行费1.16亿元。其工艺技术及配套的地面调节风冷仓冷风机等获得一项国家发明专利、两项国家实用新型专利等三项技术专利，其中"混凝土二次风冷骨料技术"获湖北省技术发明一等奖。在三峡工程建设过程中，此项技术改变了以往业内人士认定风冷骨料只能保温且效率低的观点，打破了国内外认定混凝土出机口温度难以达到7摄氏度以下的定论，三峡工程低温混凝土出机口温度可达到5摄氏度。

"三峡混凝土预冷二次风冷骨料工艺"创新成果一鸣惊人，该技术作为一项高效、节能、环保的新技术全面替代了常规混凝土预冷工艺，得以在全国水电建设中全面迅速推广，如继三峡工程之后的龙滩、小湾、构皮滩、彭水、景洪、南水北调中线丹江口大坝加高等国内大中型水电项目，巴基斯坦、埃塞俄比亚、沙特、苏丹等国外工程也相继使用。

正是有了混凝土出机口温度过硬的把关技术"打底"，当三峡三期工程加大混凝土连续浇筑量，浇筑层厚由1.5～2米调整为3米时，高质量地保证了连续浇筑的混凝土用量。

第二乐章：控制过程面面俱到

混凝土浇筑到位后的温控措施与材料出仓温控同等重要，是挑战裂缝的第二道战线。长江设计院技术人员冲出"裂缝无法避免"的传统思维模式，在三峡三期工程中对此从技术保障层面作了较大的改进，其复杂精细程度、周密措施可谓史无前例，正如人们所形容的"像呵护婴儿那样"养护冷热相交的混凝土。

据长江设计院施工处副总工程师范五一介绍，在研究措施的过程中，考虑到三期施工浇筑层厚大于二期，防止裂缝的难度加大，于是，分三个思路进行：一是对可能

文
学
篇

影响温控的各个方面作了全面分析计算，实现混凝土高强度施工温控理论计算水平的突破。如采用有限元仿真分析计算，首次对塔带机、皮带机等设备快速运送混凝土温度回升进行了详细的观测、分析研究，计算出准确的温度回升率；在广泛调研的基础上，对多种材料的保温效果进行计算，提出针对性措施。二是改变传统基础固结灌浆浇筑3米压重混凝土的方式，采用坝基浇筑找平混凝土封闭后进行固结灌浆，避免了低温季节基础薄块出现裂缝的风险，提前进行"无盖重"固结灌浆，形成人造整体基岩，防止坝块长时间间歇而遇寒潮冲击产生裂缝。三是从结构优化创新入手，以适应全年高强度施工。如合理进行浇筑区的分缝分块，减少容易出现裂缝的纵缝；优化混凝土标号，将原来一个浇筑仓中有6~7个混凝土标号简化为最多3种标号；预先对可能出现裂缝部位采取结构措施，如在长间歇面浇筑最后一个坯层（表层）的混凝土中掺入增加抗拉力的聚丙烯纤维，并改进大坝上游面（迎水面）铺设钢筋网的方式，既能减小裂缝风险又大大降低成本。

设计人员贯彻长江设计院倡导的以质量为核心的精细设计理念，计算3米层厚混凝土浇筑时，对可能防范混凝土裂缝的各项温控措施进行了反复研究，实行区别对待的动态措施，制定了极为详细的技术方案。

——在摸透塔带机、皮带机运送混凝土温度回升率的前提下，对材料出口温度、浇筑覆盖时间作出硬性规定，并强调做好运输浇筑过程中的遮阳保温工作，把握浇筑时机错开正午时间，同时加强温度监测。

——为削减混凝土最高升温，分初、中、后三期冷却，对不同标号的混凝土进行"个性化"通水，如高标号区加密布置冷却水管，在初期实行大流量循环通水；高温季节分别进行初、中期通水，并将初期通水时间延长5~10天，将传统的中期冷却温度降低2摄氏度；9月（入秋后）则初、中期冷却连续进行；其他时间中期通水提前10天开始，越冬温度比原来也降低2摄氏度。

——在不同部位预见性实行不同保温养护材料。首次将聚苯乙烯泡沫板等定型的新型材料用于三期大坝上、下游永久暴露面进行保温；临时暴露面仍采用原用的聚乙烯塑料卷材外套彩条布作保温材料；在孔口异形部位采用喷液态的聚氨酯保温。良好的保温效果产生扩散作用。目前，国内正在施工的水电工程已借鉴此项技术措施。

功夫不负苦心人，区别对待季节、混凝土成分、部位、间歇期，采取不同布置、工艺等措施，尽可能细致入微，整套方案终于取得了良好的回报。

第三乐章：人性化管理主动服务

向创造无缝大坝目标挺进，是三峡工程参建各方共同的心愿。因此，三期工程实行了一系列特别的管理和监控模式，对直接影响大坝浇筑温度控制的气温、监测温度、间歇期实行预警制度。

为此，三峡总公司气象预报中心开通了天气预报短信服务，每天向业主、设计、施工、监理等有关人员发布气象信息，尤其关注高温、气温骤降、降雨、雷电大风预警，以科学安排生产。

明确浇筑温度允许值预警要求，当混凝土浇筑升温过快，且连续 3 个测试点超温实行停仓制度，尤其是初期水化温升过快时，敦促现场采取加大通水量、仓面流水养护、优化配合比等措施。

即使在浇筑"黄金期"的低温季节，也要控制住浇筑层层间歇期，区别不同部位制定 7 ~ 10 天不等的预警，使坝体整体均匀薄层连续上升。

在通水冷却过程中，监理人员均实行通水口旁站式监理，保证控制温度到位。

三峡右岸大坝累计浇筑混凝土 400 多万立方米，由业主、设计、监理、施工四方组成裂缝检查小组，联合进行检查，同时邀请国务院三峡枢纽工程质量检查专家组工作组驻宜昌代表指导并参与检查，迄今未发现裂缝。国务院三峡工程质量检查专家组组长潘家铮院士参加检查后感慨："四百几十万立方米的混凝土中硬是没有发现一条裂缝。不仅上游面没有，下游面、几千个浇筑仓面也没有；不仅结构性断裂没有，表面、浅层裂缝也没有；不仅宽的裂缝没有，细的、发丝般的裂缝也没有。今天，我们可以宣布，三峡三期工程中所施工的右岸大坝是一座没有裂缝的大坝，是精品工程，三峡建设者们谱写了坝工史上的纪录，创造了建筑史上的奇迹！""这一实践使我们知道，大坝确实可以做到不裂，温控和防裂的理论是正确的。"这发自内心的赞叹声，代表了专家们的心声。

裂缝并非坚不可破。找准关键技术的突破口，采取灵活机智的防范措施，多重管理加以保障，勇于自主创新，奇迹诞生于 2006 年秋天的三峡大坝。这项具有轰动效应的成果在国内外产生了极其深远的影响，它体现了三峡建设者主动创新的潜力可以产生超出预测的能量，它的成功宣告了混凝土施工一个新时代的到来。

（原载于 2006 年《中国水利报》）

文
学
篇

一个三峡移民的求索路

李坤武

两千多年前，生长于长江三峡的伟大爱国诗人屈原写下了"路漫漫其修远兮，吾将上下而求索"的著名诗句，两千多年后兴建的三峡工程，见证了这片土地上演的百万移民。

世世代代生活在这里的人们为了三峡工程抛家舍业、迁离故土，到了一个陌生的地方。他们中有无数的农民，也有许许多多的工矿企业因三峡蓄水和环保需要，被迫关闭搬迁，职工停岗待业。他们到底经历了什么，又有怎样的心路历程，他们是如何走出这艰难的一步？今天，我从一个普通移民的身份，讲述自己的故事，以还原那段历史，从一个侧面反映那个特定时代三峡移民所做出的特殊贡献。

一、游子归来——作为人才引进到库区国企工作

"抢抓三峡工程机遇、促进库区经济发展"，是那个时代的最强音。受时代的感召，在三峡工程即将上马之际，我被作为技术人才引进到库区巴东县从事移民搬迁工作。在这里我参与了工矿企业搬迁和巴东新城建设委员会的相关工程技术管理方面的工作。在此之前，我是恩施州一家最大的国有企业的副厂长，是组织部门和恩施州政府重点培养的当时最年轻的县级干部之一。

兴建三峡工程的重要意义和巨大作用是那个时代各种媒体报道的主旋律。三峡工程是举全国之力的超级系统工程。后来的历史也证明它开创了我国在重大基础设施建设和国民经济发展的新局面，为全面赶超世界发达国家提供了重要契机和转折点。

作为生在三峡、长在三峡的一代热血青年，家乡的建设让我再也难以置身事外，我毅然决然地放弃了当时拥有的一切。经本人申请，组织安排，我作为一个光荣的建设者，回到了家乡巴东工作。那时我们真的感到无比幸福，对未来的美好生活充满向往和憧憬。每当想起几代中国人的梦想即将变成现实、"高峡出平湖"的美景即将由我们这代人来实现，"功在当代、利在千秋"，这些震撼人心、极富感召力的宣传口号，让我们这些三峡的移民，三峡的建设者、亲历者，顿时豪情万丈、心潮澎湃。那

种想建功立业的心境和使命感也油然而生。

在巴东我最先被安排到化肥厂，分管全厂的设备技术工作。化肥厂是库区巴东县最大的一家待搬迁的国有企业，主要生产合成氨和碳铵肥料。由于其产品质量好，深受当地农民喜爱，州、县领导也想利用搬迁的机遇扩大规模，提档升级，更好地服务于当地农业。那时，我们跑设计、建新厂，热情高涨。再后来我被借调到巴东新城建设委员会工作，具体参与到新县城的搬迁建设中来。

时间转瞬到了 1998 年夏，一场百年罕见的特大洪水席卷长江流域，许多工矿企业因为遭遇洪水淹没而受到不同程度的损毁。洪水退去后，面对恢复生产和搬迁的双重资金压力，企业已显得力不从心、举步维艰。那时，中央关于国有企业脱困和改制的大政方略已然成形。因一场特大洪水的到来，无形中助推了库区国企改革的进程。

二、改制下岗——那段锥心般的痛

由于历史的原因，在三峡库区的一些县城，很多工矿企业都没能上规模和档次，污染重、产能低，成本高。这些已严重不适应现代企业的要求。因此，当时的政策是要坚决关闭破产这部分企业，实行人员分流和改制下岗。让国有企业脱困，减少环境污染和水土流失，把绿水青山的美丽长江留给子孙后代，这些富有远见的政策措施，无疑是完全正确和及时的。但在当时，我所在的县城巴东，一时之间有 24 家企业破产关闭。仅三峡库区湖北段受淹没影响的 230 多家企业中，实行破产关闭的就达 194 家，另有 35 家是按关闭破产管理的办法给予一次性补偿，真正搬迁的只有自来水公司等 3 家企业。在那段时间，大量国有企业职工改制下岗。其改革力度之大，在库区移民中产生的影响都是空前的。

试想一下，在计划经济体制下，许多正值中年的国企职工们，已习惯在工厂流水线上操作，长期地、简单地重复某一个动作，知识技能相对单一。下岗后，面对重新就业，知识储备和工作技能明显不足，存在再就业的巨大障碍。

以前企业生产的时候，工资虽然低点，但吃饱饭没问题。何况那时企业就是一个相对封闭的小社会，包办了许多社会职能，职工们的生活并无太大后顾之忧。长期形成的体制原因，也让我们职工滋生了依赖思想，安于现状，没有忧患意识。我们压根就没有想到国有企业也会破产倒闭。"失业"的词汇只存在描述资本主义社会经济危机发生时的《政治经济学》的教材里，离我们很遥远。所以下岗失业对每个人的冲击无疑是巨大的。

改制下岗那年，我刚满 35 岁。想起没有了工作，明天要为柴米油盐发愁的时候，浑身上下一阵激灵，心脏也不由得一阵阵紧缩。从那时起，我就落下了心痛的毛病。

文
学
篇

一直过了好多年，这个心痛的毛病才慢慢得以抚平和康复。

记得那时，我怕见光，经常拉着厚窗帘坐在屋里沉默不语，唯有看书才能打发内心的落寞。爱看书是我一直养成的习惯，这段时期我最爱看的书、读得最多的书就是《大学语文》和《毛泽东选集》。每当我读到"劝君更尽一杯酒，西出阳关无故人""当年万里觅封侯，匹马戍梁州"那种荡气回肠、悲怆但字里行间透出激越和抱负的意境时，就坐立不安，内心升起一种莫名的激动和对远方的向往。

我情绪的细微变化，没能逃脱我年仅十岁、在读小学五年级的女儿的眼睛。突然有一天，她走到我的面前，怯怯地说："爸爸，我有句话不知当不当说，说出来，你莫生气哟。"看着她一本正经，好像有什么大事，又像考虑了许久才鼓起勇气的神情，我拍着女儿的手鼓励说："你说，爸听着呢。""爸爸，你出去找个工作吧，这样心情也许会好一些。"

我何尝不想找一个工作！可是在这个县城，一夜之间，这么多企业改制破产，大批职工下岗。我不是没去找，可别人根本就不需要人啊！连原先许多要好的朋友和亲戚，见面后也只是几声叹息，无法帮助。再后来，根本就是躲着你走，好像怕沾染上你身上的晦气一样。

我也想过回家种地，侍奉母亲终老。过着日出而作、日落而息，与世无争的田园生活。我正儿八经地与妻子说出我的想法，没承想被她泼了一瓢冷水。她说："原来你就这点出息呀，你从那个穷山沟苦苦读书出来！就凭你这副身体，回去种那几亩石头缝里的薄田，若遇年成好，勉强能养活你自己。若遇灾荒年，肚子都吃不饱，还谈什么侍奉老母亲？再说，我们的女儿呢，以后读书怎么办？未成年的她谁来养活？"

妻子的话，深深地刺痛了我的心，从而放弃了回家种地的念头。我想，既然我是恢复高考后从大山深处靠读书考出来的，也只能靠知识来改变自己的命运。

我出生在库区巴东县的一个穷僻山村，三面都是刀削斧劈般的千仞绝壁，另一面是湍急的河流，但也是悬崖峭壁，龙潭深渊。在这个几乎与世隔绝、不通公路和水电的原始小村落，与外界唯一相通的就是一条在悬崖峭壁间凿出的石径天梯。我的小学阶段就是每天攀登这样的天梯到十多里外的地方上学。有时把悬崖爬完，体力透支特别大，因年龄小，饿得也快，时常就把带的午饭在上学的路上吃完了，为此在学校挨饿是常有的事。还有的时候，在清晨上学的路上遇到野山羊从农户的羊舍里逃窜出来，不时与我们撞个满怀，让我们饱受惊吓。更多的时候，是遇到山洪暴发，斗大的石头夹着泥石流，从我们的头顶飞泻而下。我们赤着脚走在陡峻的泥路上，时不时摔倒在地，满身泥泞连滚带爬地赶到学校上课，往往一整天才能用自己的体温把泥水浸湿的衣服捂干，为此我们没少受父母的责备，他们也时常为我们担惊受怕。但我们似乎还很喜欢这种富有刺激的感觉。

那时农村生产队是搞大集体，吃大锅饭。大人们起早摸黑，拼命劳作，也都吃不饱饭。记得有一次，我睡到后半夜，被妈妈的哭泣声惊醒，年幼的我爬起床，依偎在妈妈的怀里，用小手擦去妈妈的泪水。有时放学回家，又累又饿，就在家门口做作业，一不小心，就晕晕地躺在地上睡着了。待大人顶着星星回家开门时，脚下绊到一个软软的东西，才发觉地上还躺着自家的孩子。这时妈妈会内疚地抱起我，直到她的热泪滴在我的脸上把我惊醒。

我的家乡虽然自然条件异常艰苦，但我的童年却是无比快乐的，我也受到了良好的教育。因我的家乡地理位置闭塞险峻，也无法考证从什么朝代起，变成了流放"成分不好"的人的地方。这其中不乏受贬的官员、饱读诗书的文化人和民间的能工巧匠。小时候，我们经常在那种有着浓郁民族风的四合院、有东西厢房的院落里追逐嬉闹；在那种牌楼、雕刻前临摹学习。在这里，我们听老人们讲三国、水浒和聊斋的故事，也听大人们讲孝道、礼义廉耻、因果循环的小故事和大道理。我和我的同伴就是在这种重礼仪、讲道德，人文环境很浓的乡村中慢慢度过了童年。

恢复高考后，我是第一个从这封闭的小山村考取省城武汉高等院校的人。不知不觉间我成了当地同伴和后生们的榜样。今天，在这个不足两百人的自然村落里，已走出了许许多多的大学生。他们有的留学国外；有的在国际顶尖的科研团队搞研发；有的在清华大学教书育人；还有的在国内知名设计院所工作；更多的是依靠自己的吃苦耐劳和诚信为人，把生意做得红红火火。

这个风景奇特的小山村，就像一座宝库，给了我一生取之不尽的财富，也让我养成了虚心内敛、忠厚和刚直的个性。

虽然人到中年受到下岗失业的巨大打击，一时让我手足无措。但我小时候吃的苦和磨炼出的意志，三峡库区大山深处数千年形成的文化背景和厚积的文化底蕴帮助了我，最终让我从逆境中走了出来。

三、凤凰涅槃——我与三峡一同成长

我的下岗，也曾牵动过许多好心人和领导的心，特别是县领导还联系在北京、深圳等地的办事机构为我安排新的工作，这让我很感动。在某次会议上，建委领导仔细了解我的工作经历后，若有所思地说："你何不去报考监理工程师？但监理工程师门槛高，非常难考，目前恩施州还没有人考取。"我不假思索地说，"越是困难、越有挑战性的东西，我越愿意去尝试。"就这样，经过一年多认真细致的备考，我考取了全国监理工程师和注册造价工程师。再后来，我又根据工作需要，自费到华中科技大

学和重庆大学进修和学习，并考取了国家注册咨询工程师和一级建造师。带着憧憬和曾经伤痛的心，重新起步，开启了我人生的第二次职业生涯。

我在长江水利委员会系统从事监理咨询工作的日子里，也正是三峡工程和库区移民搬迁建设如火如荼、全面展开的时候。在三峡我的家乡，在长江水利委员会这个大的系统和平台上，我所学的专业知识真正有了用武之地。无论在库区移民建设的工地上，还是在库区环境影响调查以及稍后的《三峡后续工作规划》编制工作中，我都参与了进来，并发挥了自己的聪明才智。

在我担任总监或总监代表的过程中，许许多多的工程都获得过建设方和主管部门的肯定。有获得过涪陵区优质结构奖的工程；也有获得过重庆市巴渝杯、三峡杯、市政金杯的工程；更有获得过国家优质工程奖的工程。我个人也多次被评为公司优秀员工，获得"湖北省优秀监理工程师"称号。

三峡工程建设的影响是非常深远的。在三峡工程建设中，我国引入了招投标制、监理制、合同制等当时国际上最先进的管理经验和办法。许多的建筑规范和图集、标准也因适应新的局面相继出台和重新修编。那段时间我自费买了许多规范和图集结合工作自学。有些图集我甚至可以默记下来。为了从传统手工制图转到电脑CAD绘图，我掌握了许多建筑软件的使用，从而提高了工作效率，我利用休息时间，潜心钻研。在短短几年时间里，我不仅熟练掌握了BIM、各种算量软件、测绘软件的应用，还为这些软件完善性能，开辟新的应用方面提出了许多改进意见。

建峰热电联产是我任总监的一个大型项目之一，建峰化工总厂是受三峡蓄水影响的一个半淹没国有大型企业。领导安排我去担任这个搬迁项目的总监，可能更多的是看重了我以前在化工厂从事设备管理方面的经验。那时我刚到库区巴东化肥厂工作，厂里有近千台套机械设备，为了尽快弄懂每个设备的情况，我夜以继日地在图书馆阅读每个设备的图纸和技术档案资料，又在一年两度的大修期间，和工人师傅们一道拆解安装设备，认真检查，恢复和提升设备性能。在不到一年的时间里，我积累了大量丰富的第一手设备技术资料。记得有一次合成氨工艺线上的一台关键设备坏了，严重影响了工艺线生产能力的发挥。许多有经验的师傅和工程师修了一个多月都没有修好，最后我用系统分析法找出了病因，不到一天时间就修好了设备。领导特别给予我现金奖励，但被我婉言谢绝了。我说，在技术上没有捷径可走，我之所以能侥幸成功，是在他人无数次实验失败的基础上运用科学系统的分析方法，总结经验和教训，才得以解决问题的。若要奖励也应同时奖励那些曾做出艰辛努力的人。

八一六热电联产涉及的专业多，协调难度大，经过两年多的建设，我们精益求精，竣工时各项经济运行指标均优于国家规范标准要求，并网发电圆满成功。

三峡工程和三峡库区建设的这二十多年，也是我人生处在黄金工作期的二十多年。这些年，我的足迹也基本上踏遍了库区的每一个角落，见证了三峡的每一个变化。

记得我初次从湖北到库区重庆涪陵工作时，在巴东等了好几天的船。不是客满，就是雾锁江面封航，结果一等三四天还要凭熟人才能买票上船。乘船逆流而上，需两天一夜。若坐最快的水翼飞船，一般也只能到万州下船，再改乘汽车，一路颠簸才能到达涪陵。下船后还要像冲锋一样往岸上跑，否则就赶不上到重庆的班车了。现在可好了，"蜀道难，难于上青天"已成了历史的记忆、诗中的浪漫，与我们现在的生活好像从来就没有什么关联似的。因为这二十多年的库区交通发展，让昔日的天堑变成通途，无数巧夺天工的特大桥梁跨江越河，各种超长隧道洞穿"黄鹤之飞尚不得过、猿猱欲度愁攀缘"的高山峻岭。现在库区高速公路、高速铁路、现代化港口及机场从无到有，水陆空铁立体的交通网络全面形成。由于三峡库区地处中国版图的地理中心位置以及国家"八纵八横"铁路交通大格局的逐步形成，三峡库区已成了国家"一带一路"和"长江经济带"的战略交叉点和重要支撑点。近年来，随着"渝新欧"铁路联运以重庆为起点的国际大通道的开通运行，库区的影响力随着其经济的发展和腾飞越来越大、快步走向世界。

交通的发展若说是库区建设和移民搬迁内畅外联的重要条件之一，那么库区真正的改变是沿江两岸的城镇建设和人们精神面貌的变化。在百万移民的搬迁建设中，涉及库区2座地级城市、12座县城、106座乡集镇的搬迁建设。在移民搬迁前，库区城镇大多是自然形成的峡江小城镇，街道狭窄，建筑破旧，污染严重，卫生条件极差。经过移民搬迁的精心建设，这些城镇得以新生，宛若一颗颗镶嵌在库区两岸的璀璨明珠，呈现在世人面前。

今天的库区城市山水交融，建筑优美，街道宽敞明亮。各种珍奇的行道树将街道和公园装扮得生机盎然，一年四季鲜花斗艳、鸟语花香。人们穿着得体的衣服，徜徉在街头和公园，做着健身操、跳着广场舞。一些退休老干部和老居民在一起回味着昨天的故事，看着今天巨大的变化，一切仿佛在梦中，但又确实存在于现实里。

作为一个三峡移民，我虽然经历过下岗失业的痛楚，但我参与了三峡库区的建设过程，全程见证了三峡工程每一阶段的变化。可以说我的成长是与三峡工程密不可分、同步成长的。这样的人生何其幸运，多么的幸福。

在每次大的历史发展机遇来临时，必然会经历某种阵痛，总需要有一部分人做出某种程度或者巨大的牺牲。像我一样许许多多经历过下岗痛苦或舍离故土的移民们，战斗在三峡工程和移民搬迁建设中默默奉献的无名英雄们，是你们无私的奉献和牺牲所凝聚成的"伟大三峡移民精神"，才成就了举世瞩目的三峡工程，人类历史上最大规模的水库移民才得以如此顺利实现，令人惊羡的高峡平湖风光才得以展现在世人的面前。

<h3 style="text-align:center;color:blue">四、守望三峡——只因雨后那抹映红天际的彩霞</h3>

长江三峡工程经历数十年的酝酿论证和二十多年的建设，其整体工程将通过国家竣工验收了，但其漫长的运行管理和保护才刚刚启幕。如何让其像巫山神女浑然天成一般，融入历史的长河中，融入自然的景观里，融入世世代代库区儿女的血液中，这是一个新的永恒的课题。

长江三峡水库是国家战略淡水资源库，长江是母亲河、是中华文明的发祥地。

2016年1月5日，习近平总书记在重庆召开的推动长江经济带发展座谈会上，作出了长江要"共抓大保护，不搞大开发"的重要指示。重庆市人民政府也作出了五大功能区的划分，三峡库区被划为重要的生态涵养区和生态保护区。

今天的三峡库区利用其得天独厚的资源优势，在特色效益农业、高新技术产业、旅游业、商贸物流业等方面，正稳步走上低碳、绿色、循环发展的新经济道路。今天的三峡比历史上任何时候都变得更加宜居、更加繁荣，人们更加安居乐业。当古人们曾发出"巴东三峡巫峡长，猿鸣三声泪沾裳""朝辞白帝彩云间，千里江陵一日还"的感叹时，也许早就预测到了今天飞驰在峡江两岸的高速列车，各型船舶在犹如平湖般宽阔的高峡碧水上往来航行的盛景。因为只有诗和远方，才会带给人们丰富的想象空间和无穷的创造力。史诗般的长江三峡工程已经被载入史册，在这片神奇的土地上，必定还会创造出一个又一个新的传说。

三峡，我的家！我守望着你，只因那抹雨后映红天际的彩霞！

在三峡库区的日子里

——忆三峡工程建设移民监理站工作

孙录勤

一、喜闻移民收官

2015年10月12日，我和往常一样，上班后打开电脑，第一件事就是浏览新闻，一条消息引起了我的极大关注：10月9日至11日，国务院长江三峡工程整体竣工验收委员会移民工程验收组在重庆市万州区召开第二次全体会议，会议一致认为，三峡移民规划任务全面完成，移民资金使用安全有效，移民工程建设质量良好，移民迁建区地质环境总体安全，生态环境质量总体良好，文物保护成果丰硕，移民档案管理规范，长江三峡工程整体竣工验收移民工程验收合格。

这是一个激动人心的消息！众所周知，移民工程是三峡工程建设的重要组成部分，三峡工程成败的关键在移民，百万大移民是一场史无前例的世界级难题。经过20余年艰苦卓绝的努力和创造性工作，三峡库区顺利完成了129.64万移民搬迁安置任务，这在我国乃至世界水利工程移民史上，都称得上是一个震古烁今的奇迹！

逐字逐句默读着这则消息，让我欣慰，令我振奋！因为，我也曾把自己的心血和汗水，洒在了三峡的山山水水。20年前的1996年，25岁的我，跟许许多多三峡建设者一样，怀揣事业的梦想，告别舒适的家庭，深入三峡的腹地，参加了三峡工程一期、二期移民现场监理工作，这一干就是整整7年。在2000多个日日夜夜里，我把人生最富有朝气的青春年华奉献给了三峡这片热土。1997年结婚，我只在武汉待了7天；1998年爱人生小孩，我在武汉家里只陪侍了3天。7年来，每年在三峡库区的时间都超过了300天。今天，喜闻三峡百万大移民圆满收官，我怎能不兴奋、不激动？我的思绪已经开始纷飞，记忆的长河开始奔涌，往事的涟漪弥漫了整个脑海……

二、迎接大江截流

三峡工程举世瞩目，三峡移民万众关注。

文
学
篇

根据三峡工程建设计划，1997年11月将实现大江截流，这就意味着必须在1997年汛前完成三峡水库坝前90米高程一期约15万的移民搬迁，任务艰巨而繁重。

一期移民主要涉及湖北的宜昌、秭归、兴山、巴东和四川的巫山、奉节、云阳等7个县。如何保证一期移民任务如期完成、移民资金使用安全有效、移民工程建设质量良好？如何在捍卫国家利益、维护移民政策法规的严肃性、监督安置规划和年度计划执行的同时，又切实维护移民的切身利益和长远利益？为了解决好这些问题，长江委以傅秀堂、高治齐、黄德林为代表的部分资深移民专家，开创性地将"综合监理"引入三峡工程，提出了"水库移民综合监理"的概念，这是我国水库移民管理体制的一个重大创新。基本思路是：建立一套独立于行政系统之外的、有别于其他监督形式的技术经济支持系统和监测体系，对三峡移民工程进行综合性、多目标、全方位的监控、评价，为各级移民管理部门提供信息渠道、决策支持和管理咨询。

鉴于长江委在三峡水库淹没实物指标调查、移民安置规划等方面积累的人才队伍、基础资料、专业技术等显著优势，国务院三建委办公室及移民开发局，将三峡移民综合监理这一历史性重担交给了长江委，具体由长江委水利水电工程管理局（以下简称工管局）组织实施。

这就是我1997年从长江设计院办理调到长江委工管局手续时的工作背景。当时的长江委工管局与长江水利水电开发总公司两块牌子，一套班子。总公司专门成立了移民工程监理部，与工管局水库管理处合署办公。1996年9月中下旬我先借调到工管局，在拥挤的办公室里负责起草了十多项现场监理管理制度，然后参加了一期移民综合监理工作研讨会。这次会议进行了将近一个礼拜，讨论了综合监理大纲、综合监理规划、综合监理实施细则、综合监理指标体系、综合监理工作报告编写要求、各类工作表格、现场监理站的各项规章制度等。特别是会议决定，为了确保综合监理工作深度，要坚持在库区各县（区）长期设站，监理人员常驻现场，每3个月回汉休息1次，不搞"出差"式的短期行为。当务之急是在一期移民涉及的7个县全部设站。

这次会议，之后看来是一次里程碑式的会议，堪比移民综合监理的"一大"。会上对综合监理的理论体系、操作程序和工作方法进行了一系列深入研讨和定位，奠定了综合监理的理论基础。特别是高治齐、赵时华、姚炳华等长江委移民专家和领导亲自参加讨论，提出了很多真知灼见，为综合监理这个新生事物从无到有、从弱到强健康发展起到了重要作用。会议快要结束的时候，长江委主任黎安田、副主任陈俊府等领导先后到会看望大家并讲话，给与会人员莫大的鼓励！

会议一结束，移民监理部主要负责人黄德林就给我下达了"战斗令"：国庆节过后立即进驻奉节，组建长江委奉节移民综合监理站，我任站长。监理站暂安排5个人，罗怀之、双长捷、朱朝峰、我和梁开封。

这是一个"老中青"三结合的监理班子，我很感激和敬佩黄德林的良苦用心。一个团队，既需要"英雄少年"，也需要"老辣之姜"；既需要精力充沛、思维敏捷、朝气蓬勃的"初生牛犊"，也需要德高望重、虑事周全、处事稳重的"识途老马"。罗怀之是长江委库区处退休不久的副处长，有他把关，我们年轻人冲锋在前就更加底气十足。实践证明，监理部领导的用人理念为我在库区初期顺利开展工作发挥了重要作用。

奉节，古时的夔州，因有瞿塘峡、白帝城而闻名于世，也是三峡水库淹没大县。1996 年底的奉节县，刚刚经历了新县城的三易其址，在全国工程勘察设计大师、长江委综合勘测局总工程师崔政权的强烈坚持下，新县城终于由草堂——宝塔坪一带迁移到口前——三马山一带，新县城建设总算走上了正确的轨道。然而，正是因为历经曲折，走了弯路，奉节移民迁建进度在一期 7 个县里已经明显滞后。我们的到来，对县里来说，显然又多了一个"婆婆"，再加上综合监理是个新名词，大家都抱着观望的态度，初始阶段工作开展的艰难程度可想而知。

在我的印象中，开头半个月里，我们去移民局等部门，几乎天天吃闭门羹。于是，我们经过研究，调整了思路和工作方法，重新制订了工作计划。我们首先要做的，就是沉下心来，深入一线，直奔奉节的山山水水、厂矿村镇，开展移民工程全面监测。监测对象包括移民工程各大类，如农村、县城、集镇、工矿、专项、地质灾害防治、环境保护、文物古迹、库底清理等；监测内容包括移民工程前期工作、实施过程、竣工验收、价差结算等方面。对移民迁建进度、质量、投资，我们深入到工程建设现场和农村移民村组，收集实物量、投资完成量等方面的资料，采取抽样方法核实，按照水库淹没和规划口径，以及综合监理工作流程进行分析量测，得出真实可靠的信息，从而掌握了翔实的第一手资料。对一些移民工程中重点、难点问题，则采取专题调研的方法，找出关键性影响因素，有针对性地提出具有较高技术含量的对策措施。由于综合监理常驻现场，工作细致入微，完全和移民打成了一片，避免了以往一些检查组走马观花、雾里看花、人云我云的不足，大量的调查研究让综合监理拥有了充足的话语权。在此基础上，我们积极要求参加县里移民工作相关会议，帮助分析问题的症结，提出对策和建议。我们苦口婆心、反复向县里说明，综合监理不同于具体工程的单项监理，我们是对全县移民工程总体进度、总体质量和移民投资概算执行情况进行监测、监督、控制和协调，及时通过综合监理月报、季报、半年报、年报、简报及专题报告、监测评估报告，向上级主管部门及时报送情况，我们是来帮忙，不是来添乱的。比如新县城基础设施建设难度系数问题、有关淹没实物指标漏项或复核调整问题、环境地质问题、占地移民问题、随迁人口问题等，我们都积极地向上级移民主管部门客观、准确地反映，促成了一些移民难点问题的逐步解决。

功夫不负有心人。几个月过去了，我们眼观六路、耳听八方，磨破嘴皮、跑破鞋帮，默默无闻的工作逐渐得到了奉节县委、县政府、县移民局、广大移民的理解和支持。县长陈孝来多次在全县移民工作会议上表示，奉节的移民工作离不开长江委，移民安置规划我们主要依靠长江委库区处；新县城和集镇选址我们要依靠崔大师的队伍——长江委地质站；而移民的质量、进度、投资以及重大问题的反映和解决，我们要依靠长江委综合监理站，他们是"钦差大臣"。

1997年6月18日，中国的第四个直辖市——重庆市正式挂牌成立。一期移民涉及的奉节、云阳、巫山三县由四川划归到重庆，移民工作得到进一步加强。

到了1997年7月，我们顺利完成了奉节县大江截流前水库移民迁建项目综合监理报告和一期农村移民安置、县城迁建、集镇迁建、工矿企业搬迁、专项设置复建共5个移民工程监测评估报告。完成综合监理专题报告10余份，对一些重点、难点问题，均提出了可操作性的合理化建议。

1997年8月，因为完成的奉节县移民综合监理报告得到了总部好评，我被抽调回武汉总部，参与编制全库7个区县大江截流前一期移民综合监理总报告和电视专题片。在这一个月左右的时间里，用"白＋黑""5+2"形容每天的工作强度，丝毫不算过分。在黄德林、项和祖等领导的带领下，大家在长江委招待所封闭加班。总报告完成后，我们五六个人组成一个班子，又关在堤角的长江勘测技术研究所楼上，为电视专题片的制作绞尽脑汁。刚开始的几天，周维本推荐了一名作家，来捉刀起草电视片脚本，我们负责给他提供素材。然而由于作家"水土不服"，对移民专业不甚了解，脚本被彻底否了。黄德林带着我们几个"笔杆子"自己操刀，经反复修改，终于拿出了一个"接地气"的电视片解说词。有了解说词，我和程丽君作为"编导"又急得团团转，因为我们现场设站时间不长，积累的声像资料严重不足，高质量的素材更少、重要镜头几乎为零，巧妇难为无米之炊。于是我们又调兵遣将，组织了几组人马分赴库区补拍镜头，同时收集库区各区县电视台有价值的移民影像资料。我和梁开封扛着摄像机，飞赴奉节县安坪乡大保三社和大保一社，跋山涉水，详细拍摄了移民刚刚开垦的一道道梯田，建起的一幢幢新房，重点采访了一位带领移民提前搬迁并逐步致富的女社长，这些珍贵的镜头为最终的电视专题片增色不少。那段时间，每个人身体严重透支，就凭自己年轻，每天睡三四个小时，甚至熬通宵，最终靠毅力、韧劲按要求如期完成了任务。

艰辛的付出得到了回报，我们完成的《长江三峡工程大江截流前水库移民迁建项目综合监理报告》和电视专题片，作为三建委上报国务院的移民工程验收报告三个附件之一（另两个附件分别由湖北省、四川省人民政府提交），为顺利实现大江截流清库验收提供了科学依据，受到国务院三建委高度评价。

奉节县委、县政府也没有忘记我们所做的贡献。1997年底，在全县移民工作总结大会上，长江委奉节移民综合监理站被授予"一期移民工作先进集体"称号。

90米水位线下7个县移民任务的全面完成，为大江截流创造了重要条件。1997年11月8日下午3时30分，随着最后一车石料倾入江中，李鹏总理宣布，三峡工程胜利实现大江截流，标志着三峡水利枢纽工程一期工程顺利完成，并转入二期施工。

三、再战奉节

一期任务圆满完成后，三峡工程1998年至2003年转入二期，三峡大坝要实行第二次明渠截流，水库蓄水到135米高程，为此需要完成移民55万人，保证第一批4台水轮发电机组并网发电，永久船闸通航。

经过一期移民监理工作的实践探索和经验积累，长江委在三峡库区逐渐形成了综合监理和单项工程监理并驾齐驱、相辅相成的良好局面。1998年，在长江水利水电总公司移民工程监理部的基础上，长江委抓住有利时机，成立了长江移民工程监理有限公司，黄德林担任总经理兼董事长。1999年，移民监理公司划归长江委直接管理。

在移民监理公司的统一领导下，长江委奉节监理站不断壮大，除了综合监理得到不断拓展和深化外，同时还成立了长江委奉节单项工程监理站，我们聘请了退休不久的湖北省阳新县水利局原局长余楚谦担任奉节单项站总监理工程师。没想到的是，余总监在奉节一干就是10多年，一直干到2009年70多岁才"告老还乡"。

先说说综合监理的事。奉节二期移民综合监理工作得到了奉节县的高度重视。在我的记忆中，我们可以随时敲开县长陈孝来的办公室，随时向他反映问题，提出意见；分管移民的副县长李应兰多次来到条件简陋的长江委监理站驻地研究问题、商讨工作；移民局新任局长孙开武由白帝镇党委书记调任而来，作为"本家"，他更是把长江委监理站工作人员当成了一家人，要求全县移民系统对长江委的监理工作全力配合和支持。

有了良好的工作环境，二期移民综合监理工作取得了显著成效。比如，我们对照规划流程、135米水位移民迁建目标、年度计划等核实移民迁建实物完成量，按季、半年、年度反映移民迁建进度信息；对移民迁建进度控制关键点、滞后点、薄弱环节加强跟踪监测，如先后开展对城镇郊区农村移民迁建进度、奉节新县城迁建进度、部分迁建集镇进度、部分交通复建等工程进度的监测评估，与计划进度比较测算偏差，分析原因，提出相应建议。

土地是农桑之本。农村移民要安得稳，首先要落实他们赖以生存的耕地。我们

文
学
篇

花了很大代价，投入了大量人力、精力，对农村移民开发土地数量、质量、分布、利用情况进行了全面监测评估。通过查阅开发土地合同、现场勘估，将开发土地勾绘于1：10000地形图上核实数量，对照开发土地质量评价标准，逐地块评估开发土地质量，并按可直接利用、整治后利用、难以利用三个方面进行汇总分析；对农业安置移民人地挂钩情况进行监测，按0.8亩以上、0.5～0.8亩、0.5亩以下三个等级对农区、城镇郊区农业安置移民人地挂钩情况分别进行评价，检查移民安置条件落实情况。

与此同时，我们还协助奉节县在移民工程建设管理中推行"四制"，促进移民工程管理规范化。监理人员深入工程实地调查研究，协助移民迁建单位、移民乡镇建立健全管理制度，协助推行招标投标制和合同管理制，指导或支持单项工程监理工程师履行职责，有力地促进了现代建设管理制度在库区推行。

针对移民迁建中的群体性上访等突发事件，综合监理更是政治敏感、思想敏锐、行动敏捷，及时向上级报告情况，跟踪监测其动态，协助建立移民工程突发事件预警机制。比如，奉节县窑湾村8—12社部分移民曾发生聚众堵路行为，严重影响了新县城建设，综合监理站不仅及时报告，还进行了详细调查，做出了专题报告，分析原因，提出建议，促进了事件的平息。

基础不牢，地动山摇。基础工作是关键，是综合监理拥有话语权的撒手锏。为此，根据公司统一部署，我们对135米水位线下的所有搬迁对象逐户、逐项建立了完整的移民信息档案。比如对农村移民，我们采取逐户录像的办法，对其淹没区、迁建区住房、生活设施、周边环境等进行拍摄，以便新旧对比，并对户主进行了采访，有声有色，有图有实景，采访过程全程录像，所有声像资料作了详细的场记，力争经得起历史的检验。

这项工作说起来容易，做起来实在辛苦。我们基本上是两人一组，一人摄像、一人采访。那时候没有"掌中宝"这样的微型摄像机，每个监理站配的都是肩扛式松下摄像机。我和梁开封扛着几十斤重的摄像机箱子，带着必需的干粮、资料，跋山涉水、风雨无阻，经常是汗水、雨水搅和在一起，身上的衣服湿了又干，干了又湿。

记得我们曾去一个叫江南乡的移民乡镇，连乡政府都是非常破旧的几间土坯房，房前有一条几十米长的马道就是所谓的"街道"。夜幕降临，我们留宿在一家私人旅社里，与其说是私人旅社，其实就是土坯房附带的阴暗潮湿、霉味扑鼻、几乎无人住过的杂物间。晚上蚊虫叮咬、硕鼠乱窜，我们两人分别和衣躺在那种不到一米宽的乡村老式床铺上，感受着这别样的人生体验。"卧谈"会结束后，实在睡不着，想出门遛遛，结果门外一片漆黑，几步之外就是一条深谷，酷似金庸小说里的"绝情谷"，令人胆战心惊。

更凶险的是我们一次横渡夔门的冒险之旅。记得当时我们先在左岸的白帝镇瞿塘村完成了调查，为了节省时间，我们打算不回县城，直奔江边，在一个野渡口，租了一条小小的渔船，横渡夔门，赶到对岸的白龙村去继续工作。谁料下水一会儿就遭遇江上风起，完全没有"两岸猿声啼不住，轻舟已过万重山"的诗情画意，一叶扁舟跌宕起伏，波涛汹涌，浪花飞溅进船舱，造成我们两人双双"湿身"，手里紧紧护着那个肩扛式摄像机和资料。10多分钟的惊心动魄后，渔船终于到达南岸，开船的那对老夫妻也吓得不轻。上岸后，我们两人心有余悸，开玩笑说，如果今天我们不幸因公殉职，葬身夔门，能坐拥白帝城，镇守瞿塘峡，在赤甲、白盐双峰之间长眠，也算是一种莫大的荣誉！

"质量是三峡工程的生命，质量责任重于泰山"。说到质量，不能不重点说说长江委奉节移民单项监理站。提到单项监理站，就不能不提到监理站的头号功臣——余楚谦总监。他先后主持制定了《奉节县新县城加筋挡土墙施工监理细则》等20多个不同类型移民工程的监理规划，共组织实施了大小390多项移民工程的施工监理，总投资达18.30亿元，工程全部合格，其中优良工程12项。在设计、施工方案审查中，余总监多次提出优化设计、变更施工方案的合理化建议，如他建议在新县城建设中，改河沟桥，下官湾桥，沿江大道2、4号桥为涵洞，奉节县采纳后即节约移民资金500多万元，还保护了生态环境不受破坏。他对宝塔坪陈家沟大桥3号、4号、5号墩台，沿江大道5号、6号、8号、9号桥，商业大道西段挡土墙，黄井水库施工图设计方案也提出了科学建议，为奉节县节约移民资金1000多万元。

在奉节县新县城建设指挥部，余总监有很大的话语权和影响力，深受工程各方敬重，指挥部的领导称赞他有"四勤"：坚持"脑勤"，对每一项移民工程都深思熟虑，以最佳的方案处理建设中的复杂问题，保证工程经得起历史考验；坚持"手勤"，每天坚持亲自记监理日志，拍好检查、验收、事故处理照片，及时收集有关资料存档，做到事事有据可查；坚持"脚勤"，每天深入施工现场，随机抽查，重点项目跟踪监测，日夜巡回检查，不放过任何一个死角，不留下任何一处隐患；坚持"嘴勤"，遇到心存侥幸、想投机取巧的施工单位，他会耐心解释，宣传政策、法规、施工规范、标准和操作规程，达到以理服人，以德感人。1998年，余总监被评为奉节县新县城建设先进个人。1999年，重庆电视台三峡大移民栏目对他的事迹进行了专访报道。

10多年后，我已经调离移民监理公司多年，一次在武汉和余总监不期而遇，昔日的站长和总监相隔十载后再次重逢，四只手紧紧握在一起。是三峡，让我们建立了忘年之交，回首往事，无不感慨万千！

1999年底，国务院三建委在宜昌召开了自三峡开工以来第一次移民监理工作会议。会议规格很高，要知道，国务院三建委主任是由李鹏总理亲自兼任的。国务院三建委副主任、办公室主任郭树言，移民开发局局长漆林等领导出席会议并作了重要讲话。会议系统总结了三峡移民监理的重大成效，特别是对综合监理这一首创性工作给予了高度评价。我有幸作为现场监理单位的代表，作了大会典型发言，并得到郭树言的注意。大会结束后，郭树言主持召开了一个小型座谈会，只有十几个人参加，有漆林、宋原生、陶景良等领导，黄德林董事长和我应邀出席。就在这次会上，郭主任透露出一个在当时还不能外传的重磅消息：要对三峡移民工程开展稽查，综合监理将是稽查的重要力量。整个座谈会，可以感受到国务院三峡办对综合监理工作的高度信赖和器重，我们在监理现场的点点滴滴，都能对高层决策产生影响，真是应了那句话：三峡无小事，三峡移民事事可以"通天"，可以直通国务院。会上我也发了言，主要谈了外迁移民中随迁人口过多、基层移民干部更换频繁、移民资金管理与使用不规范等问题，并列举了现场监理中发现的有代表性的、鲜活的案例等，因为是第一次参加由正部级大领导召集的面对面座谈会，当时的激动、紧张之情，不言而喻。

会后不久，公司决定，调我到任务更重的万州去工作，担任万州监理中心站站长。

2000年初，当我乘船离开奉节码头前往万州新的工作岗位时，已经升任为奉节监理站站长的梁开封等人在依斗门送我，挥手道别的刹那间，回望这片我战斗了一千零一夜、将要消失在175米水下的热土，我的眼睛开始湿润，心里默默念着李白的《赠汪伦》，思潮久久不得平息……

3年多的时间，奉节监理站已经由最初组建时的5人，发展壮大到30多人，我自己也被长江委评为1999年度全江先进工作者，《人民长江报》以"站长年方二十八"为题，对我牺牲家庭幸福、奉献青春年华、扎根三峡库区、致力移民监理的事迹做了报道。奉节是我成长的一个重要驿站，我一定要以一颗感恩之心，履职尽责，奉公守节，来回报公司的信任，为长江委的金字招牌增光添彩。

四、转战万州

万州，重庆的第二大城市，即原来的四川省万县市，"万川毕汇、万商云集"，万州自古以来就是三峡乃至长江的一个重要交通枢纽和商贸中心，过去就有"成渝万"（成都、重庆、万县）并驾齐驱的说法。

万州是整个三峡库区移民工作的重点和难点，在全部124万三峡移民中，万州移民比重最大，达到26.3万人。为此，长江委在万州设立了万州移民监理中心站，副处级建制。2000年1月，我接替秦明海担任中心站站长。

综合监理始终是一项政治任务、首要任务，也是中心站工作的重中之重。由于万州移民中有约 80% 属于城镇居民，城镇移民搬迁便成为综合监理工作的重中之重。我们派出多组人员，不辞劳苦、夜以继日，经过大量的调查和监测，找到了影响万州城镇移民顺利搬迁的突出问题。主要有：移民新城虽然基本实现了水、路、电三通，但商贸、文教、卫生、环保等社区服务功能尚不配套，给移民的生产、生活、教育、求医等带来诸多不便，加上新城区布局分散，交通不便，制约了城镇移民迁往新城；天城、龙宝等移民统建房尽管完建数量庞大，但户型设计、造价、质量等不能完全符合移民的意愿，造成统建房与移民挂钩的实际比例不高；新城主干道、中心地段的土地大多被机关单位占用，且修建了职工住宅、门面等分配给职工或进行商业经营，而普通居民大多安置在相对偏僻的小区里，使居民发展个体经济受到很大限制，居民意见很大；同结构的城镇居民住房补偿单价低于单位职工住宅，居民认为不公，如万州区沙河街沙河居委会，居民和单位职工同住一栋楼内，但补偿标准却不一样，涉及居民 98 户 300 多人；还有部分移民对安置区的选址不满意，认为离老城区过远，对新址的经济辐射、环境容量、升值空间等信心不足，不愿搬迁等。

为此，我们通过专题报告、季报、半年报等方式，提出了一系列切实可行、操作性强的对策建议，包括移民新城的电视、电话、环卫、绿化等市政设施配套建设实施计划的调整建议，学校、医院、商贸市场优先搬迁的激励措施和优惠政策建议，统建和自建相结合、大中小户型相配套、适应不同经济实力移民需求的多种住宅建设方案和搭配比例建议等。我们还建议，对新城临街门面收归政府统一管理，制定单位、居民、占地移民等统一的门面分配办法，分类核定商业价值，有偿分配，优先补偿老城区门面受淹户；对城镇居民住房补偿单价低于单位职工住宅、显失公平的，建议地方政府酌情给予补偿解决。这些建议大多被移民主管部门采纳，有些建议上报到国务院三峡办、重庆市移民局后，还被推荐到兄弟区县借鉴。

万州受淹工矿企业达 372 家，企业搬迁进展和搬迁工矿企业职工安置质量也是上级部门、社会各界关注的重点，包括迁建企业生产经营状况、职工上岗就业情况，破产关闭企业职工补偿销号情况和工矿企业职工住房落实等。对此，万州综合监理站进行了重点监测。特别是当我们了解到一些企业只重视车间、厂房迁建，而忽视职工住房搬迁可能引发大规模不稳定因素的隐患后，立即深入调查，于 2001 年摸清了 135 米水位涉及的工矿企业职工住房落实情况，针对企业职工住房迁建进度滞后严重的问题，列出了重点企业名单及原因分析，提出了拟采取的相应措施，得到好评。

正是因为综合监理急移民之所急，解移民之所忧，我们的工作得到了广大移民的热情支持和移民迁建单位的热烈欢迎。综合监理人员通过扎实工作，为三峡办及省、市、区、县人民政府在移民规划管理、计划管理，移民工程进度控制，资金使用控制，质量控制等"四制"推行及移民工程的组织协调等方面发挥了重要作用，已成为三峡移民监管体系不可或缺的重要组成部分。国务院三峡办、重庆市移民局更是把综合监理当成设在各个区县的一双"眼睛"，作为掌握真实情况、提供政策建议的重要渠道，综合监理工作对进一步加强移民管理提供了重要的决策依据。

在完成好综合监理工作的同时，中心站抓住机遇，针对移民工程建设的市场需求，充分发挥长江委的专业技术优势，通过竞争和招投标，积极承接万州具体移民工程项目的单项工程监理。为此，除综合监理站外，中心站还下设了天城、龙宝、五桥、万州大桥、电力工程、滨江路工程等共 6 个单项工程监理站（部），高峰时有 70 ~ 80人的监理队伍奋战在长江两岸的万州移民工程建设工地，移民工程涉及房屋建筑、道路、桥梁、港口、码头、给排水、天然气、水利、电力、地质灾害治理等多个领域共300 多个项目，所监理项目未发生一起重大质量安全事故，已竣工工程验收合格率达100%，优良率达 26%。

以万州大桥为例，这是我在三峡库区遇到的最大挑战。万州大桥全长 709.8 米，桥型为 3 孔 120 米带 2 孔 75.4 米的钢管混凝土组合桁架连续刚构及预应力混凝土简支梁，是一种新型桥梁结构，移民投资 7800 万元，曾是万州区的标志性移民工程。由于公司急缺桥梁专业的监理工程师，万州大桥自 1998 年 6 月开工以来，现场监理人员的配备始终无法满足工作需要，项目总监也临时由水利专业的监理工程师担任，而且由于种种原因，总监在短期内多次更换，造成工作交接、技术衔接出现问题。我到万州后，遭遇了万州大桥层出不穷的问题，比如 12 号桥台发生严重裂缝，甲方认为需要作为质量事故追究责任，并尽快采取补救措施；个别监理人员外行指导内行且态度蛮横，吃拿卡要，甲方要求必须撤换；还有钢管的材质问题、焊接处硫化物夹层问题、钢桁架顶推问题等，项目业主向我们严正提出了充实专业力量、对重点工序和隐蔽工程加强旁站监理等一系列迫切要求，并对我们产生了信任危机，甚至提出了实在难以胜任就更换监理单位的意向。因为事关长江委的声誉，在公司的支持下，中心站对万州大桥项目监理部进行了严肃整顿，撤换了多名监理人员，加派了相对优秀的监理工程师。在现场力量仍显不足的情况下，我作为中心站站长，交通部注册监理工程师，只有自己顶上去。我记得在最紧张的半个月里，我每天早上 4 点多起床，突击学习各种道桥、焊接施工规范、技术标准和设计图纸；早饭后便穿梭在承台和钢桁架之间，进行跟踪监理，对有质量隐患的原材料和施工部位，立刻要求现场检测或强行送检；晚上组织站里道桥专业的监理工程师，研究工程事故处理方案，商讨第二天"四方会议"上监理单位要发表的意见。经过努力，我们终于度过了危机，监理工作重新得到各方好评，万州大桥顺利建成。2001 年 4 月，万州大桥通过竣工验收，并被评定为优良工程。

通过万州大桥的施工监理，我最大的体会是：人都是逼出来的，不要迷信专家，只要肯钻研，短板也能被补齐，甚至成为强项，年轻人只要努力，在短时间内也是可以成为行家里手的。我们的信念就是，不蒸馒头争口气，任何时候都不能给长江委这块金字招牌抹黑。

业务工作重要，党建工作和职工思想政治工作也同样重要。监理公司十分重视监理一线基层党组织建设，在万州中心站设立了党支部，通过支部这个战斗堡垒，把加强党风廉政建设和监理人员廉洁自律结合起来,对表现突出的青年职工优先吸收入党，定期召开站内民主生活会和"三会一课"，通过教育领先、管理从严，强化纪律约束和监督检查，适时开展警示教育和革命传统教育，时刻提醒和告诫监理人员堂堂正正做人，勤勤恳恳工作，自觉抵制歪风邪气，从而确保现场监理人员"能干事""不出事"。长江委直属单位党委领导在万州中心站党支部调研、考察后，对支部的党建工作给予了高度评价。

记得 2000 年底，在万州中心站青羊宫驻地，我们迎来了两位重要领导，国务院三建委移民开发局副局长卢纯和三建委办公室规划司司长张韶春，在公司董事长黄德林的陪同下，两位领导来到简陋的监理站租住地，亲切看望长期驻守在库区一线的监理人员，带来真诚的问候。卢纯后来成了国务院三峡办副主任、党组副书记，中国长江三峡集团公司董事长。

2002 年底，三峡工程二期移民工程验收工作启动。我被聘为重庆市万州区三峡二期移民工程验收组成员和初验专家组专家，全程参加了验收工作。2003 年，在国务院和两省市组织的三峡工程二期移民工程终验和初验工作中，类似于一期验收，在黄德林、张华忠等领导的带领下，我参加编写了《长江三峡工程二期移民工程建设综合监理报告》及相关的移民工程电视专题汇报片制作，分别作为三峡移民工程二期国家验收报告的主要附件之一，对验收工作的顺利完成起到了积极重要的作用。

除了奉节和万州，在公司领导黄德林、项和祖、张华忠等的带领下，我也多次深入到其他区县，如湖北省的宜昌、秭归、巴东、兴山，重庆市的巫山、云阳、开县、丰都、涪陵、忠县、石柱和重庆近郊等地进行专题调研和专项检查，有针对性地开展对三峡移民重点、难点问题的管理咨询和监测评估工作,完成各种监测评估报告 10 余份、20 余万字，提出咨询建议 50 余条，有些建议被国务院有关部门和湖北、重庆两省市多次采用。

五、告别三峡库区

2003 年 8 月，因工作需要，组织上调我到水利部中国科学院水工程生态研究所工作。其实，早在一年前，我已经接到了调令和水工程生态所的任命文件，只是因为万州二期移民工作实在重要，组织上破例同意我推迟报到。

在万州，我工作了将近4年，二马路、校场坝、高笋塘、青羊宫、枇杷坪、双河口、百安坝，这些耳熟能详的地名，有些已经沉睡在水下，有些仍然是移民迁建的主战场，无不留下了我们深深的足迹，那里的一草一木、一砖一瓦，都印记着长江委监理人员的心血和汗水。

在跟万州中心站的同事一一告别之后，我又乘船顺江而下，从万州赶到了奉节，我想再去看看我曾经战斗过的地方，再次回味那段激情燃烧的岁月。

此时的奉节千年古城，已经随着2002年11月4日的"库区最后一爆"永远消失了，取而代之的是一座高楼林立、车水马龙的现代化新城，夔州诗城广场、梅溪河大桥等相继建成，奉节正在向山水园林城市、历史文化城市、现代旅游城市和生态城市迈进。移民迁建中采取的环保措施，包括隔声绿化带、库岸绿化带、市政绿化带和新城水土治理工程，减少了水土流失，有效地改善了库区生态环境。

我想，昔日的诗圣杜甫在草堂题诗作画，吟诵"寒衣处处催刀尺，白帝城高急暮砧"时，诗仙李白在白帝城把酒放歌，感叹"朝辞白帝彩云间，千里江陵一日还"时，可曾想到，千年以后的人类会做出如此改天换地的壮举。"神女应无恙，当惊世界殊！"三峡工程赐予660千米库区的不仅是城市扩容改造、企业脱胎换骨、港桥四通八达、移民安居乐业，还有一个重要的根本性变化——这就是人，人的精神面貌和思维方式的变化！我们有幸成为这种桑田沧海巨变的缔造者和见证者！

再见了，奉节！当我乘船离开奉节、进入夔门之际，我突然产生了一种莫名的伤感！要告别自己战斗了7年的三峡移民监理岗位，心里酸甜苦辣咸五味俱全。此时舟行之快，速度如飞，远远超过了过去"朝发白帝，暮到江陵"之势，而此时的我多么希望时光能驻留，镜头能定格。遥望白帝山上刘备托孤的白帝城焕然一新，瞿塘峡口冯玉祥的题词历历在目，往事并非如烟，记忆历久弥新。

我要感谢7年的库区工作，使我积累了较充足的工程建设管理的实践经验，也磨炼了我较强的组织协调能力和管理水平，为长江委赢得了较好的社会效益和经济效益。

从个人家庭来讲，我有愧于妻儿，7年来聚少离多，每年在库区的时间超过300天，我应该回到妻儿身边，去弥补一个父亲和丈夫的责任。就三峡移民工作而言，我的内心世界已经把自己看作一位普通移民，浓浓的、难以割舍的依依惜别之情溢自心底……

再见了，三峡！再见了，库区人民！

在陆水上做一个三峡梦

——一个和三峡工程有关的故事

姜　洪

引　子

1958 年初夏，中国南方的一座小县城，新的一期县报出版了。

用粗硬发黑的劣质土纸铅印的县报，在头版以欢喜的语气报道了这样一条消息：

我县桂家畈水力发电站正式勘测

发电量相当官厅水库

南北岸灌溉十三万亩良田

消息称："位于陆水河中游的我县佳家畈水力发电站，于本月上旬正式勘测，中央水利部、长江流域规划办公室科学院和武汉水力发电学校派来了地质、水工、建筑、水文、施工等方面的工程技术人员数十人，会同我县水利工作人员分别开始了各方面的勘察测量工作，地质钻探机已经运到，即日便可开始钻探。"消息末尾特意自豪地强调了一笔："桂家畈发电站在目前是全省最大的水力发电站。"

看来事情就是这样：一个 20 多万人口的小县准备修建一座水电站。仅此而已，太平常了，尤其是在 1958 年——那一年，在辽阔的中国大地上，到处焕发出对于水利的热情。县报上印着日期：1958 年 6 月 13 日。现在我们把时间往回推一点，1956 年。这一年的岁末，有一封从京华发往潇湘的短简。写信人在这封给他青年时代的同窗好友，被称作"淳元兄"的私人通信中，首先叙谈了一些琐事："两次汇书均已收到，情意拳拳，极为高兴。告知我视察情形，尤为有益。校牌仍未写，因提不起这个心情，但却时常在念，总有一天会交账的。"

然后话题转到了诗词上，写信人素擅此道，这是他喜爱的话题。"时常记得秋风过许昌之句，无以为答。今年游长江，填了一首《水调歌头》"，他告诉淳元兄道。他将那首词抄在了信的末尾。若干年后，人们知道其中有这样一些诗句：更立西江石壁，截断巫山云雨，高峡出平湖……

我们的故事，便和这些诗句有关。

国务院总理来电

我国进入了夏天。距南方小县那期县报出版15天后，6月28日。华中都会武汉。

现在的解放大道下行，在它的末端，有一大片建筑。这里就是"长办"——长江流域规划办公室。

长办主楼二楼的一间办公室，电话铃响了，打破午后的困惫与静谧。

带有增音装置的电话声音很清晰，里面传来一个柔和的略带江浙味的口音，是国务院总理周恩来的声音。

他要找这片建筑群的主人，长办主任林一山。林一山当时的秘书张行彬现在还记得，那是下午刚上班的时间，林一山还正在当年那种锯齿形红砖镶边水泥道上走着。所以日理万机的国务院总理稍微等了一下。这一年总理60岁，是他总理生涯的第十个年头。他很忙，永远都在忙，1958年尤其忙。后来我们知道，就在这一天，他向苏联部长会议主席赫鲁晓夫写信，代表我国政府希望苏联在我国海军建设方面给予新的技术援助。而前一天，他主持会议专门研究修建——解决首都水资源问题的——密云水库问题。再前一天，6月26日，他视察京郊怀柔水库和密云县潮白河，为即将兴建的密云水库选址，直到深夜11时才动身返回京城。6月22日和15日，他两次亲自打旗率领国务院机关干部到十三陵水库工地参加劳动——王愿坚的小说《普通劳动者》记述了当时的情景。而再过几天，7月1日，十三陵水库举行落成典礼，他也要参加……

现在我们再把镜头往回摇一点：南国城市，邕江边的南宁。"……这个问题，你来管吧。"毛泽东说。"这么大的事，还是请主席管。"周恩来起初谦辞。"我那么忙，哪有这么多时间管？还是你来管。"毛泽东又说。"好。"周恩来答应下来，"我来管。"

据当时在场的林一山后来追述，这时毛泽东欣喜地伸出四个指头："你来管，一年抓四次。"周恩来将这话稍微更动了一下："一年至少抓四次。"

这是1958年初在中共南宁会议期间，毛泽东将三峡工程的挂帅任务交给周恩来时的一段对话。

南宁会议结束一个多月后，从四川盆地又传出了中共成都会议举行的消息。会上，讨论通过了《关于三峡水利枢纽和长江流域规划的意见》。该意见肯定："从国家长远的经济发展和技术条件两方面考虑，三峡水利枢纽是需要修建而且可能修建的。"并指出："某些重大的技术问题必须经试验研究。"该意见还具体强调："三峡水利枢纽和流域规划的要点报告应当于1958年第二季度交出，至于三峡工程的规划性设计报告与初步设计则应当分别争取在1959年和1962—1963年交出。"

但是，那时"大跃进"开始了。"鼓足干劲，力争上游""一天等于二十年"。一切都要加快更加快。所以周恩来在 6 月 28 日这个电话中就要询问林一山：三峡工程是否可以提前拿出初步设计报告？

林一山一语惊人：在河流上"搭积木"

国家总理和长办主任的这次通话内容，外人本来是无从知晓的，它消失在空气和时间中。幸而，次日林一山向国务院拍发了一份电报，复述他在电话中陈述的内容。这样，原件现存中央档案馆的这份电报，就帮助我们大致修复了周恩来和林一山 6 月 28 日的那次通话。

就在那次通话中，林一山提出了一个惊人的设想："在河中修建大坝采用大体积混凝土预制块装配的办法。"在河流上"搭积木"？是的，"搭积木"。就是这个原理。只不过这"积木"是一个巨大的水泥块，预先在岸上做好，然后在水中组装搭配起来，形成一座大坝。

根据电报，林一山是这样陈述的："由于大坝在施工中可以高速度地进展，这样就可以解决过去水利工程长期未解决的一系列困难问题。例如，在施工导流方面为了宣泄最大洪峰流量，必须加高围堰和增加围堰在高水时期抵抗高流速的冲击，以及复杂的施工设备这些问题都可在设计和施工方法中大大简化，并降低造价，减少不必要的浪费。"

林一山向总理展望了这一设想的前景："这一倡议如能成功，将使原来大坝混凝土浇灌速度由每月上升 4～6 公尺提高到数十公尺。"这是一个惊人的数字。因此，林一山说，"今秋可在鄂西清江长滩枢纽和鄂南陆水蒲圻枢纽进行试验。"林一山报了两个枢纽的一些基本数据后又说："成功后明年即可扩大到坝高 50～100 公尺、装机 100 万千瓦以上的工程中去。"这是指三峡工程。

林一山还告诉周恩来，有关这个倡议诸多方面，他已作了具体布置。在讨论问题的过程中，工程师都很有信心，感到这是水利工程上最有前途的革命方法，并说过去已有中外专家也写过文章考虑到这些问题，现在问题不是理论问题，而是立即行动起来，试验研究在新的方法中有何困难，有何未知因素，也就是敢不敢用这一机关报的办法进行实地试验的问题。

林一山谈到了采用这一方法的一个重要问题，这就是要在试验中解决大体积混凝土的接缝不减小、原有应力和高水头压力下不透水两个问题。林一山估计不会遇到多么大的问题，即便有，也是可以克服的。

原谅我们这么详尽地引用，这太专业化了。现在我们想要知道，这一切是怎样发生的呢？一条小小的南方河流——陆水，是怎么进入国务院总理和林一山的视野，成为他们在这个初夏午后的话题呢?

原来,1958年上半年,湖北省孝感专署水利局在对辖境范围内陆水流域进行调查研究和流域规划的基础上,提出了《陆水流域规划报告草案》。该草案确定陆水上下游分别采取不同的治理方式,上游采取多蓄水的办法,计划在通城、崇阳两县兴建8个水库,陆水干流下游则修建水电站。在比较了三个坝段后,选定蒲圻桂家畈为开发陆水的一期工程,随即进行设计。由于专署技术力量不够,便委托武汉水利电力学校承担地形地质测绘工作,委托长办承担水利枢纽工程建筑物的设计工作。预想中的陆水发电站坝型,为最普通的土石坝,预备开工。

恰在这时,1958年5月,林一山和长办有了大胆的构想,这就是建筑大坝采用装配式结构,"搭积木",为三峡做水泥预制块安装筑坝的试验。林一山正觅求适当的试验坝址,一接到陆水设计的委托不禁喜出望外,遂向总理和国务院要求,将陆水作为试验工程开工。

站在今天说话,我们不能不承认,这里有着那个时代的痕迹。这大约是不能过于苛求的。那正是这样一个年代,是中国的多梦时节,是想象力勇猛突围,"叫高山低头,叫河水让路"的时期。借用斯特朗的一句话便是"他们狂热而浪漫地建设着",像刑天一样没头没脑地战斗着。也许荒诞,但荒诞的确是一种存在。

林一山在和总理通话的最后,要求"急速解决施工机械和工程材料问题。"

周恩来听取了林一山的意见和建议。林一山的思路显然是新颖的,所以最后他说:"好,发一个电报来,并作一简要说明。"

在大海边

发动机发出有规律的轰鸣。专机在茫茫云海下平稳地巡航。透过舷窗望去,机翼下夏日的华北大平原绿意葱茏,远处海岸线隐约可见。

周恩来坐在沙发上,听取林一山关于长江三峡工程工作的汇报。他是去北戴河参加"北戴河会议",从北京到北戴河有半个多小时的航程,他让林一山同机前往,抓紧时间听取汇报。

林一山的秘书张行彬那天也登上了总理专机。他记得,那是一个闷热的中午,飞机座舱中有舒适的床,但周恩来并没有睡,而是精力充沛地听取汇报。

"汇报之外,我们激动幸福的心情,又达到高潮。"张行彬回忆道,"周总理告诉林一山同志,毛主席很重视林一山提出的在陆水进行预制混凝土块安装大坝试验的建议,作了指示,这次北戴河会议期间,要安排时间开会讨论。"

就在林一山6月29日电报发到北京的四天后,1958年7月3日国务院致电国家经济委员会、国家技术委员会、中国科学院、水利电力部，作出关于长滩、陆水两枢纽作水泥预制块修建大坝的决定。

"国家经济委员会、国家技术委员会、中国科学院、水利电力部：

长江流域规划办公室林一山同志提出一项水利工程技术革新的倡议，即采用大体积混凝土预制装配的办法修建大坝，并通过高压水泥灌浆使河床沙石凝固，即采取水下混凝土形成的办法解决坝基问题。

国务院认为这一倡议应引起有关方面的注意，并应予以协助。同意长办在鄂西清江长滩枢纽和鄂南蒲圻枢纽进行试验，但必须认真做好一系列的试验研究工作，勘测设计和施工准备等工作，并需要预计到施工过程中可能发生的一些困难，以及解决这些困难的不同方案。"

30年后的1988年夏，在长办大楼的一间办公室里，张行彬向笔者追述了1958年在华北平原上空的一些细节：周恩来后来又询问了丹江口水利枢纽和长江三峡的有关问题。张行彬记得，那次同行的还有陈毅元帅夫人张茜，她向大家讲述了柬埔寨同中国友好往来的情况。周恩来让工作人员拿来哈密瓜请大家品尝。"周总理很厉害的，水平很高"，他又说在1800米上空的飞机，正穿云破雾地向前航行，巡游俯瞰祖国大地，运筹帷幄的周恩来和我们机上的七位同志笑语融融，人的一生有几次能这样美好地度过呢？

他的声音低了下去。

渤海——北方的海。美丽的雪浪花轻轻拍打着夏日的沙滩，宽阔的沙滩在阳光下亮得耀眼。岗峦起伏，大片的果林延伸开来，林荫深处，隐现点点红色、黄色、白色，那是疗养院、休养所、宾馆、旅馆。空气中带着咸味。

1958年8月11—30日，在北戴河举行了中共中央政治局扩大会议。会议讨论了1959年国民经济计划等方面37个文件，讨论了在全国农村建立人民公社的问题，作出了《关于在农村建立人民公社的问题的决议》。

北戴河会议闭幕的次日，周恩来主持召开了一个小北戴河会议。

坐在周恩来身旁的是李富春、李先念、聂荣臻三位副总理，他们面对一张张熟悉的面孔：长江流域三大区第一书记，各有关省委第一书记及中央有关部、委、院主要负责人。

这是一次关于长江三峡工程的会议。会上，更具体地研究了进一步加快三峡工程设计及准备工作的有关问题，听取了各方面意见，要求在1958年底完成三峡工程初步设计要点报告。

周恩来在会上作了总结。他肯定了长办工作，"长办对规划有成绩，不断想了一些新办法，长江流域规划，应该鼓励。"又说，"三峡两个坝区，应找更多的资料，目前实际力量可以摆在三斗坝，增加三斗坝区有价值的论证。""萨凡奇只搞了一个南津关坝区，可是他提出了问题，是有功的。为了否定南津关坝区也要多花一些力量。世界高坝应做些研究，科学家要摆问题，加以论证，三峡工程研究成功也是对当代科学的巨大贡献。"

就在这次会上，周恩来正式宣布，兴建三峡试验坝——陆水蒲圻枢纽。

鄂西清江长滩枢纽则被放弃。周恩来说："从现场研究工作方法最好，把握也最大。"他的声音在礼堂回荡。

陆水青春

秋天来到了鄂南群山间。

1958年10月23日，蒲圻城南2千米一片沉睡的土地突然沸腾了，陆水工程于是日正式破土。

在此之前蒲圻县人民委员会发出通告，要求陆水副坝张家垅、修背山、童山至马家直线，旧屋但家左右山、丁家湾、中家洲左右山、陈家山、后背山地区，主坝下游左岸熊家右岸鲍家等地区将房屋、坟墓、麻地于3日内迁让或拆迁完毕。这些都是施工工地范围。10月25日陆水枢纽的重要附属工程——导流明渠工程开工。

湖北省成立了陆水蒲圻水利枢纽工程指挥部，调派中共孝感地委书记处书记冉砚农为工地党委书记，黄铮为指挥长，张曙光为副指挥长。年内有来自蒲圻、崇阳、通城、通山、咸宁、嘉鱼、武昌七县的2万名民工参加施工，随后又增加孝感、黄陂、汉川3县民工……

清晨，骆文走出工棚。

他看见，随着强烈的爆炸轰鸣声，腾空的烟尘迎来了曙光，河上层层袅袅的雾气刚刚飘散，载人的大木筏开动了，上下游两座浮桥上人头攒动……

不知怎么，他仿佛又回到了燕山山脉——长城外的热南地区。早秋，沁人心脾的红果香气在村村峪峪间漫溢；收割已毕，在敞亮的屋子里喝着乡亲们自做的果汁饮料，回想当年在窝棚里睡干草、啃苞谷饼的情景，回想那过去的远了的火焰、哭泣、歌唱和笑语……

这是1959年1月10日。

骆文来陆水工地深入生活已经有些时日了，他是作家、诗人，时任武汉市剧协主席。

1989年岁末，在武汉协和医院一间静谧的病房，刚从湖北省作协主席位置上退下来的他，接受了笔者的采访。他的思绪又回到了陆水河畔。

在1959年1月10日那天，他想给省报写篇反映陆水工程的通讯。到工地上后，他马不停蹄地跑，材料已经基本齐备。

他参加了在工地举行的 4 万人誓师大会。

主坝附近广场四周和中间土台上，彩旗在风中招展，巨大的标语牌一块挨着一块。喇叭里传来雄壮的歌声；一队队民工队伍浩浩荡荡地走来了；一辆辆大卡车、推土机、起重机、康拜因也轰轰隆隆前来助阵，一眼望不到边的广场顿时出现沸腾的景象。

11 时，离会场不远的主坝两边山头，响起震天动地的爆破声，一、二……十、二十……一共 200 响！大地在微微颤抖。随着这特为大会准备的礼炮轰鸣，场内军号奏响，鞭炮齐鸣，扩音器里响起庄严的国歌，誓师大会开始了。

张曙光副指挥长致开幕词后宣布：请黄铮指挥长作动员报告。骆文脑海里却回想着在工地上采访的情形——风钻嘎嘎响着，炮钎插得又猛又深，石洼里的渗水冰如寒泉。这是紧张的明渠工地。明渠导流工程比较艰巨，地方狭长，操作不方便，在约 1 平方米的范围内就有一个石工或渣工，但民工们干劲冲天，明渠开凿全长 800 米，其中石渠部分就有 320 米，最大深度 30～35 米，底部开挖宽 13 米，自 10 月 25 日开工后，采取日夜三班制，每天有 1000～2400 人出工，各团都组织了爆破连、突击连、突击排，妇女则成立刘胡兰排。团与团、营与营之间展开红旗竞赛。赵李桥团有一个连全部打起赤膊干，蒲圻城关工人和人委机关干部也赶来支持，参加义务劳动……

——上游围堰堆石已伸出 96 米了，它的口门放下了沉排，下游围堰正在赶工兴筑，赵李桥东风公社的民工从水中淘挖淤沙，许多台抽水机齐头并进。而基坑里，正在试验从墙革灌浆，通常是采用木板桩或钢板桩，让一道不渗水的屏障插进灰层，以解决一直未得到很好解决的渗水问题。

"……陆水工程……特别重要的是，它还是以后将要修建的根治长江的关键性工程——三峡工程的试验坝，是党中央和毛主席、周总理等中央领导同志亲自批准的工程，毛主席和中央领导同志都非常重视……"这是黄铮指挥长在作报告。

——工程也曾遇到过某些困难，吃浆率过大，灰比没有降低，浆的凝结程度尚待改进。套管下到 7.8 米处，就被鹅卵石顶住了，加足空气压缩力，一会儿，砂浆夹着石块猛地喷出套管，磕打着灌浆队员的柳盔。有个落雪的日子，阳新民工团的柯如寿在支架下坚持打孔，地上泥泞，他滑倒一次又一次，爬起，摔下，又爬起……浆水溅得一身，沾沫遮住了眼帘，晚来寒气凛冽，看得出他身上有些发颤，可他紧紧棉衣又继续打。

——会议桌上摆着积木似的试验块，一会儿堆起，一会儿拆下……五天前，长办的负责人和工程师、设计师在这儿进行了一次激烈的讨论，人们讨论着这样一个话题：我国古老的长城是用长方形砖砌的，桥墩也是长方石块砌的，长方形砖块不仅能很好地错缝，它的形状本身就包含着数学原理。于是，大坝混凝土预制块的形状、错缝和浇结问题最后定案了，任务提交给预制场。

曾任武汉市副市长的伍能光讲话，他代表武汉市委、武汉市人委以及武汉市200万人民向陆水的建设者表示亲切慰问，然后强调陆水工程的意义：

"……为了尽快地把三峡大坝建成，使之为亿万人民的幸福贡献力量就必须采取新的先进技术措施，用装配式的办法进行施工……这些新的设计和施工技术，都将在陆水工程中进行试验，我们大家都担负着为三峡工程创造经验的光荣任务，我们应该满怀信心地争取早日完成……"

接下来是：湖北省水利厅涂副厅长，陆水工程指挥部冉砚农政委，解放军0925部队第15军代表孙砚田以及武昌、嘉鱼等县代表，工地劳模代表……

15时，誓师大会闭幕。最后一幕给人印象深刻：

全场四万多人全体起立，振臂高呼、宣誓，声浪滚滚，震荡山谷……

骆文急匆匆回到工棚，在桌上摊开稿纸。他知道晚上武汉市楚剧团、杂技团和孝感楚剧团要在工地慰问演出，著名楚剧艺术大师关啸彬也来了，他必须抓紧时间把通讯写出来。激动的心情尚未平复，一个满意的标题蓦地蹦出：

"陆水青春"……

工地上的春节

休息号传来，喧闹的工地一时沉寂下来。

蒲圻县官塘中伙营的民工们围坐一堆，开始七嘴八舌地讨论起来："春节快到了，该不该回家？"几天前，陆水蒲圻水利枢纽工程党委会为了保证工程如期完成，向工地四万名民工发出了号召，春节期间不回家。

各种意见相持不下，大家便把目光转向脸色蜡黄的教导员田其江——前几天卸车时他的螺丝骨被石头砸伤，伤得不轻——"教导员，你看能不能回啊？"

工棚里静悄悄的。咸宁马桥民工团第三营第三连李望仙正在给丈夫写信。墙上的日历翻在1959年1月18日。

"亲爱的纯寿：

家里生产一定很忙吧，老人家可好吧！

记得，在我来这里的那个晚上，你笑眯眯地对我说，等到腊月二十八，来接我回家过年。我说，我到那时一定回来。"

李望仙前一年在温泉铁厂炼了三个月的钢铁，大办钢铁结束后不久，她便在丈夫的支持下踏上了陆水工程工地。现在春节一天天迫近了，她和丈夫的约期也快到了。他们结婚虽然只有一年多，但她对丈夫平时那种急躁脾气是一清二楚的。上工地后，丈夫给她的第一封信上，主要谈的就是她回家过春节问题。纯寿在信上说得很紧，还在"一定要回家"这句话下打了圈圈强调，所以李望仙有些拿不定主意：是告诉丈夫，还是不告诉他。

"为了响应陆水蒲圻枢纽工程党委提出不回家过节的号召，有的人就向党委表示决心不回家过年，有的人写信回去告诉家里人。我呢？还有什么犹豫，决定把我不回家过年的打算向连部说了，他们很赞成我这样做。"

"你会这样说，尤其是老人家会这样说，出去了几个月，未必过个年都不能请几天假吗？纯寿，这实在不行……现在，工程很紧张，首长给我们作报告说，一定要在今年5月份完工。现在元月份过去一半了，你看，春上一发洪水，施工就有困难了。"

李望仙接下来告诉丈夫，这里现在就办起春节的鱼、肉来了，准备叫大家过个痛快年。团里还正在准备春节演出的节目，她也顶了一个角色。

在信的最后，李望仙透露了一个消息给丈夫：我还有个消息告诉你，听说马上就有一万多人民解放军也来支援这项水利工程……

成千上万的家书从陆水工地飞向四面八方。这里面，有像李望仙那样妻子告诉丈夫的，也有丈夫告诉妻子的；有儿子告诉父母的，也有几十岁的老人告诉儿子的。他们的中心意思只有一个：告诉家里人，今年春节不回家。

这时陆水工程已进入全面施工阶段。自誓师大会以后，15天之内33000多名民工将主坝明渠工程中的土渠部分基本完成，最大的8号副坝清基基本结束，转向全面大回填，很快完成土石方44.9万多立方米，提供了迅速转入全面施工的基础。主坝的围堰灌浆、两岸开挖两大工程已经开始，明渠工程中的石渠工程和在围堰右岸进行抛石填土工程，争取春节前明渠开通后合龙截流。春节后，则开展艰巨的基坑排水，基坑开挖并回填6号副坝及建筑南北闸等10项工程。为了争取时间，工地开展了以"十化"为中心的工具改革运动：一切运输工具滚珠轴承化，运输车子化，轨道平、斗车化，取土绞犁劈土化，上土码头卸土自动化，碾实碾压化，碎石良化，沙过河滑丝轨道绳索牵引化，筛沙筛石留筛化，以克服材料不足的困难，提高工效。

就在紧张的施工中，春节的气氛一天比一天浓了。

工地党委做出了安排，春节期间要让民工吃好、玩好。按照这一要求，每栋工棚、每间房舍打扫得干干净净，迎接新年的标语贴得琳琅满目。民工团每个营设俱乐部，连设歌舞队，班设故事小组。赵李桥民工团营、连、排、班组织270人，自编自唱，利用业余时间，准备节日208个，有玩龙灯、踩莲船、打狮子、演唱古典戏和现代剧等十多种形式。工地上每天歌声不断。

四面八方数以千计的慰问信通过《蒲圻报》传来。

李望仙收到了丈夫刘纯寿的回信。她迫不及待地撕开看起来："我把你的来信，一个人看了一遍又一遍……我想过来了，同意你不回家过年，我把你说的话和这件事情向老人家说了，他们也同意，只是要你把那里的建设消息，时常告诉家里一下，还嘱咐我跟你说，你是个二十来岁的青年人，力气用了有来的，你又是个青年妇女，要在妇女中多带头……"

李望仙长长舒了一口气。

和李望仙同是马桥民工团的王国文也收到母亲王东妈的信，母亲告诉他，全家5口人公社发18块2角钱过年，每人两斤肉，一斤鱼，油、盐、柴、米都丰足，孙子过年都添置了新衣、新鞋。母亲希望儿子在工地争个光荣，说："水库修好了，这是我们的福啊。"

1月28日，湖北省暨武汉市党政军春节慰问团第二分团和武汉市评剧团，冒着阴雨寒风来到蒲圻。次日，雨过天晴，慰问团分头到陆水工程工地参观和慰问。他们首先来到主坝工地，一段接一段为民工作慰问演出。接着踏着泥泞的羊肠小道，来到200多米高的右岸顶峰，眺望了河畔人山人海的施工景象后，又沿着峭壁走下陡坡，向明渠工地上的车埠、官塘民工团慰问。潘副政委发表了即席讲话。1月30日，由蒲圻县委、县人委、县兵役局、各人民团体联合组成的春节慰问团，也来到陆水工地。慰问团带着县汉剧团、歌舞团、电影队，还带来机关、人民团体、学校、城镇居民的大批慰问信，每到一处，就举行座谈会，进行慰问演出，分发慰问信。那些天，在陆水工地上，无论是在陡峭的崖壁，还是在寒冽的河畔，或是炮声隆隆的采石山上，到处都是意气风发的民工们，他们斗志昂扬，展开竞赛，工效大幅度提高。

这里有一份咸宁汀泗民工团汀泗营的春节菜单：

三十（年饭）：海参宝塔肉、墨鱼排骨汤、黄花炒肉、粉滑豆腐、八宝饭、寸干肉、烧牛肺、红烧鱼、狮子头、溜白菜；

初一（春节饭）：肉糕、魁元、蛋卷、鱼丸、夹年藕、炸鱼、全家福、烧猪排、老虾丸、合和菜；

初二（团结饭）：大炒金月、广米红罗、鱿鱼炒肉、红烧牛肉、冰烧膀、襄衣卷、鱼糕、酥卷、折片排骨汤；

初三（跃进饭）：酥鱼包、凉拌包菜、三仙会、烧苔丸、炸腐鸡、黄花肉、十景汤。

年饭每日三餐，每餐八人一桌，每桌一斤酒。

已经是腊月二十九，离春节只有一天了，寒雾弥漫的陆水工地上，几万民工还在大干着……

英雄们来到了陆水河

夜，大风夹着大雨，紧一阵慢一阵地泼着。

"下午6点钟，我部正式接到大队部冒雨出工的施工命令。同志们三步并作两步地来到了盼望已久的陆水战场工地——主坝右翼的山头上……"

以上节录自解放军0925部队——第15军某部战士李孝书当时写的一篇文章，记述他到达陆水工地后的第一个通宵劳动之夜。

那天晚上，主坝右岸山头的山顶、山腰被李孝书所在的部队紧紧围住，取土运石，搬运到200米外的地方。晚上10点钟左右，雨下得更大了，风也刮得更猛，雨水顺着脸颊往下淌，官兵们的棉衣被雨湿透了，而衬衣则被汗浸透，冰凉凉贴在身上。道路也更加泥泞滑溜。暗夜中响起战士们响亮的声音："树立山高志更高，石硬心更硬的雄心，坚决完成任务，打响1959年参加社会主义建设的头一炮！"口号声冲破了夜间的寂静，压倒了风雨声，也驱散了寒意。班与班、排与排之间展开了热火朝天的竞赛。干着干着，东方不知不觉发白了，山顶喇叭里传来首长赞扬大家干劲的讲话声，这时大家才发现，千年的小山已经矮去了一截……

15军指战员1万多人是1959年2月9日、10日——春节刚刚过去一个多星期——到达陆水工地的。这是一支英雄部队。黄继光、邱少云、柴云振；抗美援朝中的上甘岭战役……都和这支部队连在一起。

15军前身是由太行子弟组成的中原野战军9纵，后整编为二野四兵团15军，曾任我国国防部部长的秦基伟是它的第一任军长。它参加过挺进大别山、淮海战役；渡江战役时担任西突击集团，并进军大西南。新中国成立后，20世纪五六十年代之际，这支部队一只雁飞塞北，随王震将军统帅的10万集体转业官兵开赴北大荒屯垦；一支鹰击长空，改组成中国第一支空降兵部队，随时准备在10小时内投入全国任何战区……

为迎接子弟兵的到来，商业部门早在一个多月前就忙开了：派出大量有经验的采购员奔赴全国各地采购生猪、食品，使糕点、糖食基本达到了保证供应，还储存了大批海带、红枣、墨鱼及其他副食品；前往湖南等地采购蔬菜的采购员为了将蔬菜尽多尽快购回，连春节都没有回家。七万多斤蔬菜很快运回来了，还准备了九万多斤干柴……陆水工地上的民工们为迎接解放军，纷纷腾出好住房、好工具、好柴火……赵李桥民工团有两间好房子，地热高，避风，建筑也要比一般房子细致，早先为分配这两间房，干部和民工中都发生过不少的争论，现在团部统一部署腾房子，民工们二话不说就搬了出来。该团还在报上表决心：全团民工要用解放军的支援来激励自己，大干快干……

文学篇

15军来到陆水工地后，就担负起整个工程最艰巨的任务——主坝两端开挖、8号副坝回填和导流明渠的施工。

时值阴雨连绵。为了抢在汛期和春耕生产之前完成任务，15军和陆水工地的4万民工一道不分昼夜，轮班施工，冒雨战斗。从2月11日开工到3月3日止，据不完全统计，全军官兵共完成土方5.2万立方米，砂方1.05万立方米，石方4.4万立方米，担负主坝两端开挖的部队经过16个日夜奋战，胜利完成主坝左右岸各4个平台，削去右岸各4个平台和削去左岸边坡的任务，总工程量达1.63万立方米，超过定额一倍。明渠施工部队在告别陆水工地前夕，大干了几个通宵，完成了预定任务。

3月2日，陆水工程党委会和指挥部，在蒲圻县委大礼堂举行了有部队、民工代表一千余人参加的欢送大会。3月5日前，15军官兵在红旗招展、锣鼓喧天的热烈气氛中离开陆水。

陆水牵动四面八方

1989年冬，在女儿的婚宴上，张新还记得他是坐闷罐子车从福建一路西行来到陆水的。

张新是四川人，1953年参军，在铁道兵8511部队51团团部当警卫员，他们部队一直驻在福建，修鹰厦铁路。1960年3月，他随部队转业参加陆水工程建设，当月15日到达武汉，4月7日正式踏上蒲圻陆水工地。他还记得当时工地上的口号是"五一"发电，实际上他们去时连大坝的影子都还没有，河道里一摊水。

据有关资料记载，1960年4月，长办施工试验总队从铁道兵接收3000多名复员战士，100多名转业干部。

这是周恩来总理批准的。

那是上一年，1959年8月18日，在庐山大树参天绿荫蔽地的草坪上，总理听取林一山的汇报。历时5个多小时的汇报结束后，总理请他们吃晚饭。张行彬记得，那天饭后周恩来送林一山到大门口，握手告别时面带笑容地说："今年国庆十周年，请你们到北京观礼好吗？"

林一山喜出望外，连声说："好，这太好了，这太好了。"

就在这年金秋十月，林一山到北京参加共和国十年大庆观礼期间，周恩来批准了给3000名铁道兵参加长办施工试验总队。

对于陆水工程，国务院早在1958年7月3日致四部委电报中就明确要求："责成国家经济委员会、国家技术委员会、中国科学院和水利电力部对此项工程予以大力支持，具体问题可由长江流域规划办公室与有关单位直接联系"；"蒲圻枢纽所需经费责成水利电力部解决，所需器材设备由国家经济委员会负责组织调拨。"

陆水工程的业务工作由水利电力部直接领导。为此，当时水利电力部副部长、中共创始人之一李大钊之子李葆华亲赴陆水指导工作。陆水工程开工初期，技术设备十分缺乏，绝大部分要靠人力施工，水利电力部从部长基金中拨出1300万元作为陆水施工总队的技术装备费。当时机械设备购置困难，国务院向有关部门关照，对陆水工程所需均予优先供应，在多方努力下，到1959年，陆水工地施工机械拥有量达到240台（套），缓解了工程碰到的一个大困难。

这期间，根据湖北省委批示陆水工程交由武汉市领导，"湖北省陆水蒲圻枢纽工程指挥部"更名为"湖北省武汉市陆水枢纽工程指挥部"。1959年12月18日，中共武汉市委决定，任命市人大秘书长张雪涛兼任陆水工地党委书记，贾正群为副书记，涂建堂为指挥长。三天后，12月19日，武汉市市长刘惠农陪同湖北省省长张体学来陆水工地视察。1960年4月11日，武汉市委派出农村工作检查团来工地检查工作。6月16以刘惠农为团长、张雪涛为副团长的武汉市水利生活、生产检查团又来到陆水，全面检查8号副坝、主坝、导流明渠等主要工程，并在工地党委召开的各总队、各民工团以上主要干部会上，详细听取了关于施工、安全、生活以及思想政治工作的汇报。武汉市委第一书记宋侃夫、书记处书记李尔重也到会听取了汇报并讲话。武汉地区的一些院校也参与了陆水工程：华中工学院（现华中科技大学）承担了陆水试验枢纽机组设计；中南建筑设计院承担了建筑、通风、采暖设计……

1960年4月6日，武汉市两个检查团到陆水工地检查，重点之一是安全问题。

这里有必要插写一笔，让后人知道，陆水的建设者们付出的并不仅仅是汗水，还有眼泪、鲜血、生命。

陆水开工之初，十县数万民工（高峰期达到5万）云集，房屋极度紧张，大量搭建临时房屋采用竹架草棚结构，十分简陋，也很不安全。当时工地上流传着"四怕"——怕风、怕雨、怕火、怕盗。1959年，工地上果然就因此发生了一场不幸悲剧。

这年12月28日晚9时半，咸宁民工团的一位女职工郑某，不慎引燃墙上衰衣，火势迅速蔓延开来，扑向一栋栋用易燃材料构造的工棚。许多民工已在睡梦中，他们惊醒，在黑暗和慌乱中夺路，拥挤堆积在狭窄的门口……这场大火带来的是这样一组黑色的数字：烧死民工59人，烧毁工棚13栋……

也不仅仅是火。

笔者的外祖父吴梦津老人是在发生大火几个月后上工地的。他们住在金狮观——郭沫若的自传《革命春秋》一书，曾有一篇记述他1926年8月间他和李一泯夜宿金狮观的经历。

外祖父记得，他们到陆水工地后不久，陆水就春洪暴涨。那也是个晚上，水已经淹到床上来了，才把他们从梦中惊醒。鞋子、物件漂得满屋都是。他们摸黑寻到楼梯，匆匆退上二楼。水还在上涨，一楼很快就要被淹完了，要不是工地指挥部及时派来船……

后来，1964年6月，陆水流域普降特大暴雨，大坝上游水位猛涨至49.25米，超过围堰抗洪能力49米高程达整整8小时，陆水工地绝大部分作业区和职工住宅被水淹没达2.2米以上……

如今，外祖父住过的金狮观已经永远沉埋水底了——在陆水水库蓄水之后，外祖父自己也在1993年以90高龄安然离世。笔者对这位慈祥的老人和当年陆水工程建设者怀着深深的敬意。

一辆银灰色小轿车驶进蒲圻县委大院停下。当倪厚武发现从车里出来的竟然是董老——中华人民共和国副主席董必武时，一时有点不敢相信自己的眼睛。因为事先并不知道消息。

接着出来的还有张体学、林一山。

这是1960年3月1日上午10时左右。

董老鹤发银须，拄着拐杖，精神很好。他是来看陆水工程的，陆水也牵动着他的心。

倪厚武当时是蒲圻县委的一名工作人员，1990年7月4日晚，他向笔者追忆了当时情景。

根据回忆，董老和大家见面后，临时落座在县委机关会议室。大家自然想把董老和省里来的领导招待得好一些，县委书记霍振亮拿出一包精装香烟，工作人员也拿来好茶叶，准备泡水，这时张体学省长连忙从座位上站起来，严肃地对霍说："省委规定接待客人不许招待烟茶，你们看到通知了吗？"董老也连连点头说："不能因为我来了，就可以搞特殊招待啊！"大家急忙收回烟茶，换上白开水，原已安排食堂多做几个好菜招待董老，这时也只好作罢。

董老在蒲圻县委食堂简单用过午餐，马上上车前往陆水工地。

雨过初晴，工地机器轰鸣，人来人往，4万民工正在紧张施工。董老先在主坝，随后又在8号副坝施工现场，听取了工程指挥长涂建堂、政委张雪涛以及霍振亮的简单介绍。他对工程的进度和参加陆水建设的4万民工的干劲倍加赞扬，一再含笑说："很好！干得不错！"他要求工地党委改善劳动条件，提高工作效率，采取措施将手工操作改为机械化、半机械化施工。

董老特别关心民工的生活。那正是共和国最艰难的时期，大饥馑在全国蔓延，他详细询问了民工的生活情况，要求工地负责人具体研究工地办食堂的规划，并且要求食堂也搞机械化半机械化，减轻炊事人员的劳动强度，使他们能腾出时间研究如何进一步把伙食办得更好。董老说，抓好生产、抓好生活两条腿走路，是我们党的方针；他要求工地负责人坚决贯彻这一方针，建成水库，增强民工身体健康。

笔者手头有一张历史照片，那上面留下的是董老当时在陆水工地主坝视察上下游围堰和基坑施工时的情景，照片上的董老，头戴呢帽，着一身深色有质感的中山装，左手拄杖。他的右边是张体学，胸前插一支钢笔，双手反剪背后，右后方是林一山。董老微微张着嘴，在举目凝神眺望，他在眺望着什么呢？

15年后的1975年3月5日。国家代主席董必武的最后一个寿诞。

董老已病势沉重，这一天粒米未进，但还是支撑着精神，写下他一生最后一首诗词：《九十初度》。

在诗中，他回顾了自己的一生，感慨"九十光阴瞬息过，吾生多难感蹉跎"，然后，他又写道："彻底革心兼革面，随人治岭与治河……"

"治河"，这里董老当然是虚指。但是，董老会不会又回到了十五年前，在陆水工地的那个日子？

结局或开始：走进大峡谷

中国为水所伤已经许多年了。

这里，我们想起了大禹治水、精卫填海……这些上古神话。在那里面，他们被歌唱成英雄。然而这些神话背后，分明颤动着古代先民们对于水的恐惧。那是一个民族心理创伤的折射。

一部中国历史，便是一部由大禹开始的治水史。

现在我们继续讲陆水故事。

火热的工地沉寂了。

一栋栋简易工棚人去楼空，糊窗子的旧报纸在风中索索抖动。机械成为一堆堆冰冷的铸铁。

三年困难时期降临到共和国大地上了。共和国进入了沉重的时期。

1961年3月底，参加陆水工程的民工全部回乡生产，湖北省、武汉市以及各县干部也陆续调回原单位，工程施工任务改由长办施工试验总队全部承担。陆水工程领导关系也由武汉市移交给长办。1961年7月完成度汛工程后，工程缓建，基本处于停工状态。施工总队也再一次缩减，由4000多人减到1734人。

不仅仅是陆水，连陆水工程主营单位——长办本身能否保住，这时也发生了问题。

是周恩来总理指示，长办机构不变，自办农业度过困难，维持正常工作。

长办保住了，这才有了陆水工程三年后——1964年下半年的恢复，也就有了1967年7月12日18时48分，水利电力部电告陆水工程指挥部，同意陆水工程关门蓄水，蓄水控制水位49.5米高程——石壁已经截断云雨！

1988年11月，为纪念陆水蒲圻水利枢纽工程开工30周年，全国人大常委会副委员长王任重欣然挥笔，题写"陆水水利枢纽三峡试验坝"字样，堪称陆水工程之父的林一山题道："陆水试验坝的成功为中国水工技术革命打下了基础。"林一山的继任者、长办主任魏廷琤在题词中写道："大体积混凝土坝采用预制块安装的方法，是水工施工技术的一项新尝试。陆水试验坝取得了重大突破，为这项新技术开辟了新道路。"

《陆水试验枢纽志》记载：陆水试验混凝土预制安装筑坝实验，明确了预制块的安装胶结性能，降低了安装坝体的水准热升温；加快了施工速度，质量也满足了设计要求……

不仅仅是施工方法，陆水试验坝建成后，在枢纽上还进行了包括各种机电试验、坝体渗流观测、船只过坝及拦鱼设施、水文自动试报等各种试验近百项。该志认为，陆水试验枢纽最突出的特点是试验成果多，凝聚着现代科学技术的结晶，解决了我国现代水利工程建设工程的许多复杂问题，成为水利水电科研重要的试验基地。陆水是全国的试验坝，是我国第一座也是唯一一座用以综合试验水电的大型水利水电试验枢纽工程。它给予了我们什么启示呢？想象的能力？创新的勇气？对于现状的永不满足？……这一切在今天是不是也仍然需要？

我们写下这段历史，是为了一个忘却的纪念——一个时代、一个民族、一代伟人，曾在一个名叫陆水的地方，做过一个梦，一个关于三峡的梦。不将它写出来，中国三峡工程史就不完整！

逝者如斯。陆水工程已不再轰动，不再成为焦点。代它而起的是葛洲坝、三峡——那寂静的群山不可接近的梦想。

1994年12月14日，中国走进了世界著名的大峡谷，来到那高高的石壁下，再次来到这个问题、这个世纪梦面前。在三峡工程开工典礼上，国务院总理铲下第一锹土，一个世纪之梦将要圆了。

中堡岛已经响起建设的声音。现代大禹们将在这壮丽幽深的大峡谷间，矗立起一座巍峨的建筑，"更立西江石壁，截断巫山云雨，高峡出平湖"！三峡——中国的梦，永远的辉煌！它将和德沃夏克、大古力、古比雪夫、伊泰普、丘吉尔瀑布、阿斯旺……一道成为人类留在地球上的纪念碑！

那么，就让我们将陆水这一页合上，将头转回现在，朝向未来，从那里去汲取自己的诗情！

水生态所，让长江心脏健康跳动

傅　菁　张志杰　刘　原

如果说长江是中国的主动脉，那么三峡水库就是长江的心脏。

如果说心脏健康与生命质量息息相关，那么保护三峡库区生态，让心脏健康地跳动，是水利部中国科学院水工程生态研究所（以下简称"水生态所"）20多年来孜孜以求的事业。

保护库区水生生境和生物资源、维护库区生态的完整性和可持续性……近百项三峡库区生态环境科研成果，串联起水生态人共奏"长江大保护"之歌的最强音。

顶层设计，守护一库清水

"不论是长江上游梯级开发新建的水库群，抑或是装机超过三峡的水电站，迄今为止，没有哪一座能超越三峡工程在历史上划时代的意义！"谈到三峡工程，时任水生态所党委书记、现长江工会主席徐德毅难掩敬畏与自豪之情。因为了解，他对被习近平总书记誉为"国之重器"的三峡工程，情深义重；因为懂得，他能将长江委老一辈建设者的三峡情怀，娓娓道来。

早在三峡工程论证之初的20世纪50年代，长江委老一辈建设者就考虑到三峡工程是一个多目标、多效益的系统工程，涉及因素复杂，在发挥其巨大综合效益的同时，水库蓄水运行也对库区和长江中下游经济社会发展和生态环境产生一定影响。因此，在工程论证初期，便提出了库区的生态保护。作为三峡工程的"试验田"，葛洲坝水利枢纽生态保护被提上议事日程，水生态所应运而生。

时光飞逝，随着葛洲坝生态建设与保护研究的不断推进，老一辈三峡工程建设者的生态理念传承下来。随着经济社会的发展，在习近平总书记"共抓大保护，不搞大开发"的发展思路引领下，妥善解决库区生态环境问题，保护好三峡水库的水质，维护库区生态环境的可持续性，势在必行！

规划先行，谋定而动。面对三峡库区水生态保护这样宏伟的命题，做好顶层设计尤为重要。

据介绍，《三峡后续工作总体规划》《三峡后续工作优化完善意见》分别于 2011 年、2014 年获国务院讨论通过，湖北省及其 5 个区县、重庆市及其 16 个区县三峡库区后续工作实施规划（2011—2014 年）分获两省市政府批复实施。目前，三峡后续工作稳步推进，对于保障三峡工程的长期安全运行和持续发挥综合效益、促进库区经济社会的可持续发展起到了重要作用。

潘晓洁，水生态所科研计划处处长，走出象牙塔的第一步，就跨入了库区水生态保护研究行列。

潘晓洁告诉记者，回忆起三峡后续规划编制工作的点点滴滴，就不免让人想起那些可爱的参编人员。在她接触的三峡后续工作人员中，上至国务院三峡办领导，下至规划报告编写人员、库区移民群众，都倾注了对三峡的热情、激情和智慧。冒着高温酷暑，忍受崎岖山路的颠簸，他们开展现场调查；无数个夜晚，他们深入讨论、仔细斟酌、通盘谋划，反复征求意见、修改完善。

潘晓洁记得，2009 年 7 月上旬，他们在北京职工之家召开库区生态环境分项规划审查会，之后到铁道大厦修改完善总体规划，紧接着在裕龙宾馆评审总体规划及分项规划，任务之重、时间之紧超乎想象。去北京之前，一行人身着单衣、脚穿凉鞋，最后待现任水生态所副所长吴生桂、万成炎等规划人员与中国国际咨询公司评估负责人员讨论完生态环境规划评估初步意见，从中国国际咨询公司大楼走出时，大地上覆盖了厚厚的一层雪。那是 9 月 30 日晚，是北京历史上最早的一场雪！ 2010 年，在紧张的规划编制工作中，规划编制骨干、现任水生态所生态水文学研究室主任陈小娟出现身体不适，当时大家都"傻傻"地以为她是因为工作压力过大、辛苦所致。没料想等规划编制任务结束回家一检查，她已怀孕快 2 个月。一个新生命就这样在妈妈不辞劳苦、兢兢业业、加班加点的工作中悄然孕育了！

记得实施规划期间，水生态所承担生态环境实施规划编制任务，库区 20 区县及重庆主城 7 区的野外调查与协调工作持续一个月，接着在武汉创意宾馆开展基础资料整理分析、规划图件勾绘、规划项目落实、规划报告编制，又持续了两个月。其间很少有人回家，参编人员舍小家顾大家，克服重重困难，把全部的精力投入到该项工作中。

当时，参与项目的一名年轻人正值新婚宴尔，连续加班引起新娘的不满，家庭矛盾一触即发。知悉此事，时任室主任、现任水生态所副所长万成炎一一给各规划编制人员编发短信，感谢大家辛苦的付出，以及家人的理解和支持，并让大家转发短信给家人以争取谅解。

众人拾柴火焰高。在大家共同努力下，《三峡后续工作总体规划》《三峡库区生态环境建设与保护分项规划》顺利通过专家组评审，三峡库区水生态建设与保护的顶层设计，得到专家组的一致好评。

增殖放流，让鱼儿生生不息

"增殖放流，是库区乃至长江流域保护渔业资源的重要方式之一。从2009年至今，已连续开展了10年。"水生态所副所长吴生桂告诉记者，长江流域是我国淡水鱼类资源最为丰富的地区，"四大家鱼"是长江水系鱼类资源的重要组成部分，也是长江流域渔民捕捞生产和增养殖的主要收入来源。把这四种鱼类统称在一起，一个原因是它们有很相似的生态习性——江湖洄游。成鱼在江河上游的流水中产漂流性鱼卵，鱼卵随着水流向下游漂流发育成仔稚鱼，更大的幼鱼则进入湖泊生长繁育。这种生态习性是与长江中下游典型的江湖复合生态系统长期适应形成的结果。

近半个世纪以来，人们在长江、通江湖泊和河流上修堤建闸、围湖造田，在其沿岸毁林开荒，发展航运和桥梁建设，以及长江沿线城市建设和工业发展所导致的环境污染，加上过度捕捞，使生长在长江流域的鱼类等生物资源受到破坏。产漂流性卵的"四大家鱼"，由于亲鱼个体大、繁殖周期长，需要特殊的产卵场，在长江水系的种群数量已急剧下降，资源受到严重破坏。而"四大家鱼"本身具备良好的生态净水功能，是维护长江生态健康的"清洁卫士"。因此，近年来，每到"四大家鱼"的繁殖期，水生态所都会组织技术人员奔赴放流现场，监督、监测"四大家鱼"的投放情况。

除了"四大家鱼"，水生态所还密切关注中华鲟、胭脂鱼等国家一、二级保护鱼类的增殖放流工作，促进保护鱼类的资源量恢复。

2009年10月，水生态所在国内首次采用基于低温处理诱导和周年水温过程调控的中华鲟性腺人工诱导技术，在淡水环境下先后成功诱导9尾中华鲟子一代个体性腺发育至Ⅳ期，并选择其中的一对雌雄亲鱼开展了人工催产成功，培育出幼苗1万余尾，标志着淡水条件下中华鲟全人工繁殖技术取得突破，该成果为世界淡海洄游鲟鱼全人工繁殖成功第2例，对中华鲟物种资源保护具有重大的现实意义。

过去10年来，水生态所繁育出的子二代中华鲟幼鱼，除了一部分幼鱼用于"973"项目的科学研究以外，已有上百尾大规格个体放流入长江，促进其种群的恢复。2010年10月，水生态所在长江武汉江段放流了120尾中华鲟子二代个体。放流前科研人员对放流个体开展了为期两周的野外驯食、水质水温适应、江水原地暂养等流程。在随后多次中华鲟子二代放流实践中，采用了多重标记植入放流个体，如金属线码标记、T型锚标标志、PIT标志、声学标志以及遗传标记技术等，跟踪监测放流后中华鲟子二代个体的迁移、洄游状况，为制定科学合理的中华鲟人工繁殖放流策略收集数据，期待幼小的中华鲟能够茁壮成长，自然繁殖出更多小个体，促进种群的持续恢复。

文
学
篇

谈及现场监测，吴生桂还有段深刻的记忆。2007年4月21日，长江又一次增殖放流的前一天，他作为监测人员赶赴安徽的无为大堤放流点。谁知22日，长江中下游普降大雨，举办放流仪式时，10多米长、3米多高的背景宣传栏被风吹倒，放流工作面临极大困难，吴生桂寸步不离地看管着放流幼鱼。最终，鱼儿顺利地游入长江，而他刚穿上的一双新皮鞋则被雨水泡成了水鞋。

年复一年的增殖放流活动，得益于水生态所参与编制的《三峡工程珍稀鱼类保护生态补偿项目增殖放流工作实施方案》和负责顶层设计的《三峡库区生态环境建设与保护分项规划》。正是该方案、规划的实施，改变了长江鱼类持续减少的现状，帮助鱼儿在长江中生生不息。

生态调度给鱼儿温暖的家

2018年5月17日，正在接受采访的水生态所业务骨干徐薇接到一个电话：进入汛期，三峡水库开始实施生态调度，她需要到宜昌出库的下游沙市断面，持续监测"四大家鱼"的繁殖情况。

"这一去，起码是2个月，只能把我妈妈接到我们家来，照顾我的孩子。"徐薇一边对笔者解释，一边拨通了她妈妈的电话。安顿好家里的一切，我们的话题就从孩子展开。

"2015年7月，生态调度监测结束后，我的孩子出生了。2016年5月，又一轮的监测工作开始，我只有狠心给刚刚10个月的孩子断了奶。"谈起那段经历，徐薇掩饰不住对孩子的歉意。

生态调度，目的是促进"四大家鱼"的繁殖。"每年4月底到7月是长江'四大家鱼'的产卵期，其自然繁殖离不开特定的水文条件，如持续的涨水过程、一定的水流流速、18摄氏度以上的水温等"，水生态所所长李键庸这样解释。而生态调度的本质，就是利用水利工程对河流水流进行干预，结合鱼类习性、水温、来水等综合情况，人为地制造一个合适的涨水过程，为长江里的鱼类创造自然繁殖的条件。

据了解，早在1992年，国家环境保护局正式批准的《长江三峡水利枢纽环境影响报告书》中就指出，三峡工程对"四大家鱼"的自然繁殖会带来不利影响，同时提出了减缓对策之一是通过运用水库调度产生"人造洪峰"，促使"四大家鱼"繁殖。

在三峡工程建设以前，围绕三峡工程建设和运行引起的生态与环境问题，国家专门建立了"三峡工程生态与环境监测系统"，其中，对监利江段"四大家鱼"自然繁殖的监测结果显示，自1997年三峡工程开工建设到2003年三峡水库首次蓄水，"四大家鱼"鱼苗量从20亿尾左右下降到4亿尾左右，2008年三峡水库开始175米试验性蓄水后，2009 年鱼苗量下降到最低值 0.42 亿尾。

2006 年开始，水生态所作为牵头单位，承担了国家自然基金委、水利部及长江委等有关科研项目，逐渐弄清了"四大家鱼"自然繁殖的生态水文过程和对水库调度的需求参数，提出了面向三峡水库生态调度的具体调度方式建议，并对"人造洪峰"调度保护长江"四大家鱼"自然繁殖的必要性与可行性进行了初步分析。2011 年 6 月，在长江委防总办的组织和领导下，首度开展了三峡水库针对"四大家鱼"繁殖的生态调度试验，这也是我国大型工程首次针对鱼类繁殖实施的生态调度。此后，每年在汛前 5—6 月，三峡水库通过"人造洪峰"生态调度措施促进"四大家鱼"自然繁殖，到 2018 年已经是第 8 个年头。

生态调度对"四大家鱼"的繁殖到底起到了怎样的作用？徐薇的工作，就是为了验证这一结果。

从 2011 年开始，徐薇参与了每年度的三峡水库生态调度实践中从方案制定、会商、执行，到监测、评价、优化、讨论的全过程工作。每年的调度方案制定实施后，徐薇也是雷打不动地到沙市断面现场监测，一去就是两个月。

提到"互联网 +"时代的现场监测，也许大家的理解就是在监测断面铺设红外线探头，监测人员坐在办公室吹吹空调，动动鼠标，结果就会显示在屏幕上。或许不久后的将来，我们可以期待"让梦想照进现实"，但现在每年的这两个月，徐薇过得不轻松。

"到了鱼类产卵高峰，除了每日常规的早中晚 3 次定点取样，我们还需要在整个河道进行断面取样。一个断面 15 个点，从取样到样品前处理，3 ~ 5 个人要花上一整天，有时候连吃饭都顾不上。"这样的工作，对身材略显瘦弱的徐薇来说，并不是一件简单的事。监测船在断面上往返，每到一个点，她都要从水中拉起一米见方的捕捞网，小心地从杂质中提取鱼卵。6 月骄阳在头顶暴晒，监测船在水中颠簸，一天下来近 20 次重复收网取卵工作，这样的工作强度，对一名年轻小伙子都是一种考验，何况是徐薇这样的柔弱女子呢？但是，徐薇毫无怨言地坚持了 8 年。

作为技术人员，她守好了她的监测阵地；但作为女儿和母亲，徐薇的许多人生节点，都留下了不可弥补的遗憾。

2017 年 3 月，被病痛折磨多年的父亲，身体状况进一步恶化，此时徐薇正忙于参与三峡生态调度的方案制定，只有拜托母亲全程照顾。此后，父亲每月都要入院接受治疗，徐薇都尽可能抽空去看望，但因长期出差在外，守护的担子都落在母亲一人身上。2018 年伊始，本想忙过这一阵再去父亲病榻前尽孝的她，却没料到父亲已到弥留之际，最终没等到她尽孝的那天……

跪在父亲的灵前，徐薇恸哭不已，"子欲养而亲不待"，作为唯一的女儿，她能拿什么去弥补这样的遗憾？！

在水生态所，还有许多个徐薇。每每生活和工作有了冲突，他们心中的天平，总是无一例外地偏向长江中的鱼儿。

模拟产房，孕育鲟鱼宝宝

走进水生态所综合楼大门，一尊长约2米、直径约30厘米的大型鱼标本霸气地闯入视线，这就是我国一级重点保护野生动物，被誉为"水中大熊猫"的中华鲟。

"目前，人工培育的中华鲟已从野生个体驯育进展到了子二代，每一代从鱼卵到孵化出幼鱼到性成熟，最少需要15～16年，如果继续培育到子三代，就至少需要40～50年时间，一个风华正茂的年轻人，就这样和三代鱼同成长，度过自己的一生。"水生态所是全国首个成功培育中华鲟子二代的研究所，在徐德毅的心中，这个成果得来不易，"是一份需要守得住清贫，耐得住寂寞的事业。"

诚如徐德毅所说，几十年如一日地与鱼为伴，需要每天小心翼翼地关注鱼儿的食物、水温和水质，稍有不慎，鱼儿出现不测，几十年的研究成果就可能全部归零。

过程如此艰难，为什么一定要开展中华鲟的人工繁殖呢？记者在水生态所找到一位"耐得住寂寞"的新生代鲟鱼人工繁殖"操盘手"——保护生物学研究室主任朱滨研究员，循着他与鱼为伴十多年的经历，人工驯养的必要性清晰可见。

朱滨介绍，中华鲟是一种大型溯河洄游产卵鱼类，被认为是最古老的脊椎动物之一。曾经，长江、珠江以及渤海、黄海、东海及南海水域都出现过中华鲟的踪迹。作为溯河洄游产卵鱼类，中华鲟仅在长江和珠江中产卵繁殖，在我国沿海大陆架海域生长育肥。但目前中华鲟在珠江中已无踪迹，仅在长江中繁殖。每年7—8月，中华鲟繁殖群体从沿海大陆架海域进入长江口，溯河洄游至位于金沙江下游的产卵场附近水域的深潭聚集越冬，以完成性腺的最后成熟，并于次年10月中旬至11月上旬产卵繁殖。繁殖后的中华鲟亲鱼在产卵当年即降河入海，而幼鱼于产卵次年5—9月从长江口入海生长发育。

"葛洲坝截流以前，中华鲟的产卵场分布于牛栏江以下的金沙江下游和重庆以上的长江上游江段，产卵场范围超过600千米。葛洲坝截流以后，由于生殖洄游通道受阻，中华鲟被迫在葛洲坝以下江段寻找适宜的位置开展繁殖活动，并形成了新的葛洲坝坝下产卵场，但产卵场规模仅10千米左右。"朱滨解释，自葛洲坝工程截流以来，根据多年监测数据统计分析，中华鲟繁殖亲鱼数量呈现逐年减少的趋势，亲鱼数量仅百尾左右。同时，通过监测长江常熟溆浦江段的幼鱼，2002—2009年中华鲟幼鱼数量呈现出较明显的递减趋势，繁殖规模较葛洲坝建坝前显著减少。2013—2015年的监测结果表明，未能在葛洲坝下发现中华鲟发生自然繁殖行为。然而，2015年4月16日，在长江口监测到中华鲟幼鱼，证明中华鲟2014年发生了自然繁殖行为，但准确的产卵时间与地点还不得而知。

廖小林研究员告诉记者，中华鲟自然繁殖的最适温度区间17～20.2摄氏度，葛洲坝截流前繁殖时间一般在10月至11月上旬。由于三峡水库的建成蓄水运行，下泄径流及其水温过程发生了显著变化，在中华鲟自然繁殖季节出现"滞温"现象，导致近年来中华鲟的自然繁殖时期表现出逐步推迟的趋势。2013—2018年的6年间，中华鲟自然繁殖行为表现异常，仅在2016年监测到坝下江段产卵场有自然繁殖发生，而其他年度均未能在坝下产卵场监测到中华鲟产卵。长江中游干流宜昌段紧邻葛洲坝坝下，是受葛洲坝和三峡水库蓄水运行和调度影响最为直接的江段之一，近年来中华鲟自然繁殖的监测结果表明，长江水温等影响中华鲟繁殖的环境因子发生了巨大变化，已经严重影响了中华鲟的正常生活。

为了保证这一珍稀物种的繁衍生息，早在1973年和1974年，四川省长江水产资源调查组通过在金沙江养殖成熟的中华鲟初步实现了人工繁殖。然而，这种人工繁殖是依赖捕捞野生中华鲟亲鱼而实现的，对野生种群资源破坏较大。

如何在不破坏野生种群资源的情况下，实现中华鲟真正意义上的全人工繁殖？

2006年7月，水生态所与三峡集团公司联合组成科技攻关小组，正式启动中华鲟全人工繁殖研究工作。

在葛洲坝坝下30千米处，有一个叫茅坪的小镇，这里山清水秀，风景如画，中华鲟人工繁殖基地便建于此地。走进基地，能看到水泥连廊将湖边一亩见方的水面隔成若干个独立水域，每个水域中都有数量不等的鲟鱼宝宝在撒欢。这些活泼的鱼宝宝，就是自2006年开始持续开展的全人工繁殖中华鲟工作的研究结果。

朱滨说，该项目团队在分析长江及沿海中华鲟栖息地和自然繁殖期间的水文环境数据的基础上，结合中华鲟繁殖生态需求条件，提出了基于低温处理诱导和周年水温过程调控的中华鲟性腺人工诱导技术方案。通俗地讲，就是通过人模拟亲鱼适宜的水温过程，为它们营造一个有利于性腺发育的"产房"环境。

2007年初，应水生态所的要求，三峡集团公司枢纽管理局批准修建了具有水温控制能力的循环水养殖系统，并依照水生态所制定的基于低温处理诱导和周年水温过程调控的中华鲟性腺人工诱导技术方案，对人工蓄养的中华鲟子一代开始性腺发育诱导工作。经过近3年的低温处理和周年水温过程调控，研究人员在淡水环境下先后成功诱导9尾中华鲟子一代个体性腺发育至Ⅳ期，并选择其中的一对雌雄亲鱼进行了人

文
学
篇

工催产。

2009 年 10 月 1 日，对于水生态所，不仅仅是国庆佳节，更是一个值得载入史册的日子。就在那一天，雌鱼产下成熟鱼卵 4 万粒，人工授精后获得受精卵 2.8 万粒。分得 4000 枚受精鱼卵后，水生态所培养出 2000 多尾鱼宝宝，填补了我国淡水条件下中华鲟全人工繁殖技术的空白，对该物种繁衍及资源保护具有重大现实意义。

过鱼试验，为鱼儿架"鹊桥"

2018 年 5 月 20 日，中国工程院院士、长江设计院院长钮新强，在长江委第十六期领导干部理论进修班上，谈到"鱼的眼睛"。他描述了一群逆流而上找不到鱼道、想奋力越过大坝而撞在混凝土坝体的鱼儿，引出一个问题：水利工程如何与生态和谐共存？院士的思索，也正是水生态所在三峡工程论证之时就有的顾虑。经过多年论证，提出"过鱼通道"这一解决途径。

面对三峡大坝这样巨大的水利工程，所有的设计必须有十拿九稳的实验证明。经过多方比选和深入调研，将三峡大坝下游的葛洲坝选为过鱼通道的"试验田"。

据全程参与葛洲坝过鱼通道实验项目的侯轶群副研究员介绍，这项实验在葛洲坝 21 号水轮机进行。开展了 2 次，分别为 2008 年 9 月和 2008 年 12 月。实验投放 76 条体长为 20~30 厘米的鳙鱼，30 条体长为 30~50 厘米的鳙鱼。

侯轶群说，实验开始，选择活蹦乱跳的鱼体做好标记，在水轮机进水口拦污栅后释放，坝下人员对通过水轮机后的鱼体进行回捕。实验过程中，所有回捕的实验鱼均进行 24 小时暂养，计算 24 小时后的存活率，以反映鱼儿经过水轮机时可能经受的伤害。

实验证明，106 尾不同长度的鳙鱼在通过水轮机后，仍保持九成以上的成活率；由于实验中鱼儿平均全长 50 多厘米，体长 44 厘米，可以推断在一定流量条件下，体长 50 厘米内的个体是在通过水轮机组时受水轮机影响较小。

从葛洲坝下江段多年渔获物调查资料显示，坝下江段鱼类体长分布中，小于 50 厘米的个体占绝大多数，这些个体受葛洲坝工程影响相对较低。

侯轶群还告诉记者，在回捕实验中，回捕到一尾 50 厘米的死亡个体，其头部缺失，残余体表未见明显鳞片脱落、体表出血等常见的由负压、紊动和空蚀等造成的损伤。因此初步推断该个体是在通过水轮机时，受到水轮机叶片或者导叶切割，导致个体死亡。

那么问题来了，50 厘米以内的鱼儿，可以畅游过大坝，但对于中华鲟这样的大型鱼类，该怎样穿越大坝、洄游产卵呢？

为此，这些为鱼儿繁衍操碎了心的技术人员，又开始了新一轮研究。湘江流域适时出现在他们眼中。

2009 年 11 月，水生态所水生态监测中心主任韩德举，开始了"湘江流域鱼类洄游通道恢复需求与对策"研究。"我们针对湘江流域密集的水电开发对鱼类的影响问题，结合流域水生态健康的需要开展研究。"韩德举介绍，这项研究的内容分三块：第一部分是对湘江鱼类的生态类型与分布、主要洄游性鱼类的生态行为、环境影响因子及阻隔状况等进行调查，确定湘江鱼类洄游通道恢复的需求；第二部分是通过对湘江洄游性鱼类的生态习性、洄游特征、河流地理信息、环境和水利工程等的数据集成，建立湘江流域鱼类洄游通道恢复决策系统，指导鱼类洄游通道规划和建设；第三部分是通过对湘江不同类型大坝适应性过鱼方法与可行性研究，特别是径流式航电枢纽过鱼设施设计与模型试验，形成具有创新性的过鱼设施关键技术。

"简单来说，就是开发为鱼类洄游通道恢复工程项目立项分析、规划、实施及后评估全过程提供技术支持的决策支持系统。"韩德举将之归纳为一个系统。

在这个系统建成后，湘江长沙枢纽旁，修建了一条约 500 米长的鱼道。

"该项目对改善流域生态环境和恢复鱼类资源，具有重要的生态效益、社会效益和经济效益。"项目评审会上，专家组对此项目给予一致肯定。

有了这些过鱼通道实验项目的铺垫，三峡大坝修建过鱼设施已呼之欲出。可以期待，不久后，过鱼通道将为鱼儿在三峡大坝上架起"鹊桥"。

浮游生物，当好水体"清道夫"

"这是我的'喇叭虫'，你看它们头顶的那一排纤毛，不停地逆时针转动，就像扫地机一样，将水中的富营养物质'扫'进了它的口门。"水生态所水生生物学研究室副主任胡菊香，给记者展示了一段她用高倍显微镜放大后拍录的视频，几只喇叭形的生物在水中晃动，周边的黑色颗粒全部被它吞进肚子。

"在三峡库区，有许多这样的微型水生生物，它们体型微小，结构简单，很多都是单细胞生物，在水中漂浮，我们统称为浮游生物。"胡菊香说，"你可别小看了这些小东西，它们处于生态系统食物链的最底端，大多以水体中的藻类、细菌、有机碎屑等营养物质为食，被誉为水质'清道夫'！"

在采访过程中，记者发现胡菊香研究员常用一个有趣的表述："我的纤毛虫""我的肉足虫"……随着采访的深入，记者明白，胡菊香的工作，就是每天和库区水体中的这些水生生物打交道，从 1987 年大学毕业参加工作至今，30 多年的"耳鬓厮磨"，才会沉淀为这样一种发自内心而又自然表达的感情，深入骨髓，融为一体。

谈及与三峡的缘分，胡菊香的记忆回溯到 20 世纪 70 年代，从她一次搬家经历娓

文
学
篇

· 247 ·

娓道来。那时候，为了开发鄂西与四川交界处的天然气油田，上小学的胡菊香随着做石油工人的父母从江汉油田奔赴万县（今万州区），必经之路就是三峡。他们一家人在宜昌过了一夜，天一亮就乘坐"东方红号"轮船过三峡。当时的三峡水急滩多，峡谷十分险峻，轮船只能在白天驶过。刚进三峡，胡菊香就被美丽风景所吸引，站在船头看船忽左忽右躲避水中的礁石，被水流冲得摇晃不停，刚开始还觉得十分有趣，没多久就开始晕船了，回到船舱躺下来，神女峰也没有出去看，就在船上听广播解说。第一次过三峡就被壮美景色大大震惊，也对三峡的险心生敬畏。后来，胡菊香每年都必须从万县坐船过三峡到江汉油田去读书，寒暑假再坐船返回万县，一年4趟，把三峡的各个峡谷、每座山峰都熟记于心了。每过三峡，她总会想起李白脍炙人口的诗："朝辞白帝彩云间，千里江陵一日还。两岸猿声啼不住，轻舟已过万重山。"

人生就是这么奇妙，她大学毕业分配到位于武汉的水利部中国科学院水库渔业研究所，一个学海洋生物的人开始从事淡水水生生物研究。因从小喜欢小生物，工作后每天在显微镜下寻找美丽的微型生物，乐此不疲，取一滴三峡水，三峡的微观世界就会展现在胡菊香眼前。

90年代的三峡，江水泥沙含量高，显微镜下的水经常是浑浊的，微型生物也常常被泥沙掩盖，只有通过染色才能发现，镜中的生物常常是硅藻、表壳虫、砂壳虫、吸管虫等适应急流生态的小型生物。

2003年三峡蓄水，胡菊香带队在三峡秭归连续采样，在5月蓄水准备期、6月中旬蓄水期和6月底运行期，显微镜中的微型生物逐步发生变化。藻类蓄水过程中数量呈大幅上升趋势，种类组成以硅藻为主，但蓝藻种类增加而硅藻和甲藻种类减少成为最显著的特征。浮游动物种类增加较显著，纤毛虫、累枝虫、胶鞘轮虫和多肢轮虫等喜敞水和静水性种类逐步成为优势种，而过去常见的表壳虫和砂壳虫在蓄水后减少。

三峡已经从一个急流河流生态系统转为水库生态系统了。这些年，她参加了三峡水环境专项治理、三峡后续规划、三峡典型水生生物监测等项目，主持的国家自然科学基金项目"三峡水库微型生物食物网中的各功能群生态学研究"和"三峡新库区生态系统EWE物质平衡模型的应用研究"也以三峡水库作为研究对象，她因工作的需要时常漂在三峡。

胡菊香介绍，经过多年研究，三峡水库的微型生态系统正逐步发生变化。她采集一滴三峡水，用分子方法探测细菌DNA，发现细菌种类变了，数量变了，摄食细菌的原生动物多了；再采集一滴三峡水，在显微镜下检测，藻类种类变了，数量多了，摄食藻类的浮游动物多了，透明的浮游动物体内因充满了尚未消化的藻类而变成绿色。现在的三峡呈现出一个水库应有的生态系统特征，汛期尚处于流水河流状态，非汛期就是一条缓缓流动的湖泊，喜静水的生物种类在增多，数量在上升。处于三峡消落带的广袤土地被水淹没了，土壤和水改变了，水库里面的生物结构随之改变，生态系统就会改变，人们对三峡的自然演替规律正在逐步了解。

三峡的自然美一唱千年，保护好三峡一库清水则造福千秋万代。由一滴滴水汇成的三峡水库，自开始筹建的那一刻起，便始终与巨大的争议相伴，刚蓄水时遇上的藻类水华暴发更是将三峡推上了风口浪尖。如果把长江流域比喻成人的主动脉，那么，三峡就是人跳动的"心脏"，由"心脏"流出的源源不断的三峡水滋润着长江，也润泽中华大地。照顾好三峡水中的每一个生物，监测好每一滴三峡水，是每一名长江水生态保护代言人的历史责任。

科技引领，三峡山清水秀

安谷水电站是大渡河汇入岷江的最后一个梯级。滚滚大渡河，从安谷大坝奔腾入岷江，最后汇入三峡库区。千百年来，河水滋养着流域人民。

大渡河安谷水电站的建设阻隔了鱼儿洄游的路径，鱼道的建设运行为鱼类洄游提供了一条特殊的通道。过坝鱼儿的数量、质量、生存状况等指标，都是水生态所的监测内容。

"现行的鱼道观测技术主要包括鱼类资源调查、鱼类标志跟踪、超声波/无线电遥测、光学及声呐成像等方法。"侯轶群告诉记者，随着社会的进步和科技手段的发展，生态监测也添加了许多科技元素。

过鱼效果监测为了解鱼道对电站阻隔减缓程度的直接要素。在鱼道监测中，主要应用于进口、出口和池室的种类数量定量统计，坝上坝下鱼类资源调查及遗传多样性分析等。侯轶群介绍，在我国的鱼道监测资料中，大多采用了鱼类资源调查方法。除传统的捕捞作业外，鱼探仪、DIDSON等主动声呐也被应用于鱼道鱼类资源调查中。

鱼类标志标记是鱼道监测中广泛采用的研究手段，主要应用于鱼道通过率、通过时间的定量、鱼类在近坝段的时空分布探测等。侯轶群解释，相较于传统标志比如锚标、T标、荧光标记等，需要对鱼类进行回捕，而可探测标记如PIT标记、无线电标记、超声波标记等，解决了回捕问题，节省了大量的时间和人力。其中，PIT标记接收器监测范围较小，通常只有几十厘米，但其体积小，接收器框可以定制不同形状，主要用于鱼道过鱼断面计数。无线电标记在水中衰减严重，近年来在鱼类探测中使用较少。超声波标记技术最初主要用于鱼类遥测跟踪，且在我国有一定的使用基础，近年来基于超声波标记技术发展了鱼类精密定位方法，基本原理为通过水听器布阵接收来自同一标记发出的超声波脉冲信号，根据该信号接到的时间反推其空间位置，定位

文
学
篇

精度可精确到米级，然而由于超声波信号在近壁面浅水中受到折射、反射产生多路径效应，超声波标记技术不适用于鱼道中的行为探测，目前主要用于坝上坝下的鱼类轨迹探测以及鱼道进口、出口的位置决策。

传感器探测是专门针对鱼道计数的统计方法，主要包括对鱼类的电阻、红外信号进行识别，统计鱼类通过鱼道断面的数量、时间、形状和个体大小。目前，以 VAKI 为代表的红外监测在全球已有 300 多个应用案例。

声呐成像是近年来兴起的前沿技术，主要利用多波束 3D 声呐进行水下成像。由于声波是迄今为止在水中唯一能有效传输的能量形式，不会像电磁波一样在水中衰减，因此声呐成像在浑浊水体和能见度为零的水中也不会受到影响。随着多波束 3D 成像声呐技术的发展，鱼道中定量观测鱼类行为轨迹成为可能。

这些生态监测中的"新板眼"，极大提高了监测精度和效率，为三峡水库的水生物监测提供了科技支撑。巍巍三峡大坝，截断巫山云雨。为了长江心脏的健康跳动，水生态所要将老一辈三峡工程建设者的生态理念传承下去，继续开展并深化增殖放流、生态调度等监测和研究，让三峡一库清水永惠于民！

散文

SAN WEN

三峡大坝基岩上的思绪

季昌化

那是一道悬挂在记忆深处多年的深槽，三峡工程的开工，圆了我探寻它真实奥秘的梦。

1998年10月初，我又一次来到三峡工程工地。我走下位于主河槽的二期工程基坑。基坑里的水早已排尽，起伏的河床展现在眼前。正在进行大坝基岩的开挖，机声隆隆，尘烟滚滚，一派繁忙的施工景象。已经开挖好的基岩在阳光下熠熠生辉。我无心流连观赏这一切，怀着一颗长期盼望的心，急切地走向河床中央一道最深的深槽。我仔细地审视着这条深槽，抓起一把江底的淤泥搓揉着，默默地对它说，我终于亲眼看到你了，终于亲手摸到你了！霎时，许多往事涌上心头。

四十年前，参加工作不久的我有幸加入了三峡工程设计者的行列。当时正在比选三峡大坝的坝址。从1954年开始，我们在三斗坪上下20多千米河段和南津关10多千米的河段先后研究了15个坝址。经过10多万米的钻探和难以计数的地质勘察工作，经过上百个设计方案研究，我们选中了三斗坪坝址，也就是今天三峡大坝的坝址。这里各方面条件都比较理想，情况也很清楚，唯一美中不足之处就是这儿的河床中有一道比一般河底低十多米的深槽。它是怎么形成的呢？当时来我国援助三峡工程设计的苏联专家怀疑那是由一条顺江大断层引起的。果真如此，对大坝的安全不利，也会使建造增加一定的难度。尽管我们从已经取得的大量资料分析，那里不是一条大断层，但是怎么说都不能消除他们的疑虑。他们建议打一条横穿江底的平硐证实一下。要眼见为实嘛！这条平硐在江底以下几十米，长达四百多米。在那个年代，打起来是很困难的，在勘探史上也是绝无仅有的。经过一番争论，我们遵照周恩来总理的教导，对三峡工程要小心谨慎，"如临深渊、如履薄冰"，最后下决心打这条平硐。

为此，要先在河床右侧的中堡岛上开凿一个直径3米、深100多米的竖井。那时，我们的施工机械很落后，只有用手风钻打孔放炮，用自制的吊笼将石渣一筐筐往上吊运。井中闷热潮湿，爆破后的烟尘难以完全散尽，施工条件异常艰苦。为了能早日确定坝址，我们用不到一年的时间完成了竖井施工。正当开始从井底开凿江底平硐时，苏联专家撤走了。由于多种原因，三峡工程的建设计划也推迟了，平硐施工才停下来。

深槽呀深槽，你是多么高深莫测难以认识呀！自从长江三峡形成以来，多少万年过去了，你一直沉埋江底，谁能得见你的庐山真面目？今天，你终于得见天日，我们也终于能一睹你的尊容。你可知道，这个机遇是成千上万的人历经几十年的艰难曲折创造出来的，是一个伟大的时代赋予你的呢！面对着你，我们这些三峡工程勘测设计者久悬的心最终放下了。我们当初的判断得到了最终的证实。我们可以自豪地向祖国和人民交上一份优秀的答卷了。这是锲而不舍的科学精神的胜利。

然而，你只能昙花一现，很快又将被混凝土大坝和深深的水库所覆盖。今后几百年，也许上千年，你又将不得见天日，人们又将见不着你了。我想，你将永无遗憾，因为你托起了一座人工创造的历史丰碑。我们也毫无遗憾，因为已经为千年大计、国运所系的三峡大坝奠定了坚实基础。

我久久凝视着这深槽，环顾着这宏伟的基坑，深深感到欣慰。我庆幸自己在耳顺之年能分享到这历史的一瞥。面对此情此景，我不禁想起了许多战友，他们为这一天献出了毕生精力，甚至年轻的生命，可惜他们未能看到这一切……

在改革大潮中扬帆远航

——回顾我所参加的历次海外水利交流活动

傅秀堂

引 子

改革开放 40 年，中国水利意气风发，破浪前进，取得一个又一个惊人的成就，作为祖国水利的建设者，并一次次走出国门，开展国际技术经济合作与交流。我曾先后出版了《扬帆集》《远航集》《渡海集》《弄潮集》等几本散文集，对此进行了回忆。这里很愿意把其中有关内容摘取出来，以飨读者。

1988 年，访问泰国

1988 年 8 月，水利部、长江委、四川省组成水库移民考察团赴泰国考察世界银行、日本、意大利、澳大利亚援建的斯里纳加尼和高兰两座大型水利枢纽工程的移民工作，以及麦浪大型灌溉工程，全面了解泰国水利电力发展概况，以及移民安置的程序、方法和经验。这次出访，对三峡工程、南水北调，乃至全国的移民法规、政策、规范的制定、移民安置规划和实施都有着重大影响。

我是考察团成员之一，并负责编写考察报告。为了宣传移民，我还写了一篇《泰国的水电建设和移民安置》，发表在 1989 年的《人民长江》上，此文总结了 12 点经验和体会，主要内容包括移民安置是一门涉及面广、问题复杂，具有自然社会科学双重属性的边缘学科，是一项系统工程，应调配全国各有关部门的力量，并加强国际技术咨询。同时认为移民安置必须做好规划设计；移民安置的指导思想必须是使移民生活水平高于原有的生活水平，至少不低于原有生活水平；要纳入经济社会发展规划的轨道，并且和生态环境保护结合起来等，同时希望建立一个专业齐全、训练有素、有地区和各部门首长参加的移民机构，专门负责补偿规划和实施。这个机构应该包括有专业知识的工程师、农艺师和经济师等，现在看来，许多仍有指导意义。

1996 年，赴美国、加拿大考察

1996 年，为了三峡大坝建设和百万移民工程，我率高坝综合技术考察团赴美国和加拿大考察。随行的有现黄河水利委员会主任岳中明、湖北省水利厅原厅长王忠法等。

我们先访问加拿大。与加方就水库移民问题进行了座谈。加拿大的水库淹没处理由政府负总责，由农业部、林业部主持，大多是一次性补偿。加拿大政府鼓励公司做国外工程的前期工作，如在加拿大扬子江联合公司（CYJV）参加编制三峡工程的可行性研究报告的投标后，政府专门资助 1000 万加元予以扶助。如果公司中标，政府就从工程预算中扣还；如果没有中标，这笔钱就由政府报销了。

我们参观了哥伦比亚河上美、加两国协议修建的第一个梯级——麦卡水电站，电站负责人热情友好，为我们准备了工程简介和施工的录像，陪我们参观了大坝和地下厂房。

1984 年 11 月和 1985 年 10 月，我国和加拿大签署谅解备忘录，决定由加方赠款完成符合国际咨询公司要求的三峡工程可行性研究报告。加方经分析认为，三峡水位 150 米、160 米方案移民安置是可靠的。1988 年 9 月，可行性研究报告合作结束，1989 年两国协议在忠县洋渡镇搞移民规划试点，之后加方中止合作，我方独立完成试点规划。

此后，我们访美。

我们在华盛顿与内政部垦务局，在诺克斯维尔与田纳西河流域管理局，在丹佛与垦务局，在旧金山与美国陆军工程师兵团等进行了热情友好的座谈，交换了有关三峡工程建设和水库移民的意见。

位于华盛顿州的美国大古力坝，水电站的单机容量和三峡一样，也是 70 万千瓦，我团特去参观了大坝、水电站和深孔泄洪闸门，还参观了加州费瑟河上的奥罗维尔坝，该坝因里根总统曾来视察而扬名。大坝坝高 234.8 米，为加州北水南调工程的水源地，其重要性堪比我国南水北调中线水源的丹江口水库。2017 年 2 月，奥罗维尔坝的溢洪道发生险情，近 20 万人被迫紧急疏散。白宫发言人斯派塞称，奥罗维尔坝是一个教科书式的范例，全国各地的水坝、桥梁、公路及所有港口都已年久失修，为阻止下一场灾难的发生，我们应着力实现特朗普总统彻底翻修我们国家糟糕基础的愿景。

我们在垦务局一位官员的陪同下，飞赴诺克斯维尔，考察田纳西河流域管理局。田纳西州原来很荒凉、贫困，经过半个多世纪的苦心经营，现已成为经济发达、环境优美的地区了。我们受到热情的接待，并与他们进行了座谈，得到了不少资料，还参

文
学
篇

观了计算机土地管理系统和诺里斯坝等几座水库。

田纳西河流域管理局是 1933 年经美国国会批准成立的，主要任务是防洪，其次是发电、灌溉、水土保持和环境保护，也搞火电开发。它的经费来源靠政府拨款，灌溉、工业、生活用水都不收费。但财政拨款数额不足，从 1959 年开始收费。每年仅凭售电收入就达 55 亿美元。上缴国库 10 亿美元，从政府要钱变为向政府交钱。田纳西河流域管理局还拥有自己的旅游业，在各水库沿岸建立了 100 多个公园、300 多个商业性休养区和旅游宿营地、20 多个野生动物保护区，彻底地改变了田纳西河流域的面貌，成为美国和国际上的成功范例。田纳西河流域管理局下设水库管理处，负责水库规划、土地管理及环境评价工作。在土地利用方面，坚持土地分类，分成水域、平地、坡地、森林、公园、公路、铁路，然后进行质量分析、环境评价，开会征求意见，最后做出土地利用规划，划定农田、森林、工业区、公园、住宅区、娱乐场所。地方有权决定土地如何利用。

当时，长江委正为陆水、丹江两座水库的管理而苦闷，田纳西河流域管理局的经验对我们犹如及时雨，也为我们的改革吹进了一缕春风。

我们在丹佛与垦务局技术服务中心进行了深入、热情的座谈。这里曾是 20 世纪40 年代中美两国合作设计三峡工程的地方。美国一位研究社会学的移民专家详细介绍了水库移民的情况。他说，1902 年美国成立垦务局，从中部移民开发西部。垦务局在早期建坝时只考虑发电、泄洪，没有移民概念，现在重视移民了。全美的水库移民也只有 1.5 万人，一座水库移民 100 人都算多的。他们的水库淹没调查由联邦调查局负责，按国家有关法律处理。水库移民采用分级管理，联邦政府的移民由垦务局负责，具体工作由所在地的州政府负责。美国是多民族的移民国家，有些人愿意移民，因为能获得发展机会。但也有不愿意的，如在当地住了几百年、故土难离的印第安人。因此移民搬迁要双方达成协议，否则就诉诸法律。

垦务局是与长江委最先开展三峡工程技术交流合作的美国机构。早在 1984 年，中美两国就签订了《关于长江三峡工程技术合作协议》，决定由美国垦务局对三峡工程的规划、设计、施工和运行，进行有偿技术服务，曾有垦务局的职工在长江委红楼二楼工作。1993 年美国垦务局发表声明，宣布垦务局的重点是水资源管理和环境保护，而不是兴建水坝工程，垦务局将停止参加三峡工程，随即正式通知中方终止合作。

1997 年 10 月，访问欧洲

三峡水库移民中城镇人口占 57%，有 13 座城市、114 个集镇需要迁建；还有白鹤梁、张飞庙、石宝寨、白帝城、屈原祠等受淹文物古迹需要保护和扩建，如何在山地中建新城，并保护这么多的文物，我们经验不多。在得知西欧有科学超前的规划意识，在新城镇建设的同时注重古城原有规划布局和建筑，从而既显示出城市的发展脉络和历史余韵，又有较为完美的整体环境，还能够唤起人们对生态环境的珍惜和对生活的热情，很想前去参观、学习。

1997年，我率领由长江委、四川、湖北、重庆各方人员组成的代表团，赴法国、比利时、荷兰等国访问。

我们先考察了巴黎市。巴黎号称世界橱窗、花都，是一座有2000多年历史的文化名城。塞纳河穿城而过，为平原河段，类似于武汉的长江。我们长江委人特别看重塞纳河的防洪堤建设，它不仅没有妨碍市容，反添一景。尤其是水利工程师和城市规划师配合默契，规划巧妙，设计精准。岸线以砌石整治平整，挡墙分水上与水下两级，水下的挡低水位，水上的挡高水位，两级之间有平台，上级的平台即为街道。水位低时，汽车可沿斜坡开到下一级平台。平台水边设置矮栏，另一边植树种草，树下有长椅，浪漫情侣依偎在椅上，落落大方，且不避游人。我不禁想起国内有的城市防洪墙高达9米，把江堤禁锢得严严实实，让人看不到水，吹不到风。有的城市堤虽不高，但河边一排商店大煞风景。看到巴黎人水和谐、构思巧妙的防洪堤设计后，我深受启发。21世纪初，武汉市研究江滩整治规划时，我力主江滩只能搞绿化，不能搞开发，尤其是沿江大道临水侧不能盖高楼。这个想法得到武汉市委、市政府采纳，也为长江设计院争取到了江滩规划设计工作的任务。如今武汉的江滩已成为由汉口、汉阳、武昌、青山四大片组成的，在全国享有盛誉的，各地争相效仿的沿江景观绿化带，成为市民喜爱的生态文明公园。如果不是改革开放，让我看到了巴黎、莫斯科、伦敦、悉尼、佛罗伦萨、里约热内卢、罗马、威尼斯等城市结合防洪的市政建设，我恐怕也提不出这些建议来。这当然是后话。

离开巴黎，我们沿卢瓦尔河行车一个多小时，只见河水清澈，沙洲青绿，两岸灌木随风摇曳，多座古老拱桥横跨河上。岸上住房、白墙绿瓦，美轮美奂，错落有致。屋顶形状及颜色各异，尖塔形、圆球形、人字形；黄色、红色、蓝色；古桥、流水、绿树、城堡、庄园，一步一景，不是天堂，胜似天堂。我们参观了一座小镇，市镇规划合理，基础设施完善。路旁古树繁茂，房前屋后鲜花争艳。住宅多平房，最高两层，黑瓦白墙，红窗户。年代虽久，却修缮如新。户外树下有木椅方桌，除供家人休憩外，还备有咖啡、糕点，做点茶水生意。小镇无汽车喧嚣，无工业污染，无官场烦恼，无商海忧患，耳濡目染的只有小桥流水、鸟语花香，如世外桃源，如江南水乡，住在这里岂不优哉游哉，亦不值得三峡移民规划工作者效仿乎？

混凝土大坝最忌讳碱骨料反应，我当长江设计院院长时，经常提醒同事们要高度重视三峡大坝的类似问题。在此次出访时，我们来到位于阿尔卑斯山区的法国尚本坝考察。尚本坝建于 1938 年，1960 年因碱骨料反应，大坝混凝土像发馒头一样向两岸膨胀，产生裂缝。混凝土表面像酥饼一样，一摸就掉粉皮。后来采取了将大坝切块，以释放混凝土膨胀产生的压应力的修复手段。历时三年，基本完成。据介绍，法国先后有 5 座大坝出现过碱骨料反应，他们的经验对三峡大坝极为珍贵。

1999 年，访问俄罗斯、以色列

1999 年 9 月，长江委组团赴俄罗斯考察水利，还是为了三峡工程。成员有现任的长江委主任马建华等。现水利部副部长魏山忠也在考察团成员名单中，并已买了出国的机票，但因负责洪水灾后重建的规划，高风亮节，主动放弃了这一难得的考察机会。

我团拜会了彼得格勒水工研究院，双方进行了热情友好的会谈。研究院院长说，水工研究院已经改制为企业，承担全俄 75% 的水工建筑物、水电站、水力发电机、电气设备的设计和评估工作。该院在 20 世纪 50 年代设计了我国的三门峡水电站，还参加了三峡工程水轮发电机的招标设计，但未中标。现正在研究黑龙江的开发。研究院的同事们向我们详细介绍了圣彼得堡防洪工程。圣彼得堡位于芬兰湾涅瓦河口，地势低平，每当芬兰湾海水涨潮或涅瓦河涨水时，洪水就严重威胁 500 万市民的生命财产安全。为了防洪，研究院研究了 30 多年，提出了在远离城市 15 千米的海滩和岛屿修筑堤的大包方案。防洪工程全长 25.4 千米，由 11 段海堤、2 座船闸和 6 座挡潮闸组成，总投资 60 亿美元，1972 年开工，已完成 60%～80% 的工程量。因存在 6 亿美元的资金缺口，我们去参观时已经停建。

我们还参观了莫斯科运河，该运河建成于 1937 年，全长 128 千米，把伏尔加河的水引入莫斯科城。除城市供水外，还兼有航运、发电和改善环境的任务。设计引水流量 100 立方米每秒，最大引水流量 170 立方米每秒（和南水北调中线工程差不多），可满足 1500 万人的生活用水和工业用水需要。二战时，德军兵临城下，苏德军队以河为界，1943 年船闸被炸。我国南水北调已落后苏联 60 多年，大概再不会为要不要调水发生争论了吧！

我们参观了彼得格勒—伏尔加格勒—顿河运河，一位俄罗斯老工程师为我们介绍。该运河是苏联五海（里海、黑海、亚速海、波罗的海、白海）通航工程的组成部分，以 13 级船闸把伏尔加格勒与顿河连通起来。运河工程始建于二战前，因战事停工，1948 年复工，1952 年建成通航，全长 101 千米。顿河水位比伏尔加河高 44.8 米。它的船闸门楼为外方内拱，像巴黎的凯旋门，门楣标着"为了共产主义和苏联人民"。

我团造访了伏尔加格勒水电站，并与对方进行了热情友好的座谈。水电站位于市区，像葛洲坝在宜昌市区一样。总库容 315 亿立方米，有土坝和重力坝两种坝型。坝高 47 米，水电站装机 25 台，单机容量 11.5 万千瓦，总装机容量 256.3 万千瓦。当得知葛洲坝总装机容量 271.5 万千瓦，超过他们时，主人们惊愕不已。

我们还参观了位于莫斯科一幢高楼里的紧急情况部。一位少将向我们介绍，他们管防洪、救灾、地震、反恐等。其时，我国尚没有这样的部门，2018 年，在第十三届全国人大上，也成立了应急管理部，这大约是跟国际接轨吧！我们高兴。

莫斯科大学和长江科学院有联系，我们驱车前往参观。大学虎踞列宁山，面向莫斯科河。所谓列宁山，其实不过一低丘而已！一条开阔的大道直通莫斯科标志性建设之一的莫斯科大学教学大楼。楼高的 1/3 处，分成 3 个塔楼，呈山字形，塔尖一颗红星，是一个革命时代的象征。如今，俄罗斯虽然政治体制变化较大，但红星犹存。门楼前大道，俄罗斯大科学院的塑像分成两列，一字排开。很像我国十三陵前排列着文臣武将的甬道。他们都是著名的科学家，如罗蒙诺索夫、门捷列夫、巴甫洛夫、波波夫等。莫斯科大学已有 770 年的历史，1953 年从红场迁此。现有学生 3 万人，大学地理系两位教授偕夫人在教学楼 17 层接待我们。教室有点老旧，走廊墙上贴着本系毕业的著名学生的照片。宾主喝着伏特加（当时俄罗斯经济困难，能喝酒已是不易），盛赞两国人民的友谊，场面甚欢。一位教授打开窗户，用手指着克里姆林宫的方向告诉我们，这是前苏共中央总部，现为莫斯科市政府；这是经互会大楼，现已是五星级宾馆。他数次到过中国，也到过美国。他说中国改革开放的 20 年经济发展很快，上海的浦东不就是美国的纽约吗！他羡慕中国出了个邓小平，把国家带向稳定和繁荣。

10 月 4 日，我们结束了在俄罗斯的访问，从莫斯科飞抵特拉维夫，考察该国的调水、节水工程。

以色列驻华使馆对这次出访十分重视，行前公使衔参赞柯翰先生在使馆约见了代表团全体成员。我向他介绍了长江委的机构、职能，长江防洪形势，三峡和南水北调工程。柯翰向我们介绍了以色列水资源概况，并赠送了相关的政治、历史、经济、文化的中文书刊；建议我团考察重点是北水南调和节水工程、正在兴建中的地下水库，至于基布兹（集体农庄），看一个就够了。

我们走进以色列航空公司贵宾室时，就好像到了美国，气派、富有、现代化，咖啡、糕点供应齐全，但安检非常严格，每个旅客必须回答印在纸上的几十个问题，比如行李是否自己捆的、何时捆的、有人动过没有，诸如此类，烦琐细致，没完没了。问得多了，大概自己也嫌多余，连连和颜悦色地说："对不起，这也是例行公事。"这边问完后，那边以手机和首都特拉维夫（现首都迁到耶路撒冷了）核实邀请单位。谢天谢地，总算没有开箱和搜身。我们坐的这趟飞机上多是赴俄罗斯回国省亲的犹太人，一片俄语声。我们入境十分顺利，使馆吴参赞在机场出口处迎接我们。安排我们住在中国大使馆经参处，使馆的大黄狗一见我们就拢过来，摇头摆尾，嗅来嗅去，亲热无比。我们住在六楼，可俯瞰特拉维夫全城，远眺地中海。

10月5日，以色列水委员会主任，是一位曾作为英军参加过二战的70余岁的老人，在办公室热情接待我们，他的桌上插着中以两国国旗。老主任和几位工程师详细地介绍了以色列的水资源概况和节水措施。以色列平均雨量500毫米，北方水多，南方主要为沙漠，水少，人年均水量100立方米，南边约旦只有人均20立方米。巴勒斯坦也只有人均40立方米，而号称缺水严重的美国加利福尼亚州人均还有400立方米，可见水的稀缺程度。因此，水资源优化配置已成为以色列生死攸关的大事，全国上下忧心忡忡。他们优化配置主要强调四个字：开源节流。开源，主要是靠找新的淡水资源和充分利用已有的水源；包括从国外进口水、半咸水利用、海水淡化、废水回收等。节流，即调整工农业产业结构、采用先进的节水技术、调控水价、节约用水。无论开源或节流，都高度重视保护生态环境。

根据以色列水供需平衡计划，需采取从国外进口、海水淡化、废水回收等节水措施。关于从国外进口，以管道从叙利亚进口最为经济。2012年我携妻赴新加坡、马来西亚旅游，途经横跨柔佛海峡，连接新马两国的跨海大桥，就亲眼看见了桥面旁侧由马来西亚向新加坡供水的大型输水管道，但以中东现在越来越乱的政治形势，有可能吗？仅以海轮从土耳其运水较为可能。至于开挖渠道把邻国的水引进来，以色列现在想也不敢想。关于海水淡化，1999年以色列可淡化500万立方米海水，计划到2020年淡化1350万立方米。以色列在死海地区和地中海均有海水淡化厂，但淡化价格较高，我访以的那一年，每立方米1美元。关于废水回收，把废水当作一种资源加以利用，这是观念上的变化。以色列主要回收生活污水，成本价为每立方米0.3美元。回收的水用于农业灌溉，不做生活用水，每年回收1亿立方米。水委员会官员感叹道：水质逐年下降，治污任务重，水利部门无法使水质变好，只是让它恶化得慢一点。以色列节水的第一项措施是调整工农业生产结构。工业方面，限制耗水量大的企业，把它们迁离贫水区；农业方面，逐年减少农业用水，丰水年用于农业灌溉，枯水年农田停灌，平均每年有40%的土地没有耕种，把灌溉用水节省下来供人饮用。以色列进口耗水多的粮食，出口耗水少的水果和蔬菜。节水的第二项措施是在工农业、生活污水上采用先进的节水技术。工业节水包括工艺流程改进、水的循环利用、废水回收等；农业方面，改变灌溉方式，20世纪50年代农田大水漫灌，60年代改为喷灌，70年代改为更节水又保护地下水质的滴灌。水委员会一位工程师说，滴灌也是通过实践创造出来的，水管在一棵树下漏水，水慢慢渗入树下，树长得特别好。由此得到启发，发明了滴灌，不仅节约水，还可防止土壤污染物随水渗入地下。2010年上海举办世博会，我看过以色列馆，其中讲到，不仅滴灌是以色列发明的，包括人心脏支架的微创手术也是他们发明的。另外，就是发展科技农业，促进节水。农艺师们在农业生物技术、滴灌、土壤暴晒和工业废水持续用于农业方面取得了很大的成就。这些先进技术已经用于遗传工程育种、生物杀虫剂、光降解塑料、电脑施肥系统等方面。对于节水技术的探索反过来促进了计算机控制系统的开发，其中包括水肥一体直接流到植物根部的滴灌方法。位于南方的内莫夫地下半咸水水库正被开发出来种植各种作物，如供给欧洲冬季市场的优质西红柿等。生活用水方面，比如抽水马桶设计大小两个开关，淋浴水管加一个装置，把水散开，可节约一半的水，饮用水和抽水马桶的水用不同水质的水等。利用物价杠杆促进节约用水，50%为平价，30%为高价，20%为特高价。用水量越大，水价越高，直到高得用户受不了，自动把水量降下来，这些节水观念和技术对搞好三峡移民规划都发挥了极好的作用。没有改革开放的东风，硝烟弥漫的以色列和巴勒斯坦地区去得了吗？

　　10月6日，我们在以色列国家水公司接待人员的陪同下驱车前往参观以色列北水南调工程。

　　加利利湖长21千米，宽8千米，为淡水湖，在以色列东北端，与叙利亚接壤，湖水位低于海平面212米，北水南调工程的取水口位于湖的东南端，因湖水位低，须设扬水站。湖东北为战事频繁的戈兰高地，肉眼可以相望，加利利湖年供水量4亿立方米，全国人均可得水量90立方米。该湖每年向约旦供水1500万立方米，以色列负责抽水。加利利湖附近有一咸水湖，如果加利利湖水位低了，咸水会渗过来，影响水质。因此国家限定了加利利湖的最低运行水位。如要强调，须经水利专员批准，否则属犯法。扬水站设在厂房内，戒备森严。该厂房一般本国人也进不了，我们还是第一批进去参观的中国人，应该是高规格的接待了。调水工程的倒虹吸管穿越两山之间的一条干沟，水头约40米，与帕尔旺工程的古尔班德河倒虹吸管规模相当，建设年代相差10年左右。渠道修得很好，弯弯曲曲，傍山而建，混凝土衬砌，渠边为公路，铁丝网围护，网外为绿化带，每隔一段有一个居民点，红瓦白墙，绿树环绕，汽车可以一直通到家门。为保证水质，渠道设有净水池，容积很大，兼有调蓄功能，定期清淤。原来水池容易滋生蚊虫，为此专门从我国引进一种专吃水草和蚊子的鱼。渠道附近还有自来水厂，是专向城市供水的。以色列和美国一样，水可以直接饮用。净水池和自来水厂乃国家重地，有持枪士兵看护，层层设岗，有无形电子网眼，进出甚严。

　　出行前我们早就听说以色列至今还有人民公社，叫基布兹。在那里生产资料公有，各尽所能，平均分配，衣食住行、生老病死、子女教育等，统统由公家包揽。在一个发达的资本主义国家能有这样的事，我们很感兴趣，并参观了其中一个。

2000 年，访问古巴、巴西

2000 年 7 月 10 日，我又率团踏上了古巴这个英雄的国度。考察团成员有设计大师王小毛、长江委副总工程师夏仲平、库区处副处长高润德等。

古巴水利部部长会见了我团全体成员，并与我们进行了热情友好的座谈。古方介绍了古巴水利水资源开发和机构设置情况，我介绍了长江三峡工程和南水北调工程，回答了古方十分感兴趣的三峡移民和环境问题。应王成家大使之邀，我还在大使馆召集的专门会议上向使馆的同志介绍了三峡工程。王大使在迎宾厅设宴款待我们。王大使说：1999 年国庆节，卡斯特罗主席曾光临使馆，并坐在电视机前的沙发上观看我国 50 周年国庆阅兵盛典，并且说他就坐在我现在的位置上。2016 年 11 月卡斯特罗主席逝世了，我深感悲痛。

2000 年 7 月 14 日，我团从哈瓦那出发，经哥斯达黎加和委内瑞拉赴巴西，重点考察当时世界上最大的伊泰普水电站。

伊泰普水电站为巴西、巴拉圭两国合建，号称世界上七大奇迹工程之一。主河床为双支墩坝，最大坝高 196 米，18 台机组，单机容量和三峡一样，为 70 万千瓦，具有发电、防洪、航运、旅游及生态保护等综合效益。但移民只有 1.8 万人，主要为巴西人。巴拉圭的淹没区为原始森林。工程土石方量为 9245 万立方米，混凝土浇筑量为 2835 万立方米，总投资 153 亿美元，总工期 16 年。工程于 1975 年 10 月动工，1984 年第一批两台机组发电。

伊泰普工程的枢纽平面布置很像丹江口水电站，库容也相近。站在大坝下游抬头仰视时，大坝就像在平地上建起的大城堡。溢流坝和电站的闸门是城堡和城门，门内的龙宫宝殿装满"金子"——万顷碧波的湖水。它们按照龙王的指令，有规律地冲出城门，将强大的电力送到千里之外，把城乡照亮，把经济搞活，湖水还如甘泉般滋润大地、养育万物，改善了生态环境，促进了经济社会发展。看着这座暂时还是世界第一，但不久将被三峡工程超越的水电站，我不禁想象：中国和巴西虽然分属东西、南北两个半球，不共有一个季节，不同时拥有一个太阳，但两国的水利水电建设者却拥有共同的理想。我们将永远记住伊泰普水电站在世界水利建设史上的地位，以及它对长江三峡工程建设起到的巨大借鉴作用，我向它深深致敬！

2001 年，访问英国、瑞典

2001 年 6 月，我受组织指派，组团赴英国、瑞典考察，学习治理污染和城市规划的经验。

我团在伦敦拜访了沃林贺公司、泰晤士河水公司、安林水公司，参观了地下水有限公司的建筑工地、城市供水厂、污水处理厂等，与英方进行了热情的座谈。

泰晤士河水公司的历史可追溯到 400 年前，一直负责向近千万人口的伦敦供水。1829 年成立污水处理厂，1852 年前伦敦的工业和生活污水直接排入河中，在 1854 年伦敦爆发鼠疫，造成成千上万人的死亡后，政府开始规定取水范围，1859 年开始进行污水处理，1974 年成立河流管理局，1989 年完成私有化，改为公司。据他们介绍，英国的环境保护局负责制定污水排放标准和水价，每五年评估水价一次。政府监督物价和对用户的服务质量。监管局管供水的质量，环保局管污水排放。公司每天向 580 万人供水 22 亿升，全年计 8 亿立方米。遇供水和污水不符合标准者，政府有权吊销执照。为提高公司服务水准，该局投入 100 万英镑，在郊外修建了贮水池，收集雨水，伦敦已修建垃圾焚烧炉，私有化后，公司投资 16 亿英镑，改善污水管网，使管道最大直径达到 2.5 米，河道设有增氧设施。如今，泰晤士河已是全世界较清洁的河流之一，河内有 150 多种鱼，包括名贵的大马哈鱼。伦敦城市每三分钟就有一辆垃圾车运送垃圾。以前一部分倒入北海，一部分送往农村做化肥；后来改为焚烧发电。每天烧 3000 吨，发电 1.5 万千瓦。成本中的 1/3 用于压干污泥，2/3 用于空气污染处理。公司此项技术已和上海、雅加达进行合作。我问：污水是否全部处理了？答：100%经过处理。问：污水是否全部回收？答：全部排入泰晤士河，也不直接用于灌溉。问：城市排水采用雨污合流制还是分流制？答：都有。问：曾经污染过的泰晤士河是否有物种已经灭绝？答：已经绝迹的大马哈鱼又有了。

为了做好三峡移民的城市规划，我们以前考察过巴黎、马赛、里昂、罗马、斯德哥尔摩、哥本哈根、布鲁塞尔、维也纳、柏林、伯尔尼、莫斯科、彼得堡、纽约、华盛顿、渥太华、悉尼、堪培拉、巴西利亚、圣保罗、开罗、约翰内斯堡、东京、曼哈顿等城市，这次又专门考察了苏格兰的首府爱丁堡，这是一座经过渐进式改造的老城。它不是简单拆旧城、建新城，而是采取分区发展的办法，城市规划先进。文物古迹及周围环境保护十分完整，留有各个世纪的历史文化、人类进步的足迹。我们在英国没有发现拆城墙、毁教堂，以及现代化建筑横扫一切，历史遗迹荡然无存的现象，也没有见到不协调的现代建筑破坏原来的空间秩序，从而大煞风景的现象。他们不会做让城市现代化了，却丢掉了历史文化，给后代带来难以弥补遗憾的蠢事。看了传统意味浓厚的英国建设，我也触动了自己的民族自豪感。咱们中国由楼、亭、轩、阁、坊、廊、榭组成的建筑布局，重檐、舒翼、翘角的建筑结构，以及与大自然融为一体，依山就势、山水相连、或断或续、错落有致的风景设计也堪称世界一绝。如果当年欧洲人能吸取中国文化，他们的城市建设不就更绚丽多彩了吗？不过，东西方都一样了，我们还到欧洲学什么呢？

2000年来，英国经历过国内外战争、杀戮，成为过拥有大半个世界的日不落帝国；也在两次世界大战中成为战胜国，但全球民族独立运动风起云涌。亚非澳美的殖民地先后独立，轰隆隆大厦倾倒，曾经的日不落帝国最终还是缩回到了英伦三岛，而且连三岛都难确保。爱尔兰一战后已经独立，苏格兰已经搞了一次独立公投，多年征伐死了多少人，劳动人民够苦够惨，无论如何，和平比战争好，习近平总书记提出的共建人类命运共同体好。

2001年6月17日，自伦敦飞抵斯德哥尔摩，对瑞典的污水治理进行考察。

瑞典于1918年颁布《水法》，1939年和1949年两度修改。根据《水法》，河道及水资源属于两岸土地所有者——国家、地方或私人。2000年，瑞典又颁布了《环境法规》。

斯德哥尔摩及其周边小镇由几家供水公司和污水处理厂负责。供水公司拥有经营自来水厂、污水处理厂、给排水管网、泵站和水库的权利，也承担着保护水源工程的责任。19世纪50年代，一些工厂严重污染了国内的湖泊和波罗的海，造成大量鸟类、鱼类死亡，垃圾泛滥。后来，政府及时采取包括减少污水排放量、工业污水重复利用淘汰污染环境的老工业、工程及时报废等措施，才使环境好转。如今，斯德哥尔摩排水采取雨污分流制，雨水经过简单处理、过滤，直接排入河道。而污水必须经过排水管网送到污水处理厂，处理率达到100%。

我们参观的亨利茨达污水处理厂位于市内类似武昌蛇山的一座低矮山丘的地下洞穴内，占地30万平方米，有18千米长的隧洞通向外面。厂房由多条隧洞和多个洞穴组成，山体为坚硬的花岗岩，洞穴高约6米，宽约30米。市区内所有的污水都由它处理，日处理能力25万立方米，污水处理设计流量4.5立方米每秒，最大流量10立方米每秒。污水处理池为圆形，直径约10米。按机械处理、油污处理、化学处理、生物处理等工艺流程分置于各个洞穴内，其间以隧道相连。污水处理厂以栏杆围护，人可凭栏俯视。机械处理池拦有破鞋、烂袜等秽物；化学处理池有味道，但不浓。中控室全部实现自动化，仅有3人以电脑监控，全场尽在掌握中。运行多年，当地许多居民不知脚下有个地下污水处理厂。

哥德堡港口在瑞典西南部。与丹麦隔海相望，大科学家诺贝尔曾住在此地。

瑞典人喜爱中国货有悠久的历史。早在1000年前北欧海盗就把中国货带到了瑞典，当时中国的GDP占世界的2/3左右，瓷器在欧洲被称为白金，瑞典人使用中国货已成时髦。随着海上丝绸之路的开通，哥德堡成为联系中国与瑞典的重要港口。

1731年瑞典东印度公司成立。次年，瑞典商船从哥德堡启航，漂洋过海来到中国，将大量的茶叶、瓷器、丝绸、工艺品运抵瑞典，为公司带来了丰厚的利润。

不过，后来哥德堡号在从中国载货返航进港时触礁沉没，从此这条航线沉寂下去。1984年，随着这艘长50米、宽11米、高47米、排水量1250吨的沉船被发现，瑞典人又燃起了远航中国的热情。瑞典政府适时启动了一项深邃睿智的复航计划，政府拨款，王后为复制古船举行了命名仪式。

瑞典人酷爱和平，两次大战均保持中立。不料在我们来访之前，在哥德堡市政厅前爆发了抗议八国首脑会议（后来因不让俄罗斯参加，成了G7）的游行示威，流了血，酿成震惊全球的惨剧。我们去时，街上尚未清理完毕，一片狼藉。商店停业，以纸板遮盖被打破的落地橱窗。大道和转盘栏杆上油漆着"世界工人有力量"的英文口号或者镰刀斧头旗。据说抗议人员来自世界各地，有绿色和平组织者、社会主义者、无政府主义者，还有喜欢起哄没有任何目的的人群。总的口号是反对全球化，认为全球化会导致生态恶化和两极分化，瑞典一贯反对使用暴力，此次流血事件让全国上下为之沮丧。

2002 年，访问意大利、瑞士

2002年11月，我已62岁，是最后一次组团出国考察意大利、瑞士，学习防洪、抗旱、节水、治污城市建设方面的经验。

11月15日，我团拜会了意大利水利协会，双方进行了热情友好的座谈。据意大利工程师介绍，罗马的水管理起源于2500年前，以前水属国家所有，无偿使用。现在已私有化，有了水的法律，用水要付水费。水费包含了水厂建设、工业用水、生活用水、节水设施的内容。意大利全国按水域分成20个大区，古罗马大区的水源在50千米以外，输水管道总长300千米。有两条引水线：一条引自四周高山，另一条引自湖泊，现还残存有当年的引水渡槽，总长20千米，落差5米，纵比降为1：4000。如今罗马的水源分为工农业用水、饮用水，总供水流量21立方米每秒。在意大利国内，农业用水占50%，工业用水占40%，饮用水占10%。他们的节水手段包括加强管理和收费，对水清洁管理很严。要求在河湖边的居民点安置排污设施，不允许居民污染水源，也不允许机动船在有供水功能的水域航行。

意大利长期处于分裂状态，直到1810年才统一。原来只有富人区有供水管道和自来水。大约在70年前，南方普及了自来水供水设施。北方抽取浅层地下水后，因农作物使用化肥，渗入地下污染了饮用水水源，现在只能另辟蹊径。60年前，意大利的用水定额为每人每天250升；到我们访问前的2000年，每人每天实际用水达到

500 升，水不够用就打井，造成地下水位下降，海水倒灌，只得从北方调水。意大利全国共有水库 7352 座，北方水库主要用于发电，南方水库主要用于供水，流经罗马的台伯河在 1200 年前就有水位记录，5 ~ 30 年出现一次洪水。1870 年及 1937 年均发生过洪水，台伯河河滩在 1870 年前盖有许多房子，现在只有 100 多年前修的低堰，但防洪标准不高。我问：污水利用如何？答：50% 排放到海里。问：水电占全国的比重是多少？答：19%。

我们由罗马赴历史名城佛罗伦萨。该城建于公元前 59 年。1856—1871 年为意大利王国首都。有 60 多座宫殿，但我们不是历史学家，只对水利感兴趣。我们沿着穿城而过的汉诺河步行。见这条河宽约 300 米，有高约 1.2 米的混凝土防洪堤，拦河堰把河水壅得高高的，水过堰时翻着浪花，但流量并不大。我当过规划局第一副局长，曾建议在洪枯流量差异比较大的穿城河道上建梯级潜堰，枯季可以保留些水，洪水季节不影响行洪，不料这座有 2000 年历史的古城早已这样做了，真是令人佩服之至。更令我高兴的是，我国四川和河北的一些河流也开始这样做了，如承德避暑山庄的武烈河就建有潜堰，四季过水，也不影响行洪。希望流经革命圣地延安的延河也建个潜堰，达到清水长流。

我团还考察了威尼斯的防洪与治污。威尼斯有 118 个小岛，由 400 座桥梁连为一体。城市无海啸、地震，也没有蚁蚀，但无汽车、机场，交通不方便。而且地势低，常受海潮、内涝灾害。威尼斯经多年研究方才解决涨潮时内涝对环境的影响问题，设计出了挡潮翻板闸门，解决污水排不出的难题。可是全城仍年年遭水淹，房子每年必须维修一次；而且气候过于潮湿，一位湖北华侨说他父亲在这里得了风湿性关节炎。蔬菜全靠外运，大多时间只能吃番茄酱。人人都说威尼斯风光好，哪知这里生活有多艰难。

讲风景还是瑞士好。瑞士山清水秀，风光优美，到处是遮不住的青山隐隐，流不断的绿水悠悠。但我们搞水利的明白，瑞士的风景固然是得天独厚，但也有很多是人造景观。瑞士是山区，怎么会像江汉平原一样成为千湖之国？原来有些是山崩形成的堰塞湖，有些是人工水库，所以我们应该对水利工程有一个公正的评价，水库对美化生态环境有很大贡献，这也是我们考察欧洲所了解的。

我们此行还对欧洲的古老政治产生了许多感慨。比如摩洛哥王国，辖区面积 1.95 平方千米，人口 3.1 万，位于阿尔卑斯山脉伸入大海的悬崖上，城市建设、生态环境尽善尽美自不待言，使人叹服的是：这个不足 2 平方千米的弹丸之地，在错综复杂、血雨腥风、瞬息万变的国际社会里，数百年来始终保有独立地位。摩纳哥与法国的尼斯、戛纳为近邻，依山邻海，其美无比，尤其精美的建筑体现了山国建设者的远见卓识和博大精深的才能。

又比如圣马力诺，面积 61 平方千米，人口 2.6 万。和梵蒂冈一样，这个欧洲最古老的共和国处在意大利的围抱之中，也靠近海，有山有平原，气候温和，环境优美，该国早在 1263 年就制定了共和法规，每年选出两名执政官，同为国家元首，国务院处理政务，邮票和旅游是国民收入的主要来源。

相传 1700 年前，一位叫圣马力诺的基督徒不堪罗马皇帝的迫害，在山上建城避难，小国以此为名。历史上圣马力诺曾两次被占领，但时间都不长。我想：如此小国是不可能凭借自己的力量组织有效抵抗的，能维护国家生存的，只有非凡的政治谋略和高超的外交手腕。

还有列支敦士登，为阿尔卑斯山国，位于瑞士与奥地利之间的莱茵河上，面积 160 平方千米，人口 3.2 万。1719 年建国，1866 年独立。关税、邮电、对外事务、国外利益由瑞士管理，精美的邮票和旅游业为国家的主要收入。这个小国工业设施齐全，路已经很宽，还在扩修之中。国土面积小公厕却又大又豪华，且不收费。我不禁想起一些西方国家领土大，却一厕难求，苦了一些旅游者。列支敦士登王宫位于百米高的悬崖上，是一座古城堡。国王可俯瞰全国，臣民可仰视国王，但据说国王常年住在奥地利。

我团还访问了埃及，参观了阿斯旺大坝和纳赛尔水库，众所周知，阿斯旺水电站是 20 世纪 60 年代苏联援建的，由于意识形态上的偏见，国际上对它颇有微词。电站大坝为黏土心墙坝，最大坝高 111 米，总库容 1600 亿立方米。18 台机组，单机容量 18 万千瓦，1970 年蓄水。水库移民 10 万人，苏丹、埃及各 5 万人，工程总造价 10 亿美元，其中移民费 1 亿美元，苏丹不投资。工程的任务是防洪、灌溉和发电。尼罗河年均来水量 840 亿立方米，约为长江的 1/12，却是埃及全国唯一的河流。埃及几乎全年无雨，农村的住房可以不要屋顶。如果没有灌溉农业，这里就是一片死寂。水库的灌溉渠道与尼罗河平行，渠边是葱绿的耕地。水库移民们被安置在大坝下游。我们参观了绿树环抱的移民村，前来迎接的村主任说：移民的生产生活超过了原有水平，故而移民难搞，水库该不该建之类的话题，随着时间的推移，慢慢让人淡忘了。我们由此对搞好三峡移民充满了信心。

结 语

正因为我们考察了世界五大洲这么多的国家，参观了这么多工程，吸收了这么多国际上先进的经验，所以我们建设的工程（包括三峡、南水北调的许多工程）并不落后，而且经得起国内外同行的盘问、外行的质疑、历史的检验，这是改革开放的成果。

文
学
篇

可以想象，在闭关锁国的年代，我们不可能去那么多国家，实地参观学习那么多先进经验。习近平总书记在博鳌论坛上说，中国改革开放的大门将越开越大。习近平总书记提出的"一带一路"和建立人类命运共同体，不就是我们共产党人终生奋斗的目标吗？无数先烈流血牺牲，不就是为了让中国人过上好生活，为全人类带来永久和平，让他们过上幸福美满的生活吗？

我作为一个在改革开放大潮中的水利人，多次走出国门，拥抱全球，在大洋大海中乘风破浪，扬帆远航，渡海弄潮。这一切既是我的理想，也是为了实现中华民族伟大复兴的中国梦，为构建人类命运共同体做出自己的贡献！

谨以此文，为祖国改革开放四十年叫好！

想一块儿看到三峡之梦成真

陈济生

1956 年 5—6 月，索布柯、凯特琳斯卡娅、穆卡诺夫三位苏联作家应邀访华。首先参加 5 月 26 日中国人民保卫世界和平委员会、对外文协、中国文联、中苏友协、中印友协、全国作协等 6 个团体联合在北京主办的对三位世界文化名人迦梨陀娑（印度）、海涅（德国）、陀思妥耶夫斯基（俄国）的纪念活动。随后深入访问北京、广州、上海、武汉、沈阳、长春等地区。6 月 15 日作为在京外宾，列席了第一届全国人民代表大会第三次全体会议的开幕式，并在访华结束前于 6 月 18 日受到周恩来总理的亲切接见。

凯特琳斯卡娅是著名小说《勇敢》的作者。小说以真切感人的笔触描述了 20 世纪 30 年代苏联男女青年们响应号召远离故乡奔赴边疆，克服困难把荒僻林区建设成国家重要航空工业基地的历程：青年们工作、生活、爱情的故事牵动着广大读者的心。1938 年出书后多次再版并被改编成了戏剧和电影，还译成多种语言在国外出版，中国青年出版社于 1954 年也出版了由关予素翻译的该书中译本。

凯氏一到北京就从在京苏联水工专家阿历克塞·莫里亚柯夫口中听说中国着手长江流域规划与宏伟的三峡水利枢纽研究，且正加紧做坝址勘探。作家的敏感促使她希望在早先商定的参访内容外，让她挤时间看三峡坝址并和勘测设计人们接触。到武汉后，经中方协助，实现了她这个愿望。

我从留苏回国后，很快奉调参加 1955 年 10 月中苏专家长江上游 70 天查勘，接着跟随长江流域规划办公室杨贤溢副总工程师半年来做三峡枢纽坝区选择等紧张的规划性工作，参加向林主任和苏联专家的汇报会议，还常跑三峡坝区追踪地质勘探最新进展。1956 年 6 月初得到独特的任务：用一天多时间陪凯特琳斯卡娅看三峡坝址所在的西陵峡，介绍三峡工程，参加和地质勘探人员的会见。

最近一段参读俄文书和真理报文章，重温自己的回忆，勾勒出这趟行程的雪泥鸿爪。

1956 年中国的北京、上海等几个大城市都建成了苏联经济建设成就展览馆，武

文学篇

汉市的苏联展览馆 5 月开馆后也门庭若市，城乡各地前来参观取经的络绎不绝。当时正值战胜 1954 年大洪水后工农业建设加快发展之际，三位苏联作家亲眼看到新中国人民朝气蓬勃积极建设社会主义的场景。在武汉，正在建造欧亚大陆上最大的长江上的第一座大桥。采用了苏联专家西林倡议的钻孔管柱法成功建造了桥墩，开始架设钢梁。他们采访了大桥工地，分别和苏联专家西林及大桥局彭敏局长谈了话。从彭敏口中得知：长江大桥工地，不单是建桥的现场，还是新中国桥梁建设培养干部的大学校，工艺技术、工程管理、武汉的实践经验正在成为其他河流上建桥的样板，而其影响远超过桥梁领域。例如，钻孔管柱施工法也引起三峡枢纽施工设计人员的兴趣，考虑用这项技术作为修建三峡围堰深水工程的备选方案。

凯特琳斯卡娅离京前有心记下了长办苏联专家的电话号码，一住进璇宫饭店就赶忙打电话找他们。可专家组长去了北京，另一位专家去了勘探工地，总算联系到一位水文专家斯捷尔玛赫。在武汉凭着她刚从飞机舷窗上俯瞰过和由轮渡过江经历过的对长江的认知，想争取坐水文测船进三峡，到崖畔钻机边连夜围着篝火和勘探队员们交谈。她对三峡坝址流露出的浓烈思慕终于得到中方（中国作协诗人公木和武汉作协副主席李蕤负责访问武汉地区日程）正式积极回应，落实了搭飞机乘船用车往返的具体事宜，并提前邀约了斯捷尔玛赫专家和长办杨贤溢、成绥台、陈济生在一个晚上跟她会见。杨总 20 世纪 40 年代就曾在美国参加过三峡工程的设计，现在长办负责上游规划和三峡坝区研究，兼任上游室主任和三峡组组长。主要由杨总向她介绍长江流域规划任务轮廓（为了专业容易沟通，由我翻译）并告诉她，这趟压轴行程长办将抽派我全程陪同往返。

1956 年 6 月 6 日是个偏热的晴天，早晨十时凯特琳斯卡娅，她的女翻译小李和我三人在武昌南湖机场会合，搭乘一架伊尔 12 货运飞机，不到两小时就飞到了宜昌土门垭机场。吉普车已在机场等着接我们进城午餐后再送到码头上船。凯氏坚持不要午餐"礼遇"，要求马上上船。乘车穿过鸦鹊岭滨江丘陵和有宽阔大片绿叶行道树装点的宜昌街道，不到一个小时我们就登上了停在码头旁的专船"民由"号。女作家一路见什么问什么，一切都显得新奇，"民由是什么意思？"我引述了"民可使由之，不可使知之"的老古话大意，她反应快，很欣赏这个船名，"新中国人民今天做了主人，民可使由之啦！"

穿白海员服的大副引我们到视野开阔的后舱，铺了新台布的桌上已摆好几瓶汽水，两盘新切的圆圆的菠萝片和一盆备客人洗尘的冒热气的湿手帕。女作家对未上测船却上了专船受到大副款待正想说什么，一眼看到船舷有带枪的警卫走动，露出惊诧。我请她不要见怪，因为这一带从来还没有来过苏联客人，也没有游客，且峡谷里万一停船登岸，说不定还会遇上猴子呢。翻译小李也举出"两岸猿声啼不住，轻舟已过万重山"诗句，说明三峡猿猴古有之，带个警卫是爱护贵宾。凯特琳斯卡娅还是坚持请警卫自往别处去休息。

轮船走上水并不快，但接连超过几个运货的大木船。凯特琳斯卡娅和我们大部分时间在船头看江上风光，直接用俄语交谈，她很羡慕乘坐木船过三峡的感觉和韵味。过了葛洲坝后，我们看到了竖立江面的西陵峡出口，又叫黄猫峡口，东边是南津关，西边是那时当地开采煅烧石灰的陡崖向家嘴。

由西头奉节夔门到东端宜昌南津关205千米的滚滚江流，穿过了三大段石灰岩形成的著名长江三峡：瞿塘峡、巫峡、西陵峡。水路行程58千米的西陵峡地质上是一整个中部隆起受到侵蚀风化露出花岗岩形成宽谷的大背斜，它两翼共有四段石灰岩狭窄河谷。我们轮船溯江而上，由东向西逐一经过西陵峡内的黄猫峡（又称宜昌峡）、灯影峡、花岗岩宽河谷，牛肝马肺峡和兵书宝剑峡。石灰岩在地质年代里容易溶蚀而不易风化，所形成的峡谷两岸陡崖壁立水面宽度往往不到200米，是筑高坝的理想地形。19世纪40年代美国高坝专家萨凡奇就曾把研究的三峡坝址放在黄猫峡，后来还在南津关两岸做过三孔小口径岩芯钻探。石灰岩在地质年代里发生的岩溶，可能形成漏水通道，因此我们又研究西陵峡中部的花岗岩坝址，那里没有水库漏水的风险，问题是风化层深度可达30～50米，而且坝址下游还有40多千米峡谷的落差未得到利用，航运条件也不能改善，需要在西陵峡出口外再建一座枢纽进行反调节。

天空少有的晴朗，峡谷里能见度很好，我们从江中船上看到了黄猫峡南岸张开口有20多米高大的溶洞"石龙洞"。我曾随地质人员进去过他们最远能进到里面200多米，再远处洞穴的尺寸形状就限制人们无法通行了。因为时间所限，这次我们没停船登岸。在这一带，我们却看到峡区四五个人一组背负拳头粗的缆索、喊着深沉的号子，沿峭壁小径俯伏身躯奋力挪移脚步拖着木船溯江航行的纤工们，见到这一奋力拼搏场景的人们都会深深震撼，"等修了三峡船闸，航行就方便了"。

谈起水文观测、地形测绘、地质勘探等第一性自然资料的工作，长办一直很重视，宜昌等站逐步开始了几项泥沙测验：在调集地质部优势钻探力量加紧石灰岩坝区勘探的同时，正为组织中苏高级地质专家对石灰岩坝区开展鉴定做准备；对三峡库区的航空测量绘图也得到苏联援助。当时在宜昌有从事测绘人员150人，地质勘探员工达200人，而同时进行钻机操作业务培训的还有200人。预计7月底三峡地区测量和地质勘探的员工队伍规模将达1200人。水文专业有干支流站点、观测、预报、资料整编、洪水特性分析等，全江也有1500人。

轮船过石牌后，相当一长段变成向北航行，在这段南北向的峡谷里行船，一天中绝大多数时间阳光不是被东边山峰就是被西边山峰遮蔽，岸畔的一些奇峰异石，更令船上的人们宛如看皮影戏，会想象出各种故事情节：石牌至南沱因而称作灯影峡。石牌西北几块异石构成的唐僧师徒取经，孙悟空跃前探路的故事，让大家由衷佩服在川江上历险行船船工们的幽默、智慧与勇气。

来到花岗岩开阔河谷时，谈到这里作为三峡枢纽坝址，比较容易布置水力发电站，少做地下工程。凯特琳斯卡娅一再疑惑追问三峡枢纽的装机容量是不是搞错了，直到我把18000～23000兆瓦（1800万千瓦到2300万千瓦）白纸黑字写到她的笔记本上，她才惊叹"苏联目前计划中将要到西伯利亚修建的最大的布拉茨克水电站才有3200兆瓦，三峡枢纽竟有它6～7倍，不可思议！"我补充说，水库的水位和坝址现在都还没有定，正式的设计还在筹备，为了发展长江航运，还要修建前所未有的多级船闸，特大型水轮发电机组单机容量多大，超高压输电的电压多高，三峡工程还有许多难题急等着我们想办法去研究解决。许多全新的专业要从头建立，长办林一山主任提倡让骨干改行学习掌握新专业，还决定把实验研究所扩建成与三峡枢纽水平能相适应的长江水利科学研究院，已经随工作的开展又补充聘请了苏联科研设计专家们来指导帮助我们，正陆续来到长办。国务院调集各部力量充实长办的同时，听说今年还会有一大批大学毕业生分到我们长办。凯特琳斯卡娅望着远处的峰峦沉思起来，缓缓说："真像梦啊！"

看完了十多千米的花岗岩坝区，又经过两段石灰岩河谷——崖壁上挂着一大撮岩溶的牛肝马肺峡和高处悬棺远望宛如线装书的兵书宝剑峡，我们出了西陵峡，周围又开阔起来。北边一望舒展缓坡的河谷，就是两千多年前王昭君的故乡。传说她曾在河里洗发，河水都有了香味，就叫香溪。"民由"轮继续上行到著名古诗人屈原的故里——秭归。凯特琳斯卡娅和郭沫若、茅盾等中国名人们见过面，读过郭沫若写的剧本《屈原》，还知道屈原的弟子宋玉和巫山神女的传说，她有点想船再往上开，我和大副告诉她，西陵峡和巫峡之间除了半个秭归县，还隔着整个巴东县境。看到曾经在1934年久雨后发生过滑坡使江畔山村一夜坍毁惨剧的新滩，那里许多年后泥石堆上散乱地已长起了绿草和灌木，又有了山径和一排简陋的草房之后，我们就返航宜昌了。归途也简略就我所知回答她关于巫峡和上游干支流综合利用规划的一些提问。回经黄陵庙时，遇上摆渡木船装着放学回家的几个系着红领巾的学童过江，看到轮船上穿着不同的我们，不顾轮船波浪给木船造成的颠簸，孩子们仰起头不断向我们挥手，我们也高兴地回应，当时凯特琳斯卡娅更抢着拍照留念。

返回宜昌住进中苏友好协会安排的两层楼的楼上客房已是暮色沉沉，室外雨也渐渐下大了。凯特琳斯卡娅原先的在峡区围着篝火夜谈的浪漫想法早被大家否定了，这阵雨会不会使她与地勘青年朋友的宜昌约会泡汤？她正着急时，楼梯响了，两位拎着还在滴水雨衣的青年快步走过来了。一位是我认识的地质部何工，我们曾多次在一起，他中山大学毕业后就搞工程地质，参加过丹江口坝址勘探，现在是三峡地质队技术骨干。另一位年纪更轻点，是刚来三峡的常工，交谈得知他才23岁，却到过黄河、淮河的一些坝址和长江大桥工地，中间还在地质部工程地质局管过勘测计划，这次是为了集中钻探力量和准备三峡水上钻船调来三峡的。他谈到将把几位武汉长江大桥水上钻机的钻工调来三峡当机长，老带新，加紧边干边学，怕还跟不上形势！凯特琳斯卡娅细问得知，常工考进地质学院是响应国家建设需要改读两年制专科的：对于太缺人的专业当时大三同学也服从需要，提前毕业下到第一线工作。何工告诉我们，正在对石灰岩坝区担心水库漏水的问题做多方面新项目的试验与大范围勘察，下周他就要带一个组到库区九畹溪去查勘，为很快要来的中苏专家联合鉴定组提供数据。和地质勘探人员告别时，苏联女作家很高兴。雨已经不下了，我和小李却不约而同相互提醒已违背了作息规定，该就寝了，时间过了11点了。

6月7日晨虽然天晴了，快到土门垭机场的一处河滩，昨天干干的今天却成了20多米宽的水荡子，司机下车打量之后开足马力蹚水越过，有惊无险。在飞机上，凯特琳斯卡娅翻看笔记本抓紧补充提问，真是太敬业了！

回到武昌南湖机场时，我们受到索布柯、穆卡诺夫两位苏联作家和公木、李蕤的迎接，他们在等女作家及翻译会合一起乘班机飞回北京。苏联朋友们在我告别回长办前——在我的笔记本上留言签名，凯特琳斯卡娅用俄文说："小伙子们能在长江上参加三峡这样的工作，真是幸福！"还在一个有克里姆林宫图像的名片夹上写下"想一块儿看到三峡之梦成真1956年6月7日薇拉·凯特琳斯卡娅"递给我作纪念。小李把这些都翻译给中国同伴们。诗人公木一把拉住我的手微笑着说："其实我和李蕤也很想去看看三峡坝址的，谢谢你们长办！"

结束这项任务回长办时，我似乎又听到了诗人公木作词的那威武嘹亮的八路军军歌：

"向前，向前，向前！我们的队伍向太阳，脚踏着祖国的大地，背负着人民的希望，我们是一支不可战胜的力量！"

1956年9月是党的第八次全国代表大会（包括14天预备会）的时间，林一山主任是八大代表，一直在京开会，未参加在三峡进行的以侯德封、波波夫为首的中苏高级地质专家们对石灰岩坝区鉴定性的多项地质勘察试验和现场讨论。中国作家方纪、徐迟全程和长办有关工程技术人员及中苏专家们工作在三峡，睡在轮船上，还几次上岸，探石龙洞，查看钻孔柱状图和钻机探出的岩芯。我们在船上欢度了这个羊年的中秋节，国庆前夕才回到武汉。节假后上班第一天，我从"八大"正式开会头两天的俄文"真理报"上看到凯特琳斯卡娅《在中国》的专文，有相当篇幅讲长江防洪和综合利用流域规划，讲长江三峡将来的水电站规模有苏联将建的布拉茨克水电站六七个大，讲搞勘探设计的新中国的青年们的高涨热情。我把这些情况告诉了杨总和成绶台同志，大家都很高兴。这是三峡工程勘探规划首次在苏联见报。几个月后，《人民文学》发表了方纪的万余字的报告文学《三峡之秋》，讲述三峡坝区中苏地质专家鉴定性查勘和地勘队员的故事：文章写景的那部分近年成为中学语文课的教材。苏联作家和中国作家这时都以深情写"梦"一样的三峡，都敏锐地感觉到时代的脉搏。

2006年国庆假期里清理衣物，发现了当年陪苏联女作家去西陵峡用过的笔记本和有她留言的名片夹。这时三峡大坝已经建成蓄水了。"想一块儿看到三峡之梦成真"的凯特琳斯卡娅又怎样了呢？2007年秋的一天，经我到湖北省图书馆翻查辨认一个上午终于找到有那篇文章的报纸。2008年春节前后又经留苏朋友帮助从俄文网上查到：凯特琳斯卡娅的成名小说《勇敢》出版正值70周年，她本人1976年已经去世。她1958年出版的《中国今天和明天》也从省图书馆查到借出阅读，书中有敬爱的周总理接见苏联作家的情节和照片。再检索周恩来年谱，得知周总理还就三峡水利枢纽和他们谈过话。

苏联作家们曾问过周恩来总理，有什么特别重要的信息觉得需要告诉苏联的读者们，回答是：讲真实的事物，不隐瞒中国的缺点。周总理说，消除许多个世纪以来的落后不是简单的事。我们非常紧张努力地工作，做了这样那样一些事，但还有许多事在等着我们去做，而且还要做许多年。苏联和社会主义国家给了我们兄弟般的帮助使我们能快速前进，再过十五二十年消除旧中国的沉重迹象：那时和过去比会有巨大的变化。凯特琳斯卡娅谈到三峡工程计划的宏伟远景令她神往，周总理在答话中说，三峡水电站还在研究规划中，年底才能确定方向。还要感谢苏联专家的帮助。总的方向是在长江建水库。它能防洪、灌溉、通航、发电，但要建几个坝，什么样规模，在什么地方建，还要好好地研究。苏联女作家在她书中写道："正是在与周恩来总理交谈的这一天，让我想到我要把这次访华的质朴和未必周全的见闻印象用《今天和明天》连到一块。"

52年前留言"想一块儿看到三峡之梦成真"的凯特琳斯卡娅和一直关心三峡大坝的我们敬爱的周总理都在三峡水利枢纽开工前离开了我们。从中国的明天的高度，目前的三峡水库离发挥最大综合效益还有些重要工作等待大家去做好。让我们继续努力，使全世界和我们一块儿看到"三峡美梦成真"。

从几张照片引起的回忆

成绶台

最近，利用闲暇时间，清理历史照片，发现其中有几张引起我的美好回忆。

大约是 1984 年初冬，规模空前的全国水利展览在北京农业展览馆举行。长办参展的主题是："长江流域规划水利建设成就和三峡工程。"展前，我到北京接受预展审查通过后，便安排留下讲解员后准备回汉。

这时，时任水利部副部长、中国水利文协主席李伯宁打电话给我说，钱正英部长告诉他，听说中央有几位领导要去看"全国水展"，要我们把三峡工程介绍好。李副部长说，我最近要开个会，这几天你最好待在馆里，准备随时向中央领导介绍。我说："展览的讲解已安排好了，已买好了回去的车票。"李副部长说："前几天你到部里还见到我，怎么没说你马上要回去呢？你还是退票留一下吧！"我请示长办后就留下了。

当天，我便到林主任家中，向他汇报此事，他说，当下正是三峡问题最敏感的时期，你留下最好，不过我还是再去农展馆看一下。征得林主任同意，我同时还邀请了香港《大公报》驻京办事处主任巩双印一同前往。

那时，林主任已 73 岁高龄，精神矍铄，兴致勃勃，在展板前面，他向巩双印详细介绍了兴建三峡工程的重大意义。他还再三交代我说，你汇报介绍时，要特别强调三个问题：

一是要说清楚，目前长江中下游特别是两湖地区江汉平原和洞庭湖平原防洪问题的严峻形势，这关乎五六十万甚至百万人民生命财产的安全问题。在防洪问题上，三峡工程是其他任何工程无法替代的。我在今年夏天已经直接给邓小平同志就这个问题写了报告。

二是三峡工程有许多复杂的技术问题，但是经过几十年的试验研究，借鉴国际先进经验，特别是葛洲坝工程的实战准备，现在已经得到基本解决。

三是有些人认为三峡工程投资巨大，国力是否能够承受，会不会是上马预算，上马之后会不会造成通货膨胀，这是好心人的担心，因此我们要向关心三峡工程的社会人士说清楚，三峡工程的初始投资是大一些，但是综合效益也大。且不说防洪效益那是人命关天的头等大事，就其发电和通航的效益来说就了不得，我们在葛洲坝工程上已经运用围堰发电提前受益，三峡工程也更有经验了。专家们经过论证，在第一批机组发电开始，就可以用电费收入作为后续工程的投资。

这时，正是三峡工程围绕上与不上开展大争论的敏感时期。这年的2月17日，国务院召开财经领导小组会议，会上确定了三峡工程规模定为正常蓄水位150米（即150米方案），坝顶高程加高10米至175米；抓紧施工准备，争取1986年正式开工；资金多渠道筹集；成立三峡工程筹备领导小组。4月底，这个小组正式成立，李鹏副总理为组长，积极开展各项准备。5月中旬，李锐向中央写信表示反对。6月中旬，林一山就李锐所述给中央领导写报告进行反驳。10月8日，重庆市正式向中央报告，认为150米方案，万吨级船队难以直达重庆；长办在1984年提出的180米方案，综合效益大，基本解决川江航运问题，便于重庆的建设和发展。这就有了1986年开始的历时4年、由全国412位专家组成的14个专家组进行重新论证。

林主任的这次现场谈话，不仅给我极大启发，特别是巩双印主任据此写了长篇通讯，在香港《大公报》上分期连载，在海内外关心三峡工程的广大读者中引起很大反响。通过这个契机，我们和巩主任和香港《大公报》建立了良好的关系。

我在1991年10月暂调水利部，担任三峡工程宣传领导小组常务副组长兼办公室副主任的两年多时间里，和巩主任建立了很好的友谊，他不时与我交流，告诉我报社通过民调和读者来电来函，反映出海内外读者对三峡工程最关注的热点问题约我写稿。当时钱伟长教授在《群言》杂志1991年4期上发表了题为《海湾战争的启示》的署名文章，说"拟议中的三峡水库……一旦失误，长江下游六省市将成泽国，几亿人口将陷入绝境。这是战略上不能不考虑的问题。我们绝不能花了几百亿或几千亿人民币来修一个世界上最大的水坝，给我们的子孙背上包袱，成为外部敌人敲诈勒索的筹码……"这篇骇人听闻的文章，一时引起人们高度的紧张。巩主任约我赶写一篇文章予以澄清。我根据专家论证结论精神，先后以江飞等笔名，写了《三峡工程防空炸问题研究》《三峡工程经济上可行》《三峡胜景将有何变化？》等。当时适逢葛洲坝工程进行国家验收，我又写了系列文章，宣传葛洲坝工程是三峡工程的"实战准备"，对三峡工程的重大意义向海外广大读者进行宣传。巩主任还亲自撰写和组织专文，大力宣传三峡工程重新论证的成果。香港《大公报》作为一家有重大影响的主流媒体为宣传三峡工程做出了重要贡献。

过了一两天，时任水利部顾问的张含英也来了，他是我国现代水利事业的开拓者之一。他毕生为治理黄河做出了杰出贡献，写了大量治黄著作。他比林主任年长11岁，时年84岁，神采奕奕，美髯飘飘，他十分关心三峡工程，1958年周恩来总理和李富春、李先念两位副总理率领中外专家考察三峡坝址时，他当时任水利部副部长，也躬逢其盛，当他看到周总理查勘三峡的大幅照片中有他的身影时，激起他的美好回忆，兴奋地指给陪同他的家人和秘书看，讲述1958年2月28日到3月6日，汉渝之行的查勘过程。

又过了一天，习仲勋来了，他当时任中央政治局委员、书记处书记，负责中央书记处的日常工作。来到三峡工程展板前，我向他扼要地介绍了三峡工程的情况，他亲切地问我："你是长办林一山那里的吧？"我回答："是的。"他兴致勃勃地说："1958年林一山来报告说是要搞三峡试验坝，要求批些机器和材料，那时国家很困难。工程不大要的东西不多，可是三峡工程事关重大，我就请陈毅（当时值班的副总理）批示，后经陈云、先念、富春、一波、聂总五位副总理批示，最后一直到了小平同志和毛主席那里。现在好了，三峡工程总算快成功了！"他一面说，一面发出慈祥的笑声。我又说了一句，现在的葛洲坝工程就是三峡工程的试验坝。后来林主任告诉我，1958年习仲勋任国务院副总理兼秘书长，负责处理陆水工程的器材问题，他记得曾看到过习秘书长和好几位副总理以及小平、主席的批示，密密麻麻两大张。林主任后来指示我去办了手续，到中央档案馆去复印一份。

可能就在当天下午吧，萧克将军来了，我过去读过他的许多回忆录，知道他在红军长征时就担任过军团长。据馆领导介绍萧克将军现任中央顾问委员会常委。毕竟是经过二万五千里长征的红军老将军，腰板挺直，红光满面，精神抖擞。他认真听了我的汇报后，问了关于流域规划和南水北调工程的情况，他的眼光落在了水土保持的板面上，我开始有点纳闷，后来他把陪同前来的女儿叫到身边，指点着四川和甘肃的部分，我才恍然大悟，原来他指着地图，讲述当年红军强渡大渡河、爬雪山、过草地的长征行军路线，他的记忆力惊人，连经过的小地名，都一一记得，可惜这幅地图上不可能标明，但是大体的方位和路线还是清晰的。当萧老将军问到那里的建设情况时，我说，那里我还没有去过。他说，你们有机会还是值得去看看的。后来我向林主任汇报，林主任说，他在研究大西线调水线路时曾走过一段。

这四张照片虽已时隔约三十年，但翻拍扩印后还很清晰，令我十分高兴。

这四位老人均逾百岁，虽已先后作古，但这些美好的记忆，永远留在我的心中！

江山美情无限

——陪外宾游三峡记事

郭 子

大年前夕，领导突然要我出差到重庆，去陪同一批外宾从重庆乘船而下，游览峡江。据有关部门介绍，这批外宾共 30 多人，都是应我国的邀请，在北京大专院校工作的专家和学者。他们来自五大洲四大洋，有男有女，有老有少，各种肤色和语言的人走到一起来了。这里记叙的，是那次旅游的几个片段。

我当上了老师

我到达山城重庆的第二天，外宾也到达了。陪同前来的外专局的同志非常高兴地把我介绍给客人们。外宾们听说我是长江流域规划办公室的工作人员，特地从武汉赶来陪同游三峡的，全场响起了热烈的掌声。

在重庆参观两天后，第三天凌晨，我们一行便从朝天门码头登船，开始峡江旅游。山城的凌晨，天气阴沉，云雾笼罩。万家灯火，层层叠叠，闪闪烁烁，像火树银花、万树金殊，瑰丽迷人，大有神秘莫测之感。两江口灯柱四射，汽笛声声，破晓前的港埠码头，一派繁荣景象。外宾们上船后，都站立船舷，凭栏欣赏着这迷人山城的良辰美景，摄影爱好者在"咔嚓咔嚓"地拍照。

江轮起锚后，在峡江上乘风破浪。吃罢早餐，我把长江的基本情况向外宾概略地做了介绍，然后大家分头活动。宾客们都围坐在二等舱前的休息厅，有的相互交谈，有的静观峡江的景色。两岸那逶迤起伏的山岭，江中滚滚的波涛，一幕幕迎面扑来，甩向船后，船动景移，目不暇接。偶尔碰上一叶轻舟，随浪起伏，拼搏奋进，于是"嗬哟嗬哟"的惊赞声四起。

一位日本朋友手拿一副在重庆购买的纸牌，问我会不会，要求教他。这位朋友叫村上胜彦，原是东京经济大学教授，在北京对外经济贸易大学工作。和他一起来的，还有他的妻子和一个八九岁的男孩。他妻子身着日本和服，背后背着个像包一样的东西。正巧我会玩这种牌，便承诺了。调皮而天真的小男孩，听说我要教他们玩，高兴得跳了起来。客人们见我教日本朋友玩牌，顿时都围拢起来。一位墨西哥的女专家，四十来岁，胖乎乎的，黝黑的脸庞，充满欢乐，大大咧咧地挤了过来说："教玩牌，好！我们叫你老西。"她汉语发音不很准确，把老师说成"老西"。几天的活动使我了解到，在这批外宾中不少人都可以说一些中国话，只不过说得别扭些。

如何在短时内教会他们玩这种牌呢？我琢磨着，既然人家叫我老师，就得像个老师的样子。于是，我决定从基本知识讲起。首先把每张牌的名称，按顺序大小，一张一张地挑出来说一遍，什么天牌、地牌……直到长三、长闰是一个系列，九点、八点……三点，又是一个系列，点子中的九、七、五又有红黑之分。两个系列又可以互相组合成天九、地八、仁七、和五。他们听得津津有味，还细致地做着记录哩！那个调皮的男孩，不时地问这问那，恨不得一下子全都学会。这时，我感到这不单是在教玩牌，实际上是各国人民之间民间文化艺术的一种交流。

接着，我把该几个人玩、玩的方法、两类牌的组合、怎样才算得分、多少分才算一局以及算分的方法等，一一说了一遍，说得头头是道，他们照样详细地记录。那个胖乎乎的墨西哥女专家，不时地呼叫"好老西，好老西"。讲解完后，三个人就一起摸牌玩，他们对照记录，不明白就出错了，然后立刻纠正。结果，他们很快便学会了。那位墨西哥女专家还硬拉着我和村上胜彦先生一起到船舱平台上合影留念哩！

波拉的追求

江轮经长寿，过涪陵，将进丰都的时候，船上响起了清脆的女播音声，说"鬼城"丰都已经到了。顿时，人们倾舱而出，观看峡江中这处名胜。不少外宾都装上长焦镜头拍照。站在我身旁的波拉女士，望着那青翠如黛的孤山和层叠而建的楼阁寺庙，迷惑不解，回到舱里，她问："好好的一个地方，为什么叫鬼城呢？"于是我把鬼城的来历和演变过程告诉了她。还向她念了两首唐代诗人写鬼城的诗，又对她说了一些"鬼城"里现在布设的一些内容。我说，在科学不发达的古代，人们不能认识事物的本来面貌，只得相信天命鬼神，于是演出了这幕漫长的历史滑稽戏。可是今天无人相信了，它只不过作为一种历史陈迹让人们参观而已。她听后频频点头。

波拉是美国人。三十来岁，一头齐肩的金发，高鼻梁，湛蓝的眼睛上衬着一副金边眼镜。身着一件褪色的鹅黄色鸭绒服，牛仔裤，在重庆游览的那两天，脚上总穿一双短筒靴，显得朴素而清秀，言谈举止落落大方。当我问到她的名字时，她有礼貌地说："我叫波拉。"接着，她还幽默而又风趣地说："在我们美国，波拉本是个男孩的名字，可我没有兄弟，所以父亲就给我取了这个名字。"因为波拉和"破烂"谐音，所以她又滑稽地补充一句："破烂、破鞋，在中国人眼里是不好的吧。"说完，嫣然一笑，也逗得我们哈哈大笑起来。

波拉还告诉我们，她自小就渴望到中国来。前两年到中国来工作，甚至和她的丈夫闹过别扭。她说中国美丽、伟大，不到中国看看一生遗憾。她还说到中国工作，既不是为钱，也不是图生活安逸。要说生活待遇，她在国内比中国好。到中国来是为了更多地了解中国，认识中国，帮中国做点事。在京工作期间，外国专家学者都集中在一处高级宾馆，上下班小车出进，环境和生活条件都不错。

这次旅游结束，波拉就要回国。我们便问她何时再到中国来。她说。"中国实在太美了！我真想在这里待上一辈子，可不由我呀！现在我正在争取多待些时候。"接着，她给我们说了这样一件事：

前几年拍的大型纪录片《北京的春天》中，波拉扮演了一个角色。最近听说电影厂正在筹拍《史沫特莱》的传记片，剧中的女主角史沫特莱，要选一位外国女子扮演，她便报名争取。当她谈到这里时，语调中流露出一种失望的情绪，诙谐地说："看来希望不大。还有另外一些人也在积极争取。史沫特莱的演员要选漂亮的，我不如她们漂亮，所以争不过她们。"这一说，又逗得我们笑了。我随即对她说："你也非常漂亮。"她毫不腼腆地说了声"谢谢你的夸奖"，也不由得笑了起来。笑中渗透着对中国的留恋之情。

别开生面的晚会

晚上，船泊万县过夜。一靠岸，外宾们都三三两两尾随登岸，游览这座峡江夜色中的山城，并购买食品。回到船舱，只见有的提着柑橘，有的拿着糕点。他们围坐在前厅的两张长方桌周围，桌上摆着油炸花生米、榨菜、煮鸡蛋、卤制品以及啤酒、点心之类的食品。于是，一场无人发起组织，也没有主持人的夜宴和文娱晚会开始了。这些从世界各地汇集起来的人们，此刻，既无国界之分，也无肤色、语言之别，饮酒、吃菜不分你的我的，以手当筷，以瓶代杯，拿起就吃，端起就喝，多像一个和睦的大家庭啊！这不禁使我联想到前天中午在重庆校场口小洞天就餐时的情景，那顿饭菜自然丰富，许多菜都有剩余，唯独以麻、辣、香著称的麻婆豆腐，他们人人吃得开口叫绝，一致要求厨师为每个桌上增添了一份，他们还嫌吃得不过瘾。

大家一边喝酒吃菜，一边互相交谈。突然，一个日本朋友站了起来，高唱起《北国之春》这首也受中国青年喜爱的歌。嘹亮的男高音，奔放动听，充满对家园故土的爱恋之情。这歌声冲破江夜的宁静，在峡江上空悠扬回荡。接着，另一位日本朋友唱了首有名的日本民歌《樱花》。唱毕，掌声四起。然后大家互相拉起歌来。于是，其他国家的朋友，接二连三地唱起各自国家的民歌。热烈的气氛，一阵高过一阵。

忽然，那个墨西哥胖女专家，把视线射向我。她喊着："欢迎中国老西唱一个！"话音刚落，舱厅里响起了一阵掌声。说实在的，我一点思想准备也没有，但总不能给这种热烈而愉快的气氛浇冷水，使客人扫兴。正在犹豫中，"欢迎"的呼声和掌声又起了。唱什么好呢？近些年来的流行新歌，一个也不会唱，再三寻思，准备壮起胆子唱支二十多年前学会的湖南民歌《浏阳河》。我站起来说："每个人都有自己的祖国和故乡，也都爱自己的祖国和故乡，我是湖南人，就唱一首家乡的湖南歌。"我喝口水润了润嗓子，便唱起来。唱到中间，词也记不清了，调子变了，又反复唱一遍，还是半途而废，弄得十分尴尬。我只好有礼貌地向大家鞠躬表示歉意。也许是这一鞠躬的缘故，竟然又获得朋友们的一阵掌声。

回到舱内，我躺在床上，心里不平静地想着这几天的一切，心想：世界人民本来是热爱和平、团结友好的，如果没有战争狂人和野心家，大国不欺辱小国，强国不侵略弱国，不管你是哪个国家，也不分你是什么肤色、语种，千秋万代像今天晚上这样在一起生活、娱乐，该多好啊！

三峡的明天

一觉醒来，天已大亮，推窗外望，浓雾蔽江，几十米还不见人。直到上午十点雾罩渐渐消失，江轮才载着满船的欢乐、友谊、理解和向往，穿山过峡，摄取壮丽的三峡风光。

外宾们知道这天要过三峡，许多人拿出从北京带来的《三峡大观》观看，欣赏彩色的风景图片，阅读书上的古诗，不明白的还不时提问。

沿途，我着重向外宾介绍了三峡工程的坝址及工程巨大的综合效益、前期准备工作的情况；葛洲坝工程的规模、效益及这两座工程的关系，外宾们听得很感兴趣。他们也似乎看到了三峡的明天。三峡的明天将比今天更加壮丽多姿，引人向往。

三峡大坝"孔"的学问

孙军胜　王小毛

中华民族标志性工程——三峡大坝雄踞大江，奔腾千古的长江水开始按照人类的意愿短暂停留后继续滔滔东流。这属于人类的奇迹，凝聚了众多科学的奥妙。

享有世界之最美誉的三峡大坝，不仅以浇筑量巨大著称，而且还以它的复杂程度夺魁。大坝仅泄洪坝段就布置了表孔、深孔、导流底孔，3层共有 67 个孔，还有在左右厂房坝段的中部及两端设置的 8 个排沙孔、电站的 3 个排漂孔，总共 78 个孔，堪称世界之最。为何要设计数量众多、层次复杂的孔？它们都有什么功能？承担设计重任的长江水利委员会专家为此而进行解读。

防洪是三峡工程的首要效益目标，三峡天然河段洪水量和落差大，而大坝担负着拦蓄洪水、调蓄库水位的功能。根据水文资料，设计者考虑库容必须具备在拦蓄历史上长江上游最大洪峰流量时，再根据中下游干堤防洪标准使大坝有一定规模的泄洪能力。为此，设计者从 3 种方案优选出目前的河床泄洪——混凝土重力坝的泄洪坝段设深、表孔方案。

根据总体设计方案拟定的水库调度规划，为充分发挥枢纽的防洪作用，在百年一遇洪水、防洪限制水位 145 米（初期 135 米）时，要有 56700 立方米每秒的泄洪能力；遭遇百年以上、千年以下洪水时，库水位保持百年一遇相应水位，要求具有 7 万立方米每秒的泄洪能力；遭遇千年一遇以上直至校核洪水（万年一遇加大 10%）时，要求具有 10 万立方米每秒的泄洪能力。也就是说，大坝的泄洪孔流量的总和要达到 10 万立方米每秒，且不包括导流底孔，因为在初期蓄水 135 米、围堰挡水发电后，它就完成了使命而被永久地封堵了。

对于孔的布置，设计者煞费苦心。他们研究了深孔、表孔相间平面布置和分开布置、重叠布置 3 种方案，从缩短泄洪坝段长度、利于左侧电站布置、减少工程量，以及下游水力条件等综合因素进行比较，选定了现在的深孔、表孔相间平面布置方案。

孔口的高程、大小、数量选择也是有一番讲究，既考虑了中下游防洪调度、工程防洪、水库排沙、坝体应力和结构安全、工程防护，同时也考虑了闸门、启闭机制造和应用等诸多因素。现在我们看到的大坝最上一层为 22 个净宽 8 米的表孔，堰顶高程为 158 米；第二层为 23 个 7 米宽、9 米高的深孔，底部高程为 90 米；最下一层 22 个 6 米 ×8.5 米导流底孔在导流明渠截流时已没入水下。6 月 1 日的下闸蓄水，就是指关闭其他最后的 20 号导流底孔（此前已陆续关闭其他导流底孔）。当 6 月 10 日坝前水位蓄到接近 135 米时，我们看到开启深孔泄洪的壮观景象。这便是发挥深孔调蓄作用的开端。

今后使用最多的孔便是第二层的深孔。因为它所处的位置在库水位较低至百年一遇、千年一遇以下洪水调蓄线上。当发生千年一遇以上洪水时，深孔、表孔将同时泄洪。22 个导流底孔虽然只使用一次，因为关系到三期施工安全、大坝长久运行的稳定，对此的设计也是经过深入的研究，要求绝对可靠。

至于 8 个排沙孔，除了防淤功能外，也能担负汛期泄洪的作用。而 3 个排漂孔，是在总结葛洲坝水电站因汛期大量漂浮物堆积坝前、堵塞拦污栅、影响发电的教训，为保护发电增设的，其中 2 个也可兼作泄洪。

科学是严谨的。大坝 78 "孔" 的来历颇费周折，学问深奥，经历了无数的演算、试验、绘制，甚至自我否定。就是这些细微之处，甚至是无处不在的极致，铸就了这巨大而耀眼的辉煌。

三峡情思

胡早萍

今年，是三峡工程建设的第 10 个年头。经过广大工程建设者的努力，三峡工程已于 6 月成功实现了蓄水、试通航。欢庆的锣鼓已经响过，然而从电视屏幕上传来的那沸腾激昂的场面仍在我脑际映现，洋溢于其中的分明是三峡工程建设者的豪情，是三峡告别贫弱走向富庶的欣喜，是人们对党的英明决策的感激。

千百年来，长江哺育了两岸优秀的儿女，孕育了古老灿烂的文明，多少年，多少代，炎黄子孙为拥有气吞山岳的万里长江而骄傲，然而，长江也给两岸人民带来了无尽的灾难。三峡，这块长江上恢宏而灵秀的明珠，以其特有的峡风峡骨滋养了一方子民，然而，其山之危峻、水之激险，又使这里与贫穷和落后相伴、与哀怨和悲惨相随。

为了兴利除害，20 世纪初，中国民主革命的先驱孙中山先生提出了"当以闸堰其水，使舟得溯流以行，而又可资其水力"的豪迈设想。但是，在旧中国，一切美好的设想都只能束之高阁，多少仁人志士空怀壮志，虚掷豪情。

只有到了新中国，三峡工程才真正被提上议事日程。一代伟人毛泽东深谙治国必先治水的道理，为了解除长江中下游的水患，保护人民的生命财产安全，他以非凡的气度和伟人的风范，将手指向地图上的三峡出口处："为什么不在这个总口子上卡起来，毕其功于一役？"他的话如同一声春雷，为三峡工程迎来了科学的春天。在党的三代领导人集体的殷切关怀下，三峡工程的勘测、水文、规划、设计、科研等各项工作顺利开展，各项论证工作也紧锣密鼓地进行。万千俊杰，争相前来折腰献技，把智慧浇灌进这壮美的山川。长江委几代人前仆后继，不懈求索，以苦为乐，无私奉献，为的就是那经过了近百年的梦想、40 年的论证、30 年的争执的三峡工程早日走向现实！

作为一名水利人，我对三峡始终充满了一种敬仰、一份牵挂。三峡工程开工后，我曾几次到工地采访。站在高高的坛子岭上，远远望去，山无言，水无语，工地似乎了无声息，唯见那宽阔的大道、高耸的坝段、势如长虹的砂石骨料皮带、百台林立的正在紧张施工的钻机、来往穿梭的巨型车辆、在半空中不断起落的巨型抓斗……工地上早已不是肩挑背扛的人海战役场面，我深切地感受到了科学技术的伟力和人定胜天的诗意与雄奇。那些工程建设者，无不为有幸参加这凝聚了中华民族几代人梦想的工程建设而自豪。为了不辜负党和人民的重托，他们舍小家顾大家，长年累月驻守工地，勤勤恳恳，兢兢业业，科学严谨，求真务实。从他们的言谈和行动中，我领悟到了一种精神，那就是奉献；我触摸到了一种情绪，那就是感激；我感觉到了一种震撼，那就是我们这个时代的感召力。

筑大坝，截长江，造一座高峡平湖，西控巴蜀，东吞吴越。三峡工程论其投入之大、建设之难、移民之多、效益之好，在水利工程史上也堪称世界之最。它为新中国的水利史写下了辉煌的一笔。我不禁想到，如果没有中国共产党领导下的新中国，三峡工程就不可能由梦想变为现实，中华儿女就不可能有奉献才智、施展抱负的机会；只有在科学民主的新中国，人们才能在接受大自然慷慨赐予的同时，把山川打扮得更加妖娆多姿，在寻觅人与自然和谐共处的过程中，兴利除害；只有在日益强盛的新中国，有着五千年文明的中华民族才能逐步走向历史的巅峰，以醒狮啸虎的雄姿，向全世界发出春雷般的长吼……

北京来的专家

张　红

火热的八月。

每日穿行在巍峨的大山间，感受到的不再是大山的雄伟与神奇，在茫茫的云雾与偶尔冒出的云烟中，渐渐感受到艰难。

2009 年的夏天，也就是中国各大高校放暑假的时间，我因刚毕业，跟随新单位的同事们前往重庆巫山县做三峡后续规划的实物指标调查。按照规划组的安排，我和一名来自某职校的实习男生分在了一个小组，负责 2 个乡镇的实物指标现场调查。正是一年中最热的时候，我们前往某个负责的乡镇。老实说，长这么大，我还从来没见过这么多的大山，从来没见过建在这么高的山上的房子，感觉除了野树和上天恩赐的各种无名植物外，还能整齐种植的农作物。总之，"从来"一词一次次在我内心刷新，以往跟大学其他省市来的同学自豪地说，我在长江边长大，但现在看到这些库区海拔100 多米高山上建的真正的"江景房"，我默默对于在长江边长大有了新的体会。

出发前往负责的乡镇之前，规划组安排了多场培训，私下也听新单位老员工进行了风俗以及野史趣闻的各类"讲座"，对目前自己的新身份——技术专家，有了更成熟的理解。自己及搭档的主要任务是完成分配乡镇的人、房、地及其他属于库区百姓财产性物品的统计。统计当然不是一步一步自己来丈量，来数数。根据相关部门的资料，我们初步熟悉了解，然后现场培训乡镇所辖的多个行政村负责人，向他们宣传我们的规划理念，讲解我们的技术规则，回答他们的各式提问。听起来，这是份简单又备受尊重的工作，但是真正实施起来，难度较大，因为它是与人打交道，首先得交流，最主要还是，我听不懂当地语言。

初出茅庐的我，与书籍打交道二十几年，刚进入大社会，就得与很多我从未接触过的人去沟通，挑战很大，压力也大，毕竟多场培训会下来，每场内容培训不一样，但是背景环境强调的都一致，都是关乎社会安定和百万移民的生计，社会的发展与进步等大责任的命题，小兵一个的我们，顿时感觉祖国的重担，十几亿人民的目光都在盯着，也许若干年后，史书上还会留有一笔。

这不，坐在由乡镇一把手组织的大会上，面对下面黑压压的一片脑袋，我有点发怵。毕竟是初生牛犊，而且面对的都是一群大叔大爷，都有着一定的小权利，也许在他们看来，我不过是他们日常见惯的，身边随时都飘过去不留下任何气息的毛孩子。大会上我都不知道自己说了些啥，只知道机械般地念着规划手册，展示着各类统计不同内容的表格。中场休息，这些日常与田间打交道的大叔大伯大爷，如一个个求知欲望强烈的孩子们，纷纷上前咨询大会上宣读的统计原则与表格。就在这时，一个一直拎着一个老式皮箱的大爷引起了我的注意。早上开会前，我就注意到他，因为这个年代很少还有人用这么老旧的皮箱。这种皮箱我在老家看到过，据说是我妈当年的嫁妆，它四四方方，好多搭链锁扣。我臆想着，莫非这个老箱子里有着大爷管辖村里的重大机密？正在听着乡长翻译的各式原味方言提出的疑问中，突然耳边响起一个如洪钟般的重庆话，这句我是扎扎实实听懂了，"你们是北京来的专家？"声音就是从拎皮箱的大爷那传出的。我愕然，但是立马就反应过来了，老人估计认为这种国家性的大行动，在他理解中，就是从北京，由中国最高权力机构所在地派出的"钦差大臣"来传达旨意。我一方面觉得老人可爱以及老旧，另一方面突然觉得自己很渺小。

三峡工程是一项举世瞩目的伟大工程，承载着中华民族的百年梦想。经过 17 年努力，三峡工程已经建成。新时期，党中央、国务院为进一步拓展和发挥三峡工程的综合效益，确保三峡工程长期安全运行和持续发挥综合效益，造福更多如台上台下开会的大叔大伯大爷以及他们的家人，促进库区百姓在全国人民奔小康社会建设中不被落下，也为了库区其他更多方面的发展与完善，兼顾统筹长江上中下游共同发展，开展了我现在正在做的这项具有一定历史使命的工作。

老人的这句"你们是北京来的专家？"引起了我很多的反思。质朴简单但饱含着对国家能带给他们美好生活的殷切希望。每日穿行在茫茫不见源头的大山间，刚毕业想勇闯一番事业的激情在酷暑的煎熬中，慢慢已经褪去了火候，我们这群小兵在白天奔波，晚间对各种如小蝌蚪般的数据进行无止境的调整与核实，渐渐地疲惫与埋怨多了起来。不再觉得工作的意义深远与伟大，反而觉得自己本可以飞得更高，无奈却被这茫茫大山压住了翱翔的翅膀。这些简单机械的输入整理数据工作，在我们看来已经失去了它的圣光。但就在刚才，一句"你们是北京来的专家"突然让我感悟到，我们现在做的也许在我们自己看来无趣、烦琐，但是这些数据背后代表的意义却让这些深山中的开拓者看到了希望，这些能改变他们的未来，或者说至少帮助他们去争取拥有美好未来机会的数据，那是他们美好的远方。

我们时常说，如果世界给我一个平台，我一定将在舞台上卖弄得风生水起，也许不一定有掌声，但是至少表现了自己。但现在站在国家赋予我们如此重担的舞台上，我们却用一种机械的姿态回应这份并不仅仅是任务、工作，更多的是库区人民奔向幸福生活的期盼。突然的惭愧和渺小感充斥着自己的内心，面对大爷的问题，我不想简单去回应是和不是。一种叫责任的使命感让我重新恢复了力量。我们得用实际的行动来回应大爷"北京专家"的身份。

荆江人的贡献

曾宪冯

我们这些七十多八十几的老友，在职几十年，吃过大苦，受过大累，做过大贡献。说到吃苦受累，人人都有一本大账，讲不完的故事啊。说做过大贡献，那是铁的事实。我们荆江人为了荆江大堤、荆江防汛、荆江河道等的安全，年年都要进行河道水文观测，这些我不说了。

还是来说说对三峡大坝工程设计建造的贡献吧。所谓三峡，是重庆到宜昌这段河道有三个最大的峡，才叫三峡，三峡建坝是国人百年梦想，要建好这一世界上最大的坝，除了国力，就是难度，需要解决设计、建造中的很多问题，这一历史的重任落在荆江人的头上，其中我们为帮助解决三大难题提供了实测的数据。

其一，我们在1958年底起用一年多时间，完成了长寿到三斗坪的陆上和水下地形测量，为计算大坝库容提供了直接数据。库容，就是水库能装多少水，是决定大坝效益及使用年限的基础数据。一年多的时间，前后几十人，从查勘、选点、埋标、测控制到陆上水下地形测量，吃了多少苦，受了多少累，只有参加了的人才知道。从长寿到三斗坪我就走了6次，这就是我们荆江人的贡献。

其二，我们1960年上重庆，用两年时间，完成重庆河段河道、水文、泥沙多项实测任务，为长江委设计研究部门回答国人所提问题提供数据。大坝建成后，回水到重庆，重庆港会不会成为死港，长江委要回答这一问题，研究部门在九万方要建水工模型，没有我们的实测资料模型做不了，就不能回答重庆港是否会淤死。我们这个队刘式杰领导职工20多人，在确保安全的情况下完成任务，是不是我们荆江人的一大贡献。

其三，1962年到四川奉节（今重庆奉节），又用两年时间完成奉节河段全项目实测资料收集。

三峡大坝建成后，会不会像黄河三门峡大坝一样，成为一座死坝，这是当时国人关心的最大问题之一，回答此问题，也需要做水工模型。奉节河段，下口就是三峡之一的瞿塘峡，将奉节河段卡住，是研究水库建成后泥沙冲淤的理想地段。当时我们这队 20 多人，用了两年完成实测任务。那个年月，工资都只有几十元，三月上去，十二月回来，很多人无法关照家庭。虽说苦累，也有苦中的乐，还是王季贤有本事，"抓"了个陈元碧回来成亲，也是乐事一件。

三峡大坝截流时，我们荆江大军也到现场助威，还有很多，说不完。我们这代人为三峡工程贡献了青春，为国家建设贡献了力量，我们不后悔。

情怀三峡

李复华

恪守职责，难言的秘密

为研究三峡工程建坝后，库区回水末端对重庆港区的影响，1960—1961 年，荆实站勘测三组担任重庆港区河床演变观测、搜集水文河道泥沙资料的任务。

嘉陵江从磁器口至朝天门，布设 42 个固定断面。我平时日常工作，主要负责内业资料整理计算绘图，经常加班加点工作。外业测量人手不够时，临时抽我去打旗帜指挥断面。

嘉陵江右岸牛角沱附近江边，建造有许多简陋的棚户区吊脚楼。我们有许多断面标点就设在吊脚楼下，有次我正在标点上指挥断面，突然一桶水从楼上窗口倒下，正淋了我一身，一股臭气扑鼻，仔细一看原来是一桶屎尿马桶水。我连忙高喊"楼上的，下面有人……"只听得砰一声窗户关了，连个人影都没有看见，更没有"对不起……"的道歉声，也没有时间去找人评理诉说。谁会想到这种地方还站有人呢？只好忍气吞声跑到水边去冲洗，水还没有捧到，只听对岸坐在测船顶篷上指挥定位的副组长刘式杰，用高音喇叭喊"李复华，李复华打旗帜，打旗帜，你干什么去了？"我头都来不及洗，又赶快跑到断面标点上，继续打旗帜指挥断面。顾不了脏臭，穿着湿衣服和测船赛跑，一个个断面下去指挥，生怕耽误了测量进度。一直到傍晚收工回船，臭衣服早捂干了。事后我也不好意思大声张扬。

为了勘测、搜集供三峡设计的资料，看看我们老一代勘测人员，如何忍气吞声、忍辱负重、恪守职责、全心全意为三峡工作的！

迟到的幸运

1961 年秋天清晨，荆实站勘测三组职工，起早分头奔赴各自的岗位，继续施测水下地形。陈祖明、王承鹏两小组五六个人，正赶往朝天门码头坐轮渡过嘉陵江去江北设站。王承鹏突然急着上厕所去了，大家在轮渡趸船上焦急地等他，眼看渡船解缆绳起航开船了，他怎么还没有来呢？大家十分焦急地等着，轮渡走了无奈只有坐下一班吧。谁知轮渡离趸船不久，江面上突然许多船只汽笛齐鸣"嘟嘟嘟、嘟嘟嘟……"的救命号，都向轮渡客轮开去靠近，啊！原来发生了重大海损事故。一艘由江北开往寸滩的下水客班船撞了轮渡班船，只见渡轮急速下沉，各种船只极力救人，十多分钟轮渡班船沉没，乘客全部落水，救起的生还者很少。勘三组领导和同志们都赶到轮渡码头寻找我们的同志，因为按计划我们的同志也是乘这班船过江，大家焦急担心到处找我们的同志，终于在趸船上找到了他们。因江面抢救，来往船只穿梭一片混乱，决定上午暂停观测，待江面恢复正常后再过江设站观测。

下午我们在驻地街门口，见许多灵柩经过，家属亲人号啕痛哭，场面悲伤。据说罹难者100多人，真是重大海损事故。

大家激动感慨，庆幸罹难者中没有我们的同志，还真亏王承鹏迟到，否则罹难者就会有我们的同志，后果不堪设想，好在有惊无险。为三峡工程勘测服务随时都会付出生命！

螺旋桨失而复得

为研究三峡大坝180米方案对涪陵港区和丝瓜碛浅滩航道的影响，1984年我们又来到三峡库区上游，担任涪陵至珍溪河段的河床演变观测任务。河道一队由队长江书敬和我带队，20多人驻守在清溪镇下游的南沱镇。河道勘测队的到来，给这个小镇带来了欢乐、生机和商机，小镇上也热闹了许多。附近的村民把菜、蛋、肉、鱼送到我们宿舍船上卖，炊事员也给他们提供方便，让他们上船喝茶休息，把剩饭剩菜潲水带回家养鸡养猪。冬季镇民为大家帮忙买柑橘、猪羊肉带回沙市过年，与乡亲们关系很好。我们还经常到镇政府联系，介绍我们的工作内容、性质，给大家宣传修三峡大坝的重大意义、方案设想、利弊效益，并测绘镇区范围移民区地形，村民镇民对我们有了更多的了解，主动支持我们的工作。南沱镇成了河道一队休息的港湾。

有一天清晨，"水文203轮"开航工作，发现车速异常，船身抖动。赵大车凭经验判断右主机螺旋桨掉了。消息一传出去，渔民们主动来帮助打捞，毫无结果。于是开单车到清溪船厂，我与赵轮机长去找厂长，车间主任请求支援帮忙，联系吊船安装。好在船上有件备用螺旋桨，忙碌一天终于换装结束。丁明容船长进驾驶室摇响车铃开船起航，船离开趸船在江中旋转，不能前进。哎！怎么回事？我请赵轮机长前来检查，原来是有个部件装反了。一开车左机前进右机倒车，当然就打旋转了。只好用一进一退的车速，勉强开到南沱，第二天再进厂重装。

第二天又进船厂请车间主任工人师傅吊艄拆装，忙碌了一天才开回南沱港湾。后来船在江中旋转成了谈论的笑话。

1985年春节后，"水文203轮"又来到南沱，村民互相转告高兴地前来报喜说，水枯了你们的螺旋桨露出来被渔民捡到交给镇政府了。我和杨文生船长去清溪，赶制一面"拾金不昧，风格高尚"的锦旗，写封感谢信，送到镇政府领回了脱落几个月的螺旋桨。正是当地渔民淳朴的美德、热爱国家财产的可贵精神，螺旋桨才失而复得！

在这里我特别提到已故老轮机长甘培西热爱三峡工程的事例。他从小生长在川江忠县对岸山区。自幼拉纤驾船出身，1956年参加工作后长期从事轮机工作，重庆、奉节、三峡各种河道勘测工作，都由他亲自在机舱操作。退休后还被聘请为货船轮机长，来往于库区上下。他多次告诉我，每次回忠县老家，都要给家乡农民宣传三峡工程，介绍三峡工程防洪、发电、航运的巨大效益，解释对三峡工程的误解和怀疑，做了许多宣传工作，动员鼓励乡亲主动搬迁移民。

现在甘老人已经走了，但他热爱三峡工程、宣传三峡工程的精神值得我们学习发扬！

为三峡勘测而献身

自20世纪60年代起，为三峡工程建坝搜集长江河道资料，长江委布置水文局每隔3～5年，施测一次宜昌—江阴的长江水道地形。为研究分析三峡建坝后，坝下游长江河道的变化规律，及对沿江的港口码头、水利工程、浅滩航道的影响。

1971年荆实站勘测三队，担任石首—岳阳的水道地形测量任务。5月3日"五一"劳动节刚过，全队开赴荆江门准备测孙梁洲边滩陆上地形，下午雨过天晴，队员们钻芦苇林，趟齐腰深的宙沟，空气闭塞闷热，紧接着在沙滩上烈日下暴晒。跑地形尺的童瑞棠等4个老同志，累得气喘吁吁，傍晚，童瑞棠正准备看完最后一个点就收工休息。正在立尺的童瑞棠和地形尺突然倒下，附近的龙琴轩见状大声喊"童会计跌倒了，快来人啊！"大家闻讯急速赶到童的身边，只见他两手在沙滩上乱抓，眼睛紧闭口吐白沫，已经哑口，像想挣扎着站起来。大家赶快背起他往船上送，杨益阶、易诗洪从船上送来三夹板，把童平躺在板上紧急抬上了"水文108轮"，只见"水文108轮"全速往岳阳方向开去。我们水准组几人来到江边，只有"荆实一号"小宿舍船停在江边。船员告诉我们出大事了，童会计很危险，不知道能不能救活。还说"水文108轮"今晚如不回来童就住院了，如当晚回来童就无救了。船走了我们没有地方吃饭也无心思吃饭，都坐在船舱里焦急地等候消息。深夜一点多钟，渐渐听到船只机器声音，探照灯四处扫射。

我们知道噩耗来了，都上船去看，只见童会计被白布盖着躺在甲板上，大家情不自禁个个号啕大哭。"童会计下午好好地跟我们一起出工，怎么这样快就走了？"一片呜咽啼哭声，场面十分凄惨悲伤。

这时大家自发地边哭边给童的亲属爱人写慰问信，推选代表护送。我起草悼词，队长去邮局打电话给领导报讯。下午曾司机开车送党委书记主任许广树来到监利，我们在码头开追悼会，然后由代表护送童会计遗体回沙市。灵车走了，我们又回孙梁洲接过童会计的地形尺继续测量。内业绘图时我特地把童会计的最后一个测点绘特殊符号，让他留在图纸上作资料归档，留作永久的纪念！

童瑞棠同志为人忠厚老实，工作积极肯干，凡重活累活他都干在前面，毫无怨言。因为他主管队里的财务，所以大家亲热地称他为童会计。他为三峡工程勘测长江河道资料，献出了自己年轻的生命！

转眼47年过去，弹指一挥间。庆幸的是他的大儿子谭德本（随母姓），现已成为新一代长江水文人，培养成优秀的船长技师，接过父亲的班，继续为三峡勘测长江河道资料！

甘洒热血献青春

1993年冬天，我带队在清江施测隔河岩库区地形。有一天欧继宗同志给我们送经费，他带着一位十八九岁的小青年向我报到，说："李书记，是局领导要我带肖刚同志来向你报到，当你的学生学习搞河道测量。"我连忙站起来和他握手表示热烈欢迎，抬头一看小伙子高高个子英俊潇洒，是个学测量的好苗子。于是就分配他和我们一起测地形，开始学做记录，跑地形尺，从最基本的工作做起。

因他中专毕业不是学测量专业，对测量知识一无所知，必须从零学起，于是我就担起了当他专业老师的责任。抽业余时间和他一点一滴讲述，什么是平面控制、高程控制。XYH坐标是什么意思，什么是方位角、垂直角，什么是三、四、五等水准……慢慢地给他讲解。他聪明肯学，理解能力强。学习认真专心，凡是我讲的内容他认真做笔记，平时还向我学习记个人的工作日记。很快掌握了许多测量知识，经纬仪、水准仪都会单独操作使用，适应了工作需要。

1995年，因三峡工程建设需要研究长江和洞庭湖的江湖关系，荆江局担任了洞庭湖湖区四口水系，松滋口松滋河，太平口虎渡河，藕池口藕池河、安乡河，调弦口华容河，俗称"三口五河"（调弦口建闸断流）的河道观测任务。松滋河布设140多个，虎渡河布设80多个固定断面，隔年测一次断面，测一次地形。开始做基本设施选点、埋标、测控制。肖刚、张翔等一组负责埋标任务，几十个标石装满一汽车，都由他俩负责搬上搬下，挖洞埋设。两人天天有说有笑，打打闹闹干得十分开心。用红外仪测评高导线测控制,分配肖刚架设棱镜站。测陆上地形时,分配肖刚操作激光仪、做记录、绘草图。分组包干测地形,他和同志们一样扛着八九米高的旗子花杆,钻芦苇爬沙滩。他干一行爱一行,从无怨言牢骚,任劳任怨搞好本职工作。使用全站仪、GPS测地形时,他很快学会了使用操作。经过几年的努力锻炼,业务能力、技术水平得到全面提高。

2000年我退休时,肖刚已经成为河道一队的主要技术骨干。

2003年,河道一队施测"三口五河"固定断面。8月24日,肖刚和平常一样,带着一名临时工,用GPS RTK施测岸上断面,在枝江百里洲刘巷镇采穴河下游,测松17断面。因基准站架设偏远,GPS无接收信号。肖刚要临时工将天线绑在5米多高的竹竿上往上举,突然"啪"的一声响,肖刚倒地了。临时工用通话器喊话"快来救人",彭玉明、熊超等开车立即赶到,给肖刚做人工呼吸见毫无反应,立即开车送到附近医院已为时太晚,抢救无效。无奈将肖刚送进了沙市殡仪馆。据临时工介绍,断面附近有一根10万伏的高压线跨过大堤,被人引拉到江边变压器泵站抽水,天线还没有接触到高压线,离高压线一米多时,天线就感应通电,击坏了肖刚手上的手掌电脑,直击心脏部位,肖刚倒地后就再也起不来了!

全队十分悲痛,我闻讯赶到殡仪馆,忍不住失声痛哭,多好的小青年就这么匆匆地走了,太可惜啊!叶明等同志前来劝我:"书记,你千万不能哭,你一哭大家都会哭的。"我忍住疼痛,赶紧帮忙料理后事,我到冷库柜请服务员为肖刚洗澡,换衣服,化妆美容。肖刚英俊潇洒的面容不变,安详无痛苦地被推进灵堂,大家向这位年轻有为的水文人悼念致哀!

追悼会上我作为好友代表致辞,回忆了肖刚参加工作后短暂的一生,悼念他刻苦学习、努力工作、善良待人的优秀品德。当时肖刚年仅28岁!

为了三峡工程的建设,荆江局又献出了一条年轻的生命!

肖刚同志甘洒热血献青春,为三峡工程做出了贡献。我们永远怀念他!

三峡水文局测船的变迁

刘胜豪

我从事船舶驾驶这个职业纯属半路出家。

1970年，我24岁，刚刚从直属总参工程兵的八三一二部队退伍回家，还没有待一个月，正好葛洲坝工程（当时称三三〇工程）上马，我被招收到三三〇工程指挥部三分部九团，担任保卫工作。1972年底，因工程出现种种困难，主体工程停工，修改设计，但水文工作没有停，我也在1973年底被调到了宜昌水文站。先在水文203号，跟着师傅苏家林从事了几个月的测量工作。这也是我第一次接触水文船舶。

1974年7月葛洲坝水文实验站成立后，我调入葛实站政工组，从事保卫、人事和劳动工资等工作。直到1980年，正式将工作目标选定为船舶驾驶，先后担任二副、大副、船长，直到1998年退休。

细细算来，我在三峡水文局已经接触过四代测船，多次驾驶船舶在各类水文情况下从事测量工作。

在40多年的工作实践中，我目睹三峡局水文船舶的发展，这里不妨写成一文，供大家参考。

一

三峡水文船舶及船舶队伍的发展壮大，大约经历了三个阶段。

1973年以前，葛实站还没有成立，在宜昌的水文机构是宜昌水文站，工作相当单一。驾驶船舶的机构称为测船小组，所有的水文测船都是木结构。其中主力测船为打造于20世纪50年代的"401号"，长11米多，宽不到3米，功率为40马力，船不仅小，而且两边没有船舷，中间的驾驶台和机舱也没有搭篷子，只是在上面搭一块帆布以阻挡风雨。船头有悬臂和绞关，铅鱼只能挂在悬臂下面；船上一般配一个轮机员、一个大副、一个水手。测流时，站上会安排测员上船，大家只能挤在位于船头的绞关空余的地方工作。当时枯水时用的铅鱼重150～180公斤，汛期时用的铅鱼重250～300公斤。测流时，整个船都塞得满满当当的，连取水用的水样桶都一层一层地撂着摆放。驾驶台上除放置救生衣和救生圈外，也没有多少可用的地方了。

除了这条主力测船外，宜昌水文站当时还有一条无动力的木质驳船，长17米多，宽接近4米，比"401号"大一些。它好像没有正式名称，因为排水量为30吨左右，我们习惯地称它为"三十吨"，因为没有动力，它很少出去测流，即使出去也是主要起锚固作用。只有在"401号"实在忙不过来时才出动。测量时每隔两三百米抛一锚。船上最多能坐四五个人。

我参加工作后，曾经登上过"401号"，记得当时的大副叫向永忠，他言语不多，但对工作非常负责，勤勤恳恳，测流时，船上的测员怎么说，他就怎么做。因此不论是船工还是水文站的同志们都非常喜欢他。至于那艘30吨的驳船，我没有坐过，只记得它的大副叫邱德朗，是从南实站调来的老船员，如今，他们均已过世多年了。

到了20世纪60年代中期，随着水文事业的发展，"401号"和"三十吨"测船已经不够使用了，因此组织上委托宜昌江南船厂和长阳某船厂建造了两条全木质结构的水文测船，船名为"203号"和"802号"。这两艘船都是长17米多、宽3米多，体型介于"401号"和"三十吨"趸船之间。其功率比"401号"大了一半，为60马力，驾驶起来明显觉得推力强劲。船体大了，因此有了舱室、厨房和卫生间，而且两边的船舷也方便走动，工作、生活条件比原来有了改善。这两艘主测船放的东西较多，如原先难以放下的河床质、推移质采样器可以放下了，原先"401号"挂在悬臂上的铅鱼可以摆上三四个了。而且船上还有一个很小的记录室，有可供成员摆记录本、算盘的小桌子。它们很快就取代"401号"成为宜昌水文站的主测船。

1973年，我最初到宜昌站时，就在"203号"上工作。当时船的大副叫苏家林，也是我的师傅。轮机长陈天一。"802号"的船长叫胡永建，与向永忠一样，他们也是很好的老船员，对我的教育很全面。

几个月后，大约是1974年7月我被调到葛实站站部，只有汛期时才偶尔上船帮忙测流。

二

1973年以后，随着葛洲坝工程的建设，宜昌水文站在原有基础上扩建，成立宜昌水文实验站。随着水文测验项目的增多，原有的船老、少、旧，已经不能适应水文测验、河道观测，以及长途水道地形和其他测验项目的需要。为此，宜实站自己动手打造了"水文126号"和新"水文802号"，它们极大地改变了宜实站船舶的状况，使之上了一个台阶。

"水文126号"，又称"宜实一号"，是宜实站凭借自己的力量，在以苏家林为首的老船长的带领下打造的第一艘测船。当时我在站上分管安全生产，因为造船涉及电和电焊，加上材料珍贵，怕出现安全事故或被盗，造船时我经常过问，有时看到材料没有收好，也会主动帮着收好。造船用时不到一年。"宜实一号"下水时，宜实站所有的职工在秦嗣田书记的带领下都到了现场。这艘船长21～22米，宽4.5米左右，木壳，排水量在30吨左右，功率达到100～120马力；与老船相比，这艘船稳定性好，装载量大，而且有了食宿和做饭的地方。在一般情况下，苏家林、袁建清、杨采章等船员住在船上。船的轮机员是新招进来的青工，名字记不清了。

"宜实一号"下水后，我们再接再厉，在同一船台上打造了新的"水文802号"。有了打造"宜实一号"的经验，这艘船修起来快多了，大约只用了几个月的时间就能下水了。它的体积比"宜实一号"要小一些，但却是宜昌水文历史上的第一艘铁质船，经得起碰撞和摩擦，主要是在河道观测时送测员上坡使用。储荣民、车国兴等"高级土专家"都参加了这艘船的研制，起了很大作用。

"宜实一号"在宜实站使用了十多年，此后因为铁壳船多了，加上出现一些故障，准备停用，有船员退休时将它买回做生意了。

20世纪70年代中后期，葛洲坝工程建设进入高峰，对水文测验项目的数量和质量要求更高，因此，宜实站虽然新造了船舶，但仍不能满足工作需要。为此，宜实站在很短的时间内，像下饺子一样修了好几条船。最早是"103号"，然后是"206号"，然后是"127号"。其中"103号"和"127号"轮长19～21米，宽4.5米，用一台屐机，功率120马力。206号轮长25米，宽4.5～5米，用两台120马力的发动机，总功率为240马力。然后又打造了"水文601号"，长30多米，宽接近6米，功率达到了600马力，排水量达150吨。里面的设施在当时算得上豪华，有电视、会议室、餐厅、厨房，还有十几个房间，能够住30个人，真正实现了一专多能。因为在打造它的时候考虑到要承担业务接待需要，没有设置"有碍观瞻"的悬臂，因此挂不了铅鱼，不能测流量、含沙量，但测其他项目内容，如水下地形没有任何问题。

此外，宜实站还自己监工，请葛洲坝工程局打造了一些小划子，其中一条河道队至今还在使用。

随着船舶的增加，宜实站的船员数量也多了，原来的船舶组升格为船舶队，第一任队长为欧阳再平。

20世纪70年代中后期，是宜昌水文基础设施发展最快的时期，也为此后三峡水文局的发展打下了坚实的基础。

三

1982 年，在陈赓仪副部长的建议下，宜昌水文实验站更名为葛洲坝水文实验站，三峡工程兴建后，又扩大更名为三峡水文局。1994—1995 年，由三峡总公司出资，三峡水文局打造了两条测船，即"风云 1 号"和"风云 2 号"，以及两条趸船。作为主力测船，"风云 1 号"和"风云 2 号"大约有 40 吨，船上的设备早已鸟枪换炮，拥有了 GPS、ADCP 等先进仪器，船上的生活条件也改善了很多，它们分别承担葛洲坝枢纽坝上和坝下的测量任务。两条趸船均为 50 多米长，8 ~ 9 米宽，它们同样分别安置在宜昌水文站和黄陵庙水文站。

这四条船的到来，为三峡局的发展插上了腾飞的翅膀。

随着三峡水文局的组建，原葛实站所属的船舶队再次升格为船舶管理科。

在"风云 1 号"船上，我度过了正式工作的最后几个月，直到 1998 年光荣退休。

四

值得一提的是，随着单位船舶的改进，我个人也实现了从船员到职员，再从职员到船员的转变。第一次转变发生在 1974 年，是工作需要。而第二次转变，则是我个人的选择。

1979 年，国家提倡每个人都要学技术，加上我两地分居，在机关工作的工资比船员少，发的粮票也少，难以养活在利川老家的夫人和三个孩子。为此，我主动向时任技术科长的龙应华提出，想到船上工作。龙应华向秦嗣田汇报后，得到许可。我也在离开船舶 5 年后，再次当了船员。

1981 年下半年到 1982 年上半年，在领导的关怀下，我到武汉河运专科学校进修学习船舶驾驶技术，加上自己的努力，我顺利拿到了船舶驾驶证书，职务也由"126 号"的二副提升为"206 号"大副。然后又升任为"103 号"的代理船长。此后长期住在"127 号"，直到三峡截流。1998 年，我又调入打造不久的"风云 1 号"担任船长，半年后退休。

从 1973 年到 1998 年，我在宜昌水文站的 25 年工作实践中，走过了一条不平坦的路。我认识到，只有克服年龄大、半路出家的难点，努力学习，才能不断提高自己的船舶驾驶技能；只有不断实践，才能在各种复杂条件下，迎接各种水位级、流量级的测流挑战，保证测船"开得出，顶得住，测得到，报得出"。既然选择了水文，就必须当好防汛的尖兵、耳目，必须与轮机员、水手和工程技术人员紧密配合，严格按规范办事，只有这样，才能圆满完成各项测验任务。

文
学
篇

我到宜昌水文站工作几十年，见证了水文机构和船舶队伍由小到大、由弱到强、由穷到富的过程。长江水文如此，我们的国家也是这样。经过四十多年的改革开放，我们的国家发生了天翻地覆的变化，各方面都取得了优异成绩，我生在这个火红的年代，为两坝建设做了点滴贡献，非常自豪。

　　如今我已光荣退休，生活过得非常充实，和老婆一起，晨练、散步、跳健身操、打太极拳、看书写字，一直坚持这样，所以身心健康。我们儿孙成群，他们非常孝敬长辈，我过得无忧无虑，非常珍惜这幸福的晚年生活。我虽然年纪大了，但仍住在江边，看到水文事业和祖国的强大，心中充满希望，希望祖国继续强大起来。

回忆几件工作往事

杨云云

1980 年，我来到长江委水文上游局寸滩水文站开始了水文工作生涯。1983 年涉及河道测量，2003 年专职从事河道测量到 2016 年退休，共 36 个春秋，一路冒严寒、顶酷暑，风风雨雨，跋山涉水。特别是 20 世纪 80—90 年代，勘测设备简陋，工作条件差，水文河道测量的艰苦可想而知。那一幅幅难以忘怀的画面，不时勾起对往事的回忆。

勇测"81·7"洪水

"81·7"洪水发生于 1981 年 7 月，是长江上游在 20 世纪遭遇的最大一次洪水，当时重庆寸滩站的洪峰流量超过 8 万立方米每秒。尽管这个流量与 1870 年的特大洪水宜昌站 10.5 万立方米每秒的流量无法相提并论，但远远超过了此后的任何一次洪水，因此居于实测水位的第一位，对于正在兴建的葛洲坝工程和将要兴建的三峡工程，其水文资料极其珍贵。

记得当时听到长江委水文局预报"81·7"洪水经寸滩水文站时最高水位将超过 190 米，流量超过 8 万立方米每秒时，站上紧急动员，全体职工不得请假，全力以赴，必须测到完整的资料，其中的重中之重的就是测量洪峰流量。

测量"81·7"洪峰流量，困难可想而知。长江的巨量洪水携带着满河的漂浮物，有农作物、杂草、汽油桶，甚至还有整座木屋。而威胁最大的当属原木。当时长江上游砍伐的原木许多是通过河水运输，大多数原木直径在 1 米以上，它们在水中半浮半沉，而当时我们的测量条件十分简陋，测量船是没有航行动力的木船，靠吊船缆道和水流的冲击力在横断面上行驶，机绞设备的动力是一台 8 马力的柴油机，提升铅鱼（流速仪）的速度非常慢。测流用的是电铃数数，秒表计时。这样的测量船一旦与水中的原木相撞，结果往往是灾难性的。可当时江中除了大量的漂浮物外，还有许多这样的原木。出船前，我们看到趸船外 100 多米处，成群结队的漂浮物早已形成宽几十米的带状，就像一条封锁线。我们只能抓住漂浮物中极小的空隙放出测船往外冲，如果冲不出去，就马上将测船撤回来，经过多次努力，最终还是冲出去了。

在测流时，我们的流速仪时常被杂草缠住，特别是在船到中泓，铅鱼入水时，流速4米每秒以上的江水猛烈地冲击着悬吊铅鱼的钢丝绳，并发出震耳的呼呼声，给本来就心情紧张的我们增添了几分恐惧。铅鱼还未放到测点位置电铃就不响了，提起来一看，原来是流速仪被杂草缠住了。清理后再放。有时才测了几十秒，电铃又不响了，原来又被杂草缠住了。就这样反反复复，大家的心紧了又松，松了又紧。100秒的测流时间往往要一个多小时才能完成。我们用了好几个小时才完成这次测流，其间经常听到原木撞击测船"咚咚"的响声。

返航时，危险还是发生了，掌舵的师傅忽然发现船头低了，叫人赶快揭开舱板，不好，原来前舱被原木撞漏了，怎么办？师傅大喊，快舀水呀！于是我们两人一组跳进前舱水中，不停地用空水样桶往外舀水，师傅驾驶着测船朝趸船方向全速驶去。直到测船靠上趸船，并套牢抓紧后，大家提起的心才放了下来。由于紧张和拼命舀水，我们一个个都瘫在了船上。好在实测资料到手了。

洪峰流量数据来之不易。能迎难而上，为三峡工程收集宝贵的水文资料，什么疲惫、紧张、提心吊胆，那都不是畏难的事。

艰难的走沙测量

重庆市主城区河段演变观测，简称"走沙"观测，是长江委水文上游局的一项日常工作。其测区位于重庆市主城区长江、嘉陵江两江汇合处上下游共60千米范围河段，系三峡库尾变动回水区，其观测结果对三峡库区河床演变规律研究，对冲淤数学模型、水工模型实验的验证具有非常重要的意义。

在20世纪八九十年代，由于测量设备简陋，测量条件艰苦，走沙观测十分困难，需要投入大量的人力物力。

重庆九龙坡货运码头所处的河道中有一个洲子叫九堆子，把长江分成内外两处，走沙观测的一个断面正好布设在九堆子洲头。测量时采用断面法，一台经纬仪看断面，另一台经纬仪测角（起点距），测船上测深仪手动定标测深，通信用对讲机。由看断面的人指挥测船上下移动。当测船经过断面时，看断面的人发出指令，测角和测深仪定标同时进行。该断面其他地方都测得比较顺利，就是断面中间靠近洲头部分有100多米的河段水浅流急，测船无论从内江还是外江都无法靠近洲滩区域测量水深，只好换小船补测。可小船是挂机木船，江中某一处的流速随时都会发生变化，只有抓住水流变小的瞬间冲向断面补测才能成功；时常还没有补测完成小船就被水流冲下来了，只能重新寻找机会。经过一次又一次冲锋，一次又一次失败，大多数河段的成果测到了，可最后 40 多米就是无法靠近补测。时间过去几个小时了，有人提出算了，虽然断面测量要求点距不能大于 20 米，但差一点就差一点了，的确太困难了。我说不行，一定要想办法补测到。后来我们采用小船在靠近补测处抛锚，派人在腰上拴着救生绳，握着测杆下水补测的方法。可人刚一下水就差点儿摔倒，在水中被水流冲击得很难站稳，这一下子让大家的心提到嗓子眼。好在他在水中步履蹒跚，晃晃悠悠地走到了测点，终于把剩下的几点补测完整，测这个断面花了半天时间。这时有人问我，用得着这么较真吗？不过就差了那么一点点。我简单地回答："三峡工程无小事！"

测船故障惊险

朝天门河段位于嘉陵江汇入长江处，汇口偏下游的地方有块巨大的礁石伸入长江之中，这就是著名的夫归石。传说大禹治水 13 年，三过家门不入。妻子天天站在江边盼夫归来，日久天长化身为石。后人为感念大禹治水之德，称此石为夫归石。

一次在朝天门河的走沙测验时，测船接测量人员后倒车离岸，慢慢进入急流，船上的机器却突然熄火了，怎么回事？船长说：船舵被卡死了，转不动，而且只有左车。船一旦没舵，单车是不能用的，否则船会转圈，无法控制，需要赶快检查舵链。有两个船员马上去检查，发现舵链没问题，只是后舵右边螺旋桨顶在舵上。当时我们测船使用的是人力舵，舵盘与舵轴是铁链相连。测船已经进入两江汇口，水流湍急，漩涡一个接一个，无车无舵的测船像一匹脱缰的野马左右摇晃着顺流而下，眼看就要撞到下游不远处的夫归石了。船上的人慌了，我赶快叫大家保持镇静，全部到船的前甲板上，检查好自己的救生设备，准备开始自救。我问船员能不能看到船轴的情况，他说能，在机舱里。于是船长坚守驾驶室，我和另两名船员下到机舱，揭开舱板，发现右车轴有问题。该船主机与螺旋桨连接轴是由两根同直径的轴，在轴的一端焊接一块比轴直径大一倍的圆盘，将两根轴上的圆盘用六颗螺栓连接起来，就形成了一根从主机到螺旋桨的连接轴。由于在测量中频繁地使用到顺车，长期磨损，六颗螺栓全部被剪断，断轴的后面部分退了出去顶在船舵上，把船舵完全卡死，轴端圆盘被挡在船舱的隔板处。我马上用钢钎将圆盘拨开了一道缝隙，用一块船板塞住了缝隙。再拨，再将第二块船板塞进去。就这样一点一点地将顶住船舵的轴往主机方向拉回。此刻船离夫归石越来越近，一旦撞上，后果不可想象，大家的心都快跳出来了。我们继续拨圆盘，继续塞舱板。当塞到第四块舱板时，船长说有舵了。我喊道，快启动左车！左车启动了，但单车马力小，顶不起流速，船无法上行。测船仍然加速朝下游冲去，船头已经过夫归石，船尾还摆脱不了。说时迟，那时快，船长一个猛回舵，船尾马上就甩向河心，刚好与夫归石擦肩而过，大家都惊出了一身冷汗。好险，好险！一场可能发生的

文
学
篇

事故化解了。经历这次惊险，大家更加注重勘测安全生产，强化隐患排查整改，确保安全服务三峡工程。

什么是三峡工程情怀？从参加工作开始，头脑里装的是要精益求精服务三峡工程，直到退休时的工作也是服务三峡工程。兢兢业业，一丝不苟，不惧艰险，从不掺假，这就是我的三峡工程情怀。

三峡建设者的沉默

刘凯南

三峡建设者的沉默

三峡是沉默的吗？

往来江上的游人，眼中只见两岸静静耸立的山峦，耳边只有行船的涛声和不时传来回荡在山谷的汽笛声。初到三峡工地，路上除了许多马达轰鸣、不断擦身而过的装载车，几乎看不到多少行人。就是那些装载车也很少鸣笛，似乎忙得连喘气的时间也没有，一门心思闷着头往前赶路。这里既没有大都市的繁华喧闹，也没有小山村的鸡鸣犬吠，难怪有人会生出"三峡工地建筑好靓，人气不旺"的感慨。

三峡给我的第一印象就是沉默的。那是1992年春节过后，我随一个勘察队进三峡查勘三峡古洪水，将近一个月的时间住在水文测量船上，在峡江里往来逡巡。沉默的山峰，虽然偶尔会传来几声山民的喊山号子，但那悠长的回音却愈加突显出山谷的幽静和空灵。沉默的江水，虽然不分白天和夜晚都在拍打着船舷，但那单调的节奏却愈加使人感到落寞和寂寥。山民们在家门前沉默地忙着手里的活计；山村小学的国旗杆在暮色中沉默地指向天空；还有那江上蒙着帆布罩的钻探船，我们船上默默忙碌的水文工人，就像一幕幕无声的电影在我的眼前闪回。中堡岛上，钻探井张开着大口，竹林在风中沙沙作响，可是我却听不懂他们的诉说。巴山夜雨时分，我不禁面对窗外凝神沉思：三峡，你难道真的无语吗？我怎样才能走进你的心灵？

那天，当我从两天的高烧昏睡中醒过来时，看见一个人默默注视着我，是水文船上的船长。我看见他闪着惊喜的目光对我说："啊——你醒了！肚子饿坏了吧？"说着就拿起我枕边的苹果用开水烫洗后，用小刀削起来，"先吃个苹果吧，补充一下水分。"我记得船上每人只分了四个苹果，我的那份早已被我吃完；而船上的清水是限量的，更何况开水。此刻，这位平时沉默寡言的中年船长在我眼里是那么亲切和生动！旁边的船员说："船长终于把你盼醒了，这两天他一有空就守在你这里，把自己的苹果都给你拿来了。"

文
学
篇

我感动地说："船长，你辛苦了！苹果还是留着你吃吧。"

船长笑着说："你是专家呀，搞三峡工程还要你们出大力呢，可不能把你们累垮了。我们就是在江上吹风的命，不谈辛苦啦！"

我算什么专家！只不过是个工程摄像人员。我不由得好笑起来，可是围着我的船员们看见我笑了，似乎都如释重负地舒了口气，高兴地笑起来。那开怀的笑声使我心中沉默的三峡刹那间喧腾起来。

我再一次看到船长那惊喜的目光、听到船员们动人的笑声，是当我们在船上收听到七届全国人大五次会议通过兴建三峡工程的决议的时候。那一刻，整个三峡像是从千年的沉睡中苏醒过来，江上汽笛长鸣，两岸鞭炮声齐响，喧天的锣鼓声和无数音量开到最大的电视声、广播声使两百里峡江仿佛开了锅。水文测量船上的船员欢乐地敲起了脸盆，有的人只是没有章法地热烈跺着舞步或对着远方大叫，高亢的声波在峡谷中回荡，经久不息。

如今，我不知自己是否也算个"老三峡"了，但五年多在三峡工地的工作经历，使我眼中的三峡不再是沉默的三峡，我心中的三峡更不是沉默的三峡。这不完全是因为三峡工程有开工盛典、大江截流、明渠截流等引起举世瞩目的辉煌时刻，而是我认识了三峡的人。

一位在三峡工作了近四十年的老地质工作者不经意间告诉我，他由于长期和妻子两地分居，早就对夫妻生活兴趣冷淡，和孩子们也有感情隔膜。我感到惊讶，我不能理解他何以能够在那么漫长的年代里坚持下来，并且保持沉默。而他只是轻描淡写地说：一是没有条件将妻儿老小调过来，二是自己不愿意丢了专业，要干三峡工程。在婚后的三十多年里，他居然只回去过了屈指可数的几次团圆年。看着我为他叹息，他笑了笑说："我们那个年代嘛，人的思想和现在的人不一样。"

是的，在我和许多"老三峡"工作者谈起他们的经历时，往往会以如此类似的话来做总结。这句看似无奈的话，其中也透露出他们的自豪。也许，他们觉得只有这句话才能恰到好处地诠释他们无悔的过去，以及与现实的反差吧。我不知道他们是否能从这句话中获得某些心理上的平衡。

我不想再过多地回忆许多"老三峡"们可歌可泣的光荣历史，诸如：为了事业，夫妻长期两地分居；为了完成任务，数过家门而不入；结婚就是把两块单人床板拼到一起等。这些事例对那个年代的三峡工作者来说也许司空见惯，不算稀奇。他们习惯于埋头苦干，习惯于默默无闻，甚至习惯于委曲求全。我亲眼见到一位担任领导职务的"老三峡"，由于三峡工程出现了质量问题而受到上级的批评，彻夜不眠，双眼红肿。虽然当时质量问题的原因尚未完全查清楚，也没有明确责任的归属。但是这些"老三峡"们就像对待自己的孩子一样对待三峡工程，生怕它受到一点点儿损失；总是自责：我为什么不能做得更好？

现在我们已经跨进了一个新的世纪，又迎来了新的一年，三峡工程也从几代人的梦想变成了雄姿崛起的现实。那么年轻一代的三峡建设者们对三峡是一种什么样的情怀呢？他们和"老三峡"们有什么区别呢？

1999年春节前夕，也就是腊月二十八吧，我在长江委三峡工程建设监理部主持了一场有三对新人的集体婚礼。两位姑娘和一位小伙子是监理部的员工，而他们的另一半则是外单位的。要说举办这个集体婚礼的最初原因也许人们难以相信，竟然是他们没有时间自己举行一个像样的婚礼。他们都早已领了结婚证，最长的已领了将近一年，可是他们的工作不允许他们离开。他们有的是家不在宜昌，有的是另一半不在宜昌。相恋时靠鸿雁传书，结了婚也只能天各一方。他们没有足够的时间回老家去办婚事，更不可能将双方的家人和亲朋好友凑在一起，三峡的工期紧啊，他们是一个萝卜一个坑。

监理部为三对新人的婚礼进行了精心安排。为他们调换了值班班次，为新娘照婚纱照，买喜糖，买喜鞭，组织婚礼节目，把婚宴安排在监理部的团年饭上。监理部领导分别担任主婚人和证婚人，工会向新婚夫妇赠送礼物，新婚夫妇分别向来宾敬酒。这场别具一格的团年饭，别具一格的婚礼，使整个监理部喜气洋洋。看看这欢快热烈的情景，谁能说三峡是沉默的？

然而，在这喜庆的气氛中有个细节却令我感到意外。那是工会准备送给新人们的贺礼时，本打算在其中送一本《育儿大全》之类的书，征求两位新娘的意见，她们竟然都说还早，婉拒了。可是她们已经分别满二十六岁、二十七岁了呀，还早吗？

后来，一位知情者向我指点了迷津：她们是不愿意因为生育而过早失去自己的工作岗位。为了生活，也为了将来的家庭，她们别无选择。对此她们只能沉默。

三峡工程是我们中华民族的宏伟理想，也是全人类的伟大创举，但是它也是与无数普通建设者的生活息息相关的。它凝聚着他们对未来生活的向往，也给了他们安身立命、创造生活的来源。我们不能简单地把无私和奉献等同起来。今年当我再次来到三峡，看到那两位当年的新娘仍然奔忙在工地上，都还没有当妈妈时，我真是感到心酸，算起来，她们都上三十岁了呀。但，我也只有沉默。

在三峡这块土地上，沉默是一种牺牲，沉默是一种奉献，沉默是三峡工程建设者感情最深沉的表现。当我们将自己的哭、自己的笑、自己的喜怒哀乐、自己的悲欢离合、自己的青春年华和黄金时代统统交给了三峡时，我们的激情在这里燃烧，我们的生命在这里升华，而我们自己，只留下沉默！

文学篇

正是无数三峡工程建设者的沉默，才有了三峡工程无数个举世瞩目的辉煌。

有一种舍弃叫依恋

1998年7月3日，我在三峡工地向《人民长江报》和其他新闻媒体发了一篇新闻稿《长江今年第一次洪峰通过三峡工地》：

"7月2日晚8时左右，长江今年第一次洪峰通过三峡工地，三峡工程二期围堰和导流明渠安然无恙。洪峰通过导流明渠时流量高达51000立方米每秒，明渠出口水位接近73米，在导流明渠下游形成3米多高的大浪和巨大的漩流，蔚为壮观。长江委三峡工程监理部的监理人员下午冒雨查看了导流明渠和茅坪溪出口汇合处、茅坪大坝施工道路、二期围堰上游迎水面和下游迎水面等防汛重点部位的情况，并对防汛工作做了进一步布置，准备迎接今年可能发生的更大洪峰。"

后来我猜想，这篇稿子或许是1998年最先公开报道'98大洪水的新闻稿之一，但是我当时万万没有想到随之而来会发生震撼世界的中国'98特大洪水和惊天地、泣鬼神的全国军民抗洪大战。

当年6月底，三峡二期土石围堰刚刚完成了防渗体系建设，开始进行大江基坑抽水，土建工程尚未完工。而8次洪峰却像是有意检验围堰的质量和考验三峡建设者的意志似的，一个接一个毫不留情地向围堰凶猛扑来：

......

第二次洪峰，7月17日，流量56400立方米每秒；

第三次洪峰，7月24日，流量52000立方米每秒；

第四次洪峰，8月7日，流量61500立方米每秒；

第五次洪峰，8月12日，流量62000立方米每秒；

第六次洪峰，8月16日，流量62900立方米每秒；

第七次洪峰，8月24日，流量56300立方米每秒；

第八次洪峰，8月30日，流量57400立方米每秒。

三峡工程二期土石围堰的最大荷载峰值是65000立方米每秒，一条本来宽1200多米的江面被束窄到只剩350米宽的导流明渠让汹涌而来的江水挤过。如果围堰被冲垮，整个大江截流工程将功亏一篑，势必造成难以估量的财产损失和人员伤亡，危情紧揪着三峡工程建设者的每一根神经！而且还有许多外行不知的水工方面的因素使这种危险在专家们的心里倍加沉重。过后每当我和负责二期围堰工程的三峡工程建设者谈起当年的情景，他们除了自豪外都会不经意地流露出一点劫后余生的庆幸：毕竟——我们熬过来了、我们胜利了！

是的，三峡工程建设者们就是在这样一个又一个战战兢兢的胜利中走到了今天。从他们轻松的言谈中，一个初访者难以想象他们为工程那日复一日呕心沥血的苦心钻研；难以想象他们为工程那日复一日夜不成寐的牵肠挂肚；难以想象他们为了上对得起祖国人民，下对得起子孙后代所承受的巨大精神压力和劳动强度。

今年莺飞草长时节，我又来到三峡工地，工区鲜花盛开，草木葱茏。我知道今年三峡工程有三大喜事：二期蓄水 135 米高程，永久船闸通航和首批机组发电。也就是工地上人们俗称的"三朵花"。二期蓄水后，三峡工程的防洪功能初见成效，能控制和调节下泄洪水，减轻下游的洪水压力；全部工程建成后，三峡枢纽将能通过调峰和错峰控制长江中下游 90% 以上的洪水，使 '98 大洪水成为永不再现的噩梦。

在人人都喜气洋洋的氛围中，一位"老三峡"若有所思地告诉我他要离开三峡了，要到长江上游去参加一项新水利工程的建设。这个名副其实的"老三峡"从 1993 年三峡工程准备施工阶段起就与三峡相依相伴，尤其是在最艰苦的一期围堰施工、二期围堰施工以及泄洪坝段混凝土施工中，他都是监理项目的主要负责人之一。我不会忘记 '98 大洪水时他和同事们在围堰上繁忙的身影和焦虑的眼神……

我说："你看三峡工程到了收获季节，你们却要走了，想想是不是有点亏呀？"

他表情复杂地笑了笑，摇摇头对我说："哎——，就这个命吧！"

听着他这略显失意的话我能够理解他的心情，可是从他泪光闪闪的双眸中我却读出了一种对三峡工程的依恋，一种三峡工程建设者特有的深情。

人生一世，白驹过隙。作为一个炎黄子孙，能够碰上一个大好的报效祖国的机会；作为一个水利工作者，能够碰上一项尽展才华的世界最大的水利工程，不能不说是一种不可多得的幸运。是啊，三峡工程干得很累，干得很苦，也干得很难，耗去了我们人生许多宝贵的东西，然而，三峡工程也使我们的平凡人生迸放出最灿烂的光华。每个三峡工程建设者都会感到：三峡工程已经成为我们人生的一段经历、一个资历，甚至一种资质。为依恋她，我们舍弃了许多；当有一天我们不得不离开她时，我们会更深刻、更长久地依恋她，因为我们曾经拥有三峡工程。这，也许就是三峡工程的魅力所在吧！

洗天坪上孩子们的歌

洗天坪，是拍摄三峡主体工程全景的最佳制高点之一，海拔 900 余米；人们大多知道那棵挺立山顶的老樟树，却不知道它那儿真正的地名。我已记不清是多少次到这里来拍摄三峡工程的照片了，每次都要乘越野车沿着蜿蜒而崎岖的山路花近一个小时的车程才能到达山顶，深知其路难行。今年阳春三月的一天，我和同事又一次去洗天坪，去拍摄三峡工程二期上游基坑进水前的全景照片。

正午时分，车近山顶。上面传来一阵稚气的童声合唱，歌声在空旷的山野间回荡。我们循声望去，一群戴着红领巾的小学生正坐在那棵老樟树下放声歌唱。看见我们到来，他们也没有停止歌声，只是用好奇的目光看着我们。这些看起来只有九十岁的孩子们个个满头是汗，脸上红扑扑的，有的脖子上的红领巾也扯歪到了一边。我们问："你们是哪个小学的呀？"孩子们互相看看，说："我们是高家溪小学的。"我知道高家溪小学在山脚下，那是一所坝区农村小学。"这么高的山，你们是怎么上来的呢？"我接着问。孩子们掩饰不住兴奋地说："我们是一清早爬上来的，爬了一上午呢。老师带我们春游来了。"我们这才看到一位女教师正坐在一块大石头上，笑眯眯地默默望着我们，脸上透着疲惫和憔悴。

这就是三峡坝区孩子们的春游，这就是令这些可爱的孩子们欢喜雀跃的节日呀！他们没有城里孩子们春游的专车，也没有城里孩子们春游时觉得总也带不够的零食和零花钱，甚至没有一些城里孩子已不屑一顾的普通纯净水，可是他们却无比高兴。他们要跳，他们要唱，他们要放飞自己无拘无束的童年欢乐。我想，孩子嘛——天性就是贪玩！

从电视新闻上看到，某城市中小学为了是否让学生春游而引发了全国关注的大讨论，其焦点是：出了安全问题由谁来负责？想想这些，看看眼前活泼的山里孩子们，我不由得心中叹道：我们城里的孩子们真累！我们城里的大人们真累！

我们忙着拍照、录像，那些孩子们一直在周围自由自在地唱歌。工作间隙，我随便问身边的小姑娘："你们为什么总唱这首歌呀？这歌叫什么名字呀？"

忽地一下，几个孩子七嘴八舌争先恐后地告诉我："这歌的名字叫《我的祖国》。"

我这才发现，这些孩子们是一直对着远处山下正在建设的三峡大坝唱这首歌的。

"我的祖国多么辽阔，
绿水青山环抱着我。
三山五岳挺起胸膛，
长江黄河扬起碧波。
……
我爱我的祖国，
祖国母亲哺育了我。
天长地久，日月如梭，
祖国是我心中美好的歌。

……"

　　孩子们唱歌时，神情是那么专注，小脸上写着这个年龄的人少有的庄严，尤其是那一双双遥望着三峡大坝的眼睛，像一泓泓清潭，饱含着深情和纯真。面对他们，我感到有一股热流涌上眼眶，我忽然悟出了那位老师带他们爬上洗天坪来春游的用意。

　　三峡工程建设已进行了 8 年多，这些孩子差不多都是伴随着三峡工程长大的：白天望着日新月异的大坝上学，夜晚听着施工机械的轰鸣入眠。也许他们的父辈们也为三峡工程牺牲了家乡的热土，带着他们迁徙他乡，也许他们现在还不知道三峡工程究竟能给他们的未来带来什么，甚至也许他们还不能完全理解那首歌里的一些词句，但是我从他们的脸上读懂了他们心中的祖国，也从他们脸上读懂了他们心中的三峡工程。站在洗天坪，三峡大坝尽收眼底；三峡工程是他们心中的自豪和骄傲，因为他们是三峡的子孙，是三峡未来的主人；这正在崛起的三峡大坝就是孩子们心中形象化的祖国啊！

　　看见我们工作结束了，几个孩子怯怯地对我说："记者叔叔，能不能给我们照张相？我们想和三峡大坝合个影。"

　　我心中一动，这是多么好的镜头啊！我又赶紧拿出照相机。我不愿意再叫孩子们去摆什么姿势，只想尽可能把他们朴实而可爱的面庞都照进去、照清楚，和背景上的三峡大坝融为一体。

　　现在每当我拿起这张照片，耳边就响着这些孩子期盼的叮咛："记者叔叔，你会把照片寄给我们吗？"可惜我很惭愧，当时匆忙中忘记了留下他们的地址和名字，而今只好借助报纸将这张有意义的照片带给他们，也带给许多关心他们、关心三峡工程的人们，看看我们三峡的孩子们，看看三峡的未来吧。

文
学
篇

三峡，我对你偏偏只有思念

陈以满

我坐上车离开这里的时候，妹妹还在熟睡，我也兴高采烈的，哪知道回来的时候，走出车站，一脚刚踏在泥土上，眼眶就湿了，这是我的故土啊！我竟不知道，当初的离开让我流了这么多的眼泪。

这样循环反复，后来倒成了惯例，一年就回去那么几天，离别的时候总是在母亲站的地方相距百米的山垭前，回望几眼，咽几口咸咸的泪水，又大步流星地走下去。

我生在三峡边上，这些记忆只是我普通生活的一瞥，但就其他地方的青年人来说，对三峡的记忆甚少，只是三峡的名声吸引着他们。在武汉，我也常被人问起，三峡好玩吗？那里山水美吗？什么时候做我们的导游？对此，我只能莞尔一笑，沉默以对。

三峡边上，我儿时的乐土，纤夫的号子声，回响在耳际。也许再过多少年，"嘿佐，嘿佐，嘿呀个佐，使力拉哦，伙计们呐，加把劲诺"的声音不会再有人提及，但总有人会感慨时光的流逝和民族文化的传承。文人墨客的三峡无非是"巴东三峡巫峡长，猿鸣三声泪沾裳"，无非是"瞿塘嘈嘈十二滩，此中道路古来难"。可我只觉得她隔我很近，她的婆婆洞里有婆婆，她的大河湾里有渔家。

长江奔流不息，走过三千多千米，遇到了巫山，于是多拐了几个弯，任她十二巫山见九峰，任她巫山夹青山，巴水流若兹。于是谱写了传奇，造就了三峡。不过我眼里，三峡没有风景，至少没有普通人眼里的风景。

对，三峡没有风景。

上学时，壮着胆和发小去婆婆洞看婆婆，洞藏在茂密的树林里，在洞口可以看见弯曲的河面。进了洞，里面很黑，带个小灯，贸贸然往里走，径直走到婆婆面前也没察觉，用灯一照，看她头上一块红布，面前些许香纸，些许贡果，吓得撒腿就跑，可腿软得跑不动，也没力气叫唤，硬是一步一步走出来，瘫坐在地上，四眼相对，半天说不出话来。后来，再也不敢这样放肆地去看婆婆了。我想，这算不得风景。

大江里有什么？山那边又有什么？父母嘱咐：欺山不欺水，我们小时候山中可以随便去，水边不可随便玩，这也是对水的敬畏吧。调皮时，同伙伴骑着车一直往河里跑，就听着母亲在背后喊，"满子，在哪儿？往哪儿去？"后来，大些了，最有乐趣的事就是跑到离岸高些的绝壁，坐下来看两岸的峡谷，看水中的老船。偶尔，也做些游戏，伙伴们都一般年纪，互相打闹，我带着妹妹，走到前面，在绝壁前停下，把揣在怀里的小石子扔下去，扔之前还要提醒大伙儿："别讲话啦，我要扔石子啦。"大家的目光都聚集过来，看着石子落下，越来越小，越来越小，然后碰到水面，激起一个很小的水花，一眨眼，水面又恢复平静，向东流去。这也算不得风景。

大河湾的山顶上有棵大树，大青树，祖父的祖父栽的，一百多年过去了，大青树像擎天柱，屹立在大山顶，树上是老鹰的家，也是我们的路标，隔着千重山，就远远指着大青树说：看得到那棵树？我就住在树脚下。几年前，雷电劈到大树，火烧了一天一夜，再看到她时，就不见树叶，只有光秃秃的黑树枝了。这更算不得风景。

风景宜人也是没见过她的人编出来的词，赞美她的话让别人说去吧，我只是舍不得。我琢磨，三峡这些山里的人和平原的人是有不同的，我们睁眼望到的是连绵起伏的山峰，而他们看到的是一望无际的平原，我要翻越那些个山，念想着山的后面是什么，平原的念想我不曾得知。山里奔腾的江水到了平原便慢了下来，而人到了这里总是要快起来，于是，奔流得快的河水旁居住着最悠闲的人们。河水把我们带到了下游，带到了另一个环境、内心和社会，都是我们开始的源头，读书时，老师们也说，这里可不能待一辈子，你们要努力，顺着这河水往前走，走出去，再别回来，我们也暗暗下决心，努力奔走。即便这样，我也总是舍不得山水，虽然心里总是说再也不爬山、不涉水，可一到她面前，那些誓言又都抛之脑后，尽情玩耍。

三峡筑起的大坝，成了世界顶级的水利工程，去一趟三峡也成了许多人的梦想。2014年刚参加工作的时候，我遇到一个八十多岁的水电老员工，他生了病，我去看他，聊起家常，问他病好了想做点啥？他说他想去三峡，要是这辈子去不成就遗憾了。我没有告诉他我家乡离三峡不远，我说我也想去三峡，他露出了开心的笑容。

三峡百万移民，进行了很多年，历经风雨坎坷，岸边的很多人都搬到了其他城市，冬日的阳光下，另一个城市的岸边沿河走廊上，一排白发老人促膝长谈："那时候的长江和现在不一样，科技还是好啊，你看那船跑得多快，不过我们的号子声比这倒是响亮得多。""我们这几个只怕就老李没做过纤夫吧？""什么？老王，你给我做证！我分明做过纤夫，你看我的脚。"

反正对从小生活在三峡的人来说，她哪有什么好风光，在我脑海里，她分明只有故乡的惆怅和幽怨。

三峡，别人赞美你，可我偏偏思念你，就像思念我的母亲。

我在江滩站起身来，三峡给过文人的那些念想，还在我脑中旋转，一阵风儿随着江水一同袭来，哎呀，我闻到了故乡的味道。

梦萦雄关

孙尔雨

早在学生时代我就听老师讲过，南津关位于宜昌市（古夷陵）以上 10 千米的西陵峡口，居于危崖，傍于大江，乃三峡东大门，长江中游的起点，"雄当蜀道，巍锁荆门"。相传，三国时期刘备曾屯兵于此。

人们对于古夷陵至今记忆犹新的，恐怕莫过于那一场绵延七百里的冲天大火！那冲腾的烈焰蕴含着太多的哲理，那弥漫的硝烟演绎着民族统一梦，那惊天动地的呐喊呼唤着新世纪的曙光……或许，自南津关可以看得见那一场大火吧？或许，这南津关就是那烈火长链的一环吧？

在那一场大火已灰飞烟灭之后，历史长河又奔腾了 1700 多个春秋到了 20 世纪 40 年代，人们在一天早晨听到了钻探机的隆隆之声回响在南津关的沟沟涧涧——那是美国工程师萨凡奇应当年的中国政府之邀，准备建坝发电，生产化肥——在实现悠悠三峡梦的漫漫长途上留下了一个实在、鲜明又浅淡残缺的脚印，应该说，那是一个足尖对着高峰的、空前的脚印。至今，伫立雄关，翘首西望，在屏风似的大山脚下紧傍峡江的一片绿荫中，当年那位杰出的工程师的寓所隐约可见。

我大学毕业后，又有幸投身于万里长江第一坝——葛洲坝水利枢纽工程的科研事业，经常与同事峡口踏勘，考察河势，观测漩涡、泡花、回流、驻波、剪刀水、弯道环流，描绘流态，研究通航水流条件，探求峡口边岸整治的最佳方案……

长江在南津关由西东流转向南奔，形成 90 度急转弯，江面宽度由 300 米急剧拓展为 2300 米，江底高程由海平面以下 40 米抬升为海拔 30 米。两岸山咀、石梁伸布江中，如犬牙交错，构成独特的、极其复杂的水流边界，导致水流衍生出险恶的态势。这态势在峡江两岸远远近近的奇峰异岭、怪石悬崖、古木、长藤、紫岚白云的综合映衬下形成的一派摄人心魄的自然景观，曾经使古往今来多少英雄为之折腰，多少诗章为之咏叹，又使多少赳赳武夫望而生畏！在那翻滚着、咆哮着的漩涡和泡花下沉着多少海盗的破船……然而，"俱往矣"！属于我们共和国的征服自然的铁腕人物和设计大师竟在这一片丛生的险象中，展开现实的翅膀去追逐那兴建万里长江第一坝的宏伟梦想！

从江面上远望南津关，最引人注目的是关头那巍巍导航塔直上云天！塔顶有雷达探寻八面来风，指引着西来东去的万里航船！凌塔鸟瞰，雄关漫道尽收眼底：关北有下牢溪冲开如垒如削的悬崖峭壁汇入长江；关南以长江的另一条小支流蜿蜒曲折的黄柏河为汤池；关西俯临烟波浩渺的滔滔大江；关东毗连着如海如潮的无尽群山；一条宽阔的银灰色公路自宜昌古城依山傍水逶迤而来，横跨黄柏河，经越导航塔下，飞渡下牢溪，长缨似的抛向云缠雾绕的崇山峻岭。关郊一带岩层上覆石灰岩，多见"岩溶"现象，页岩埋藏较深，若建高坝，易漏水。当年萨凡奇工程师选择这里为坝址，现在看来实在欠考虑，风险太大。据说他只布置打了两个钻孔，也就难怪他知其所以然不多了！当然，不必苛求于他，那毕竟是近半个世纪以前的事了。

在导航塔和下牢溪之间有一片濒临长江的荒坡，相传当年昭君公主离开家乡时曾经停船靠岸稍息于此。也许，她是要让峡江的风将琵琶的清音，江流似的离愁、幽怨最后一次带回香溪之畔去吧？如今，这里已辟为昭君园，园内崖岸、土坡、石盘、坪岗高低错落，花径草路九曲回环，荷池、苗圃相映生辉，荷叶、荷花簇拥着公主抚琴坐像，绿如玉，白如雪，红如霞，声声妙曲追逐着行云流水，悠悠远去……春来，桃李竞放，烛若云霓，盘桓于桃李林下，听鸟声、虫声，听风声、水声，看大江东去，看雁阵北往，萦怀青冢，遥想当今朔漠早已经"歌声唱彻月儿圆"，公主应一释往昔寂寞而含笑天国了。

在下牢溪两岸的绝壁上，有许多处岩溶洞穴，如白马洞、龙泉洞、三游洞……洞内石笋、石柱、石钟乳千姿百态，气象万千，更有小桥流水，曲径通幽，令人流连忘返。闻名遐迩的三游古洞仅与昭君园一涧之隔，泉流之声相闻，自白居易流连、吟唱以来至今已历千秋，多少迁客骚人慕名而至，或席地饮酒于洞前，或依松赋诗于崖畔，返璞为真之梦不绝如缕！昔日有亭、阁、回廊、古城遗址、古代英雄塑像……或耸于危崖；或掩映于橘林；或盘于绝壁；或立于高台……人文景观和自然景观交融一体。好似一杯醉人的美酒！

在我投身于葛洲坝工程科研事业的那些难忘的日子里，这里还没有公园，也尚未辟为风景区，但仍时有游人三三两两，或同学、同事，或亲朋，或情侣，或家人……每有闲暇，我亦常结伴或偕女友同游。我们徜徉于下牢溪之畔，畅游于清波之中，野餐于松下、泉边……

"这里景色迷人，可为什么要叫下牢溪呢？一个'牢'字多倒胃口！"女友寻思。我当初也不知道，只是猜测着随口说："或许哪朝哪代在这里囚禁过什么人吧？"可能是要给她献殷勤，可能是要向她显示我的钻研精神，也可能是她的提问激起了我的探奇之心。我翻了几天故纸堆，终于弄清楚了！原来这下牢溪确曾是一座"牢"，不过囚禁的不是一个人，而是一条龙。那是禹的父亲鲧干的。据说，一条龙逃脱了瑶姬的长剑，趁乱潜伏在这里。待瑶姬化成石头后，它就兴风作浪起来，冲毁了一座又一座橘园，扫荡了一处又一处田庄。当时有关龙的事该鲧管，老百姓就向鲧投诉，鲧于是高筑堤坝，将龙关在这里。龙也就一时间不敢动弹了。可是后来鲧被杀了，龙复又兴风作浪，浊浪排空。龙扬言冲垮堤坝，变千里沃野为泽国。当时，禹接替了鲧的工作，人们又去投诉于禹。禹真心诚意地同龙谈判，说："只要缘永远不为患于黎庶，我放你回东海去，但要沿着我指定的路线走。"龙依从了，沿着长江回东海去了，永不为患了。这里从此没有了龙，只剩一条溪，叫下牢溪。

我一字一顿地读完了这个美丽的故事。我和女友，和众多的同伴在沉思中不止一次地谈这个故事。我们在下牢溪的晶莹卵石下、素湍绿潭中，在回环于悬崖峭壁的羊肠小道上，寻觅、寻觅，似乎在下意识支配下，寻觅那堤坝的残痕，寻觅那排空浊浪的印记，寻觅那龙的一鳞半爪，寻觅大禹的足迹，寻觅那绵绵五千余年的治水长梦……

诚然，下牢溪的故事，不过是一则美丽的神话，虽说是"具有永久的魅力"，仍只不过是神话而已。但用不着细嚼慢咽，就能品出那淳厚、凝重的真味，那难道不是准确无误地指明了华夏民族在漫长而艰难的实践中总结出来的治水方略，即对于洪水的堵截和疏导，亦即鲧和禹的方略，及其在民间的渗透和弥漫吗？后来我又发现了这种渗透和弥漫的活证和生长这则神话的现实土壤。

曾经有一次，南津关桃坪大队要建一个小水库，以解决人畜饮水和柑橘园的灌溉问题，要我去帮忙看一看坝址和库区，我去了。原来这水库并不建在一条什么溪河之上，而是以一个三边封闭较好的山冲为库区，如"撮箕"状，"大坝"就准备建在"撮箕"口上。然而那"撮箕"里除了一片凄凄荒草以外，水在何处呢？而且，恐怕"风吹草低"也难以见牛羊啊！水呢？我想，可能下雨的时候，周边山坡的地表径流会向这里汇聚的，汇水面积倒不小。果然，队长介绍说："一下雨，水大得不得了，冲坏了坡下的柑橘园，可是，只要旱上 10 天半月，就连人、畜饮水都困难。"

一旦豪雨倾盆，大水归槽，俯冲而下，吼声如雷，必定势不可挡，酷肖恶龙。一代又一代的有识之士必是教民或堵或导，以灭洪患。这反映在早期人类的头脑中无疑会生出种种神话，用以寄托美丽的梦幻。另外，那沿山冲呼啸而下的山洪，必然会形成对沿程地层的切割，一次又一次，一年复一年，历经漫长岁月沧桑之变，这种切割必然会深入到地下水的埋藏深度，从而形成高峡深涧。于是一条难以枯竭的溪河也就存留下来了。这或许也就是下牢溪的形成和演变吧？可见，这下牢溪的故事还隐约蕴含着早期人类对河道演变学说的朦胧认识哩！

后来，桃坪人的小水库是搞成了的，耗资十多万元，很能解决问题，下雨时蓄水，水太大可启用溢洪道，经水库调蓄削峰后下泄的余水威势大减，且"按指定路线走"，不至为患。干旱时引水浇园，汲水饮用。两类古老的治水方略在名不见经传的桃坪人手里同样巧妙结合运用得出神入化……荡漾的清波倒映着重重叠叠的花果山，倒映着蓝天、白云、农舍、牛羊，间或几声鸡啼犬吠，一阵鸟鸣……这桃坪倒真有一派桃源风韵！只有那手扶拖拉机的歌唱，那来自数重山外长江江面上的隐约的汽笛长鸣，才提醒人们注意到这里并不是先秦遗民的温馨之乡，而是现代中国的美丽一角！

　　如果说，下牢溪的故事虽不乏"真味"，但毕竟有些扑朔迷离，桃坪人的智慧虽熠熠生辉，但那个水库毕竟过于纤巧，萨凡奇的脚印虽足尖对着高峰，但毕竟浅淡而又残缺，那么真正"雄当蜀道，巍锁荆门"的万里长江第一坝——葛洲坝水利枢纽就不同了！那是凝结着源远流长的华夏文化和现代科学技术的丰碑，那是在历经数十年艰难曲折的探索之后飞向三峡梦的坚强翅膀！

　　登临南津关导航塔向南鸟瞰，但见重重叠叠的如黛群山环拱着一片平湖，在环湖的绿树丛中，有幢幢楼台参差错落，湖沿倒映一带墨绿，轻摇慢曳。湖中水凝天色，波闪云光，云在水下，水在云上，巨轮似缓缓滑行，空无所依，缕缕抹抹的紫岚、白雾上上下下、远远近近随意飘飞，正南方水天相接之处的蒙蒙烟波和悠悠白云之间崇门、危楼、长桥、高塔成"一"字形排开，横亘 3000 米，腰斩浩浩大江，条条银线伸向远方，消失在云天深际，将光明带向八方，送进千家万户。在紧接坝前的波光中左右各一座人工小岛，称防淤堤，宛若扇动的双翼，欲腾九霄……凝神听风声、松声、涛声和巨轮的汽笛长鸣在千峰万壑间经久不息地回旋、激荡，听坝下消力池内似有惊雷声、呼啸声隐隐传来，无休无止；听天空中闪电般掠过的云雀的"啾啾"；听塔下公路上间或一阵车轮的高唱……恍惚间不知身处何处！更当夜幕降临，宜昌古城的万家灯火灿若星海，华灯勾勒出悠悠长坝的雄奇轮廓，玉宇琼楼一片辉煌。星空映衬着群山的剪影，上有银河，下有银河，分不清哪是人间，哪是天上……顿觉月朦胧，心蒙蒙，云悠悠，梦悠悠……

　　根据河流辩证法的原理和上千水工、河工模型试验研究成果，葛洲坝水利枢纽的总体布置形式采用了"一体两翼"方案，亦即"主流居中，侧翼分流"。"一体"系指建坝后在坝区江段形成的新主泓槽和吞吐主流的二江泄洪闸；"两翼"即为分布在体侧的大江和二江电厂，大江和三江人工航道、船闸、冲沙闸，水流侧分面进入电厂和航道。为顺应特定的条件下"水走勾股而不走弦"的客观规律和执行"静水通航、动水冲沙"的运行原则，满足河势规划的复杂要求，在坝前烟波一片的广阔水域布设了两座恍若"双翼"的人工小岛，将湍急的主流和人工航道隔开，在航道内形成静水，并使水流沿两座小岛面临主流的轮廓线侧向进入电厂和从小岛头部分流进入航道。左右及上下游四处侧分水流成"羽翼"状。避免电厂前沿淤积和粗沙过机磨损涡轮叶片，在电厂下设排沙孔和在电厂前设拦沙坎，又形成了看不见的"双翼"。为改善侧翼人工航道上游口门区的通航水流条件，峡口左右岸线已一改天然状况的粗犷和狰狞，变得平滑、流畅，富有曲线美，峡口险恶流态的威势已较之天然状况大为衰减。南津关以及黄柏河口一带水域成为深水良港，泊船如云，笛鸣声声……一位国际友人在参观葛洲坝工程时激动地说："你们的葛洲坝很富有想象力！"应该说，他的这个话很实在，也许他同样明白他所谓的"想象力"的源和流吧？

人们不难从眼前的神奇景象，从这种景象所蕴含的河流辩证法和河势规划想到那漫长岁月中对洪水的"堵截""疏导"和"束水攻沙"，想到都江堰的分水鱼嘴、金刚堤、飞沙堰、宝瓶口……想到那回环于天上人间的、一脉相承的、艰难而又光辉的、无尽的华夏文明之路！

葛洲坝工程的巨大效益不仅仅在于它自身的发电和通航，更重要、更关键的还在于它是将来的三峡电站在调峰运行中的反调节航运梯级，因此是攻占三峡"坚城"的一架巍巍云梯！

早在葛洲坝工程实现大江截流以后，二期工程施工进入高潮而又胜券在握的时候，根据"统帅部"的战略部署，"科研方面军"的主力陆续撤出葛洲坝主战场，重新集结、整编，兵锋直指大三峡，一叶又一叶驶向三峡科技彼岸的轻舟起锚扬帆，破浪前进了！

正当葛洲坝工程在1989年最终完成输变电工程，成功并入华中、华东电网，强大的电流被输送到大上海，一度电创造出13元的价值的时候，三峡工程的14个专题论证全部完成。

在翔实的科学论据支持下，《三峡水利枢纽可行性研究专题报告》庄严问世了！三峡工程已经不是梦了！

我有幸隶属于长江科学院宜昌科研所，作为一支并不庞大的先头部队中的一员，奉命在南津关参加三峡科研基地的营建工作，随后又在该基地投身于三峡工程的水工科研事业。基地相继建造大型水工模型8座，其中6座属于三峡工程，为超级模型。基地承担着国家在第七个五年计划中的重点科技攻关、三峡工程前期科研以及其他大型水利枢纽科研等30个项目，提交科研报告、论文100篇，洋洋数百万数据，文字如烟海、如迷宫，有力地支持了三峡工程的专题论证、可行性研究和初步设计……至今，已整整10年！十度花开花落，一百二十回月缺月圆。踞雄关而指高峡，记不清多少次复现过去，多少次预演未来，射狂潮而书华章……

基地位于导航塔东南方的几级高低错落的阶地上。登高凭栏，雄浑、壮丽的峡口风景区和在瑞霭祥云之中若隐若现的葛洲坝水利枢纽一览无余，分布在阶地上超级模型蜿蜒如聚会的游龙翘望高峡，在气势恢宏的背景前欲飞欲舞……其中三峡电站日调节模型建成于 1985 年底，当年开工，当年建成，耗资 160 万元，在基地率先投入运行。模型模拟了上起三斗坪下至临江坪的近 60 千米长江河道以及三峡和葛洲坝两座枢纽，是按水下及边岸地形图和枢纽设计图制作，逶迤磅礴，气势非凡，为全国水工模型之冠。制模完成后先作验证试验，即"复现过去"。若"复现"准确，即可投入正式试验，可谓"预演未来"，观测将来的三峡水利枢纽在运行中的诸多水力要素和船舶航行参数，为工程的论证和设计提供科学依据，力求最大限度地达到拓展工程效益之目的，恰似驶向三峡科技彼岸的一叶轻舟！

每当做洪水试验的时候，泱泱大水自模型溢流堰顶顺陡槽飞流直下，经由堰下鼻坎撬射，腾入空中，成悬河，沿抛物线跌入坝下江中，激起银花万朵，雪浪千重，汹汹然呼啸而去，并迅速恢复常态。一条蛾眉似的悠悠长堤将河道主流和坝下游引航道分隔开，长堤两侧水面一动一静，形成对照……预测将来的三峡大坝可安全宣泄千年罕见的大洪水，十余万立方米每秒的洪流可挑高 30 米，射程约 130 米……有朝一日定可漫步于隔流堤上，看巨轮升腾云霄，看彩虹飞架悬空，听涛听笛……这是三峡梦吗？不，三峡大坝已经不是梦了！

三峡电站日调节模型的主要科研任务还不是泄洪，而是"电站日调节影响坝下游河道航运的问题"。三峡电站在并网发电运行中根据网区用电的需要输出的电力和相应下泄的水量每小时变化一次，一天变化 24 次，最大水量与最小水量一天之内相差 20 倍！坝下游一定长度河段内的水位、流速、流态、水面比降都要相应发生剧烈而频繁的变化，如同暴涨暴落的山溪水一样，如果这种情况一旦不幸发生，那么享誉中外的"黄金水道"必被断送无疑！萨凡奇何曾考虑这个问题？就是针对这样一个令人闻之色变的课题，我们奉命建造三峡电站日调节模型，研究三峡电站日调节优化方案和如何最大限度地发挥葛洲坝水利枢纽作为反调节航运梯级的重要功能，以确保"黄金水道"畅通无阻。试验取得了成功！资料成果表明：在三峡电站日调节运行中，葛洲坝水利枢纽的反调节功能十分有效，万吨级船队可以顺利通过葛洲坝至三峡大坝之间九曲回环的峡谷河段，对于宜昌河段的通航和港区作业也不会产生实质性的不利影响。模拟万吨级船队的无线电遥控自航船模正在模拟"日调节"的模型水流中呼啸着、冲腾着、平稳自如地前进呢！这项重大研究被列为我国"七五"期间的重点科技攻关项目，经国家验收，认定"具有国际先进水平"。这是三峡梦吗？不，三峡工程已经不是梦了！

文
学
篇

……

　　也许是在基地可以遨游过去和未来的时空之中，窥见那三峡科技彼岸的奥秘；也许是基地上萦绕着美丽的悠悠梦幻……多少心系三峡的寻梦者慕名而来，他们带来了寻觅三峡梦的千千情结，带去了三峡工程不是梦的坚定信念！

　　脚踏基地，背负葛洲坝，面向大三峡，瞭望，聆听，千古雄关游人如织，星级宾馆、度假村、旅游中心……正破土动工，各路大军正水陆并发，挺进高峡，车轮声、汽笛声、马达声、各类重型机械的深沉轰鸣，峰谷间的雄风、松涛，峡江的潮涌正响成一片……

三峡水利枢纽，千古大江今日最风流

李　真

　　著名学者余秋雨走遍我国的名山大川，当一位外国朋友问他："到中国最值得一去的地方是哪里？"这位学者不假思索地回答："三峡！"他在《三峡》一文中写道，三峡的博大几乎把他震傻了。

　　博大的内涵是丰富的，也包括它在治理开发长江中的关键地位与作用。

　　当国家经历了一场大劫难，万物复苏的时候，三峡工程作为中华民族振兴的世纪梦想，再一次成为新中国领导人的中心议题之一，毛泽东的诗句再一次回响在世界第三大河的上空。

　　以往一些新闻媒体均认为：新中国的三峡工程研究是在孙中山的理想、萨凡奇的方案上提出来的。其实从一开始，长江委就排除了萨凡奇的南津关方案，而把坝址线选在火成岩河段的三斗坪，不仅如此，长江委还就三峡工程以防洪为主，同时对电力、航运、水产、调水和旅游等多目标的综合开发利用进行了长期研究和论证。

　　1985 年，因患眼癌而施行过手术，右眼几乎失明，左眼视力只有零点几的林一山一心牵挂着三峡工程。仲夏时节，这位 70 多岁的老人用他那因战争留下手疾的右手给邓小平写了一封诚挚恳切的信，他说："小平同志，关于长江在荆江以下的荆江大堤防洪问题，我必须向你写个报告，因为在湖北，至今仍有可能发生一次世界罕见的悲惨事件，并将打乱全国的经济计划。"荆江两岸如果发生 1870 年、1860 年那样的洪水，即使采取可以减少灾害的各种措施，大堤溃口也在所难免。如果发生在白天要死 5 万人，如果发生在夜间要死六七十万人，这还不包括武汉三镇可能被洪水淹没的情况。"再拖下去就是对人民不负责任。荆江治本工程（即三峡工程）能提早一年完成就可以减少一年的风险，同时可以减少右岸分洪工程的运用次数。根据 1982 年调查，右岸分洪工程运用一次，需赔偿十余亿元。"

　　这样一封信不能不引起小平同志及中央的高度重视。早在 1980 年 8 月，国务院常务会议就决定，由国家科委、国家建委继续组织三峡工程论证。为此，长江委在有关单位的配合下编制了《三峡工程论证报告》，从此拉开了长达 10 年之久的重新论

文
学
篇

证工作的序幕。林一山的信发出以后，论证工作更加紧锣密鼓地展开。论证工作涉及地质地震、枢纽建筑物、水文、防洪、泥沙、航运、移民、生态与环境、施工、投资估算、综合经济评价等14个专题。1991年8月，由国务院副总理邹家华为主任的国务院三峡工程审查委员会通过了长江委编制的《长江三峡水利枢纽可行性研究报告》，报国务院正式审批，并将提请全国人大审议。

时针嘀嘀嗒嗒，对于等待的人，每一秒钟都是漫长的。长江委几代人的梦想在那一刻尤其显得迫切。

1992年4月3日，一个普通但对长江委人来说又是难以忘怀的日子，七届全国人大五次会议通过了兴建三峡工程的决议。兴奋的长江委人在22层防汛调度大楼前点燃了喜庆的鞭炮，平时不在一起工作的人这会儿也拥走到一起合影留念。是的，这意味着做了70年的三峡梦即将变为现实，每一个能为三峡工程做出贡献的长江委人都倍感幸运。此时，长江勘测规划设计研究院设计的赣江万安水利枢纽工程已接近尾声；在清江流域规划后，以隔河岩为骨干的流域梯级开发已全面展开。

长江流域规划确定了三峡工程为长江治理开发的关键性工程。从20世纪50年代修建荆江分洪工程到后来的丹江口工程以及陆水试验坝，直至葛洲坝工程、万安水利枢纽工程，无一不是为这个关键工程做铺垫。三峡工程的最大作用就是防洪。建成后的三峡工程将使荆江河段防洪标准从现状的10年一遇提高到100年一遇；如遇1000年一遇或更大洪水，配合分蓄洪工程的运用，可以防止荆江两岸发生干堤溃决的毁灭性灾害，从而可减轻长江中下游洪水淹没损失和对武汉的洪水威胁，并为洞庭湖湖区的根本治理创造条件。建成后的三峡工程装机总容量1820万千瓦，年平均发电量846.8亿千瓦时，巨大而廉价的电力又将带动整个长江经济带的"可持续发展"。

1994年12月14日，李鹏总理在三斗坪庄严宣告三峡工程开工，冬日的寒风中响起开工的礼炮声，无数期盼的心顿时一阵温暖。林一山在北京接待了多家媒体的采访，有的甚至是万里以外的电话采访。林一山说，我的眼睛虽然看不见了，但我听到了，我很高兴。当代水利专家陶述曾、汪胡桢、曹乐安都可以含笑九泉了。三峡工程经过40多年的准备、反复研究、论证，确实体现了科学决策、民主决策的精神。加上葛洲坝工程的实践准备，三峡工程的技术问题可以说基本上解决了。世界上还没有哪个工程做得像三峡工程这么细致。当一位记者对林一山说，"您在长江治理开发中所起的作用是不可磨灭的，您是长江治理开发的巨人"时，林一山说："我只是起了个阶梯的作用，如果我能对后来的人实现我们中华民族振兴的理想起这个梯子的作用，我就很满足了。"

1997年5月1日，三峡工程导流明渠胜利通航，其设计流量为79000立方米每秒，是目前世界已有的水电工程中最大的导流明渠。导流明渠的通航，意味着桀骜不驯的长江听从人的调遣，从一条人工开凿的河道中涛声依旧地投入大海的怀抱。

太阳依然是那个太阳，江当然还是那条江，只是建设开发这条江的时间正处在世纪的交汇点。人也早已不是那肩挑背扛的人，人类已进入了计算机时代，进入了大型机械化施工的阶段。工地不再是人的海洋，除了截流，工地很少"沸腾"了，很少再听到夯歌和号子，即使一辆辆大型装卸车 24 小时在工地穿梭，即使大型混凝土拌和楼不停地轰鸣，怎么听都遥远得令人不敢置信。这是否意味着人对大自然的改造和认识也进入了一种理智？

1997 年 11 月 8 日，长江第二次被她的建设者们截断了，整个截流过程被中央电视台做了全方位的实况转播。这一次是真正的举世瞩目，在中央电视台为一个工程作如此的报道是"前无古人"的。

在中华人民共和国成立 50 周年之际，三峡工程施工现场混凝土的月浇筑量已超过 45 万立方米。《羊城晚报》1999 年 9 月 14 日第 8 版"国内新闻"版在头条的位置上用大幅航拍图片报道三峡工程近期施工形象：目前，三峡工程已全面进入大坝混凝土大浇筑阶段，双线五级的永久船闸开挖接近尾声，正在浇筑的厂房坝段像一座宏伟宫殿，各路建设大军正为 2003 年首批机组发电日夜奋战。从航拍的照片上看，正在施工的三峡工程很像一个不断向长江延伸的陆地。

今年 37 岁的长江委副总工程师刘宁与中国工程院院士、长江委总工程师郑守仁在同一间办公室。他 1983 年毕业于清华大学水电系水工建筑专业，一分配到长江委就去了万安，随后是隔河岩。他曾赴日本、荷兰学习有关的大坝技术，这位被水利部授予"科技英才"称号的幸运儿在接受采访时始终很低调，在谈到三峡工程时，他用低沉却分外坚定的语调说：

"三峡工程的成败不是我们哪一个人的成败，而是成千上万人的成败，但个人的责任不可推卸，因此必须确保三峡工程的质量。三峡工程在论证过程中有些可能不一定都想到了，我们应尽力去完善。例如，原来的初步设计中关于导流设施问题是要求留一些缺口的，现在，我们在单项设计中接受了全国许多专家特别是张光斗教授的意见，改为导流孔（即底孔）可运用 3 年的方案，取消了原来准备在坝体预留过流缺口的做法。还有关于排漂孔的设计，根据葛洲坝的情况看，排漂孔的作用不大，特别是对于三峡工程来讲，它如果排漂还会排到葛洲坝去，现已改为在上游直接清漂的做法。又例如，三峡泄洪深孔是三峡工程的命脉，是具体防洪的体现，那么深孔弧门的出水是突破还是不突破，它涉及建筑材料、结构形式以及运用和操作等问题，还有它的可靠性问题，它关系到长江几十年、几百年的安澜。在这一问题上，我们得到全国许多专家包括中国工程院副院长、院士潘家铮的同意，最后采用不突破的方式。像这样的例子还不少，这些都是论证中没法考虑的，需要我们不断地在工程实践中去重新认识和把握。老一代开创的事业和我们是紧紧相连的，我们现在是沿着他们的规划一步一个脚印去实现他们的理想，因此责任感和历史使命感也更强。长江勘测规划设计研究院是长江委向市场进军的一支精锐部队，长江委的每一项工作都贯穿着设计，是治江工作的具体实施部门，我们是靠技术作依托。

"现在已是由计划经济向市场经济的过渡时期，长江委面对市场是否应该有个技术拓宽，尤其是市场的拓宽，如何把长江委这块金字招牌保护好，必须认真探索思考、采取得力措施。对水利工程来讲，质量是生命，设计是灵魂，我们不是盲目地去闯市场。长江委主任黎安田有句话：'宁缺毋滥。'作为全国设计的百强单位，我们应考虑是否有计划地去承担一些我们能承担的项目。例如，一些跨流域甚至跨国的工程，既要讲信誉资本，又要讲物质资本。除了做好设计总成外，我们要不要去争取当业主，像美国田纳西那样，也是要考虑的。要管好水行政，离不开设计和技术的支持。

"另外，市场的竞争也是人才的竞争，如果不注意人才的培养，多少年以后，就会出现新的人才断层。我认为治江的路是没有止境的，开拓市场，前途会无限光明。"

长江勘测规划设计研究院党委书记岳中明也是学水工建筑的，今年38岁，他在谈到长江委设计部门的现状与未来时更带有几分现实：

"1996年，我们根据市场行情，成立了建筑设计处，现在他们的人均产值已超过整个设计院，一年能有450万的合同。今年又成立了交通设计处，原来的计算中心已做了较大改进，相应成立了电子信息技术中心，包括做方正集团的代理，以后还打算与水保部门联合成立一个环境工程设计公司。以前是计划经济，长江委的工作都是由国家直接下达的，现在面临市场经济，我们要打破吃'皇粮'的思想，我们有人才，只要做些调整，主动出击，我们没有理由不对自己充满信心。这几年，我们在市场上也赢得了不少的赞誉。高坝洲开发公司一位总工程师看到今年第一场洪峰安全通过高坝洲枢纽时深有感触地说，除了你们长江委，没有哪个设计单位会为我们考虑得这么细，消力池、坝段预留缺口及两岸过水保护都做得很好。

"我们是按老主任林一山治水的辩证思想来做好工作的，老一辈留下的好的经验，好的质量管理办法，我们接过来了，在新老交替中，我们会慢慢成长。现在看来，专业发展还需要细一点，也组织了一些小分队。对人才的培养，我们要求既要有专业特长，又要一专多能，不能丢掉专业负责制。总体来说现在我们这支队伍比较纯洁，有主人翁精神，工作起来，没有年龄大小，职位高低。这个事业需要我们有奉献精神、拼命三郎的精神、求索精神。许多年轻同志一下工地，孩子病了，爱人在家也有些抱怨，但工作一旦布置下来，大家全力以赴。在湖北保康、江西南丰以及西藏阿里等许多偏远的地方都有我们的同志，他们克服了许多困难，无怨无悔。逢年过节我们院领导都会去看望他们的家属。我很珍惜这种精神，作为管理者，我们的责任就是把大家团结在一起，干好我们的事业。我们的压力很大，但我们有信心。市场是靠质量和良好的服务态度来赢得的，我们力争把每个项目扎实做好，市场的路子也就慢慢闯开了。

　　"三峡工程是世界一流的工程，我们要把整个专业最前沿的研究成果用起来，无愧于这个一流的世界级工程。再也不会有这么大的工程了，因此决不能因一时的不周全，给工程留下任何隐患。一个工程师的良心就是把他的工程做好，对人民负责。三峡工程激发了大家的责任心、事业心。三峡工程做完了，我们队伍锻炼好了，我们就什么都能干了。"

　　1998年，以朱镕基为首的新一届中国政府在任期一年之际，曾接受中外记者的采访，当回答"在过去一年中，您最不满意和最满意的是什么"时，朱总理坦言：1998年中国发生了大洪水，洪水之大，危害之严重，是我们始料不及的，我们对问题估计不足，责任在我。中国人民战胜洪水的精神和焕发的力量也是我没有想到的。于是1999年国家投资100亿进行长江中下游干堤的堤防建设，这是新中国成立以来国家投资水利之最。

　　1999年7月13日，朱镕基总理在长江防汛工作座谈会上发表重要讲话，他说："每一个流域、每一段堤防工程的设计，都应根据国务院批准修订的长江防洪建设规划来进行。工程设计任务必须由水利部认定资格的设计单位承担。工程设计可以招投标，但一定要经长江水利委员会严格审查。长江水利委员会要制定设计标准和审查程序，不符合标准的，不符合程序的，设计方案不能通过。"这是对长江委设计工作的信任。长江委将在长江几千千米的干堤上再展雄风。

　　在无数黑白和彩色的水利施工照片中，无论是建成的还是在建的，处在任何一个水利建筑工地，我们都发现人是那样的渺小，在高大的水工建筑物旁、庞杂的施工场地，他们头戴安全帽，面目不那么清晰，有些简直不过是些个如蚂蚁般的小黑点。但是当你坐着大船经过葛洲坝船闸，那巨大的启闭闸门一开一合时，你是否相信，这巨大的力量正来自那些"黑蚂蚁"，是他们把智慧从图纸上搬到了现实中，那巨大的启闭闸门的开合，不过是一个人按动了一只小小的按钮。

　　"长江、长城，黄山、黄河，在我心中重千斤，无论何时，无论何地，心中一样亲。"海外游子的心声也常常回荡在每一个华夏儿女的心中。在6300千米的母亲河——长江上，每一座水利枢纽的耸立都是治水人的骄傲。我试图在曾经见过的有限的几座大型水利枢纽工程中，在这些水利建筑物的每一块混凝土中，寻找长江委人的每一滴心血，但最终我发现这种寻找是徒劳的，因为几乎所有的长江委人似乎从没在意过个人在一个水利工程中的作用。他们差不多是众口一词地说那是集体智慧的结晶，是集体精神的体现。当我的思绪在大江上下翻飞，在每一座壮丽的水利枢纽中遨游时，我想：那一座座雄伟的大坝不正是长江委一代又一代人无字的丰碑么！

不是最后的话

每一项水利工程都是无数人心血乃至生命的凝聚，每一个人都有一个长长的故事，可以列出一串长长的名单。由于本文的篇幅及本人的水平局限，在此无法一一给他们留墨，但有一点是肯定的，在一个多月的采访、查资料的过程中，我一直被感动着：我被长江的事业感动着，被每一个水利工程感动着，被那些有名无名的长江委设计人员感动着。真的，是他们使我受到一次又一次人生观、价值观的教育。我知道昨天是今天的历史，今天是明天的历史，每一个人都应该是后人的蜡烛，燃烧自己，照亮别人。只要是为了长江，为了人类文明的进程，无论你所做的工作多么平凡，多么无人问津，它都是有意义的，即使每一座大坝上没有刻上谁谁的名字，但大坝做证，长江做证，经过长江委设计人员心血凝聚的大坝正是他们一座又一座无字的丰碑。也许有一天，它们也会像都江堰一样古老，但一代又一代的长江委设计人员团结、奉献、科学、创新的精神永远不会老。

（原载于《大江文艺》）

青春之歌，因三峡工程而嘹亮

刘祖强

一、青春的梦想，因三峡工程而荣耀

20 多年前，三峡工程处于施工准备和开工阶段，我也还是一个初出茅庐的助理工程师，有幸参加了三峡工程安全监测建设工作。

年轻人总是对新鲜事物抱着殷切的期望和崇高的理想，骨子里继承着水电勘测前辈的那股精神气儿。我早早地将人生定位于"奉献"，立志为祖国的水电事业而奋斗终生。如今，三峡工程取得了巨大成就，我也从一名有志青年成长为了一名有经验的"前辈"。猛然回想起来，不管是风风雨雨，还是砥砺奋斗，那些在三峡工地拼搏的日子，竟已成为我人生之中挥之不去的记忆，谱写成了一曲属于所有三峡人的青春之歌。它在我们的生命中嘹亮地回荡着。

我的父亲是老勘测队员，在三斗坪、中堡岛留下过足迹和汗水，直到 1993 年退休也未能等到三峡工程正式开工。我于 1980 年 8 月传承了父亲的衣钵，正式成为一名勘测队员。1985 年 2 月，在武汉测绘学院深造后，回到原综合勘测局测量科，跟着邓德润工程师先后参与了新滩滑坡、巴东黄蜡石滑坡、香溪滑坡等监测工作。在赵全麟工程师的带领下，参加了三峡工程安全监测单项技术设计工作，赣江万安和清江隔河岩水利枢纽的变形监测设计工作。在那个年代，我们的国家远没有今日这么发达，生活也很艰苦，但我们的精神很富足。所以人人有理想，人人敢尝试，在艰苦奋斗的光辉岁月中，我满怀信心憧憬着美好的未来。

1994 年 11 月，三峡工程正式开工之际，受三峡总公司委托，长江委成立了三峡工程安全监测中心。综测局派我和杨爱明到这个中心参加工作，这是我人生的一个转折点。我深感荣耀，也清晰地意识到了组织的信任和自己的责任。

安全监测是一项光荣而又艰巨的任务，是三峡工程的八个单项设计中的一项，在发现异常、指导施工、优化设计、配合主体工程安全鉴定、蓄水验收等方面都起着举足轻重的作用。我知道自己不能懈怠，不能掉以轻心，但在工作实践中总免不了出现各种问题和考验。由于当时工程监理制才刚刚开始不久，工程安全监测的监理工作更是才刚刚起步，一切都是新的模式，没有成熟的工作指导文件和经验借鉴，而如何做好这份工作又已是迫在眉睫的紧要任务。所以，一切现实情况和客观因素都要求我必须为搞好三峡工程安全监测建设监理的规划工作而进入"战斗模式"。

我深知自己的责任，也知道三峡工程对于国家和人民的重要意义。因此时刻严格要求自己。每天白天到现场了解施工状态，获取第一手的资料，然后，利用晚上时间整理资料，并学习有关工程监理的知识，并多次向三峡总公司工程建设部监理处赵锡锦处长请教。身边的人说我太拼命，不懂得劳逸结合，其实我想的是，自己生活并不艰苦，我的努力拼搏源于内心的渴望和追求。它早已生根、发芽，还会逐渐地开花结果，所以我必须为得到梦想中的果实而不断积蓄养分。如果哪一天它开出了最美丽的花朵，结下了丰硕的果实，那么，我在此之前所付出的一切都变得有意义了。

功夫不负有心人，我的努力终于结成了硕果，很快独到地提出了安全监测工程之单位工程、分部工程、分项工程和单元工程的划分原则，为制定监理规划、监测工程质量控制和评定奠定了基础。经与他人合作，在1996年1月后，正式提出了《三峡工程施工期安全监测管理办法》《三峡工程安全监测监理规划》以及各专业监理细则、监测工程质量验收细则、单元工程质量评定表等文件十余份，达40余万字。10余年的三峡安全监测工程建设监理工作实践证明，这些文件对水电工程安全监测工程建设监理工作逐渐走向规范化、程序化和表格化起到了重要作用，也促进了我国水电工程安全监测实施水平的提高和发展。

二、青春的脚步，因三峡工程而踏实

青春的时光总是充满着无限的可能和希望，我们的美好生活靠的是什么呢？是不断的奋斗和进取。我作为第一批进入到三峡安全监测工程建设管理和监理的工程师，有着可以自由发挥的空间，更有着未知的机遇和挑战。时间不断流逝，仿佛一转眼间，我在三峡工地已经工作了10年。我在自己的岗位上始终以周总理"战战兢兢、如临深渊、如履薄冰"的教诲，始终坚持原则，严把安全监测施工的质量关。我的工作作风或许古板，但它却能避免很多不必要的问题。而每一个环节的好坏，将直接影响工程的施工进度。因此，我没有掉以轻心，必须要亲临三峡工程永久船闸的各个施工现场，任汗水肆意地流淌，也不在意，唯一的渴望就是将工作完成得出色而完美。

1998年是三峡工程大江截流后抢修二期围堰和基坑抽水的关键施工年，又恰逢长江持续特大洪水，二期围堰成为有关各方关注的重点，尤其是基坑抽水期堰体滑塌、防渗墙的变形等。我根据变形观测资料，认为防渗墙及堰体的变形主要与基坑水位和堰外江水位变化引起的水头差、堰体填筑和防渗墙施工质量等因素影响有关。由于堰外江水位变化具有可预测性，堰内水位变化则取决于施工需要。在堰外江水位受洪峰影响可能升高和防渗墙及堰体的变形加大时，可以停止基坑抽水减小水头，以降低防渗墙及堰体的变形速率。这一控制措施对于直接指导基坑抽水和确保提前浇筑混凝土发挥了重要的作用。

1999年4月，永久船闸中隔墩二闸首北侧岩体受不利结构面影响，出现局部垮塌，使结构面上部岩体形成了倒悬块体。对于是否保留该块体，业主、设计、监理和施工单位各方意见分歧较大。如果挖出，会增加混凝土浇筑量，从而影响工期。为迅速了解该倒悬块体的变形状态，我在最短时间内制定出了变形监测及加密观测方案，并将分析的变形情况在每天的协调会上及时通报。制定倒悬块体锚固施工方案到倒悬块体下部北槽的保护层岩体进行开挖，这一干就是5个多月，共完成79测次的加密观测，由于及时报送监测数据，保证了整个施工过程的安全有序进行。最后，由于监测数据未反映该倒悬块体变形异常，从而采取了保守的工程处理方案，工程工期未受到大的影响，也大大节约了各项成本。

1999年7月，作为中法《关于三峡工程永久船闸的高边坡监测技术合同》之分项"永久船闸变形稳定性分析研究"负责人之一，我赴法国进行了技术考察。到了法国巴黎矿业学院地质研究中心这所享有国际盛誉的科研机构，并与正在该院攻读博士学位的蔡耀军进行了交流。蔡博士向我们介绍了法国在地质灾害监测治理等方面的技术和方法。比如在预知某河流涉水滑坡，可能造成河流堵塞、淹没上游农田和村庄时，他们考虑是先在滑坡处的河流两岸修建导流洞，这样即使滑坡后，河水也不会大涨，可以把地质灾害损失降到最低。通过这次考察和交流学习，我开阔了眼界，对今后工作的借鉴和启迪作用巨大。

三、青春的故事，因三峡工程而精彩

我的青春是什么呢？是忙碌在一线的繁忙身影，还是为了理想而不懈前进的步伐？我想，我的青春应该有许多关于三峡工程的故事吧，它至今仍让我回味。

我依然清晰地记得在1996年初冬时，我的爱人打电话说她生病卧床在家，我能想象她在忍受病痛的折磨，但工地这边需要我。我在那会儿真希望自己能分身有术。但我想到下午要到工程现场验收倒垂孔，不能因为我影响工程进度，最后我选择了留下来，直到验收完毕后才回家照顾妻子。记得我从工地赶回宜昌的家时已是晚上8点，我年幼的儿子正在给妻子端水喂药，那一刻，我的心中真的是五味杂陈，不禁潸然泪下。

我只能在有限的范围内尽我最大的能力去履行责任，不论是对于家庭，还是对于

工作。在安排好妻子住院治疗的第 3 天，我还是决定返回三峡工地。可能旁人认为我太过于疏忽家庭，其实我何尝不想关心家庭，思念自己的亲人呢？但是，我是有责任心的成年人，我知道三峡工程是牵动着千千万万个家庭，我不能将千千万万个家庭放置身后，不闻不问。我只有带着对自己家庭的无尽眷恋和责任心，去完成我应该对其他千万的老百姓所要负的责任。

在修建永久船闸的时候，坛子岭只是一座海拔 262 米的普通小山。这里有大禹治水三过家门而不入的传说，有神牛助禹打通夔门的故事。据说每逢晴朗天气，微风拂过，峰间江中酒香醺醺，还真令人心醉。而我们就是在这座有着美丽传说的山顶建造了永久船闸变形监测网点观测墩。在后来的施工规划设计方案中，要将坛子岭山顶全部铲平。就在施工前夕，赵宏金同志发现坛子岭山顶的监测网点观测墩已形成了一座孤山，作为永久船闸变形监测的一个重要工作基点，必须保护起来。在赵队长向监测中心反映之后，我到现场进行了勘察，在充分了解实际情况之后，我以设计单位的名义编制了《关于保留永久船闸变形监测网点观测墩的紧急通知》。三峡总公司非常重视，于是原坛子岭山顶就这样保留了下来，并且进行了简单的支护。在后期，因为旅游事业的需要，对这个坛子岭山头进行了 2 ~ 3 次的升级支护工作。目前，三峡坛子岭已成为三峡工地的标志观赏点，江泽民、李鹏、朱镕基等党和国家领导人都曾登临。中外游客游览三峡工地，坛子岭是必选和首选景区。而位于坛子岭山顶的汉白玉监测网点，巍然屹立在世人的面前，默默地述说着当年三峡工程安全监测的故事。

四、青春的岁月，因三峡工程而光辉

"工作和学习是我的兴趣，兴趣使我不知疲倦"，我就是依靠着这样的信念，从一个普通的勘测队员成长为教授级高级工程师，成为工程安全监测领域的专家。2003年 12 月，我离开三峡工地，从事技术管理工作。但回想在三峡工地十年的风雨时光，就像是看了一部奋斗大剧，我虽然不再靓丽年轻，可我的内心依旧朝气蓬勃，因为我经历了有意义的人生，为今后的工作打下坚实的基础。我将和其他三峡工程建设者一样，用坚持不懈的追求，将创新的科技成果书写在山河天地间。

在三峡总公司安全监测中心工作期间，1996 年 3 月，我与王德厚、杨爱明等合著的《水工建筑物安全监测工程建设管理、监理》发表于《人民长江》上。1999 年10 月，我与王家柱、於三大等撰写的论文《三峡工程安全监测管理实践及实施进展》在国际大坝会议上发表。2002 年 4 月，作为主要参加者的项目"长江三峡工程高边坡变形监测"荣获了全国第八届优秀工程勘察项目的金质奖。2003 年 4 月，我撰写了三峡工程安全监测资料综合分析报告、工程安全鉴定报告、工程验收报告等数十份，达 100 余万字。我没有什么惊世之举，没有什么壮志豪言，只有脚踏实地、精益求精的精神和"为我中华、志建三峡"的热血。

"更立西江石壁，截断巫山云雨，高峡出平湖。神女应无恙，当惊世界殊。"

伟大的三峡工程不仅仅凝聚着几代长江委人的光荣和梦想，还凝聚着几代党和国家领导人的心血，凝聚着无数中华儿女的殷切期盼和默默奉献。借此机会，我细细重温了长江委人为了建设三峡工程而走过的艰辛历程，我的战友，我的同事都是这个伟大工程的见证者。二十多年前我们有义务建设三峡工程，二十多年后，我们也更有义务为传承"奉献、团结、科学、创新"的长江委精神而奉献力量。

人因成就而满足，人因荣耀而奋斗，人因梦想而无悔。我的前半生如同一本写有千言万语的书，每一页都实实在在记载着我的付出。让我再看一遍那些闪耀着金光的岁月，让我再感受一次那激动充实的奋斗日子，让我再去诉说那些我们奋斗的故事。

悠悠岁月已成回忆，就像首激昂的没写完的诗篇一样的美丽。我或许还应该回到那个我奋斗过的天地里，与二十年前的自己在时空中重逢，我想，他一定会问我，有没有悔恨过？而我也一定会问他，有没有迟疑过？但答案，不论是曾经还是现在都是一样的，从没有悔恨过，从没有迟疑过。我的青春，是一首唱不完的歌，它有着最华美的乐章，有着最真实而美丽的辞藻。青春之歌依旧唱响在我的生命之中，它此起彼伏，绵延不绝，它歌声高亢，旋律悠扬。伟大的三峡工程造就了我的青春之歌，让我的人生之中，没有了遗憾空缺，它照亮了我的漫漫人生之路。

决战龙口

张伟革

2002 年 11 月 6 日 9 时 50 分，随着最后一车石料倾入江中，举世瞩目的长江三峡工程导流明渠成功合龙。人类再次腰斩长江的壮举在三峡在我们手中成为现实。

欢呼声中，刚刚合龙的戗堤上突然出现了一幅上写"长江水利委员会龙口水文监测站"的巨幅红色横幅，宛如一条挥动的长缨紧锁在龙口处。这一历史性的镜头，让长江水文亮相世界，同时也标志着由长江水文局承担的三峡明渠截流水文监测任务圆满完成。

三峡导流明渠不论是施工强度，还是技术难度、风险度，都大于 1997 年大江截流。这对长江水文人无疑是一次新的更大的考验，对长江水文是一次组织能力、技术实力、队伍素质的大检阅。明渠截流水文监测是多学科、多兵种协同作战的大战役，为了赢得胜利，长江水文局集中了全江的力量，全力以赴，从截流前期施工到截流决战直至合龙，来自大江上下的 100 多名水文将士不负重托，精心监测，在截流一线忘我奋战了一个多月，以实际行动向党和人民交出了一份合格的答卷。

当人们还沉浸在截流成功的喜悦之中的时候，长江三峡水文局的水文工作者仍然战斗在三峡工程建设第一线。明渠截流决战的硝烟已经散去，但长江委水文人忘不了 21 年前的葛洲坝大江截流，靠拼搏精神，冒生命危险，为截流收集提供了大量宝贵的水文资料，积累了丰富的截流水文监测经验，得到了部委嘉奖。曾记得，在 5 年前的三峡工程大江截流中，长江委水文人发扬"团结奉献、科学创新"精神，创建了现代化的水文监测体系，连续 40 多天的精心测报，及时可靠的水文监测成果，为截流的成功立下了汗马功劳，水文在大江截流中发挥的作用"尤为突出"。更难忘，在刚刚完成的高难度、高风险、高水平的明渠截流水文监测中，长江委水文人以高度的责任感，精心组织、充分准备，建立了一套完整、科学、合理的水文信息采集、传输、发布和反馈系统，实现了水文监测的网络化、现代化。在科学的组织措施保证下，高素质的水文监测人员充分运用高新技术手段，全天候随时展开水文监测和水情气象预报，高效率、高质量地完成了许多急、难、新、险、重的水文监测任务，为截流设计、施工、监理和调度决策及时提供了水文信息和必要的技术支持，充分满足了一流工程截流的需要。成功的水文监测得到了业主的高度评价，新华社记者称，长江水文监测综合实力达国际领先水平，在明渠截流中充分发挥了"耳目"和"参谋"的作用。

三次大江截流，三次大决战，三次大检阅。每一次截流，都是克难攻坚的大会战，因为在这里集中展示了几代水文人数十年的奋斗成果；每一次决战，水文人都不辱使命，充分展现了风采，因为长江委水文是一支敢打、善战、能拼的队伍；每一次检阅，都让人惊喜、振奋，充分展示了长江委水文的实力，因为发展中的长江委水文一步步迈向现代化。

明渠截流的成功，凝聚了几代长江委水文人的心血和智慧；截流水文监测的成功，为中国水文唱响了一曲惊天动地的赞歌，这是水文人献给党的"十六大"的一份厚礼。

面对未来，身肩重任的长江委水文将在党的"十六大"精神的指引下，坚持改革发展，与时俱进，再创辉煌，一如既往地全面履行好职能，为长江流域的防洪减灾提供优质服务，为长江流域的水资源管理提供全面服务，为长江流域的生态环境保护提供基础服务，为长江流域的水利发展规划和水工程建管提供可靠服务，为整个长江流域的经济发展社会进步提供周到服务。

奋战在大江上下的 3000 多名长江委水文人，正以崭新的精神风貌和百倍的信心，准备随时迎接挑战，时刻接受党和人民的检阅。

心仪三峡，痴情不改

胡早萍　纪良志

　　任何一项水利工程的建设，从最初的可行性研究，到后来的规划、设计、施工及运行，都少不了水文、河道、泥沙等基础资料，因为这些因素直接关系到工程建设的成败。

　　长江水利委员会水文局荆江水文水资源勘测局（以下简称"荆江局"）在 20 世纪 50 年代就开始盼三峡、干三峡，三峡工程一直是他们心中的一份期盼。因此，除了荆江防汛测报、荆江河道整治工作以外，为三峡、葛洲坝等工程的兴建收集、提供准确翔实的第一手水文、河道、泥沙资料，直接为工程建设服务，便成为他们水利生涯的又一重要内容。

　　万里长江，险在荆江。从 20 世纪 50 年代开始，荆江大堤的加高加固和荆江裁弯取直等河道治理工程，都离不开荆江水文人的贡献，荆江人开始的"长程水道地形测量"就有意识地为三峡工程积累了许多河道观测资料。最初是从宜昌至城陵矶的荆江河段开始进行的，以后随着工作的不断展开，河道观测的范围不断扩大，向上、下游延伸。即便是"文化大革命"期间，在全国到处停工、停产，组织机构瘫痪的情况下，荆江乃至整个长江水文，河道观测也没有中断过。一面"抓革命"、一面"促生产"的局面保证了荆江局水文河道观测资料的连续性。70 年代初，三峡工程的反调节水库葛洲坝工程率先上马，工程的水下地形测量均由荆江局完成，他们为工程的设计和施工提供了很重要的资料，做出了巨大的贡献。直到 1976 年，葛洲坝河床试验站成立之前，荆江人一直肩负着葛洲坝工程的有关河道测量工作，此后才将宜昌（虎牙滩）以上的任务交给葛洲坝河床试验站。

　　80 年代初，随着三峡工程上马的呼声日高，为了研究三峡工程建成后清水下泄对荆江河段的影响，荆江局加大了收集整理河道测量资料的力度。从重庆至宜昌的"长程水道地形图"经过各种努力绘制完成，从此重庆至城陵矶的水下、岸上都有了完整的图纸。川江的河道观测资料也进一步完善。1985 年以前收集的荆江、川江河道资料均整理成册。这些都为三峡工程的设计和施工创造了条件。

荆江局土钻队是长江委水文局唯一的一支钻探队伍。为了弄清河床组成，为三峡、葛洲坝工程提供翔实的河床勘探资料，1958年，荆江局土钻队就开始了葛洲坝下游的洲滩勘探和河岸组成勘探。那时的西坝还十分荒凉，条件相当艰苦。每次土钻队的10多人去钻探，都要租用民船，白天他们在洲滩上作业，吃、住都在船上。一到生火做饭的时间，整个船舱内便烟雾弥漫，几乎让人窒息。艰苦的条件不仅磨炼了荆江局人的意志，而且激发了他们的斗志，使他们一次又一次圆满地完成任务。

土钻队的业务范围并不限于荆江，因为三峡工程的关系，它的触角一度上伸到长江上游的屏山及嘉陵江合川等地。90年代，金沙江下游的溪洛渡、向家坝水库被提上议事日程，土钻队承担了这两个水库的前期勘探工作。在这个过程中，又出现了一个新的问题，就是水库清水下泄是否会如有的专家所担心的那样将泥沙特别是鹅卵石等推移质带到重庆，从而造成重庆河段的淤积而形成三峡库尾"拦门槛"？若如此，则会抬高三峡水库库尾重庆的水位，使整个三峡水库受影响。对此，国家三建委副主任郭树言及三峡工程开发总公司、长江委的有关领导都十分重视，认为很有必要弄清金沙江下游到重庆的河床组成。荆江局又责无旁贷地承担了这项重任。他们与长江委有关领导及三峡工程开发总公司有关人员一道，对金沙江下游到重庆河段进行了为期一年的河床勘探，终于弄清了河床组成情况，收集了大量宝贵的泥沙资料，为论证三峡水库是否会受影响提供了有力的证据，从而受到三峡工程开发总公司的好评。

在为三峡、葛洲坝工程提供水文基础资料方面，荆江水文人更是做到了"无私奉献"。荆江水文工作者除了提供在实地收集积累的水文情报以外，几十年来还深入川江、嘉陵江及乌江流域等地进行了大量的历史洪、枯水调查考证。每到一地，他们首先走访当地百姓，只要老百姓能回忆起来的洪、枯水遗痕，他们都亲自去考查，测高程，再作细致周密的分析，从而获得了大量的历史洪枯水资料。水文基础资料的提供为工程的设计、施工发挥了重要作用。如葛洲坝27孔泄洪闸的设计，就是根据荆江局参与提供的1870年宜昌发生的105000立方米每秒的流量确定的。葛洲坝工程大江截流时，荆江局还承担了一部分水文技术观测任务，为万里长江第一坝的胜利合龙做出了应有的贡献。举世瞩目的三峡工程能在1994年12月胜利开工，也与荆江局人收集、提供的水文基础资料分不开。三峡工程开发总公司副总经理、三峡工程大江截流副总指挥贺恭说："大江截流胜利成功，一半功劳是水文的。"这话说得一点儿也不过分。

80年代后期，荆江局又开始了有关三峡、葛洲坝工程的科研工作。当时荆江局成立了以主任工程师陈时若负责，由科研所、技术室、水文站、河道队和土钻队等部门主要技术骨干参加的攻关小组。1986年6月，他们承担了有关三峡工程可行性泥沙研究工作，具体研究任务是"葛洲坝工程蓄水后下游河段的冲淤变化"。经过一年的努力，于1987年6月完成。1988年，荆江局又参加了国家"七五"重大科技攻关项目中长江水文局承担的第四、五专题下的两个子题的研究，即"原型观测及原型观测新技术研究"（与重庆水文总站、葛实站、汉口水文总站及水文局合作）、"三峡水库下游河段演变分析"（与汉口水文总站合作），也取得了较丰硕的成果，为弄清三峡工程兴建后三江下引航道水深的变化及控制水位下降提供了极其重要的基础数据，也为三峡工程修建后下游水位、河床、河势变化情况的研究提供了极其重要的参考依据。这些成果于1991年3月经水电部、交通部主持组织的专家评审，认为：总体上而言达到国内领先水平，部分成果达到国际先进水平。

此后荆江局还参加了"八五""九五"等国家重点科技攻关项目中有关三峡工程的研究。这些成果的背后无不凝聚着荆江人辛勤的汗水和对三峡、葛洲坝工程始终不渝的追求。现在，三峡工程正在兴建，荆江人的三峡梦已成真，他们又跋涉在新的征途中，延续着他们对三峡绵绵不断的爱……

三峡水文测报日记

张伟革

2003 年 6 月 19 日　星期三　晴

好一个艳阳天，烤得正在三峡大坝坝下施测流态的长江委三峡水文局河勘队员们汗流浃背。1 个多小时的现场采访，我终于奈何不了高温烈日的挑战，躲进车里，看到气温表上显示的数字为 42℃，再看看外面那些仍在一丝不苟观测的测员，敬佩之情油然而生。

我是随长江三峡水文局安全生产检查组一同到测量现场的，听带队的李建华副局长介绍，这次任务是三峡水库 135 米蓄水后进行的首次河道测量，由于测区水文条件发生了很大变化，测验难度增大，危险性也比过去大多了。他说尽管如此，长江三峡水文局仍将尽全力满足工程建设的需要。

在岸上看大坝泄水，雄伟壮观，气势如虹，置身在波涛、激流、泡漩、回水交织的江面上，却是别样的感受，危险时刻伴随左右。坐在只有 90 马力的水文测船上，逆流闯到了距泄洪孔只有 1000 多米的测区，激流中一叶轻舟像喝醉了酒的汉子不能自持，身着救生衣的测员们却在船头忙着投放浮标，一二米高的波浪，不时涌上舱面，测船终于没有"偏向虎口行"。在这"生命禁区"闯荡，我为这些与水打交道的人也为自己着实捏了一把汗。

离开工地已是下午 6 时许，已工作了 10 多个小时的河勘队员们还在进行第 7 线流态测量。问起这次测量的目的，负责本次任务的河勘队副队长谭良告诉我，主要是为了掌握三峡工程施工对近坝区河道的影响及河道泥沙冲淤情况，及时为工程建设、运行及通航提供实测水文资料。他说今天施测的 1/2000 流态项目只是整个近坝区河道测量任务的一部分，坝上水库的流态、地形测量任务更难。

我已和他约好，到时再去看看到底难在哪里。

文
学
篇

6月20日　星期四　晴

三峡水库蓄水后的水环境变化状况，众人关注。尤其是搞新闻的，总想在水环境方面做点大文章。我却不然，私下里生怕捅出什么娄子来，吃不了兜着走。即使要写这方面的东西，也总是力求到现场。但这次算是个例外，本来约好今天上午与长江三峡水环境中心的监测人员一同到三峡的，没想到他们早上6点多钟就出发了。等我8点到单位，他们早已在50多千米外的三峡水库开始监测了。因此，我只好借助电话了。

电话那边是长江三峡水环境监测中心主任高千红，听筒里传来他疲倦的声音：今天，我们4个人分两组在坝下黄陵庙断面和坝上三斗坪断面取样监测，这是三峡工程开发总公司委托进行的135米蓄水过程水环境监测任务中的最后一次，现场测定了pH值、电导率等4个项目，现在我们正在做其余20个项目的分析。说是"基本情况你都知道"，我便没再多占他的时间。

说起这份责任重大的水环境监测工作，我还真有些了解。他们从5月初接受长江水文局下达和三峡工程开发总公司委托的蓄水水环境监测任务开始，至今已在巴东、庙河、黄陵庙、宜昌4个断面进行了42次现场监测，收集了大量的监测数据。为了及时提供准确可靠的监测资料，为社会、为工程建设提供优质服务，一个多月来，他们早出晚归，忙了取样又忙分析，常常加班至深夜，连女同志也不例外，称他们是三峡水环境卫士，我觉得一点儿也不夸张。

现在是17时30分，拨通长江三峡水环境中心的电话想问问分析结果，一位工作人员说是快了。看来卫士们今天不用加夜班了。

6月22日　星期六　多云

站在三峡大坝120平台上看泄水，另有一番感觉，10多股巨大的水柱，从泄洪闸孔喷射而出，大有摧枯拉朽之势。奔涌的江水和震耳的涛声，为三峡大坝倍添雄姿。可惜江面上少了那猎猎飘扬的测量旗。

本以为今天"西线无战事"，不承想长江三峡水文局河勘队的队员们却转移了战场。坝前水库碧水清清，红白相间的测量旗格外醒目。还是那些人，还是那条船，不同的是在水库测量少了许多坝下闯急流的那份险，却多了流速慢、水面宽、水深大给测量带来的难。

按规定1/2000的流态，在下泄洪闸大流速状态下5秒钟测一点，坝上却是30秒测一点，换句话说，水库流态测量的工作时间与坝下相比要增加好几倍，加上蓄水水位抬高，水面增宽，过去的控制点都被淹没，必须重新测设，测区的地形已是面目全非，过去了如指掌的地貌、航道及水文特征，如今都是那么陌生，水文测量自然就难了。但河勘队队员们不畏险，也不怕难，他们想方设法，硬是做到了不漏测一个点，不记错一个数，工作认真负责，质量精益求精。

从庙河水尺到乐天溪全长 27 千米的流态测量，还得几天才能完成，但队长张景森告诉我，他们争取提前，说是万一出现大洪水，说不准还有更急更难更险的任务要去突击。

我相信这支敢打善战、曾在三峡两次截流水文测报中立下汗马功劳的测量队伍能够圆满地完成任务。

我，为长江水文有这样过硬的队伍而欣慰，也为中国水文有这样的人而自豪。

此刻，即使放下笔，我的思绪仍在飞……

6 月 23 日　星期一　多云

去过长江三峡水文局宜昌水文站的人不少，但亲眼看见他们夜测流量的人并不多。今晚，我成了这不多的人中的一个。

连续一个多月的三峡 135 米蓄水过程水文测验，为这个已有 126 年历史的老站又新添了一份宝贵的水文资料。马未卸鞍，三峡水文人又开始了三峡工程试发电水库调度运行的相关水文测验工作。由于两坝间的水位调节，宜昌站水位变幅较大，涨落变化频繁。按《水文测量规范》，水位变幅超过 1.5 米必须测流，因此，宜昌站的测报人员时刻都在监视着水情。晚上 8 时许，上午才测了一次的测员们又接到了"水位变化异常，立即进行夜测"的紧急通知，从四面八方匆匆赶来的测员、船员，按照预定的夜测方案立马投入到了测验中。

漆黑的江面上，闪烁着"水文 127"轮的灯光，伴随着机器的轰鸣声，GPS 一次次把测船准确定位于断面测点上，随着流速仪桨叶的旋转，经微机系统现场处理后的一组组流速、流量数据跃然眼前，1 个多小时的时间就完成了过去用传统手段需要 3～4 个小时的工作。现代化的测验工具真是神奇，就那么个巴掌大小的 GPS，一下子就淘汰了用了几十年的辐射杆，刮风下雨监测不误，用灯笼火把指示定位夜测，在今天基本实现了信息化的宜昌水文站已成为故事。

船上，年轻的副站长黄忠新对此颇有感慨：作为国家重点测报站，宜昌站的这一天来得迟了些。我也有同感，但愿长江水文，不，是中国水文早日实现现代化。

6 月 24 日　星期二　阴雨

明天，三峡工程 2 号机组就要试并网发电了。从今天起，地处葛洲坝和三峡大坝

文
学
篇

两坝间的三峡工程黄陵庙专用水文站，开始实施三峡梯调中心下达的每日两次的流量测验任务。听黄陵庙副站长胡焰鹏介绍，这一专项任务主要是为试发电水库调度运行提供实测水文资料。

测流，对于水文工作者来说是一项基本工作，因为与"伟大的民族工程"联系在一起，其重要性也就不一般了。就说今天的测验吧，上午、下午各一次，水、流、含全套测，水位、流量实测资料，要在规定的时间报出。梯调中心就是根据这些实测资料，控制下泄流量，调节水库水位，这是通航、发电不可或缺的基本资料，你说重要不重要？

由长江三峡水文局负责管理运行的黄陵庙站，管理坝区、库区20多个水文（位）站和两个基本断面，前段时间忙于135米蓄水过程水文测验，很多职工两个多月没回一次家，本想轻松一下的测员们，现在又得铆足劲，按站长叶德旭的话说，"必须全力以赴"。这不，今天一大早，两路人马就分别开始了坝上坝下两个断面的测验。好在他们用的是GPS定位、ADCP测流、微机处理数据，工作时间缩短了很多，效率提高了很多，业主自然满意。只是个别测员对我颇有微词：水文的作用这么重要，地位却很低，就是你们宣传少了。

6月26日　星期四　阴雨

汛期见到下雨，就想到防汛；说到防汛，也就自然联想到了水文测报。在我办公室旁边，就有这么一群整天忙忙碌碌的水文人，他们就是长江三峡水文局水情预报室的预报员们。

这个6个人的水情室有5个是女同志，主任刘天成是水文党支部书记，也是这里唯一的男同胞，可谓正宗的党代表了。平时与他交谈总是一脸笑，这几天脸上却多了好些"严肃"。长江上游及三峡区间降雨必然影响宜昌的水情预报，要做好预报，难是难点，但他们毕竟是久经沙场的老预报了，对付自然条件下的预报他们很有一些套路。刘天成说，难就难在人为因素的影响。

三峡水库和葛洲坝的水位调节，常常令预报员们做起预报来感到头痛，为了一个"准"字，他们多了许多会商，少了不少休息。这不，今天的一场大雨，让他们几个人又是查资料又是算，当然也没少争论。认真过后，方有了入汛后第一次较大洪峰将于明天夜间到宜昌的预报。通过广域网，宜昌的水情及预报很快就发到了国家防总和长江防总，还有中下游的10多个地方防指。

我问，这次预报对荆江防汛很重要吗？有预报员答，高洪期间及时、准确、可靠的水情对荆江乃至中下游防汛十分重要。的确，在迎战1998年大洪水中，他们提供的水情资料在荆江是否分洪的决策上起到了重要作用。记得那年，他们还荣获了全国报汛先进集体的称号，真是了不起。

看到、了解到水情预报分析如此重要，有关"水文雨刮器"之说，本人不敢苟同。我倒欣赏"养兵千日，用兵一时"，关键时刻方显尖兵本色。

雨，还在下。但愿今年无大水。

6 月 27 日　星期五　多云转晴

三峡水库的泥沙问题是许多专家学者潜心研究和社会普遍关注的问题。我是门外汉，但无论是定量的分析，还是定性的研究都少不了基本的水文泥沙实测资料，这一点儿我还是知道的。大概是受整天和泥沙、卵石打交道的夫人的影响，不采访的时候，我也常去她们泥沙室，偶尔得些素材。最近一段时间，她常常加班，回家晚了问及何故，才被狠狠告知：你不知道啊，蓄水监测的沙样这么多，要得又急，不加班怎么交差。虽遭了白眼，但心里还在感谢夫人给我提供了报道线索。

长江三峡水文局泥沙室虽是个组级单位，却承担了全局的泥沙分析工作，由水文站、河勘队采集的水沙样，经过他们的处理、分析，成千上万组的成果数据，成了长江水文的宝贵财富，当然也是国家的财富。翻开长江三峡水文局的历史，方知泥沙测验始于 1946 年，57 年来，收集整理的水文泥沙资料，被专家誉为"价值连城"。据我所知，这些成果在葛洲坝工程和三峡工程设计、科研、施工、管理以及长江治理开发中得到了广泛运用，收到了显著成效。

就这么个泥沙分析工作，就这么"上纲上线"，居然有了这么多重要性。其实，我也知道，泥沙分析工作的重要是因为泥沙资料的重要，是因为水利工程和国民经济建设不可缺少。这次不经意的采访，让我学到了不少有关泥沙方面的新知识。

临走时，组长李成荣递给我一张纸条，上面写的是三峡水库 135 米蓄水过程泥沙分析共完成断面单沙 1080 点，悬移质颗分 1280 点，床沙推沙分析 624 点，称重 8072 次。他说，这段时间就在忙这些事了。

大概他是想告诉我，我夫人这段时间常常加班的原因。

7 月 1 日　星期二　阴

今天是建党 82 周年的纪念日，有许多热心的话儿想对党说，但感受最深的还是"伟大来之不易，同志仍需努力"。

说归说，做归做。为长江委出版有关三峡工程建设画册整理了一天的图片，翻遍了长江三峡水文局从 50 年代至今的数千张照片，游历于三峡水文的历史长河，仿佛

文学篇

身临其中。

三峡工程于1994年正式动工，至今已10年了。昔日的中堡岛被巍巍大坝取代，中国人为中华民族树起了一块丰碑。大江截流龙口的长江委水文测艇功成身退，业主"水文监测尤为突出"的赞誉仍在耳际；明渠截流，长江水文再现风采，水文人运用高新科技把整体水文监测技术提高到了国际领先水平；135米蓄水，五级船闸通航，机组发电，三峡建设捷报频传，三峡水文人为了"这一刻"，奋斗了数十载，他们收集提供的水文资料，在工程科研设计、施工运行中发挥了重要作用。都说三峡工程伟大，我要说三峡工程的建设者们更伟大。

看看眼前这些发黄的照片，1877年以来的水文资料，峡江测量闯险滩，泄洪闸下测地形和赤膊上阵抢测洪峰的镜头，在当时的条件下艰难可想而知。几十年来，三峡水文人用自己的双手改变了旧模样，特别是近10年来，三峡水文在部、委的支持下开拓奋进，得到了长足的发展，仪器设备、测验技术已是今非昔比，他们以高效优质的服务，在三峡工程建设中创水文名牌，尽尖兵之责，立下了汗马功劳。我为此激动为此而呼：长江水文人伟大。

无论是三峡工程建设创造的辉煌，还是三峡水文取得的发展，应该归功于党的领导，归功于建设者。几代长江委水文人为三峡工程建设"甘洒热血献春秋"，如今虽已平湖初现，但仍壮志未酬。三峡水文人还在默默奉献，还在开拓拼搏。我突然想起长江三峡水文局局长、三峡工程优秀建设者戴水平讲过的一句话，他说：我们这样拼命地干为什么？不就是为了过好日子，不就是为了国家的强盛！

他说得实在，说得真好。

7月7日　星期一　多云

长江三峡水文局不大，但它所属的宜昌蒸发站，当年却堪称亚洲第一，就是如今，其规模也相当。然而却因地处偏僻成了"保密"单位，蒸发站的人自然更是默默无闻，就像耸立在蒸发场上空的不停转动的风向风速仪。

有朋友问，蒸发站是干什么的？我的印象是研究水面蒸发对三峡生态环境的影响。还是蒸发站站长朱喜文说得更全、更专业：建于1983年的蒸发站，是为三峡工程和葛洲坝工程而设的一个大型实验站，其目的是探求三峡库区水体的水面蒸发以及蒸发能力的变化规律，弄清水面蒸发与气象因子的关系和天然水体的蒸发量，为水资源评价、管理和科学研究提供科学依据。该站除了蒸发量观测外，还有不少气象观测项目。20多年的积累，丰富了长江水文在蒸发研究方面的经验，成了一笔独特的财富，将把宜昌蒸发站的名字载入长江水文的史册。我是这样认为的。

朱站长不善言谈，说话实在，做事实在。早几年，蒸发站的办公条件用百分制评估，只会在 60 分以下。朱站长上任后，带领同事们攻关，自编程序，解决了几十年积累的大量观测资料的计算机整编问题，还出了不少颇有价值的论文。随着三峡工程建设步伐的加快，蒸发站的建设也上了一个档次，设备及办公条件今非昔比了。如今的蒸发气象观测员们虽然每天上下班还是要到 10 多千米外的市郊，但心里舒服。因为他们的工作得到了上级的重视，也因为他们看到了水文发展的前景。

末了，回头看看那个 20 平方米的大型蒸发池，忽然冒出一个结论：在宜昌这块如此之小的地域内集中了如此之多的水利工程，其建设和运行管理不能没有水文监测，而三峡区域环境的变化对生态的影响，不能没有蒸发研究。

7 月 8 日　星期二　多云

高千红，个子不高，平常的发型下是一副平常的眼镜，见到他你总能先听到"你好"的招呼，印有"长江三峡水环境监测中心"字样的一身白大褂，透出的信息是出现在眼前的是位与水环境有关的科研工作者。小高的名字好记也好听，干活也漂亮，用主动、认真、踏实六个字来定格他的工作特点，同事们都说"OK"。

小高是个普通得在人群中一闪即逝的小人物，但他所从事的工作却上可通天下系民生。三峡水库蓄水后水库的水质状况、突发性水污染等无一不为世人关注，小高他们监测、分析、提供的水质资料，每一个数据都是那么敏感，那么重要，因此出不得一点纰漏。有时为了一个数据常常是白天取样，晚上加班，通宵达旦的奖励总是一碗方便面，当主任的小高也不例外。在这次三峡蓄水过程水质监测中，坝上坝下取样风雨无阻，连续 50 多天，取样断面达 224 个，水质分析 1204 点，污染分析 384 点。为了满足工程建设的需要，保障人们的生产生活用水安全，总是身先士卒的小高和他的同事们吃了不少苦头。这些我都曾耳闻目睹。

我还去过他们的试验室，工作条件算好，但硫酸、细菌、氰化物什么的，好生恐怖，常常与之打交道，真得慎之又慎，"一不留神就可能弄出个不堪设想"。小高寡言，但句句在理。

谈到水环境监测工作的发展方向，他脱口而出的几句话，我记得长江三峡水文局岳中明局长在三峡检查指导工作时也曾有过强调：水质监测要发挥水文优势，提高服务水平，谋求自身发展，加强水量水质相结合的监测与分析评价，为水资源管理和保护提供及时准确的科学依据。

看来，这个高千红对上级的指示精神颇得要领，对做好今后的工作充满了信心。

文
学
篇

7月14日　星期一　晴

淮河的一场大水，惊动了党中央，长江汛情同样倍受国人关注。

打开长江水情信息查询系统，连日来，长江上下及洞庭湖湖区超警戒、突设防水位的记录频现，一次连续的强降雨一下子拉响了长江防汛抗洪的警报。

我曾几乎走遍大江上下和洞庭湖湖区的水文站，我知道，此刻的水文人就像战士，正在与洪水搏斗，正在冲锋陷阵。在这场没有硝烟的战斗中，水文人表现出的团结、拼搏和无私奉献的精神，铸就了遒劲的中国"水文之魂"。三峡水文人作为其中的一分子，在历次大洪水测报中尽显尖兵之责、参谋之能。眼下他们正在用实际行动诠释着'98抗洪精神，落实着胡锦涛、温家宝同志对做好防汛抗洪的重要指示。

长江三峡水文局地处三峡的出口，控制着荆江地区洪水来源的95%，而且峰高量大，直接威胁着中下游。三峡水文人清楚宜昌水情的重要性，更清楚肩上责任的分量。从6月下旬宜昌出现今年入汛以来的第一次洪峰到昨天，大大小小的洪峰一次次考验着他们意志和技能。13日14时，宜昌站出现了入汛以来的最大一次洪峰，提前24小时准确的预报，使宜昌站、黄陵庙站抢测到了宝贵的洪峰资料，为中下游的防汛抗洪及时提供了可靠的水情信息。

这次洪峰虽然已经平安过去，但三峡水文人仍然坚守在防汛岗位，战斗在测报前线。看到这群可敬可爱的水文人，联想到1954年防汛的壮举、1998年抗洪的经历和眼下水文测报的场面，我为之感动，为之感叹。

好一幅波澜壮阔的万众抗洪图，水文人是主角。

7月22日　星期二　阴

又是一次较大的洪峰，一下子把宜昌的水位推到了警戒线附近。看着一满河滚滚的大水，真是让人揪心，也让我更是关注那些与洪水搏斗的水文人。

一大早，我便匆匆赶到宜昌水文码头，机声隆隆的"水文127"测轮上，流速仪已安装完毕，回声仪、微机测流系统已经开启，GPS定位导航动态图像在液晶显示屏上清晰可见。一次洪峰过程的重要测验于8时准时开始。

江中，波涛汹涌。我按船长的要求，穿好了救生衣，取出相机，摆起了一副老记者的架势，很是有些欲出精品的冲动。哪料到这号称120马力却已超期服役4年的单机老船，在洪水激流中上下颠簸、左右摇摆，半小时的工夫，我便感到颇有不适。还是测员们厉害，他们熟练地操作三绞和采样器，精心测算每一组数据，测量得一丝不苟，开船的胆大心细。9时左右，上游一艘大型驳船对着定位在江心的测轮直冲而来，船长吕伯华眼疾手快，及时指挥测轮驾驶主动避让，好在有惊无险。我佩服，在整个测验过程中，测员们始终精神饱满。"我们已经习惯了惊涛骇浪，1998 年 8 次洪峰 60 多天连续测报，没有一人后退。"副站长黄忠新这样说。

这次测验共测流 11 线，取样 48 次，100 分钟里他们几乎没有停过手脚，就是码头到宜昌站这么短短的几分钟路程，他们也是大步流星，为提高报汛时效争取一分一秒。

看着测员们远去的背影，我对这些在平凡岗位上不畏险难、默默奉献的水文人的敬佩油然而生。

两坝间流态测验速记

张建红　张伟革

精心准备

2005年12月6日一大早，长江三峡水文局150多人浩浩荡荡开进三峡。至此，三峡水利枢纽调峰期间两坝间流态测验进入决战阶段。

这是一次大型的测量任务，事关三峡工程发电效益和电网安全稳定运行，长江三峡水文局对这次任务十分重视，对每一个环节、每一项措施、每一个决定都是慎之又慎。为了圆满完成这次任务，该局从人员组织、物资器材准备到技术方案制定和质量保证、安全措施、后勤保障等都做了详尽的准备，力求万无一失。

由于该项目范围点多面线长，技术要求高，投入的人才、物力多，配合协调难度大，为此，长江三峡水文局成立了专门班子，并组织现场查勘进行观测布置。在质量保证体系方面强化了测量产品实现过程必须受控并严格按照ISO 9001：2000标准运行。鉴于调峰期间两坝水域条件复杂，在安全方面提出了明确要求。

这次流态测验投入仪器设备多达80台套，测前进行了认真检校测试，测员们还进行了现场演练；150多人的测量队伍，分散在长达40千米的区域野外独立作业，诸多困难可以想象，然而后勤服务组却把职工的生活问题安排得井井有条。

精心的准备，合理的安排，周到的服务，为此次流态测验成功提供了保障。

好大一个船队

由17艘测船组成的三峡—葛洲坝两坝间流态测量船队，从12月6日进入测区，至今几乎没有停歇过。查勘、设尺、测量、交通样样都离不开船，为了保证测船正常运行，满足测量工作的要求，长江三峡水文局船队管理人员研究制定了用船方案，船不够四处租，船员紧管理人员顶，出现故障连夜抢修，哪里要船去哪里。测验期间，由于准备充分，组织协调得当，安全有保障，更没有一次因船耽误过工作。

特别值得一提的是，前不久指挥船舵机出现故障，由于是进口设备，维修十分困难，船队特地从外地请来了专家会诊维修，硬是抢在出工前排除了故障。看似小事的租船，在三峡却十分困难，既要考虑用船安全，又要保证私人船员按时到位，船队的同志为此跑了不少路，做了许多工作，使17艘机船如期到位，满足了测量工作的需要。

喜滩无喜事

喜滩地处三峡大坝和葛洲坝之间，这里有个自动水位站，是三峡唯一靠风力发电的测站，可见喜滩风之大，现在这个季节早晚刮起的寒风像刀子一样，几分钟的工夫就能让你领教喜滩无喜事。

12月7日，长江三峡水文局观测两坝间流态的几名测员却要在这风口连续10多个小时观测水位、流态，早中餐面包矿泉水充饥，5分钟观测一次比降水位、15秒钟观测一组流态数据且都不说，就是这刺骨的风让人笑不出来，因为观测员的面部都被吹麻木了。

不设好水尺不吃饭

两坝间流态测量的前一天，也就是12月6日，长江三峡至葛洲坝40千米江段内已设好的30多组水尺，由于三峡水库调度运行，有不少被淹没。开工在即，重新测设的任务落到了水位组刘平等人的头上。不到半天的时间要测设3根水尺，按说是小菜一碟，可蓄水后的三峡却难为了这几条汉子。

前面的两根水尺不一会儿的工夫就搞定了，他们以为可以收个早工，到了连风都响的喜滩才发现，还有块硬骨头在等着他们。坡陡、水深、河床石头多，2米多的角钢水尺桩费了好大劲才能入地几分，桩是打下去了，可绑在桩上的2根水尺桩也在剧烈震动中滑到了一起，眼看别的小组人员已开始返回，有些个性的刘平却让交通船先回去，一句"不设好水尺不回去吃饭"，让组员们一下来了精神，于是大家七手八脚地忙开了，重绑水尺再打桩，待施测人员测完水准，天已黑了下来，那天他们吃的是正宗的晚餐。

冷风冷水伴干粮

两坝间流态测验线长面广，参加的人数过百，又由于是连续实测，送餐或回旅店吃饭都不现实，于是每位测员手里除了仪器设备外，又多了一样东西——食品袋。

要说这食品袋，里面的东西可真够齐全，面包、鸡蛋、火腿、矿泉水，样样都有。待测员到达测点后，天刚蒙蒙亮，晨风吹在身上冷飕飕的。为了增加点热量，测员们打开食品袋吃起了早点，冰冷的食物裹挟着凛冽的寒气，再伴随着几口矿泉水下肚，全身顿时凉透了，中餐仍是干粮加矿泉水，那滋味就可想而知了。测员们最大的奢望就是能喝上一口热水。

就是在这种条件下，他们仍出色地完成了各自的工作。

高新技术显威力

两坝间流态测验是一次多项目大规模的水文测验工作，流速场测验就是其中一项艰巨而重要的任务。有 44 人的流速场测验项目组，在三峡下引航道出口至葛洲坝上引航道出口的 17 个测验断面，采用电罗经导航、GPS 定位、ADCP 测流，打了一个漂亮仗。

为了保障测验工作的顺利开展，在组长叶德旭副总工程师的带领下，6 日各小组进场后立即投入设备的安装和调试工作，7 日天刚蒙蒙亮，大家带着早餐和午餐，顶着寒风进入各自的岗位。在 10 个小时的连续测验中，测验人员和测船操作人员齐心协力，密切配合，一丝不苟地严格按照操作规程精心施测。特别是 026 船，沿着断面线匀速行驶，测出的断面又准又直。为了确保成果质量，他们严格要求，对因过往船只对测验结果造成了影响的数据进行复测，对每一个断面进行现场理性分析，严把质量关。由于采用了高新技术设备，保证了流速场测验的高效优质。

三峡库区测量采访记

张建红

2006 年，长江三峡水文局三峡库区本底测量。这一年，是三峡局河道勘测队队员最艰苦的日子。笔者跟随测量人员记录了他们难忘的经历。

一

2006 年 5 月 17 日午时，我随三峡局河勘队副队长王宝成登上了去三峡库区本底测量现场的船只。

早就听说，十几名河勘队队员在三峡库区已连续酣战了一个多月，日前，尽管测量工作已进入尾声，但最难啃的硬骨头还在等着他们呢。这不，王副队手头的内业资料还未整理完，就接到增援令，马上又赶赴测区援助队友们。

听王副队说，这一个多月来，可苦坏了他的队友们，他们起早贪黑，烈日下风雨中，每天工作十几个小时。由于测区大部分位于荒山野岭，测量条件艰苦不说，生活也十分不便，十几名测员、船员吃喝拉撒全在船上，这么热的天，在外劳累了一天，他们只想好好地洗个热水澡，但条件不允许，他们只能将就着用江水随便冲冲。一个月下来，队员们胡子拉碴，头发老长，猛一看，你真不一定能认出来呢！

他告诉我，队员们最难受的是睡眠严重不足，每天睡不上几个小时，第二天还得早起，爬高山走远路，十天半个月下来，他们还能顶得住，时间长了，体力、精力就有点支撑不住，整个人感觉就像一部机器，每天重复同样的工作。这些队员们平均年龄都快 40 岁了，虽说他们也经常外出测量，但像这样超负荷的工作，对他们来说确实是一种考验。但只要工作没完成，队员们就永不言苦说累，仿佛有一种力量时刻在支撑着他们，这就是水文人精神！

听完王副队的一席话，我心里油然升起了一股敬意，举世瞩目的长江三峡工程无不凝聚着这群普普通通水文人的汗水和辛劳啊！而此时此刻，我真想早点见到这些仍忘我拼搏在深山峡谷里的河勘队队员们，真想助他们一臂之力。

二

飞船抵巫山已是傍晚6点，原准备直接进峡夜宿"风云二号"轮，一打听进峡的最后一班游船时间已过，我们只好作罢，直奔第二测量小组宿地——巫山雅苑旅馆。

一踏进旅馆，老板就告诉我们，测量人员一般很晚才回，我们安顿好后，只盼望着他们早点回来。

晚上8点多钟，我迫不及待地想验证一下下午在飞船上的猜测，于是向老板打听好测量人员的房间号，不看不知道，一看还真吓一跳！七八个男人清一色的乌黑发亮，一时半会我还真对不上号了。这个测量小组已完成了4条支流和长江干流的测量任务，听说"风云二号"测量小组在大宁河测量总接收不到信号，昨天刚刚从神农溪赶来援助队友。

测量小组组长左训青告诉我，他们的队员已是历经了千辛万苦，真的很了不起！测员江平，在这次测量中，既是队上的司务长，又是公关手，还承担着观看水位的重任，找点测控制，他还得爬好高的山，真亏他们这些队员了！毛建中是测量小组的老大哥，听说他每天要背着GPS爬高山、钻密林架设岸台，我立即对他肃然起敬。守岸台听起来好像十分轻松，其实架设好岸台后，一天就在等待煎熬中度过。晴天，炽热的太阳从头顶直射下来，让你头皮发麻，浑身挥汗如雨。雨天，你只得蜷缩在草丛中忍受蚊虫的侵袭，五十好几的人，受这种苦，真让人唏嘘不已；路途中，他不知摔了多少跤，每次仪器都是好好的，他身上却是青一块紫一块。事业中心副主任杨波是这次测量任务中唯一从外单位抽调来的测员，他并没有把自己当作是临时来支援的，测量中，一样和队友们干重活，尤其是在这次沿渡河测量中，测量船只进不了测区，他充分发挥出了他的外交特长，想办法使测轮顺利通航，丝毫没影响到测量的进度。

我怕耽误了他们的时间，正准备离开他们的房间，看见有的测员正蹲在公共卫生间门口用力地搓洗衣服。真难为这些测员们了，白天劳累了这么久，晚上还要挤出时间洗衣服，要是这个小旅馆能有台洗衣机就好了！

三

一夜我都睡得迷迷糊糊，怕睡过了头，队员们先我而走了。6点不到，我就收拾停当，准备稳稳当当地坐在一楼服务台等候他们。哪知，我刚下楼，就见队员们已吃上了早点，说马上准备出发了。

今天测量组将赴大宁河的第二峡——巴雾峡，原打算赶来看看队员们是怎样攻克滴翠峡的，遗憾的是昨天没赶上进峡，队员们已于昨晚7点终于攻克成功。听队员们介绍，滴翠峡是小三峡中最陡、最长的一个峡谷，为了能找到架设仪器的位置，好多队员的手臂上、腿上全被荆棘划伤了，现在还在隐隐作痛呢！

巴雾峡两面青山绿水，是小三峡中猴群出没的地方，也是人们游览小三峡时的一个重要景观。坐在船头，我一边欣赏景色，一边想象着队员们十多天深居在这幽静的峡谷里是怎样度过的。峡谷里除了间或驶过的游船，四周静悄悄的。晚上，测轮停泊在陡峭的岩石边，蚊虫到处飞舞，船上不能开灯，十几名测员只能在黑暗里度过，大多测员洗了倒头便睡，此刻，我多么希望他们能早日完成任务，早日回到温暖的家啊！

中午时分，太阳从山顶直射下来，甲板上一下子烤得热烘烘的，人站在甲板上什么也不做，脸上的汗珠就一个劲地往下掉，人就像罩在一个大蒸笼里一样难受。队员们匆匆吃完饭，顶着烈日又开始工作。我坐在租来的测船上，好心的测员看我没处遮阴，就额外地专门为我固定好了一把大大的测量伞，正在我暗自庆幸有了这样一个绝妙的藏阴之处时，岸边杂乱的树枝铺天盖地一扫而来，遮阳伞立马结束了它的使命，测量人员的身上一下子沾满了杂草，树枝从我头顶呼啸而过，我只好躲进了船舱。

也许，最困难的都已被攻下，所以今天的巴雾峡测量显得十分顺利。测员们开玩笑地说，可能今天组里来了女同胞，大家心情好劲头大！听着队员们的玩笑，我在想，只要他们能开心地工作，我也很是欣慰了。

这两天的气温一天天地往上蹿，天气预报今天的最高气温 34 摄氏度，这下，队员们可有罪受了，还好的是队员们只剩最后一个龙门峡了。

四

长江干流测量组经过精心准备，十几名测员一举进军夔门，展开了一场本底岸上地形测量的攻坚战。

这是一支名副其实的"联合部队"，长江三峡水文局技术室主任、河勘队副队长以及机关技术人员，全部汇聚在这里。为确保工作任务的完成，三峡局组织精干队伍，在库区本底地形 4 个测量小组的基础上，又紧急增派了这支"长征组"，新购置了一台 GPS 卫星定位系统以及必备的测量器具，并从其他测量小组抽调技术骨干，进一步充实测量力量，以确保测量的顺利进行。

"夔门天下雄"，夔门是长江三峡中最险的江段，水势复杂，滩潮多。开测第一天，测员们就在夔门两岸展开了大规模的测量，测船不停地在江面穿行，测员们顶着烈日测量。他们吃住在租借来的民用客船上，用椅子、竹板搭起简易的床铺和船工同吃同住，船舱内堆满了各种仪器设备和生活用具，生活十分艰苦。从早晨 6 点开始，连续工作十几个小时，圆满完成了当天的测量任务。

三峡库区支流测量风采

张建红　孟　娟　李　平　谭　良

2011 年春节刚过，长江三峡水文局又展开了三峡库区支流水道地形测量工作，在乍暖还寒的三峡，在远离家人的荒野，那些可歌可泣的人和事给我们留下了难忘的印象。

火速增援火炮溪

3 月 19 日，长江三峡水文局三峡库区支流测量 GPS 控制测量组正式加入到地形测量行列，成为又一股支流测量的主力军。

由于支流地形测量时间紧迫，总工程师樊云要求控制测量组施测火炮溪地形。说干就干！控制测量组立即抽派人员到宜昌取回地形测量设备，并迅速租船、安装调试测深仪。由于火炮溪没有控制成果，待分布于大宁河、梅溪河等一百多千米距离的一个 C 级 GPS 同步观测结束后，在火炮溪布设 E 级控制网，再进行观测计算，求取七参数。同时，长江三峡水文局又派来了具有丰富水下测量经验、刚从海上测量返宜的高级工程师彭勤文参与火炮溪地形测量。

次日下午，他们匆匆来到位于火炮溪中间的两河口镇。刚放下行李，就进行GPS、RTK 操作、地形测量培训，架设基准站，并用七参数对已知点进行检测。待一切准备妥当，已是傍晚 7 点多钟。

21 日天不亮，大家就早早起床，吃罢简单的早餐，斗志高昂的队员们背上仪器设备，就分头出发了……

冲刺的感动

3 月 20 日，是三峡库区支流测量机动一组草堂河测量的最后一天，也是测员进入草堂河的第五天，机动一组负责人谭良带领全组测员准备做最后的冲刺。

草堂河全长 12 千米，沟汊多，河床宽阔，这对测员们来说，无疑是一次挑战。尽管天下起了雨，气温骤降，江面的风也越刮越大，但这丝毫没有削弱队员们的士气。

上午 30 多个断面顺顺当当地测完，下午是冲刺的关键时候。吃过午饭，谭良放下碗筷，就直奔用于水下测量的那艘不到 10 米长的小船，他弓着身子钻进光线十分昏暗的船舱，蹲在只能容纳一人用来操作回声仪的工作间里。这间他和队员们连续工作了 20 多天的工作间实在是有些为难他们了，船舱里放了几台仪器就已显得满满当当，个头不高的谭良站在里面，身体却难以伸直，更何况身高体壮的操作员张黎明了。谭良刚安排完下午的工作，测船就发动了引擎，向最后冲刺点急驶而去。

三月天北风吹，立马就天寒地冻了，仿佛转眼又回到冬季。下午 4 时 30 分，阴沉沉的天，雨越下越大，江面三艘飘扬着红白旗的测船依然毫无倦意地穿梭着、轰鸣着，守护岸台的测员禁不住寒冷的侵袭，生火取暖，岸上地形测量的两艘船已先后泊岸，江中仅剩水下地形测量的那艘形单影只的小船。这时，天边的云层越来越厚，一个多月没下雨的老天似乎发了威，大有山雨欲来风满楼之势。一个点、两个点……测船加快了速度，在江面上来回地穿梭。18 时，既是船长又是炊事员的船老大做好了晚饭，叫大家吃饭了，可对讲机里传来了谭良坚定的声音："兄弟们，辛苦啦，测完了吃饭！"天渐渐黑下来，气温越来越低，测员们忙而不乱，井然有序地做着手头的工作。18 时 50 分，大家听到了由远而近的机器轰鸣声，船舷上，谭良身着军棉大衣站立在船头，黝黑的脸上透出几分疲惫和喜悦，就像一位凯旋的战士。

等收拾好仪器，天已经完全黑下来。船老大端上来热了好几遍的饭菜，点上蜡烛，早已饥肠辘辘的几位小伙狼吞虎咽地吃起来。十几名测员、船员围坐一起，平时拥挤不堪的船舱里，此时显得分外热闹。

19 时 50 分，雨仍在下个不停，测员们登船上岸。当 10 名测员顶着寒风，踩着泥泞，行走在漆黑的三峡支流岸边时，你不得不为这些奔波在外的测员们所深深感动！这不是一般意义上的感动，而是震撼心灵的一种力量，是称之为三峡水文人特别能战斗的精神，辛苦了，向你们致敬！

特别行动队

三峡库区支流测量机动一组，是由机关人员组成的一支特别能战斗的队伍。从 2 月 27 日进驻库区，目前已完成了梅溪河、朱衣河、草堂河共 50 千米的测量任务。

机动一组由长江三峡水文局副总工程师谭良率队，技术室副主任张景森、质检员樊乾和和测量主力张黎明组成，测员来自三峡大学的实习生。由于这次测量任务要求高、时间紧，副总工程师谭良主动请缨，从外面租借仪器设备，招聘测员，迅速组建了这么一支队伍及时开赴测区。在征战梅溪河的过程中，芝麻田河床两岸裸露，乱石林立，涧水流淌，张景森表率在先，身着短裤手脚并用，涉水翻石10多千米，脚走肿了，就拄着拐棍一路前行，这种现身说法的精神在测量小组中传为佳话；谭良身先士卒，争分夺秒与时间赛跑，迎难而上；张黎明一线模范，兢兢业业，是大家公认的楷模；樊乾和踏踏实实，勤勤恳恳，是成果质量的绝对保障；招聘的年轻队员们也不甘落后，个个勇往直前，劲头十足。机动一组正是凭着这种吃苦敬业、敢打敢拼的团队精神圆满完成了他们所承担的任务。

3月21日，机动一组又马不停蹄地赶赴错开峡开始了新的征程。

支流测量姊妹花

在长江三峡水文局支流地形测量中，河勘队的4名女队员和男队员一样冲锋在测量最前线。她们兢兢业业坚守岗位，她们相互鼓励同续姊妹情深。

多年来，4名女勘测队员克服了家庭、身体等方面的诸多困难，在风风雨雨的测量第一线，在突击加班的不眠之夜，出色完成了一个又一个工作任务。她们以女性特有的细致和敏锐，在各项工作中发挥各自的特长，撑起了河勘队工作的半边天。在这次支流测量中，她们更是巾帼不让须眉，这些平日文弱的女同志在如此艰苦的环境中，工作热情和干劲令人刮目相看。

设在测区现场的测量大本营每隔一段时间就要向前搬迁。每次搬迁，都是几名女队员打主力。男队员们都在测量现场，负责内业工作的几名女队员和司机师傅就承担起了设备、资料和行李的装卸搬运工作。每次都是满车的行李、设备、测量成果及资料，有些箱子有几十上百斤重。为了不耽误工作，女队员们自己装卸，她们抬的抬，背的背，你搀着我，我扶着你，像蚂蚁搬家似的，硬是一件一件地把所有的行李都搬到了工作间，并且立马将搬运下来的仪器和设备组装完毕，迅速投入到了工作中。目前，以女队员为主的支流地形测量内业工作基本与外业测量进度保持同步。

在外业测量队伍中有一名唯一的女测员阮文莉，每天早出晚归，和男队员们一起参加测量工作，日出而作日落而归，近两个月的户外风吹日晒，她的脸上已布满了晒斑，身体十分疲劳，但她却以大局为重，在人员紧张的情况下，她不但没有退缩，相反，她还凭着超强的毅力无怨无悔地努力工作，赢得了队员们的尊重。

水文三峡局河勘队副队长车兵再次被委以重任，他带领的5名测员自2月14日赶赴大宁河，在此征战已有一个多月了。大宁河地势险要，河床复杂，两岸悬崖峭壁林立，队员们从龙门峡到巴雾峡，再挺进滴翠峡，历经了重重困难。最难忘的一次是在黄龙镇的花台乡龙溪沟测量，由于花台乡大半年都没下雨，龙溪沟最深处也只有 3 米。由于干旱少雨，大部分河床都已裸露，测船根本无法进入测量，他们只能弃船上岸。队员每天步行 20 多千米，遇到水深的地方，就用双手攀援着两岸悬崖匍匐前行。白天再苦再累，晚上回到旅馆还得加班整理资料。由于休息的地方条件实在太差，累了一天的队员们洗个热水澡，泡个脚都成了一种奢望，因为那些天花台乡硬是滴水不下啊。没有办法，他们只得用从测船上随身带来的矿泉水来刷牙洗脸，这对在外劳累了一天的测员们来说，是多么的不近人情啊！好在这是一支有准备、能吃苦的队伍，在这样艰苦的条件下，测员们没有一个人退却！他们知道只有迎着困难上，才能圆满完成任务。

目前，80 多千米长的大宁河主干道测量任务已接近尾声，他们正积蓄力量准备向小小三峡的马渡河进军，拿下大宁河测量中这最后的一块硬骨头！

天天吃肉的日子

走进三峡库区支流测量现场，只要你稍稍留意就会发现，所有的炊事员都是从当地客运船上请来的驾驶员，千篇一律的男性，千篇一律的身兼船长和炊事员两职，而且都事先声明，他们此前从来就没有做过饭。特殊时期，容不得测量队员们挑三挑四，只要肯做事，照单全收！

就是这么一群船员，承担起了长江三峡水文局三峡库区支流测量人员的一日三餐。厨房就设在船舱进门处，在废旧的椅子上临时放一块板子就是他们的案板兼餐桌，救生衣或许是他们最适合的座椅，船舱地板就是储存菜的场所，脸盆钢碗，无所谓大小，能装菜盛饭就行。因为每天就餐有十几人，船老大啥简单做啥，所以他们吃得最多的荤菜就是炒肉。由于测量多是在远离集镇、人烟较少的地方，每到集镇，他们就会多买些肉放着，可是等过了几天，肉就生出了气味，没办法，那也得照单全吃，好歹也是肉啊！可是这种天天吃肉的日子实在是不好过啊。

在船上做饭，最怕的是遇到大风天气，北风一吹，煤气灶就成了摆设。大宁河测量小组在琵琶洲测量时，下午 4 点多钟，峡谷里突然刮起了 7 级大风，这时，正好是开始准备晚饭的时间。船泊岸后，大家挤在船舱里盼着风能小下来，可一直等到下午 6 点多钟，狂风仍没见停歇下来，当晚的饭就一直拖到晚上 8 点多钟，队员们才找到一个小镇勉强应付过去。

俗话说：民以食为天。可对他们来说，只要填饱肚子干好工作就行！难怪跑船的老大感慨道：以前只听说我们的生活简单，哪知你们的生活更简陋，三峡水文人真是了不起！

文
学
篇

给力船长

长江三峡水文局在这次三峡库区支流测量中，跑得最勤、最苦的自然是测船了，它们就像是一座上足了发条的钟，每天来来回回毫无倦意、不弃不馁地穿梭于支流两岸。苦、累，在这方面与测船整日相伴的船长是最有感触的了。一条不到十米长的小渔船，一天连续作业十几个小时，光是那柴油机的"嘟嘟"轰鸣声就够让人难以忍受，他还要一边双手操持方向盘，一边双眼紧盯电脑显示屏，神经高度紧张，一天下来，身心疲惫。承担大宁河水下地形测量小组的长江三峡水文局船员袁兵就是在这样的环境下一连奋战了一个多月，他的这种吃苦耐劳、勇于奉献的精神着实让人敬佩。

袁兵是长江三峡水文局黄陵庙水文站的一名普通职工，一直在水文站从事水文测船驾驶工作。这次被抽调到三峡库区参加支流测量，对他来说是一次全新的挑战。大宁河是三峡局承担的 26 条支流地形测量中难度最大、范围最广的一条支流。大宁河位于峡谷深处，河床极不规则，忽宽忽窄，最宽的近 2 千米，最窄的仅 80 米。在这样的条件下，袁兵勇挑重担，独自承担起了水下地形测量打断面的全部工作。对于租借来的小渔船，袁兵起初操作起来并不是十分顺手，但为了不拖后腿，他暗自琢磨，勤学苦练，很快就熟悉了测船的操作性能。一叶小渔舟，在袁兵的调教下，就像是一个乖顺的孩子、勇敢的战士，迎风破浪，每次都能出色地完成任务。有了好帮手，袁兵打起断面也是得心应手，仅 3 月 19 日一天他们就测了 115 个断面。大宁河里来往的快艇特别多，袁兵每天都高度集中注意力，一天十几个小时，每 40 米间隔一个断面，他一个断面接着一个断面连续作战。一天下来，回到旅馆躺在床上的那一刻，是他一天中最惬意的时光。一次测量途中，测船的排气筒坏了，为了不影响进度，他一直稳坐船头专心地打着断面，无暇顾及迎面而来的阵阵浓烟。等测量结束后，大家才发现他被柴油烟熏成了大黑脸，只剩下两只会转动的眼睛，整个人变成了一只大花猫。

世上无难事，只怕有心人。每天收工后，袁兵总是要把测船全面检修一番，他说，你只有把它服侍好了，它才会真正给力。其实，在水文三峡人这支给力大军中，袁兵又何尝不是一个真正的给力船长呢。

惜水如金

走进三峡库区支流测量现场，只要你稍稍留意就会发现，每一条测船的船舱内都会有一个大缸，里面装满了天天都能看到的水，可就是这一般的水，对测量人员来说可金贵呢，只要有谁用它来洗手，船长兼炊事员准会把你骂得一塌糊涂。

原来，这水对野外测量人员很重要。第一，出钱买桶装矿泉水，因一天的用水量太大，出门在外得控制成本；第二，到驻地去取，驻地距测船近还行，但多数是驻地距测船很远，影响测量进度，不行；第三，就是就地取水，这办法虽然可行，但也要碰运气，不是每条支流都有的。所以最有效的办法是在船舱内用大缸自备。水是生命之源，更是野外测量人员的必需品，巧船长难做无水之炊，难怪船长兼炊事员护水如命。

古话有寸土寸金，长江三峡水文局三峡支流测量队倒是对惜水如金有着深刻的体会。

河勘队员的情怀

长江三峡不仅以其雄伟、秀丽的风光闻名遐迩，更因三峡工程令世人瞩目。工程从上马到今天三期施工，无数建设者们在这里创造了一个又一个的奇迹。这期间就有这样一个小群体，他们十几年如一日，在漫天风尘的工地里，在暗礁如林的峡江边，默默无闻地为三峡工程建设添砖加瓦，用青春和热血畅抒着不悔的情怀。这是一群可以把高山密林精确地"画"在图纸上的绘画能手，这是一群可以"看"清水下地形的透视高手，他们就是长江三峡水文局河勘队。

常年奔波在外的长江三峡水文局河勘队员们，十多年来，汗水洒遍了三峡工地，足印留在了峡江两岸。岸上地貌、水下地形、流态分布……只要三峡工程建设需要，不论是刮风下雨、天寒地冻，还是炎热酷暑，队员们总是迎难而上，及时出测，一次次圆满地完成了测量任务。

测区大多是人迹稀少的地方。记得有一次，河勘队接到紧急测量任务，那是个地势险要、野藤灌木密集的地方，根本无路可走。为了架站、立尺，河勘队队员们不得不冒着被荆棘刺伤、毒蛇咬伤、毒蜂蜇痛的危险"冲"出一条路来。队员们虽然时时注意，处处小心，但不幸的事还是发生了。一名队员扛在肩上的标尺"骚扰"到了一个隐藏在密林茂叶中的巨大马蜂窝，成群的马蜂追着队员们噬蜇。由于太突然，队员们躲避不及，脸上、头上顿时出现高高肿起的包。其中，一个队员伤情比较严重，被立即送往当地卫生所急救。所幸队员们都无大碍，就地稍作休整，第二天大家又照常投入到了紧张的工作之中。

身体的一时伤痛有时可以忍受，连续作战的疲劳对人的意志则是一种更大的考验。在实施的 2004 年汛前三峡坝区永久船闸地形测量、三期围堰地形测量、近坝区固定断面测量等水文泥沙监测任务中，3 月的天气乍暖还寒，他们在气温陡降的情况下，每天早出晚归，加班加点，不怕疲劳，冒雨连续奋战 12 天，提前完成了测量任务。

要说他们不累是假，队员们却说这只是"小儿科"。提起那炎热的夏日头顶烈日测量的滋味，久经沙场的勘测队员们都说"头大"。近40摄氏度的高温，滚烫的地面，湿热的丛林，队员们工作起来一站就是十几个小时，疲倦、饥饿、干渴一起袭来，没有坚强的意志，一般人是难以忍受的。

"高峡出平湖"，老一辈的夙愿终于实现了！身为长江三峡水文局河勘队队员，在为自己亲身经历、见证了这一历史性时刻感到莫大荣幸的同时，深感肩上的担子千斤重。峡区岸上地形测量，蓄水后深水区水下地形测量，坝前坝后流态分布测量……一个一个的难题呈现在眼前，他们信心百倍地等着去克服、去解决。

三峡工地是一个磨炼人、锻造人的地方。长江三峡水文局河勘队队员们经过十几年的摸爬滚打，练就了一副好身手，他们扎根三峡，身献水文，在岁月的长河中，为崇高的水文事业，用行动和精神实现着自己的人生价值！

雾中看截流

吴世泽

1997年11月8日，世人瞩目、惊天动地，连雾也前来凑热闹，把整个江面盖得严严实实的，似乎在为三峡工程大江截流保守秘密。尽管这样，人们还是早早地来到江边，备足了早餐、午餐，背着孩子，扶着老人观看大江截流这个辉煌的时刻，这个具有历史意义的时刻，这个催人泪下的时刻，这个令人振奋的时刻。清晨，要说这雾不浓也不淡。说它不浓，是因为在600倍望远镜里，50～70吨的自卸车来来往往地在不停地移动。当你移着望远镜盯住某一辆朝江中行驶的车子时，虽然看不清它的轮廓，但它不动，停止一分钟不到时，你就可以判断，这车停止的位置就是龙口的一侧，而那倾卸石料到江水中溅起的水花是无法看到的。这一切都是模模糊糊，如同隔着毛玻璃看室内的人影一样。说它不淡，是因为附近600米范围内观看截流的男男女女把整个导流明渠上游岸坡挤得严严实实，看不到人群的头和尾，此时此刻真正体会到"不识庐山真面目，只缘身在此山中"的含义。要有一部"穿雾镜"那该多好啊！可惜手中的望远镜没有那种特异功能，看两端的人群从眼前清晰到远处模糊，再远处就是灰蒙蒙的屏障。

既然看不到远处的人群，又看不清龙口的壮观，我的目光只好在透明度较好的附近环视。嗨！我站立的位置前前后后除了石块之间的空隙处没有站人以外，其余的地方都派上用场。人群中有头发全白的老太太、老大爷，也有不会走路坐在爸爸妈妈背的背篓里的幼儿，还有身怀六甲的孕妇，挺着大肚子从6时到下午3时29分46秒大江截流成功，站了9个多小时，只见她吃了一袋快餐面和一些红苕，一大瓶百事可乐瓶装的茶叶水喝得干干净净，一滴不剩。

"长江委的师傅，把望远镜给我用一下，行啵？"身后有一人一边拍着我的肩一边喊着，问话虽带有商量的口气，而另一只手已触摸着我手中的望远镜。侧身一看，正是那位挺着大肚子的孕妇。这时已是下午3时11分，截流正是紧张时刻，她要用望远镜，那我怎么看截流后的热烈场面呢？我心里这样想着，于是，扯开话题："你怎么知道我是长江委的？"她把涂了口红的嘴一呶："你的安全帽告诉我的。"我无可奈何，只好将望远镜从脖子上取下递给她。她接过望远镜边抬到眼前边说："我看看那个经常以工地为家的设计老总是什么模样，观礼台上肯定有他。"这时雾全部散了，龙口很窄很窄，远看一步可跨过去，听她这么说就知道，她要望远镜不是看龙口，而是要看设计老总，还介绍她是听长江委的钻探工人住在她家时像讲传奇故事样没完没了……为了不浪费时间，我告诉她："你要看的老总不在观礼台，他在龙口现场，来，把望远镜给我，找到他后再告诉你。"

从她手中接过望远镜，抬起来一看，糟了，目镜上被热气弄模糊了。本来没有雾，肉眼都可以看得见大车自卸石块。目镜上蒙上一层浓浓的雾，远处一片模糊，我连忙取出镜头纸（实为餐巾纸）擦去水汽，很快找到了目标——郑守仁总工程师。

"在龙口内侧（长江上游），戴红色安全帽，帽子前面有蓝色标志，穿一件黑色夹克上衣，一双很普通的球鞋。"她接过望远镜，看了两三分钟问："是不是胖胖的脸，黑红色的皮肤，两鬓的头发已白了很多……""是的，就是他。"我听她的描述很对，连忙回答道。她一听说是郑老总激动得在石渣上跺起脚来，并高兴地叫起来："啊！我看到了，看到了，那老总的皮肤一定是在工地上晒黑的……"

我一看表，已是 3 时 26 分了。

"给我，快给我。"长江就要断流了，龙口就要合龙了。这时老天爷真作美，微微江风驱散了挡住人们视线的大雾，吹散的雾一团团、一簇簇飘浮在群山的半腰，似幽灵一样时隐时现。我无时间去看那讨厌的挡住人们视线的雾，快速抬起望远镜。目镜上仍然残留着水汽，但很淡很淡，远处的群山从隐去的雾中钻出来了；头顶上的天空与雾分离搁在群山的峰尖上；前后左右的人群露出了微笑的面孔；长江的水沿着导流明渠畅流，只是水位增高了几十厘米，浪击混凝土纵向围堰的浸润线都清晰可见。龙口处的流水已经很小很小，一辆自卸车退着驶向龙口，块石迅速离开车厢，落到龙口，使"V"字形龙口迅速变成倒梯形，水溅到对面的一个小伙子身上。说时迟，那时快，车子刚刚离开，没等推土机推平，他手握标杆（测量用具）一跃而过。我心里感叹：设计老总整整守了 6 个多小时，注视着龙口周围的一切动向，没见他喝一口水，真不愧为全国劳模。勘测者也不甘落后，迅速到龙口合龙处测下长江断流时围堰的最低高程，真勇敢。

郑总被采访的记者团团围住，望远镜里又是朦朦胧胧，这会儿可不是雾，而是庆祝截流成功的鞭炮的烟雾，直到完全看不见龙口处欢呼的人影……

登神女峰记

赵时华

"朝为布云，暮为行雨"，凡船过长江巫峡磄石跳石之间江段，旅客都涌上船头、船尾和船舷甲板，倚栏翘首仰望在云雾缥缈中时隐时现的神女峰。多数人说是峰东侧崖上一个似乎向山峰走去的石人为神女，这是传统说法。但也有在南岸青石镇写生的中央美术学院的学生，认为神女峰下以赭黄色为主调的峭壁实则色彩斑斓，其上有一个高大隐秘的少女影像才是神女。仔细观察，确实有影像，其尺度比石人还大了好多倍，是一位面貌姣美、身材曼妙、衣带飘逸的少女，似载歌载舞从山中走来，越看越像，你不由得不佩服这些未来美术大师们的眼光独到。云雾缭绕的神女峰到底是什么样？山的那边"是不是住着神仙"？十分令人神往！

35年前我曾登临一次，作了记述，整理如下：

1982年12月底某日，三峡工程150米方案库区淹没实物调查巫山县两个调查组，从县城向下和从磄石向上汇集青石村，准备对最后几个村组进行调查。由于工作量不大，半日即可完成，人员也富余，我和老工程师田国璋出于好奇找到青石镇的一位向导，决心上神女峰勘察一番。青石镇是巫峡南岸江边的一个小山村，与神女峰隔江相望，村旁山梁上曾建有神女庙，前些年毁于祝融，尚有遗迹。这个处在深山峡谷里的山村，居民打柴、采药个个都似爬山虎，但竟然从来没人爬过神女峰，只有前不久有一个人给徒步查勘黄河的地理学者杨联康带路，去过一次神女峰下。但他不愿再履惊犯险，只在门前，面对青山给村中一个二十多岁小伙子指点一番，由小伙带我们攀爬。

上午9点多钟，一个村民摇着一条小碗豆荚船送我们过江，同行的还有万县交通局谭某。一行4人在峰脚下一个类似沟的小小乱石堆积扇前下船。当时葛洲坝还没蓄水，江水位60米左右。

长江自西北方流来，在横石和青石之间切开背斜，在青石村转个弯，呈140度左右夹角向东流去。这一段的地质结构为一东偏北30度左右夹角走向的背斜构造，在神女峰西被江水切断，显露出标准的背斜断面形态。一座百米高峭壁矗立在背斜顶端，

文
学
篇

神女峰又高高地突起在峭壁之上，俏丽险峻，鬼斧神工。峰下背斜构造倾角很大，是一面很陡的厚层的二叠系灰质岩板，有近百米宽，从峰下几百米高处像一面很陡的光滑大岩板直插江中。要攀爬这个沟实际是这层岩板的上层岩板剥蚀退缩后，在东侧残留岩坎参差不齐的边沿。这堆石头就是从"沟"中剥离出的石块在江边留下的小小堆积扇。我们就是沿这个所谓的"沟"向上攀爬。

在乱石堆上爬了约20米，就沿沟向上攀爬。又向上爬了40～50米，遇到了个大倒坡，无法攀缘。于是转向右侧岩坎上面，这里其实比沟更陡，但长着一人多高的灌木丛，置身其中，向上看不到险峻的山峰，向下也望不到奔腾的江水，心里不怎么害怕。坎上灌木多有刺且坡陡，在灌木丛中并不好爬，只能蹲下身子，用手的食指和中指钩住灌木的根一步一步向上挪，简直可以用犬伏蛇行形容。这样在灌木丛中爬了50～60米又回到沟中，继续攀缘向上爬了几百米。在接近背斜上段坡度变缓了些，但沟中的坎变得多了起来，这些坎小的2米左右，大的3～4米，都不能直接爬，只能从旁边绕着爬。在沟中不时在岩坎下看到成片的羊粪，有的颇新鲜，问向导这里怎么放羊？向导说这是野山羊粪，这里有野山羊！想到长着4只硬蹄的精灵都能在这陡峭的沟中上下跳跃，无疑给我们一些鼓舞作用，用脚蹬手攀的人还上不去吗？

在沟中攀爬，身体紧贴岩壁手脚并用，既不敢多向上看，更不敢向身后看，也不敢直立，爬着爬着待到脚软腰酸时，沟也没有了，一抬头一堵几十米高的峭壁矗立在面前，高峰直插蓝天。回望身后，脚下是又深又陡，寸草不生的大岩板和咫尺之外深深的峡谷，咆哮的江水，令人腿软目眩，不由得把身体紧贴在峭壁根脚，这里平坦一些，还有稀疏的小树，才稍稍心安。站在峭壁下一面喘气一面观察峭壁。令人惊奇的是峭壁面上似有潮气，长着一片片地衣苔藓，有嫩绿、土黄、赭黄等颜色斑杂。想到在对岸看到隐约的少女影像，也许就是这些苔藓地衣构成的图案！岩壁上还生长许多像小苞菜苗一样的植物，向导说这叫岩白菜，是一味中草药。

要上神女峰崖顶必须绕到峭壁背后。沿着峭壁的根脚在灌木丛中向西走了100来米，转过峰西侧就是山的背坡了。这里与刚走过的阳坡稀疏的藤灌景观大不相同。满山满坡高大的杜鹃林，郁郁葱葱，比我们更吃惊的是向导，小伙子瞪着惊喜的眼神看了一阵，像发现了新大陆一样感慨地说："这里的烧柴真多！"我听了心里却隐隐地有一种不祥之感！甚至有些后悔这次探险之行。要爬上神女峰峭壁必须穿过杜鹃林。林中枝丫交错，光线昏暗，地下又是厚厚的落叶，一踩脚就陷了进去，就这样在杜鹃林中或攀或钻，摸索着斜着向上爬，好在是深冬时节不担心蛇和毛虫。20多分钟后，光线稍亮了点，突然前面出现一道平台。登上平台竟不知身在何处，猛地看到有一条河，我震惊地喊道："喂！山后还有这么一条大河，我们是不是调查漏掉了？这还得了！"我和田工坐在平台上擦了汗，调匀了气才回过神来，这平台不就是我们绕过峭壁的崖顶吗！那条大河不就是长江吗？只是在林中钻久了，又站得高了，竟认不出了，两人不禁哑然失笑！

登上崖顶平台，身边就是神女石。近看神女石是由三块岩石叠摞而成，高 7 ~ 8米，似是崖顶风化时遗留的 3 层岩块。神女石再向西十几米就是高耸的神女峰了。峰呈"山"字形在崖顶上又突起百米左右，迎江一面峭壁垂直临空，无树无草呈赭石色。背坡也非常陡峻却长满茂密葱翠藤灌类植物，直至峰顶不见一处岩石裸露。山体单薄如剑似戟直插蓝天，不敢仰视。脚下崖顶很平，2 米多宽，向下游方向延伸几十米，隔两道深谷，就是长有几株巨松的松峦峰和一顶双峰的集仙峰。咫尺之地三峰耸峙，又形态各异，不得不叹服大自然的神奇！

遗憾的是由于近在眼前的神女峰遮挡，这里看不到登龙、圣泉和朝云等江北 3 座山峰。

站在崖顶，背后是漫山漫坡起起伏伏的苍翠山林；俯视脚下，峡谷中滚滚东去江水；遥望南岸，山峦起伏，雾霭相间，苍山如海！在波涛之上南六峰飞凤、上升、翠屏、聚鹤、起云，净坛如屏、如螺、如坛，似动似静，历历在目，心中大有在群山之上、山高天低的豪情和江山如画的感慨。

崖顶平台上还有成片的一团团卷成球状的枯草，扒开一看内部青翠如松柏，原来是街头草药贩子卖的九曲还阳草，没想到它竟长在这个地方，而且这样多。又奇怪，这崖顶平台光光的石板上无土无缝，怎么扎根？怎么生长？为什么又不被风吹雨打去？

另有一奇观是崖顶平台前后空旷，却没有一丝风，但当我们把橘子皮丢下峭壁时，只见橘子皮不但不落下，反而像一片片鸡毛飘过我们头顶，飞到身后的杜鹃林中，屡试不爽。突然我明白了这里和山东蓬莱阁一样是地形风，也明白了九曲还阳草何以能成团成团地躺在崖顶上安然无恙的道理。

看天色，头上的一轮红日偏西，已是午后 2 点多了，山谷中已有薄薄的雾霭升起，冬日白昼短，峡中落日早，我们得赶紧下山了。下山前我将一份三峡库区人口调查表写好放在神女石的石缝之中，留作纪念。

下山只能走原路，最难的仍是沟中一段，因为心中对几百米深峡谷和奔腾江水的恐惧，只能退着爬下山，好在在关键点我们留有记号，所以颇顺利。回到江边小船已在等候我们。向导在我们三人后面，他砍了许多硬柴火，正在中沟一段一段向下丢，待我们到江中时，向导也已到江边，他身边多了两捆干柴，等待小船再过去接回他。

过江岸已是薄暮时分。回望神女峰，峭壁已笼罩在薄薄的烟岚暮霭之中，只有峰尖被落日余晖照得橙黄明亮，不由想起李白赞庐山五老峰的一句诗"青天削出金芙蓉"。

几十年过去了，登神女峰的惊险情景和"举头红日近，回首白云低"壮丽画面仍然记忆犹新，不时浮现在脑海中。神女峰，她是那么神祕！但愿人们不要多打扰她！

难忘的三峡首次航空摄影

陈仲原

1992 年 10 月的一天，我正在家照顾月子里的妻女，突然接到单位领导电话，通知我于 10 月 15 日赶赴宜昌，参加由国务院三峡办、中央电视台与水利部三峡宣传领导小组的"大三峡"航拍。据称该组已将参加此项计划人员的名单呈报中央军委政审，待批准后，即从北京基地派出一架直升机执行这项任务。

我乘过几次民用飞机，但坐直升机航拍还是第一次，心里没谱，赶忙放下手里的事跑进机关图书馆、科技档案馆、新华书店去查阅相关资料，想临时抱下佛脚，然而，一无所获。于是赶忙又向远在北京的《人民画报》、新华社的朋友咨询，被问到者大多也只有双翼型航拍飞行经验。特别是在那些年，国内直升机大多是苏制的，机动性能差，受条件限制，并未得到广泛使用。在近些年，才进口了美制直升机，其动力强、灵活机动性高，适合复杂地形、气候条件要求的飞行，多用于军队，民用极少。

三峡，我去过无数次，那里的山山水水渐为熟悉。那里的街市、码头、集市以及江畔吆喝的小摊贩、阶梯边结实的棒棒哥、卖蜜橘的妹儿，以及成片的古老民居都能令我神往，特别是单位的有利条件使我能够更多、更深层次地了解三峡的地形、河谷、山脉、城镇方面的知识，也为我参加此次航拍打下一定基础，创造了条件。三峡工程虽尚未正式开工，但已是大势所趋。当三峡水库蓄水发电这天来临之际，水库及淹没区数千年人文与上亿年的自然天成的景观将全部消失，永不复存，人们只能去博物馆回忆当年，记忆也会慢慢地褪去色彩而淡忘。就在今天、明天、后天或将来的某一天，都会成为一个历史过程。

接受航拍任务时逢女儿出生的第五天，有些不舍。但任务又非同寻常，不容告假，而且飞三峡的机会十分难得，一生或许只此一次。

妻在一旁看着我，没多说什么，带着襁褓中的女儿回了娘家。傍晚，我满怀愧意地登上去宜昌的火车，16 日的清晨赶到宜昌的葛洲坝宾馆与中央电视台《大三峡》摄制组会合。

在北京，坐镇指挥与联络的机构是水利部三峡工程宣传领导小组，我曾在这个机构工作过一年，熟悉其工作环节，飞行计划也正是由这个部门报请军委组织实施的。而就在我到达宜昌后，该项计划进行了细微的调整。18日接到军委作战处下达的执行的命令。

19日下午，超美洲豹直升机载机组乘员飞抵宜昌土门机场；20日上午机组乘员与中央电视台、长江委、葛洲坝工程局的相关人员商议飞行线路，并在下午驱车前往机场。

在机场主跑道正在不停起降的是为"三峡艺术节"运送跳伞表演的双翼飞机，我们的车直接驶进机场的停机坪，蓝白条纹相间的直升机停在画着黄色十字线的圆形停机坪中央，特别显眼。

登机前，机组与摄影组成员围在一起，再次对线路、飞行时间、高度、风速、光线等进行综合评估，调试好飞行帽和对讲机。之后，机长率队登机，飞行员入驾驶舱进行飞行前检查，地勤人员则配合摄像师将摄像机悬架稳妥地安在舱外支架上，并将摄像人员及设备在舱外固定好。戴着飞行帽、穿着厚实飞行皮服外再套一件军棉大衣的央视摄像师齐克君坐在舱外支架上，丝毫不紧张。机舱门被打开并反扣牢固，副摄像在大门的舱门口用监视器实时观看拍摄效果，同时，飞行员与摄像师调整无线对讲效果，可同时传递拍摄要求与信息。

6位空军执飞人员中飞行政委是本机组的最高指挥官，负责飞机领航与指挥。直升机驾驶舱左右是正、副驾驶员，中间位置上下左右的面板有数百粒不停闪烁的小灯，对讲机中不间断地播报着我听不明白的指令。机舱内，空中飞行安全员是负责飞行安全的专职人员，他仔细检查我们每位乘机人员及设备的安全。在机下，还有两名专职地勤人员负责飞机养护、补充油料与警戒。

在直升机上，除正、副飞行员，地勤人员外，坐在机舱里的有7人。为保证安全，舱门只开了一扇。两位央视主、副摄像占据舱门口内外最好的机位。水利部展办的两位摄像师被安排在央视摄像人员的背后，紧靠门边，有一条缝刚好可勉强将摄像头伸出去。这样，4条汉子就将舱门遮得严严实实，我想挤都难挤进去，没办法，只能见机行事地找空间，将照相机伸出去。

20日下午2时30分，机场控制中心发出"准飞"指令，飞行员启动飞机，十字形螺旋桨即刻旋转起来，轰鸣声逐渐增大，耳朵顿时被高频音波完全覆盖，还没感觉到飞机的滑行，脚下便生起一股悬浮力，不经意间如鸟般腾空而起，眼前的地面迅速往下沉，瞬间，停机坪及四周的景物不断往下退缩，视野开始不断扩大抬升，成片的村舍、农田、公路，层层叠叠的山峦呈现在眼前。

第一次乘坐舱门开着的直升机，猫着腰半蹲在舱门口，感觉别样。头顶旋转着的

"大飞盘"极速轰鸣震耳欲聋，尾翼竖着的"小飞盘"好似纸风扇般无声地转着，空中不规则的气流如水中暗流将这个"横冲直撞"的大铁壳摇得上下颠簸。

几分钟后，直升机就飞临到宜昌市上空，下降高度，绕行于葛洲坝下游三江引航道，那里正在举行首届"三峡艺术节"开幕式。现场彩旗飘扬、人头攒动，直升机的飞临吸引了全场的观众，飞机在主席台上空悬停拍摄，地面的人们激动地仰头挥舞彩旗，对着飞机呼喊起来。

之后，飞机穿过宜昌主城区往葛洲坝大坝飞去。到了大坝上空后，从下游二江泄水闸方向飞越坝体，之后，又转回飞至大江泄水闸上空，再从右岸下游的位置侧向沿坝轴线纵向飞行，并在二江、三江船闸上空做悬停动作，最后飞向黄柏河的三游洞。

飞机一连串的飞行动作，机舱内外一片忙碌，4条汉子堵在舱口，我只能在后面盯着他们忙碌的身影，寻找着可能的拍摄间隙。水利部的两位摄像师也非等闲之辈，都鼓着眼睛、举着摄像机靠在舱门内的角落里蹲守。

上机之前，我一直担心手里的两台机子不够用，于是就带了4台相机。根据安全规则，为防意外，所有取出的设备都要套上保险索，并与舱顶的保险挂钩扣连接。于是我挂在脖子上的两台相机，手中拿的一台，舱内地板上一台机子被连上了5根保险索，我个子高，机舱顶又低，只能猫着腰或双腿半跪着靠在舱门边。由于增加了拍摄时操作的难度，只能用一只手抓紧预先调整好焦距、光圈的机子，另一只手则紧抓舱门边的拉手，目不转睛地盯着舱外的景色，这样，只要有合适的机会，手往外一伸就可拍摄。

在空中，照相的人最麻烦的动作就是卷片与更换相机的胶卷。在正常情况下，动作熟练的人装卸胶卷不会超过10秒，但在机舱门大开、抖动的直升机上这是做不到的。飞机在空中受气流的影响，人根本就站不稳，而当飞机转弯、上升或下降时，机身会呈一定角度急速旋转，舱口穿进来的风更大、更猛烈，甚至可把人吹出去。我只能背对舱门趴在地上快速更换胶卷。

在舱门口对外拍摄时，挂在脖子上、胸前的相机也被风吹得相互碰撞，发出叮叮当当的撞击声，我腾出一只手按住，而另一只手举着相机伸出舱外盲摄。紧靠舱门边悬空坐在外置拍摄架上的是央视摄像师齐克君，他戴着飞行帽，正全神贯注地进行拍摄，飞机遇气流就会产生剧烈抖动，我在他的上方手持相机的手也会不由自主地随之抖动，而每一次抖动我手里的相机都会连续敲击着他戴的头盔，他不时回头对我鼓眼睛，示意严重干扰，但我也无可奈何。

央视摄像师们平时生活很随意，工作起来称得上敢想、敢做、敢玩命，玩的都是些"尖板眼"，他们不仅航拍经验丰富，关键时刻有勇气、毅力与体力，更具扎实的拍摄技术。

我们从葛洲坝飞入雾霾西陵峡后，天气晴朗起来了，长江在蜿蜒的峡谷里延伸。当飞到高耸入云的莲沱"三把刀"时，我们竟与它齐肩。机下黄牛崖处的三峡工程微波站、宜昌县电视差转站、果园等，缓坡处大片柑橘林与飘着炊烟的农家村舍进入眼帘。

飞机一过黄陵庙，就到了半月形的三斗坪上空，平时从陆地车要走大半天的路程，空中只需 5 分钟。在三斗坪中堡岛，直升机压低机头俯冲、拉起，盘旋、空中停留，围绕着老三斗坪镇、老茅坪镇，左、右岸山丘飞了三圈。

在这关键拍摄环节，两台摄像机完全"封锁"了我的视线，在飞机全速拉升或快速转向时，强大寒冷的空气冲进机舱，大家即被吹得抬不起头、睁不开眼，致使他们停止拍摄或调转镜头方向以短暂躲避，此时，我才借得此"空隙"伸出相机，快速构图并按下快门，可只一小会，腿就发软，腰也直不起来了。

飞机继续向三斗坪上游飞去。过庙河、穿崆岭，在牛肝马肺峡那块深褐色的"肝"处悬停拍摄，然后，降低高度贴近水面飞行，峡江中有不少行驶船，还没来得及看清楚就被快速抛向身后。在链子岩与青滩镇滑坡体上空拉升盘旋后，穿过兵书宝剑峡，就来到了香溪河口，河口那座白色的昭君像如点点荷尖缀于绿野之间。

飞机离开香溪，就到了依山而立的秭归老城上空。这是我首次在空中俯瞰秭归这座历史文化名城。除了依山而立的城镇外，更引人注目的是长江边的九龙奔江。

九龙奔江名"九龙滩""碎石滩"，古籍称为"叱滩""黄魔滩""钱鲈瓮"，由无数密集平行排列的侏罗系遂宁组砂岩石梁所构成，长江水手称其为"老虎石"或"红石梁"。九条形似巨龙的石梁，头朝江南，蜿蜒起伏地横卧在秭归老县城吒溪河口的长江边，如九只长长的利爪半潜伏于江水中，从长江的北岸直奔江心，故此得名。而只有在夕阳西下、水光交映之时，逆光下的九龙奔江才会柔光四起，彰显出多姿可人的身影。

飞离秭归，我们并没有沿峡谷飞行，而是经水田坝的崇山峻岭飞至巴东县城。巴东县城，被一层厚厚的雾霾笼罩着，灰蒙蒙的一片。在空中，能见到的是巴东水泥厂的 4 个灰色大罐与飘着白气的烟囱，远处隐隐约约模糊可见依坡而建的房屋、道街和江边的码头。

可当飞至西瀼口时，太阳突然破雾而出，顿时照亮了两岸的山峦，从河口进入神农溪上空，忽隐忽现的神农溪细小如丝，而当飞到神农溪龙昌河时，可见山峦逶迤，溪水翠绿之间，有几栋黄瓦白墙的房子，这是我曾居住数日的巴东县旅游局为开发神农溪而建的龙船餐厅。

下午 4 时，飞行员通知我们今天的飞行计划已经完成，准备返航，并将飞机拉升至 2000 米。返航途中，因为光线非常好，我们又对巴东县城、三斗坪、黄陵庙、三游洞、下牢溪、葛洲坝一些河段进行补充拍摄。

抵达机场，空中飞行时间共 2 小时 35 分。大家走下飞机，才感觉到全身腰酸背痛、疲惫不堪，连说话的劲都没有了。可能过于疲劳，晚上一觉睡到天明，与我同住一房的大块头老韩第一次被我的巨鼾吵得一夜没睡。

21 日上午 10 时我们再抵机场，随即升空。飞机直接升至 5000 米，快速飞越葛洲坝、黄牛岩、三斗坪。天空有云层，朵朵白云雾气夹寒风从舱门直吹进来，坐在舱门边的人头发与外衣一下就湿透了，我们冻得牙齿打战，嘴唇发乌，手脚发抖。我手中的相机金属外壳上结了冰霜，握机子的手指头竟被粘住了，感觉到透骨的寒凉。飞机到了巴东进入巫峡河段时，下降飞行高度，身上才慢慢暖和起来。

奇特的峡区气候把迷雾与寒冷抛在了西陵峡，把阳光与温暖洒向巫峡峡谷。艳阳下，我们的直升机如一只小燕子穿行在巫峡十二峰的峡谷间。在巫峡峡谷的中段，飞机再次下降高度，贴近水面超低空飞行，然后朝神女峰渐渐爬升盘旋，从不同高度，近距离观赏神女峰的风采。

净坛峰在青石溪群山的深处，为众多山峦所围。因地势险要，没有人去过，在飞行航行图中就更无标识。因为在空中看到的山峰与地面所见景观千差万别，甚至还出现错觉，我们沿青石溪上行数千米，一直没有找到净坛峰的踪影，只好掉转机头奔巫山县城而去。

从巫峡青石飞到巫山县城只几分钟，我们在这座千年老城上空盘旋数周后，向大宁河谷飞去。飞机穿山越谷，经过双龙镇、大昌镇，悬停飞行拍摄，然后，飞向大宁河上游的巫溪县城及上游，从飞机上往下看，河道更狭窄，峡谷更为险峻陡峭。

离开巫溪后，飞机升高往南飞行，掠过崇山峻岭，飞抵奉节县城，只见奉节县城的街道与房屋建得密密麻麻，街道细小，长江边的码头上船只聚集，上下一片繁忙的景象。

从奉节县城，经水八阵飞到白帝城盘旋拍摄，再从瞿塘峡口降低高度 200 米飞入峡谷，与行驶在夔门口的船缓速并行。经过黑石峡后，飞机缓缓爬升，直升到桃子山山尖，然后转向大溪村的上空盘旋。之后返航，于 14 时 30 分回到宜昌土门机场。

由于天气好，摄制组商量想抓紧时间连续飞两天。于是，向空军控制中心上报了两天的飞行计划。然而，到了 25 日，天空就变得一片灰蒙蒙，因计划在前，我们仍然在上午 9 时去了机场，这次是以北京科教电影制片厂的人员拍摄为主。10 时飞机起飞，舱门依然大开，气温只有 10 摄氏度，大家冷得打着寒战，嘴唇都变乌了。

有几天的飞行经验，飞行员驾机直接去最远点。巫峡被雾气笼罩着，几乎看不到地面景物，飞机降低飞行高度，仍然是模糊一片，光线也很差，只飞了一个航程就返航了。

从气象部门了解到，此后的几天都是阴雨，摄制组的领导着急起来，不敢过多地占用直升机在此地的时间。于是，决定派出部分人员先飞往重庆待命，摄像对气候与光线的要求没有拍摄那么严格，只要天不下雨就可拍摄。但拍摄图片则必须要好的天气，由此，经过领导同意后，我返回了武汉。

过了多年，我回想起这次航拍，确有许多令人回味与难忘的地方。从初次登机到返航后离机时的那份疲乏；空中直升机在悬停时发出震耳欲聋的高分贝噪声与阻隔视线的浓厚青烟；日落时葛洲坝雄伟壮观的景色；在空中，神女峰近在咫尺，几乎伸手可及，大家睁大双眼，却找不到哪块岩石是神女；空中的秭归老城只有一个巴掌大，九龙奔江好似直插江心的利刃；直升机在巫山大宁河山谷中小心谨慎地穿梭；瞿塘峡口的白帝城四平八稳。

在航行中，飞行员曾说：从来没有在峡谷地带飞行到这么低的高度；开阔之处最危险的障碍就是高压线。在陡峭峡谷里受自转半径限制，直升机飞行中多次被紧急操作垂直拉升动作，是为了避开危险。

告别此次活动时，一直在舱外工作的齐克君则说："穿得再多寒气还是往骨子里钻。"水利部的摄像师说："没办法，受位置的限制，摄像机镜头只能对着一个方向。"我却说："想回去看女儿，马上就走。"

三峡大坝，人间美好的神话

张勇林

三峡水库于 2006 年 9 月 20 日 22 时成功实现 156 米蓄水目标！这标志着三峡工程由围堰发电期进入到初步运行期；意味着三峡工程防洪、发电和航运三大效益将得到进一步发挥；标志着防洪库容已达 110 亿立方米，中下游防洪体系已初步建立。这是长江委在三峡工程建设中一件里程碑式的盛事、喜事。为记录这激动人心的时刻，我和另外两位同志一同踏上了三峡之旅。

三峡大坝，我来了

9 月 20 日上午接到要赶在水库晚上蓄水前到达三峡大坝的命令，我们匆匆塞了几口饭，中午 12 点准时出发。我因为是第一次去三峡，更是第一次深入三峡坝区，心中的期待、猜想和兴奋自不待言。一路上不停地咨询，三峡何样，坝区如何，能否登顶，如何报道，不知不觉上了高速，过了潜江，我们的"坐骑"一路狂飙。

车到宜昌，直奔三峡坝区。离坝区越近，山越多、越陡、越峭。在平原生活惯了的我，第一次穿山越岭，第一次进入山腹隧道，当我回头一看，发现刚才绕行的道路竟然在半山腰，我们已经贴着大山的腰部绕了一圈，那种自豪与兴奋，让人真想高吼一声，长嘶两句。但是想着路边的峭壁，曾经是那么桀骜不驯，即使被人硬生生从中劈开，仍然不低迎风的头颅；想着岸边的悬崖，如此愚顽不化，硬是要与这狂放的大江长此较劲，甘愿被江流冲刷得百孔千疮，照样傲岸挺立，挟拥着一脉奔腾不息的生命，不拘日落星沉，地老天荒，我胸中又像压上了大坝基底的那块花岗岩，发不出声，呼不出气。更让我惊叹的是国人生存意志的顽强。尽管悬崖陡立，我们一路上总能见到散落于山坡处的几间瓦房茅舍，仍有乡民在石缝里垒几丘浅浅梯田，点一片黄黄小麦，种几棵矮矮果树，那些无言的植物仿佛乡民一样，于那四处裸露的乱石之间，艰难而执着地生长着。我想，这峭壁后面无法行走，面前的大江才是唯一的出路，那么这些乡民的祖辈，是历经千辛万苦才找到这片人间绝境的隐居的智者，还是迫于生计石中求食的难民呢？无人能够回答，耳边只有江风呼呼，江水汩汩。其实世间许多事，有

文
学
篇

谁能够说明白，一如这苍老的历史长河。我辈到此，只有喟然长叹一声：未到大坝，心已沧桑。

三峡大坝，我看到了

带着千般思绪，万般猜想，下午5点左右，我和同事终于到了坝区。我们顾不上劳顿，联系好设代局的同志，拿到了相关证件。在坝区，离开证件寸步难行。一份证件，平添了三峡大坝的几分神秘。

虽然我们胃里的粮食早已被颠簸得所剩无几，但我们顾不上吃晚餐，换了一辆越野车直奔大坝，要赶在日落之前选景拍摄。

又是一阵碾路穿桥。路上见到三三两两的出租车，师兄说，这些车不能离开坝区。在坝区竟然能跑出租车，这个地方要有多大的地盘啊！正想着，一座钢筋水泥的大坝闯入眼帘。我问了两遍：这是三峡大坝吗？这就是大坝？得到"是"的回答后，我才放下心来。大坝啊，想你盼你，可你来得又这么突然，你真想给我这个陌生人惊喜啊！三峡地区的晴天也是云雾缭绕。我兴冲冲拿出DV，拍了大坝，拍了船闸，也拍了自己。看着旁边乘大巴参观大坝的游人，心中又有几分得意：别人要花时间花钱才能到坝下游远观，我们却可以乘着防汛车进入坝上；别人在非游览区只能困在车上，我们基本可以随时下车。这么想着，觉得做长江委人真好，有这么多"特权"。但我知道，这些"特权"是长江委人用技术和声誉换来的。

举世瞩目的三峡工程，不愧是中华民族继万里长城、大运河之后，在人类史上谱写的又一座有形的丰碑。

早在1919年，伟大的民主革命先驱孙中山先生发表了《实业计划》，提出这一宏伟构想。1932年，国民政府组织实际勘测，并编成了《扬子江上游水力发电勘测报告》。1944年，美国著名大坝专家萨凡奇老人冒着日军飞机轰炸的危险，实地勘察了三峡，并完成了《扬子江三峡计划初步报告》，即著名的"萨凡奇计划"。新中国成立后，1950年，长江水利委员会正式在武汉成立。1956年，伟人毛泽东畅游长江，以其改天换地的雄心壮志，挥笔写下"截断巫山云雨，高峡出平湖"的磅礴诗篇。1958年，中共中央成都会议通过了《关于三峡水利枢纽和长江流域规划的意见》后，毛泽东亲自考察三峡。1982年，邓小平对兴建三峡工程果断表态："看准了就下决心，不要动摇！"1992年4月，七届全国人大五次会议通过了《关于兴建长江三峡工程的决议》。2006年5月，三峡大坝全线封顶，达到海拔185米设计高程，9月，三峡水库开始156米水位蓄水。这段历史太艰难，太悠长了，几近一个世纪。只此一个论证，牵扯了多少主宰人类命运、改变世纪历史的伟人——孙中山、毛泽东、周恩来、邓小平、江泽民、胡锦涛……只此一项工程，融入了多少长江委人的心血，林一山、魏廷琤、王家柱、黎安田、蔡其华、郑守仁……三峡大坝应该是一座千万中国人共同筑起的大坝，一座无字的丰碑。

晚上 10 点，调度中心发出指令，三峡水利枢纽工程 7 号机组随即关停，三峡电站电力负荷开始降低，长江通过电站机组下泄流量开始下降，三峡水库 156 米蓄水正式启动。一切都有条不紊，一切都在按部就班地进行。

第二天一大早，我们再次赶到坝上拍了大坝左右岸、永久性船闸。只是水流依然平静，监测船依然有序。三峡水库留给世人的印象是泄洪时好似万马奔腾，而高峡平湖里却碧波万顷，犹如江南女子轻吟浅唱。

拍摄完成，我们带着难以割舍之情离开了大坝，奔赴下一个战场——黄陵庙水文站。随着三峡水利枢纽工程 156 米水位蓄水的正式开始，长江委实施的三峡水库 156 米蓄水过程水文泥沙观测工作全面展开。我们坐上了黄陵庙水文观测船，我第一次穿上了黄色救生衣。水文站的同志操作熟练，我们拍了他们测试水位、流量、泥沙变化的镜头。我在庆幸我们基本完成任务的同时，也对这些长期在基层水文站工作的同志表示敬意。他们不顾生活艰苦，日复一日坚守在站里。遇到洪水，别人退后，他们上前，为了中下游的平安，他们甘愿冒险。

三峡大坝，我想到了

回来的路上，我们默默无语。一行人也许是疲倦了，也许各自在想着心事，也许还在回味三峡大坝的种种风情。我满脑子想的还是"人"。那些工程师，几十年如一日以工地为家；那些工地施工人员，冒着严寒酷暑，四季不停连续施工。遥想上古时期，天地茫茫，宇宙洪荒，百姓饱受海浸水淹之苦。治水英雄大禹，胼手胝足，披荆斩棘，十三年治水，三过家门而不入，换得百姓平安。今天兴建三峡大坝的人们，他们不就是当代大禹么！他们表现出的吃苦耐劳、艰苦奋斗、敬业奉献、开拓创新的精神，不就是民族精神的重要内容么！只要我们继承中华民族的好传统，发扬伟大的民族精神，坚持人与自然和谐相处的治水理念，正确处理人与水的关系，就不仅能创造出三峡大坝这样的宏伟工程，还能促进和谐社会的早日实现。

一趟三峡之行，竟让我感慨良多。唯有那一脉滔滔江水，亘古不变；那一座巍巍大坝，变成人间神话。

从懵懂、憧憬到亲密接触

——我所经历的三峡那些事儿

潘晓洁

2003年，对于我来说，是一个有着非常特殊意义的年份。那一年，我结束大学生活，步入了人生的另一个舞台；那一年，我背上行囊，离开家乡，第一次来到了远在千里之外的武汉；那一年，我对人生有了更宽阔的认识、更多的希望和憧憬；也是在那一年，我初识了三峡。

当听到研究生入学教育的最后活动是参观三峡大坝时，大家的心情是多么雀跃和澎湃。三峡水电站是世界上规模最大的水电站，也是中国有史以来建设的最大型工程项目。自1994年正式动工兴建后，报纸、网络等有关三峡工程的声音不绝于耳，大江截流、移民搬迁、永久船闸开挖、导流明渠通航等事件时时扣动着世人的心弦。2003年更是发生了许多令人瞩目的事件，三峡水库首次蓄水，坝前水位达到135米，三峡双线五级船闸通航，首批机组发电，枢纽初步产生效益。但三峡工程对于那时懵懂的我们来说，大多只是一个模糊的印象，想见识三峡"庐山真面目"的心情可想而知。

参观那天，起个大早，从武汉出发，上高速直奔宜昌方向。记不得沿途发生的细节，只记得风和日丽，一群仍显稚嫩的"孩子"叽叽喳喳闹个不停。进入宜昌，也不记得走了哪条进入坝区的公路，但依稀记得道路平整宽阔，有很多的转弯和隧洞。进入三峡区域，让人印象深刻的是对大坝的严格管理，关卡过了一道又一道，最后终于到了一个很宽阔的平台——185观景台。在那里，有幸近距离接触了三峡大坝，2300多米长的坝身横空出世、雄浑壮观。泄洪闸、封闭的发电厂房近在咫尺。依稀记得，当时正开启两孔泄洪闸，巨大的声响惊天动地、震耳欲聋，江水一泻千里，江面上的水雾腾空而起，水珠四溅，蔚为壮观。但在大坝的上游，却是一派安静祥和的景象，水面波澜不惊，"高峡出平湖"的壮景大抵如此吧。三峡建设者巧夺天工，建造出的世界上独一无二的双线五级船闸，也令人印象深刻。五级船闸逐次递进，如同硕大的阶梯，每级落差约20米，在闸室设有输水系统，船进闸室后前后闸门封闭，上行的闸室充水，下行的则放水，调节水位，使相邻闸室水位齐平，再打开一级闸室，船只就如上下楼梯一样穿越闸室了。除此之外，我们还观看了高耸的三峡坝址基石，该基石为地壳深处岩浆渗出形成的天然花岗岩石质，取自三峡大坝坝址所在地宜昌市三斗坪镇中堡岛的底部岩层，证实在此处建三峡大坝安全可靠。

2003 年的这次三峡之行虽让我记忆犹新，但对于三峡工程的了解也仅此而已，三峡大坝依然是神秘的，想来离我是很遥远的事情。但在 2008 年，与三峡的接触出现了巨大的转变，我有幸参加了三峡后续库区生态环境建设与保护工作。

三峡工程是一项多目标、多效益的系统工程，涉及因素复杂，在发挥其巨大综合效益的同时，水库蓄水运行也对库区和长江中下游经济社会发展和生态环境产生了一定影响，但总体上有利有弊，利大于弊。由于自然因素、历史原因和经济发展方式造成的矛盾和问题，与三峡水库蓄水运行影响相互交织，库区生态环境问题具有复杂性、长期性和累积性。随着水库蓄水运行，一些问题逐步显露，亟待解决，包括论证和设计中已预见到需要在运行后加以解决的问题，工程建设期已经认识到但当时难以有效解决的问题，以及当今经济社会发展对三峡工程提出的新要求等。党中央、国务院高度重视三峡工程的生态环境问题。因此，认真贯彻中央领导的指示精神，有序开展三峡后续工作中的库区生态环境建设与保护，妥善解决库区生态环境问题，保护好三峡水库的水质，维护库区生态环境的可持续，是势在必行的事情。

回顾参与的工作，尽管自己在其中仅是一个微不足道的小分子，但心中依旧充满了骄傲与自豪。《三峡后续工作总体规划》《三峡后续工作优化完善意见》分别于 2011 年、2014 年获国务院常务会讨论通过，湖北省及其 5 个区县、重庆市及其 16 个区县三峡库区后续工作实施规划（2011—2014 年）分获两省市人民政府办公厅批复实施。目前，三峡后续工作稳步推进，对于保障三峡工程的长期安全运行和持续发挥综合效益、促进库区经济社会的可持续发展起到了重要作用。

回忆三峡后续工作的点点滴滴，就不免让人想起参与工作的那些可爱的人。在自己接触过的三峡后续工作人员中，上至国务院三峡办领导，下至库区移民群众都倾注了对三峡的热情、激情和智慧。冒着高温酷暑，忍受崎岖山路的颠簸，我们开展现场调查；无数个夜晚，我们深入讨论、仔细斟酌、通盘谋划，多次征求意见、修改完善。

记得总体规划阶段，7 月上旬我们在北京职工之家召开库区生态环境分项规划评审会，之后到铁道大厦修改完善总体规划，紧接着在裕龙宾馆评审总体规划及分项规划，任务之重、时间之紧超乎想象。去北京之前，我们身着单衣、穿着凉鞋，最后待总工程师吴生桂、室主任万成炎（现为副所长）等规划人员与中国国际咨询公司评估负责人员讨论完评估初步意见，从中国国际咨询公司大楼走出时，大地上覆盖了厚厚

文学篇

的一层雪。那是 2009 年 9 月 30 日晚，据说是北京最早的一场雪！其间，项目骨干陈小娟博士出现身体不适，呕吐得厉害，当时我们都傻傻地认为她是因为工作压力过大、辛苦导致的，大家还忙着"出谋划策"，没想到的是她已怀孕两个多月。一个新生命就这样在妈妈不辞劳苦、兢兢业业、加班加点的工作中悄然孕育着！

记得实施规划期间，水利部中国科学院水工程生态研究所承担生态环境实施规划编制任务，库区 19 个区县及重庆主城 7 个区的野外调查与协调工作持续一个月，接着在武汉创意宾馆开展基础资料整理分析、规划图件勾绘、规划项目落实、规划报告编制，又持续了两个月。其间很少有人回家，所有人舍小家顾大家，克服重重困难，把全部的精力投入到该项工作中。万成炎主任还专门编发短信给大家，感谢家人的理解和支持，让大家转发给家人以得到家人的谅解，特别是好多年轻人刚结婚不久。此后，为突出规划实施重点，提高资金使用成效，国务院三峡办启动了规划优化完善工作，我们又奔赴三峡库区，调研勘察并对重点项目进行论证比选，提出优化完善意见初稿，经征求多方面的意见修改完善后报国务院审批，2014 年 12 月国务院批准印发。其间，我个人也经历了人生的重要阶段——怀孕、生女，为纪念这段工作，我将女儿取名为"优优"，寓意在三峡后续工作规划优化完善阶段出生。

经过三峡工作的锻炼，我更加熟悉三峡，热爱三峡。每每去三峡库区，都会被库区美丽的自然人文景观、淳朴乡风和文化底蕴深深吸引。三峡工程承载着中国人民的百年梦想，是几代人为之奋斗的目标，愿其综合效益充分持续发挥，愿三峡库区经济社会发展得又好又快，山美、水美、人更美！

在大师训斥下觉悟　在工程建设中成长

赵克全

　　我庆幸赶上了一个好时代，作为一名地质工作者，毕业后被分配到长江三峡勘测研究院，从事了举世瞩目的大工程——三峡工程前期勘察至后期施工地质勘察与各项科研工作。

　　前期实习与工作锻炼，老一辈地质工作者那热爱地质事业，常年坚持在野外第一线，工作中勤勤恳恳、任劳任怨、吃苦在先、享受在后的无私精神，给我留下了深刻的印象。特别是老一辈技术专家在工作中严肃、严谨、一丝不苟，具有"献身、创新、求实、协作"的科学精神，把毕生的智慧和心血献给了三峡的敬业精神，使我震撼，也坚定了我热爱自己的本职工作、为三峡工程贡献自己一生的决心。

　　从三峡可行性论证至三峡工程施工，我基本上跑遍了三峡坝区及周边区域范围内的每一片河滩、山脊与溪沟，了解与掌握了坝区范围内第一手地质资料，在老一辈同志的带领与指导下，通过我自己的努力，至 20 世纪 90 年代，我由一个普通的地质人员逐渐成长为一个可以独立承担项目的技术负责人。

　　自当项目负责人起，特别是到了三峡工程施工地质阶段，我就感觉到项目负责人并不是想象中的那么简单容易。我们都知道地质勘测是整个水利水电建设的生命线，而施工地质工作是水利水电工程建设中重要的组成部分,它贯穿于工程施工的全过程，对消除地质隐患、优化设计、选择合理的施工方法、保证工期、控制投资和保障工程正常运行具有重要意义。随着时代的进步与发展，施工程序、方法、工艺与开挖设备在不断更新，加之三峡工程浩大，它的每个单独项目工程就相当于一个大中型项目工程，各专业相互配合较多，我们书本上所学的、前期所掌握的、按部就班的地质工作与方法很难跟上实际的需要。

　　"三峡无小事"，这不是夸大其词，而是实事求是。记得三峡工程施工开挖刚开始的时候，周日休息，周一我们从宜昌到三峡上班，因居住分散、线路较长，车要晚半个小时到三峡，晚到半小时我们认为是一件小事情，却引起了当时勘测局局长、三峡枢纽地质总负责人陈德基大师的高度关注与重视，为此大师专程赶到三峡工地现场。

文
学
篇

那是我认识大师以来第一次见他发如此大的火、第一次毫不留情当着我们的面进行严厉的训斥，"你们不要以为迟到半小时是一件小事，三峡这么重要的工程，如果因为地质原因耽误了一分或一秒而出现问题，你们负得起这个责任吗？"这句话我到现在还记忆犹新，也震撼了现场我们每一个人的心。发火、训斥过后，第二天大师又恢复了往日那和蔼可亲的面容来到我们办公现场，并叫我们和他一起到三峡工地现场进行全线巡视，了解施工现场进展情况，回来后又全面了解我们施工地质开展情况、工作内容、方法与手段及进展，一针见血地指出了我们的不足和需改进的地方。大师特别提出：你们要加倍努力学习、不断钻研，多向其他专业与部门请教，扩大知识面，三峡工程要大力推广新技术、新工艺、新设备和新经验，使地质工作迈上一个新台阶，我会大力支持你们，今后我还会定期到三峡来检查你们的工作。

大师的亲临指教使我们受益匪浅，印象深刻，也使我们感觉到责任的重大。从那以后，只要工程不停，三峡工地一年 365 个日夜均有我们的地质人员在前方留守，只要工程需要，节假日大家都自觉来加班加点工作；从那至今，不管刮风下雨、寒冬腊月，周一天未亮我们就起床，提前赶到三峡工地来上班。从那以后，我们以服务好三峡工程为原则，在工地随叫随到，服务热情；在质量上严肃认真对待，不拿工程当儿戏。

在施工现场，作为项目负责人与技术负责人的我，时刻牢记"三峡无小事"的理念，为了全面了解工程进展，坚持每天的施工地质巡视及跟踪地质调查，及时发现地质问题，追踪可疑问题，收集地质信息并随时将观察到的地质问题和地质信息记录下来，通过与前期地质勘察成果对比分析，深化对工程地质条件和问题的认识，进行超前地质预报，并及时发出施工地质预测简报，提出相应的处理建议，为工程的顺利进行提供了可靠的保障。同时我还根据所掌握的地质情况参与施工优化设计：如开挖坡型的优化、保留岩体中隔墩、F23 与 F215 断层抽槽优化设计、边坡加固改边坡系统锚杆为锁口锚杆、泄洪坝建基面抬高优化方案等，缩短了工期，节省了工程费用，得到了三峡工程开发总公司、长江委三峡工程设计代表局有关领导的好评，所负责的室组 1994 年、1997 年获长江委先进集体称号，我本人 2003 年获"长江设计院三峡工程突出贡献者奖"、2006 年获"三峡工程建设质量管理先进个人"称号。

回首往事，心潮澎湃，展望未来，任重而道远。在今后的工作中，我要不断总结经验，吸取教训，做好本职工作，为单位的发展做出自己应有的贡献。

生态调度为"四大家鱼"自然繁殖保驾护航

徐 薇

长江流域是我国淡水鱼类资源最为丰富的地区，被形象地誉为我国的淡水鱼类种质资源宝库。其中，我国的特产鱼类"四大家鱼"（青鱼、草鱼、鲢鱼、鳙鱼）是长江水系鱼类资源的重要组成部分，也是长江流域渔民的主要收入来源。话说在唐代以前，鲤鱼曾是最为广泛养殖的品种，但是因为唐皇室姓李，所以鲤鱼的养殖、捕捞、销售均被禁止，渔业者只得从事其他品种的生产，这就产生了"四大家鱼"。把这四种鱼类统称在一起，一个原因是它们有很相似的生态习性——江湖洄游！成鱼在江河上游的流水中产漂流性鱼卵，鱼卵随着水流向下游漂流发育成仔稚鱼，更大的幼鱼则进入湖泊生长繁育。这种生态习性是与长江中下游典型的江湖复合生态系统长期适应形成的结果。

"四大家鱼"的资源动态不仅是长江中下游水生态系统健康状况的重要表征，更是三峡工程建设、运行中的重点关注对象。1992 年，国家环境保护局正式批准的《长江三峡水利枢纽环境影响报告书》指出，三峡工程对"四大家鱼"的自然繁殖会带来不利影响，同时提出了保障"四大家鱼"繁殖的对策之一是通过运用水库调度产生人造洪峰促使"四大家鱼"繁殖，即水库调度应考虑"四大家鱼"繁殖对涨水过程和水温的要求。早在三峡工程建设以前，围绕三峡工程建设和运行引起的生态与环境问题，国家专门建立"三峡工程生态与环境监测系统"，其中，对监利江段"四大家鱼"自然繁殖的监测结果显示，自 1997 年三峡工程开工建设到 2003 年三峡水库首次蓄水，"四大家鱼"鱼苗量从 20 亿尾左右下降到 4 亿尾左右，2008 年三峡水库开始 175 米试验性蓄水后，在 2009 年鱼苗量下降到最低值（0.42 亿尾），表明三峡工程对长江中游"四大家鱼"自然繁殖的影响已经开始逐步显现，开展三峡水库生态调度的研究和实践迫在眉睫。

2006 年开始，水利部中国科学院水工程生态研究所作为牵头单位，承担了国家自然基金委、长江委、水利部等有关科研项目，逐渐弄清了"四大家鱼"自然繁殖的生态水文过程和对水库调度的需求，提出了面向三峡水库生态调度的具体调度方式建

文学篇

议，并对"人造洪峰"调度保护长江"四大家鱼"自然繁殖的必要性与可行性进行了初步分析。2011年6月，在长江防总的组织和领导下，首度开展了三峡水库针对"四大家鱼"繁殖的生态调度试验，这也是我国大型工程首次针对鱼类繁殖实施的生态调度。此后，三峡水库每年在汛前5—6月通过"人造洪峰"生态调度措施促进"四大家鱼"自然繁殖，到2017年已经是第7个年头。监测结果表明"四大家鱼"早期资源数量在逐渐恢复，三峡工程的生态效益正在逐步发挥。

生态调度实施了，但它的效果如何，这就需要通过监测鱼类的繁殖响应进行评价，这是其中的又一项重要工作。依据长江防总〔2011〕62号通知，水利部中国科学院水工程生态研究所作为技术牵头单位，开展了调度期间"四大家鱼"自然繁殖状况的监测工作，邀请中国长江三峡集团公司中华鲟研究所、中国水产科学研究院长江水产研究所、中国科学院水生生物研究所等4家单位共同在沿江5个断面联合开展了生态调度效果同步监测工作，同时联系长江水利委员会水文局及其下属单位开展了相关10个水文断面的水文要素监测工作。此次联合，多单位、多专业、全方位开展的监测研究以及对试验性生态调度效果进行科学评估工作，能够为完善三峡工程常规调度方案和进一步开展生态调度试验或制定生态调度方案提供科学依据。

我于2011年开始加入这个研究团队，作为一线科研人员有幸亲历了每年度三峡水库生态调度从方案制定、执行，到监测、评价、优化、讨论的全过程。我主要负责监测、评价两个环节，深感身上的责任之重，工作的意义之大！有效的监测是科学评价的基础，因此监测中的任何环节都不能马虎，弄错一个数据很可能会造成结果的重大偏差。俗话说实践出真知，多年研究工作的积累，锻炼了我不怕吃苦、注重细节的品质，更激发了我对未知的水生态世界的不断探索。三峡工程生态调度实施是从科研到实践的里程碑之作，尽管离我们的保护目标还有很长的路要走，但能够在其中贡献自己的绵薄之力，并将其作为自己毕生的事业努力奋斗，余愿足矣！

数不尽的三峡豪情

——写在三峡工程"11·8"大江截流之际

钟维昭

当我站在高高的坛子岭观景台上，鸟瞰雄浑磅礴的三峡工地，俯瞰万古东流的浩浩长江，仿佛置身于偌大无比、波澜壮阔的画卷之中，欣赏着一道天造地设的沸腾景观。大江上下、围堰 4 个工作面全面大推进的施工场面更为威武恢宏。几百辆载重量为 60 ~ 77 吨的自卸汽车和功率为 300 ~ 575 马力的推土机，在红绿小旗的指挥下，密密匝匝而又井然有序地沿着各自的轨迹流动穿梭，张弛有度，进退自如，配合默契；操作手们娴熟而快捷地在高亢的马达轰鸣声中转弯、调头、倒车、升头抛投，无不流露着三峡人野性的粗犷和厚重的深沉。4 个堤头遥相呼应，当成千上万吨砂石料倾入江中，溅起朵朵浪花，泛出一圈圈黄色的巨大泡沫，更渲染出一派临战的紧张气氛。在指挥员的调遣中，表演着一场热烈而奔放的三峡人的群舞，伴随着机器轰鸣的节奏，筑坝人抒发着对生命的呐喊和壮志豪情。大江截流，一场扣人心弦的横锁长江之战的告捷，是那般振奋人心，全国人民为之欢欣鼓舞！

历史将永远铭记这个庄严的日子。当人们沉浸在胜利喜悦的时刻，面对着 1997 年 11 月 8 日大江截流的胜利，不能不想起那比合龙还壮观的 10 月 14 日大江截流的实战演习，那是大江围堰合龙的前奏曲中最为动人心魄的华彩乐章。这一天，葛洲坝集团大江截流总指挥部调集了 1800 余名操作手以及 348 台挖装运输大型设备和江中 22 艘船舶同时启动，从大江两岸、陆地水路向江中发起抛投进占的凌厉攻势，4 个堤头向前延伸拓展，两艘定位船满载抛投物料向河底平抛，策进两端堤前立堵进占。这时的长江流量达到 17300 立方米每秒，抛投段水深达 22 ~ 36 米，江流滚滚排空，变幻莫测的回流与漩涡狂暴地啃啮着并不坚实的堰堤，展示着人与江河的抗衡，人与江水的拼搏。顷刻之间，河水将建设大军们耗费 6 个小时、抛投 8000 余立方米的料物吞没，滑坡事故不断，将近 50 米的大堤土崩瓦解，眨眼间从人们的视线中消失。指挥部决策者们，面对蛟龙暴虐，做出反应，迅速增添车辆，狂风暴雨般地向险段江流倾泻料物，终于镇住肆虐的江流。这一天，共抛填 19.4 万立方米料物，围堰向前推进了 75.5 米，这是世界水利史上又一次惊人的创举。事后张总深有感慨地对我说："任何事物在运作过程中都存在两种必然的结果——成功与失败，而决定命运的重要因素往往是决策者的智慧、胆略和决心。大江截流实战演习犹如一场战争的序曲，演习的成功预示着我们"11·8"大江截流的稳操胜券。"这话也代表着全体三峡人共铸辉煌的豪情。张总继续说："当然，大江围堰合龙毕竟是人对大江发起挑战的特大行动。要在合龙处水深 40 ～ 60 米的条件下进行，在深水抛填施工之中将产生围堰的密实性和戗堤堤头稳定性等新问题，日抛填强度 8 万 ～ 10 万立方米，这是世界水利水电工程截流史上少有的，同时要保证截流施工期航道畅通。现在，这些关键性技术难题已经各个突破，巍巍庞大的围堰胜利合龙。"说完，张总发出了自豪的笑声，实在令人钦佩不已。

整个三峡水利枢纽施工工地，堪称世界上第一流的驰骋千军万马的战场，其场景之壮阔，气势之恢宏，技术设备之先进，也是前无古人后无来者。就临时船闸与升船机这个仅仅是截流控制性工程而言，它的建造以高难险峻为特征，需要超常的智慧与韧性。在全长 1668 米工程上，需要开挖石方 1485 万立方米，雕琢出一个高差 30 余米的供万吨级船队行驶的立体通道来，高崖壁立，刀削斧砍，巧夺天工。更令人赞叹不已的是，临时船闸与升船机隔开的"中隔墩"是长 240 米、高 84 米、宽 10 ～ 25 米的岩体，平展展、齐刷刷地巍然屹立。那高高耸立在工地上的多台塔吊机，宛如巨大的手臂，伸向天空，伸向工地，把水平运输和垂直运输融为一体，真是"远近高低总相宜"，其混凝土入仓强度传统设备无法相匹敌。

由武警水电总队承建的永久性船闸工地更是如火如荼。这项工程是三峡水利枢纽三大主体建筑之一，为双线五级连续式梯级船闸。船闸主体段长 1607 米，上游引航道长 2113 米，下游引航道 2722 米，线路总长 6422 米。永久性船闸单向通航能力为 5000 万吨，一次可通过 1.2 万吨船队，最大通航流量 57600 立方米每秒，最大工作水头 113 米。整个船闸工程土石方明挖为 3715 万立方米，土石方洞挖 98 万立方米。是当今世界上规模最大、技术难度最高的通航建筑物。

被三峡人称之为人造长江的三峡工程导流明渠，镶嵌在长江三峡河段的右岸，是由紧傍右岸的高岩石壁和左侧顺江流方向构筑的钢筋混凝土堰堤夹峙而成的人工河道。这条长 3710 米、底宽 350 米的渠道，开挖土石方近 2000 万立方米。从今年 10 月 6 日主河床断航启用，千帆走新渠，是 2003 年以前长江三峡唯一的泄流通道，可以安全宣泄百年一遇的特大洪水，是实行截流的先决和必备条件。当我们乘坐的"大为号"旅游船在夜色中徐徐进入水流平缓舒坦的明渠中，灯光水影，流星飞串，声声汽笛，好一派如诗如画的胜景，真是目不暇接，美不胜收。

三峡水利枢纽是开发和治理长江的关键性骨干工程，具有防洪、发电、航运等巨大的综合效益。长江是世界上第三大河流，全长6300余千米，流域面积180万平方千米，约占我国陆地面积的19%，养育了全国1/3的人口。作为中华民族的母亲河，长期哺育着华夏民族。然而，由于自然的变迁和人为的原因，母亲河也给中华民族带来一定的灾难。高原泥沙从上游被带到中游平原地段，淤积于河道之中，洪水季节河床水位高出两岸陆地6～17米，一旦发生特大洪水，堤防漫溃，人民生命财产将会遭到巨大损失，历史上从汉初至清末的2100多年中，共发生大小洪灾214次之多，平均每10年一次，仅21世纪初期就发生了5次大的洪灾。1931年的洪水，一次就淹死14.5万人，淹没180万间房屋。最近的1954年洪水，夺去了3万人的生命，1800万人受灾，4800万亩耕地受淹。为此，多少代人为了防止灾害重演，更好地开发利用长江水资源付出了沉重的代价。长江源远流长，从中国目前已知的早期人类化石——巴东南猿到现在，人类从未停止过对三峡的开发。在近代史上，早在70年前，中国民主革命的先驱孙中山先生首次提出改善川江航道，开发三峡水力发电的设想。1953年2月，毛泽东接见长江委主任林一山时，提出建三峡工程，毕其功于一役的设想；1956年6月，在武汉畅游长江，写下了"更立西江石壁，截断巫山云雨，高峡出平湖。神女应无恙，当惊世界殊"的豪迈诗句。他还不无感慨地说："三峡修成后，不要忘记在祭文中提到我。"邓小平同志讲："对于兴建三峡工程这样关系千秋万代的大事，一定会周密考虑，有了一个好处最大、坏处最小的方案时，才会决定动工，决不会草率从事的。而目前这种方案正是一个好处最大、坏处最小的方案，此时不上更待何时。"人们在风风雨雨、坎坎坷坷中苦苦盼了50年，终于在1992年4月3日的第七届全国人大会议上通过了修建长江三峡工程的决议。1994年12月14日，举世瞩目的三峡工程开工典礼在三峡坝区隆重举行，国务院总理李鹏在三峡工地上宣布：长江三峡工程正式开工。从那时起，三峡工程终于踏着改革开放的时代强音款款而来，三斗坪终于从千年沉寂中苏醒，一座世界性的奇迹工程将从毛泽东的著名诗篇中光闪闪地雄峙大江！三峡工程建成后，可缓解长江中下游洪水威胁，防止荆江两岸毁灭性的灾害，增加长江防洪调度可靠性。

三峡工程之浩大实在是世界之最。枢纽主要由混凝土拦河大坝、水电站厂房、通航建筑物三大部分组成。电站为坝后式厂房，左、右岸分别安装14台和12台单机容量为70万千瓦的水轮发电机组，总装机容量1820万千瓦，属世界之最。主体工程量为：土石方开挖10259万立方米，土石方填筑2933万立方米，混凝土浇筑2715万立方米，

文
学
篇

金属结构安装 25.7 万吨。目前已经完成土石方开挖 8722 万立方米，土石方填筑 1514 万立方米，混凝土浇筑 313 万立方米。这也是世界之最。防洪库容 221.5 亿立方米，改善航运里程 650 千米，是世界上防洪效益最大的水利枢纽。工程建设采用"一级开发，一次建成，分期蓄水，连续移民"的建设方案，总工期 17 年。第一阶段工期 5 年，以大江截流为标志；第二阶段从 1998 年至 2003 年，施工期 6 年，以实现左岸厂房第一批机组发电和永久船闸通航为标志；第三阶段从 2004 年至 2009 年，施工期 6 年，以实现全部机组发电和枢纽工程全部完成为标志。到那时，一项伟大壮丽的跨世纪超级水利水电工程真正在中华大地上巍然崛起，一座人类史上伟大的丰碑将屹立于世界东方。

笔者虽然只在三峡工地上走马观花，但处处都感受到一种民族的自豪，透过五千年前巫山猿人的生存场景，连接编钟乐俑演奏出的远古时代的天籁，巴楚文化交汇的三峡魂，使现代人油然而生一种独特的深远的历史感和凝重的现实情。那"开发长江，建设三峡"的豪语时时震撼着人们的心灵，无不为三峡建设者们征服长江坚韧不拔的奉献精神和艰苦劳动而激起敬佩之情。他们正竭尽全力地释放自己超凡的智慧和能量，抱定心中那美丽的梦想，如同一个规模庞大的交响乐团，共同谱写一曲崭新的长江之歌。此时此刻，当我面对皇天后土，面对三峡十万劳动大军紧张的建设场景，面对昨天拥有的辉煌以及即将书写进三峡历史的跨世纪工程，我真正地体验到什么叫改天换地，什么叫征服自然，什么叫移山填江，什么是人民的力量，什么是民族精神！曾几何时，浓缩了几代人的三峡之梦，在改革开放的大潮中终将变成现实。历史上曾多次创造过世界奇迹的中国人民，而今又用生命拥抱三峡，沿着人类水利史上一条既坎坷崎岖，又充满阳光和希望之路勇往直前，一定能够再创辉煌。三峡人与大坝为伍，纵然失去许多与家人团聚的天伦之乐，失去过温暖舒适的生活环境，但他们拥有了人生搏击后的况味，他们为翻过浩浩长江凝重的一页建设宏伟的"民族工程"而无怨无悔。

我身边的三峡人家

张　兴

　　写身边的三峡人家，因为我并非一个女承父业的水利人，但我的一位故友说的他父母日常一番打趣的话却让我印象颇深，我想那便是水利人三峡情怀的一个写照。

　　话说每每他父亲抱怨母亲没有收拾，把屋子弄得乱糟糟时，他母亲便会反击道"那你没看看你，堂堂一个设计院的工程师，画图画了不知道多少，怎么给自己家画个衣柜竟然能多出一扇来，生生超了尺寸，摆不下那面墙。"关键是后面还会神补刀一句"当初画三峡闸门的时候怎么没见你多画半扇，那三峡的水还管得住管不住！"

　　一项举世瞩目的浩瀚工程，就让他们这样说出了趣味，感觉那样只得在电视上观看的宏图伟业竟是他们日常的家长里短。他们亲身经历了，亲自参与了，捏了她的骨骼，铸了她的血肉。当年怎样的励精图治，怎样的攻坚克难，到现在看了不过一场修炼，成了茶余饭后的谈资。这既是一种乐趣，更满溢着身为水利人、身为三峡这项宏伟工程参与者的骄傲。

　　从父辈们看，那是他们青春正盛时的卓越成就，从水二代的角度看又是怎样呢？我这位故友说，当时三峡截流合龙，他父亲是设计师、项目负责人，要在第一线监察合龙情况。而他呢，也有幸被带去了，猫了个正景位置，离那龙口不过百米，其他的工作人员和附近乡亲却被武警拦得老远老远，以防出现安全事故，更提防出现政治事件。毕竟这项举世瞩目的工程，代表了我国的综合国力和发展势头，不能有闪失。所以我看他描述这段经历时，目光炯炯，还飘逸着那么些得意。

　　时隔多年，如今我已在水利行业工作近10年，耳濡目染了一些水利工程情况，溪洛渡电站、官地电站、德厚水库等。在去年"长江水利委员会庆祝中华人民共和国成立六十七周年文艺演出"上又一一回顾了咱们水利人成就的伟大工程，那一幕幕航拍，一幅幅工程大坝、库区鸟瞰图，仿佛走过祖国的千山万水，放眼望去，哪里都有咱们水利人的足迹，哪里都有咱们鬼斧神工的铸就。到此时，我知道，那份对水利行业的骄傲，那份要努力投身到这事业的炽热也深深注入了我的骨血。当我第一次登上三峡大坝，看到那高旷的天空和下面深若千丈的崖壁，湍急的水流从脚下倾泻而出，这壮阔就那样印在了我的心门上，无论现在、将来，我在哪一处，她都是我引以为豪的源泉。

·386·

循先辈足迹，忆水利情怀

刘　亚

　　我来自三峡库区，成长于鄂渝交界的巫山山麓，亲身经历了三峡水库建设前后翻天覆地的变化，对水利事业给百姓带来的利益体会尤为深刻。大家都去过那号称三峡之最的巫峡，却不知道如今那些平稳的水面十几年前还是险象环生的急流漩涡，就那几十千米的峡谷曾吞噬了无数条船夫的生命；大家都知道那里山清水秀，风景宜人，却不可能体会到千百年来峡区人民搏击风浪的艰险；那里出产的茶叶与天麻远销全球，但是估计也没人会明白山区人民那份"水旱从人"的渴求与企盼。然而这一切，因为三峡水库的建设已成为历史。三峡水库建好了，县城改迁了，城市变漂亮了；江里的水涨起来了，船夫出行家人不再担心有去无回了；游客多了，来往物资快捷了，人民的腰包也鼓起来了。从那时候开始我便知道了一个新名词：水利，也懵懂了解何谓民生工程。并且懂得它带来的不仅关乎个人荣辱，更是一方百姓的福祉。正是因为切身感受到了它所带来的便捷，于是怀揣着将其发扬的简单梦想，我报考了武汉大学水利系，选择了治河专业，开始学习河床演变与泥沙动力学。

　　于是便开始接触到了水利前辈们的成果，至今还记得罗海超、余文畴先生关于分汊河道演变的总结，也记得方宗岱先生与唐日长先生关于蜿蜒河型成因的讨论。然后也就逐渐接触了这些名字，当然也仅仅就是一个名字而已，这些人我至今都不知道他们相貌如何、身居何处、现任何职。但是有一点我知道，就是这些成果对于河道治理以及整个学科的发展都有着不可磨灭的影响。

　　关于唐先生的成果，印象最深的是一篇《荆江蜿蜒河型造床实验研究》。文章发表于1955年，由于年代久远，纸页已经泛黄。在那泛黄的纸页上，清晰地镌刻着近50张河道地形图，描绘了荆江洞庭湖的百年变迁。为了取得这些数据资料，唐老花了近三年的时间，带着干粮，扛着仪器，徒步穿越了洞庭湖湖区和沿江两岸。而更难能可贵的是，图中每一个点、每一条线都是唐老一人手绘而成，文字清晰，线条均匀。至今那些泛黄的纸页依然历历在目——精美得如同一件艺术品。回忆那个年代，没有先进的计算机制图，老先生就靠一盏灯、一支铅笔、一摞纸、一张桌子，描绘着治江蓝图。这就是当年水利工作者的真实写照，正是他们日复一日的这种青灯寒火、苦行僧般的研究，才有了如今这么多丰硕的科研成果，我国的水利事业才得以如此迅猛发展；正是因为有了这一系列的理论指导以及实践经验，我们今天的河流研究工作才能做得如此风生水起，才一步步将水利事业推上一个又一个新的台阶。

很遗憾，未能瞻仰唐老容颜；但有幸，追随着唐老先生的足迹，毕业后我也来到长江科学院河流研究所，成为一名基层水利科研工作者。

感受着唐老所走过的江滩河岸，才逐渐明白，一位水利人的足迹是如此艰辛，却这般荣耀。一双脚，踏遍了大江南北；一支笔，书写了 70 年的治河事业。唐老的成果几乎涵盖了我们河流研究的各个方面：不仅有野外基本资料的收集方法，还有对研究手段的思考，也有具体工程实践的经验。唐老这一生造诣甚广，有过河床演变基本理论的思考（诸如河型成因、造床流量）；也研究过物理模型、数学模型；治过长江，整过黄河；守过荆江大堤，裁过下荆江；既有洞庭湖湖区小型水渠的设计，也有葛洲坝、三峡这种大型水利枢纽规划。

从周围同事口中听到唐老在古稀之年依然工作在泥沙模型的最前线，也听到过在生命的最后十余天还冒着严寒参加党组织生活的事迹。大家都认为唐老这一生是真正热爱水利事业的，而我觉得这应该不仅仅是简单的热爱，更是一种信仰。单纯的热爱或许可以维持一个月，甚至三五年。而像唐老这种倾其一生的追随，唯有信仰才有这般力量。就是对真理孜孜不倦的追求，以及心系天下的博大胸怀。在我心目中，他永远是一位古稀之年依然站在模型前线的水利工作者，是一位拄着拐杖、冒着严寒，在大雪纷飞的日子里在儿子的搀扶下上交自己特殊党费的老党员。他给我们留下的，不仅仅有丰富的理论知识和实践经验，有一丝不苟、执着追求的水利工作精神，还有作为一名共产党员对党和国家、对民族和社会坚贞不屈的爱和责任。

我们这些生于 20 世纪 80—90 年代的人，没经历过烽火硝烟的洗礼，也没体会过食不果腹的痛楚。所以我们不敢说，我们是为了中华崛起而读书，但是至少我们可以说，我们正在为流域之安康而奋斗。因为我们都忘不了每次洪水泛滥所留下的灾难与伤痛，也无法对饱受旱涝灾害人民的艰辛无动于衷。因此，肩负着国计民生的根本基业，守护江河流域内的千万居民，这是社会发展赋予我们水利人的使命，也是全国人民对我们的期盼。今天在这里回忆先辈们的些许事迹，不仅是为了向这些执着追求、无私奉献的前辈们表达我们诚挚的敬意，更是一种决心——我们将沿着他们的足迹，以天下安澜为己任，不惧风险，不受干扰，不辱水利人使命。因为我们有着共同的夙愿：都愿及时好雨，碧水长流，都盼天下安澜，五谷丰收。

又见三峡

陈　琴

　　在游客眼里，三峡是指瞿塘峡、巫峡、西陵峡，意味着或雄伟或秀美的风光；而对于我们水利人，尤其是对于我们长江委的水利人来说，三峡可能更多地是指凝结了我们的智慧与汗水的三峡水利枢纽。

　　第一次知道三峡，是因为中学语文课本上有刘白羽写的《长江三峡》（请原谅我的孤陋寡闻）。此前，我从没有去全程旅游过，只是浮光掠影地小范围地春游过几次，而春游的主要目的也不在风景，所以对刘白羽描写的长江三峡的美没有深刻体会；再后来，考上大学，录取到水利专业，才对三峡有一点小小的关注。1994 年 12 月 14 日，李鹏总理宣布三峡工程正式开工时，我们学校的广播台很隆重地播了这条新闻，读大四的我好像也只稍微激动了一下，远不了解三峡工程的意义，也压根想不到我以后的工作会如此紧密地和三峡联系在一起。

　　今年 8 月，我有幸随单位的疗养团乘船游览三峡。在热闹的重庆朝天门码头，汗流浃背的我们登上了目前世界上最豪华的游轮"长江黄金 6 号"，顿时觉得神清气爽。在游船说明会上，听着对长江黄金系列豪华游轮先进性的介绍，除了对自己正在享受这种先进性所带来的舒适愉悦感到荣幸外，作为三峡工程的建设者，更多的是一种自豪。长江通航里程占全国内河通航里程的 70%，货运量占全国内河运量的 80%。然而，川江河段滩多水急，航道狭窄，是长江航运中的险段。作为衡量江河通航能力的重要标志——万吨级船队，在从长江口行进到汉口后，就无法继续前进了。三峡水库蓄水后，淹没了川江上的所有险滩，川江航道水深增加 40%，航宽增加两倍，江水流速减少50%，万吨级货轮可安全、通畅地由宜昌直达重庆，因而，我们这艘豪华游轮才能安全行驶于江面上。

　　登上甲板，看两岸青山慢慢往后退，向远处的神女挥手示意。当时，三峡大坝才经历洪峰的检验不久，虽然洪水已经退去，流量大大减小，但江面依然十分开阔，浑浊的江水携带着树枝、塑料袋等杂物滚滚东去。当时的水位是 161 米，两岸 175 米的水位线整齐划一、清晰可见，高程 161 ～ 175 米段没有了树木的遮挡，露出灰白的岩石，很有点刺眼，让我们充分体会到了洪水的威力。试想若没有这三峡工程，长江中下游肯定又是军民齐上阵严防死守，再现'98抗洪的悲壮情景。而现在，有了三峡水库的拦蓄作用，两岸军民可以安心生活，不用再提心吊胆。

第二天，游览小三峡时，只见江水碧绿，与前日所见大不相同，两岸奇峰壁立，竹木葱茏，饶有野趣。船上的导游来自新搬迁的巫山县城，对于三峡作了很详尽的介绍，作为移民的她在介绍三峡移民时几度哽咽。想想众多移民离开肥沃的土地向后靠，把新家建在瘠薄的山梁台地上，而更多移民带着家乡的泥土和三峡石，离别祖祖辈辈居住的家园和魂牵梦萦的船歌帆影，心中那是怎样的痛？再看看江边玉米地里那位移民至广东一个月便溘然长逝的90岁高龄老奶奶的坟墓，我们也忍不住流下热泪。移民所做出的牺牲和心中的痛是常人难以体会的，在那一时刻甚至消隐了我作为三峡建设者的自豪感，我只有在心中默默表达对他们的敬意。

太阳快下山时，坐在甲板上，享受着江面上吹来的凉爽的风，心中好不惬意。我们不时可以看见两岸山上的人家以及他们开垦的坡地，也可以看见几处山体滑坡以及因滑坡而弃之不用的房屋。随着暮色降临，便看见远处的点点灯光，若隐若现，到靠近秭归新县城时，就可以感受到灯火辉煌的气息，这座整体搬迁的城市在夜幕中显得生机勃勃。

因三峡入库流量超过通航标准，船闸停止通航，我们只能弃船上岸，乘坐汽车来到坝区。看着正在泄洪的大坝、壮观的五级船闸以及高高耸立的仍在建设中的升船机塔柱，心中感慨万千。在我工作前甚至工作很多年后，我都没想到自己的一生会与三峡如此紧密相连。毕业实习地点是三峡，参与的第一个课题是关于三峡大坝，第一次出差是到三峡（为数不多的出差几乎都是到三峡），1997年大江截流时到三峡参观，不在家过的第一个春节是在三峡。十几年来，我参与完成的三峡课题有二十多项，大坝、船闸、厂房、升船机……这些结构都牢牢地刻在我的脑子里甚至心中，我了解他们在各种状况下的变形和应力，我甚至记得他们每一处细部结构的尺寸和配筋，我也曾到厂房内部去看过发电机组。尽管我对她是那么熟悉，但再一次见到仍难掩激动，因此我不停地向小女介绍着融入了我的智慧与汗水的三峡，全然不顾她是否感兴趣。

大约在200万年以前，大自然的鬼斧神工塑造了长江三峡。源远流长的航运文化和深沉厚重的人文积淀，给中国人留下了深深的文化烙印。三峡工程是人类创造文明以来，对自然的一次最大规模的、绝无仅有的改变。"高峡出平湖"圆了许多人的梦，也惊醒了许多人的梦，近几年关于三峡工程利弊的争论不绝于耳。作为与三峡有着千丝万缕联系的水利工作者，再次见到三峡秀美的风光和宏伟的水利枢纽，我的心情是复杂的。在我心中，利大于弊是早有定论的，我为自己能参与三峡工程的建设而感到幸运与自豪，为三峡工程在各方面发挥的巨大作用而感到欣慰，同时也为移民挥别家园感到伤感，为被淹没的文物古迹感到惋惜，为可能带来的负面生态效应感到担忧。但世间万物，难有十全十美的，两利相权取其重，两害相权取其轻。作为水利人，也许我们唯有秉承科学、创新的精神，尊重世间万物，将水利工程的作用发挥到最大，将不利影响减到最小，才能达到我们所追求的人水和谐。

三峡游，永不言"告别"

杨亚非

三峡奇峰竞起，千姿百态，无处不是诗，无处不是画，自古是中华大地上一处神奇的瑰宝。

然而，三峡工程自1992年通过人大决议上马后，许多人开始担心——三峡雄伟秀丽的自然风光会不会被淹没呢？于是，国内外的一些旅游公司趁机打出了"告别三峡游"的宣传广告。虽然1993—1997年，确实招揽了不少国内外旅游者，但由于广告词的误导，在三峡工程大江截流后，1998年到三峡旅游的国内外旅游者锐减了约70%！这些旅游公司尝到"短期行为"酿成的"苦果"。

三峡美景究竟会不会向我们说"告别"？专家说，这些广告词完全没有科学依据，三峡游将永不言"告别"。

旧景更"亲近"，新景更神奇

三峡，是瞿塘峡、巫峡、西陵峡的总称。上起重庆市奉节白帝城，下至湖北宜昌南津关，全长192千米，是世界上著名的山水画廊。

重庆市旅游局局长王庆瑜曾在作客新华网谈时说道："三峡山峰的平均海拔约为1200米，即使三峡水库蓄水到海拔175米高程，也不过比日常水位高了几十米，几十米对于一个海拔1000多米高的峡谷景观来讲，应该是可以忽略不计的。"也就是说，三峡库区水位升高以后，很多景观不过是观看角度会有一些改变。如在瞿塘峡，峡谷感丝毫不会减弱，游客仍然要引颈仰视，才能一睹神女峰的风采，唯一小小的变化就是"神女"离我们更近了。

同时，在三峡成库以后，江水的流速将会大大降低，游船在通过峡谷时速度会更慢，观景会有更充分的时间。至于人文景观，像云阳的张飞庙在文物部门的努力下，选择的环境和以前的环境几乎一样。新建的张飞庙在文物的展出方面也会更加丰富。

更值得期待的是，蓄水175米后，将会呈现出一个长达600千米、蔚为壮观的大湖泊。从巫山开始，将出现巫山湖、大昌湖，奉节会出现白帝湖，还有万州、涪陵、长寿这些地方都会出现一些大的湖泊。新的湖泊将会使过去藏在深山里面的一些景点展示在游人面前，比如像奉节的天坑地缝、云阳的龙缸、百里乌江画廊、芙蓉洞——这些都是天下奇观。另外，随着水位抬高，将会形成很多新的岛屿，像皇华岛、白帝岛和石宝岛，这些都非常有看头。

据统计，三峡大坝建成蓄水后，整个库区将形成总面积达 1000 多平方千米的连片人工湖泊，新增 11 个湖泊群、14 个岛屿与半岛旅游景点。

三峡坝区——一道壮美的风景线

有旅游专家说："世界上任何一项巨型水利工程完工，都会诞生一个壮观的景区。"三峡也不例外。

三峡大坝全线到顶时，记者曾"亲密接触"了巍巍大坝。行走坝顶极目远眺，只见白云悠悠，群山如黛；远观大坝，如巨龙横江，将一江波涛紧紧揽在怀里。感受大坝壮美的同时，也不禁让人回眸起大坝"百年梦想、五十年论证、十三年建设"的沧桑历程，平添了几分豪迈。

2005 年 7 月 1 日，三峡大坝坝顶首次限量对外开放时，游客乘坐电瓶车登上巍巍大坝，零距离触摸这一举世瞩目的宏伟工程。许多游客感叹道："游三峡，如果不登上坛子岭远眺大坝雄姿，不到泄洪景观台目睹江水从百米高处一泻而下的壮观场面，不坐船亲身感受沿五级船闸拾级而上带来的惊艳，这将是你三峡行的憾事！"

紧接着，2005 年 9 月，三峡大坝右岸下游 800 米处，一个以"时尚、科技、休闲"为主题的新景点"截流纪念园"又被推出。走入这个投资 3000 万元、占地 93 万平方米的主题公园，仿佛让人置身于"山水相连，天人合一"的人间美景。

长江三峡旅游公司总经理陈孟炯在日前召开的一次媒体见面会上说，三峡工程在顺利实现防洪、发电、通航三大主要效益的同时，还催生了一个世界级的旅游品牌。现在，三峡大坝旅游区整体占地达到 15.28 平方千米，对游客开放的有坛子岭、185 米观景点、泄洪坝观景区、坝前平湖观景区和三峡截流纪念园等 5 个观景点。"仅今年'五一'黄金周，三峡大坝就接待国内外游客 7.1 万人次，创下了历史新高。"

时下，随着大坝全线到顶贯通，长江三峡旅游公司正在着手打造一条完整的大坝观赏线路：游客由大坝左岸坛子岭出发，乘坐环保旅游车横穿大坝坝体，抵达右岸，接着参观截流纪念园，然后由西陵长江大桥返回左岸。陈孟炯还告诉记者，为了进一步丰富景区的旅游产品和内涵，三峡大坝旅游区投资 3300 余万元打造的大型户外实景演出即将在近日推出。届时，到三峡大坝旅游，除了能够看到举世无双的三峡工程外，还将能品味一台极度震撼的山水盛宴！

新三峡游，喷薄着强大的热力

奔腾了亿万年的长江水，突然在某一天变得平缓、温顺、诗意了，江水沿着峡谷深浅不一的纤痕和石梯缓慢上升，一处处秀美壮观的景点随之揭开神秘的面纱，这就是新三峡！专家说，三峡大坝主体工程完工后，将引发三峡游的新高潮。随着三峡沿线的三峡大坝、神农溪、小三峡、白帝城等主要景点的游客都比去年同期有较大幅度增长，预计今年游览三峡的中外游客将突破 100 万人次。

现在，更多的人慨叹，高峡平湖"搅热"了峡江两岸，不仅没有让游客向三峡告别，反倒给三峡旅游市场带来了前所未有的发展机遇。

面对三峡的远期发展，国家旅游局曾提出"世界最大高峡平湖，中国峡江文化长廊"的规划目标，重庆市旅游局相关负责人向记者勾勒了未来三峡的蓝图——三峡的主导性旅游将包括高峡平湖游、峡江文化旅游以及游船观光度假旅游。目前重庆市正在着力开发酉阳到彭水的乌江画廊、黔江小南海，以及酉阳的世外桃源等景区。

而宜昌市近日召开的专题研讨会也提出，三峡大坝及周边旅游规划应突破目前 15.28 平方千米的范围，将"两坝一峡"纳入三峡大坝核心旅游区，并把坝区周边的秭归县、夷陵区作为景区来建设。

各地都加大了三峡旅游的规划与建设，然而，如何避免出现各自为政，实现整合资源、良性循环呢？

重庆师范大学旅游学院院长罗有贤分析，关键是重庆市和湖北省应合力来培育完整的长江三峡旅游产品，形成"一条热线，两个中心，三个精品，四个片区"的旅游开发支撑。

也就是说，要以长江三峡旅游为热线，以重庆市和宜昌市为旅游发展中心，着力打造大坝、峡谷和文化三项精品景观，及大坝度假旅游、峡谷观光旅游、库区文化旅游、重庆都市旅游四大功能片区。

相信一个以三峡大坝为龙头、长江三峡为轴线，不断向长江两岸延伸的更大的旅游经济区，将喷薄出更大的热力。

坛子岭抒怀

陈松平

今天，站在坛子岭上，放眼俯瞰，高峡平湖碧波荡漾，三峡大坝雄伟壮观；顺流东望，两岸生机勃勃，平畴千里稻菽飘香。

百年民族梦、半世纪论证、二十载建设，三峡工程，这座几代长江委人用智慧、心血和汗水铸造的世纪工程，已经开始全面发挥防洪、发电、航运、补水等综合效益。

在三峡大坝坝顶触摸这座伟岸躯体，满眼都是"世界之最"——大坝坝轴线全长 2309.47 米，是世界上最大的混凝土重力坝；水库总库容 393 亿立方米，防洪库容 221.5 亿立方米，是世界上防洪效应最为显著的水利枢纽工程；电站总装机 2250 万千瓦，单机容量 70 万千瓦，年发电量近 1000 亿千瓦时，是世界上最大的水电站；双线五级船闸总水头 113 米，可通过万吨船队，成为世界上级数最多、总水头最高的内河船闸；垂直升船机最大升程 113 米，船厢带水重量 11800 吨，过船吨位 3000 吨，是世界上规模最大、难度最高的升船机。

一个又一个的世界之最，不仅是中华民族的骄傲，更是设计总成单位长江委的骄傲。在三峡工程勘测设计过程中，长江委工程技术人员奋力攻克了泥沙淤积、水库诱发地震、库岸稳定、大江截流和二期深水围堰、永久船闸高陡边坡稳定和变形、大坝混凝土快速施工、特大型金属结构、垂直升船机、特大容量水轮发电机组、环境影响与评价、水库淹没和移民安置等多项重大关键性技术难题，为国家决策和三峡建设提供了强有力的技术后盾，为中国水利水电设计行业打造出辉煌的民族品牌。

一个个世界级难题被攻克，三峡工程成为水利科技创新的丰碑，设计创新也成为具有自主知识产权的"三峡品牌"技术的重要组成部分。

创新成就精品：几十项科技设计成果和新技术、新工艺、新材料的广泛应用，为三峡工程节省了数亿元国家投资。

创新造就辉煌：三峡工程荣获新中国成立 60 周年"十佳感动中国设计大奖"和"百项经典暨精品工程"，被授予"国际混凝土坝里程碑奖"；获国家金奖 3 项，国家科技进步奖一等奖 1 项。

创新引来效益：成功抵御 71200 立方米每秒的最大洪峰，防洪效益显著；年发电量超过 900 亿千瓦时，有力减少大气污染和促进国民经济发展；催生黄金水道，万吨船队抵渝，三峡船闸年货运量突破 1 亿吨；抗旱补水效益显著，每年向长江中下游补水百亿立方米。

大音希声，丰碑无言。三峡大坝不仅是世界上最大的大坝，更是一座科学求实、创新进取、团结协作、无私奉献的精神丰碑。据不完全统计，长江委常年有 3000 多人在从事三峡工程设计、勘测、科研等各方面的工作。一大批老专家在三峡工地继续燃烧着激情的设计岁月，弥久而不减。在他们的人格魅力感召下，一大批青年骨干脱颖而出，成为三峡工程设计的中流砥柱，数十人被授予三峡工程优秀建设者称号。

大江奔腾，浩荡向东。巍巍大坝截断巫山云雨，三峡工程已成为长江上最醒目的新地标。这一切，折射了长江委在三峡工程建设中践行科学发展观、走可持续发展的新型水电开发道路的坚实步伐，更让人们看到一种人水和谐的治江新境界。

三峡情

单学忠

谁不眷恋四百里峡江？

看吧，我们乘坐的测船，在峡江回旋跌宕的激流中，劈开翠蓝色的江水，飞流直下。两岸奇峰秀谷，飞云织锦，柚子花香，浓郁扑鼻。橘黄色的霞光，向湍急的江流中撒下千丝万缕的金线，似无数金蛇在水中游动……

测船拉响清脆的汽笛，驰过"水落龙蛇出，沙平鹅鹳飞"的八阵图，又钻进"山塞疑无路，湾回别有天"的巫山画廊。

啊，那不是巫山十二峰吗？瞧那万仞峭岩之巅，充满神奇美妙传说的"神女峰"，披一身霞光，亭亭玉立，多像一位凝神眺望的少女！

沉思间，忽见金珠跳腾的漩浪中，一叶鼓满风帆的舟，似一只展翅的江鸥，时而飞上浪峰，时而掠入谷底……风帆渐渐飘近测船，碧浪中，传来清晰的呼唤："喂！测船上的同志，搭节路吧！"

"没空嘞……！"我手当喇叭高声回答。"我是地质分队的林毅……！"

啊，是林毅工程师！于是测船减缓了速度，慢慢靠近小船。"忽哧"一把缆绳甩过来，我伸手接住，一拉，林工乘势跳上测船，帮我将缆绳系在嵌桩上。"赶早船哪，去 258 呀？"

只见林工舒展眉梢，笑而不答。

"去钻探工地吗？"我又问。

"去播种爱情的地方……"

风趣的回答，逗得我咯咯直笑："40 多岁的汉子了，黑乎乎的胡子一大把，还说这话，不害臊！"

林工拍拍身边的地质包，抽出闪闪发亮的地质锤，在手里晃晃说："我们和长江不是恋爱了 20 多年吗？"

一句话，引起了我的深思。是啊，在过去的岁月里，我们踏波逐浪，风餐露宿，脚印几乎盖满了峡江两岸每一寸土地，辛勤的汗水，浸湿了通向峡江的每一条道路。

为什么？为了振兴中华，为了让每年空流去的一万亿立方米的水量为社会主义献出巨大的能源啊！

过去的 20 多年里，我们和长江"热恋"，今天看来，仍然如此。瞧，那西陵峡口的千军万马的测船，那在激浪中林立的钻塔……不都是"热恋"的情景吗？

就说眼前的这位林工吧，1962 年，他从学校毕业，分配到三峡勘测大队来，经朋友介绍，与山村女教师结了婚。婚后 3 天，他叨念着勘探便辞别新娘，踏上了返回峡江的路。

转眼 20 多年过去，现在已四十出头，他将自己最美的年华献给了壮丽的三峡。而现在，他依然如醉如痴地爱着三峡的水电事业……

不久前，水利电力部要求长江建设者在桃汛前提交《长江三峡水利枢纽可行性研究报告》。这振奋人心的喜讯，像和煦的春风，吹绿了长江建设者的心田，林工决定春节不回家，在工地加班工作。除夕那天，我披着峡江的仆仆风尘，带着林工的家书，走进了他家素雅幽静的庭院。爆竹声中，他那十岁的儿子林峡江，站在大门口，闪着一双圆乎乎的大眼睛，正期待着远方的爸爸回来哩。

"叔叔，我爸爸回来了吗？"

我怎么回答呢？只好答非所问地将话岔开。

"峡江，你爸爸给你带回你最喜欢的东西！"我忙从袋子里掏出一捧色泽斑斓的"翡翠绿""玛瑙红""珍珠蓝"……峡江高兴地把这些花石头捧在手里跑进院里喊着："妈妈，爸爸给我带回三峡的花石头！"

瞧，这就是地质队员的儿子——当时，我不胜感慨。

测船在水流似箭、碧浪飞扬的江面上行驶。江面上雪莲般的钻塔巍然耸立，我兴奋地说道：

"看，我们的钻塔、钻场！未来的坝址！"

"是呀，我们的战场！"林毅工程师幸福地附和着，他那炯炯有神的双眼，充满了骄傲和自豪的光芒，右手紧紧地捏着满是毛茸茸胡茬的下巴颏，正倚栏远眺，忽然，他在轻轻地吟诗哩……

> 舍得青春无限美，
> 舍得故乡景色翠，
> 舍得亲人情意长，
> 难舍三峡一江水……

三峡，永远的魅力

陈仲原

"摄影生涯已使你向往冒险。"这是当我对朋友们谈起自己一次次到三峡的拍摄经历时，他们的看法，而我自己却从来不愿承认这一点。因为我骨子里认为，我那不叫冒险，只不过是向往一些别人不曾见过的东西，看一些别人不曾见过的风景，跟一些人爱好抽烟、喝酒、打牌、聊天的习惯好像没什么本质上的区别。我是个小人物，从未想过要做什么惊天动地的事，只是觉得手上既然有个摄影器材，便要用好它。十几年的摄影生涯，我拍过一些被别人称为好片子的作品，但在我，则要求自己不只是用眼睛去观察世界，要用脑子去拍。我拍摄过几千卷胶卷，包括反转片。不计其数的照片无论好与坏，都是我用我的眼、我的脑看世界、看人的实证。每一次对瞬间的定格，都是我对长江、对人生、对社会的思想认识的体现，其中最不能让我忘怀的是每一次对三峡的认识，每一次对它的接近，都是我做人和摄影的一次升华，尤其是其中一次在瞿塘峡的拍摄经历。

为了拍好瞿塘峡，我计划了很长时间，并等待时机成熟。1992 年 8 月的一天，我终于有机会去实现这个计划了。

从宜昌辗转来到白帝城，在白帝城又一连等候数日，一来盼望天气转好，二来为登瞿塘峡的赤甲山做好最后的准备，我委托在白帝宾馆工作的朋友，在附近找了一位体格极其健壮，而且能听懂当地方言的小伙子做我们的向导及挑夫。白帝城文告所的曾同志之子小曾也强烈要求为我们带路。

我们一行 4 人，同行的老吴是位年长、性情豪迈而心极细的老摄影家，是我硬拉着他一同前往的。据他以往的经验，我们把在进山路途中和在山上几日所需的物品一一安排妥当，共备了 10 斤红烧肉、10 公斤大米、10 个鸡蛋、4 大瓶加了绞股蓝的凉开水以及常用药品。第二天早餐时，又携上 20 多个馒头、10 余个包子、10 余包榨菜上路。

我们的挑夫是四川山民，肩上所能承受的力比手上大得多。他去借了一根扁担，担起我与老吴沉重的摄影器材及生活用品跟在我们后面上了路。山路是由石阶组成，

文
学
篇

每级石阶约一米宽，又陡又高，而且没有弯路，几乎直上。

路上不时遇到行人，虽不相识也愉快地和他们打招呼，听他们远声叫人的声调，心胸无限开阔，已很久没有接近这样的自然，没有接近这些自然中生存的人。空气是那样清新宜人，虽累但并不觉疲倦。一路走走停停领略着大自然的美丽景色，我与老吴还不时地拍着片子。迎面来了一队骡马叽叽地运载着石灰，从我们身边快步如飞地走过。走在前面的人告诉我们他们已经走了近 4 个小时，估计是在凌晨 3 时 30 分出发的，一听这话，我心里没了底，若按我们现在速度还要走 10 多个小时才能到达。

挑夫担着器材已显得有些力不从心，他已喝干了分配给他的水，没到中午便消灭了 5 个馒头，早早地冲在前面山弯处大口地喘气。小曾手拎着我们准备的红烧肉一点不敢马虎，担心洒出后没得吃。午饭我们 4 人把清早所带面食全部消灭干净，快速喝些茶马上赶路。

开始登山时，我就发现这里的岩石都是褐黑色的，岩石表面布满小孔，一看便知是远古时代的海底存物，这些深色的岩石杂乱无章地分布在山间，岩缝中顽强地长着一种黄色的花，鲜艳夺目，没有树木生长，植物全是那种高山低矮灌木丛，杂草足有一人多高，几乎看不到飞鸟，白天只有强紫外线的照射。

在近两个半小时的跋涉后，我们到达一个农舍前。最引人注目的东西就是挂在灶台上方已被烟熏过，又被厚厚黑灰遮盖着的腊肉。出此户人家，约又前行了 5 千米的山路，下午 1 时许，就到了我们原定的目标，位于桃子山后背山谷的离山尖附近的一户人家。这所木结构的宅第是用土砖加米汤为墙体做成的，距今已有 300 多年历史。

仰仗老吴的熟道，他与山民交涉我们的住宿和日程安排。

放下行李，稍作整理，我们就向山巅进发。老乡告诉我们没有好路，只有采药人的小径了，于是，我们兵分两路择道上山。

我与挑夫一起，走了约半小时才发现这里的小路并非每条都能通往山顶，看似上山却又转了方向，所以我们干脆自己找路。挑夫在前面用扁担探路，矮小的藤类植物像蛇一样盘根错节地纠缠在地上，没有一处平坦，短短 20 分钟的路程，我们用了近一个小时才到达山顶。

桃子山尖顶部呈南北朝向，凸尖凹岩，弧形背斜，在山巅处一块平整的岩石上，人们设置了一个佛龛，龛内供奉了一个彩瓷欢喜如来佛坐像，有红带围绕其身，背北朝南，上可观瞿门雄壮下可望大溪文化悠久历史，人们更望其能保上下行船的平安。这里海拔 1300 余米，风从北边山岩背斜吹来，会把人吹得东倒西歪。前面就是悬崖，挑夫已无胆量走在前面了，而是小心地跟在我后面。因拍片的欲望，我不顾一切往前寻求佳境。

我谨慎地摸到岩尖一十分险恶处，用绳子把相机拴着，让挑夫挂在后面 6 步开外的石柱上，天很热，我在山尖悬崖嘴，骑上岩尖，支起三脚架，双腿悬空于岩下，等待美景。挑夫鼓足胆子上前望了一下岩下，我看见在崖风中他的两条腿抖动不停，整个身体匍匐在岩石上一动不动，我让他退回原处。峡谷内透视并不理想，我与老吴如此坐等光的变化。岩尖下是数百米深的垂直悬崖，然后有一段绿色的缓坡，之后又是一段崖岩直插入江里。举首望山谷，峡江两岸山峦雄伟，气势非凡。山外有山，层层叠叠，穷尽满目。天幕下长江之水仿佛从天而降，在逆光的映照下似银河弯弯曲曲汇入瞿塘峡口，山川、江流层次丰富。一幅壮丽的三峡瞿塘美景呈现在我们面前。我被这千载难逢的三峡绝景惊呆了，东看大溪山脉起伏，云蒸霞蔚，长江在这里把文化留下再拐弯北去。

人是自然之子，人每一次与自然的真正靠近都会得到一次灵魂的洗礼、精神的升华。我的相机是我的第三只眼，我看到的世界，已不再是一个平面视角下的景物，它是自然经过我大脑过滤后的景物，我想通过我的照片，把我的所思所见传达给每一个人。"无限风光在险峰"，经历了生死攀缘，我知道大自然与人的最终构成不是自然征服人，就是人征服自然。而大自然的绝美是留给征服者的，智慧总是产生于苦难的思想者。先驱的价值在于他走的是从没有人走过的路。普通人的经历又何尝不是如此呢，每一次小小的成功都要付出代价。

在这条大河的绝顶处独自面对这绝美的宇宙，我知道，我的生命既是我母亲给予的，也是宇宙赐予的。偌大的瞿塘峡是大自然的千年杰作，但它不过是这寰宇中的"九牛一毛"，相对于它的壮美与不朽，人类又是多么的渺小。人与人的争斗相对于自然实在是狭隘得可笑而尤显得徒劳。

岩顶的拍摄工作在日落西山后才结束，我仍沉浸在刚才的美景中，挑夫在旁边催促我要赶紧下山，天黑后就麻烦了，我这才想起上山前山人有言在先，日落即归，否则鬼不知路。我正准备收拾器材时北风乍起，沿光秃的山背呼啸着扑面而来，一阵接一阵，天也很快黑下来，我们落荒而逃，几乎找不到回去的路了。

劲风把山上所有的植物都号召起来发出令人毛骨悚然的吼叫，让人联想到头披长发的山鬼在闯荡山谷，用长得长长的野草茎当作皮鞭抽着厉鬼，地面原颇为好看的纵横交错的荆藤也变成一条条粗粗的蛇，扭曲着、昂着头在寻找猎物。自然的造化确实让人恐惧。心中发虚，不是巨石挡住，就是没了路，只好返回原地，重新寻道。好在山人见我们久久不归，便亲自上山来找我们。

第二天清晨 5 时，我又直奔山顶，桃子山日出在山的后侧，毫无生动之处。没有拍到任何东西，下山时，小曾已煮好黄汤稀饭加榨菜当早餐。之后，在农家之子的带领下前往位于黑石峡上方的两个山包。

谁知望山跑死马，路不好，陡峭且弯路多，不留神就走错，我们不断摔倒，还走失，天时雨时晴，光线变化莫测。我们发现这里可较清楚地看到瞿塘峡中黝黑的岩石，这才感受到峡谷的窄小。要想从桃子山头下到山尖底的另两个山包，还要走一段艰辛的小道，这条路几乎淹没于杂草丛中。我与老吴不时地摔倒，拐了无数的弯才来到昨天的巨岩崖石下方，往下便再无路可走了，全是绝崖，崖下便是千丈高崖"七道门"。山崖根处有一洞，名"渔公洞"。洞内供奉了一尊佛像，少有人能至此。我与老吴分头拍片，顺崖边找路下到另外的两个山包，这两个山包是我在白帝城内观望多日向往已久的一处，直线距离没多远，可我竟跋涉了 2 个多小时才到达。天空的光线在不停地变化，山峦变得雄壮苍劲，江面被礁石束成窄变细，可清楚地看到两块黑石从左右两岸延伸到江里，江面窄小水流湍急，这就是瞿塘峡中最险的黑石峡河段。每有船行至此便高声鸣笛，笛声在峡谷中回荡，与深切的山岭共鸣，站在这里能感觉到一股巨大的力量，一种震撼。此刻我已忘记了在崖边，与山、与水、与天融为一体。自然造化了一切生灵，也净化世间一切。我要与自然同呼吸，我鼓足劲对着峡谷大声喊"啊……嘿……"可惜力量太单薄，几乎没有回荡。

兴致正高，天公不作美，下起滂沱大雨，附近都是低小灌木丛，简直无处藏身，怀揣相机跑了近半个小时才找到小块岩石躲雨。30 分钟后，雨停雾起，景色妖娆多姿，虚无缥缈，一阵云来又接一阵雨，时有时无。中午又回农家吃午饭，肉已吃光，米也少了，饭里开始加入苞谷米与红苕，把剩余的榨菜全混入一起煮，昨天的剩馒头挑夫在路上早已吃光了。

午后雨停，我再上桃子山顶，太阳也出来了，气温低，风比昨天大，云层较厚，光线一般。我知道此时要有耐心，干脆在山上睡觉，老吴他们见没戏都下山去了，我独自在山头等待。一边吸烟一边领略大山的气宇，慢慢地云开雾散，太阳光照射在江面上，到 5 时，阳光基本偏西，天幕上云层聚散自如，阳光在天幕上穿破了无数个洞，形成万道光柱，射向大地，美不胜收，此时，我终能感受到神奇的自然之光，在不到 5 分钟的时间内，光线变化激烈，江流不断闪烁光影，拍完所有备用胶卷片夹，我已来不及更换更多的胶卷类型，便云散光消了。后来才发现片夹中胶卷类型在忙乱中搞混了，这让我追悔不已。

晚饭中已没有肉了，把山人种植的红苕加到所剩不多的米中，而且山人告诉我们集水坑中的水也告急，粮草用毕，明日非下山不可了。第三天一早起来，我们便收拾好行李下山，天又开始飘雨。老吴临行前把自己的衬衣及外衣脱下送给那位 20 余岁仍旧衣不遮体的山人的小儿子，以感谢他们家的招待。

　　不错，那次我的确拍到了一些不可多得的片子，受到广泛好评。然而，我自己清楚，面对大自然，面对长江，面对魅力无穷的三峡，我所表现的仍不过是九牛一毛。三峡的山山岭岭我也跑过多次了。如果让我选择下一个拍摄点，我还是会毫不犹豫地选择三峡。新世界的曙光正照耀着新世纪的三峡，那里会有数不尽的风光等着我们领略。

写在三峡电站发电突破一万亿千瓦时

秦建彬

2017年3月1日中午12时28分，中国第一座发电超一万亿千瓦时的水电站诞生了。这是中国水利水电史上的重要里程碑，具有划时代的重要意义，是中国水电笑傲世界的标志。

这座电站，就是一代代长江设计人付出了青春、汗水、智慧乃至生命，用忠诚和奉献浇筑而成的长江三峡工程！

她是长江设计人心中的圣地，无数人谈起她，生命的长河必然荡起涟漪，讲不完道不尽对她深深的眷恋与热爱。

"我们为三峡而来""为三峡升船机而活""没有三峡就没有我""是三峡培养了我""三峡是我的情人""要为三峡百万移民找到一个安稳的家园"……听过的看过的这些话语，均出自我们长江设计人内心的告白，每一个人都与三峡有着一段段铭记的情缘。

每年，长江设计院新进员工都会被安排到三峡工程参观考察，重走长江设计人的艰辛之路，聆听长江设计人奋斗的故事，惊叹长江设计人铸就的传奇，体悟长江设计人工作的真谛，传承长江设计人永恒的精神。

这是一种文化血脉的延续。

今天，有缘参加《三峡工程情怀》丛书研讨会，邀请参会的院老领导老专家们听闻三峡发电超一万亿千瓦时，会场自发响起了掌声，会心的笑容把脸上的皱纹挤得更拢了。

此时，长江委原副主任季昌化深情言道，三峡工程是许多长江委人一生奋斗的事业，或者一生就是这项三峡工程。三峡工程纵然三起三落，我们这一生走过来相当不容易呀。他谈到自己参观三峡工程见游人如织写下"几人辨沧桑？几人识艰辛？"的诗句。

我想，每一个参观过三峡工程的长江设计人，自然会有一种自豪，我是长江设计人，我们设计了这个举世无双的世界级工程，长江从此安澜，造福万千百姓。

一万亿千瓦时的背后，长江设计人为此奋斗了 60 多年。从 20 世纪 50 年代以来，我们就开始进行勘测、规划、设计、科研等工作，为兴建三峡工程做了全方位的技术准备。尽管三峡工程历经三起三落，长江设计人始终不悔，纵任白发添几许，攻克无数技术难关，创造了无数世界纪录，为发电一万亿千瓦时铸就"钢筋铁骨"。

特别是进入 135 米围堰挡水发电期以来，为提前和更好地发挥综合利用效益，长江设计院进行了规划设计调度方案措施方面的大量设计研究，为三峡电站发电早日超一万亿千瓦时做出了积极贡献。

长江设计人深爱长江，深爱三峡工程。一直以来，我们殚精竭虑，戒慎恐惧，孜孜以求，精细设计，将历史积淀、丰富经验、雄厚技术与创新智慧紧紧地融合，不断为三峡工程增光添彩，使三峡工程这颗世界级水电明珠更加璀璨夺目。

有了三峡工程的璀璨夺目，就有长江设计院走南闯北独步天下的金字招牌。只要人人心中有"三峡"，单位的品牌自然更加响亮，我们的市场就会遍布世界五大洲四大洋。

正如长江设计院标志所寓意的节节攀登、蒸蒸日上的美好愿景必定会早日来到！

后三峡情怀

邢领航

昔日三峡，江水浩浩荡荡，狂野奔腾亿万年，原始的形态和野性纷呈，险滩急流，悬崖峭壁，众多的文物古迹，数不清的摩崖壁画，精美绝伦的诗文书法。2008年底，三峡工程全面竣工。至此，人类用智慧和汗水让三峡变得温顺、驯服，"截断巫山云雨，高峡出平湖"的伟人梦想成为现实，万里长江得到了全新的治理。我充满对美丽新三峡的无限向往和热爱，曾切身感受过它的风采。站在"185"平台环顾，一江碧水映入眼帘，大江已无边际，在阳光的映射下，如舒展的青色绸缎。环抱平湖的远山淡淡的，好像是一位高手在画纸上轻轻一抹。飞架在江上的大桥，座座雄伟美丽；盘桓在大江两岸的公路，条条似彩带般飘逸。搭乘游轮，穿梭于三峡库区，劈波斩浪，感受那百转千回的一湾幽谷，如诗如画的神农溪漂流，强壮挺拔的纤夫，荡谷悠扬的土家族山歌，恍若世外桃源的村寨；震慑于山水画廊中的巫峡，十二峰就像一串翠绿的宝石镶嵌在江畔，最美的神女峰让人心驰神往，至今依稀记起那环佩鸣响。惊悚于壁立千仞，斧劈刀削般的夔门，狭窄的江水奔流呜咽；遐想于传诵不衰的白帝城托孤，那种壮志未酬的文化脉流。

三峡工程已在防洪、发电、航运、供水等方面发挥了巨大的综合效益，真正为长江沿岸和中国的发展带来了强大的动力和永久的福祉，成就举世瞩目。赞赏着三峡建设者们的丰功伟绩，不禁凝思起后三峡时代赋予我们年轻人的使命和任务。去年，习近平总书记在重庆召开推动长江经济带发展座谈会，强调当前和今后相当长一个时期，要把修复长江生态环境摆在压倒性位置，共抓大保护，不搞大开发。总书记的指示就像一盏明灯，为我们水利科研工作者指明了方向。应该看到，三峡工程在发挥巨大效益的同时，也面临着一系列的环境生态问题，当然有正面的，也有负面的。三峡运行以来，因上游水土保持涵养的有效实施以及新建水库的拦蓄作用，泥沙淤积没有预想的那么严重，但清水下泄对下游河床冲刷、崩岸等问题不容小觑，河势格局调整将是一个长期的过程，这是今后需要深入研究的重大问题。被水库淹没的农田、居民区会释放出有毒物质和污染物，库区水动力变缓减弱水体自净能力，增大了沿江重污染行业的水环境风险。受干流氮磷等营养盐富集输运以及支流面广量大的面源污染双重胁迫，库湾水体出现富营养化现象，部分支流富营养化加剧并发生水华，近期难以根治，威胁饮用水安全。大型深水库受辐射等因素影响，形成"滞温"效应、水温分层效应以及水质分层现象，影响河流泥沙及营养物的输运和平衡，滞温水下泄还可能对下游鱼类繁殖产生影响，如近年来中华鲟繁殖已推迟 1 ~ 2 个月，2013—2015 年甚至未发现繁殖现象。同时，水坝建设阻断了鱼类的洄游通道，给鱼类"三场"（越冬场、产卵场、索饵场）带来不同程度的影响，如何采用集鱼设施、鱼道、增殖放流等补救措施，缓解工程建设影响仍然任重而道远。另外，水体水动力减缓，改变了库区漂流性鱼卵漂移扩散规律，造成鱼卵过早沉库或卷入水轮机，水库若消落过快，黏附性鱼卵易造成露滩死亡，这将影响鱼类群落结构维持和渔业资源产量。还有，地质灾害问题也应引起我们的注意，比如山体滑坡进入长江后，甚至会引发高达数十米的浪涌，波及数十千米范围，给周边民众生命安全带来严重威胁。当然，水库新建还会改变周围地区的气候条件，但是否会造成地方极端性气候仍待进一步论证。

三峡辉煌的建设期已悄悄远去，运行管理期正式提上议事日程，针对后三峡时代面临的一系列环境生态问题，我们将踩着前辈们的足迹继续前行，利用科学知识武装自己，不断创新，攻坚克难，锐意进取，逐步从工程三峡向环保三峡、生态三峡推进，相信不久的将来，一个美丽新三峡将展现在世人面前。

文学篇

三峡石情思

郭 子

书桌上摆着一钵五彩缤纷的鹅卵石，它们是我前后三次从长江三峡的三条溪流中捡回的，所以称为三峡石。

这一颗颗小石子，有各种颜色，淡黄的、丹红的、紫青的，还有洁白如玉的，麻花色的、咖啡色的。其形，有圆有扁，有大有小，形状不同，造型各异，有如铜钱、纽扣的，有似鸟卵、弹丸的，有像龟似蝉的，它们或保持原始形态，或自生曲形洞眼，有的上面还有各种美丽的花纹图案，如同一幅幅彩画，或像精雕细刻的工艺品，其构图之巧妙，表现之细腻，是一般画师所望尘莫及的。它们装在钵内，浸在水中，显得玲珑剔透，光怪陆离，十分鲜艳。阳光从窗外直射钵里，更加光彩夺目，不仅给人一种天然的美感，而且使人生出无限情趣和遐想。

记得前几年，我跟随一批作家、画家游览三峡。这些感情极为丰富的人，被壮丽的三峡山水和名胜古迹逗引得浮想联翩、热情奔放，每到一处，都要赋诗作画。参观昭君村的那天，车子在香溪桥头一停下来，许多人被桥下河滩上的一片鹅卵石迷住了，一个个迫不及待走向滩头。从群山万壑中冲撞出来的溪流，清澈见底，在滩头岩石间"哗哗"地奔流，好像在欢迎这些远来的客人。人们拥到滩上，有的涉足水中，有的低头蹚来蹚去，好像在寻找丢失了的物件似的。物各有主，唯这山涧溪流中的卵石，和你映面印心，俯首可得，任凭挑拣。你看，它们那无形不有的体态，变化细腻的纹理，绚丽缤纷的色彩，自然为审美者所喜爱，更是画家模拟的客体，可观赏，可临写，可清心养志，赋予人们以情思。要是谁捡到一颗自以为美的"珍品"，几乎都要叫喊出来，"啧啧啧"赞不绝口，互相在一起评比，赋予形象的名称，什么"犀牛望月""仙女散花""罗汉捧腹""舟从地窟行"等。一个钟头过去了，汽车按响了喇叭，催大家上车赶路，但都舍不得离去。这是我第一次捡三峡石的情况。

前年进三峡采访，到巫山的那天，正赶上一批外宾要去游览大宁河小三峡。他们是分乘"长城""巴山"两艘豪华旅游船从重庆下来的。他们有来自西欧、拉美的，也有来自东南亚一些国家的，还有海外侨胞和港澳同胞。县外办的一位老朋友听说我们想进大宁河，就安排我们同外宾前往。大宁河口码头，一艘艘轻快小游艇，早已停泊在那里等候这批游客。这种游艇，船体尖而长，形状像一片柳叶，每艘只能坐二三十人，当地人叫作柳叶舟。每一条柳叶舟，都有一个漂亮的名字，如"天泉""莲台""双鹰""巴雾""仙蕉""灵芝""飞云""青狮"等，都是以大宁河两旁的名胜风景而命名的，富有诗情画意。我被安排在"灵芝"号柳叶舟上。这一天，热闹异常，十余艘柳叶舟，一艘跟一艘，你追我赶，迎着湍急的河水奋进。"突突突"的马达声，在峡谷回荡。夏日的大宁河，河水汹涌，更加湍急，但仍然碧澄剔透，水下世界历历在目：藏龙卧虎般的礁石，冉冉飘荡的青苔，色彩斑斓的鹅卵石，偶尔也可看到游动的小鱼虾。沿河两岸，那高耸天际的悬崖，似龙如马的钟乳石，喷射高挂的飞泉，攀缘跳跃的猴群，断续延伸的古栈道，神秘莫测的悬棺，还有这拼搏奋进的柳叶舟，如同一幕幕美丽的画屏，使得这些远涉重洋而来的宾客喝彩不止。泊舟双龙镇午餐时，一靠岸，岸上的孩子们都端着一盆盆鹅卵石拥到码头叫卖。这些经过精选加工的石子，造型生动，有的上面还刻有文字，着有颜色，更加惹人喜爱。客人们一登上岸便争相购买，不惜解囊。这些几年前还埋在河底、躺在沙滩上的石子竟成了当地老妪、牧童出售的商品。

回程时，柳叶舟在中途一段修复了的古栈道前的卵石滩边停靠，让游客游览古栈道和新近在这里架设的缆索吊桥。大家都攀缘栈道，漫步桥上，走在桥上摇摇晃晃，要有胆量才敢从河的这一边走到河的彼岸。一些老太太和老头子，被人扶着也要到桥上走一趟，在桥上拍照留念。然后，便在河滩上捡鹅卵石，其中有几个侨胞，大概是对祖国的土石有着特殊的情感，捡得相当多。这是我第二次捡三峡石。

还有一些三峡石，则是在奇峰竞秀的高岚河谷捡回的。

我的一个邻居，叫三本杏子，是日本国侨民。她为了长江建设事业，在我们机关医院工作了几十年。前年她要回国了，长期的邻居生活结成了我们两家间深厚的情谊，在她临行前，我爱人总觉得要给她送点什么纪念品才好。然而，她说什么也不要。最后，她从钵里挑了几颗漂亮的"三峡石"。她说："带着这些到日本，一见到它，我就会想到我曾经为之工作过的长江，壮丽的三峡，就会想到我还在中国的亲人和中国的朋友。"

去年冬天，水仙上市的时候，朋友送给我一棵水仙种，于是，我把它放在盛三峡石的缸里，灌上水，慢慢地，那白净的种子冒出嫩绿的芽，渐渐长高，然后绽开出雪白的花蕾。那绿叶白花，在五颜六色的三峡石的衬托下，淡雅高洁，更觉美丽可爱。室外虽已严冬，树木萧条，大地冰封，而这株葱翠的水仙花却生机盎然，给家庭增添了生机。然而，花开花谢会有时。不多久，水仙凋谢了，枝叶枯萎了，而三峡石却依然是那样光彩夺目。于是，从那时起，我就更爱三峡石了。

我爱三峡石，爱它那丰富而自然的色彩，爱它那神工巧匠也难以塑造的形象。这类小石，它们本来也都是巨大的石块，经过漫长岁月的分崩离析，变成了小石块，它们本来也是有棱有角的，但在江水的推移中，经历坎坷漫长的征途的磨炼，好像落进一台永无止境的"球磨机"中，石子之间，石子与水之间不断冲刷、摩擦，逐渐变小。那些弱者，成了沙粒，随江水漂流而去，付诸东海；而这些强者被磨去了棱角，成了坚硬而美丽的三峡石。它们可谓历经曲折万难，粉身碎骨，却还绽开出永不凋谢的花纹，给人们玩耍、欣赏，或作纪念，或作盆景，或传递友情，还是铺路筑坝的上等骨料。君不见，那巍巍的长江干流第一坝——葛洲坝工程，坝体中不是凝固着大量的三峡石吗？就是这种三峡石和钢筋水泥结成那巨大的整体，拦腰把长江横断，顶巨流、战激浪，为人类造福。所以我格外喜爱它那坚毅顽强的性格和无私无畏的精神。

乘船过三峡船闸

陈忠儒　　陈义武

2003年5月，长江科学院组织离退休职工去参观三峡工程。这天清晨，一轮红日悄悄地从东方白云里冉冉升起，娇弱的阳光洒满大地。我们怀着愉快的心情，从宜昌一宾馆乘坐汽车沿左岸公路穿越隧洞，通过西陵峡大桥来到上游水库右岸码头。9时许，一艘客轮搭载着我们，在碧波荡漾的高峡平湖中驶向三峡船闸。我的心在激烈地跳动，因为50多年来为此付出辛勤劳动的工程即将呈现在面前，客轮绕过上游导航堤进入航道内，我兴高采烈地喊着"到了！到了！"我紧握着船舷围栏，眺望着船闸，开始了第一次乘船过大坝船闸的航程。

引航道一侧是陡峭的岩壁，航道内停泊着许多大小船只。当时库水位136米，没有达到五级闸室的起始运行水位条件，巨大的中隔墙将其分为双线船闸，上水航行与下水航行各行其道。我们的客轮从右边穿越300余米的五级闸室进入四级闸室。这时其他船只同样平稳有序地向前驶进，船只靠得很近，挤得满满的，各式各样的共18只。目睹此情此景大家议论着：好大的船闸啊，真了不起，要从水库下降至下游河道，工程科学里有多少困难啊！国家伟大，人民伟大，建设者伟大。就在这时有人尖叫着："快看！"只见闸门从两侧墙内冒出来了，正缓缓向闸室中心推动，两扇门碰着了闭合起来，与两侧边墙围堵成"大深井"。扩音器高声喊着"乘客同志您好，欢迎您，闸室水位要下降了，请注意安全"。船只周围水面布满着小漩涡，水位逐渐下降。隔墙上显示出1米、2米、3米……直到23米，上下闸室水位齐平了，有人担心闸室廊道泄水会使船舶相互挤压摇摆，人站不稳，而现在人感到船舶稳定安全。下游人字闸门缓慢地展开，一个巨大三级闸室水面露出来，它含着微笑，欢迎乘客船只驶入其怀抱。客船缓慢地向下闸室驶进，要行290米左右。扩音器喊话："驾驶员同志注意，要文明驾驶，按顺序向前，不要插队。"船只紧咬着前一只船尾荡漾着前进，找一个合适的地方停下。经过了60多分钟才驶过一个船闸。

太阳已高照在峡谷中，我们一边用餐，一边议论着船只航行的流程：船闸进入闸室，关闭人字门；闸室充、泄水使之上行或下降达到前一闸室水面齐平，人字门开了；

船只出这个闸室进入下一个闸室，走完一个流程。船只下行从五级、四级、三级、二级到一级船闸，船只上行从左线船闸由一级、二级……向五级船闸室进至上游水库，历时 5 ~ 7 个小时。

长江科学院水工所做过上引航道廊道进水口试验，试验成果表明：库水位 135 米下廊道泄水口有轻微漩涡，库水位 135 米及以上水位无漩涡，水流平静，适宜船只行驶停泊。

我乘坐的船不知不觉进入到二级船闸，我仰头向上游眺望，山更高了，峡谷更深了，这是一座双线五级船闸，穿过千山万壑升入到山顶跨入水库，挖山切岭开凿出 18 个山头，营造出宽 300 米、深度 175 米的大深山峡谷。施工 7 年多，其工程是高效和机械化的典范。

雄伟的工程深深地吸引着我，我倚靠在船舷上，凝视着两侧的陡岩峭壁，自言自语问会产生滑坡泥石流吗？答案是否定的。因为长江科学院进行了严格科学的试验，对高边坡岩石稳定做了研究，设计和施工按这一成果采取了安全措施，为防止山体滑坡，运用了挂网喷锚，锚索锚杆加固，有力地限制了混凝土和岩隙裂缝张裂，维护山坡稳定。锚固杆索总长度累计为重庆至上海的距离 1800 千米，山体切岭深挖的土石方量可以筑成 1 米宽、1 米高断面长堤围绕地球一圈。这也是现代版的"愚公移山"。

轮船不知不觉已到达一级闸室，下闸首人字门向两边推开，下游航道的宽阔水域呈现在面前，各个大小船只纷纷向下游奋勇驶出。调度室喇叭高声播着："乘客同志们，船只已到达一级船闸，船只过闸运行从水库降至下游航道，祝你们一路顺风，下次再见。"

这是我首次看到下游航道实况。20 世纪 90 年代，我在 1：150 比例尺模型上做试验的场景清晰地呈现在脑海里，我参与了航道水流通航条件测试试验，并提交了相应成果，为三峡工程的通航尽了一己之力。

今天过船闸，我有幸亲临其境，看到这一壮观工程心情感慨万分。毫不夸张地说，由长江水利委员会规划设计、长江科学院试验、三峡工程开发总公司及武警部队施工的这座双线船闸是世界上最大、最高、最先进的，是中国的骄傲，是中华民族的骄傲。建设者的智慧和奋斗精神将永远激励着人民前进。

昔日的河谷急流险滩已被淹没，用绳索拉船和铁驳顶推船向上行驶的事已成过去；纤夫的号子已化成长歌；"纤夫"已外出另择他业，"纤夫的爱"已成为美好的故事。江面扩宽了，水深增大了，河势顺畅了，能接纳更多更大的船只（队），大大提升了通航能力，今后长江这条黄金水道将大放异彩。

畅游过船闸圆满完成，留下的印象却难以忘怀。再见了，三峡船闸！

万里长江断想

孙尔雨

每当我登临雄关，伫立、徘徊在嫘祖庙前，观赏那翼龙似的葛洲坝工程，凝眸于峡江两岸云封烟笼的万千雄峰危崖的时候，总是难禁在风涛、江涛、汽笛和鸣声中思绪纷繁而心驰神往于那无形的、贯穿着过去和未来的、似乎没有尽头也没有源头的历史长河，寻觅，寻觅……

一

自从地球在一种神秘的伟力不容争辩、不可抗拒的主宰之下，发生过那一场山崩地裂、翻江倒海的"喜马拉雅运动"之后，长江才像今天这样自西向东，呼啸着，百折千回，冲决一切羁绊，袭夺万里征途，从凝聚莽莽雪域高原的风云雷电，到拥抱浩浩碧海青天的虹彩霓霞，"浪追着浪，浪挤着浪，浪推着浪，浪拽着浪"。

七千万年了！它哺育了多少物种？它毁灭过多少生灵？它创造了多少辉煌？它抛撒过多少黑暗？它的时空之路仍然遥远，它将青春永驻吗？它会一朝衰亡吗？它的演化，它的归宿……

早在葛洲坝工程停工又复工的那年，我就来到了宜昌。我目睹葛洲坝工程的崛起，目睹三峡工程的开工，目睹宜昌城的巨变……至今，那大江截流成功后飞腾在风流大峡谷上空怒放的绚丽而奇幻的烟花已化作峥嵘峰谷和滔滔峡江上光耀银汉的灯火，已化作千古高峡文苑中灿若云锦的新花！那烟笼雾锁的龙口，那巨石和狂流的搏击，那大江的咆哮和万千马达震耳欲聋的轰鸣……至今，以至永远，均将时时萦回在我的耳际，我的心头。

20多年了，在这一片颇富文化底蕴的古老而又重新焕发青春的土地上，我感受着浩浩大江历经百折千回的万里风云，仿佛听到了七千万年间日夜萦绕的惊涛、雪浪的呼啸。

20多年了……我常常喜欢在烈士纪念碑前看展翅欲飞的葛洲坝。

我常常喜欢在镇江阁上伫立良久，倾听涛声、笛声和轮机声的交响，目送高耸入云的导航塔下那东去西往的万里航船，观赏那江涛揉碎半天彩霞恰似万条金蛇漫江狂舞，凝视那烟霞浣翠的笔架山、芦林古渡、暮景山、五龙山以及那烟波江上若沉若浮的胭脂坝……

我常常喜欢在滨江公园的草地上、花丛中、浓荫下盘桓、沉思。那近在毗邻的繁忙长街和港区的喧闹，经丛林吸收过滤后，竟然变得那么轻柔、缥缈。更有京剧中黑头、花旦、老生的高腔、西皮、流水、散板以及那秧歌、锣鼓声、卡拉 OK 声在一片温馨的红情绿意中回旋不已，流连不已，让人在深沉的返璞归真的梦幻中触摸到时代的脉搏，而养精蓄锐，准备着新的跋涉、新的攀登、新的拼搏……

如果说，葛洲坝工程建设对古城的巨变起到了举足轻重的作用，确实带给了古城许多、许多，东山大道、花明大道、沿江大道、滨江公园、江南大道……使得古城一跃成为举世瞩目的水电明珠城市。那么，三峡工程建设更将成为古城腾飞的大好机遇，三峡机场，宜昌海关，巨额外资的涌入，三峡和三国古文化、古战场以及巴楚古文化和土家族风情旅游热线的开辟、形成及其辐射……都将使古城得到更大的发展。古城的现在、过去和未来常常在我的脑际、我的眼前、我的梦中往复不已，更迭不已，幻化不已，令我遐思万千……

二

总是要创造良好的生存空间和生态环境。在漫长的数十万年间，人类生存空间的不断优化，确实有赖于人类自身有意识、有目的的强有力活动。然而这又往往会产生有违初衷的异化而形成令人忧烦的错综复杂的矛盾。

当初，人们通过对原始森林的艰难采伐而取得了巨大财富并产生了"农耕文化"，即所谓"筚路蓝缕，开启山林"，但却同时种下了水土流失和荒漠化的祸根，"短期行为"终于酿成了"长期灾害"。

当初的"云梦大泽"似乎是"取之不尽，用之不竭"的无穷财富的源泉，并产生了"一鸣惊人""一飞冲天""问鼎中原"的灿烂文化。逐渐地，"云梦大泽"萎缩了，消亡了，代之而起的是江汉平原的形成，是更为巨大的财富和更为灿烂的文化的产生，到了今天，人们可能设想，江汉平原一旦轮回为"云梦大泽"，将意味着什么？但同时，荆江河床在江汉平原的形成过程中抬高了 10 多米，千里荆江已成为被挟持在南北两条蜿蜒长堤之间的惊心险境，一旦长堤恶性溃决，人们将何以逃避一场震惊中外数十万人的"毁灭性灾害"？更何以逆转"云梦大泽"重现呢？

近代以来，当年的"八百里烟波洞庭"又在迅速萎缩，洞庭湖调节洪水的能力削弱了，难道我们将坐待它消亡而指望由噩梦似的"洞庭平原"攫取财富和文化吗？

那么，仰承自然的恩赐，听任造化的摆布，良好的生存空间和生态环境会永恒吗？

自滨江公园凭栏顺江向下游远眺胭脂坝，往往令人浮想联翩，仿佛读着一首意境幽深的朦胧诗。据《东湖县志》（按：今宜昌市原名"东湖县"）记载：胭脂坝原是一座林木郁葱、花草丰美的江心小岛，岛上居住着 100 多户人家，鸡鸣狗吠之声此唱彼和，人们日出而作，日落而息，无忧无虑。似乎这小岛颇具桃源风韵！这是人们的一个何等温馨的家园啊！应该说，这是得天独厚造化的恩泽。谁曾料想这美好的一切竟毁于一场特大洪水。人们在漫长岁月中的苦心经营付诸东流了！自那以后，人们无力回天，至今连一星半点残碎瓦砾都荡然无存！应该说这并不是人类活动的"异化"，而是"造物主"的恶作剧。人们的温馨家园是不可能在自然状态下获得"永恒"的。

现今的胭脂坝，每当长江流量大于 30000 立方米每秒（即所谓"平滩流量"）时就开始潜伏于水面以下，流量较小时逐渐露出水面，枯水期滩面最宽处可达 600 米，顺江最长处约为 6 千米。由河流学的科研成果可知，这胭脂坝虽然似乎是永远地丧失了它昔日的繁荣和温馨，但它的这种欲沉欲浮的存在对宜昌河段河势的稳定有着重要的控制作用。葛洲坝工程 3 座船闸的下游门槛和引航道以及宜昌港区的正常运行均有赖于现有河势的平衡和稳定，一旦胭脂坝进一步被毁，则后果将会是严重的。多年以来，有人一直在胭脂坝开采砂石料，如果开采过量或开采部位不当，则这种"人类活动"必然要产生"异化"，必将继久远年代的"自然营力"之后对胭脂坝产生进一步的破坏……

究竟有没有杜绝"异化"的良策呢？究竟有没有通往"永恒"的蹊径呢？人和自然的这种"剪不断，理还乱"的关系究竟还将持续到何时呢？

三

满天飘浮而变幻不已的火烧云将那五龙山上漫山柑橘林的翠叶和金果涂上了一层微泛虹彩的神奇玉液，晚风和江涛的交响使人仿佛听到了遥远的时空中肆虐的山洪正呼啸不已。朦胧间，顿觉那夕阳的余晖在五龙山留下的光潮似乎化成了飞流直下的洪瀑……

相传在很久很久以前，在现今叫"五龙山"的这座山上不知从哪里来了五条孽龙，它们吞云吐雾兴风作浪，驾驭着狂流横冲直撞，千千万万棵柑橘树被连根拔起……当时有一个名叫"天然"的姑娘正在山上牧羊，狂流也冲走了她可怜的羊群，她怒不可遏，急切间挥动她那赶羊的响鞭，勇敢地向着那万恶的孽龙冲去，那响鞭忽然间飞离姑娘的手掌，带着呼呼风雷之声，顿时化成万丈长缨，将那作恶的孽龙牢牢地捆缚住了。狂流威势锐减，但孽龙仍在拼死挣扎！天然姑娘又迅速将山上的石头向孽龙猛砸，顷刻间飞沙走石，向着那垂死挣扎的孽龙，劈头盖脸，猛砸不已，砸得那龙头、龙腰、龙尾、龙爪断骨伤筋。漫山的石头都砸完了，而那孽龙仍在动弹，狂流虽已威势大减，但仍时弱时强……这时，一个名叫地忽的小伙子正担着一担从暮景山砍来的柴火走在回家的路上，见状即飞步上山，将那担柴火猛力向龙头砸去。猛然间，已被连根拔起的千千万万棵柑橘树也向孽龙飞去，向着那龙头、龙腰、龙尾、龙爪狠狠抽打……五条孽龙终于奄奄一息了，狂流也不再狂乱。可是那孽龙并未断气，只见小伙抢起他担柴的扦担，将那五颗罪恶的龙头砸了个稀巴烂……后来，据说那五条孽龙的烂头尸体化成了五条冲沟，那沟又汇成了一条河，那河最终流入了长江，那已被连根拔起的柑橘树又飞回原地生了根，重又变得枝繁叶茂，金果累累。自那以后，人们就叫那山为"五龙山"，称那河为"五龙河"。那天然姑娘变成了一座七级高塔，所以那塔叫"天然塔"；那地忽小伙则变成了一条巍巍山梁，所以称"地忽岭"。这塔和岭至今仍威严地耸立于大江之畔而永远地、静静地守护着人们的果园和田庄。

这实在是一个底蕴极丰、颇有意境而又富于哲理的美丽动人的神话，具有"永久的魅力"。

尚欠成熟的早期人类是何等渴望通过强有力的"人类活动"去抗御大自然的侵袭而营造良好的"生存空间"和"生态环境"啊！他们没有力量，就寄希望于他们的天然姑娘和地忽小伙，他们并不"坐待自然的恩赐"，也不"听任造化的摆布"，他们要夺取，要创造，他们坚信"后生"一定会胜利！而且，他们也不是不着边际地纯粹空想，试看那"响鞭"化成的"万丈长缨"不就隐隐约约地显示了当今"截流戗堤"和"基坑围堰"的胚胎吗？那"飞沙走石"不就是当今"抛石截流"的幻影吗？而那"一担柴"，那原遭连根拔起而又飞向"孽龙"的"千千万万棵柑橘树"，是何等生动形象而逼真地描绘了"沉排截流""梢捆截流""杩杈截流"的宏大场景啊！他们的想象，由一代又一代大无畏的天然姑娘和地忽小伙百倍、千倍地实现了！

码头上一声声汽笛的长鸣将我的思绪唤回现实，又一艘航船在灿烂的霞光里拖着琼花飞溅的劈浪启航了……我重又缓缓踱步在绿油油、光灿灿的青草地上，穿越一处处团花簇锦，穿越一处处茂林修竹，在霞光里，在浓荫下，欣赏那古色古香的亭、台、轩、榭，欣赏那一曲曲京剧高腔和卡拉 OK 的重奏……20 年前，这里不过是一片狼藉的宜昌边滩，距离高出滩面 10 余米的陡峭岸坡 100 多米，滩面上时有污水沟横亘，并见垃圾堆高耸。那时的所谓沿江大道只不过是一码头到九码头紧傍江岸的约 2 千米街道，道旁有稀稀落落的几棵老树，临江一侧有一幢幢破烂的小小"吊脚楼"遮住人们望江的视线。随后，根据宜昌城市规划的要求和河工模型试验的论证，葛洲坝工程的施工开挖弃渣开始向这一片狼藉的边滩倾倒和堆积，自岸坡向边滩进占，自镇川门至大公桥，进占最大宽度达140米，面积约330亩。滨江公园形成了，沿江大道贯通了，从葛洲坝到十三码头的10千米长街、10千米坦荡如砥、10千米绿荫、10千米锦绣……那些曾经在黑沉沉的江底度过亿万年漫漫长夜的泥土可曾想它们会有朝一日，凭借人的伟力在明媚的阳光下一变而成为人们的温馨家园呢？人类的温馨家园原是要通过其自身强有力的活动去创造。我想，当年水利枢纽，环眺千古雄城那新厦如春笋般林立的新街，观赏那绿色长城似的沿江大道在蓝天白云下闪耀着亮丽的柔光，倾听那鸟声和虫声的和鸣以及那悠长的，似乎是遥远的长街闹市的喧声……

四

宜昌城市规划还进一步要求沿江大道应自十三码头继续向下游延伸，逶迤10余千米，直到新开辟的经济开发区。三国时期，东吴陆逊火烧连营七百里，就是从这个猇亭开始蔓延的。当年"伏尸百万，血流飘橹"的景象早已被历史长河的巨浪和激流冲刷得干干净净了，只有一个"古战场公园"供人凭吊，供人遐想。昔日干戈，今朝玉帛；昔日腥风血雨，今朝良辰美景；昔日"的卢"悲鸣，今朝"猇头梦香"……

自从葛洲坝工程大江截流后，中华鲟的洄游路线也一并被截断。它们再也无法回到它们在亿万年漫长岁月里生生不息的金沙江老家了！本来，它们自印度洋回归祖国，沿江溯流而上，一路"旅行恋爱"，要一直回到"老家"后方"婚嫁""生子"，待来春即携妇带雏顺江东下，出国门，浪迹重洋。待幼鱼长成，方返故乡。如此往复洄游，周而复始，一代又一代，历经数千万年。可是，它们的"归根"之路断绝了！当初，它们无从知晓葛洲坝的崛起，竟糊里糊涂地在坝下的激流中拼命逆流而动，终于误入泄洪闸下的消力池内，可怜"千斤之体"竟被狂涛摔成数段……人有义务、有责任在优化自身生存空间的同时对万千物种的生存负责，事实正是这样。"中华鲟研究所"在晓溪古塔之下应运而生了，中华鲟的人工繁殖获得成功，每年春暖花开的季节都要向江中投放中华鲟鱼苗。这些任重道远的"少男少女"已不再沿江溯流而上，而是顺江东下，开始了它们浪迹重洋的万里航程。逐渐地原有的鱼类也都不再上溯，而是将猇亭一带江段看成它们安家落户的"第二故乡"，从而开始了崭新的下一轮数千万年的生生不息。至今，这个饱经坎坷而青春焕发的"种族"已更见兴旺。

我在凌空飞架的古栈道上徘徊、徘徊，仿佛觉得当年连天烽烟和眼前这遍野紫岚幻化，更迭不已，古战场和新经济区形成对照，经济区又和中华鲟的"第二故乡"珠联璧合，耐人寻味……人类终究可以凭借自身的活动摆脱噩梦，创造辉煌。

登临古烽火台，极目西望，但见"虎牙、荆门二山夹江错峙，汇蜀道三千之雄"，莽莽烟波的大江之上似有朦朦胧胧一抹淡墨，仿佛是战舰凯旋，仿佛商船远航。那就是胭脂坝——曾经在历史长河的惊涛骇浪中颠簸、沉浮的宝船！人们有力量、有智慧让它满载财富，满载文明，重新浮现在烟波江上吗？人们已经制定了规划，将要在那里恢复一片土地，建一座水上乐园。河工模型试验论证表明，在那里恢复一片土地并加以护固，从而保持河势稳定是可能的，同时有办法确保葛洲坝电站的发电以及宜昌河段的通航和宜昌市区的防洪不至于受到实质性的不利影响，在那一片荒滩和潜洲上，较之当年"桃花源"式的自然经济文明高出十倍、百倍的现代文明指日可待！

虽然凭我们当今的智慧和力量，胭脂坝的新生并非难事，但当年的那一场噩梦以及万千"胭脂坝"曾经遭受的洪涝和干旱浩劫仍然沉重地积淀在我们的记忆里。直到今天，我们是否已经摆脱了噩梦呢？我不禁又心往神驰于'98抗洪的那些惊心动魄的日日夜夜……

五

'98抗洪终于胜利了！'98抗洪精神已经升华成一种光照寰宇的灿烂文化，并将强有力地支持我们在新世纪的大潮中高扬风帆开拓进取。我们将永远能够面对一切劫难，万众一心，用我们的血肉筑成我们新的长城！然而，我们似乎还不能够过分庆祝胜利，而必须准备迎接大自然更大规模的灾难。1998年洪水就其持续时间之长及其全流域性而论确系"百年罕见"，但就长江洪峰而论，尚不足"十年一遇"。一旦发生"百年""千年"，乃至"万年"大水，而且又是"全流域性"的，也就是说，每一秒之内，8万多立方米、9万多立方米乃至10余万立方米已经见诸历史记录的洪峰流量咆哮着、汹涌澎湃、铺天盖地席卷而来，又与下游洪水严重遭遇，剧烈顶托，疯狂冲击我们的堤防，并迅猛漫向堤顶，我们仍然能够仅仅依靠对堤防的加高加固和严防死守保卫家园吗？在抗洪抢险的千钧一发之际或从短期来看，对堤防的加高加固和严防死守固不可少，但就长远而论，据河流学研究成果和河道观测可知，荆江河床仍将继续淤高，长江水头落差更大。为保持堤防拥有长期稳定的抗洪能力，必须随河床的不断淤高而相应加高堤防，如此"淤高""加高"，往复不已，形势愈来愈险，一旦恶性溃堤，则狂涛居高临下，扫荡千里！长江将被迫改道，"云梦大泽"将急剧重现，江汉平原将骤然覆没……我们将要耗费何等漫长的岁月，何等沉重的代价，去重建我们的家园，恢复我们的繁荣，再创我们的辉煌呢？难道我们就只能束手待毙，大祸临头而不能有所作为吗？不，这不是我们民族的精神。我们一定能够奋起，我们一定能够甩开噩梦。那么，路在何方呢？荆江分洪区的 50 亿立方米容积容不下"万年洪魔"的脚掌，洞庭湖正在萎缩，鄱阳湖也在萎缩……或许有人会以为我这是"杞人忧天"，十足可笑。既然是"万年洪魔"，那就是万年以后的事，等到"九千九百年以后"再考虑，也不算迟呀！然而，"一万年太久，只争朝夕"。洪水重现期，无论是"百年一遇""千年一遇"，还是"万年一遇"，都不过是长系列资料中随机变量的平均重现机会，是一个"统计概念"。实际上，某一个随机变量的若干重现期相等的可能性很少，其显著差异的可能性都很大。比如说吧，咸丰末年，也就是公元 1860 年，英法联军火烧圆明园的那个风雨飘摇的年头，经过宜昌的长江流量超过 9 万立方米每秒，约为"千年一遇"，按规律讲，与之同等的流量似乎要千年之后重现。其实不然，事隔十年，即 1870 年便又发生更大流量，约十万立方米每秒，为"万年一遇"。自那以后至今，一百多年过去了，尚未出现与之等量的洪峰。谁能断定它在什么时候又将重现呢？或许是明年？后年？或许再过十年？二十年？或许要百年？千年？我在古栈道上徘徊、徘徊……江涛不断地以席卷之势拍打着栈道下的高崖峭壁，风声、松声在夷陵古战场和新经济区上空回旋不已，梦幻般朦胧的南岸古垴背船厂的千百种金属打击声清晰可闻，烟波江上往来的航船不时发出一阵汽笛的悠悠长鸣，远方闹市中车水马龙的喧声似有若无……仿佛在无边的宁静、无边的安详中，那 1700 年前的 700 里冲天大火中戎马干戈的嘶吼，那一百多年前"万年"洪流的奔腾咆哮，那顶住如火的烈日、顶住狂暴的洪潮而傲然挺立于千里荆江大堤之上的万仟'98 抗洪英雄以及他们的虎虎风雷之气，那无限风流的西江大峡谷中万千马达的轰鸣、万千飞轮的豪唱、万丈长缨的舒展、万世石壁的崛起，又在交相幻化，交相更迭了……

因为荆江洪水主要来自川江，所以控制川江洪水是荆江防洪战略的首要环节。三峡地区就是控制川水的最佳地理位置。为了在三峡地区"以闸堰其水"，我们付出了几代人的艰辛努力！多少次辛苦跋涉和寻觅，多少次呕心沥血的规划和设计，多少次探测彼岸的奥秘，多少渴望，多少梦幻……今天，"更立西江石壁，截断巫山云雨，高峡出平湖"已经不仅仅是底蕴丰厚、意境幽深、气韵雄浑而令人荡气回肠的浪漫诗篇，而是一种脚踏实地、波澜壮阔的人类活动，是指日可待的辉煌实体！将来的平湖拥有 221.5 亿立方米的防洪库容，可刷深荆江河床，可延缓洞庭湖的消亡。如果'98 洪水重现，只不过是小菜一碟；一旦发生"百年"大水，与分洪工程配合使用，可将通向荆江的洪峰流量削减 3 万立方米每秒而确保荆江大堤安然无恙，即便发生千年大水，也就是说在 1153—1860 年的 700 余年间曾先后 4 次重现 9 万多立方米每秒的洪峰流量，仍可辅之以荆江分洪，将灾害控制在局部范围内，瘟神肆虐，饿殍遍野的惨景将一去不复返！我们终于能够仰仗我们当今的智慧和力量对我们的家园、后人以及其他万千物种进行空前旷世的强有力的保护！每当我登临坛子岭凭栏远眺、凝神聆听、浮想联翩的时候，我不禁在心中千百遍地叨念：不是神话，胜似神话，说不尽的豪迈，说不尽的风流！只要我们对大自然内在本质和演变规律的认识能够从必然王国进入自由王国，则人类活动就不会产生什么"异化"。

<h2 style="text-align:center">六</h2>

坛子岭上空那悠悠的白云或许是第一千次将我的心带到了九曲回肠的荆江，带到了'98抗洪的烟波战场。观音矶、二郎矶、麻塘、莲花塘、汉北口、龙王庙……仿佛，我是第一千次虔诚地顶礼膜拜于庄严肃穆的生死牌前；仿佛，我是第一千次流着热泪目睹那背负乡亲、奋力搏击于狂涛之中而又猝然离去的英雄；仿佛，我是第一千次热血沸腾地目睹五名子弟兵舍生忘死地排开千重恶浪去抢救一名被洪水围困在危楼之上的普通女教师；仿佛，我是第一千次目睹成排成连子弟兵喊着整齐而威严的口令，疾迈雄健的步伐，义无反顾地奔向崩岸溃口而让万千父老乡亲在自己的身后向着安全地带迅速转移；仿佛，我是第一千次目睹三千壮士手挽手、肩并肩组成人堤，背后的老母、娇妻、弱子鼎力支撑，赫然一道"新的长城"拒千顷狂澜于家园之外，滔滔洪流终未能越雷池一步……我们国歌庄严、悲壮的旋律又一次掀起摇撼大地、震撼苍穹的辽远的声浪，召唤着新时代的好儿女为着中华民族屹立于世界民族之林去拼搏、去献身！

庄严的国歌声和万里江涛声汇合而成的交响乐长久地磅礴于天地之间，磅礴于我的心头，催我奋发，催我进取，我仿佛觉得那"新的长城"正迅速伸展，伸展，伸向那遥远的天际而护卫万里江山，拒洪流、铁流于家园之外；我仿佛觉得那"新的长城"正迅速升高，升高，冲云穿空而演化成一架硕大无朋的云梯，托举着世纪之交的万众精英攻占新世纪的制高点……在国歌精神的感召和激励下，作为一名水工科技人员，我在面对着我们当前的繁荣而又向往着我们未来的辉煌的同时，却又不禁深深地困扰于一个沉重的问题！如果1870年发生过的"万年大水"不幸重现，三峡工程将只能自保而难以控制洪灾，于可能承受的限度之内，我们除了加高堤防并严防死守以外，是否更应该另谋良策呢？我们当今的江汉平原在国民经济中所拥有的举足轻重的显赫地位已远非"鱼米之乡"四个字所能全面描述和概括，一旦不测，后果不堪设想。我们的后人一定会比我们这一代更聪明，更能干。那么，我们能不能将难题推给后人去解决呢？不，我们不能，我们应该是负责的一代。而且，也许等不到后人施展聪明才智的那一天，大祸就会临头……就防范洪灾而言，自鲧和禹的时代以来，我们民族在漫长而艰难的岁月里已经寻求到了一套科学而完整的方略，即对洪水的"堵"和"导"。

鲧只认识到"水来土掩"的道理，难以反映客观规律的全貌，所以他失败了。禹得以站在他父亲的肩上，所以他比他的父亲看得更远，他凿龙门，开九河，导水入江，疏江归海，战胜了泛滥的洪水而彪炳千古！我们的三峡工程，我们的数千里江堤以及我们将尽早实施并完成的退耕还林和水土保持工程，就其分类而论，似乎均应归纳为对洪水的"堵"。尽管我们今天的这种"堵"和五千年前鲧的那种"堵"只能是治水方略的一翼，但却是不可或缺的"一翼"。我们赖以战胜万年大水的另一翼似乎应该是按专家建议尽早实现"荆江主涨南移"计划，或启用荆江南北两岸的长江故道，以达对洪水的分流、削峰、错峰之目的，同时尽早实施并完成平垸行洪、退田还湖工程，以令洪水畅行，并加强对洪水的调蓄和控制。

七

为着制服荆江洪水，多少英雄好汉殚精竭虑，用自己的血肉之躯构筑新的长城！为着给狂暴的荆江洪水寻找畅达的出路而永远消除我们民族的心腹大患，多少志士仁人踏遍万里河山，皓首穷经绞尽脑汁！另外，西北的荒漠化问题、黄河下游的千里断流问题，也已经是燃眉之急了！曾经孕育过灿烂文明的中原、华北、八百里秦川，乃至我们的首善之区，也将要变成干涸的土地了，一些地区的人均淡水量比以色列的人均淡水量还少。固然，中原华北一带的缺水问题可以通过东线和中线南水北调工程的实施得到相当程度的缓解，可是，西部呢？西部怎么办？在西南，虽然雨水丰沛，但水土流失严重，在一些高寒山区甚至连人畜饮水都困难，那一山一山蔚为壮观的梯田有多少是人力难以控制的"望天丘"啊！在西北，正在进行着一场人进沙退、沙进人退的白热化拉锯战，人、沙逐鹿，最终究竟会鹿死谁手？我们的母亲河是否也可能用她那甘美的乳汁去哺育嗷嗷待哺的远方儿女呢？

据统计，在占我国总幅员50%的西部大地上，现今仅居住着占全国不到3%的人口，而那里资源富集又是举世瞩目的。这就是说，我国人民的后备生存空间和经济的可持续发展都寄厚望于西部。可是西部啊，西部……

如今，西部大开发的进军号角已经激越地响遍我们的万里河山，如火如荼的大进军近在眼前！我们必须有所作为，不能再等待了！我们必须以大智大勇向造物主挑战，重新安排我们的万水千山，向西部提供充足的水源和能源，那就是实施西线"南水北调"规划。

尾声

我神游于无尽的时空长河，飞越万古洪荒的排空浊浪，泛舟于高峡平湖，在业经

文
学
篇

南移的荆江主涨随波逐流，陶醉于新启的长江故道两岸欣欣向荣的万千物种，歌吟万年大水循着我们指定的路线安然东归大海，遥想茫茫"死亡之海"的退却、败北和幽幽"塞外江南"的拓展兴盛以及那高寒雪域的盎然春意和万千气象，又来到龟蛇雄峙长桥飞架的烟波江上，缆舟登临，凭栏于白云黄鹤之间，凝眸于喷薄欲出的朝阳、凤冠霞帔的楼群以及那在灿烂的波光云影里高唱着的西来东去的万里航船，不禁顿感爽气西来，云雾冲开天地憾；大江东去，浪涛洗尽古今愁……

诗 歌

SHI GE

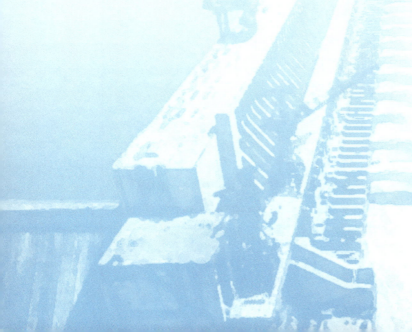

三峡大坝——一生的歌

季昌化

庐山暑夜话平湖

　　1958 年夏，由于武汉天气炎热，一批前来长办帮助三峡工程设计的专家被安排上庐山工作。我们遂陪同上山开展工作，写下此诗。

月光拂照着秀丽的群山，苍翠的山岭披上银白的帷幔。
树儿随着晚风低唱舞蹈，多么宁静幸福的庐山夜晚。

在山顶上一幢小楼房里，几十个年轻人正在苦战。
电灯是我们的太阳，蓝图是我们征服自然的战场。
小巧玲珑的计算尺，是我们手中的武器。

在那小小的蓝图上，我们看见了峻岭重山。
那不是五老峰，也不是汉阳峰，而是伟大三峡呈现在眼前。
奔腾的江水穿峡而过，一泻千里奔向远方……

就在这儿将建起大坝，让平湖在高峡中出现。
让万队船队也爬爬楼梯，让输电线伸向天边。

我们夜以继日地画图计算，一种方案接着一种方案。
合理化建议成千上万，为国家节约资金，不是几十万，也不是几百万，而是几千万，几万万。
为加速社会主义建设，争取大坝工期缩短一年又一年。

一个美妙的理想召唤着我们，让水利工程的头号"卫星"早日上天。

让我们的朋友歌唱赞美，让帝国主义心惊胆战。

深夜的山风使人心情舒畅。

满山的电灯陪伴星星闪光。

熟睡的人们早已进入梦乡，我们的思绪却展开幻想的翅膀，向祖国的未来高高飞翔。

朋友，你在梦中可会想到，再过几年，我们将请你到三峡之滨避暑。

那儿不但有巍峨的群山，还有阵阵江风送来花果飘香。

你不用在庐山的人工湖里荡桨，浩瀚的人造海里，美丽的游艇将送你一睹神女的风光。

到那时，愿你不会将庐山遗忘！

三峡感怀

鬼斧神工劈三峡，滔滔蜀水下三巴。
万顷沃野成天府，千里吴楚甲天下。
洪水十年一肆虐，云梦泽国哭万家。
千秋功过凭神意，英雄无计护桑麻。
太白浩瀚天际流，子瞻惆怅酹江花。
高赋一曲震天下，誓伏狂澜矗大坝。
运筹求索四十载，几多仁人添白发。
三起三落志不改，国运昌隆终上马。
大坝傲立新世纪，世界当惊我中华。

三峡大坝颂歌

三峡大坝，祖国的骄傲！
经历五十年风雨，越过重重坎坷，你终于凌驾于峡江波涛。
为祖国繁荣昌盛高歌，迎着新世纪曙光欢笑。

三峡大坝，民族的自豪！

孙中山的世纪梦想，毛泽东的惊世宏图，千百万人的心血将你铸造。
你是中华腾飞的象征，你是民族振兴的信号。

三峡大坝，长江的瑰宝！
洪水在你的脚下驯服，电能由你送向四方，三峡风光更加多娇。
你是长江的丰碑，长江因你展现新貌。

长江儿女热爱你，我们与你同呼吸，我们为你奉献智慧辛劳。
长江儿女崇敬你，你是我们的事业和理想，我们的生命在你的辉煌中闪耀。

坛子岭抒怀

又登坛子岭，湖水大坝平。

标桩岿然立，心潮蓦然生。

游人如潮涌，赞叹不绝声。

几人辨沧桑，几人识艰辛。

高峡出平湖，语出世人惊。

宏图今成真，油然怀故人。

河谷三十里，坝址二十处。

比选三十年，方定三斗坪。

大坝低复高，工程两启停。

论争六十载，真理辩愈明。

人大作决议，工程始得兴。

福利惠子孙，得失后人评。

一群人与一条长江

谢克强

怀念一个人

记得那天

在长江的一艘军舰上

掌握政权不久的毛泽东

伸出他扭转乾坤的手

将一条百废待兴的长江

庄重地交给了你

从此你放下手中的枪

受命治理长江

驯服长江

兴利除弊

一个个治江的战略构想

一本本水利资源综合利用规划

饱蘸你的心血

在你的脑际油然而生

对此你甚至有些激动

欲将长江作一把琴弦

弹出那最动人心弦的一章

三峡交响曲

即使在那动乱的岁月

有人劫走你相依为命的图纸

悲愤与忧虑
一时间烧瞎了你的眼睛
你便把爱和恨埋在心中
将长江藏在血管里
你坚信纵然长江九曲十八弯
但谁也不能阻挡万里长江
滚滚东去

后来危难中
周恩来请你重新出山
你半明半暗的眼睛
打量匆忙开工的葛洲坝
否定之否定后
你力挽狂澜
从河流学的辩证法里
开始了新的设计
你说这是在长江上修一座大坝
要经得起时间和风雨的推敲

葛洲坝、三峡、南水北调
甚至更早的荆江分洪和丹江大坝
你硬是把长江编成一部大书
你也走了进去
站成一个短小的章节
或一行铅字

什么是英雄
你从来不去想
人们把你称作长江王
而你说你只是长江哺育的
一个普通的儿子

真该为你建造一座纪念碑

矗立在坛子岭上

让每一个游览三峡的人

只要一抬头

就能看见

或者用三峡峥嵘的石头

为你雕一尊雕像

让巫山的神女

也向你仰望

假如没有纪念碑或雕像

那就让我这首小诗

和历史和时间

和世世代代奔流不息的长江

一起怀念你

远方，谁在把你呼唤

你猝然走了
远方谁在把你呼唤

你走的时候
你绘了一半的图纸还铺在桌上
你翻阅的资料还摊在案头
你喝剩的茶水还在杯里
那伴你夜夜不眠的灯
也还亮着
好像都在静静等着你
重新站起

那刻呵几片斑驳的灯光
洒落在你斑白的鬓边
你蜷卧在工作室的椅子上

许是感觉你猝然离去
远来的夜风温馨如许
轻抚着你冷冷的脸
当你猝然离去的消息
与晚来的黎明一起传出
不要说整个大院
不远处的长江
也在为你痉挛着哭泣

谁都知道呵
为着百年梦想成真
黎明的太阳等得困了
夜半的月亮等得倦了
只有你窗前的灯火
和夜天的星星一起醒着
亮在夜的深处
一年又一年

昨日，一个大喜的日子
七届五次全国人民代表大会
庄严地通过了《关于兴建长江三峡工程的决议》
消息从北京传来
你激动得老泪纵横
自己对自己笑了
是夜你耸着瘦削的双肩
烛光照着没绘完的图纸
无法知道你那抖落的目光
曾在多少张图纸上探寻
更不知有多少夜霜晚露
曾浸湿你单薄的身子
谁知今夜太深太沉
深得沉得你承受不起呵

你哪里知道
心绞痛会突然袭击着你
你那早有些破损的发动机
突然失灵了
你不得不痉挛着倒下
拒绝呼吸

日子过得真快
你这一走就是十年
你在那边还好吗
三峡工程经过十年的建设
就要蓄水通航发电了
到那个日子
如果你的身板还硬朗
腿脚还方便
请回三峡工地看看

工棚里，与总工程师夜饮

今天是个痛快的日子
也是个捷报频传的日子
输水廊道掘进报捷
船闸船舱岩壁爆破报捷
载重卡车多拉快跑又创纪录
工地频频报捷的捷报
映红你的酒杯

记得那年我来工地采访
隆隆的炮声刚把岩石爆破
轰隆隆的开山炮声
奏响船闸工地的序曲
你伏在午夜简陋的工棚里

展开图纸久久凝视
当我问起那些陌生的符号
你用红蓝铅笔在图上轻轻一指
未来三峡工程永久船闸
将从这重重青山穿过

今日重来船闸工地
重来访问你
永久船闸已初现端倪
而你的双鬓也已变成白发
额上的皱纹也深了几道沟壑
惺忪的眼布满细红的血丝
只有瞳孔依然闪烁刚毅的光彩
嘴角依然挂着惊人的自信
身板依然一副军人的骨架

举起杯来
与昨日的太阳碰杯
与今夜的月亮碰杯
与陡峭的山体碰杯
与坚硬的岩石碰杯
待把意志和理想掺进酒里
你举杯开怀畅饮
那久被压抑的军人的激情
倒海翻江般喷吐出来

不说夜月挑灯鏖战
不说烈日下的烽火硝烟
不说汗水溅起搅拌机的音符
不说骨骼耸起工地脚手架
不说歌声催动载重卡车的车轮
只说高峡出平湖

只说平湖岸边崭新的城镇
只说电力织成一张发光的网络
只说夜长江浮起灿烂的星座
只说万吨级船队从五级船闸驶过
匆匆驶过神女峰
匆匆驶向重庆

正说着，电话铃声响了
你拿起电话听着
电话线里轰隆隆响起一串数字
又一个捷报
不只是激动在你粗犷的脸上
也映红了窗外的晨曦

风，不要惊动他

来自比道路更遥远的地方
哦，风多么沉着
风又多么富有风度
轻轻触摸冬天的骨头
又透过窗户
轻轻触摸着他

风呵，看见了什么风景
不要惊动他
让他深深陷在血液之外
在这个宁静的空间
整个世界安然入睡
星星也钻进自己的梦乡
唯有他躁动的血
在夜的静寂里呼啸奔走

坐在灯下
如风的影子
翻阅有些疲惫的孤灯
三寸底气弥漫十指之间
无处拍栏
他推开两扇星夜的窗子
遥望夜的工地

智慧沉默不语
只因工地的一切他都熟悉
从泄洪坝段到左岸厂房
从船闸高边坡到中隔墩下的闸室
从左岸防渗幕墙到茅坪溪防护坝
甚至浇筑仓的每一个拐弯抹角
料石场上一块石头的棱角
只是有点遗憾
三峡两岸远去的猿声
神女峰缥缈的云雾
也从他两鬓青丝白发间
徐徐飘散

冬天宁静得
像一位厌倦了思想的思考者
仍然宁静而痛苦地
沉思着
你呢

书，一页一页合上
又一页一页翻过
一切在酝酿在构思
你知道现场修改设计
那笔轻轻勾勒的线条

不仅意味花费一大笔资金
更需工人洒下汗水呵
能省尽量节省
对于他命运只是一种
不够完美的技术

突然，他拧亮打火机
哆嗦着点燃一支香烟
当淡淡的烟圈与他的思绪
从台灯下冉冉升起
风啊，不要惊动他
让一节一节烟火陷于沉思
让他捂住夜幕下的音符
半是焦灼半是欣喜地等待
当灵感在黎明到来的瞬间爆发
一时间图纸绽开太阳的期待
只是他衔在指头的那支烟
已凝聚半生灰烬

安全员之死

那一刻
你惊天裂地的一声呐喊
震得工友们
从掌子面惊逃了出来
只有你留下
只身
扼守在死亡线上

记不清是第几回了
你以侦察兵的骁勇与机智
奋身狙击罪恶

山石在隐隐地炸裂
隐隐地预示
又一场险恶的塌方
当工友们齐声喊你撤退
你说不闯龙潭不入虎穴
咋当安全员

没有任何慷慨的誓言
只有忠于职守的坦诚
和对工友的爱
等工友们赶回掌子面
你却匆匆走了
走进那本血染的《安全日志》
走进几行记录塌方的文字
走进一首悲壮的诗

一切都来得那样陡然
还没等你收拢搜索的目光
聚焦一种期待
轰然而至的塌方
以猝不及防的战栗
将你隐埋在石雨里

血，带着你体温的血
透过塌方的石缝
缓缓渗进冰冷的地脉
真不敢相信
你走出校门才两年呵
就用春天一样蓬勃的年纪
就用霞光一样绚丽的年纪
和二十三个音节协奏的青春之歌
作别这穿山越岭的长长的隧道

作别伸向工地的高速公路
作别三峡工地

远山
太阳悲壮地殁没
乌云垂下欲飞的翅膀
一群云一样悲怆的男子汉
将你高高举了起来
和旗帜一起
葬你在大地的怀抱中
葬你在如血的夕照下
葬你在深深的哀悼里

无需花环祭奠的灵堂
无需笔墨书写的悼词
三峡工地就是你的祭坛
这不起伏的群山排成挽幛
呼啸的江风奏起哀乐
工友们知道
他们的命是你以血作代价的呵
而你慷慨地献身
如吹响嘹亮的号声
激荡工友们的血

血，这灵魂的瀑布
生命的泉流
飞流直下
催促凿岩机呼啸的钻头
在血雨腥风中
向掌子面发起又一次
猛烈的冲击

题一张照片

再一次
我翻开《中国三峡建设》
仔细端详你的照片
只见你微眯着炯炯有神的眼睛
手拿放大镜
以你的执着与痴情
不知审读着什么

瞧你饱经风霜的脸上
那堆砌的栉风沐雨的浮雕
尽是山高水险
额头多褶皱的断层
贮满哲学的奥妙
伫立岁月之巅
再看剑眉不知还藏着多少
不肯忘却的事情

青春年少时
祖国的山河一片破碎
许是为了再造山河
你在一本书里寻找真理
在一双肩上寻求道义
在一滴血中搜索挚诚
而这一切
又使你的生命升华怎样的
悲壮与豪情

寻思间
我看见你凝神的目光
投向一行行字的深处

你是工程质量检查专家
莫非字里行间
有你神圣的职责崇高的使命
抑或不老的生命

据说
那次你来三峡工地
你对船闸部分项目质量不放心
执意要攀上几十米高的脚手架
亲自到现场看看
你的学生拗不过你
只好陪你攀登高高的脚手架
狭窄危险处
不得不抬着你走
风就是风雨就是雨
你从来说一不二
言行透着诚挚
你知道余下的日子不多了
得抓紧晚年
将几十年的实践经验
和满腹的博学经纶
献给三峡工程

走进工程内部
就像走进你的内心
你手拿放大镜
不仅以深邃的目光
更以心灵的激情审读
三峡工程质量报告
而此刻晚来的黄昏
从三峡大坝那端姗姗来迟
我看见夕阳温煦的阳光

正隔着窗玻璃窥视
你的心事

与一位工程师话说长江

卧室里
一厚叠一厚叠资料
紧挨着一张张铺开的图纸
不让他站起
好不容易盼到一个星期天
他得利用这整块时间
穿行在数字与符号里

为着这份眷恋
他放弃了经商发财的机会
放弃了出国镀金的机会
甚至放弃了与家人团聚的机会
只身来到工地
连假日也给了图纸和计算机

仿佛等待灵感到来
掐灭烟头他又陷于沉思
这时我应约走进他的卧室
他忙伸过手来
没有寒暄和客套
只是遥指窗外扑面而来的长江
对我说
这是我的母亲河
我就是喝峡江的水长大的
当我从父辈们的身上认识自己
又从自己身上发现未来
我听见神女峰被风吹动的月光

情不自禁地颤动

向往
从峡江岸边的脚印开始
一步一步又深深浅浅
穿过梦境撞响黎明的钟声
走过我的少年
走进大学的阶梯教室
走进水利与电

最远的风景总在灵魂之上
求索的目光投向苍茫
当我枕着长江的涛声入梦
总爱忆起儿时依偎在母亲怀里
最初学唱的那一曲
峡江谣
那岁岁年年流行的节奏
真是催人泪下的
吟唱

猿声、白帆以及船工号子
随着峡江的涛声流远
而高高飞在峡江上的鹰
和比鹰更高的神话
掠过三峡坝区
此情此景
总令我忆起导师临终的嘱托
他说，研究了一辈子三峡
三峡工程就要开工了
他却病倒在床上
弥留之际他拉着我的手
默诉无语的哀伤

铭记导师的遗憾
更为昨日的梦与向往
怀着献身的渴望我又重回峡江
当峡谷的风
用粗糙的爱打磨我的青春
我便有了一种男子汉的豪迈
欲借峡江拍岸的涛声
自豪地抒情

说着
他指了指不远处的计算机室
那闪烁的荧光屏
向他传来迷人的问候
他大步走上前去
从他充满快感的脚步里
我听见他心跳的旋律

三峡情结（五首）

白煤国

长江王

——缅怀当代水利事业家、原长江水利委员会主任林一山

你褪色的征衣上
还散发着北方战火的硝烟
来到烟波万里的长江岸边
你伫立江边，沉思凝重
人生的命运总被时代的风云牵动
今天，安排你来管理这条悠远的长江

长江长哟，一江牵着多少高山和险滩
长江大哟，一江盛着多少美好和忧患
于是，你的足迹遍及万里堤岸
一本厚实的调研笔记上记录着长江的
水文地质、防洪发电、灌溉航运……
还有两岸人民的苦思和企盼
人们怎能不赞佩你呢
今天你成为一个长江通

年轻的中华人民共和国
在苏醒的大地上站立起来了
万古长流的长江
该怎样描绘出一幅崭新的图景

文
学
篇

乘风破浪的"长江舰"上站立的是谁
马达高唱的"江峡号"上站立的是谁
哦，毛泽东亲自考察长江来了
你——林一山同志
一个被人羡慕的人
毛主席六次召见过你
阅读过你写的长江流域规划报告
听取你对兴建三峡工程的汇报
老人家亲切地握着你的手
爱称你为"长江王"

你知道，这是毛主席对心爱的战士
春风般的激励，重担下的鞭策
你以毕生的精力耕耘长江
长江的浪花才一天天亮堂起来——
丹江口吹响了南水北调的号角
葛洲坝为三峡工程铺路搭桥
浩瀚的东海亲热地拉着长江
太阳升起的地方总有紫气东来

今天，三峡大坝巍立在大江之上
人们发现大坝右岸有一座毛公山
神奇呵，这座山酷似毛泽东头部的形象
老人家眺望着高峡出平湖的金波银浪
是你，林一山同志
紧贴在毛主席的身边
轻轻地吟唱着伟人的诗句——
神女应无恙，当惊世界殊……

梦圆之日的早晨

——诚赠中国工程院院士、中国长江三峡工程开发总公司原总经理陆佑楣

长江上有一个三峡梦

她像中国希望之光的一条大船

水路悠远，荷载沉重

拉动这条大船的纤夫们

有操广东口音的孙中山

喊着湖南口音的毛泽东

带着浙江绍兴口音的周恩来

发出四川口音的邓小平……

乡音共鸣，纤绳强劲，脚尖朝前

七十多年的三峡梦，够漫长了

五十年的调查勘察，够劳累了

三十年的争论不休，够揪心了

二十年绘制一幅施工蓝图，欢欣若狂

我们已经看到了

三峡上空的夜雾徐徐散开

难忘 1992 年 4 月那个明媚的春天

全国人代会通过三峡工程上马的决定

难忘 1994 年 12 月三峡的开工典礼

飞升的彩色气球亲吻着蔚蓝的天空

难忘 1997 年 11 月大江截流的盛会

旌旗飘扬，万人欢呼威震狂澜的情景

忘不了，是你——陆佑楣同志

双手接过三峡工程的施工蓝图

面对滔滔长江，深深鞠躬

人们羡慕你，赞美你
你是建设三峡工程的领军人物
你说，我是施工大军中的一个兵
人们期望你，祝福你
你是一个把梦想变成现实的人
你说，梦圆者的荣耀
属于关爱三峡工程的中国人民

拦河大坝从河床上节节升高
你看到混凝土里拌进多少毅力和信心
水轮发电机从长江里提炼无尽的电能
你和安装人员一起栽种着电光之树
风帆轻歌的船队怎样在大江上顺利通过
你和建设者们营造着百舸争流的船闸
高高的输电铁塔在坝头上竖立起来了
你和架线工人吹响了哨子
把西电东送的银线送上蓝天

世界之最的三峡工程胜利建成了
长江的劲风翻动着你的工程日记
日月轮回十多年，春夏秋冬十余载
你看着自己的工作服和安全帽
积存了多少长江的风风雨雨
你站在长江的堤岸上静静地思量——
在自己的一生中赶上了一个好机遇
难得参加了开发长江的一次大搏斗

今天，三峡两岸的枫叶红了
建设者们迎来了梦圆之日的早晨
你在赞美朝霞涌动的东方
感谢太阳把三峡的长梦喊醒

水的恋歌

——怀念《诗刊》原副主编、湖北省作家协会副主席徐迟

在雁群南飞的那个秋天里
我认识你这位高个子的诗人老师
你对我说，自己是一个浙江人
浙字旁边有三点水，江字也有三点水
有水的地方总有美好的梦境

你也有一个三峡梦呵
像当年苦写《哥德巴赫猜想》彻夜难眠
难道与长江有缘，还是长江洪涛的召唤
你决然告别心爱的首都北京
来到长江岸边的武汉市安家落户
一个神秘的宏愿在心中跃动
去讴歌撬动整个中国的支点
——三峡工程

举世无双的三峡工程
不再是一个缥缈无踪的梦幻
你登上黄鹤楼眺望长江
对岸就是自己的故乡
家乡的太湖水为长江增添了新波鲜浪
是不是也为三峡的崛起齐歌共庆

江涛拍岸，江风如歌
你在葛洲坝工地实地采访
这里的开山炮驱散了长江的浓雾
为西陵峡送去一个金色的黎明

文
学
篇

野炊袅袅，钻机轰鸣
你在三斗坪与地质队员促膝谈心
这里就是未来三峡大坝的坝址
明天将展示长江上最亮丽的风景

白昼里，你在建设工地采撷阳光
长江的浪花打湿了你厚实的皮鞋
夜幕下，你的写字桌上
台灯醒着，闹钟醒着，钢笔醒着
天上的启明星从窗口走进来了
拜读你一页页闪光的诗文

谁能数得清长江上有多少朵浪花
谁能写得尽长江五千年的史诗
你太操劳了，默默地告别人间
带着几分遗憾走了，来不及
亲眼看到三峡工程的胜利建成……
你一定会感到欣慰的，是你
打开天国里那扇明亮的小窗
看到了三峡大坝上升起的万颗星光
与天国里的银河一样美丽动人

耕耘者的金秋

——敬赠作家、中国水利作家协会顾问成绶台

每个人的美好理想都有高度
就是人生道路上攀登的那座高峰
无限风光永驻在大山之顶
只要走在一级级向上提升的台阶上
小草上的露珠会陪着你流汗

鸟儿们也会唱起助兴的歌

绥台同志，你是组织考察长江源头的人
今天，你还在攀登人生理想的高峰
平平坦坦的长江上哪里有台阶呢
你却看到了长江上有一级级的台阶
不是吗，丹江口大坝是你攀越的台阶
葛洲坝是你提步向上的台阶
三峡大坝是你奋力登高的台阶

画家来了，作家来了
怎样去赞美伟大的三峡工程
你说，三峡是百鸟朝凤的地方
三峡是群星捧月的天庭……
你在想，字典上究竟有多少神美的词句
来抒写如梦似幻的三峡工程
发明文字的老祖宗
哪能知道今天子孙们的悠悠苦衷

你歌颂长江的一部部文学著作
是你创作道路上的一级级台阶
每级台阶上开放着绚丽的花朵
报告文学树上的花朵光彩夺目
散文树上的花朵微笑如蜜
诗歌树上的花色像天上的七色彩虹

今天，你的头发已经银光闪烁
有人说，这是长江水把乌发染白的
我说，你在长江上耕耘了半个多世纪
你的年龄恰如丰收季节的金秋
丰收后的田野总会有汗水凝结的白霜
你还攀登在一级级的台阶上

赠送我们的是谦逊的微笑

江鸥之歌

——思念《人民长江报》原副主编、《江河文学》主编齐克

江鸥在波浪上欢飞高歌
声声呼喊着"长江，长江"的名字
此刻，我想起了你——齐克同志
你是酷爱长江的一位歌手

是的，你是攻读过音乐的战士
当五星红旗还没有升起的时候
你不满十八岁就走进了红色的队伍
黎明前你与战士们缝制着这面红旗
你是一个红小鬼
血液里流动着红色的歌

你说长江像一块强大的磁铁
将你吸引到大江的胸怀里
怎样为母亲河唱一支祝福的歌
你写的《葛洲坝赋》《三峡壮歌》
就是咏贺长江三峡的序曲

冥冥中遥想起长江的源头在哪里
你和考察队员跋山涉水来到长江源头
这里是距离太阳最近的地方
雪山的冰雪融化成潺潺清流
藏民们就像住在云端上的神仙
可爱的白唇鹿就像玉皇大帝的宠物……
哦，你写出一部厚重的《大江源记》

告诉没有到过长江源头的人们
图腾里那条神圣的中国龙
就在大江的源头上腾空而起
赐雨吐珠的金色龙头
遥望着茫茫东海的碧波

难忘长江源头帐篷里的酒歌
企盼到长江下游去观看无限风光
你朗读着"轻舟已过万重山"的诗句
站立船头，顺江而下
凝望着长江两岸的奇峰秀岭
看到了，瞿塘峡上空深情的繁星
巫峡岩壁上纤夫们留下的脚印
西陵峡彩霞纷飞的早晨……
哦，你又写出一部《三峡画廊》
画廊里描绘的那座三峡大坝
就是在长江上垒筑的一条起跑线
江水从起跑线上
冲出去，喊出去，唱出去
振兴中华的歌声深沉激越

你日夜兼程，晨歌夜唱
脸上的皱纹里堆满长江的波痕浪迹
我曾问过你，上了年纪的人
还到神农架去采访什么呢
你说，那里有长江水熏陶过的草药
像仙草一样可以延年益寿
是的，你累了，你病了，你走了
只见你的枕头旁边
放着一本你写的《金色的长江》
它，仿佛也在倾听大江东去的壮歌

三峡盛典

——贺三峡工程大江截流成功

刘凯南

千万颗繁星

停住了眨动的双眼

注视着长江

这条地球的项链

千万座山峦

屏住了起伏的呼吸

期待着三峡

那振奋人心的瞬间

啊——三峡

今天是你的盛典

长江的盛典！

蓝天上缤纷的彩球

缀成你优美的花冠

让大地仰望我们

豪迈的誓言

鲜艳的国旗织成你

华丽的盛装

在大地上铺展开

我们如画的诗篇

啊——

今天——就在今天

我们中华民族就要实现

几代人的夙愿

看

信号弹腾空而起

划开如纱的薄雾

展现三峡欣喜的容颜

啊——三峡

我们用整齐的装载车队

夹道迎接你

我们用高亢轰鸣的马达声

热情欢呼你

当我们将决心和信心

一齐投向你呼啸的龙口

在你渐显驯顺的激流里

全世界都会看到

我们必胜的信念

让千年水患在这里截住

神女笑望如镜的平湖

她的子孙后代

不再有噩梦重现

让百年梦想在这里截住

请尊敬的孙中山

萨凡奇

请伟大的毛泽东

邓小平

和呕心沥血的周总理

在九天上

观看我们的盛典

新一代中华儿女

怎样将他们的梦想

描绘成现实宏图

我们曾将不懈地探索

汇聚成无数个不眠

月辉朝露

洒满双肩

我们曾将心中的理想

在实验场

在钻井里

在蓝图上

勾画出万道青丝

直到她成为今天明天和永远

啊——

今天是三峡的盛典

我们伸出双臂

相握在大江中间

滔滔江水

洗去经年苦战的征尘

一座雄伟的希望

早已扛在双肩

今天是中国的盛典

无论是穷乡僻壤

还是繁华都市

无论是东海之滨

还是喜马拉雅之巅

两条神奇的纽带

将炎黄子孙一条亘古不变的血脉

紧紧相连

未来

当我们从月球上

俯瞰地球

巍峨的群山中

不再只有长城的蜿蜒

长江上巍然矗立着
一张人类迈向新世纪的名片
啊
我们向太阳系放眼
我们向整个宇宙宣言

三峡将拥有
幸福的家园
中国将拥有
灿烂的明天

文
学
篇

三峡工程，一个实现了的预言

南　晴

高峡出平湖，那曾经是个预言
从孙中山到萨凡奇
一个个不懈追求的理想

雄伟、险峻的三峡啊
凝九万里河山的神奇
留五千年歌颂的篇章
是杜甫那无边落木萧萧下的秋风浩荡
是李白那两岸猿声啼不住的险滩激浪
神女玉立，引无数英雄举头仰望
昭君故里，屈原天问，问出了多少苍茫
但是，岁月悠悠
是混战，是黑暗，是哭泣，是动荡
三峡两岸是船夫拉纤时凄切的号子
峡江上奔涌着船工家破人亡的哀伤
斩断巫山云雨，更立西江石壁
——那是又一代伟人雄姿英发的畅想

但是啊，旌旗奋，砸锁链，求解放
新中国如鲜红的太阳升起在东方
共产党要领导人民创造奇迹

一代代领导人对三峡都深情地向往着
三峡工程是中国人民精神的桃花源

建设三峡，是太平盛世中华民族崛起的脊梁

啊，建设三峡，就要对三峡认识、规划、测量
历史的重担，我们长江委挑起
英雄的颂歌我们高唱
在林一山主任的领导下
团结奋进，流血流汗，开拓洪荒
我们从陆水起步，从丹江口起步
积累经验、实验论证、探索再探索
严谨的科学容不得半点遐想
我们住茅棚，我们枕江流
我们踏遍山川，燃烧青春和希望

我们树起了陆水、丹江口、葛洲坝一个个里程碑
用生命向那个预言靠近、靠近——让预言呈现美丽的模样

为了三峡
我们把三斗坪中堡岛钻探成蜂房
探取亿万年的岩芯，把握岩层的构造与走向
我们要为未来的三峡大坝选择最坚实的基础
我们要拿出最优秀的规划设计
奉献给我们的祖国，伟大的党
三峡大坝从 150 米到 175 米
我们论证再论证
什么样的最佳选择才能成就三峡工程花开的芬芳
我们要挽住奔腾的江流
我们要让心中的太阳迸发出耀眼的光芒

从孙中山开始
三峡工程经过了 70 多年的规划、勘察、论证、设想
蓝图绘了又绘，踏破铁鞋无觅
凝结全国专家的智慧，百炼才能成钢

——华夏盛事，前无古人

大禹传人，情系峡江

终于，1992 年的春天

全国人民代表大会表决通过兴建三峡工程的决议

春潮涌动，莺歌燕舞，号角吹响

1994 年 12 月 14 日三峡工程正式动工

冬天里，春雷滚过亿万颗中国人的心房

穿橄榄绿的武警战士向三峡挺进

水电工程局的钢铁机械从四面八方涌来

从此，三斗坪成为英雄的战场

这里演奏历史上最壮阔的乐章

为了三峡

长江委人，十年、三十年、五十年

夸父在前，我们随后，追逐着太阳

路漫漫其修远兮

使多少青丝到白头

生命与使命紧挽着臂膀

握紧意志，燃烧激情

一起走过，满怀着希望

设计、监理

严把质量关，创最优工程，我们在歌唱

长江委人前赴后继，院士与大师，一个又一个接力

精卫填海，坚韧不屈，强者更强

古人有：蜡炬成灰泪始干

林一山主任是三峡待建眼失明

光明在他心中

那是浴火重生的凤凰

终于，2006 年三峡大坝全线建成

在伟大的党的领导下实现了梦想

三峡工程，从发电到防洪创造了许多世界之最

三峡工程，是信心与力量铸就的辉煌

高峡平湖啊

真的是杨柳青青江水平，忽闻游船歌声扬

三峡工程，一个实现了的预言

当惊世界殊，神女应无恙

三峡工程，那是中华民族的又一壮举

顶天立地屹立在东方

我为移民唱大风

（三峡移民组诗）

肖　敏

一、为移民送行

三峡百万大移民空前绝后，能参与百万移民工作，自会有一种难得的亲身体验和人生感悟。即使不是诗人，也会有久久不能忘怀的记忆。那一家又一家，一路又一路，一车又一车，一船又一船，你看着他们或是送着他们，那悲壮，那激情，那赞美，都会油然而生！

烈日炎炎，汗流浃背

我踏着江边古老的石梯

承受着一种沉重的感情

我的父老乡亲

故土家园已不可留

今天我送你们

乘着长江的波涛远走

看一眼亲人洒一把泪

多少话儿哽在了心头

再喝一捧家乡的山泉水

再举一杯亲人的壮行酒

提着锅碗瓢盆

抱着皮球书包小狗

一捆树苗几袋衣物

还有那包祖坟上的

泥土和石头

啊我的父老乡亲

你们就这样地走

长长的队伍

有说有笑还有忧

更有那面颊上的泪水

滚向长江随波尽情流

每人戴一朵红花

赤着身子的

红花挂在裤头

敞开衣服的

红花拴在短袖

穿着背心的

红花别在胸口

抱着的婴儿嗷嗷啼哭

扶着的老人暗含忧愁

我强忍着涌满眼眶的泪水

看着他们这样地走

风飘飘而吹衣

浪滔滔而东流

有谁知这舍掉家园的沉重

男女老幼一去不回头

为了三峡的壮丽

为了中下游洪水不泛滥

这世世代代的三峡人

贡献的是血与泪春和秋

忽然我感到

那白发老人和婴儿伟大了

那壮年男子和少妇伟大了

那朵朵红花呀

体现不了你们新的风流

眼看船儿掀起了尾浪

又将驶向平坦富庶的下游

已是移民通道的浩浩长江

满载着你们的希望和追求

启航了父老乡亲

我挥不起这只仿佛灌铅的手

远去了父老乡亲

祝愿你们幸福地高飞远走

二、我们的"九二八"

　　1999 年 9 月 28 日，云阳县级机关从旧城迁往新城；三年后的这一天，我们又回到旧城，宣布二线移民拆迁清库工作告捷！广大移民贡献于三峡，合家报国；各级干部艰苦卓绝，拼搏奉献，在三峡库区提前两个月完成清库任务。艰辛的汗水和胜利的喜悦交织成这首诗，作为《为移民送行》的姊妹篇。

一江四河六大块的热土

是否都与"九二八"有缘

三年前浩浩荡荡进新城

牵引着一场历史性的变迁

走进大街小巷村庄田园

费尽心思道尽万语千言

我的父老乡亲哟

就是为了你们的搬迁

老伯啊我倔强的老伯

你的门槛我踏过五十遍

大婶啊我熟悉的大婶

我在你村里蹲了大半年

饿着肚皮晕倒也不请饭

磨破嘴皮泣血不算情感

被狗咬伤与我移民无关

跌打损伤与我搬家无缘

挨骂了晚上回家暗自哭

搬家时我扛着大包为您笑

因为我们是公仆

甘为移民尝尝这酸辣苦甜

各位父老乡亲哟

我们并没有积怨

谁不知道你们的心思

谁愿离开世代居住的家园

你可曾知道我们的苦处

走遍千家万户道尽万语千言

积劳成疾累成病

白天工作晚上进医院

老父病卧高床难尽孝

深夜回家老母气已咽

妻儿悲声连天泪涟涟

怎能叫我不心酸

为了谁为了谁

为了这百万移民父老乡亲

为了中华民族的三峡工程

这就是移民干部的心愿与奉献

村党支部书记叶福彩

身患癌症还带移民走湖北

忍着剧痛工作三个月

为的是全村移民超前搬迁

临终时嘱托乡亲葬村后

睡在青山也要送别你们去外迁

父老乡亲行行泪

十里青纱悲无言

居委会主任向思凤

日夜奔波动员居民忙迁建

风里雨里不知累和苦

身患重症方才住医院

领导来到病床前

她一声哽咽泪满面

我的居民还没搬完

我的特困户又怎么办

多么好的人民公仆

多么好的共产党员

没有他们的奉献和牺牲

三峡的好梦又怎能做圆

拼搏吧为了历史使命

叶福彩向思凤成百上千

奉献吧为了黎民百姓

累病累死又何惧归天

呕心沥血才能做个圆满

披肝沥胆才能苦出笑颜

我们来不及长长舒口气

又忙把移民送进新家园

同志哟别说是最苦的一代

朋友啊莫道是最累的几年

世界级难题在我们手中解开

这段辉煌的历史由我们上演

请难忘的"九二八"做证

铿锵的脚步踏响今天

请胜利的"九二八"干杯

伸出的双手迎接明天

七十里巴阳波涛澎湃

千百幢高楼民心欢颜

写吧记住这一段历史

唱吧放歌奋斗的甘甜

好汉不谈当年勇

胜利仅是新起点

江上风清浩浩龙吟八千里

磐下云红巍巍虎啸十万年

三、三峡回水到家门

移民走了，公仆累了，回水来了。只有中国有长江，只有长江有三峡。"截断巫山云雨，高峡出平湖"，只有中国共产党领导的中国人民才能有这样的壮举！

自从盘古开天地

未见东水向西流

如今高坝横峡江

三峡回水

到我家门口

百年梦想今日现

百万移民昨日愁

三代伟人挥手处

回眸不禁

热泪和着回水流

蓄水勿忘告乃翁

回水作酒举过头

英灵魂魄为此醉

九天笑看

千里江山云悠悠

小钗头拐杖手

男女老少江边走

捧起回水仰天笑

从此不见

浩浩长江波涛吼

百万移民举世惊

天下齐看峡江人

挽起长江舞龙戏

搬动百万移民

——我们行

浩浩长江送亲人

弯弯山道别移民

舍掉家园下江东

千车万船

装不走故乡情

祖坟前头三鞠躬

护佑子孙千里行

来年清明何处祭

长风一缕

吹到峡谷上祖坟

眼望回水到家门

久坐江边心不宁

老宅良田淹水中

心里泛酸泪盈盈

那青青河边草哟

曾是我牧羊的童年

那步步石板梯哟

洒满我下河洗澡的欢颜

那巨大的江巴石呀

是我挥汗舀鱼的酒宴

那飘摇风雨的吊脚楼呀

可是我祖祖辈辈的摇篮

只有那棵古老的黄桷树

搬进新城作我岁月的书签

三峡哟我的三峡

已不见那咆哮奔腾

拍岸千里的惊险

不见那夔门白浪横翻

涛声遏云的滟滪泡漩

不见那巫峡西陵险滩跌宕

纤夫长吼的号子冲天

三峡哟，我的三峡

回水淹不了你远古的回声

屈原奋笔疾书问苍天

李白驾起彩云万重山中吟

杜甫蘸起滚滚长江写秋兴

刘禹锡高唱杨柳青青江水平

东坡哟闸门一开千丈雪

您可听见大江东去的涛声

张飞呀还你顺风三十里

江上风清灵钟荡云

三峡回水到家门

唤起十年移民情

呕心沥血的万千公仆哟

和那舍家为国的百万移民

为了这满江荡荡的回水

做出了多少奉献和牺牲

三峡的人哟三峡人

涅槃出新时代的移民精神

这无情的回水呀

我万千记忆淹在了水里头

这多情的回水呀

你凝住旧情荡起乡愁

这深情的回水呀

你就是三峡人的汗水泪水

你就是中华民族崛起的追求

回水呀回水

我们为你让出这浩瀚的容量

请你映照今日辉煌不再愁

人在他乡想回水

心在故乡梦在故乡情相随

坐在家门望回水

回水似血灌满全身激出泪

走在江边捧回水

水里有移民的深情和泪水

男女老少说回水

声声自豪句句壮美

足踏江岸波平平

满腔回水喜盈盈

一日轻舟破天镜

拖起白浪画中行

看山水共生心境相济

任日月牵手回水做证

淹不了

雄伟壮丽的大三峡

忘不了

波澜壮阔的百万移民

三峡梦，一名水电工作者的心声

阎世全

一

我怀着一颗激烈震荡的心

登上高高的坛子岭

三峡的盛景我已赏遍

最美的莫过于今日的三斗坪

身后

沉积亿万年的花岗岩得见天日

面前

中堡岛已被巨大的建筑机械占领

西陵峡大桥比巫山十二峰更俊逸

凿开的导流明渠胜似夔门天下雄

这一切在向人们宣告

一个世界奇迹将在这里诞生

望着这翻江倒海般的情景

我的眼睛模糊了

一切融入云雾之中

我的心在默默地问

这是不是在做梦

我抑制住每根激动的神经

不让泪珠落下，为的是

追寻过去那长长的艰难的梦

更想探求未来那斑斓诱人的梦

二

我们的祖先做过各样的三峡梦

只因中华腹地拥有这般鬼斧神工

巫山神女飘然而下助大禹治水

还有那力大无比的江边神牛

没有人痴笑这神话的虚无缥缈

那本是先人们心目中的常情

近代科技之神无数次使幻想成真

可它对这片古老的土地却无比吝啬

万里长江流淌着我们民族的血和泪

呼号、愤怒、向往、抗争

统统化作东逝的涛声

1919 年

一位伟人怀着民族的宏伟抱负

第一次做了这样的梦

自宜昌入峡而上

当以水闸堰其水，又可资其水力，

使舟得以溯流而行

那双眼睛聚集着民族的智慧

又总是交织着忧伤和沉重

即使中华大地遭受过更惨重的蹂躏

先生的话语沉入江底仍铮铮有声

从那个时候起啊

华夏儿女开始了一个世纪的三峡梦

一位善良的美国高坝专家来了

一个宏伟的计划跃然纸上

那双蓝眼睛竟为手制的蓝图震惊

太理想啦

上帝赐福给你们

若让我看到三峡工程实现

我的灵魂会在三峡得到永生

我们的朋友，萨凡奇先生
我们会记住你的名字
你曾和中国人一起做梦
那驱赶魔鬼的最后两排炮声
击碎了神州长达一个世纪的噩梦
留下来的是奋发图强之梦
民族振兴之梦

三

可是，做梦容易圆梦难啊，何况
新生的共和国，还带着
遍体鳞伤，千疮百孔
中华民族又一位伟人
他统帅浩荡大军扳倒了三座大山
他在长江波涛之上劈波斩浪
吟出的诗句
小学生都背得出
失聪者也听得清
那梦从此化作了
"高峡出平湖"的宏愿
鼓舞千万水利大军
开始了新的长征
新中国有一位最忙碌的人
接受领袖庄严的嘱托，统帅新军
筹划那世所罕见的工程
1958 年，三斗坪的春风分外温柔
神女含笑迎接你的来临
你踏过了中堡岛
又登上了坛子岭
你深情地凝视着滔滔的江水
又仔细端详岸上的岩芯
你专注地倾听中外专家的议论

又把两岸民众的心愿倾听

三峡工程必须搞，而且也能搞

每个字都铿锵作响

道出了亿万人的心声

共和国遇到了不幸的天灾人祸

三峡梦，梦圆之日延缓了，但却

分明听到你不断走近的脚步声

从荆江分洪工程到陆水试验坝

从丹江口工程到长江第一坝

每一次局部的胜利

都为进军三峡积聚着潜能

四

为了圆共和国的三峡梦

几代水电人奉献着青春

那位老革命高官不愿做

却甘当探索长江天险的排头兵

几十年雪雨风霜的洗礼

锻造出一位不屈不挠的三峡通

老人的双目失明了，然而

那颗心还在为三峡跳动

水电人的执着性格一代传一代

艰难困苦挡不住他们追寻光明

他们的心在呼唤着：

苏联有古比雪夫

美国有大古力

巴西有伊泰普

中国人一定要有自己的三峡工程

那一个一个的世界第一

为何总是他们拥有

将来定要属于我们

为了迎接三峡工程的诞生

他们把每次实践当作练兵

水电大军里个个都是长征战士

谁也不能怀疑他们的忠诚

这忠诚

日月星辰可以做证

高山峻岭可以做证

星罗棋布的大坝电站可以做证

还有那一块一块的碑石能够做证

一位水电设计大师

把毕生的精力献给长江

在人生最后的日子

只道出一个愿望

把自己的骨灰埋到葛洲坝头

墓碑朝向三斗坪

湖北省委那位老书记，按照遗愿

他的骨灰已埋在三峡坝址的砂石层

还有多少水利人啊

拼搏在勘察、科研、施工第一线

猝然倒下，不曾留下姓名

他们无不有一个坚定的信念

水利兴，国运兴

能够为建设三峡而献身

是人生莫大的光荣

五

站在高高的坛子岭

我仿佛回到了五年前的 4 月 3 日

置身于人民大会堂的会议大厅

每位代表的脸上都泛着红光

神情是那样的庄重

决定三峡工程命运的时刻到了

亿万双眼睛都投向了北京

这是历史性的时刻

为了这一天，我们民族

梦想了 70 余载

调查了 50 余年

论证了 40 个春秋

谁敢说那是举手之劳

每只手都连着无数人的心

面对子孙万代的福与祸

每位代表都背负着历史的使命

代表们终于按下了神圣的表决器

在一阵雷鸣般的掌声中

宣布了一个动人心魄的决定

这决定随着电波传遍中华大地

让眼泪尽情地流吧

把长江之歌唱得更响亮些吧

我们民族长长的三峡梦啊

即将成真

六

站在高高的坛子岭上

我已忘了自己的身份

我什么时候都不是一名参观者

我正走在三峡建设者的队伍中

在绵延 30 千米的三峡工地上

我似乎熟悉每个建设者的身影

他们全身的工装

他们掌中现代化设备的手柄

朝霞中那急匆匆的脚步

钻机旁那小憩者甜甜的鼾声

和着滚滚长江形成磅礴的交响乐

感动得神女神牛重又苏醒

与我并肩走着的

是 40 年前的学友

三峡工程的指挥员

从他那布满血丝的眼睛里

我看出他肩上的担子有多重

那是 12 亿人的嘱托啊

向这里注视的有全球数不清的眼睛

七

站在高高的坛子岭上

我的目光投向了远方

我仿佛看到了三峡工程截流的巨阵

咆哮的大江又一次改道而行

围堰里，大坝电站逐段上升

不，这不是梦

这是摆在水利人面前的一场战斗

这是占领一个制高点的冲锋

为了这一天已准备了几十年

这一仗不能失败

定能成功

我梦见

我身驾轻舟荡漾在高峡平湖之上

周围全是老友和新朋

湖上的景色

诗一般的画，画一般的诗

拨动了神女思凡的真情

这是梦，但又不是梦

这是几代人追求的图景

这是中华民族奋斗的报偿

为了这一天，让我们挽起手臂

去迎接新中国灿烂的前程

高峡平湖颂

傅秀堂

2010 年 11 月，三峡水库 175 米水位蓄水成功。我很荣幸地应邀赴高峡平湖考察，心旷神怡；有同仁索字，特不揣浅陋，欣然从命。

其一　咆哮三峡出平湖

咆哮三峡出平湖，人羡工程世界殊。
仙女屈子今犹在，护佑洪水过神州。

其二　美哉，高峡平湖

美哉，高峡平湖，群山拥抱，百峰争奇，水天一色，碧波涟漪，白云朵朵，艘艘巨轮，虹桥飞架，高楼入云。

壮哉，三峡高坝，巧驯洪水，释巨轮，千里江堤，化险为夷，江汉洞庭，小康安宁，咱们中国，南北光明。

纪念几位为三峡工程鞠躬尽瘁的领导和同事

赵时华

【序】 三峡工程已于 2008 年进行试验性蓄水运行，十年来发挥了巨大的防洪、发电、航运和生态效益，达到了规划设计目标。几年来，每每想到那些为兴建三峡工程呕心沥血、鞠躬尽瘁的老领导、老前辈和老同事们执着的工作精神、严谨的科学作风，都不胜感慨，于是陆续写上几句感想。

一、一面旗帜，一座丰碑

——忆李伯宁部长

抗敌杀倭八年整，血溅梨花战旗红。

治水兴利四九载，保江安澜有大功。

筹建三峡近耄耋，呕心沥血勇担承。

如今高峡出平湖，不应忘记李伯宁。

【注】此诗作于 2014 年 12 月 14 日三峡工程开工 20 周年之际。

李伯宁，籍贯河北高阳。生于 1918 年，1937 年 10 月参加革命，1938 年加入共产党。抗日战争时期历任肃宁县县长兼游击大队大队长。解放战争时期任《冀中导报》副总编等职务；新中国成立后历任水利部副部长、党组副书记，水电部司长、副部长，1984 年 3 月任水电部顾问。1984 年 10 月任三峡省筹备组组长，1986 年任三峡地区经济开发办公室主任，1993 年任三峡工程建设委员会副主任，1995 年离职休息。2010 年 12 月去世，享年 93 岁。

李部长对我国水利建设高瞻远瞩，勇于任事，勇于担当，工作极其认真，敢作敢为。在筹建三峡省和负责三峡地区经济开发工作中，推行和探索开发性移民方针，八年试点呕心沥血，做了大量开创性工作，使三峡库区群众、干部感受到党和国家高度负责、高度重视水库移民，看到了三峡库区的发展前途和希望，决心舍小家为大家，在三峡工程论证中一致支持兴建三峡工程。李伯宁是三峡水库开发性移民探索者、组织者，即使离休后仍然情系三峡，做出了重大贡献。我在三峡工程论证中和李部长有所接触，以后借调到三峡建委工作，有幸在他领导下工作过一段时间，受益匪浅。1997 年我要离京回汉去看望他，送他一本专著，他为我题词：“无欲则刚，无求品自高。站着是一

文
学
篇

面旗帜，倒下是一座丰碑。做一个仰不负天，俯不负民的人。"我认为他的精神就是三峡工程建设者的一面旗帜，他的业绩就是一座丰碑。

二、革命者的一生

——纪念黄友若主任

少年壮志出乡关，扶桑工读印传单。

卢沟炮响赴戎机，投笔万里上延安。

坚持抗战冀鲁豫，出生入死斗敌顽。

解放全国下西南，建设贵州廿六载。

转战长江新天地，规划三峡谋大篇。

更倡移民开发计，水利事业大贡献。

八十三年革命路，赤子丹心映河山。

清正廉洁堪楷模，高风亮节励后人。

【注】2017年4月13日，长江委老主任黄友若走完了他革命的一生，享年97岁。黄友若主任出生于湖北枣阳一个富裕家庭，受进步思想影响，他少年时期就立下报国之志。十二岁去山东，继而到日本工读，参加进步革命团体活动。"七七事变"后他立即回国参加八路军抗击日本侵略者。在抗战和解放战争中出生入死，做出了重大贡献。新中国成立后，他在贵州领导交通和水利水电建设事业。1975—1981年，他到长江委担任副主任和主任期间，组织专家向国务院提出《三峡工程可行性研究报告》。在水利部组织水库移民问题的研究，提出水库移民问题要立论、立法、立位，开创性地提出开发性移民方针，解决了我国水利水电建设的瓶颈，为水利水电事业可持续发展做出了巨大贡献。参与主持三峡库区移民8年试点，三峡工程论证中他是领导小组成员，移民专题论证负责人之一，兼国务院三峡论证办公室主任，为三峡工程论证、开工和建设做出了重大贡献。

黄主任关心群众，为改善长办职工的住宿、办公、医疗条件做了大量工作，深受广大职工爱戴。

三、怀念洪庆余总工程师

设计大师洪老总，开发长江建树丰。

志存高远建三峡，五纪深研下苦功。

良谋为国多直言，冰心一片在玉壶。

技术民主纳百川，提携后辈有高风。

【注】洪庆余，安徽歙县人，生于 1922 年，长江委总工程师，教授级高级工程师，享受国务院政府特殊津贴，全国工程设计大师。1943 年毕业于武汉大学，1946 年到南京长江水利总局工作。从事长江流域水利水电工程技术工作和技术领导工作 60 余年。先后参与主持汉江流域、长江流域、太湖流域等大江大河的综合利用规划；参与主持了丹江口、葛洲坝、隔河岩、三峡工程等水利枢纽的规划、勘测、设计和科研，在三峡工程论证中是长江委配合各专家组论证工作的主要技术负责人之一，全面组织协调重大技术问题的研究和决策。洪总作风正派，谦虚谨慎，埋头苦干，淡泊名利，善于听取不同意见，敢于直言，坚持真理，艰苦朴素，在培育科技人才、建设新的专业等方面倾注了毕生精力，为长江水利水电事业及三峡工程建设做出了卓越的贡献。洪总于 2006 年去世，享年 85 岁。

四、悼念王家柱同志

为建三峡不惜身，夜以继日搏与拼。
高峡平湖多少事，千头万绪费精神。
攻坚克难呕心血，十年透支健康损。
工程未竣身先死，长使同仁泪沾巾。

【注】王家柱，1939 年生于浙江海宁，1963 年毕业于清华大学，长江委原总工程师、副主任，长江三峡工程总公司原副总经理，享受国务院政府特殊津贴。王家柱是长江三峡工程规划设计科研主要负责人之一，三峡工程论证生态环境影响补充报告首席科学家，为三峡工程的规划、论证、设计、科研和建设做出了重大贡献。繁重的任务，忘我的工作损害了他的身体，于 2003 年 7 月，在将要公布他当选中国工程院院士前夕去世。1994 年 12 月 14 日，三峡开工典礼时，他要我给他和潘家铮总工程师在基坑三峡工程奠基碑前照了一张照片，我冲洗后托人给他带去，不知他收到没有？

五、怀念唐登清同志

唐总工作老黄牛，建设三峡疾奋蹄。
眼疾一千两百度，笔耕不辍是模范。

【注】此诗作于 2016 年 12 月 14 日，三峡工程开工 22 周年。唐登清，籍贯重庆垫江县，生于 1930 年。教授级高级工程师，享受国务院政府特殊津贴，长江规划设计院原副总工程师。唐总从 20 世纪 50 年代就与苏联专家一起搞水库移民规划安置工作，经历了我国从 50—90 年代各个时期的移民工作，参与了自 1958—2000 年三峡工程历次移民调查、规划工作。他工作认真负责、兢兢业业，是国家德高望重的老移民专家，是水库移民工作者的榜样。

文学篇

六、纪念高治齐同志

移民丹江创开发，三峡监理立新功。

事业不随人去灭，至今思念高司令。

【注】此诗作于 2016 年 4 月清明节。高治齐，籍贯四川自贡，教授级高级工程师，享受国务院政府特殊津贴。长江委第一代水库移民工作实际技术负责人之一。20 世纪 60—70 年代在丹江口水库移民安置中探索开发性移民成绩卓著，90 年代在三峡建委移民局担任水库移民工程监理中心主任，提出水库移民工程综合监理制度，为探索水库移民工作管理的正规化、制度化、现代化做出了开创性贡献。不幸患肺癌，于 2006 年去世。

七、怀念清文

安阳北大高才生，玉壶冰心有侠风。

正值有为不该去，我怨天道事不公。

【注】梁清文，教授级高级工程师，享受国务院政府特殊津贴。1946 年出生在河南孟州，1965 年考入北京大学地球物理专业，毕业后留校任教，兼系党总支书记。1980 年调水电部办公厅任黄友若副部长秘书，后随黄部长到三峡搞开发性移民试点工作，在水电部三峡论证办公室工作，为三峡论证做出了重要贡献。1989 年后调入兵器工业部，担任规划院副院长，主持多项国防科研工作，都获大奖，成绩斐然。他离开水利系统之后仍然情系三峡，撰文、开会在多种场所宣传三峡。梁清文同志为人真诚，讲义气，重承诺，但不幸于 2010 年在开完一次学术会后，突发心梗去世。

三峡的雨，三峡的云

赵俊林

三峡的雨，三峡的云

如诗如画三峡的景

三峡的梦，三峡的魂

梦萦魂牵三峡的情

雄伟三峡，千古风流

锦绣宜昌，毓秀钟灵

在这里，诞生了与日月同辉的屈原

在这里，走出了能沉鱼落雁的昭君

巫山之上，神女的风采穿越千年依然飘逸

西陵峡谷，大禹用坚强的臂膀托起天下苍生

哦，还有我们，三峡水文人

是的，还有我们，长江忠诚的卫兵

我们是记录者，记录着长江跳动的脉搏

我们是守望者，守望着母亲河的安宁

我们是继承者，继承着大禹的梦想

我们是开创者，不断开启新的征程

四十年前，一个难忘的日子

宜实站，在葛洲坝工程开工的号角中诞生

四十年来，一段浓墨重彩的历史

三峡水文，伴随着祖国建设的脚步开拓前进

还记得我们的第一艘测船下水

还记得我们的第一条缆道建成

还记得我们的第一台绞车

还记得我们的第一次远行

每一个故事，都那么激动人心

每一段回忆，都诉说着创业的艰辛

曾几何时，我们开始了水质监测

曾几何时，我们开始了预报水情

曾几何时，我们开始了自动测报

曾几何时，我们开始了防洪评价

每一次开拓都是我们前进的脚步

在水文事业的道路上我们不倦地追寻

我们的信念很直白：防汛测报是天职

我们的誓言很朴素：洪水就是命令

日复一日，我们整装待发

年复一年，我们风雨兼程

"81·7"洪水，滔天巨浪冲不垮我们的斗志

'98大洪水，我们精确测报为中央决策提供支撑

顶得住、测得到、报得准

我们的诺言掷地有声

听，什么声音？

那是葛洲坝截流龙口的水流声

7米每秒的流速考验着水文人的决心

看，鲜艳的旗帜飘扬在三峡大江截流龙口

昭示着我们必胜的信心

拦门沙，滑梁水，峡江的难题怎能难得住我们

往复流，泡漩流，再复杂的水流也骗不了我们的眼睛

我们是三峡工程的突击队，召之即来、来之能战、战之必胜

我们是水利建设的尖兵，以一流的成果服务一流的工程

立足三峡，走向四方

东南西北留下了我们的脚印

东海之滨，我们曾勇斗海上的汹涌波涛

青藏高原，青海湖留下我们的剪影

绵延的长江大堤，我们曾在烈日下细细描绘

"5·12"大地震，我们曾在堰塞湖立功受勋

多少次面对困难，又战胜困难

多少次挥洒汗水，留下爽朗的笑声

忘不了

忘不了守着水尺度过的一个个不眠之夜

忘不了三峡两岸跋山涉水坚毅的身影

忘不了江水的涨落带走我们流逝的青春

忘不了那些依然熟悉的姓名

忘不了英勇牺牲的储平

忘不了勇敢爬上钢索的储荣民

忘不了带病坚持工作的黄化冰

忘不了在汶川震区辛勤操劳的左训青

峥嵘的岁月啊，刻骨铭心

凝结的是我们永远的三峡情

四十年光阴荏苒

四十年风雨前行

过去的日子是激昂的乐曲，在西陵峡谷里还回荡着余音

未来的岁月是美丽的画卷，让我们亲手描绘五彩的祥云

情系长江是我们的情怀

科学测报是我们的承诺

持续创新是我们的追求

服务社会是我们的使命

路漫漫其修远兮，只等我们去开拓

轻舟已过万重山，迎接我们的将是崭新的历程

文
学
篇

我爱三峡，我爱三峡院

段建肖

1992 年夏天
一代伟人再次南巡的年份里
我告别校园踏上南下的列车
来到了三峡勘测研究院
成为三峡建设工地上
普普通通的一员

来自北方的我
虽然从书中的描绘
不止百遍千遍地
想象着两岸连山
想象着重岩叠嶂
却还是为
略无阙处
蔽日遮天
清江山水的神奇与古朴
深深折服
也为瞿塘峡的雄伟
巫峡的秀丽
西陵峡的峻险
由衷盛赞

回首十六年来
亲历的每一次地质勘测

三峡的一山一水
清江的一景一物
让我叹为观止的同时
也印证着同志们的辛苦和血汗

细数十几年来
自己的每一点进步与成长
三峡院的领导同事
办公室的桌椅电脑
让我心怀感恩的同时
也记录着三峡院的开拓与发展

奇石嶙峋峥嵘千姿百态
溶洞奇形怪状空旷深邃
三峡风景的清奇秀丽
鼓舞着我们
运筹帷幄艰苦奋斗的壮志凌云

群峰重岩叠嶂峭壁对峙
江水汹涌奔腾百折不回
祖国河山的壮美多娇
激励着我们
抛洒热血
奉献毕生的豪情万丈

我们知道
2008 年又是中国历史上
具有划时代意义的一年
从众志成城破冰雪
到群策群力办奥运
从精诚团结抗震灾
到万众一心建家园

十三亿中华儿女

每天都在平凡的岗位上

践行着"三个代表"的重要思想

而三峡勘测研究院里的我们

正和全国人民一起

努力拼搏并肩奋战

用我们的智慧

描绘三峡建设的宏伟蓝图

用我们的双手

书写三峡未来的碧水蓝天

诗二首

李国郴

其一

2003年3月6日是惊蛰，本是春暖花开、万物复苏之日，不料5日晚一场大雪，早晨起来整个三峡工地一片银白雪景，但山茶花却早已满枝绽放，朵朵嫣红可爱。在白雪映衬之下，更是艳丽逼人，犹如少女披纱，真是美丽极了！正是：

> 早已冬去入春暖，惊蛰物蕤换嫩衫。
> 突见大雪满天飞，山茶花开傲雪寒。
> 绿叶红花饰白雪，恰似少女披婚装。
> 平湖明镜置妆台，三峡电站照新房。
> 大地铺雪当画纸，库水旦作彩墨蘸。
> 亿万人民齐作画，画就南国春花繁。
> 早已降雪丰年兆，今又春雪催春忙。
> 京城中央绘宏图，两会增辉人欢畅。

其二

今取三峡大坝建基岩石（从钻孔岩芯中取一截，即钻探岩芯）留作纪念，带回家中好好保存。凡是三峡建设者都将此作为一件大事呢！本人也忘不了留作终身纪念。唉，真是：

> 花岗岩石可语人，胜似白玉和黄金。
> 唯有三峡花岗石，才是品质第一等。
> 质地光洁花斑美，密实坚硬最纯正。
> 三峡建设史无前，留作纪念伴终身。

又云：

> 铿锵磐石花岗岩，托起大坝最安全。
> 从此洪灾永不见，长江两岸尽欢颜。

文
学
篇

梦游三峡

岳云飞

昨夜飞舟往东去，梦里神游到三峡。
旭日冉冉毛公岭，万道金光照西陵。
号令一声天地震，千军万马齐奔腾。
强龙俯首坛子岭，大坝屹立三斗坪。
闸门开，群龙滚。浪花飞溅半天云，
轮机一转马达吼，霞光普照上海城。
级级船闸步步高，过往船只列队行。
巨轮飞天过大坝，恰似鲤鱼跃龙门。

新滩叶滩不见影，崆岭从此无"鬼门"，
神农架上摘仙草，香溪甘泉浴昭君，
屈原长歌贺故里，琴瑟洋溢秭归城。
风儿静，月儿明！拜别西陵去大宁，
大宁河水绿幽幽，两岸青山抱白云，
云中仙子吹玉笛，邀来金猴跳摇滚。
神女听了亦响应，披着红装下凡尘。

罗裙飘飘挂长虹，广袖一抒万里晴。
明空高照西江月，月下推舟到夔门，
石壁倚天"天下雄"，水底梨花分外明。
"门神"问我欲何往？讨教先贤话古今。
李白听了换诗曰：蜀道不难任君行。
任君行！随君行！迈步走进白帝城，
孔明含笑迎宾客，先帝病脱喜盈盈：

而今不怨小陆逊，华夏处处皆是春。

回师山城观夜景，不跨战马坐游轮。

千里平湖明如镜，一箭飙到朝天门，

门前笑看二龙吻，"一带一路"启航程。

文
学
篇

千年守望

——三峡工程竣工有感

张文胜　张　灏　谢　琼

东去的江水，
千年不息地流淌，
诉说着精妙的史事和俗世的沧桑。
先人的羁离与苦痛，对水的恐惧和渴望，
幻化成亘古凄美、决毅的传说女郎，
日夜守望在山巅之上。

战洪流，截长江，
江心耸高坝，巨坝锁澜狂，
万吨大轮去远航，当代愚公劈山岗，
巨幅电力输九州，助飞中华崛起忙，
千年祈盼，几代人的梦想，
今朝，大变了模样。

三峡颂

冯　锦

两岸连山素三峡，磅礴逶迤长江水。

潭如止水富神龙，回清倒影似明镜。

怪石嶙峋美如画，秀美三峡如梦来。

乔木丛生顶峰坠，峰峦绝壁展宏图。

妩媚含情神女峰，夭夭玉缀望三峡。

姹紫嫣红红叶漂，峡风阵阵动心扉。

频频回头恋幽萧，滚滚江水出西塞。

何时凯旋回故里，唯有思念浮心头。

山在虚无缥缈间，云遮雾罩猿声啼。

呕心沥血为国情，华夏儿女同心连。

欲问三峡多壮观，宛如蓬莱仙境般。

文
学
篇

观三峡大坝泄洪有感

王华为

雾起苍茫猿鸟愁，天风乱雨注江流。
云垂水面群峰暗，浪涌巫山峡谷幽。
壁立高门湖岸远，闸开九孔玉龙游。
漩流怒泻连天雪，响震如雷下葛洲。
江城已无昔时患，九曲荆江缚龙囚。
功勋利世拦天坝，神女峰头写春秋。

颂三峡工程

冉隆德

忆江南

山河美，高峡水盈盈。
朝览千船湖上驶，暮观万火坝头明，
祖国益繁荣。

忆秦娥

金风荡，三峡大打截流仗。
截流仗，大江浩瀚，石泥拦上。
巫山神女心花放，平湖四季游人畅。
游人畅，巨型枢纽，甚高名望。

古诗

其一

神女峰巅展画卷，扬子江畔壮豪情。
三峡枢纽电花放，万紫千红祖国春。

其二

红旗招展东风荡，当代英豪锁大江。
万马千军齐上阵，自力更生竞自强。
西江石壁遮云雨，高峡平湖闪霞光。
伟业千秋功属党，三峡大坝五洲扬。

三峡工程情怀

三峡前奏曲

周洪宙

奔腾浩瀚的长江啊

你钟灵毓秀物华天宝播美流芳

如果

身披玄衮的大禹，峨冠博带的李冰

只是

人们默默祈祷的神灵，顶礼膜拜的偶像

那么

葛洲坝的建设大军啊

以其浑弘的气概，超群的智慧

以其美妙的青春，殷红的鲜血

写下了

人类历史璀璨夺目的新篇章

万丈霓虹的大坝蔚为壮观的工程

怎不激起

人们壮怀激烈神驰遐想

可是

我也看到你啊，长江

在你的另一旁

龟裂的土地在呻吟在期盼

缺电的机械在呼唤在呐喊

在寻觅希望的曙光在寻觅不尽的能量

历史选择了你

祖国选择了你

人民选择了你

——三峡

· 494 ·

你众望所归人心所向
三峡今天的三峡
你不再是滞留我们梦中的一个伟大构想
三峡
都江堰的连续葛洲坝的延伸
先辈们执着追求的事业

我们承前启后我们继往开来
一部部崭新的掘土机
一辆辆巨型的卡车
一台台新颖的微机
一个个精兵良将
在整装待发
只待一声令下
我们相约我们相聚
我们用我们的手我们的心
在世界文明史上高奏一曲声震宇宙的宏伟乐章
三峡呵三峡
你悄然来临
也将默然离去
未来的你
或许
只是卷帙浩繁的辞海里
一组惊心动魄的名词
记忆长河里
一首清新隽永的小诗
失落的
是一颗星吧
明日的三峡
截断巫山云雨的三峡
释放能量释放宝藏的三峡
在中华人民共和国的蓝天下
将更加绚丽多姿更加灿烂辉煌

图书在版编目（CIP）数据

三峡工程情怀．文学篇 / 中国农林水利气象工会长
江委员会，中国水利作家协会编．-- 武汉：长江出版
社，2025.5
ISBN 978-7-5492-6658-6

Ⅰ．①三… Ⅱ．①中… ②中… Ⅲ．①中国文学－当
代文学－作品综合集 Ⅳ．① I217.1

中国版本图书馆 CIP 数据核字 (2019) 第 193251 号

三峡工程情怀．文学篇
SANXIAGONGCHENGQINGHUAI.WENXUEPIAN
中国农林水利气象工会长江委员会　中国水利作家协会　编

责任编辑：　郭利娜　闫彬
装帧设计：　刘斯佳
出版发行：长江出版社
地　　址：武汉市江岸区解放大道 1863 号
邮　　编：430010
网　　址：https://www.cjpress.cn
电　　话：027-82926557（总编室）
　　　　　027-82926806（市场营销部）
经　　销：各地新华书店
印　　刷：湖北金港彩印有限公司
规　　格：787mm×1092mm
开　　本：16
印　　张：31.25
彩　　页：16
字　　数：620 千字
版　　次：2025 年 5 月第 1 版
印　　次：2025 年 5 月第 1 次
书　　号：ISBN 978-7-5492-6658-6
定　　价：680.00 元（共 4 册）